CORINA
BOMANN

De stormroos

Een mysterieuze oude boot
Een verleden vol geheimen
Een vrouw op zoek naar haar bestemming

BOEKERIJ

Eerste druk 2016
Twaalfde druk 2021

ISBN 978-90-225-9209-0
ISBN 978-94-023-0517-3 (e-book)
NUR 302

Oorspronkelijke titel: *Die Sturmrose*
Vertaling: Lilian Caris
Omslagontwerp: Johannes Wiebel | punchdesign
Omslagbeeld: © Shutterstock
Zetwerk: CeevanWee, Amsterdam

Dit verhaal berust op fictie. Eventuele overeenkomsten met namen van levende of overleden personen, boten en plaatsen zijn niet opzettelijk, maar zuiver toeval. Het is echter een feit dat vele burgers uit de DDR en vele mensensmokkelaars uit de BRD hun leven en dat van familieleden op het spel hebben gezet om naar de vrijheid te vluchten of anderen daarbij te helpen.

Proloog

De vrouw had het zich in een wat versleten fauteuil bij het raam gemakkelijk gemaakt. Haar kortgeknipte haar zat verborgen onder een groene doek, haar magere lichaam verdween bijna in een beige linnen jurk. Naast haar, op een tafeltje, stond een cassetterecorder.

Omdat ze al een tijdje niets meer had gezegd, stak ze haar hand uit en zette het zachtjes brommende apparaat uit.

Het is haast niet te geloven dat een cassetterecorder inmiddels een overblijfsel uit oude tijden is, dacht ze. Indertijd hadden jonge mensen er alles voor gedaan om er een te krijgen. Urenlang in de rij gestaan, familie in het Westen gesmeekt, verkoopsters bewerkt. Strijd gevoerd tegen een vorm van gebrek waarvan je je nu helemaal geen voorstelling meer kunt maken.

Tegenwoordig had iedereen een mp3-speler of een mobieltje waarmee je muziek kon afspelen. De winkels stonden er vol mee.

De vrouw kon echter niet veel meer beginnen met de zich steeds sneller ontwikkelende techniek. Ze hield meer van ouderwets. Vooral wanneer het om zoiets belangrijks ging als de vurige wens die ze al jaren had.

Het gesproken woord konden die apparaten ook opnemen, ja, maar hoe gaf je dat dan door? Kon je het gewoon mailen? Dat leek haar verschrikkelijk onpersoonlijk. Vroeger gaf je je vriend of vriendin als blijk van genegenheid wel eens een zorgvuldig samengesteld verzamelbandje met radio-opnamen. Nu mailde je eenvoudigweg een playlist door. Zo was alles nu eenmaal aan verandering onderhevig.

Des te meer had ze zich erover verbaasd dat ze nog een cassetterecorder had kunnen krijgen. Een vriend had hem op de tafel neergezet toen hij een keer op bezoek kwam.

'Wat wil je er eigenlijk mee?' had hij gevraagd.

'Een gedenkteken achterlaten,' had ze met een lachje geantwoord, want de vriend wist niet in welke situatie ze verkeerde.

Haar wereld was de laatste jaren klein geworden, het enige wat ze eigenlijk nog deed was wachten. Op het juiste moment, de juiste dag, brieven, bezoek. Het had ongelofelijk lang geduurd voor ze de allesbepalende brief had gekregen.

Maar hij was gekomen en had een hele serie gebeurtenissen veroorzaakt. En die gebeurtenissen hadden nu hun hoogtepunt bereikt.

Ze klikte de cassetterecorder open en pakte de tape eruit. Eigenlijk was wat ze erop had gezet ook een verzamelbandje. Het verzamelbandje van een leven. Ze had niet alles verteld, alleen het belangrijke deel. Er waren nu eenmaal ook geheimen die een mens hoorde mee te nemen in het graf.

Ze liet haar blik over de tafel heen gaan, naar de stapel papier op het ladekastje. De kopieën hadden haar geholpen orde te scheppen in haar herinneringen.

En ze had een brief geschreven. Die lag boven op de stapel, geadresseerd en gefrankeerd. Ze hoefde hem alleen nog maar op de post te doen.

Toen begon het wachten van voren af aan. Er restte haar nog wat tijd. Niet veel, maar met een beetje geluk zou het genoeg zijn om eindelijk uit te leggen wat er lang geleden was gebeurd. De waarheid aan het licht te brengen. En iets wat ze al veel te lang had uitgesteld eindelijk af te handelen.

DEEL 1
Annabel

1

Al bij de eerste bezichtiging had de aanblik van het huis me in zijn ban. Vlierbessenstruiken en braamheggen omgaven de voortuin, rozenranken slingerden langs de veranda omhoog naar de kunstig bewerkte houten gevel.

De afgelopen drie maanden had ik in gedachten voor me gezien hoe het zou zijn om hier in te trekken, met mijn dochter over het strand te wandelen en mosselen te rapen, bevrijd van de ballast van de afgelopen catastrofale jaren en een verleden dat ik uit angst had verdrongen.

Nu was het zover. De huurovereenkomst was getekend, de eigenaars verwachtten me. Ik was net zo opgewonden als voor mijn eerste date.

'Mama, zijn we er al?' werd er vanaf de achterbank gevraagd. Leonie, mijn engeltje, had het grootste deel van de rit slapend doorgebracht, want we waren godsonmogelijk vroeg vertrokken. Nu gaapte ze en rekte ze zich uit.

'Ja, schatje, we zijn er,' antwoordde ik en ik haalde de sleutel uit het contact. Van onder de motorkap van de Volvo klonk zacht getik. Hoewel de auto er al meer dan vijftien jaar op had zitten, was de rit van Bremen naar Binz vlekkeloos verlopen.

Na het mislukken van mijn huwelijk had ik hem gekocht, vooral omdat hij betrouwbaar was en je er veel mee kon vervoeren. Jan had het hoofdschuddend aangezien. Maar zijn mening telde niet meer. Wat hij vond probeerde ik achter me te laten, net zoals ik alle materiële dingen in Bremen had achtergelaten.

Ik stapte uit en bevrijdde Leonie uit haar kinderzitje.

'Kijk eens, dat is ons nieuwe huis. En is het geen mooie grote tuin om in te spelen?'

Leonies ogen werden groot van verrassing en ze knikte.

De tuin, die door een wit lattenhekje van het erf werd gescheiden, was een paradijsje waar elk tuinmagazine ons om zou benijden. Er waren prieeltjes van verschillende inheemse houtsoorten en borders met een beplanting die bijna toevallig leek. De paden leidden langs dichte rozenstruiken en een kleine kruidentuin.

Ik kon nog altijd niet begrijpen waarom het echtpaar Balder hier wegging en naar het zuiden wilde verhuizen.

'Komt papa hier dan ook op bezoek?'

Leonies vraag haalde me ruw uit mijn overpeinzingen over de tuin. Aan sommige dingen viel niet te ontkomen.

Mijn dochter miste haar vader heel erg. Steeds weer hoopte ze dat hij haar kwam opzoeken – en elke keer deed het mijn hart pijn dat ik tegen haar loog wanneer ik haar beloofde dat hij zou komen. Maar wat moest ik anders doen? Haar vertellen dat haar vader wel alimentatie voor haar betaalde, maar geen belangstelling had om haar te spreken en te zien?

Het maandelijks op mijn rekening binnenkomende bedrag was het enige levensteken van hem sinds we officieel waren gescheiden. Dat was een jaar geleden. Hij had sindsdien niet eenmaal gebeld om naar Leonie te informeren. Ook op haar verjaardag niet. Hij was begonnen met het betalen van alimentatie, en daarmee was voor hem de kous af.

'Misschien doet hij dat wel,' antwoordde ik, mijn bittere gevoelens verdringend, en ik hoopte dat Leonie genoegen nam met mijn glimlach. Mijn dochter gaf me een knuffel en sprong uit de auto.

Toen ik me omdraaide, kwam de verhuurder ons tegemoet.

August Balder, voormalig kapitein op een koopvaardijschip, maar nu al tien jaar in ruste. In het geruite overhemd dat hij boven zijn ribbroek droeg, leek hij eerder een tuinman dan een zeekapitein.

Gelukkig was het interieur van het huis ook niet bijzonder maritiem. Ik hield van de eenvoudige stijl en was er daarom helemaal niet rouwig om dat ze de meubels achterlieten. In Bremen had ik nadat ik bij Jan was weggegaan ook in een gemeubileerd huis gewoond, dat was voor mij dus geen probleem. De spullen die ik had gehouden, pasten in een paar verhuisdozen, die al een paar dagen geleden als extra lading vooruitgestuurd waren. De Balders waren zo vriendelijk geweest ze voor me in ontvangst te nemen.

'Ach, daar zijn de meisjes!' riep hij terwijl hij de tuinpoort openmaakte.

'Dag meneer Balder!' riep ik terug en ik zwaaide, waarna ik Leonie bij de hand nam en naar hem toe liep.

'Hebt u een goede reis gehad?' Balder gaf me een hand.

'Ja, een uitstekende nog wel!' antwoordde ik. 'Zelfs de Rügendamm was vandaag eens leeg.'

'U hebt een goede tijd gekozen.' Hij keek op zijn horloge. 'Het vrachtverkeer is twee uur geleden begonnen. U bent zeker midden in de nacht vertrokken?'

'Dat nou ook weer niet, maar het was wel heel vroeg in de ochtend.'

Ik moest bekennen dat ik me een beetje gaar voelde. Na een bijna zes uur durende rit, vanwege een file bij Hamburg, was dat ook geen wonder. Het was nu elf uur, en ik had zo weer kunnen gaan slapen.

Meneer Balder leek die gedachte te raden. 'U zult binnenkort kunnen uitrusten. Mijn vrouw en ik vertrekken zo dadelijk naar Hamburg. En dan op naar Fuerteventura!'

'Wat heerlijk! Maar zult u daar uw vaderland niet missen?' vroeg ik, want hoe graag ik ook op vakantie ging, een leven op de Canarische Eilanden of een andere archipel in zuidelijke contreien kon ik me niet goed voorstellen.

'Dat zullen we wel zien. Met mijn reuma zal ik in elk geval de kou hier niet missen. U hoeft dan ook niet bang te zijn dat we u uit uw onderkomen zullen verdrijven. En wie weet besluit u op een gegeven moment wel om het huis te kopen.'

'Misschien,' antwoordde ik diplomatiek, want hoe mooi het hier ook was, bezit betekende altijd verantwoordelijkheid. En mijn leven leek op het moment nog wat onzeker. Stel dat ik na een tijdje constateerde dat het me hier toch niet beviel? Bovendien zat een grote lening er voor mij niet in.

'Nou, neemt u maar rustig de tijd, mevrouw Hansen. Het is ook weer niet zo dat we ervanaf willen. Maar als we het zouden gaan verkopen, doen we dat graag aan u!'

'Dank u, dat waardeer ik.'

Balder boog zich naar Leonie. 'En jij, kleine meid? Wij kennen elkaar nog helemaal niet.'

Mijn dochter, die op een van haar rode krullen stond te kauwen, drukte zich dichter tegen mijn been aan, maar keek de man strak aan. Er verscheen een verstolen glimlachje op haar gezicht. Blijkbaar mocht ze de oude zeebonk wel, maar durfde ze dat nog niet te laten merken.

'Hoe heet jij?' vroeg Balder.

'Leonie,' antwoordde ze.

Balder begon te lachen. 'Ah, Leonie! Wist je dat jouw naam van "leeuw" komt?'

Mijn dochter sperde haar ogen open en schudde haar hoofd. Tot nog toe had ze nooit gevraagd wat haar naam betekende, andere dingen waren veel interessanter.

Doordat hij iets over haar naam wist, had hij haar voor zich gewonnen.

'Ik kan je wel iets over leeuwen vertellen,' vervolgde hij. 'Ik ben wel eens in Afrika geweest en heb er een paar gezien.'

'August, zul je de meisjes niet eens binnenvragen?' klonk de verwijtende stem van Lucia Balder. Ze stond in de deurpost. Haar been zat nog steeds in het gips. Ze was van de houten trap gevallen die van het perceel naar het strand leidde. Niet omdat het hout verrot was, maar omdat ze niet had opgelet.

Ik had de trap zelf gezien en vond hem inderdaad nogal steil. Dat was misschien het enige gebrek aan het huis. Ik zou Leonie er op een of andere manier van moeten weerhouden er in haar eentje van af te gaan.

'We komen al!' antwoordde meneer Balder en hij ging ons voor.

Binnen werden we verwelkomd door de geur van koffie, broodjes en kruimeltaart. Dat had ik niet verwacht. Ik dacht dat ze me alleen de sleutel zouden overhandigen.

'Dag mevrouw Balder,' begroette ik de vrouw-des-huizes-voornog-even en ik gaf haar een hand. Hoewel ze gehandicapt was, had ze zich niet de kans laten ontnemen zelf iets te bakken, wat duidelijk te merken was aan de warmte in de keuken. 'Hoe gaat het met u?'

'Steeds beter,' antwoordde ze terwijl ze naar haar been wees. 'Inmiddels heb ik loopgips en daarmee kan ik gelukkig reizen. Het is toch altijd wat met plannen maken. Je maakt ze zorgvuldig, en dan komt er iets tussen.'

Daar had ze gelijk in, en meestal was dat wat ertussen kwam zo ingrijpend dat het hele plan in duigen viel. Daar kon ik over meepraten.

'Nou, je hebt mij toch,' zei August terwijl hij koffie inschonk. 'Desnoods had ik je het vliegtuig uit gedragen.'

'Toch sta ik liever op allebei mijn benen. Gelukkig kent mijn dokter een collega op Fuerteventura die voor me zal zorgen tot ik weer goed kan lopen. En gelukkig duurt de vlucht ook niet al te lang. Maar u hebt me nog helemaal niet voorgesteld aan deze jongedame hier. Dat ze uw dochter is, kun je duidelijk zien.'

Leonie had feitelijk ook iets van haar vader, maar over het geheel genomen zagen de mensen meestal alleen Leonies groene ogen en rode haar – dat had ze allebei van mij. Met een beetje goede wil kon je ook de neus meetellen, maar daar was ik niet helemaal zeker van.

'Dit is Leonie,' zo stelde ik haar voor. Leonie Leeuwenhart

noemde ik haar soms, naar een allang in vergetelheid geraakt kinderprogramma.

'Een mooie naam,' zei mevrouw Balder terwijl ze mijn dochtertje een hand gaf. 'En een mooi meisje. Als ze groot is, hebt u de schoonzonen voor het kiezen.'

'Dat laat ik liever aan haarzelf over, want zij moet met hem leven. Ik wil alleen maar dat hij haar gelukkig maakt.'

Leonie streek als een poesje met haar wang langs mijn hand. Gelukkig had ze er nog geen idee van dat het met schoonzonen allesbehalve makkelijk was. Jan was mijn ouders bevallen – en waar had het toe geleid? Oké, ze hadden hem niet voor me uitgezocht, maar soms vroeg ik me af of ze niet wat kritiek op hem hadden mogen uitoefenen.

'Dan zal uw schoonzoon vast op u gesteld zijn,' mengde meneer Balder zich in het gesprek. 'Maar gaat u toch zitten. Als u zo vroeg bent vertrokken, kunt u wel een kleine versterking gebruiken.'

Een half uur later waren we voldaan en tevreden en waren de Balders klaar voor vertrek.

'Ik hoop dat u het niet vervelend vindt als we wat boeken achterlaten,' zei meneer Balder toen hij me de sleutel in de hand drukte. Het belangrijkste was inmiddels besproken, ik wist hoe de verwarming werkte, waar de waterhoofdkraan en de stoppenkast zaten.

'Nee, dat stoort me absoluut niet,' antwoordde ik.

'Wat u niet hebben wilt, kunt u gerust weggeven,' voegde mevrouw Balder eraan toe. 'Alles wat we nodig hebben, is al in ons nieuwe huis.' Bij die woorden gleed er een glimlach over haar gezicht. Ik kon goed begrijpen dat ze zich erop verheugde aan haar eigen nieuwe leven te beginnen.

We gaven elkaar een hand. Het was nu echt zover. Ineens begon mijn hart van vreugde sneller te kloppen. Zo opgewonden had ik me voor het laatst gevoeld toen de Balders me als huurster accepteerden.

‘En onthoud: wat je de eerste nacht in een nieuw huis droomt, wordt werkelijkheid,’ zei mevrouw Balder schertsend terwijl ze haar krukken pakte.

‘Ik dacht dat dat alleen voor een nieuw bed gold,’ antwoordde ik.

‘Nee, dat geldt ook voor een nieuw huis,’ zei ze met een knipoog terwijl ze zich door haar man in de auto liet helpen.

Vanuit de deur zag ik hoe meneer Balder daarna de laatste koffer inlaadde en instapte. De motor sprong aan en even later rolde de Mercedes het erf af. De plaats onder de carport behoorde nu toe aan mijn Volvo.

Toen de Balders weg waren, daalde er een stilte over het huis neer. De wind ruiste in de bomen en mussen hipten rond op het zonovergoten erf.

Leonie zat nog steeds geconcentreerd in het leeuwenboek te bladeren dat meneer Balder haar had gegeven. Ik zag het glimlachend aan, toen liep ik de vier kamers door.

Vanuit de slaapkamer had je het beste zicht op de natuurtuin. Een enorme hondsroos pronkte met haar uitbarstende knoppen, die binnenkort alles met hun geur zouden vervullen. Iets verder naar achteren bevond zich een haag van witte duinrozen, naast een smal pad dat naar een groen labyrint voerde, waar middenin mooie witte tuinmeubels stonden.

Zoals ik constateerde, waren de matrassen en de ledikanten splinternieuw. Een tweepersoonsbed dat veel te groot voor me was. In Bremen had ik me in het echtelijke bed al verloren gevoeld sinds Jan had voorgewend ‘overuren’ te moeten maken. Overuren bij vrouwelijke collega’s, overuren met vrouwen die hij op een of andere beurs had ontmoet. Op het laatst had ik niet eens meer geweten hoe het was met iemand anders in één bed te slapen.

Vanuit de woonkamer keek je uit op het bos dat het perceel beschermend omringde, maar ook het zicht op de zee belemmerde. Alleen vanaf de zolder kon je de zee zien.

Ik liet de andere twee kamers links liggen – een daarvan zou ik voor Leonie nog wat moeten aanpassen – en klom de trap naar de zolder op.

De ruimte boven was aangebouwd, maar had nooit een echte bestemming gekregen. Misschien hadden de Balders die leeg gehouden zodat hun zoon er zo nodig in zou kunnen trekken.

Ik ging midden in de ruimte staan, die door ruwhouten steunpilaren in gelijkvormige vierkanten werd verdeeld, en in gedachten zag ik het kantoor dat ik hier zou inrichten voor me. In een hoekje zou ook een 'bureautje' voor Leonie komen te staan voor wanneer ze niet naar school ging. Ze vond het leuk als ik haar achter een tafel zette en zei dat die haar bureau was. Dan bleef ze urenlang op haar plaats zitten, net als ik wanneer ik aan een opdracht werkte, en tekende paarden en prinsessen.

Het deed me vooral plezier dat er genoeg plaats was voor een tekentafel. Die had ik in mijn kantoortje in Bremen niet gehad.

Zo verdeelde ik in gedachten meubels over de enorme oppervlakte en ik stelde me ook voor hoe ik hierboven een openingsfeestje voor mijn klanten zou geven. Zeker, de reis naar Rügen zou voor een aantal van hen wat ver zijn – maar misschien kon ik ze verleiden met de zee. De ideale plek voor een buffet had ik in elk geval wel.

En daar, onder het raam, vanwaaruit je achter de bomen het schuim op de zee kon zien, zou mijn bureau staan...

Een paradijs, zo schoot het weer door me heen. Dit is echt een paradijs. En ik wist zeker dat vanaf nu alles anders zou worden. Dat het allemaal beter zou worden.

2

'Wat denk je, waar zal ik die poster ophangen?'

Leonie zat op haar wijsvinger te kauwen, zoals altijd als ze ingespannen nadacht. Met haar vijf jaar had ze al uitgesproken ideeën over hoe haar kamer eruit moest zien. Daarom liet ik haar beslissen welke decoratie waar aan de muur kwam te hangen. Ook als dat even duurde.

Leonie bekeek de ene muur na de andere. De meubels die er stonden waren nogal saai, de Balders hadden het vertrek als logeerkamer gebruikt. Haar prinsessendekbedovertrek, haar knuffeldekentje en haar pluchen beesten zouden enigszins uitkomst bieden – en natuurlijk ook haar posters, waarop voornamelijk in roze gehulde prinsessen, elfen en eenhoorns ronddartelden. De rest zouden we in de binnenstad van Binz moeten kopen, waarboven ons huis op een heuvel troonde.

'Daar!' besliste mijn prinsesje ten slotte en ze wees op de muur boven haar bed.

'Prima!' antwoordde ik en ik hing hem op.

Ik had net de laatste stroken plakband bevestigd toen mijn mobiel overging. Ik viste hem van de tafel en zag het nummer van een nieuwe klant bij wie ik me onder het inpakken nog voor een opdracht had aangemeld. Mijn kansen waren niet bijzonder groot, want onder de mededingers hadden zich drie grote, gerenommeerde reclamebureaus bevonden. Het telefoontje deed mijn hart sneller kloppen. Voor een afwijzing zouden ze vast niet die moeite nemen!

'Met Annabel Hansen,' zei ik toen ik opnam.

'U spreekt met Hartmann van Zeezigt,' maakte mijn gesprekspartner zich bekend, en het viel me op dat het een aardige adellijke naam zou zijn. Maar van adel was Joachim Hartmann natuurlijk niet.

'Hallo meneer Hartmann, goed van u te horen!' zei ik, en ik verviel in een verwachtingsvol zwijgen. Kom op, riep ik inwendig, laat de aap maar uit de mouw komen!

'Hallo, mevrouw Hansen, bent u goed in Binz aangekomen?'

'Ja, dank u. We zijn sinds vanochtend aan het uitpakken.' Ik wierp een blik op Leonie, die bezig was haar speelgoedfiguurtjes op de vensterbank uit te stallen.

'Dat doet me plezier. Hebt u morgen misschien tijd om even langs te komen? We zouden graag met u over het nieuwe project praten.'

'Betekent dit dat u mij de opdracht gunt?' Ik was helemaal van de sokken. Slechts met moeite kon ik me weerhouden om niet in gejubel uit te barsten. Mijn eerste opdracht in het nieuwe huis! Ik wist zeker dat het me geluk zou brengen.

'Ja, we gunnen u de opdracht. Van alle aanbieders hebt u ons het meest overtuigd. Ik zou morgen graag wat details met u bespreken voor ik op reis ga. Dan zou u ook nog genoeg tijd voor de campagne hebben.'

'Morgen komt uitstekend uit,' antwoordde ik vlug, hoewel ik nog geen idee had waar ik Leonie zou moeten laten. Ze kon pas vanaf maandag naar haar nieuwe school, de volgende dag was een vrijdag. Maar misschien had hij niets tegen een stadswandelingetje.

'Vindt u het bezwaarlijk als ik mijn dochtertje meebreng? Ze kan pas maandag naar school.'

'Geen probleem,' antwoordde Hartmann. 'Zou elf uur u schikken?'

'Ja, prima!' Ik glimlachte inwendig. Het nieuwe huis bracht blijkbaar echt geluk.

Toen ik had opgehangen, was ik in de wolken. Ik had zo gehoopt de wervingscampagne voor hotel Zeezigt in Sassnitz te mogen doen. Niet alleen betaalde Joachim Hartmann goed, maar het hotel was ook nog eens uniek gelegen. Het troonde als het ware boven de haven van Sassnitz, waarin je het binnenlopen en uitvaren van de schepen kon observeren. Er zou zelfs een onderzeeër te zien zijn. Ik wist niet zeker of Leonie dat spannend zou vinden, maar ze was makkelijk enthousiast te maken.

Bovendien was Zeezigt zo ongeveer het lievelingsproject van Joachim Hartmann, die in de loop der jaren een eigen hotelketen had opgebouwd. Hij had een beroemde binnenhuisarchitect in de arm genomen om het hotel in te richten. Het enige wat hij nu nog nodig had, was een passende wervingscampagne om bezoekers duidelijk te maken dat geen enkel ander hotel in de streek zo'n accommodatie bood.

'Mammie, mammie!' werd er ineens opgewonden geroepen vanuit de keuken. Leonie was tijdens het telefoontje ongemerkt de kamer uit geslopen.

Gealarmeerd kromp ik in elkaar, zoals altijd wanneer ze niet was waar ik haar voor het laatst had gezien. Het was een beetje onzinnig, maar elke keer was ik bang dat haar iets was overkomen.

Met bonzend hart stormde ik de keuken in.

Leonie had de overrok van haar bloemetjesjurk opgetrokken en wees naar een kat die zich door de openstaande voordeur had gewaagd. Het cyperse beest schrok van mijn aanblik en maakte zich klein terwijl het me met zijn geelbruine ogen opnam.

Zouden de Balders hun kat zijn vergeten?

'Kijk, een poes,' riep Leonie enthousiast. 'Kunnen we die houden?'

Ze had het nog niet gezegd of de kat maakte van de gelegenheid gebruik om op de vlucht te slaan. Met zijn slanke lijf verdween hij bliksemsnel door de deur naar buiten.

'Poesie!' riep Leonie en ze rende hem zonder lang na te denken achterna.

'Leonie!' riep ik en ik ging achter mijn dochter aan.

Toen we op het erf aankwamen, was de kat natuurlijk nergens meer te bekennen.

'Waar is hij nou?' vroeg Leonie terwijl ze onderzoekend naar de struiken keek.

'Die komt wel weer eens tevoorschijn,' zei ik, want hoewel ik niet op het platteland was opgegroeid, wist ik dat katten altijd naar bepaalde plekken terugkwamen – vooral als ze er niets te zoeken hadden. 'Kom, laten we naar binnen gaan en verdergaan met de kamer. Misschien komt hij dan weer terug.'

Hoewel die dag alles volmaakt was verlopen, kon ik niet in slaap komen. Terwijl ik naar de bries luisterde die tegen de avond was opgestoken en nu door de bomen stoeide, moest ik steeds weer denken aan wat mevrouw Balder had gezegd toen ze vertrok: dat wat je de eerste nacht droomde, werkelijkheid werd.

Ik was niet bijgelovig, maar als het waar was, had ik nu trambestuurder moeten zijn – dat was wat ik gedroomd had toen ik met Jan in ons gemeenschappelijke huis was getrokken.

Maar ergens was ik bang dat er iets negatiefs in mijn dromen zou sluipen. Niets mocht me mijn positieve gedachten over een nieuw begin ontnemen.

Toen mijn oogleden zwaar werden en er geen angstige gedachten van welke aard dan ook meer waren blijven hangen, vond ik mezelf terug in een keuken. Een heel oude, ouderwetse keuken, die bovendien nogal klein was. Een nieuwbouwwoning uit de jaren tachtig, wist ik na een blik op de scheurkalender aan de muur, die 17 september 1985 aanwees. Aan een droogmolen hingen theedoeken; de achterste, die al droog waren, oogden vreemd stijf. Er klapperde iets in de keuken, terwijl in de woonkamer de televisie aanstond. Ik hoorde een sonore mannenstem, die blijkbaar de nieuwsberichten voorlas.

Ikzelf zat aan een tafel. Het blauwgestippelde tafelzeil was aan de hoeken al een beetje gescheurd, kleine insnijdingen ontsierden het patroon. Mijn moeder gleed af en toe met het broodmes van de snijplank af, wat tot gevolg had dat we elke twee maanden naar de winkel gingen om te proberen aan een nieuw tafelzeil te komen. Dat was soms erg lastig, vooral wanneer er al langer geen spullen waren binnengekomen en er zelfs geen tafelzeil met lelijke patronen meer was.

Het was vreemd dat mij nu het tafelzeil voor de geest kwam terwijl ik op dat moment eigenlijk iets wilde gaan schilderen. Voor me stond een verfdoos waarvan de kleuren bijna allemaal al op waren. Het water waarin ik de wat gehavende plastic kwast met zwarte haren uitspoelde, had een eigenaardig modderige kleur gekregen – geen wonder, want ik had bijna alle kleuren gebruikt. Dat deed ik altijd als ik schilderde, ik lette erop dat ik alle kleuren die ik had ook gebruikte.

Ik – dat was mijn ik van negenentwintig jaar geleden. Een meisje met rood haar en zomersproeten, nauwelijks ouder dan mijn dochter nu.

Ik ging zo op in het schilderen dat ik niet merkte dat mijn moeder de keuken in kwam.

'Bella, nu is het afgelopen met schilderen, *Het Zandmannetje* komt zo.'

'Nog eventjes,' smeekte ik, zonder op te kijken.

'Je kunt morgen verder schilderen,' zei mijn moeder en ze begon de schilderspullen op te ruimen.

Ik keek de verfdoos en het waterglas verlangend na en pakte toen mijn schilderwerk op.

'Je kunt het beter laten liggen, de verf is nog niet droog,' zei mijn moeder, maar ik wilde het niet afstaan. Het was mijn meesterwerk, het beste wat ik ooit had gemaakt, dat wist ik zeker. Mama zwichtte uiteindelijk en liet me het naar de woonkamer meenemen, waar ze me naar een met grove rode stof overtrokken leunstoel loodste.

Soms, als we aan het spelen waren, was die mijn troon, ook al was een van de armleuningen wat versleten.

Ik nestelde me met mijn schilderwerk in de stoel en voelde mijn lichaam ineens zwaar worden. Mijn ogen vielen dicht, terwijl er die dag bij *Het Zandmannetje* een verhaaltje over de vos en de ekster kwam. Maar ik kon me er niet tegen verweren. Het *Zandmannetjes*-liedje, dat op dat moment begon, stierf weg en vervaagde, en toen werd alles donker.

Toen ik weer wakker werd, flitste er zwaailicht in mijn ogen. Verder was alles donker, alleen dat licht was er. Elke seconde haalde het mensen en auto's uit het donker. Ik hoorde stemmen, maar die waren ver weg. Wat er gebeurde, begreep ik niet, dus deed ik mijn ogen dicht en hoopte dat ik vlug weer zou inslapen, om over iets anders te dromen. Iets moois... Want ik was ervan overtuigd dat de auto's en het zwaailicht alleen maar deel uitmaakten van een droom – of van de krimi waar mama soms naar keek.

Meteen schoot ik overeind. Mijn nachtpon hing drijfnat van het zweet om mijn lijf en mijn hart ging als een razende tekeer. Ik hoorde het gefluister van de wind en het ruisen van de bomen. In de verte sloeg de zee tegen de kust. Hoewel ik wist waar ik was en dat wat ik gezien had ver achter me lag, had ik even tijd nodig om de beelden van me af te schudden.

De droom was een oude bekende. Inmiddels waren er jaren verstreken sinds ik hem voor het laatst had gehad, maar nu was hij terug en bezorgde hij me dezelfde paniek die ik altijd voelde wanneer hij me kwelde.

Als kind had ik bijna voortdurend over die avond gedroomd – de laatste avond met mijn moeder. Ik kon me niet veel meer van haar herinneren, maar die laatste keer dat we samen waren had zich net als de datum in mijn geheugen gegrift. Alle pogingen van buitenaf om het gebeurde teniet te doen waren vergeefs geweest. Zelfs mijzelf was het niet gelukt het te verdringen. Van tijd tot tijd kwam het weer naar boven en werd ik eraan herinnerd dat achter de façade van de volwassen Annabel die alles in de hand had, een kleine Annabel zat die niet wist waarom haar moeder bij haar was weggegaan. De kleine Annabel die ze constant hadden ingefluisterd dat haar moeder haar in de steek had gelaten, net zo lang tot ze het was gaan geloven.

En wat zegt de volwassen Annabel daarop? Ik had er al lange tijd niet meer over nagedacht of mijn moeder me echt in de steek had gelaten of dat het een leugen van de partijfunctionarissen was geweest.

Maar waarom had ik er na de val van de Muur niet meer over nagedacht?

En waarom deed ik dat nu ineens wel?

Ik staarde naar het plafond. Mijn hart bonsde. De laatste keer dat ik hartkloppingen had gehad, was alweer een tijdje geleden. Een vriendin had me aangeraden in zo'n geval het raam open te zetten en het dekbed van me af te gooien. Maar ik had iets heel anders nodig.

Met bonzend hart sloop ik op mijn tenen door de gang. Het was stom, maar op dat moment wist ik dat ik pas weer zou kunnen slapen als ik het gevonden had. Mijn schilderwerk.

Door de jaren heen was het altijd overal met me mee naartoe gegaan, opgeborgen in een map. Niemand anders dan ik wist ervan. Waar ik ook heen verhuisde, ik had het altijd verstopt. En nooit de moed gevonden om het weg te gooien. Het was de enige getuigenis van mijn oude leven.

Ik liep de woonkamer in en vond met de zekerheid van een slaapwandelaar de kist waarin ik het gestopt had. Ik zou niet hebben kunnen zeggen in welke doos mijn rode jurk of de wekker met de kattenoren zat – maar ik wist precies waar ik de verftekening had opgeborgen. Met knikkende knieën en trillende handen haalde ik de kist tevoorschijn en maakte hem open.

Eerst moest ik me door heel wat andere dingen heen werken, zoals sjaals, zakjes haarspelden, een doosje met oude stempels die ik voor het decoreren van wenskaarten gebruikte. Helemaal onderaan lagen wat voorbeeldtekeningen. En toen vond ik haar.

De map waarin ik de afbeelding bewaarde, was even oud als ik. Dat wist ik omdat iemand mijn geboortejaar op het inmiddels verbleekte karton had geschreven. De oorspronkelijke bestemming van de map was me niet bekend, maar op het vakje voor de naam stond SILVIA THALHEIM. Die was uitgegumd, of dat had iemand geprobeerd. Het zwart van het potlood was verdwenen, maar wat de stift had ingegraveerd was nog altijd zichtbaar. Waarschijnlijk zou dat altijd zo blijven, tot de map op een dag werd weggegooid.

Er liep een rilling over mijn rug toen ik de elastieken van de map schoof en hem opendeed. Alleen dat ene schilderwerk zat erin. Een verbleekte voorstelling van een meisje voor een windmolen. Het meisje stond in een veld vol bloemen en had een opgeblazen ballon in haar hand. Haar lichaam was een eenvoudige, met rood ingekleurde driehoek, haar haar was geel als de buitenproportioneel grote zon boven de wieken van de molen. Die afbeelding had ik gemaakt op de avond voordat alles anders was geworden. Aarzelend streelde ik over de molen, maar ik trok mijn hand vlug terug toen er wat verf van het papier afbrokkelde.

Het was de laatste schildering die ik in onze keuken had gemaakt, de laatste die mijn moeder had gezien voor ze uit mijn leven verdween en een diepe scheur in me achterliet.

'Mammie,' hoorde ik roepen vanuit de gang. 'Mammie, waar ben je?'

Meteen kwam ik terug in het hier en nu. Leonie was wakker. Vlug liet ik het schilderwerk weer in de kist vallen en ik stond op.

'Ik ben hier, schatje,' riep ik toen ik de kamer uit liep. Mijn dochter keek me met grote ogen aan.

'Wat deed je daar?' vroeg ze terwijl ze haar roze knuffelkonijntje tegen zich aan klemde.

'Ik kon niet slapen en heb eens in de kisten gekeken.'

'Wat was je dan aan het zoeken?' vroeg ze. Hoewel ze pas vijf was, kon ik haar niets wijsmaken, ze had het altijd door.

'Niets speciaals,' antwoordde ik en ik tilde haar op mijn arm. 'Ik wilde controleren of ik niets vergeten ben.'

Ik vond het vreselijk om tegen mijn dochter te liegen, maar over de tekening kon ik haar niets vertellen. In elk geval niet nu. Ooit zou ik het doen – hoewel... Wat moest ik haar vertellen? Wat er indertijd gebeurd was, vervaagde. Ik verdrong het en slaagde daar zo goed in dat ik zelf niet meer wist wat er gebeurd was. En ik waakte ervoor het op te rakelen.

'Wil je bij mij in bed?' vroeg ik aan Leonie in de hoop dat ze dan zou ophouden vragen te stellen.

'O ja!' riep ze enthousiast. Mijn plannetje werkte. Ik droeg haar naar het veel te grote bed, waar ik schoon beddengoed op had gelegd, en zong een slaapliedje voor haar. En ik hield haar in mijn armen tot haar ogen dichtvielen en haar adem gelijkmatig en zwaar werd.

3

De aanwezigheid van Leonie kalmeerde me een beetje. Haar warmte bood me zekerheid en zicht op de toekomst en vormde een tegenwicht tegen hetgeen me soms in mijn slaap overviel en me onzeker maakte.

Weer in slaap komen lukte desondanks niet. De droombeelden bleven hardnekkig hangen. Gewoonlijk slaagde ik erin ze snel te verdringen en over te gaan tot de orde van de dag. Maar deze keer was er iets anders dan anders. Ik hoorde de wind, de adem van mijn kind en mijn hartslag. De stemmen uit het verleden fluisterden onophoudelijk tegen me. Blijkbaar had ik toch niet alles in Bremen achtergelaten. Maar kon dat eigenlijk wel, je eigen geschiedenis achterlaten? Temeer omdat het niets met Bremen en Jan te maken had, maar met mijn eigen familie... Er kwamen allemaal vragen naar boven.

Als het toen anders was gelopen, zou ik dan nu hier zijn geweest? Als mijn moeder gebleven was, had ik dan nog steeds in Leipzig gewoond? Was ik misschien een totaal andere weg ingeslagen dan die nu achter me lag?

En stel dat ze ineens was teruggekomen om me te halen? Had ik dan bij de Hansens weg kunnen, of willen, gaan?

Mijn ervaringen en mijn adoptiefouders niet in de laatste plaats hadden me gemaakt tot wie ik nu was. Ik was tevreden – maar toch knaagde de twijfel soms aan me en voelde ik de oude verscheurdheid. Had het misschien allemaal nog veel beter kunnen worden als die breuk in mijn leven er niet was geweest? Ik haalde diep adem en probeerde orde in de chaos te scheppen. Me op het hier en nu te concentreren.

Ik vond de gedachte opnieuw te beginnen prettig, ik vond het huis prettig. En ik hield bovenal van mijn dochter. Ik zou haar voor niets ter wereld willen ruilen. Wat er vroeger met mijn moeder was gebeurd, lag ver terug, hield ik mezelf voor, en ik wilde me liever concentreren op de opeenstapeling van wensen die ik vooral het laatste jaar zo vaak naar de achtergrond had geschoven.

Ik wilde weer een man in mijn nabijheid, niet uitsluitend, maar zeker ook in seksueel opzicht. Ik wilde een partner die me in zijn armen nam, die me troostte als er iets niet goed ging, die mijn blijdschap deelde als iets lukte en die me hielp als alles me boven het hoofd dreigde te groeien.

Maar het besef dat ik niet alles zo van me af kon schudden knaagde op dit moment meer dan ooit aan me. Ik moest toegeven dat me de moed ontbrak om me bezig te houden met wat er op 17 september 1985 was gebeurd. Er waren veel pogingen geweest het me uit te leggen, ze hadden geprobeerd me te beïnvloeden tot ik zelf niet meer wist wat klopte en wat niet. Ik had er allang een streep onder kunnen zetten, ik had kunnen uitzoeken wat er indertijd echt was gebeurd. Maar de angst en teleurstelling zaten diep. Veel te diep, ook op dit moment.

Ik lag nog lang te piekeren, tot er een geluid tot mijn bewustzijn doordrong. De zee in de ochtend. Het geruis ervan klonk me als de roep van een verlangende geliefde in de oren. Ik hield ervan de zon boven de zee te zien opkomen – maar had er slechts zelden de gelegenheid voor gehad.

Wanneer we met vakantie waren, had het samenzijn met Jan me daarbij vaak gestoord, of we hadden zo lang geslapen dat het strand al overvol met mensen was.

En in Hamburg, wanneer ik vroeg naar school ging, was ik niet geïnteresseerd geweest in de zonsopkomst boven de Alster.

Maar nu overviel me een onstuitbaar verlangen de zee in de vroege ochtend te zien.

Ik keek naar Leonie, die zich als een vermoeid katje tegen me aan had genesteld. Haar vingers trilden een beetje, alsof ze in haar droom iets wilde pakken. Voorzichtig maakte ik me van haar los en dekte haar zorgvuldig toe. Voor ze wakker werd zou ik terug zijn.

Toen ik uit bed was, bond ik mijn haar bij elkaar en schoot mijn trainingspak aan. Het was al een tijdje geleden dat ik echt gejogd had. Om precies te zijn had ik mijn laatste rondjes gelopen voor ik zwanger was geworden van Leonie. Misschien kon ik die oude gewoonte weer oppakken. Het moest heerlijk zijn over het strand te lopen en de wind in mijn haren te voelen en in mijn longen op te zuigen.

Voor ik de slaapkamer uit sloop, wierp ik nog een blik op Leonie. Ze bewoog een beetje, nestelde zich dieper in het dekbed en leek mijn afwezigheid niet te merken. In het begin had ik er altijd mijn bedenkingen bij gehad haar in haar slaapkamer alleen te laten, maar als Leonie wakker werd en merkte dat ik er niet was, wist ze dat ik ergens in huis was. Het was niet zo dat ik haar zou verlaten. Alleen al bij de gedachte daaraan brak mijn hart. En ik hoopte dat ze dat wist.

Toen ik de deur uit stapte, werd ik door het ochtendgezang van de eerste vogels begroet. Op de achtergrond ruiste zachtjes de zee. Er was nog een klein stukje donkerblauwe nacht, maar de ochtend kwam vanuit het oosten over de zee en bracht de nieuwe dag.

De lucht was nog wat fris, en doortrokken van de geur van algen, maar dat vond ik heerlijk. Het was iets heel anders dan wakker te worden met verkeerslawaai of het kabaal van vuilniswagens die er geen rekening mee hielden dat je misschien nog tot diep in de nacht had doorgewerkt en geen reden had al om zes uur 's morgens uit bed te springen.

Minutenlang bleef ik op het erf om me heen staan kijken, haast een beetje ongelovig dat we nu hier waren. Mijn paradijs. Dat zou het worden, ook al waren de schaduwen van het verleden er weer. Dat had de droom me duidelijk laten zien.

Eindelijk maakte ik me los van de aanblik van de bomen en liep de tuin in. De dauw maakte mijn knokkels nat en verdreef de zwaarte uit mijn botten die ik altijd voelde wanneer ik 's nachts niet genoeg had geslapen. Ik liep voorbij de rozen, waarvan de bloemen nog halfdicht waren en waarop ook dauw glinsterde.

Onwillekeurig moest ik aan vroeger denken, aan de tuin van mijn ouders – ik noemde hen zo omdat na die vreselijke nacht alleen zij er nog waren.

Ik had toen een sprookje gelezen over een prinses die een diadeem van dauwdruppels wilde hebben. Ik wist dat het niet kon, maar een tijdlang was ik bezeten van de gedachte een tuin te hebben die leek te glinsteren van de diamanten. Altijd wanneer we in de datsja aan de rand van de stad waren, besproeide ik een deel van de tuin met water en wachtte tot de avondzon op de juiste plaats stond. Dan ging ik in het natte gras zitten kijken hoe de waterdruppels begonnen te glinsteren. Dat zouden ze hier ook doen, en zodra het kon, zou ik Leonie mijn paleis van dauwdruppels laten zien.

Maar nu liet ik de weelderige, geurende rozen achter me en stapte naar het poortje tussen de struiken dat naar de strandtrap voerde.

Trappen hadden me altijd al respect ingeboezemd, dus nam ik de treden langzaam en voorzichtig. Het dichte struikgewas sloot me uiteindelijk in en liet even de nacht terugkeren. Maar toen strekte zich voor me het rotsachtige strand uit en ontving me met rood ochtendlicht dat achter de krijtrotsen opkwam.

Overweldigd door de aanblik bleef ik even staan en keek naar het water, dat met monotoon gezang tegen het strand klotste.

Op een paar meeuwen na, die loom op het water dreven, was ik helemaal alleen. Aan mijn rechterkant strekte het kiezelstrand zich uit, links van me ontwaarde ik de stad met haar strandtenten, hotels en pensions aan de promenade. De verlichting van de pier waar de plezierboten aanlegden, werd langzaamaan zwakker. Het zou niet lang meer duren voor de dag die haar welverdiende rustpauze zou gunnen.

Hoewel de promenade er erg aantrekkelijk uitzag, koos ik voor het kiezelstrand. Ik begon langzaam te joggen, want ik was behoorlijk uit vorm, zoals mijn longen me al na een paar meter duidelijk lieten merken. Maar na een tijdje ging het beter en vond ik het juiste ritme.

Eerst had ik nog zand onder mijn voeten, maar hoe verder ik liep, hoe rotsachtiger de ondergrond werd. Ten slotte doemden er grote steenbrokken voor me op. Sommige lagen half in het water en waren dichtbegroeid met algen, en veel daarvan hadden aan de onderkant dikke zout- en zandkorsten.

Ik bleef even staan, liep er daarna een tijdje tussendoor, ging uiteindelijk op een steen zitten en keek uit over de zee. De wind droogde de zweetdruppels op mijn voorhoofd. In de verte, omgeven door nevel, voer een vrachtschip in de richting van Sassnitz. De zon deed de witte opbouw blinken.

Er waren tijden geweest waarin ik de diep gekoesterde wens had er met een boot op uit te varen, ver weg van alle zorgen. Maar dat verlangen voelde ik nu niet. Ook al waren mijn zorgen er nog steeds.

Toen ik opzijkeek, ontdekte ik iets op de stenen. Eerst zag ik het aan voor een vergeten roze zwembroek – soms verloren zwemmers onder water een kledingstuk, dat pas een tijd later kwam aandrijven. Dan zat het vaak onder de algen en was meestal onherkenbaar wat het eigenlijk was.

Maar toen ik van de steen klom en er dichterbij kwam, zag ik dat het om een bos wilde rozen ging. De bloemen waren nog tamelijk vers, lang konden ze er nog niet liggen.

Wie had ze daar neergelegd? En waarom?

Was iemand hier een romantisch huwelijksaanzoek aan het voorbereiden?

Bij die gedachte voelde ik een lichte steek. Maar niet meer dan dat.

Een paar maanden geleden zouden er bij het idee nog tranen in mijn ogen zijn gesprongen.

Toen ik had ontdekt dat mijn man allang niet meer míjn man was, was mijn wereld ingestort. Ik kon het geluk van anderen niet verdragen. Waarheen ik met Leonie ook vluchtte, overal leek het gewoon te wemelen van de verliefde stelletjes. Ik benijdde anderen hun geluk en had daarom een hekel aan mezelf.

Ik keek een tijdje naar de rozen en raakte ze voorzichtig aan. De bladeren waren koel en zacht als zijde en verspreidden een bedwelmend zoete geur. Het was dezelfde soort als ik in mijn tuin had staan. Waarschijnlijk groeiden ze hier overal.

Als ik nu eens wachtte tot er iemand kwam?

Nee, het geluk van een ander paar hoefde ik niet te zien. Het was hun leven, en ik wilde me op het mijne concentreren.

4

In Sassnitz was het een drukte van belang. Een invasie van caravans schoof door de oude stad. Op zoek naar de juiste afslag die me naar hotel Zeezigt zou voeren, kwam ik er minstens vijftien tegen. Het kampeerseizoen was onmiskenbaar begonnen.

Nadat ik flink verkeerd was gereden, zocht ik op een plek waar stilstaan verboden was, op mijn mobieltje naar een routebeschrijving. Dat was niet bijzonder professioneel – maar ik had ook niet gedacht dat er in Sassnitz sluipwegen waren die een tomtom niet eens kon vinden.

'Zijn we er al?' vroeg Leonie. Ze was onrustig. Eerlijk gezegd was ik dat ook, want intussen was het tien voor elf – veel tijd om het hotel te vinden had ik niet meer.

'Nog niet schat, maar bijna,' antwoordde ik afwezig.

Na nog een ererondje zag ik ten slotte het kleine straatje en kon ik op tijd afslaan. De rest was kinderspel. Toen ik de enigszins steile en tamelijk smalle straat achter me had gelaten, zag ik het.

Al op internet had het er grandioos uitgezien, maar in het echt was het gewoonweg imposant. Ik parkeerde mijn auto op de enige vrije bezoekersplaats en stapte uit. Met Leonie aan de hand liep ik over het geplaveide pad naar de ingang, waarvoor een man in rode livrei stond. Hij groette vriendelijk en hield de grote glazen deur voor ons open, waarop in gouden letters HOTEL ZEEZIGT stond.

Niet alleen de portier gaf me het gevoel een reis naar de negentiende eeuw te hebben ondernomen. De foyer van het hotel was in jugendstil ingericht. Zware, comfortabele leren fauteuils nodigden de gasten uit er te verblijven, de receptie leek uit de eerste dagen van het hotel te stammen. Het hout met zijn mooie inlegwerk was zorgvuldig gerestaureerd. Zelfs het oude sleutelbord was er nog.

'Wat kan ik voor u doen?' vroeg de dame aan de balie, wier kostuum eveneens rood was, maar beslist niet ouderwets aandeed.

'Ik heb een afspraak met de heer Hartmann, om elf uur.' Ik keek op de oude staande klok achter de receptie. Drie minuten over elf. Verdorie!

'Een momentje, ik bel hem even,' zei de vrouw glimlachend en ze pakte haar telefoon.

Terwijl ze probeerde haar chef te bereiken, keek ik naar Leonie. Die werd volkomen in beslag genomen door de aanblik van de oude meubels en de kroonluchter, die als een buitenproportionele schitterende druiventros boven ons hoofd hing.

'Kunnen wij er ook zo een nemen?' vroeg ze, zonder haar blik af te wenden.

'Nee, lieve schat, daar is ons huis veel te klein voor.'

'Zijn er dan geen kleinere?' vroeg ze door. Voor ik antwoord kon geven, richtte de receptioniste zich weer tot mij.

'Meneer Hartmann verwacht u in zijn kantoor op de tweede etage. Gewoon met de lift naar boven en dan de gang helemaal uit lopen.'

Ik bedankte haar en liep met Leonie naar de lift. Daar kwam net een ouder stel uit. De vrouw had lichtroze geverfd haar en begon bij de aanblik van Leonie te stralen.

'Wat een mooi meisje!' riep ze enthousiast uit, maar voor ik door een beleefdheidspraatje nog meer tijd zou verliezen, bedankte ik haar vriendelijk en verdween in de lift.

Nerveus keek ik in de spiegel, waar een sierlijst met gouden krullen omheen zat. Wanneer ik in mijn blauwe mantelpak onderweg was naar een klant, voelde ik me altijd een beetje vreemd. Dat was echter geen slecht gevoel. Ik liet de wereld zien dat hier niet een mislukte echtgenote stond die af en toe niet wist wat ze moest beginnen. Hier stond een zakenvrouw die wist wat ze deed. En die het goed kon verhullen als dat eens niet het geval was.

De deur ging open met een zacht PLING! Koele lucht stroomde me tegemoet. Of de airconditioning was niet goed afgesteld, of het tochtte hier. Maar tot het einde van de gang zouden we het hopelijk redden zonder een verkoudheid op te lopen.

Ik klopte aan en werd door een vrouwenstem binnengeroepen.

De dame achter het bureau droeg een roze blouse op een zwarte rok en had haar haar opgestoken in een knot. Ze wierp ons een vragende blik toe.

'Goedemorgen, ik ben Annabel Hansen.'

'De reclamespecialist,' was ze me voor, en ze zette een beroepsmatig glimlachje op. 'Wacht u even alstublieft.'

De secretaresse verdween achter een ouderwetse vleugeldeur, die ze op een kier liet openstaan. Ik aaide Leonie over haar krullen en wierp een blik naar buiten. Wat een schitterend uitzicht op de haven!

'Mammie, wanneer gaan we naar de stad?' vroeg Leonie. Het uitzicht boeide haar niet.

'Straks,' beloofde ik. 'Ik moet nu alleen met de eigenaar van het hotel praten, daarna gaan we een ijsje kopen.'

Leonies ogen lichtten op. IJs was waar ze het dolst op was. En het was het beste middel om haar haar geduld te laten bewaren.

'Hier.' Ik haalde een prentenboek tevoorschijn waarop een waternimf stond afgebeeld met glinsterende groene en blauwe schubben. 'Kijk maar eens wat de kleine zeemeermin allemaal uithaalt.'

Leonie lachte schalks naar me. 'Maar het verhaal is toch altijd hetzelfde.'

Ze was vijf, je kon haar niet meer wijsmaken dat het verhaal in een boek veranderde.

'Dat klopt, maar misschien kun je nog een ander verhaaltje bij de plaatjes bedenken,' was mijn weerwoord. 'Wanneer een boek uit is, wil dat nog lang niet altijd zeggen dat het verhaal dan ook is afgelopen.'

'Een wijze gedachte,' zei een mannenstem achter me.

Verschrikt kromp ik in elkaar. Ik had hem niet horen binnenkomen. Toen ik me omdraaide, zag ik een lange blonde man van begin vijftig. Zijn gezicht was smal en markant, zijn slanke lichaam stak in een donkerblauw krijtstreeppak. Zijn stropdas en pochet hadden dezelfde kleur en accentueerden zijn blauwe ogen, waarmee hij me stralend aankeek.

'Joachim Hartmann,' stelde hij zich voor, en hij stak zijn hand uit. Uiteraard waren zijn nagels perfect gemanicuurd. Ik vond het haast pijnlijk hem een hand te geven, want de laatste tijd hield ik mijn nagels kort en ongelakt. Een nagelstudio had ik al zeker een jaar niet meer vanbinnen gezien en de inhoud van mijn nagellakflesje begon inmiddels uit te drogen.

'Annabel Hansen,' stelde ik me voor. Ik rechtte mijn rug en beantwoordde zijn handdruk ferm en zelfbewust. Waarschijnlijk stoorden mijn korte nagels hem helemaal niet. Bovendien was ik hier om met hem te werken, niet om met mijn uiterlijk indruk op hem te maken. 'Het doet me genoegen kennis met u te maken, meneer Hartmann.'

'Het genoegen is geheel aan mijn kant.' Zijn stem klonk veel voller dan door de telefoon. 'Ik neem aan dat dit uw dochter is?'

'Ja, Leonie.' Toen ik haar naam noemde, gleed er even een glimlach over zijn gezicht.

Al de hele tijd had ze de man voor ons gefixeerd. Misschien werd ze later wel een geweldige rechercheur, mensen observeren kon ze in elk geval. En ze wist in een mum van tijd wie ze mocht en wie niet. Bij Hartmann leek ze een beetje sceptisch, dat zag ik aan het feit dat ze op haar wijsvinger stond te kauwen.

'Dag, Leonie,' zei hij en hij stak haar zijn hand toe. Het leek hem niet te storen dat haar rechterhand helemaal nat was van het gekauw. Leonie aarzelde nog even, maar omdat ik haar had bijgebracht dat ze mensen een hand moest geven als zij dat ook deden, legde ze de hare in die van hem.

'Dag,' zei ze bedeesd.

'Een heel beleefd meisje,' constateerde Hartmann terwijl hij me weer stralend aankeek. 'En qua uiterlijk sprekend haar moeder.'

Het zou zinloos zijn geweest hem uit te leggen hoeveel ze van haar vader had. Bovendien was het hier niet gepast. Gewoonlijk hield ik werk en privéleven strikt gescheiden, alleen wanneer ik Leonie naar een afspraak mee moest nemen omdat de school dicht was of de oppas geen tijd had, raakten die twee gebieden elkaar soms even.

'Nou, komt u maar mee naar mijn kantoor. Uw dochter kunt u met alle plezier meenemen, aan de kant staat een tafeltje voor haar.'

De tafel was niet speciaal voor een kind bestemd, maar gelukkig was Leonie er groot genoeg voor.

'Hier heb je je kleurpotloden,' zei ik terwijl ik een greep in mijn tas deed. Die was de overlevingskit voor elke situatie. Voor mij zat er een boek in voor als ik ergens moest wachten, en voor Leonie had ik kleurpotloden, een kleurboek en een tekenblok bij me, voor het geval dat ze geen zin had de kleren van de prinsessen in te kleuren. 'Blijf hier maar zitten, het duurt niet lang.'

Leonie knikte gehoorzaam en ging aan het werk.

Nu had ik de gelegenheid het interieur van Hartmanns kantoor te bewonderen. Het was verrassend modern en contrasteerde met het ouderwetse gestukadoorde plafond, dat liefdevol gerestaureerd was.

De plaats van het zware bureau was goed gekozen. Van daaraf kon Joachim Hartmann niet alleen het hele vertrek, maar als de deur open was ook de voorkamer overzien. Wanneer het werk vermoeiend was of hem juist verveelde, kon hij ook uit het raam kijken.

'Gaat u toch zitten,' zei hij en hij wees niet naar de stoel voor het bureau, maar naar de leren zithoek onder het raam. 'Stefanie komt zo koffie brengen.'

Dat deed de secretaresse inderdaad vlak nadat we op de comfortabele stoelen hadden plaatsgenomen. En het was niet zomaar koffie, maar een latte macchiato zoals een professionele barista die niet beter had kunnen maken.

Ho, stop, zei ik tegen mezelf. In dit hotel is er natuurlijk een barista, de secretaresse is er vast niet om koffie te zetten.

Discreet deed ze de deur achter zich dicht om het overleg aan ons over te laten.

'Welnu, zoals ik al aan de telefoon heb gezegd,' begon Hartmann terwijl hij met een lange lepel het chocolaatje op zijn melkschuim stukmaakte. 'Van alle campagnes die zijn ingediend is die van u me het best bevallen. Ik kan alleen maar hopen dat u nooit in het hotelwezen zult stappen, in elk geval niet hier, dat zou me beslist ruïneren.'

Hij begon te lachen. Een beetje gemaakt, want waarschijnlijk wist hij wel dat ik nooit een hotel zou beginnen. Over een café had ik wel eens gedacht, maar tot nog toe had mijn werk in de reclamesector me er altijd van afgehouden.

'Maakt u zich geen zorgen, mijn vak is de reclame, en dat beheers ik hopelijk goed.'

'Dat doet u perfect.'

Hartmann keek me aan. Niet zoals iemand die bezig was een opdracht toe te kennen, maar als iemand die zijn gesprekspartner beter wilde leren kennen. Dat bracht me nogal in de war, want sinds Jan had ik nog maar zelden een man zo aangekeken. En nooit had ik zo'n blik op de gewenste manier beantwoord. Ook nu deed ik het niet, hoewel Hartmann beslist aantrekkelijk was. Maar waarschijnlijk was hij alleen maar op zoek naar bevestiging, in een gescheiden vrouw met een dochtertje was iemand als hij vast niet geïnteresseerd.

Ik schakelde dus over op de professionele modus en begon mijn ideeën nog eens aan hem voor te leggen, om hem daarna concrete voorbeelden te geven van reclameacties. De hotelbaas luisterde aandachtig, en gaandeweg verdween ook zijn interesse in mij als persoon.

Terwijl ik praatte, keek ik vanuit mijn ooghoeken steeds even naar Leonie, maar ze was er helemaal in verdiept iets met een knalroze potlood in te kleuren.

Toen ik klaar was met mijn uiteenzetting, keek Hartmann me glimlachend aan.

'De beste keuze die ik had kunnen maken,' zei hij nog eens, en met zijn handdruk gaf hij me vervolgens het groene licht.

'Wat doet u eigenlijk het komend weekend?' vroeg hij toen. Bijna verslikte ik me in het laatste restje van mijn koffie.

In mijn persoonlijke profiel had ik aangegeven dat ik gescheiden was. Maar waarom ging hij ervan uit dat ik belangstelling voor hem had?

Ik moest ook oppassen, want zolang de overeenkomst tussen ons niet was getekend, kon hij zijn toezegging elk moment intrekken. Was hij zo iemand? Had hij mij misschien alleen maar uitgezocht omdat hij dacht een scharrelpartijtje te kunnen beginnen?

Ik glimlachte om mijn onzekerheid te verdoezelen, toen antwoordde ik: 'Dan komen mijn ouders, die willen ons nieuwe huis eens bekijken.'

Dat was een klinkklare leugen, maar beter dan verwikkelingen waar ik geen zin in had.

'O,' zei hij. Blijkbaar was hij ervan uitgegaan dat ik geen plannen had. Ik nam hem onderzoekend op. Zou het gevolgen voor mijn werk hebben? Zo ja, dan zou het beter zijn als hij zich bedacht. Ik mocht dan wel nog jong en gescheiden zijn, maar dat betekende niet dat ik me met klanten inliet. Dat leek mijn blik hem goed duidelijk te maken, want nu keek hij een beetje verlegen.

'Nou, misschien een andere keer dan,' zei hij alsof hij het tegen zichzelf had.

'Hartelijk dank voor de koffie en de opdracht. U zult er geen spijt van krijgen dat u mij de opdracht hebt gegund,' zei ik. Een andere keer zat er niet in. Als ik iets van de afgelopen tijd met Jan had geleerd, dan was het wel dat je je niet met succesvolle, snel verveelde zakenlui moest inlaten.

Toen ik me omdraaide om weg te gaan, ging mijn blik nog eens naar het raam en het grandioze uitzicht op de haven. Een zeilboot voer langzaam voorbij. De viskotters deinden op het water. De onderzeeër lag als een grote sigaar aan de kade.

En toen zag ik het. Een ogenblik was ik als verstard. Opeens klonk er een stem in mijn achterhoofd die me zei dat ik ernaartoe moest gaan. Dat ik het moest zien.

'Is alles in orde met u?' vroeg Joachim Hartmann, die mijn blik en mijn verstarring had opgemerkt.

'Ja, natuurlijk,' antwoordde ik vlug en ik begon Leonies tekenspullen te verzamelen. 'Ik moest alleen even aan iets denken.'

Ik glimlachte en nam toen afscheid.

'Mammie, waar gaan we naartoe?' vroeg Leonie. Ze werd al bijna te zwaar om te dragen, maar om sneller vooruit te komen had ik haar zonder pardon opgetild en ik liep nu de steil aflopende straat naar de haven af. Er reden wat auto's voorbij, bij sommige jankte de motor protesterend. Maar er was geen trottoir waar we onze toevlucht hadden kunnen zoeken, dus bleef ik zo goed en zo kwaad als het ging aan de rechterkant.

Bij de haven aangekomen zette ik Leonie weer neer. Nu pas merkte ik dat ik de vraag van mijn dochter niet beantwoord had.

'Ik wou alleen even naar de haven,' zei ik terwijl ik haar hand in de mijne legde.

'Naar de onderzeeër?' vroeg ze en ze keek in de richting waar de zwarte stalen kolos uit het water oprees. Onderweg hadden we het erover gehad.

'Nee, naar een andere boot. Je zult het wel zien!'

In de haven wemelde het rond die tijd van de vissersboten. Een paar bemanningen laadden kisten met vissen uit, andere controleerden de takelage. Op een plezierstoomboot veegde een man het vuil van het bovendek, terwijl het ernaast liggende zusterschip zich klaarmaakte om op de nog wat magere toeristenschare aan te sturen die op de steiger stond te wachten.

Daartussen lag het schip waarvan de aanblik me vanuit Hartmanns kantoor meteen getroffen had. Terwijl ik liep, kon ik er alleen maar aan denken hoe volmaakt het eruit had gezien. Ook al zou iedereen me voor gek verklaren. Net als de zeelui die me nakeken toen ik met mijn dochtertje over de houten steiger recht op de aanlegplaats afstevende.

Mijn 'droomschip' was een oeroude viskotter, die beslist al een hele tijd geen vissen of krabben meer had gevangen. Iemand had het grootste deel van de vanginstallatie weggehaald en een grote passagierscabine voor de stuurhut gezet.

De blauwe verf op de voor een kotter bepaald slanke romp bladderde al wat af, en voor de witte opbouw gold hetzelfde. Hier en daar waren roestplekken te zien, maar dat deed geen afbreuk aan de imposante aanblik. Voor zover ik kon zien, was de takelage nog intact, en ook het dek zag er nog heel goed uit.

Op de boeg prijkte het al wat verweerde opschrift STORMROOS.

Ik was als gehypnotiseerd.

Het schip had blijkbaar zijn beste tijd gehad, maar ondanks de roestplekken en alle andere duidelijke gebreken was ik gefascineerd.

Wie ter wereld bouwde een viskotter om tot passagiersschip? Omdat er op de boeg geen thuishaven stond, probeerde ik het bij de achtersteven. Daar ontdekte ik dat de oorspronkelijke haven was overgeschilderd. In plaats daarvan stond er TIMMENDORFER STRAND. Ik kneep mijn ogen tot spleetjes en meende daaronder een ander opschrift te zien.

'Mammie, waarom kijk je zo raar?' vroeg Leonie.

'Ik wou zien waar die boot vandaan komt,' antwoordde ik, en ik pakte haar hand steviger vast. Ze mocht me in geen geval ontglippen.

'Staat het er niet op?' zei mijn dochter verbaasd. Lezen kon ze natuurlijk nog niet, maar ik had haar een paar letters en haar eigen naam geleerd, die ze in grote letters op haar tekeningen zette.

'Jawel, het staat erop, maar ik denk dat er over een ander woord heen is geschilderd.'

Ik herkende een H en een A. De vroegere aanduiding was kort, dus dat kon alleen betekenen dat de vorige haven van De stormroos Hamburg was.

Meteen begonnen er allemaal radertjes in mijn hoofd te draaien. Was er in Hamburg misschien documentatie over het schip te vinden? Zou ik erachter kunnen komen waarom het verkocht was? Waarom het was omgebouwd?

Waarom wilde ik dat? Ik kon het niet verklaren, maar de wens was er onmiskenbaar. Waarschijnlijk kwam het doordat ik in een scheepsbouwersgezin was opgegroeid.

'Kan ik iets voor u doen?' vroeg een mannenstem achter me. De stem leek op die van Joachim Hartmann, en even dacht ik dat hij me door het raam had gadegeslagen en me achterna was gelopen.

Maar toen ik me omdraaide, keek ik in het gezicht van een bebaarde man met een gebreide muts in een overall. Met zijn lichte ogen keek hij me afwachtend aan.

'Eh... ik wilde eigenlijk het schip alleen maar eens bekijken. Het is... vrij oud.'

De man knikte. 'Ja, dat is het. Maar u kunt er niet op.'

Had ik eruitgezien alsof ik het schip op wilde? Vast wel, want ik had met mijn blikken zo'n beetje de verf van de scheepswand gezogen.

'Nee, ik wilde eigenlijk alleen maar kijken...' Ik beet op mijn lip. Waarom zou ik het niet vragen? Tenslotte werkte de man hier, dus misschien wist hij...

'Hebt u enig idee van wie die boot is? Hij ziet er een beetje gehavend uit...'

De havenarbeider haalde zijn schouders op. 'Geen idee. Maar hij staat te koop, heb ik gehoord. Waarschijnlijk is hij van een of andere figuur uit het Westen.'

'Uit het Westen' klonk, althans in mijn oren, meer dan twintig jaar na de Duitse eenwording een beetje eigenaardig. Maar voor sommigen leek de grens nog altijd in zekere zin te bestaan.

Ik knikte alleen maar. Als het schip zou worden verkocht, zou het beslist eerst moeten worden gerenoveerd, anders was het moeilijk ervan af te komen.

'Pas maar op dat de kleine niet te dicht bij de kade komt,' zei de man, die blijkbaar echt geen idee had.

'Maakt u zich geen zorgen,' antwoordde ik, maar ik trok Leonie onbewust wat dichter naar me toe. 'We zijn zo weer weg.'

Omdat de havenarbeider me nog steeds onderzoekend aankeek, stelde ik hem een laatste vraag voor we echt weg zouden gaan.

'Weet u waar je erachter kunt komen wie de kotter verkoopt?'

'Op internet staat vast wel iets, gaat u gewoon naar de site van de haven, daarop staat een advertentierubriek.'

Ik bedankte hem en liep toen met Leonie over de kade. Daarbij merkte ik dat we geobserveerd werden.

Een man in een blauwe jopper zat op een van de kunstmatig afgescheiden rotsmuren die de haven omgaven. Zijn gelaatstrekken kon ik uit de verte niet goed zien, maar hij had een stoppelbaard en zijn donkerbruine krullen stonden alle kanten op, alsof hij net uit bed was komen vallen.

Toen hij merkte dat ik naar hem keek, wendde hij zich af en deed alsof de onderzeeër aan de andere kant van de haven hem vurig interesseerde. Betrapt, vriend, dacht ik, en ik begon te lachen. Was hij misschien de eigenaar, die zijn boot in de gaten hield? Vanuit de verte kon ik dat niet beoordelen. Maar zin om naar hem toe te gaan en te vragen wat er zo interessant aan ons was, had ik niet. Dus trok ik Leonie mee.

Op internet staat vast wel iets, weerklonken de woorden van de havenarbeider in mijn hoofd.

Dat zou ik nagaan zodra we thuis waren.

Terwijl ik met Leonie door de stad slenterde en we het beloofde ijs aten in een café dat Bij de vuurtoren heette, kon ik het schip maar niet uit mijn hoofd zetten.

De kotter stond te koop. Dat bracht me aan het dromen. Wat zou je van zo'n boot kunnen maken? Een varend café misschien?

En dan de geschiedenis die in elk detail van het schip verborgen zat! Zo oud als het was, had het vast veel ruwe zeelui meegemaakt – en nog ruwere zee.

Als ik de leeftijd ervan juist schatte, had het de Tweede Wereldoorlog meegemaakt.

Zo'n geschiedenis was buitengewoon geschikt voor een reclamecampagne!

'Mammie, je eet helemaal niet!' Leonie wees naar mijn ijscoupe, waarin het ijs grotendeels was gesmolten. Leonie was vlugger geweest. Dat van haar was al in haar buik verdwenen en wat ze niet had opgegeten, zat op haar kin, haar wangen en haar neus.

Onwillekeurig moest ik lachen. 'Je ziet eruit als een clown,' zei ik, en ik haalde een zakdoekje tevoorschijn en veegde haar toet af. 'Een aardbeienijsclowntje.'

'Gadsie,' protesteerde Leonie. 'Niet met spuug!'

'Goed dan, op naar de kraan.' Ik pakte haar hand en nam haar mee naar het toilet.

Toen we terugkwamen was er niets meer van mijn vanille-ijs over, de slagroomtoef dreef troosteloos op een roomwitte plas. Maar dat kon me niet schelen, want ik had op dat moment geen ijs nodig om gelukkig te zijn, zonder dat was ik het ook.

5

’s Avonds sloeg Leonies stemming om. Sinds een jaar gebeurde dat met wisselende tussenpozen. Ik vreesde er elke keer weer voor.

Normaal gesproken was mijn engeltje vrolijk en onbezorgd, maar dan trok er ineens een wolk over haar gemoed die haar ertoe bracht apathisch in de hoek voor zich uit te gaan zitten staren.

We hadden nu twee maanden rust gehad, want Leonie had net zo uitgekeken naar het nieuwe huis als ik. Misschien had ze zelfs gehoopt dat haar vader vanwege de verhuizing bij ons zou terugkomen.

Leonies stemmingsveranderingen traden op sinds de dag dat haar vader wegging. Ze had niet gehuild, maar zich in haar eigen wereldje teruggetrokken. Soms hadden die fases zo lang geduurd dat ik voor een depressie vreesde. Ergens had ik gelezen dat ook heel jonge kinderen dat kon overkomen, hoewel dat maar zeer zelden gebeurde.

De kinderarts had gezegd dat het kind getraumatiseerd was door de scheiding. Dat had er niet weinig toe bijgedragen dat mijn woede zich op Jan richtte. Door zijn egoïsme was ons kind getraumatiseerd geraakt. Dat was de druppel. Het maakte me des te kwader omdat ik wist hoe het voelde als een ouder ineens verdween. Weliswaar had Leonie – in tegenstelling tot mij destijds – haar moeder nog, maar omdat ze aan twee ouders gewend was, moest het haar evenveel pijn doen als het verlies van mijn biologische moeder mij had gedaan. Mijn biologische vader had ik nooit gekend, mijn moeder had me alleen verteld dat hij voor mijn geboorte was gestorven. Wat je nooit had gehad, miste je niet echt, hoewel ik me als kind soms had afgevraagd of alles anders was gegaan als hij er wel was geweest.

Maar Leonie kende haar vader wel en miste hem. Soms wenste ik dat ze zou merken hoe verachtelijk haar vader zich gedroeg en dat hij de liefde die ze voor hem voelde niet verdiende. Maar ze hield van hem en droomde over de dag dat we weer bij elkaar kwamen en alles net zo was als vroeger. Ze wist immers niet dat Jans liefde voor mij al was verdwenen op de dag dat zij geboren werd.

'Leonie Leeuwenhart, wat is er?' vroeg ik, maar ze zat alleen maar naar de pop in haar hand te staren, die een scheve diadeem op haar warrige haar had.

'Ben je verdrietig?' vroeg ik, hoewel ik precies wist wat de oorzaak was. Natuurlijk was ze verdrietig. Omdat ze haar vader miste.

'Zal ik de kat gaan zoeken? Misschien kunnen we hem lokken met een beetje melk?' Niets stond me meer tegen dan het met die vreemde kat aan te leggen, maar ik wist zeker dat hij zich niet zou laten zien.

Leonie schudde haar hoofd.

Ik zuchtte diep. Het had geen zin te negeren wat er zo duidelijk aan de hand was.

Ik had geen idee wat deskundigen ouders op zo'n moment zouden aanraden, maar het zou wel het beste zijn om met haar te praten. Alleen op die manier zou ik haar misschien uit haar tent kunnen lokken.

'Je mist papa, hè?'

Leonie knikte. Ik nam haar in mijn armen, en gelukkig liet ze dat toe. Ze kroop tegen me aan, en ik begroef mijn gezicht in haar krullenbos.

'Ik weet dat je hem heel erg mist,' hoorde ik mezelf zeggen, en mijn stem klonk net zoals die van mijn adoptiefmoeder, vlak nadat ik bij de Hansens was gebracht. 'Ik weet dat je haar heel erg mist,' had ze gezegd, 'maar het is niet anders, en je zult het goed bij ons hebben.'

Leonie wist dat ze het goed bij me had, ik was immers haar moeder. Tegen haar verdriet bestond maar één remedie – de aandacht van haar vader. Maar waar moest ik die vandaan halen?

Een tijdlang liet ik de woorden in mijn mond balanceren, niet in staat ze uit te spreken. Mijn hart brak als ik zag hoe verdrietig Leonie was, maar in mij verzette alles zich ertegen een belofte te doen die ik niet kon waarmaken. Niet wílde waarmaken.

Toen haalde ik diep adem.

'Wil je dat ik hem opbel en vraag of hij eens langs wil komen?'

Ik kon me wel voorstellen dat ze nog meer terneergeslagen zou worden als Jan op die arrogante toon van hem meedeelde dat hij het te druk had en geen tijd had om naar de Oostzee te reizen. Evenzeer kon ik me voorstellen dat ik zo stinkend kwaad zou worden dat ik de trap naar het strand afging en mijn woede uit mijn lijf zou schreeuwen.

Maar ik had de zin, die ik eigenlijk helemaal niet had willen zeggen, nog niet uitgesproken, of mijn zonnestraaltje kwam terug.

'O, ja!' riep Leonie uit, terwijl haar ogen hoopvol oplichtten. Blijkbaar had ze echt geloofd dat door een nieuw huis alles anders zou worden. Dat het huis het in zijn macht had alles wat er gebeurd was ongedaan te maken.

'Oké,' zei ik, en ik kuste haar op haar hoofd. 'Ik zal hem bellen.'

'Nu meteen?'

Dat had ik natuurlijk kunnen verwachten. Leonie wilde belangrijke dingen altijd meteen gedaan hebben.

Ik was er niet klaar voor Jans stem te horen, en nog minder om met hem te praten, een echt gesprek met hem te voeren, het eerste sinds we elkaar bij de rechtbank voor het laatst hadden gezien.

Maar wat moest ik doen? Leonie was mijn dochter en ik had er alles voor over om haar weer te zien lachen. De vraag was alleen of Jan zou meewerken. Het was bepaald niet de eerste keer dat ik hem probeerde te bereiken.

Terwijl de telefoon overging, klopte het hart me in de keel. Wat zou ik zeggen als hij daadwerkelijk aan de lijn kwam? Alleen maar dat we verhuisd waren? Of ook dat Leonie hem miste en dat ze heel blij zou zijn als ze hem weer zou zien?

Daarop zou hij vast antwoorden dat hij geen tijd had en later terug zou bellen. En dat zou hij dan niet doen.

Na drie keer overgaan kreeg ik de voicemail. Toen ik Jans stem hoorde, die vroeg een bericht achter te laten, hing ik op. Mijn hart ging nog steeds als een razende tekeer. Maar nu van woede. Ik had zo lang zijn stem niet meer gehoord dat ik absoluut niet meer besefte hoe aalglad die eigenlijk klonk. Vroeger vond ik zijn stem sexy, maar nu kon ik de manier waarop hij de klinkers oorstrelend rekte, niet meer verdragen.

Maar het ging nu niet om mij. Het ging om Leonie, die van de stem van haar vader hield en ernaar verlangde. En die waarschijnlijk slim genoeg was om zich af te vragen waarom haar papa haar niet meer wilde zien.

Ik probeerde het nog een keer, maar met hetzelfde resultaat. Jan nam niet op. Zuchtend hing ik op en liep terug naar Leonie. Ze was intussen weer wat gekalmeerd en zat met haar poppen op haar bed.

Toen ze me de kamer hoorde binnenkomen, schoot haar krullenkop omhoog. 'En, komt hij?'

'Hij nam niet op, waarschijnlijk moet hij werken,' antwoordde ik. En net als vroeger verontschuldigde ik hem bij onze dochter. 'Ik zal het later nog eens proberen.'

Ik had ook een bericht kunnen achterlaten.

Leonie knikte, geforceerd dapper. Maar lang hield ze het niet vol. Even later drupte er een traan op het gezichtje van haar pop.

Ik vloog naar haar toe.

'Hé, lieve schat, dat kun je niet maken,' zei ik. 'Straks denkt je pop nog dat het buiten regent. Wat zou jij zeggen als er een grote, dikke regendruppel op je viel?'

Leonie gaf geen antwoord op mijn vraag, ze nestelde zich tegen me aan, zodat de tranenstroom mijn shirt doorweekte. Ik sloeg mijn armen om haar heen en nam me voor een boodschap op Jans voicemail in te spreken. Zodra ik weer bekomen was en zo zakelijk als met een klant met hem kon praten.

Nadat ik me ervan vergewist had dat Leonie vredig in slaap was gevallen, lag ik nog lang wakker en dacht na over mijn jeugd. Ik dacht aan wat ik wist en wat ik niet wist.

Ook ik had een verlies geleden. Ook ik had getreurd. Ik herinnerde me nog goed de zolder van het tehuis in Leipzig waar ik terecht was gekomen voor de Hansens me geadopteerd hadden. Daar was een dakraam. Dat had ik opengedaan, voor zover de veiligheidsketting dat toeliet. Vanaf mijn plekje daarachter had ik naar de straat gekeken, in de hoop dat er iemand zou komen en tegen me zou zeggen dat het allemaal maar een vergissing was. Ik hoopte dat mijn moeder kwam. Maar niemand die langs het huis kwam, wilde naar me toe. De vertrouwde gestalte van mijn moeder verbleekte steeds meer, tot ik me niet meer kon herinneren hoe ze eruitzag. Zelfs als ze langs het huis was gekomen, zou ik haar niet hebben herkend.

Toen de gedachten verdwenen, merkte ik dat mijn wangen nat waren. Ik huilde! Dat had ik al zo lang niet meer gedaan. En het was het laatste wat ik wilde.

Ik draaide me om in bed, naar het raam, waarachter de duisternis ruiste. Ik concentreerde me erop de zee te horen, en toen zag ik eindelijk iets anders voor me: de blauwe kotter.

Stormroos was een prachtige naam voor een boot. Schoonheid en robuustheid in één woord. Het was jammer dat hij in de haven lag weg te rotten en rijp te worden voor de sloop. Zou je daar niet iets tegen kunnen doen?

De liefde voor boten had ik van mijn vader overgenomen, beter gezegd van mijn adoptiefvader. Ten tijde van de DDR werkte hij op de Volkswerf in Stralsund, en later bij Nikolai & Jensen in Hamburg. Altijd wanneer ik hem van zijn werk afhaalde, was ik gefascineerd door de grote schuiten die op stapel lagen. Een tijdlang wilde ik zelf scheepsbouwer worden, maar mijn vader had het me afgeraden. Dat had me niet weerhouden, maar op een gegeven moment zag ik zelf in dat dat geen beroep voor mij was. Ik had ervoor gekozen bedrijven te helpen met goede reclame, en toch was die droom gebleven, de droom over het schip waarop ik wegvoer voor mijn problemen.

En dat schip lag nu in de haven van Sassnitz alsof het al die tijd op me had gewacht. En de havenwerker had gezegd dat het te koop was. Wilde het lot me daarmee een teken geven?

Die gedachte trof me zo sterk dat ik rechtop in bed ging zitten.

Stel dat ik het schip kocht? Als ik het weer een goede bestemming zou geven, bijvoorbeeld als plezierboot – of een café! Ja, een café leek me zinvol. En niet zomaar een café waar je tijdens een tocht langs de kust aardbeientaart at, mijn kottercafé moest iets bijzonders zijn. Met exposities, concerten, lezingen en kleine theatervoorstellingen. Eigenlijk was dat een beetje dwaas, zeker in deze tijd. Maar was dit niet ook de tijd waarnaar we meer dan twintig jaar geleden koortsachtig hadden verlangd? Een tijd waarin je dromen kon verwezenlijken – ongeacht hoe het uiteindelijk uitpakte?

Ik tastte naar mijn mobiel, riep de browser op en zocht naar De stormroos. Hoe duur kon zo'n roestige boot nou zijn? Zoiets kostte vast niet al te veel. Natuurlijk, de restauratie zou kapitalen verslinden, maar het was toch niet zo dat ik geen idee had hoe ik het op de markt kon zetten. Ik was tenslotte reclamespecialist!

Op de homepage van de haven werden verscheidene boten uit de buurt aangeboden. De naam van de verkoper stond er niet bij, maar wel een telefoonnummer. De foto van de kotter moest geretoucheerd zijn, want zo goed had hij er in de haven niet uitgezien. Dat weerhield me er echter niet van het nummer op te slaan.

Toen wierp ik een blik op de wekker naast mijn bed. Kwart over drie. Ik was zo opgewonden dat ik het liefst meteen had gebeld, maar ik hield me in. Als het een privénummer was, zouden ze beslist schrikken en mij voor gestoord uitmaken, en als het om het nummer van een bedrijf of makelaar ging, zou het kantoor onbemand zijn.

Maar ik moest ergens heen met mijn overtollige energie!

Ik stond zachtjes op en liep naar de woonkamer, waar de onuitgepakte dozen stonden. Leonie sliep vast en diep, het huilen had haar uitgeput. Even vlamde de ergernis over Jan weer op, maar die zette ik van me af. Hij zou ons leven hier niet vergallen!

Zachtjes begon ik uit te pakken. Mijn handen verdeelden werktuiglijk alles over laden en kasten. Pas toen ik bij de map kwam die ik de vorige dag had opengeslagen, verdween mijn gedrevenheid ineens. Ik staarde even naar de kartonnen omslag, maar had niet de moed om de afbeelding van de windmolen tevoorschijn te halen. Er rustte iets zwaar op mijn gemoed, en weer meende ik de stem van mijn moeder te horen. Vreemd dat die gevoelens, die ik allang van me afgeschud dacht te hebben, ineens weer zo intens waren.

Ten slotte liet ik de map in een van de onderste laden van de kast in de woonkamer verdwijnen en ging ik op de bank zitten. Ik maakte geen licht, dat was ook niet nodig. Minutenlang staarde ik in het donker en hoorde het huis kraken en ademen. Zou het zijn oude bewoners missen?

Terwijl ik daar in het donker zat, voelde ik me weer rustiger worden. Natuurlijk kon niet alles van vandaag op morgen weer in orde zijn. Vooral niet als het om Jan ging. Zou Leonie ooit kunnen vergeten wat er gebeurd was, vroeg ik me af, en ik meende in mijn achterhoofd een stemmetje de tegenvraag te horen stellen: ben je dan alles wat er in je kindertijd is gebeurd echt vergeten?

Ik wist het antwoord maar al te goed.

En ineens waren ze er weer, de beelden uit het verleden. Maar ditmaal vluchtte ik er niet zoals anders voor weg door iets te gaan doen of mezelf af te leiden.

Ik liet ze komen.

6

Annabel

'Annabel!' klonk de stem van de kinderverzorgster van beneden, maar ik had geen zin om antwoord te geven.

Sinds drie maanden was ik hier, in het tehuis waarin ze me na het verdwijnen van mijn moeder hadden ondergebracht.

Het was een oud gebouw met drie etages en wit met geel honingraatbehang op de muren. Overal hadden de muren hetzelfde behang, op de gang, in de slaapzalen en in de keuken. Zelfs de bergruimte was ermee behangen.

Maar dat interesseerde me niet. Mijn lievelingsplek was tenslotte de zolder, waar je eigenlijk niet mocht komen – maar sinds ik had ontdekt dat de deur naar boven nooit werd afgesloten, trok ik me daar altijd terug.

Ook die dag zat ik er, met de verftekening van de windmolen in mijn hand, de laatste die ik thuis had geschilderd. Alsof dat zou helpen mijn mama hierheen te waaien.

Ik was net zo weinig op mijn speelkameraadjes gesteld als zij op mij. Ik wou hier niet zijn. Een keer had ik geprobeerd door de deur naar buiten te glippen om naar huis te lopen. Daarvoor had ik van een verzorgster een knallende oorvijg gekregen.

De zolder was de enige plek waar ik alleen kon zijn. Waar ik kon hopen dat mijn mama zou komen. Hierboven was het donker, want ik durfde niet het licht aan te doen. Eigenlijk had ik bang moeten zijn voor de spullen en kisten die hier stonden. Maar inmiddels kende ik andere angsten. Monsters in de schaduw stelden daarbij vergeleken niets voor.

Vanuit het raam had ik goed zicht op de straat. Auto's reden knetterend langs, voetgangers droegen hun boodschappen naar huis, 's middags speelden er kinderen. Soms zag ik ook de directrice van het tehuis of andere kinderen, die boodschappen voor haar deden of uit school kwamen.

Nu, in de winter, zag de stad er bijzonder grauw en troosteloos uit. Het werd vroeg donker. Maar die nacht waren de daken bestrooid met poedersneeuw. De hemel die laag over de stad leek te hangen, was loodwit.

'Annabel, waar zit je?'

Ik gaf nog steeds geen antwoord. Het was me duidelijk dat het problemen zou geven als ze me hierboven vonden. Maar ik wilde niet weg bij het raam. Ik was ervan overtuigd dat mijn mama me zou komen halen. Ik was immers nog altijd in Leipzig. Ze wist hier de weg.

De eerste weken geloofde ik nog dat de verzorgsters me riepen omdat mijn mama gekomen was om me af te halen. Maar ik werd telkens weer teleurgesteld.

Dus bleef ik daar zitten zolang het kon, keek naar buiten en wachtte. In mijn fantasie zwierf mijn moeder nu door de stad, vroeg de mensen naar mij, liet hun mijn foto zien. Mama had veel mooie foto's van mij en haarzelf, de laatste had ze gemaakt toen we een paar dagen aan de Oostzee waren. We konden niet vaak op vakantie gaan, maar de afgelopen zomer hadden we het gewoon gedaan.

Waarom was ik hier eigenlijk heen gebracht? Ik begreep het nog steeds niet helemaal. Maar ik zag duidelijk voor me wat er in de politieauto was gebeurd nadat ik wakker was geworden.

Een vrouw was bij me in de auto gestapt. Voorin zat een agent. Nog altijd hield ik de tekening in mijn hand, de afbeelding van de windmolen die ik de avond ervoor had geschilderd.

'Waar is mama?' vroeg ik, en ik klampte me aan het papier vast alsof het een reddingsboei was.

'Je mama is er niet meer,' verklaarde ze op vriendelijke toon. 'We brengen je nu naar het tehuis.'

'Maar waar is mama?' De tranen sprongen me in de ogen. Was er iets met haar gebeurd? De dood was voor mij nog iets abstracts, ik had geen idee hoe het ging, maar ik wist dat mensen stierven en er dan niet meer waren.

De vrouw naast me, die op een of andere manier raar rook en een vreemd gezicht had, vertelde me nu dat mijn mama weg was.

'Ze is toch niet dood?' vroeg ik panisch en ik zocht een mogelijkheid om het portier van de auto open te maken.

Ik was vreselijk bang, vooral omdat de vrouw aarzelde, zoals alle volwassenen deden wanneer je ze een vraag stelde waarop ze geen antwoord wilden geven.

Ze brachten me naar een onbekend gebouw, waar het naar kool en vleesjus rook. Was dat het kindertehuis?

Ik was tot dan toe nooit in zo'n tehuis geweest, en mijn angst werd nog groter.

Ik begon weer te huilen, ook de vreemde vrouw kon me niet troosten. Mijn armen deden zeer van het vasthouden van de tekening, omdat ik die stevig tegen mijn borst drukte.

Pas toen twee mannen in bruine pakken de kamer inkwamen, werd ik stil. Niet omdat ze me troostten, maar omdat ik zo bang voor ze was dat ik niet meer kón huilen.

Een van hen ging achter het bureau zitten, waarop een mosterdgele map lag. In mijn angst merkte ik maar terloops dat er nog twee vrouwen binnenkwamen.

'Jij bent dus Annabel Thalheim,' zei de man, nadat hij de map had opengeslagen.

Ik knikte timide.

'Je vindt het vast niet leuk dat we je zo uit je bed hebben gehaald. Maar we konden niet anders.'

Ik keek mijn lichaam langs en merkte nu pas dat ik nog steeds mijn pyjama aanhad. Daar schaamde ik me heel erg voor.

'Je moeder heeft de Duitse Democratische Republiek verraden! Daarom zullen we je bij mensen onderbrengen die een beter mens van je kunnen maken.'

Ik keek hem geschrokken aan. Ik had geen idee wat mijn moeder kon hebben verraden. Ze had misschien geheimen, maar die zou ze nooit hebben verraden.

'Ik wil naar mijn mama,' snikte ik, want ik had geen idee wat hij daar zei.

'Heb je het niet gehoord? Ze is niet meer hier! Ze is naar het Westen overgelopen. Je gaat per direct hier wonen.'

Zijn grimmige gezicht hielp niet echt om me te kalmeren. Integendeel, ik begon luidkeels te brullen.

'Kameraad Werner, laat dat kleintje toch,' zei een vrouwenstem sussend. Even later werden er armen om mijn schouders heen geslagen. 'Het is allemaal nieuw voor haar. Ze moet eerst een beetje wennen, dan kun je met haar praten.'

Ik mocht de vrouw die me wilde troosten niet, ze rook zo raar en voelde zo koud aan, maar omdat ik geen ander houvast had, klampte ik me vast aan haar rok. Zij had tenslotte die boze man het zwijgen opgelegd.

'Goed dan, breng haar maar naar boven, we zullen later nog met haar praten.'

'Kom,' zei de vrouw vriendelijk. 'We gaan nu naar de anderen. Je zult hier veel nieuwe speelkameraadjes hebben, en wij zullen op je passen.'

'Komt mama terug?' vroeg ik klaaglijk, want nieuwe speelkameraadjes interesseerden me niet. Ik had mijn vriendjes op de kleuterschool, dat was genoeg.

'Misschien,' antwoordde ze. 'Maar nu moet je eerst maar eens gaan slapen. Morgen praten we wel verder.'

Op dat moment besefte ik niet hoeveel geluk ik had gehad. Ze hadden me net zo goed in een jeugdinternaat kunnen stoppen. Ook zesjarigen kwamen daar soms terecht. Maar dat kwam ik pas veel later te weten.

De vrouw, die tante Margot genoemd wilde worden, bracht me naar de slaapzaal, die ik met twaalf andere kinderen deelde. Ik was verschrikkelijk bang. De anderen werden natuurlijk wakker en keken om zich heen, hun gefluister hing als het gezoem van insecten in de lucht. De kinderverzorgster had alles voorbereid. Alsof ze had geweten dat mijn moeder vannacht zou weglopen, stond er al een leeg veldbed met beddengoed voor me klaar.

'Zou je die tekening niet wegleggen?'

De vrouw stak haar hand uit. Ik schudde mijn hoofd.

'Maar hij raakt helemaal verfrommeld als je hem mee in bed neemt! Ik zal hem voor je opbergen.'

Welke reden had ik om haar te vertrouwen? Misschien was de tekening morgen weg, net zo vlug als mijn mama verdwenen was.

Maar uiteindelijk gaf ik die aan haar.

'Ik zal er goed op passen,' beloofde ze. Toch ging ik met een ongerust gevoel op het veldbed liggen.

Dat leek in geen enkel opzicht op mijn zachte bed thuis. Het was hard en oncomfortabel, ik had het gevoel dat ik in een hangmat lag.

De verzorgster vertelde de anderen niet wie ik was. Dat zou waarschijnlijk morgen wel komen. In plaats daarvan beval ze hun zich rustig te houden, en deed toen het licht uit.

Terwijl ik in het donker lag te staren, voelde ik me verlaten en bedreigd. De andere kinderen bleven nog stiekem een beetje smoezen, toen werd het stil om me heen. Geen van de kinderen kwam naar me toe, zelfs mijn directe buren vroegen niet eens wie ik was.

Maar op dat moment vond ik het wel best. Hoewel ik erg bang was, kreeg de uitputting ten slotte de overhand en liet ik me wegzinken in een diepe, droomloze slaap.

Misschien komt het morgen allemaal weer goed, was mijn laatste bewuste gedachte.

Maar natuurlijk kwam het niet allemaal weer goed bij het wakker worden. Alleen mijn tekening, die was er inderdaad nog.

De volgende ochtend leerde ik de andere kinderverzorgsters kennen. Naar hun vriendelijke vragen en woorden luisterde ik niet. In plaats daarvan vroeg ik telkens weer wanneer mijn mama eindelijk terug zou komen.

Waarschijnlijk om geen last van me te hebben zeiden ze dat ze ooit wel weer terug zou komen, maar niet meteen. Dus zou ik zolang daar blijven en met de andere kinderen kunnen spelen.

Ik had geen zin om met de anderen te spelen. Ik werd verteerd door angst en vragen. Angst dat mijn moeder me gewoon zomaar had afgestaan of dat haar iets was overkomen. En door de vraag naar het waarom. Wat had mama verraden? En waarom was de man in het bruine pak zo boos geweest? Ik had hem toch niets gedaan!

Ze hadden intussen wat spullen van mij thuis opgehaald. Kleren en mijn map met tekeningen. Die spullen roken zo naar thuis dat ik aan de ene kant blij was dat ik ze had – maar anderzijds raakte ik verscheurd van verlangen naar mijn mama en mijn oude leventje.

Een paar dagen later kwamen de mannen weer naar het tehuis. Ze deden niet vriendelijker dan eerst tegen me, maar inmiddels was me duidelijk geworden dat ik ze nog bozer maakte als ik huilde. Dus liet ik ze praten, knikte of schudde mijn hoofd, vertelde het hun als ik ergens antwoord op wist. Veel was dat niet, want de meeste vragen begreep ik totaal niet.

Ze sloegen me om de oren met woorden als 'republiekvlucht', 'asociaal', 'niet-socialistisch buitenland' of 'staatsvijandin', maar daar kon ik niets mee beginnen.

Op een gegeven moment gaven de mannen het op, en tante Margot bracht me weer naar de andere kinderen.

Die waren net in de tuin van het tehuis aan het spelen, maar ik zat apathisch op een bankje en probeerde te begrijpen wat er was gebeurd.

'Annabel?'

De beelden verdwenen op slag toen ik gestommel op de trap hoorde. De kinderverzorgster die me had gezocht had wel begrepen waar ze me kon vinden.

Even dacht ik er nog over me te verstoppen. Maar voor ik weg kon rennen, was ze er al. Eerst zag ik haar getoupeerde kastanjebruine kapsel, toen haar boze gezicht.

'Hier zit je dus!' bromde ze tegen me. Een paar seconden later sloten haar vingers als een ijzeren klauw om mijn pols. Ze sleurde me de trap af zonder er acht op te slaan of mijn voeten de treden raakten of niet.

Beneden trok ze me de keuken in.

'Wat had je daarboven te zoeken?' knorde de vrouw die we tante Elke noemden tegen mij en ze schudde me door elkaar. 'We dachten dat je iets was overkomen. Voor straf ga je zonder eten naar bed!'

Toch gaf ze me geen draai om de oren. Maar de daaropvolgende uren wenste ik bijna dat ze dat wel had gedaan. Bij een uitbrander en voor straf zonder eten naar bed zou het niet blijven. Ik zou ook eerder dan de anderen naar bed moeten – natuurlijk niet zonder dat de anderen werd verteld waarom ik die straf had gekregen.

De verzorgster spoorde de andere kinderen aan om me uit te lachen om mijn gedrag. Dat deed meer pijn dan een draai om mijn oren.

Terwijl de anderen in de gemeenschappelijke ruimte naar *Het zandmannetje* mochten kijken, lag ik op mijn veldbed en moest ik nadenken over wat ik had gedaan. Maar wat had ik gedaan? Op mijn mama zitten wachten, meer niet!

Ja, natuurlijk wist ik dat ze naar het Westen moest zijn gegaan en dat dat niet in orde was. Maar misschien bedacht ze zich nog. Tenslotte hield mijn mama toch van me!

De volgende dag bleef ik uit de buurt van de zolder, maar ik probeerde wel bij elke gelegenheid uit het raam te kijken. De verzorgsters hielden me goed in de gaten, ik had het gevoel dat er voortdurend een in de buurt was en oplette of ik niet naar boven glipte. Blijkbaar waren ze bang dat ik weer zou weglopen.

Na een tijdje werd dat gelukkig minder, maar de drang om naar boven te gaan en alleen te zijn bleef altijd aanwezig.

Dus trok ik me terug in mijn fantasiewereld, bedacht honderden verhalen waarin mijn moeder kwam om me daar weg te halen. Misschien zou ze me meenemen naar het Westen. Ook al wist ik niet zo goed waar dat was.

Soms, wanneer de wanhoop de overhand kreeg, huilde ik urenlang, zonder dat iemand me kon troosten. De andere kinderen vermeden me dan, waarschijnlijk vonden ze het akelig. De verzorgsters probeerden me nog op te monteren met chocolademelk, maar hoe kon dat mijn mama vervangen? Rond Kerstmis werd het bijzonder erg. Alle anderen in mijn groep verheugden zich erop, maar ik kon alleen aan mijn mama denken. Waar was ze nu? Waarom had ze me hier nog steeds niet weggehaald?

Moedeloos staarde ik naar de muur, terwijl mijn leeftijdgenootjes vrolijk kwebbelden. Waarom waren zij eigenlijk niet verdrietig? Hadden zij helemaal geen ouders gehad? Ik had tot dan toe niet de moed kunnen opbrengen ernaar te vragen.

Ik praatte toch al weinig met de andere kinderen. De meesten negeerden me, anderen waren vijandig. Een vriendinnetje had ik niet. Waarschijnlijk ook omdat ik geen contact met anderen zocht. Ik wachtte op de enige persoon die ooit iets voor me betekend had: mijn moeder.

Ik ging zelfs zover de Kerstman stiekem te vragen of hij mijn mama naar me toe wilde sturen. Iets anders wilde ik niet dat jaar.

Ik had het ook graag op mijn verlanglijst gezet, maar dat durfde ik niet. De verzorgsters in het tehuis namen de briefjes in, en omdat ik altijd opviel met mijn wens door mijn moeder gehaald te worden, zouden ze me waarschijnlijk weer door de anderen laten uitlachen.

Dat hadden ze al diverse keren gedaan. Het liefst had ik al die lachende kinderen in hun gezicht getimmerd, maar dat durfde ik niet. Waarschijnlijk zou ik dan nog ergere straf krijgen. Dus probeerde ik altijd wanneer tante Elke of tante Sabine de anderen opriep mij uit te lachen, me ervoor af te sluiten. Dat lukte na een tijdje zo goed dat ik me op zulke momenten naar ons huis kon terugverplaatsen. Het gelach dat ik wel nog steeds hoorde, werd dan de lach van mijn moeder terwijl ze vrolijk met me door ons huis danste.

Omdat ik toch al geen andere cadeaus wilde hebben, was ik niet eens teleurgesteld toen ik er bijna geen kreeg. Er waren een doosje met plastic kralen en een popje met warrig haar, de oudere kinderen kregen linialen, potloden en schetsboeken.

Terwijl we samen kerstliedjes zongen, dwaalde mijn blik telkens weer naar het raam en tussen de gordijnen door naar de duisternis.

Mijn grootste wens werd niet vervuld. Mijn mama kwam niet. De Kerstman had me diep teleurgesteld, en dus wilde ik mijn andere cadeaus ook niet. Nog diezelfde nacht trok ik de pop de haren uit en verstopte hem tussen mijn spullen.

De volgende maanden verliepen zonder grotere incidenten. Het enige waar ik moeilijkheden door kreeg was de pop, die een verzorgster tussen mijn spullen had gevonden.

Ik werd om de manier waarop ik met een zo waardevol cadeau omging scherp berispt, maar dat liet ik gewoon langs me heen gaan.

Het was me gelukt een pantser te vormen. Aan het gelach van de andere kinderen ergerde ik me niet meer. Wanneer de verzorgsters iets van me vroegen, deed ik het.

Ik werd een grote fan van het sprookjesuur 's avonds, wanneer een van de verzorgsters voorlas uit de sprookjesboeken die in een afgesloten kast bewaard werden.

Het sprookje dat me het meest fascineerde, was dat van Assepoester. Ook haar moeder was weg, haar vader eveneens. Ze was overgeleverd aan haar stiefmoeder en stiefzusters. Ze had het niet goed, ze moest hard werken, maar op een dag gaven een paar duiven haar mooie kleren en maakten ze het voor haar mogelijk naar een heerlijk bal te gaan en de prins te ontmoeten.

Nog weken nadat ik het sprookje gehoord had, liep ik in de tuin telkens naar een van de bomen waarin een paar wilde duiven nestelden, en fluisterde hun mijn wensen toe. Ze moesten echter niet 'goud en zilver' over me heen gooien, maar mijn mama terugbrengen.

Dat ze mijn wens niet meteen vervulden, was niet erg. Ik besefte dat mijn wens veel groter was dan die van Assepoester. Dus hadden ze daar wat meer tijd voor nodig.

Gelukkig kon ik op mijn oude kleuterschool blijven en mijn speelkameraadjes houden. Maar wat er met mijn mama was gebeurd, vertrouwde ik geen van hen toe. Ik had geen idee of hun ouders ervan wisten en of zij tegen hun kinderen hadden gezegd dat ze het me niet moesten vragen.

Onder de kinderverzorgsters in het tehuis en de juffen op de kleuterschool leek er een stilzwijgende overeenkomst te bestaan dat er niet over de verblijfplaats van mijn moeder mocht worden gepraat. Wanneer tijdens de lesuren de ouders ter sprake kwamen, zweeg ik, en de kleuterleidsters spraken me er ook niet over aan. Alleen hun medelijdende blikken voelde ik maar al te duidelijk, maar die verdwenen wanneer de school was afgelopen.

Toen de zomer kwam en ik binnenkort naar de basisschool zou gaan, verscheen op een dag tante Margot op de kleuterschool.

Dat de directrice van het tehuis op een doodgewone middag daarheen kwam, kon van alles betekenen. Maar het ging onmiskenbaar om mij, want ik was er het enige kind uit het tehuis.

Opeens kriebelden er duizenden mieren in mijn buik. Stel dat mama naar het tehuis was gekomen? Dat ze me gevonden had en nu de verzorgsters dwong haar haar dochter terug te geven?

Plotseling was ik zo opgewonden dat ik vergat het penseel, waaraan nog rode verf zat, schoon te spoelen.

'Hé, wat doe je!' protesteerde mijn buurman toen mijn penseel een rood spoor in het blauw van de verfdoos achterliet. We moesten boeren die aan het werk waren schilderen en ik had net een grote rode tractor op papier gezet. En nu dat!

Verschrikt keek ik naar de verfdoos. Omdat het jongetje naast me een klikspaan was, sprong hij meteen op en rende naar de juf.

'Mevrouw Meier, mevrouw Meier, Annabel heeft met haar penseel de verf vies gemaakt.'

Ik keek hem woedend na. Wat een drukte over die verf! Maar het was duidelijk dat ik daarvoor gestraft zou worden, ze zou me op zijn minst in de hoek zetten. Of me, net als in het tehuis, laten uitlachen. Ik haalde dus mijn zakdoek uit mijn tas en probeerde de bedorven verf weer te redden.

Toen verscheen de lerares al. Ik was ervan overtuigd dat ik nu een standje zou krijgen. En tegelijk zag ik de vieze zakdoek in mijn handen, waarvoor tante Margot me zou berispen. Maar die berisping bleef vooralsnog uit.

'Annabel, kom even mee, alsjeblieft.'

Angstig draafde ik naar de directrice van het tehuis. Tante Margot zei dat ik mijn tas moest pakken, toen nam ze me bij de hand en liep met me de school uit. We gingen terug naar het tehuis, waar ze me naar haar kantoor bracht.

Ik wist zeker dat er nu een reprimande over de verf zou komen. Innerlijk wapende ik me daar alvast tegen, ik probeerde me weer in mama's huis te wanen.

Aan de andere kant hoopte ik ook een heel klein beetje dat ze zich achter de deur zou bevinden. De hele weg terug had ik niet naar haar durven vragen, maar misschien ging mijn wens nu dan toch in vervulling.

Toen ik de deur opendeed, zat daar echter niet mijn mama te wachten.

In het kantoor zaten een man en een vrouw. De man had donker haar en, zoals toen in de mode was, bakkebaarden. De vrouw had haar bruine haar met een elastiekje samengebonden, waardoor ze er jeugdig uitzag.

'Dit is Annabel,' stelde de directrice me voor. Sinds ik hier was aangekomen, had ik mijn achternaam verloren, ik heette alleen nog maar Annabel. Ook tegenover vreemden, die misschien heel goed wisten dat ik ooit een moeder had gehad.

'Annabel, dit zijn Elfie en Martin Hansen. Ze zijn uit Stralsund gekomen om je mee te nemen.'

Me mee te nemen? Daar was ik te zeer door gechoqueerd om te merken dat ze allebei vriendelijk naar me lachten.

'Maar waarom?' vroeg ik. 'Waarom willen ze mij meenemen?'

Onwillekeurig klampte ik me strakker aan de hand van de directrice vast. Als ze mij meenamen, zou mama niet kunnen weten waar ik was!

'Je gaat bij hen wonen. Zij zullen je nieuwe mama en papa zijn.'

'Maar ik heb toch een mama!' flapte ik eruit. Een papa had ik natuurlijk niet, die was immers dood. Maar die had ik tot dan toe ook niet gemist, mijn mama was alles wat ik nodig had.

En nu kwamen die vreemde mensen hier en zouden mijn nieuwe ouders zijn?

'Ik heb geen nieuwe mama en papa nodig!' Bokkig rukte ik me los om naar de deur te rennen. Natuurlijk pakte tante Margot me vast.

'Mijn verontschuldigingen, het kind... ze is er nog niet helemaal overheen,' zei ze tegen de onbekenden, waarna ze me de deur door sleepte.

'Nu moet je goed luisteren,' beet ze me toe. 'Je moeder komt niet terug! Ze is naar het Westen gegaan en heeft je gewoon hier achtergelaten. Jij laat haar volkomen koud.'

Ik staarde haar ontzet aan. De tranen sprongen me in de ogen. Dat was niet waar. Ze had me niet achtergelaten. Dat zou ze nooit doen!

'De mensen daarbinnen willen jou tot hun dochter maken, daar moet je hun dankbaar voor zijn. Ze zullen voor je zorgen, in tegenstelling tot je moeder. Die komt nooit meer terug. Je hoeft niet op haar te wachten! Dus ga je je gedragen wanneer we zo meteen weer naar binnen gaan, is dat duidelijk?'

Ik werd verstikt door de schrik en door mijn woede. Mijn moeder zou me in de steek hebben gelaten? Dat kon ik niet geloven. Maar anderzijds was er nu bijna een jaar voorbij, en ik was nog steeds hier. Kon het dan misschien toch kloppen dat ik haar onverschillig liet?

Ik knikte als verdoofd en liet me toen weer het kantoor in brengen.

Wat er toen gezegd werd, kan ik me niet meer herinneren, maar aan het einde van het gesprek tussen tante Margot en de Hansens stond vast dat ik met hen mee zou gaan. Naar Stralsund.

De hele nacht voor mijn vertrek lag ik naar het plafond van de slaapzaal te staren. Om me heen sliepen ze allemaal, een meisje dat Katie heette, kreunde af en toe in haar slaap. Zonder te kijken wist ik dat zij het was, want de anderen waren 's nachts rustig.

Maakte ze die geluiden misschien omdat zij ook verdrietig was? Het gekreun klonk in elk geval tamelijk droevig.

Ik kon niet in slaap komen, want ik moest er steeds aan denken dat ik morgen weg zou gaan uit het tehuis. Dat ik naar Stralsund zou gaan. Stralsund! Waar lag dat eigenlijk?

De Oostzee betekende op dat moment maar één ding: mijn moeder zou nooit te weten komen dat ik hiervandaan was weggebracht. Wanneer ze hierheen kwam om me te zoeken, zou ze me niet kunnen vinden!

Maar wat als tante Margot gelijk had en ik haar volkomen onverschillig liet? Dat wilde ik helemaal niet geloven, maar het klopte dat ze al die tijd niet was komen opdagen.

Ineens begon ik het 'Westen', waar ze naartoe was gegaan en waarheen ze mij niet had meegenomen, hartgrondig te haten.

Toen de Hansens me de volgende ochtend kwamen halen voor

de ‘proeftijd’, zoals tante Margot het noemde, pakte ik dapper mijn kinderkoffer, waarin ik ook mijn verftekening met de windmolen had gedaan, en verliet de slaapzaal.

Als mijn mama echt van me hield, zei ik tegen mezelf, zou ze me ook in Stralsund weten te vinden.

Voorzichtigheidshalve fluisterde ik tegen de duiven in de boom dat ze mijn moeder moesten vertellen waar ik was, want ik geloofde nog altijd in de feeën uit de sprookjes.

De vrouw was heel vriendelijk en zag er ook heel mooi uit, de man die mijn nieuwe, nee, mijn eerste papa wilde worden, glimlachte naar me.

‘Nou, Annabel, verheug je je al op de zee?’ vroeg hij. ‘Wanneer we thuis zijn, zal ik je hele grote boten laten zien, daar zul je van staan te kijken!’

Die grote boten interesseerden me inderdaad. Misschien kwam mijn mama wel op een ervan naar me toe!

We stapten in de gele Wartburg die voor het tehuis stond. Toen begon de reis.

Nog eenmaal draaide ik me om naar het tehuis, maar niet om te zwaaien naar de kinderen die bij het hek stonden – maar om de duiven stilzwijgend te vragen mijn wens niet te vergeten...

7

Hoewel het nog wat vroeg was voor een telefoontje op zaterdag, toetste ik met bonzend hart het nummer van de verkoper van het schip in.

Ik ging ervan uit dat ik de voicemail zou krijgen, maar na driemaal overgaan klonk er een vrouwenstem. Ze deelde me mee dat haar man er niet was en verzocht me het later nog eens te proberen.

Ik hing weer op en begon onrustig op mijn duimnagel te bijten. Achter me pruttelde het koffiezetapparaat. De geur die daarvan afkwam, vulde de keuken en wakkerde mijn verstand aan.

Toen begon mijn mobieltje ineens te zoemen. Was de man alweer terug? Haastig haalde ik het ding uit mijn zak.

Nee, het was het nummer van mijn vader. Ik nam op.

'Hé, goed je stem te horen!' klonk het van de andere kant. 'Ik dacht al dat je ergens tussen Bremen en Rügen was verdwenen.'

'Nee, papa, maak je maar geen zorgen. We zijn goed aangekomen en bezig ons een beetje in te richten.'

Hij hoefde me geen verwijten te maken, de korte stilte die nu ontstond, maakte me duidelijk dat ik meteen iets van me had moeten laten horen.

Sinds mijn achttiende had ik alleen gewoond, mijn eigen leven geleid, mijn eigen beslissingen genomen. Mijn ouders bemoeiden zich er alleen mee als ik het ze vroeg. Maar één ding verwachtten ze van me: dat ik van me liet horen en hun liet weten dat het goed ging met mij en Leonie.

'Bevalt het je?'

'Ja, heel erg!' antwoordde ik. De eerste keer dat ik hier was, was ik al enthousiast geweest over het huis. Het was puur toeval dat ik de advertentie van een makelaar in de krant had gezien. De gedachte weer naar mijn oude woonomgeving te verhuizen beviel me meteen.

Als de scepticus die mijn vader was, wilde hij zich de mogelijkheid voorbehouden mijn enthousiasme pas te geloven wanneer ik hier een tijdje gewoond had en de omgeving goed had leren kennen.

'Leonies kamer heeft een fraai uitzicht op een prachtige wilde rozenstruik. En vanuit het raam van mijn werkkamer kan ik de zee zien.'

'En de schepen,' voegde mijn vader eraan toe. 'Er komen er vast wel wat voorbij, toch?'

'Papa, je weet heus wel hoe het in Binz is,' zei ik verwijtend. We waren hier niet vaak geweest, om precies te zijn één enkele keer, kort voordat we naar Hamburg verhuisden. Maar hij had een groot deel van zijn leven in Mecklenburg doorgebracht. 'Sassnitz is vlakbij, dus zie je hier alle mogelijke schepen, van zeilboot tot trawler.'

Mijn vader lachte. 'Ik plaagde je maar een beetje.'

Ik overwoog of het nu een goed moment was om hem van het schip te vertellen. Maar mijn vader was me voor. 'Is ons engeltje al wakker?' vroeg hij.

'Nee, ze ligt nog heerlijk te slapen.' Ik keek naar de kinderkamer, waarvan de deur op een kiertje stond. Het ochtendlicht stroomde de gang in, maar uit de kamer kwam geen enkel geluid.

'Hoe verwerkt ze de verhuizing?'

'Heel goed, schat ik. Het zijn andere dingen waar ze het moeilijk mee heeft.' Bijna had ik er spijt van dat ik dat gezegd had, want het was onvermijdelijk dat mijn vader erop door zou gaan.

'Ze is nog steeds niet over Jan heen, hè?'

'Dat zal waarschijnlijk ook nooit gebeuren,' antwoordde ik en ik begon me al bijna weer een beetje te ergeren. Hoe kon je nou ooit heen komen over het verlies van een ouder die plotseling verdween? Die niet meer naar je om wilde kijken...

Ik kreeg kramp in mijn maag. Opeens werd de geur van de verse koffie onverdraaglijk.

Een ogenblik zwegen we allebei. Mijn vader omdat hij verwachtte dat ik nog iets zei, met een oplossing kwam. En ik zweeg omdat ik geen zin had om dat te doen. Ik kon er niets aan veranderen dat Jan geen belangstelling voor zijn dochter had en dat het hem niets kon schelen dat ze naar hem verlangde.

'Misschien moet je hem bellen,' begon hij uiteindelijk voorzichtig.

Mijn ouders waren diepbedroefd geweest toen het met Jan mis was gegaan. Maar ze hadden niet geprobeerd me van mijn besluit af te houden, en ook geen moeite gedaan op Jan in te praten.

'Dat heb ik gisteren inderdaad geprobeerd. Maar hij was er niet. Je weet toch hoe lastig hij te bereiken is.' Ook destijds, toen wij nog iets hadden wat op een huwelijk moest lijken, had ik hem met moeite aan de telefoon kunnen krijgen omdat hij altijd in een of andere vergadering zat of een zakelijke afspraak had. Het sturen van een sms'je had nooit iets opgeleverd. Wat hij onbelangrijk vond, negeerde hij zo lang mogelijk.

'Hm,' deed mijn vader, zoals altijd wanneer hij niet wist wat hij moest zeggen. Of beter gezegd, wanneer hij wat hij dacht, in mijn belang niet tegen mij wilde zeggen. Hij was namelijk van mening dat je die Jan terecht moest wijzen en hem met harde hand moest inprenten dat hij er voor het kind dat hij verwekt had behoorde te zijn. Als hij zoiets zei, wond ik me altijd vreselijk op, ook al wist ik dat mijn vader nooit handtastelijk zou worden.

'Maar ik heb ook goed nieuws,' vervolgde ik, want ik wilde er niet op doorgaan.

'En dat is?' Ik hoorde de onderdrukte woede tegen Jan van mijn vader duidelijk.

'Ik heb een schip gevonden, in de haven van Sassnitz. Het heet De stormroos. Het is een oude viskotter die door iemand is omgebouwd tot plezierboot. Kun je je dat voorstellen?'

'Heb je een boot gevonden?' Hij had me net zo goed kunnen vragen of ik echt marsmannetjes in mijn voortuin had. 'Wat betekent dat, dat je een boot hebt gevonden? Was je ernaar op zoek dan?'

'Nee, niet echt, ik zag hem toen ik bij een klant op bezoek was. Ik keek uit het raam van zijn kantoor, en toen zag ik hem.'

Stilte. Mijn vader was verrast.

'Hallo, papa, ben je daar nog?'

'Natuurlijk, maar ik vraag me af hoe je erbij komt belangstelling te hebben voor een boot.'

Nou, echt goed verklaren kon ik het ook niet. Alleen was er die droom van mij dat ik op een boot de vrijheid tegemoet ging.

'Het was liefde op het eerste gezicht, denk ik,' antwoordde ik. 'Stel je voor wat je allemaal met zo'n boot zou kunnen doen.'

'O, ik weet heel goed wat je met zo'n boot zou kunnen doen. Maar betekent dat dat je hem wilt kopen?' Dat was waarschijnlijk het laatste waar mijn vader aan gedacht zou hebben.

'Ik weet het niet,' antwoordde ik. 'Misschien. Het zou een tweede bron van inkomsten kunnen worden als ik een varend café open. Of er een cultuurboot van maak. Iets wat hier in de streek nog niet bestaat.'

'Je weet vast wel dat mensen soms wat moeite hebben met cultuur,' zei mijn vader bedenkelijk.

'Maar niet als ze op vakantie zijn. En ook de inwoners zijn niet allemaal cultuurbarbaren. Dat waren wij ook niet toen we nog in Stralsund woonden.'

'Het waren toen andere tijden. Zonder mobiele telefoon en het constante lawaai van televisies.'

'Maar er zijn ook mensen die zich daaraan weten te onttrekken.' Ik haalde diep adem. 'Nou, wat denk je? Zou het iets voor mij zijn?'

'Hm,' deed mijn vader. 'Zo'n boot betekent verantwoordelijkheid, dat weet je. En het gaat veel geld kosten. Je hebt geld nodig om een nieuw leven op te bouwen. Anderzijds ben ik er altijd voor dat iemand de gelegenheid krijgt om zijn dromen te verwerkelijken. Met name mijn dochter. Je moet duidelijk weten waarom je het wilt en wat je plannen ermee zijn. Je weet dat er hier iemand is die alles van boten weet en erop gebrand is je te helpen, als je dat zou willen.'

'Wie is dat dan?' vroeg ik schertsend, want ik wist dat mijn vader er zou zijn, welk kattenkwaad ik ook uithaalde.

Mijn vader snoof, zei toen met een niet te miskennen lachje in zijn stem: 'Het beste, meid, en hou je taai.'

'Daar kun je van op aan,' antwoordde ik en ik hing op.

Toen toetste ik het nummer van de scheepseigenaar in, in de hoop dat hij nu thuis was.

Inderdaad werd er na drie keer overgaan opgenomen en klonk er ditmaal een mannenstem.

'Met Ruhnau.'

Ik kromp in elkaar. De stem was donker en een beetje bars. De man klonk als een oude zeebonk die misschien verbaasd was dat een vrouw zijn boot wilde hebben.

'Goedendag, mijn naam is Annabel Hansen, en ik heb op internet ontdekt dat u De stormroos, die in Sassnitz ligt, te koop hebt gezet.'

'Dat is juist. Maandagochtend is het kijkdag, dan kunt u komen als u wilt.'

Kijkdag? Net als bij een huis?

Dat betekende ook dat ik niet de enige was die belangstelling voor het schip had.

Het liefst had ik gevraagd hoeveel mensen er dan nog meer zouden komen, maar ik verbeet me.

'Hoe laat?' vroeg ik in plaats daarvan.

'Om tien uur,' antwoordde de man, die duidelijk niet veel zin had in een gesprek.

Ik noteerde de tijd en bedankte hem. Toen ik had opgehangen, bekeek ik het briefje.

Maandag. Ik had dus nog het hele weekend de tijd om erover na te denken wat ik wilde – en of het schip me misschien de verlangde zielsrust zou brengen.

8

Met een bekertje koffie in mijn hand zat ik maandagochtend op een bankje te kijken naar het ontwaken van de haven van Sassnitz. Geleidelijk aan kwamen er auto's het grote parkeerterrein oprijden. Mannen met plompe schoenen aan in blauwe overalls stapten uit. Bij een loods stonden viskratten klaar om op de schepen te worden geladen. Een ploeg bouwvakkers werkte aan de renovatie van een havengebouw. In de verte bromden de hijskranen die bezig waren de lading van een vrachtschip te lossen.

Het kleine winkelcentrum niet ver van de kade was nog dicht. Het aanbod van de winkels betrof souvenirs en kleding, vooral badkleding voor op warme dagen, en regenbestendige kleding voor koudere dagen. Misschien zou ik er met Leonie een keer gaan kijken.

De kennismaking op haar nieuwe school was makkelijker verlopen dan ik had gedacht. Mijn dochter was van nature wat terughoudend, vooral tegenover vreemden. Maar toen we voor de deur van kleuterschool Zeester in Binz stonden, zaten een paar kinderen al door het raam naar haar te zwaaien, en terwijl ik met de leidster praatte, was er een meisje verschenen en had Leonies hand gepakt. Ze waren samen in het lokaal verdwenen, en hoewel ik een lichte steek voelde, was ik blij dat ze zo werd ontvangen. Wie weet, misschien was het wel het begin van een vriendschap. Ik hoopte vurig dat Leonie vriendjes vond die haar een beetje van haar verdriet om haar vader zouden afleiden.

Ik keek op toen er een man langsliep. Hij droeg een ribjack en een blauwe schipperspet. Hij liep met zware passen, met zijn handen diep in zijn jaszakken. Onder zijn arm had hij een zwarte map. Ik was ervan overtuigd dat het de eigenaar van het schip was. Hij liep als iemand die van een last af wilde. Misschien was dit mijn kans?

Ik had hem achterna kunnen rennen, maar ik besloot af te wachten en rustig mijn koffie op te drinken. Als iemand te veel belangstelling voor iets toonde, dreef dat alleen maar de prijs op. Bovendien had ik nog ruim een uur de tijd.

In het weekend had ik, zoals mijn vader had aangeraden, grondig over de mogelijke aankoop van het schip nagedacht. Ik haalde me natuurlijk een heleboel werk op de hals, en bovendien was het kostenplaatje bepaald niet gering.

Maar terwijl ik alle mogelijke bijkomstigheden de revue liet passeren, werd me duidelijk hoe ik ernaar verlangde aan iets nieuws te beginnen. Iets wat niets met mijn oude leven in Bremen te maken had.

Toen ik die ochtend wakker werd, besefte ik dat ik naar De stormroos zou gaan kijken. Misschien zou ik door bezig te zijn met het schip ophouden over mijn biologische moeder te piekeren.

En nu zat ik hier.

Een half uur later lag mijn koffiebekertje in de afvalbak en arriveerden de eerste belangstellenden. Een man in ribbroek met rubberlaarzen, naar schatting ongeveer vijftig en duidelijk ervaren wat boten betreft. Een wat jongere in spijkerjack en blauwe werkbroek. Nog een met rubberlaarzen in een oliejas en een jonge surfer die er wat verveeld uitzag. Verder nog twee heren in geruite hemden met colberts. Ze leken wel tweelingen. Geen vrouwen.

En niemand leek te verwachten dat ik me bij hen zou voegen.

Hoewel het hart me in de keel klopte, stond ik op en liep de steiger over.

Hoe zou het toegaan als je meedong naar een boot? Ik had kennissen horen zeggen dat veel mensen bij het bezichtigen van een huis de aanbieder met mooie woorden probeerden te paaien. Zelf had ik het nooit nodig gehad mezelf als voorbeeldige huurder te presenteren. Mijn woningen had ik min of meer dankzij geluk en toeval gekregen. En nu stond ik hier – zonder ervaring met slijmen. Maar misschien was dat juist ook wel goed.

Twee medegegadigden waren met elkaar in gesprek; dat onderbraken ze toen ik naar hen toe kwam. Ook de anderen keken naar me. Alleen de surfer was bezig met zijn mobiel en merkte mijn komst niet op.

Ik groette niemand in het bijzonder en stopte mijn handen in mijn jaszakken. Ik voelde me niet op mijn gemak. De gezichten van de mannen gaven duidelijk te kennen dat ze zich afvroegen wat ik er te zoeken had. Ik probeerde het te negeren door naar de naamsaanduiding van het schip te kijken en me te concentreren op de sporen van algen op de afbladderende verflaag.

Uiteindelijk zetten de mannen hun gesprek weer voort, en de andere namen geen notitie van me. Ik keek rond, maar de eigenaar of de verkoper was nergens te bekennen. Verwachtte hij nog meer mensen?

Ik keek naar opzij. Er kwam iemand haastig met grote passen op het schip af. Hij droeg een kostuum en leek een bankier of iemand die naar een zakendiner op weg was. Van een das had hij afgezien, maar zijn kleding leek wel een wapenuitrusting.

Toen hij dichterbij kwam, nam ik boven zijn enigszins stijve outfit een sympathiek, wat hoekig gezicht met een stoppelbaard waar dat omkranst werd door bruine krullen. Blauwe ogen straalden je van veraf tegemoet. Het was beslist de knapste man bij de aanlegsteiger. En ergens kwam hij me bekend voor. Ja, dat was de man die ik had gezien toen ik met Leonie bij De stormroos was! Toen was hij gekleed als een havenarbeider, waarom kwam hij nu in pak?

Hij taxeerde me even, zonder teken van herkenning. Waarschijnlijk vroeg hij zich af waarom ik, een vrouw, daar was, en liep toen naar de anderen.

Ik bekeek hem nog eens goed, maar hij schonk geen aandacht aan mij. De bezichtiging van een boot was geen speeddate, en met zo'n voorkomen moest hij wel getrouwd zijn of een vaste relatie hebben. Het was niet meer zo dat gehuwde mannen een trouwring droegen.

Ik keek weer voor me, waar een man in een blauw ribjack zich opstelde en een blik op zijn horloge wierp. Ik was zo druk bezig geweest met de man in het pak dat ik hem niet had zien aankomen. Hij kuchte en zei: 'Ik neem aan dat we nu voltallig zijn.'

Omdat niemand dat bevestigde of ontkende, begon hij: 'Ik ben Heinz Ruhnau, de eigenaar van het schip. Tenminste, nog wel.' Hij stak zijn armen uit, in zijn hand hield hij de map die hij daarvoor nog onder zijn arm had gehad. 'Ik ben blij dat u gekomen bent om deze prachtige schuit te bekijken. De stormroos is in 1940 in Hamburg gebouwd, eerst als viskotter, later werd de vanginstallatie verwijderd en is het schip als oorlogsviskotter gebruikt om mijnen te ruimen. Na de oorlog werd het omgebouwd tot plezierboot en naar Timmendorfer Strand overgebracht.'

De man dreunde de feiten volkomen emotieloos op, maar in gedachten zag ik hoe De stormroos onder grote verwachtingen te water werd gelaten en voor het eerst het ruime sop koos. Hoe ze in plaats van volle visnetten binnen te halen naar mijnen had gezocht, misschien wel was beschadigd en het bombardement op Hamburg had meegemaakt. En hoe het einde van de oorlog was aangebroken en ze een heel vreedzaam doel was gaan dienen...

'Ik wou De stormroos eigenlijk zelf weer opknappen, maar helaas is mijn vrouw ziek geworden en nu hebben we het geld nodig om ons huis te verbouwen.' Hij zuchtte diep, en ik merkte dat het hem niet licht viel afstand van het schip te doen. Het lot kon echt ongenadig zijn...

'Maar ik hoop dat ze in iemand van u een goede eigenaar zal vinden, die haar in haar oude glorie herstelt.'

Daarmee begon de rondleiding over het voor- en achterdek, door de stuurhut, de machinekamer en de passagierscabine.

'De stormroos is vierentwintig meter lang en zes meter breed, heeft een tweehonderdtwintig-pk-dieselmotor en maakt, als de motor gerepareerd is, negen knopen. Verdere technische details vindt u in de brochure die u buiten van me krijgt,' meldde Ruhnau.

Ik had erop gerekend dat er vragen zouden komen, maar de mensen leken enigszins gechoqueerd. En terecht, want de tand des tijds had behoorlijk toegeslagen. Ik kon als het ware mijn vader horen zuchten, als hij erbij was geweest. Veel touwwerk was beschadigd, de vloer van de machinekamer zat onder de olievlekken en de motor zag er erbarmelijk uit. In de passagiersruimte was de lak helemaal verdwenen. Overal was er wel iets aan het bladderen of splinteren.

'Kijk maar rustig rond,' zei de eigenaar toen de rondleiding afgelopen was. 'We zien elkaar buiten, ingeval u nog vragen hebt of de prijs wilt weten.'

Daarop trok hij zich terug. Ik keek naar de anderen. Wat moest je doen als je een boot wilde kopen? Ook al had mijn vader op een werf gewerkt en was ik tussen de boten opgegroeid, ik wist niet goed waarop je moest letten.

Ik liep dus maar achter degenen aan die er duidelijk meer verstand van hadden en maakte foto's met mijn mobieltje, want als ik vertrouwen had in het oordeel van een vakman, dan was het dat van mijn vader.

Met mijn lekenoog zag ik maar twee dingen: ten eerste zou het heel duur worden om het schip weer helemaal op te knappen. Zitbanken, verflaag, ramen, vloer, alles moest worden opgeknapt, bovendien hoorde ik misnoegd gemopper van de experts over de motor en de takelage.

Ten tweede zag ik dat De stormroos, wanneer ze eenmaal zou zijn gerenoveerd, prachtig zou zijn – en dat ze nog lang niet op het scheepskerkhof thuishoorde, zoals een medegegadigde had gebromd toen we uit de machinekamer waren gekomen. Gelukkig verdween die man algauw. De meeste anderen volgden zijn voorbeeld. Sommigen haakten berustend af, anderen leken besluiteloos.

Ik liet ze allemaal voorgaan, want ik wilde het schip nog eens in mijn eentje op me laten inwerken. Gelukkig stond ook de goed uitziende man in het pak alweer buiten, dus ging ik midden in de passagierscabine staan, negeerde de vele vreemde geuren die mettertijd in het hout getrokken waren en keek rond. De restanten van een poster, een reclame voor een limonademerk, zaten nog op de wand. De stoelbekleding was van grove oranje gestreepte stof. In een van de tafels was iets gegrift. Ik ontdekte een hart met een pijl erdoor met het onderschrift SUSI + PETER, evenals een anker en niet meer te ontcijferen gekrabbel.

Wat zou het schip allemaal gezien hebben? Wat had het in de oorlog meegemaakt? Was hier het lot van mensen bepaald? Dat was vast en zeker het geval. En alles bij elkaar zou het een geweldige achtergrond vormen die prima te verkopen was.

Toen ik van het schip afging, ontdekte ik de man in het pak. Hij en ik waren afgezien van de eigenaar de enigen die nog gebleven waren. Wilden zij het schip dan niet?

Toen de man met het kostuum mij zag, kwam hij op me af.

'En, wat denkt u?'

Ik keek hem verrast aan. 'Het is een heel mooi schip.'

'U wilt het dus kopen?' Hij hield zijn hoofd een beetje scheef, alsof hij mijn gedachten probeerde te raden.

'Dat hangt van de prijs af. Maar als die oké is, waarom niet?' Ik rechtte mijn rug. Hoe goed die vent er ook uitzag, door al dat gevraag begon ik hem een beetje onsympathiek te vinden.

'En waarom wilt u het schip hebben?' vroeg de onbekende terwijl hij zijn handen in zijn broekzakken stopte. Blijkbaar was hij ook niet van plan het schip voor zijn neus te laten wegkapen.

Ik had hem naar zijn hoofd kunnen slingeren dat hem dat niets aanging, maar mijn instinct zei me dat het beter was rustig en zakelijk met hem te praten.

'Ik wil er een café van maken,' antwoordde ik ronduit, maar de man liet me dat even later berouwen.

'Waarom opent u er geen op de wal?' vroeg hij spottend.

Dat maakte me kwaad. Wie dacht hij wel dat hij was? Mijn bedrijfsadviseur?

'Op de wal zijn er al veel cafés, het zou idioot zijn om er daar nog een te beginnen.' Ik keek hem uitdagend aan.

'Op het water varen al zoveel plezierboten rond. Met gastronomische service.'

Het klonk uit zijn mond alsof die boten schuiten waren die naar ranzig vet en zuurkool stonken en waarop de gasten hun maaltijd aan Neptunus offerden omdat zo'n notendop allesbehalve rustig op de golven lag.

Mijn ouders hadden jaren geleden een dergelijke boottocht met mij gemaakt en het was alleen maar aan mijn sterke maag te danken geweest dat ik niet tussen de andere dagjesmensen aan de reling had gestaan.

'Geloof me, dat is niet hetzelfde,' zei ik. 'Bovendien zou ik de mensen niet met gebakken aardappelen met spiegeleieren om de krijtrotsen heen laten varen. Ik wil dat er ook cultuur op het schip is. Echte cultuur en geen zeeroverslegenden en sagen over witte herten.'

Zo'n sage was me bijgebleven, omdat op dat moment de mensen in paniek naar buiten waren gerend.

'Die sagen zijn hier anders heel geliefd.'

'Maar soms is het tijd voor verandering.' Ik kruiste mijn armen over mijn borst. Het ergerde me dat ik op het gesprek was ingegaan en meer had prijsgegeven dan ik met mezelf had afgesproken.

'En wat wilt ú met het schip?' sloeg ik terug.

'Dat is mijn zaak, en die gaat niemand iets aan,' antwoordde hij met een zelfgenoegzaam lachje.

Op dat moment was ik hem het liefst aangevlogen om zijn stoppelbaard van zijn falie te slaan, maar toen verscheen de eigenaar.

‘Ik zie dat u er nog steeds bent,’ constateerde hij.

‘Ja, en het ziet ernaar uit dat we ook niet van plan zijn te gaan voor u de verkoopprijs hebt genoemd,’ zei mijn concurrent terwijl hij naar mij keek.

Ik deed mijn best niet mijn ergernis te laten blijken dat hij me zo had uitgehoord.

‘De bodemprijs is twintigduizend,’ verklaarde de eigenaar terwijl hij ons het blaadje in de hand drukte. ‘Ik laat het natuurlijk aan u over om meer te bieden.’

Op dat moment was het alsof de bodem onder mijn voeten werd weggeslagen. Twintigduizend! Goed, het schip was bijzonder, maar verkeerde in slechte staat, en om eerlijk te zijn had ik op hooguit tienduizend gerekend. Nog altijd een flinke som, maar waarvoor had je anders die reclamefolders waarin je hoge kredieten regelrecht kreeg opgedrongen?

Ik moest even slikken, maar herstelde me algauw. Die vent naast me mocht onder geen beding weten dat ik niet over de middelen beschikte. Hij hoorde de verkoopprijs in elk geval met een gelaten knikje aan. Dat zou vast ook zijn gebeurd als het bedrag nog hoger was geweest.

‘Als een van u beiden zou besluiten het schip te kopen, kunt u me eind van de week bellen. Het hoogste bod dat ik vrijdag krijg, wordt gehonoreerd.’

Het hoogste bod? Waren er nog andere gegadigden? Werd er al onderhandeld?

Het zweet brak me uit.

‘Oké,’ zei de man in het pak en hij stak de eigenaar joviaal zijn hand toe. ‘Ik zal beslist van me laten horen.’ Hij wierp even een blik op mij, toen ging hij weg.

‘Is er nog iets?’ vroeg de eigenaar, die vast stiekem hoopte dat ik nu de zeilen streek en het opgaf. De man in het pak was hem blijkbaar heel wat beter bevallen.

‘Nee, ik...’ begon ik hakkelend. ‘Ik... zou graag weten hoe laat ik uiterlijk moet bellen om de gunning te krijgen.’ De hete rillingen liepen me over de rug. Mijn concurrent had zo nonchalant geleken, hij kon niet half zo geïnteresseerd zijn in de kotter als ik.

'Tot zes uur 's avonds kan het nog. Dan moet ik weg. Als u voor die tijd belt en een hoger bod doet dan die heer, dan kunt u het schip vanaf de maandag daarop komen halen.'

Daarop nam hij met een knikje afscheid en stapte de steiger af.

Ik keek hem even na en draaide me weer om naar De stormroos.

Graag had ik zoiets gedacht als: meisje, maak je geen zorgen, ik ga je kopen. Maar die belofte kon ik niet geven.

Omdat mijn kantoor nog niet was ingericht, installeerde ik me bij mijn terugkeer in de woonkamer, waar nog een aantal volle dozen op me wachtte tot ze zouden worden uitgepakt. Mijn laptop stond op de salontafel en ik zonk niet bepaald rugvriendelijk neer op de bank. Maar de volgende dag zou ik meteen spullen voor de inrichting bestellen. Ik had maar al te graag de meubels uit Bremen meegenomen, maar die waren niet mijn eigendom, die behoorden toe aan de verhuurder. Het was wel vreemd dat ik in Bremen geen ballast wilde verzamelen nadat Jan bij me weggegaan was. Alsof ik al wist dat ik daar niet zou blijven...

De volgende uren broedde ik op de campagne voor het hotel. De fundamenten lagen er al, nu kwam het aan op de details. Dat was eigenlijk geen probleem voor me. Maar De stormroos sloop telkens weer mijn gedachten binnen.

Twintigduizend euro was op het eerste gezicht naar verhouding weinig voor een boot van die omvang, maar bij nader inzien veel te veel voor een alleenstaande moeder die nog eens minstens hetzelfde bedrag zou moeten investeren in de restauratie en verbouwing.

Ik zat er door de alimentatie van Jan warmpjes bij, en Hartmann zou me ook een flinke smak geld voor de campagne geven – maar van dat geld moest ik leven tot ik de volgende grotere opdracht binnenhaalde. Er moest huur, stroom en water worden betaald, en belastingen en de naschoolse opvang, en bovendien levensmiddelen en al het andere dat zich nog aandiende. Om precies te zijn, ik kon de koopsom niet in één keer opbrengen zonder risico te nemen.

En dan was er nog mijn concurrent. Hij had er deze keer niet als een verlopen zeeman uitgezien maar als iemand die echt het geld kon vrijmaken. Wat was hij, een schroothandelaar die de kotter met winst zou slopen? Hij had in elk geval niet de indruk gewekt dat hij iets zinvols met het schip wilde doen. Hij leek me eerder iemand die ervoor zorgde dat pareltjes als De stormroos op een anoniem scheepskerkhof belandden – of in elk geval de onderdelen die niet verkoopbaar waren – in stukken geknipt met sterke hydraulische scharen.

Toen mijn mobiel zoemde, kwam ik weer tot mezelf. Hartmanns nummer verscheen op het display.

'Met Annabel Hansen,' zei ik.

'Goed u te horen, u spreekt met Hartmann!' fleemde mijn opdrachtgever. Blijkbaar was hij in een opperbest humeur.

'Het plezier is geheel aan mijn kant,' zei ik niet helemaal gemeend, maar toch lachend, waardoor ook ik goedgeluimd klonk. 'Wat kan ik voor u doen?'

Ik hield met van alles rekening, maar Hartmann zei: 'U slaat vast achterover! We hebben een album met historische foto's gevonden!' Hij klonk als een professor in de archeologie die een cruciale potscherf in handen had gekregen. 'Waarom komt u niet even langs om er samen naar te kijken?' De aanvulling 'Vanavond?' hing voelbaar in de lucht.

Ik hoorde mezelf al zeggen dat hij me het album ook zou kunnen opsturen, en tegelijkertijd besefte ik dat hij mijn enige opdrachtgever was. Het verzoek om het toe te sturen was geen reden om een opdracht af te zeggen, maar het zou verdomde onbeleefd klinken.

'Graag,' antwoordde ik dus. 'Ik breng Leonie tegen negenen naar de kleuterschool, schikt het u morgen om tien uur?'

Hartmann bladerde hoorbaar door zijn agenda. 'Komt morgen tegen twee uur 's middags u ook goed uit?'

'Natuurlijk,' antwoordde ik, want dan kon ik op zijn laatst tegen vier uur afscheid nemen omdat ik Leonie weer bij de opvang moest ophalen.

'Akkoord,' zei hij. 'Tot morgen om twee uur dan!'

Toen hij had opgehangen, haalde ik diep adem. Ik had dringend meer klanten nodig, om zekerheid te hebben voor Leonie en mij en voor mijn bedrijf. En ik had geld nodig voor mijn schip. Ik moest op zoek naar een nieuwe opdracht.

'Hoe was het vandaag op school, schatje?' vroeg ik toen ik mijn dochter haar jas aangaf. Er waren nog een paar kinderen, ze zaten met blokken te spelen. Het leek erop dat Leonie nog wel even had willen blijven.

'Prima!' antwoordde ze. 'Ik heb met Janine gespeeld en met Lukas en Claudia.'

Drie nieuwe speelkameraadjes! Wie had dat gedacht.

Ik glimlachte naar de leidster, die net de deur door kwam. Nicole was het prototype van de kleuterjuf, groot, een beetje mollig, met krulhaar en zomersproeten. De soort vrouw die elke vijfjarige graag als tante zou hebben.

'Hallo, mevrouw Hansen!' begroette ze me en ze keek Leonie stralend aan. 'De eerste dag hebben we het toch maar mooi gered!'

'En zoals het eruitziet, nog heel goed ook!' Ik was trots op mijn dochter. In Bremen waren er soms problemen geweest toen de ouders van de andere kinderen onze relatieproblemen in de gaten hadden gekregen. Uiteindelijk, toen de strijd tussen Jan en mij in echtscheiding uitmondde, had ik haar er niet meer naartoe gebracht omdat ik haar niet wilde blootstellen aan de vragen van de andere kinderen. De kinderen hier wisten gelukkig niets van wat er bij ons aan de hand was geweest.

'Eh, kan ik u misschien even onder vier ogen spreken?' vroeg Nicole opeens. Ik kon dat niet plaatsen en staarde haar verrast aan. Wat kon ze met mij te bespreken hebben?

'Maar natuurlijk.'

Ik keek naar Leonie. 'Ik ben zo terug.' Ze knikte naarstig en frutselde wat aan haar schoenveters. Ze trok de strikken los en maakte ze weer vast.

Ik liep met de kleuterleidster naar de groepsruimte, waar twee jongens botsautootje speelden en dat met schrille klanken kracht bijzetten. Maar dat was misschien wel zo goed, want zo hoorde niemand me vragen: 'Is er iets niet in orde?'

De juf beet op haar onderlip. Blijkbaar wist ze niet hoe ze moest beginnen.

Plotseling zat er een vuistgrote steen in mijn maag. Ik verdrong het déjà vu dat naar boven kwam, want zulke gesprekken had ik met de leidster in Bremen vrij vaak moeten voeren.

'Jawel, alles is in orde,' bracht Nicole ten slotte uit. 'Maar Leonie... bij het kringgesprek heeft ze... een beetje gevoelig gereageerd.'

Ik trok mijn wenkbrauwen op. 'Waarop?'

'Tja...' Nicoles wangen werden knalrood. Ze vond het zichtbaar pijnlijk. Ik wapende me dus voorzichtigheidshalve alvast maar tegen wat ze zou gaan zeggen. 'Het ging over haar vader... Bij het kringgesprek 's ochtends bespreken we altijd wat ze in het weekend hebben meegemaakt. Omdat Leonie nieuw is, wilden we natuurlijk eerst eens iets over haar weten. En toen haar vader ter sprake kwam...'

Er gleed een koude rilling over mijn rug. 'Ik heb u toch verteld dat mijn man en ik gescheiden zijn?' zei ik, en ik dwong mezelf tot kalmte. Leonie was toch niet gepest omdat haar vader niet meer bij ons woonde?

'Ja, dat weet ik, en ik heb ook geprobeerd zo voorzichtig mogelijk te zijn... Maar toen heeft een van de kinderen vragen over hem gesteld en gevraagd waarom hij er dan niet meer is.' Ze boog beschaamd haar hoofd. 'En toen barstte ze in tranen uit.'

Ik keek naar mijn dochter, die braaf op de bank zat en aan de gesp van haar schoudertas plukte.

'Was dat een van haar speelkameraadjes?'

Nicole schudde haar hoofd. 'Nee, een ander meisje. Leonie heeft de hele dag geweigerd met haar te spelen.'

Maar het ging Nicole er niet om dat Leonie niet met een ander kind had willen spelen.

'Tja, ik wilde graag weten... hoe we hiermee om moeten gaan,' zei ze.

Ik staarde haar aan alsof ze Chinees tegen me sprak.

'Wat bedoelt u?'

'Wat moeten we doen als het weer gebeurt?' vroeg ze, nu wat zelfverzekerder. 'Ze heeft zo vreselijk zitten huilen, we konden haar niet tot bedaren brengen.'

'Nou, de scheiding heeft een jaar geleden plaatsgevonden. Ze mist haar vader.'

'Ze zegt dat haar vader niet van haar houdt en haar niet wil zien.'

Nu moest ik eerst even diep ademhalen. Niet dat onze familieverhoudingen de juf iets aangingen. Maar ik begreep dat ze zich zorgen maakte wanneer mijn dochter hartverscheurend huilde en dan als verklaring de waarheid eruit gooide.

'Haar vader heeft al een tijd niets van zich laten horen,' verklaarde ik terwijl het hart me in de keel klopte. Ik vertelde onbekenden niet graag wat er bij ons speelde. De scheiding was al erg genoeg, maar Jans gedrag... Dat leidde altijd tot onbegrip, en helaas was ik degene wie dat werd aangerekend en die het dan uit en te na moest uitleggen, terwijl het toch mijn ex-man was die in gebreke bleef.

'Is alles dan wel in orde met hem?'

'Ja, ik denk van wel. Precies weet ik het niet, maar hij betaalt de alimentatie regelmatig.'

'En van het omgangsrecht maakt hij geen gebruik?'

Ik keek weer naar Leonie. Gelukkig zat ze ver genoeg weg om ons niet te kunnen horen. Toch dempte ik uit voorzorg mijn stem.

'Nee, dat doet hij niet. Maar dat is geen verrassing. Hij heeft de rechter al duidelijk gemaakt dat hij alleen financieel voor ons wil zorgen. En dat doet hij uitstekend, de alimentatie komt stipt op tijd en wordt ook probleemloos aangepast.' Ik zweeg even en hoorde mezelf iets zeggen wat ik nog nooit tegen een verzorgster of oppas had gezegd: 'Maar helaas kan geld mijn dochters verlangen naar hem niet stillen. Ik probeer hem steeds te bereiken, maar wat kan ik doen wanneer hij zijn telefoon niet opneemt? Wanneer hij mijn berichten niet beantwoordt? Nou ja, als het om iets dringends of iets ernstigs gaat, zal hij vast wel bellen, maar dat zijn dochter hem wil zien is voor hem niet dringend genoeg.'

De gezichtsuitdrukking van de kleuterleidster veranderde op slag. Gewoonlijk toonden de mensen medeleven, in haar blik zag ik onbegrip – maar niet jegens mij.

'Mannen,' siste ze, zo zacht alsof het niet de bedoeling was dat ik het hoorde. Toen voegde ze eraan toe: 'Goed, ik weet genoeg en ik zal ervoor zorgen dat het onderwerp niet meer wordt besproken.'

Dat klonk alsof Leonie van nu af aan een speciale behandeling zou krijgen. Maar er waren hier toch vast ook andere kinderen met gescheiden ouders?

'Dat is aardig van u, maar het zal waarschijnlijk niet lukken. Want de kinderen die het vandaag gehoord hebben, zullen het thuis vertellen. Dan zullen hun ouders er iets over zeggen, en dat komt dan hier ter sprake. En de kinderen praten ook buiten de kringgesprekken om over zoiets. Wees behoedzaam als een van hen iets zegt, en probeer haar te troosten. Ik weet dat u veel te doen hebt, maar dat is het enige wat ik van u vraag.'

De leidster knikte. 'Oké.'

'En als er grote problemen zijn, bel me dan. Desnoods kom ik Leonie halen. Maar ik denk dat ze het wel zal redden. Ze heeft me over haar speelkameraadjes verteld.'

Nu glimlachte de leidster weer, zichtbaar opgelucht, leek me.

Ik nam afscheid van haar en liep naar Leonie.

'Heb je zin in pizza?' vroeg ik, waarop ze begon te stralen. Als de kleuterjuf niet had verteld over haar huilbui, had ik er niets van gemerkt.

'Ja, lekker!' riep ze en ze sloeg haar armen om mijn nek.

'En dan vertel ik je over de boot die ik vandaag bezichtigd heb.'

Leonies ogen werden groot. 'Welke boot? De boot die we pas gezien hebben?'

'Ja, precies. En misschien zul je er binnenkort op varen! Kom, ik zal je een paar foto's laten zien.'

Buiten zette ik haar in haar kinderzitje, maar ik reed niet meteen weg. Ik ging naast haar zitten en haalde mijn mobieltje tevoorschijn. Misschien kon De stormroos haar een beetje opmonteren. Misschien zouden we het door het schip klaarspelen eindelijk onze problemen achter ons te laten.

9

Ik stond op een blauwverlicht perron. Met een ouderwetse koffer wachtte ik op de trein. Die had vertraging, maar ik wilde niet net als de anderen koffie gaan halen en bleef waar ik was.

Toen verscheen er opeens een gestalte op het tegenoverliggende perron. Ik kon alleen maar zien dat het om een vrouw ging. En ineens wist ik dat het mijn moeder was die naar me keek. Ik probeerde naar haar te zwaaien, maar kon mijn arm niet omhoog krijgen omdat de zware, volumineuze koffer aan mijn pols was vastgeketend. Ik wilde naar haar toe, maar er kwam een trein voorbij die de weg versperde. Toen hij weg was, was mijn moeder verdwenen, ze had me blijkbaar niet herkend...

Ik kwam tot mezelf toen een melodie mijn vage droom binnensloop. Een paar seconden had ik geen idee waar ik was. Pas het licht dat door de donkere woonkamer schemerde, maakte me duidelijk dat ik in ons nieuwe huis was – en dat de nachtfilm blijkbaar niet zo spannend was geweest als ik gehoopt had. De laatste regels van de aftiteling liepen over het scherm.

Versuft stond ik op uit de stoel, tastte naar de afstandsbediening en zette de televisie uit. Toen deed ik het licht uit en sleepte me naar mijn slaapkamer. Onderweg keek ik nog even bij Leonie. Mijn prinsesje sliep vast en diep, haar roze pluchen konijn lag dwars over haar buik.

Ze had me niet verteld wat er op school was gebeurd. In plaats daarvan had ze geestdriftig plannen bedacht over wat we allemaal met het schip zouden kunnen doen. En omdat ze een kind was, dat er bij haar gedroom niet aan dacht wensen achter te houden, had ze het er ook over gehad dat ze met de boot naar haar vader zou varen om hem te halen.

Ze was zo gelukkig geweest dat ik het haar beloofd had – hoewel ik niet wist of ik het schip zou krijgen en ook geen zin had achter Jan aan te varen.

Enkele minuten later, toen de koele stof van mijn pyjama langzaam warm werd op mijn huid, drong tot me door dat mijn lichaam wel genoeg slaap had gehad. De droombeelden kwamen weer naar boven. Mijn moeder op het andere perron en mijn vertwijfelde poging om bij haar te komen. De ballast aan mijn pols die dat verhinderd had. Dat alles gaf me een wrang gevoel vanbinnen.

Ik kende die innerlijke ballast maar al te goed, maar zou het voldoende zijn hem af te schudden om bij mijn moeder terug te komen? Zou ze me dan herkennen?

Het was onzin, zei ik tegen mezelf. Alleen maar een hersenspinsel, net als de dromen van vroeger. Dit was gewoon een variatie.

Hoewel ik mijn ogen dichthield, die stomme droom probeerde te verdringen en naar het ruisen van de wind bleef liggen luisteren, werd ik nu pas goed wakker.

Een paar minuten later stond ik weer op. 03.28 uur stond er in rode lichtgevende cijfers op het display van mijn wekker. Er trok iets aan me, een onverklaarbare kracht. Net zoals die van de maan die de getijden veroorzaakte. Ik schoot mijn joggingpak aan en liep het huis uit.

Op het strand aangekomen straalde de eerste zilveren streep licht van de nieuwe dag me aan de horizon tegemoet. De wind was fris maar zacht, het ruisen van de golven klonk gedempt. Ik was blijkbaar de enige levende ziel die zo vroeg op het strand rondzwierf. De lichtjes van de hotels waren bijna allemaal gedoofd, hier en daar twinkelde er eentje verloren in de nacht.

Ik ging op een steen zitten en trok mijn knieën op tot mijn

borst. Ik had geen zin in een ijskoud voetenbad.

Vanbinnen brandde het alsof ik tien koppen koffie had gedronken.

Ik probeerde me voor te stellen hoe mijn boot voor de pier aanlegde om passagiers aan boord te laten. Binnen geurde het naar warm kruimelgebak, chocoladetaart en koffie, en een gitarist speelde weemoedige liederen terwijl op de achtergrond een nerveuze auteur zich op zijn lezing voorbereidde.

Zou het wel iets worden? Ik wilde die boot beslist hebben.

Maar waar moest ik het geld vandaan halen? Voor een grote lening had ik niet genoeg financiële zekerheid. Intussen was ik er ook niet zeker meer van of ik eigenlijk wel een krediet van tienduizend euro zou kunnen krijgen.

Mijn ouders kon ik het niet vragen, vooral niet nu mijn vader gedeeltelijk met vervroegd pensioen was – de werven waren helaas aan het afbouwen. Mijn moeder verdiende met haar baan als secretaresse ook niet veel.

Jan zou een mogelijkheid zijn, maar dat idee schoof ik terzijde voor ik er verder over kon nadenken. Het was al pijnlijk genoeg dat mijn nummer nu in het display van zijn mobiel stond. Waarschijnlijk had hij mijn bericht meteen weer gewist.

Dus bleven alleen de banken over, en daarmee was ik weer terug bij af.

Ik zat daar zo mijn hoofd over te breken dat ik eerst niet merkte dat ik toch niet helemaal alleen op het strand was. Pas toen de voetstappen vlakbij klonken, verdween het schip en keerde ik in de werkelijkheid terug. Verschrikt draaide ik me om. Er liep een donkere gestalte voorbij. Het was een man, dat kon ik nog net ontwaren, maar het was niet licht genoeg om zijn gezicht aan de duisternis te kunnen ontfutselen. Kiezels knarsten onder zijn schoenen. Even rook ik een zweem van aftershave.

Wat had hij hier zo vroeg in de ochtend te zoeken?

Ineens werd ik door angst bevangen. Verhalen over overvallen en verkrachte vrouwen schoten door mijn hoofd. Maar de man leek me niet eens op te merken, want hij liep zonder te groeten of even in te houden voorbij.

Ik zag hem in de duisternis verdwijnen en meteen stak nieuwsgierigheid de kop op. Waarom zou hij hier zijn? Was hij op weg naar een vroege dienst? Kwam hij net van zijn werk? Had hij soms snode plannen?

Even voelde ik de verleiding hem te volgen, maar ik besloot het niet te doen. Ik zou het zelf ook niet willen dat iemand achter me aan sloop, vooral niet wanneer ik hier was gekomen om na te denken. Ik richtte mijn aandacht dus weer op de zee en negeerde de onbekende man. Ik was bezig met mijn gedachten, hij met de zijne.

Toen de zon achter de krijtrotsen tevoorschijn kwam, begon ik aan de terugtocht. Maar niet meteen, ik zocht nog eenmaal de rots op waarop ik de bos rozen had ontdekt. Ik verwachtte verwelkende bladeren te zien, maar de bloemen zagen eruit alsof ze pas geplukt waren, op de lichtroze bloemblaadjes glinsterde zelfs nog ochtenddauw. Ik keek ernaar als naar een wonder, toen keek ik om me heen. De schimmige onbekende was verdwenen, maar ik was er zeker van dat hij de bloemen had neergelegd. Maar waarom? Was het een romantisch gebaar naar iemand die hier 's ochtends langskwam?

Of was het een teken van rouw en nagedachtenis?

Toen er een meeuw overvloog, kwam er weer een legende bij me naar boven. De zielen van verdronken zeelui kwamen als meeuwen terug. Bracht iemand nu bloemen voor een van hen?

Ik hield me nog even met die gedachte bezig, maar schudde haar toen van me af en keek op mijn horloge. Tien voor vijf. Ik had meer dan genoeg tijd om het ontbijt klaar te maken en daarna Leonie te wekken.

'En, heb je zin in een nieuw avontuur op school?' vroeg ik aan Leonie terwijl ik haar roze ribrokje uit de kast pakte.

'Ja,' riep ze enthousiast – tot mijn grote opluchting.

Op school werd ze al door haar nieuwe vriendjes opgewacht en meteen meegesleept zodra ze haar jas uit had.

Ik reed van school direct naar Sassnitz. Ik kwam er veel te vroeg aan en parkeerde daarom niet voor het hotel, maar beneden bij de haven.

Ik werd naar De stormroos toe getrokken.

Ze lag er nog onveranderd bij, en kon me helaas ook niet vertellen of er al een bod was gedaan en of er nog meer belangstellenden waren komen opduiken.

Ik haalde mijn mobieltje tevoorschijn en belde mijn vader. Rond deze tijd hield hij meestal zijn ontbijtpauze, een paar minuten had hij dus vast wel.

Inderdaad nam hij al na één keer overgaan op.

'Is alles met jou in orde?' vroeg hij, want we belden elkaar gewoonlijk niet vroeg op de dag.

'Ja, prima,' antwoordde ik, en ik hoorde hem als het ware opgelucht ademhalen. 'Ik wou je alleen over de nieuwste ontwikkelingen met betrekking tot het schip vertellen. En over het feit dat Leonie op school al drie nieuwe vriendjes heeft gevonden.'

'Dat is geweldig,' zei hij. 'In elk geval dat van Leonie. Ik wist wel dat ze een flinke meid is.' Hij pauzeerde even, toen voegde hij er wat serieuzer aan toe: 'En hoe zit het met de boot? Hopelijk is hij niet in de haven gezonken.'

'Nee, hij is er nog. Helaas is de verkoopprijs nogal fors. De eigenaar wil er twintigduizend euro voor hebben.'

Mijn vader floot tussen zijn tanden. 'Daarvoor zou je haast een klein zeiljacht kunnen kopen.' En toen vroeg hij wat ik al had gevreesd: 'In welke staat verkeert het schip?'

Ik wist dat liegen geen zin had. Mijn vader zou merken dat er iets niet klopte.

'Vanbinnen is De stormroos nogal verrot. Ze werd vroeger als plezierboot gebruikt, maar dat is lang geleden. De eigenaar zegt dat ze sinds de val van de Muur niet meer is gebruikt en in de jachthaven van Timmendorfer Strand heeft gelegen. Hij heeft haar gekocht om haar op te knappen, maar zijn vrouw is ziek geworden en nu heeft hij geld nodig om zijn huis voor haar te verbouwen.'

Stilte aan de andere kant van de lijn. Ik wist wat mijn vader dacht. Een alleenstaande moeder zou zich zo'n boot niet op de hals moeten halen.

Maar ik was er verliefd op geraakt. Ja, dat was ik, voor zover dat kon op een object.

Mijn vader had altijd beweerd dat elk schip een ziel had. Ik wist niet of dat klopte, maar De stormroos had de mooiste uitstraling van alle schepen die ik ooit had gezien.

'Je wilt haar hebben, hè?' haalde mijn vader me uit mijn gedachten.

'Ja,' antwoordde ik. 'Ik wil haar hebben. Ik heb geen idee hoe ik de koopsom moet opbrengen, en ik weet ook niet waar ik het geld voor het restaureren vandaan moet halen, maar ik weet dat ik die boot moet hebben.'

Mijn vader zuchtte. 'Ik zou graag wat bijdragen, maar zoals je weet...'

'Geen sprake van,' onderbrak ik hem. 'Jullie hebben je geld zelf nodig. Hier moet ik in mijn eentje uitkomen.'

'Nou ja, geld wilde ik je eigenlijk ook niet aanbieden,' zei mijn vader, en ik kon gewoon zién hoe hij zijn mond tot een glimlach vertrok. 'Maar je vader is toevallig scheepsbouwer en heeft vrienden die je kunnen helpen om het schip op te knappen. Dat zal mij veel overredingskracht kosten, en jou een heleboel kratten bier, maar als je tevreden bent met mijn expertise...'

'Dat ben ik,' zei ik vlug, want zo'n aanbod deed Martin Hansen geen tweede keer. 'Maar... heb je dan tijd?'

'Zeker. Het schip moet dan wel naar Hamburg worden gesleept, want ik kan niet telkens naar Sassnitz rijden. Maar ik kan het aan Uwe vragen, die heeft een vriend met een sleepboot hier in de haven.'

Ik kon me niet voorstellen dat dat allemaal kosteloos zou zijn, maar de woorden van mijn vader hadden het effect van warme chocolademelk na een dag vol stress – mijn stemming klaarde direct op. Ik kan het voor elkaar krijgen, zei ik tegen mezelf. Ik zál het voor elkaar krijgen.

'Dank je. Dat is heel lief van je,' zei ik, en het viel me op hoe ontroerd ik klonk. Zo had ik nooit geklonken wanneer ik als kind het speelgoed had gekregen dat ik wilde hebben.

'Voor jou doe ik alles, liefje,' was zijn reactie. 'Maar nu moet ik weer aan het werk. We hebben het er later nog wel over – wanneer je voor de koopsom een bank hebt overvallen.'

Toen ik ophing, voelde ik een brede grijns op mijn gezicht. Mijn vader had niet geprobeerd me de hele zaak uit het hoofd te praten, dat was al heel wat.

Op de afgesproken tijd arriveerde ik bij Hartmann. Die zat met vers gezette koffie en een dik in leer gebonden album op me te wachten.

'Gaat u toch zitten, mevrouw Hansen,' zei hij en hij wees naar de zithoek.

Omdat mijn mantelpakje wat strakker zat dan een half jaar geleden toen ik het gekocht had, maakte ik een knoop van de blazer los, waaronder ik een hooggesloten blouse droeg, en ging zitten.

'Erg fijn dat u tijd hebt. De vondst heeft me echt van mijn stuk gebracht.'

Hij schonk de koffie in en gaf me daarna het album aan. Toen ik het opensloeg, werd me duidelijk dat het inderdaad een geweldige vondst betrof. Niets was zo wervend als een interessant verhaal.

Onder het toeziend oog van meneer Hartmann bladerde ik het leven van het hotel door. Ik zag de eerste personeelsbezetting met hun chef, een man met een keizer Wilhelm-baard, een vadermoordenaar en een horlogeketting aan zijn jacquet. De kamermeisjes droegen lange witte jurken met gesteven kapjes, de jongens hadden knickerbockers aan, en de pages oogden in hun livrei vreselijk stijf.

Terwijl ik de foto bekeek, moest ik weer aan De stormroos denken. Zouden er ergens foto's zijn van de eerste bemanning? Maar al te graag zou ik de matrozen en hun kapitein eens hebben gezien. Ooit, misschien...

'Het is echt fascinerend, hè?' vroeg Hartmann, maar ik hoorde hem nauwelijks, want intussen was ik bij de foto's uit de oorlog beland. Op een paar ervan waren de hakenkruisen uit de vlaggen geschrapt die het gebouw bij een of andere gelegenheid hadden getooid. Het personeel bestond vrijwel alleen uit vrouwen, en de eigenaar droeg een uniform. Even later zag ik zware schade aan de muren, en vluchtelingen die in het hotel waren ondergebracht.

'Met de foto's zou een goede imagebrochure kunnen worden gemaakt,' zei ik. 'Vooral de opnamen aan de voorkant van het hotel.'

Behalve de ouderwetse foto's van de werknemers intrigeerde een foto uit de jaren tachtig me enorm. Eigenlijk waren daar alleen bouwvakkers op te zien – maar ik zou kunnen zweren dat een van hen sprekend de man in het pak van de afspraak op het schip was.

Natuurlijk was hij het niet – dan moest hij een verjongende bron in zijn kelder hebben – maar mogelijk was het zijn vader...

'O, die foto vind ik bijzonder interessant,' mengde Hartmanns stem zich in mijn gedachten. 'Hij laat de verbouwing ten tijde van de DDR zien. In de loop van de restauratie hebben we besloten de tegelsokkels weer af te breken en het gebouw terug te brengen tot de staat van voor de Tweede Wereldoorlog.'

Pas nu vielen de lelijke tegels me op waarmee men het hotel moderner had willen doen lijken. Ik was voor de Wende weliswaar tamelijk jong geweest, maar kon me nog herinneren dat er ook bij andere gebouwen, soms ook bij flats, zulke tegels waren geweest.

Ik was blij dat de oude situatie weer in ere was hersteld – en dat Hartmann niet had gemerkt dat het me bij die foto niet om het gebouw ging.

'Kan ik misschien afdrukken van een aantal foto's krijgen?' vroeg ik nadat ik nog een blik op de bouwvakkers had geworpen.

Het was onwaarschijnlijk dat ik de onbekende man nog eens tegenkwam, en als dat wel zo was, dan zouden we heftig om het schip strijden. Of ik zou hem aan boord zien gaan, terwijl ik, die niet het geld had gehad, op de kade stond en mijn droom zag vervliegen.

'Maar natuurlijk!' antwoordde Hartmann. 'Zegt u maar welke u nodig hebt en ik zal u de afdrukken toesturen. U wilt een imagebrochure maken?'

'Een brochure met historische informatie voor uw gasten,' bevestigde ik. 'Ik heb zoiets eens in een kasteelhotel in Oostenrijk gezien en vond het heel interessant. Helaas hadden ze daar maar één leenexemplaar, dat je weer moest afgeven. Voor uw hotel zou een exemplaar op elke kamer aan te bevelen zijn, en ik weet ook waar je die tegen een gunstig tarief kunt laten drukken.'

'Geld speelt geen rol,' zei Hartmann met een afwerend gebaar.

Op dat moment wenste ik dat ik dat voor mezelf ook kon zeggen.

Ik koos vijftien foto's uit het album uit en verzocht Hartmann een nieuwe foto van het huidige personeel en hemzelf te laten maken – zo mogelijk met dezelfde opstelling als bij de eerste foto uit de vorige eeuw. Toen nam ik afscheid van de hôtelier.

Buiten keek ik op mijn horloge. Even na drieën. We hadden maar een uur nodig gehad. Dat bood me de gelegenheid nog een keer bij De stormroos te gaan kijken.

Ditmaal ging ik echter niet in de buurt van de aanlegsteiger zitten, maar liep ik naar de dikke stenen muur die rondom de haven was opgetrokken, die zo hoog was dat de schaduw ervan ver over de weg ervoor reikte. Ik ging op een van de brede stenen zitten en bekeek de huizen die voor de haven oprezen. De stormroos kon ik natuurlijk ook ontwaren, evenals hotel Zeezigt. Zou ik Hartmann voorstellen om het schip te kopen? Als mobiele uitbreiding van zijn hotel? Geld had hij genoeg, en dat je er een café van kon maken zou hem zeker bevallen.

Alleen was dat niet wat ik wilde. Ik wou het schip niet aan iemand anders overlaten, wilde het zelf opknappen en misschien ook het café runnen. En Leonie was enorm enthousiast geweest bij het idee met een boot te gaan varen.

'Bent u daar alweer?' vroeg een mannenstem achter me. Toen ik me omdraaide, herkende ik de man in het pak. Maar nu droeg hij geen pak maar een spijkerbroek en een lichtblauw overhemd dat zijn ogen heel mooi deed uitkomen.

'U ook!' antwoordde ik. En meteen kwamen mijn stekels opzetten. Dat hij hier was, moest toeval zijn, probeerde ik mezelf wijs te maken. Hij zat beslist niet de hele tijd de eigenaar op de zenuwen te werken.

Tegelijkertijd zag ik de foto weer voor me. Ja, de man uit de jaren tachtig leek verbluffend veel op hem. Jammer dat ik de foto niet bij me had...

'Tja, de wereld is klein, hè?' Hij lachte breed en ging op een steen naast de mijne zitten. 'Had ik me eigenlijk al voorgesteld?' Hij draaide zich naar me toe en bood me zijn hand. 'Christian Merten.'

Even nam ik hem onderzoekend op, alsof ik vermoedde dat ik een elektrische schok zou krijgen. Toen nam ik zijn hand aan en drukte hem zo zelfbewust als ik maar kon.

'Annabel Hansen.'

'Lieve help!' riep hij. 'U hebt een handdruk als iemand die dagelijks met duizend kratten vis sjouwt.'

'Wie weet doe ik dat wel.'

Zijn blik viel op mijn handen. 'Dat doet u niet. Dat roept bij mij de vraag op wat u hier naar de haven brengt.'

Ik hield mijn hoofd scheef. Maar al te goed herinnerde ik me hoe hij me de vorige dag te slim af was geweest.

'Ik heb u de vorige keer al veel te veel over mezelf verteld. Ik weiger dat weer te doen, tenzij u eerst eens zegt wat u hier te zoeken hebt.'

Ik had het idee dat we elkaar beloerden als twee katten die niet wisten wie van hen tweeën ooit als eerste zou uithalen.

Merten lachte en richtte toen zijn blik op het schip.

Aha, betrapt!

'Ze is prachtig, nietwaar?' Ik volgde zijn blik. De stormroos lag zachtjes te deinen terwijl achter haar een plezierboot langs tufte.

'Ja, dat is ze. En als u weer begint haar uit mijn hoofd te praten, ga ik meteen weer.'

'Nee, blijf,' zei hij vlug. 'Het spijt me dat ik u gisteren zo heb uitgehoord. Het is alleen... ik zou niet willen dat het schip in verkeerde handen valt.'

Ik trok mijn wenkbrauwen op. 'Aha, waarom dan? Hebt u een bijzondere relatie met het schip?'

Zijn gezicht kreeg meteen een gesloten uitdrukking. 'Die heb ik inderdaad, maar ik zou u willen verzoeken daar niet over door te vragen.'

Het was dus geen positieve relatie? Dat maakte me nieuwsgierig. Maar ik besloot er niet op door te gaan. Voorlopig.

'Komt u hier vaak?' vroeg ik in plaats daarvan.

Hij tuurde wat afwezig naar het schip en leek me in eerste instantie niet gehoord te hebben, maar toen keek hij me aan.

'Wanneer ik pauze heb, ja. Ik ben hier graag, een haven zit vol mogelijkheden, vindt u ook niet?'

'Daar heb ik eerlijk gezegd nog niet over nagedacht. Ik kijk alleen graag naar boten. Daar verder, op zee...' Ik brak af, want ik merkte dat ik op het punt stond mezelf bloot te geven. Dat wilde ik niet. De man was een vreemde en een concurrent. Misschien hanteerde hij nu een andere methode om me uit te schakelen nu hij had gemerkt dat uit het hoofd praten niet werkte.

'Wat denkt u ervan om vanavond ergens samen te gaan eten?' vroeg hij ineens.

'Waarom?' ontschoot me. Een uitnodiging was het laatste wat ik van hem had verwacht. En waar ik zin in had.

'Nou, dat zult u wel zien,' antwoordde hij geheimzinnig.

'U wilt de concurrentie testen, nietwaar?' zei ik nu. 'Hebt u ook met de anderen afspraken gemaakt?'

Onwillekeurig kwam er een lachje bij me naar boven, want ik

stelde me voor hoe het zou zijn wanneer hij een afspraak had met de surfer, of met de oudere man die de dieselmotor van het schip bekritiseerd had.

'Nee, alleen met u,' antwoordde hij eerlijk. 'Maar van alle mensen die er waren, bent u naast mij de enige die het schip echt wil hebben. De anderen zullen vrijdag gegarandeerd niet van zich laten horen, daar wil ik met u om wedden.'

'En waarom denkt u dit te weten?'

'U bent hier, toch? De anderen niet. Die hebben de schuit gezien en geconstateerd dat hij niets waard is. U zit, hoewel u waarschijnlijk wel iets belangrijkers te doen hebt, een dag later op de kade het schip te bekijken. Dat is voor mij een duidelijk teken.'

Hij had gelijk. En ik schaamde me bijna een beetje dat ik zo makkelijk te doorzien was.

Hij stak zijn hand in zijn broekzak en haalde een kaartje tevoorschijn. 'Deze tent is heel goed, heb ik me laten vertellen. En ik wil echt graag met u over het schip praten.'

De beslistheid waarmee hij me het kaartje gaf, bracht me in verwarring.

'Ik heb een dochtertje,' liet ik hem op ernstige toon weten. Als ik zou toezeggen, zou ik voor die avond een babysitter nodig hebben.

'Dan was u dus de vrouw met het kind die ik laatst bij De stormroos heb gezien?' vroeg hij, maar aan zijn ogen zag ik dat hij me zich best herinnerde.

'Ja, waarschijnlijk,' antwoordde ik. 'Maar wat ik eigenlijk wilde zeggen – ik kan niet zomaar 's avonds ergens heen gaan.'

'Waarom niet? Dan past uw man toch gewoon op, en u geeft haar een nachtkus voor u weggaat.'

'Er is geen man,' hoorde ik mezelf zeggen voor ik besefte hoe geraffineerd hij zo op de hoogte was gekomen van mijn gezinssituatie. Maar het was te laat om het terug te draaien of te verhullen. Dus vervolgde ik: 'We zijn hier pas kortgeleden komen wonen, en ik ken niemand die op haar zou kunnen passen – en die betrouwbaar is.'

'Waar woont u?'

Nog zo'n persoonlijke vraag, registreerde ik, en mijn instinct waarschuwde me ervoor het prijs te geven. Maar toen deed ik het toch.

'In Binz. En ik betwijfel of...'

'Een vriendin van me werkt in Binz, in een van de strandhotels,' viel hij me in de rede. 'Ze heeft een zestienjarige dochter, die vaak bij andere mensen oppast.'

Het idee Leonie met een wildvreemd pubermeisje alleen te laten beviel me absoluut niet. De hele situatie beviel me niet.

'Als u wilt, stuur ik Lisa straks naar u toe. Dan kunt u met elkaar kennismaken en zien of uw dochter het met haar kan vinden. En eventueel het tarief bepalen.'

Zo beslist als hij het zei, leek het voor hem de eenvoudigste zaak van de wereld te zijn. Maar ik voelde weerstand. Niet dat ik in Bremen geen babysitters in de arm had genomen. Meestal waren het dochters van buren geweest die op Leonie gepast hadden wanneer ik naar een afspraak moest en haar niet kon meenemen. Maar die meisjes kende ik – en die waren me niet door een wildvreemde man aanbevolen die met mij meedong naar een schip. En van wie ik niet kon verklaren waarom hij me zo'n aanbod deed.

Ik aarzelde dus met antwoorden.

'Wees maar niet bang, Lisa is een lief meisje met verantwoordelijkheidsgevoel. En ik zou u ook niet buitensporig lang ophouden. Ik wil alleen maar dat we een oplossing vinden voor het schip. En dat houdt in mijn ogen niet in u uit de race te halen, mocht u dat denken. Ik heb wat anders in mijn hoofd.'

Door de manier waarop hij me daarbij aankeek, brokkelde mijn weerstand af. Het was niet de blik van een man die iets van me wilde – het was de blik van een man die hulp nodig had. Was dat echt het geval? Had hij ook het geld voor het schip niet en dacht hij dat ik een goud poepende ezel in de tuin had staan?

'Wanneer kan Lisa langskomen?' hoorde ik mezelf vragen voor

mijn verstand ertussen kon komen en het me uit het hoofd zou praten.

'Ik vraag het haar zodra ik weer thuis ben.'

'Woont u in Binz?'

Hij knikte. 'Ja, maar de rest vertel ik u pas wanneer u instemt. Dus?'

'Vooropgesteld dat mijn dochtertje niets op de dochter van uw vriendin tegen heeft...'

'Oké. Dan moet u me alleen nog zeggen hoe ik u kan bereiken – en me vooral uw adres geven, zodat Lisa u kan vinden.'

In de auto keerden de twijfels terug. Wat had me bezield? Ik had een wildvreemde man mijn mobiele nummer en mijn adres gegeven! Zoiets deed ik normaal gesproken niet. Maar ik was ook niet eerder in zo'n situatie geweest.

Ik wilde dit project doorzetten. Koste wat kost. Omdat ik voelde dat het me goeddeed en omdat ik daarmee de confrontatie met mijn verleden misschien nog een beetje kon uitstellen.

Daarom zou het ook goed zijn met Merten af te spreken en op zijn minst te horen wat hij te zeggen had.

Op de terugweg van de kleuterschool vertelde Leonie opgewonden over haar speelkameraadjes en dat een van die meisjes een eigen paard had.

'Mag ik ook een paard?' vroeg ze.

'Nee, lieve schat, dat gaat helaas niet,' antwoordde ik en ik voegde er in gedachten aan toe: misschien krijg je in plaats daarvan binnenkort een boot. 'Onze tuin is wel groot, maar een paard zou zich daar niet prettig in voelen.'

'We zouden ermee over het strand kunnen rijden,' opperde Leonie, die er blijkbaar al over had nagedacht.

'Maar dan moet het de trap af en zou het misschien een been breken.'

Leonie dacht even na, en ik was al bang dat ze weer verdrietig zou worden. Maar toen vroeg ze ineens: 'Heb je het schip al gekocht?'

'Nee, nog niet. Maar ik heb binnenkort een afspraak met iemand daarover, en misschien kan ik het dan kopen.'

'Paarden mogen niet op een boot, hè?'

Ik moest lachen. 'Dat mogen ze wel, maar ze vinden het niet fijn. Ze worden er zeeziek van.'

'Zeeziek?' vroeg Leonie. 'Wat is dat?'

'Als je op een boot misselijk wordt.'

'Jammer,' zei ze daarop. 'Maar goed, dan kopen we geen paard. Een boot is ook veel beter.'

En ze pakte het kleurboek dat ik voor haar in de auto had liggen.

Mijn dochter had gelijk, een boot was veel beter. Nu moest ik hem alleen nog zien te krijgen.

Thuis stormde Leonie luid jubelend naar haar kamer, terwijl ik de post uit de brievenbus pakte. Veel was het nog niet. Een brief van mijn belastingconsulent en een enquête van de verzekering die me die avond zoet zou houden. Verder nog een folder van een modehuis in Binz. Blijkbaar was mevrouw Balder daar klant geweest, want haar naam stond erop.

Toen mijn mobiel overging, nam ik zonder te kijken op, want ik vermoedde dat het Christian Merten was die me wilde laten weten of de babysitter kon komen.

De stem aan de andere kant van de lijn deed me verstarren.

Jan.

'Je hebt twee keer gebeld, wat is er?' vroeg hij zakelijk, alsof hij niet zijn ex-vrouw aan de lijn had maar een of andere ondergeschikte die het gewaagd had hem uit een bespreking te halen.

Ik wist eerst niet wat ik moest zeggen. Ik had nooit gedacht dat hij terug zou bellen.

'Hallo?' vroeg hij toen mijn antwoord uitbleef. Misschien was het het beste geweest als ik had opgehangen. Maar ik dacht aan de tranen die Leonie om hem had vergoten. Ik had haar beloofd hem op de hoogte te stellen.

'Ik wilde je alleen maar laten weten dat ik verhuisd ben,' zei ik ten slotte. 'En dat Leonie je mist.'

'Aha. Dan kun je het best mijn secretaresse je adres geven, dan kan ik je zo nodig vinden.'

En Leonie? Die toevoeging had hij blijkbaar niet gehoord. Ik probeerde het nog een keer en slikte de gal in die bij me bovenkwam, want ik vond het vreselijk om hem iets te vragen.

'Leonie mist je. En ze vraagt of je haar eens komt opzoeken.'

Stilte. Blijkbaar dacht Jan dat hij het niet goed had gehoord.

Nu had ik bijna gevraagd of híj nog aan de lijn was. Maar toen vroeg hij: 'Is dat een grap of zo? Je belt me een paar keer zonder dat er iets belangrijks is gebeurd en dan vraag je me of ik mijn dochter wil komen opzoeken?'

'Ze is vijf en kan helaas nog niet zelf bellen,' antwoordde ik stuurs, want ik vond het vreselijk als hij op die toon tegen me praatte. Dat had ik vaak genoeg gehoord.

'En omdat ze vijf is, heeft ze ook geen idee dat ik geen tijd heb voor wat voor bezoek dan ook.' Hij snoof geïrriteerd. Zo meteen zou hij als een dolle stier in de aanval gaan. 'Dat is jouw taak,' zei hij toen. 'Daar hebben we het over gehad, dat jij voor het kind zou zorgen en ik financieel voor jullie allebei. We waren het erover eens dat we de ouderlijke zorg niet zouden gaan delen.'

Hij sloeg me gewoon met de resultaten van het echtscheidingsproces om de oren.

'Dat weet ik,' zei ik. 'En ik heb er ook geen behoefte aan dat te veranderen. Maar Leonie mist je. Daar kan ik niets aan doen.'

Weer dat gesnuif. Ik hield er al rekening mee dat hij gewoon maar zou ophangen. Maar daar was Jan de mens niet naar. Hij attaqueerde alle problemen tot hij als overwinnaar uit de bus kwam.

'Ga dan met haar naar de dierentuin, onderneem iets. Ga op reis. Als je er geen geld voor hebt, laat het mijn secretaresse dan weten, ik zal je het geld geven. Maar bespaar me je telefoontjes als het niet om iets belangrijks gaat.'

Die laatste woorden schreeuwde hij. Ik zweeg en probeerde het van me af te laten glijden. Dat lukte niet. Elk woord deed pijn en van woede en teleurstelling kon ik niets uitbrengen.

'Het spijt me, ik heb een afspraak,' voegde hij er nu wat rustiger aan toe. 'Laat het weten als er iets belangrijks is. En denk eraan het adres door te geven.'

Toen hing hij op. Ik hoorde even getuut, toen werd de verbinding verbroken. Het bloed suisde in mijn oren, en mijn maag raakte verfrommeld tot een dikke knoop.

Waarom konden we niet normaal met elkaar omgaan? Er was toch ooit een tijd geweest waarin we elkaar goed begrepen hadden. In het begin van onze relatie was hij attent en lief geweest, hij had me het gevoel gegeven dat ik de mooiste en de belangrijkste vrouw van de wereld was. Maar toen had hij carrière gemaakt, zijn werk was belangrijker geworden dan ik en op een gegeven moment ook de andere vrouwen, die natuurlijk achter zo'n succesvolle man aan liepen.

Jan was alles vergeten wat we elkaar als pas verliefden hadden beloofd. Dat hij me vanwege zijn carrière verwaarloosde, had ik misschien nog door de vingers kunnen zien, maar niet de slippertjes... En ook niet dat hij zich niet voor onze dochter interesseerde.

Opeens stroomden de tranen over mijn wangen. Ik wist dat hij een idioot was, en ik had al van tevoren kunnen zeggen hoe zijn reactie op het verzoek van Leonie zou zijn. En toch huilde ik, net als toen ik had ontdekt dat de reden voor zijn afwezigheid in ons gemeenschappelijke leven een geliefde was.

'Mama, waarom huil je nou?' vroeg Leonie, die de keuken binnen kwam zetten. Blijkbaar had ze me horen snikken. Ze vlijde zich tegen me aan en sloeg haar armen om mijn been.

Moest ik haar vertellen dat haar vader tegen me was uitgevaren omdat ik hem had gezegd dat hij eens iets van zich moest laten horen? In elk geval aan haar? Ik legde mijn mobieltje op de tafel en sloot haar in mijn armen.

‘Ik ben alleen maar een beetje verdrietig,’ zei ik terwijl ik mijn gezicht in haar krullen begroef. Me groot houden kon ik op dat moment niet, want ik hield mijn dochter vast, wier grootste wens ik niet kon vervullen.

Toen ging mijn mobiel weer over. Ik wilde hem eerst maar laten rinkelen, maar toen schoten me Christian Merten en de babysitter weer te binnen.

‘Is dat papa?’ wilde Leonie weten. Haar ogen schitterden alsof het Kerstmis was. Ik slikte mijn wrok jegens Jan in en nam op.

‘Hallo, met Merten, ik hoop dat ik niet stoor.’

Ik haalde mijn neus op. Verdorie, nu moest ik zo behuild met hem praten!

‘Nee, nee, het is goed van u te horen.’ Een snik welde op. Wat gênant!

‘O, waar heb ik die eer aan te danken?’ vroeg hij, maar toen werd zijn stem ernstig. ‘Alles in orde?’

‘Ja, ik stond net uien te snijden,’ loog ik. Het ging hem niet aan waarom ik huilde. Ik haalde mijn neus nog eens op en vroeg toen: ‘Hebt u de dochter van uw vriendin gesproken?’

‘Ja, en ze heeft straks tijd om kennis te komen maken. Tegen zes uur, komt dat uit?’

‘Ja, ja, ik denk het wel,’ antwoordde ik, en in mijn achterhoofd doemde de gedachte op dat we haar voor het eten moesten uitnodigen nu ze de moeite nam om naar ons toe te komen.

‘Mooi, ze verheugt zich erop haar zakgeld een beetje aan te kunnen vullen. Dus onze afspraak gaat door?’

‘Als ik de babysitter geschikt vind, ja.’ Ik wiste mijn gezicht af. ‘Hartelijk dank dat u het haar gevraagd hebt.’

‘Graag gedaan. En ik weet zeker dat Lisa geschikt is. Dus tot dan, ik kijk uit naar ons gesprek.’

‘Ik ook, tot straks.’

Ik hing op en wreef in mijn ogen. Jans afwijzende woorden lagen me nog zwaar op de maag, maar ik probeerde ze te verdringen. Het meisje zou over twee uur hier verschijnen, tegen die tijd wilde ik iets op tafel kunnen zetten – op gevaar af dat Lisa er niets van zou eten.

'Ba-by-sit-ter.' Leonie verdeelde het woord in lettergrepen en hield telkens een korte pauze alsof ze de klank van elke lettergreep apart wilde testen.

'Waarom heet dat zo?' vroeg ze toen.

Ik deed de oven open en haalde de quiche die ik vlug in elkaar had geflanst eruit. Leonie was er dol op, en ik hoopte dat Lisa er niets op tegen zou hebben.

'Omdat je iemand die op een kind past zo noemt.'

Ik had Leonie verteld dat ze die avond een babysitter zou krijgen. Dat was vroeger ook af en toe al voorgekomen, maar toen had het haar nog niet geïnteresseerd waarom dat zo heette. Nu ze vijf was, wilde ze op alles antwoord hebben. Dat bracht me soms op de rand van mijn kennis. Want wie anders dan een vijfjarige maakte zich druk om de achtergrond van een woord?

'Maar ik ben toch geen baby meer!' protesteerde ze.

'Dat weet ik, maar toch heet het zo. Daar doe je niks aan.' Au! Vlug haalde ik mijn hand van de bakvorm af en blies op mijn wijsvinger, waarmee ik het hete metaal had aangeraakt.

Sinds Jans telefoontje was ik totaal van slag. Ik kon Leonie er niet over vertellen, dan zou ze alleen maar weer verdrietig worden. En voor een uitgebreid telefoongesprek met mijn moeder had ik geen tijd gehad.

'Heb je je pijn gedaan?' vroeg Leonie bezorgd toen ik mijn verbrande vinger onder de kraan hield.

'Een klein beetje maar,' antwoordde ik.

'Er is iemand in onze tuin!' riep Leonie ineens opgewonden. Ik rende naar haar toe. Er was inderdaad iemand, een lichte gedaante in een spijkerbroek met T-shirt. Ze had de strandtrap genomen. Dat moest Lisa zijn.

'Dat is onze bezoekster,' zei ik en ik liep naar buiten. Waarom was ze via de trap gekomen? Omdat het korter was? Kenden de mensen hier de trap?

Natuurlijk kenden ze hem, en zo niet, dan vonden ze hem wel. Wanneer het strand vol mensen was, zou ik moeten opletten dat ze niet over ons terrein liepen.

'Wacht hier maar, ik ga haar tegemoet.'

Toen ik bij de tuinpoort was, kwam Lisa al tussen de rozenstruiken vandaan.

'Een beetje steil, die trap,' zei ze lachend en ze stak haar hand uit. 'Hi, ik ben Lisa.'

Ik nam haar onderzoekend op. Een typische zestienjarige met lang blond haar en zomersproeten. Vast favoriet bij een aantal jongens op het eiland.

Ik kon het niet helpen, maar op een of andere manier zag ik plotseling mezelf in haar terug. Een jonge vrouw vol hoop en verwachtingen en misschien een doel. Die erop wachtte haar grote liefde te vinden en misschien de verkeerde trof. Maar misschien ook niet. Niet iedereen was zoals ik.

'Hallo, Lisa, ik ben Annabel Hansen,' zei ik en ik stak ook mijn hand uit. 'Ik hoop dat je van quiche houdt.'

Ze knikte en liep achter me aan het huis in.

Leonie zat in de keuken op ons te wachten. Dit was het uur van de waarheid. Mijn dochter wist vrij vlug of ze iemand mocht of niet. Toen we binnenkwamen, nam ze haar babysitter met grote ogen op.

'Hi, ik ben Lisa,' stelde zij zich voor, geroutineerd alsof ze elke dag op kinderen van andere mensen paste. 'En hoe heet jij?'

Mijn dochter staarde haar nog even aan, toen vroeg ze: 'Ben jij de babysitter?'

Lisa keek een beetje onzeker naar mij.

'Ja, als je mama dat graag wil.'

'Weet je dan waarom een babysitter zo heet?'

'Nou, misschien omdat de babysitter vroeger bij het kinderbedje zat op te passen?'

'Maar ik ben geen baby meer!' wierp Leonie tegen.

Lisa knikte en glimlachte. 'Nou goed, dan ben ik zoiets als een speelkameraadje voor je. Of een vriendin, als je wilt.'

'Goed,' zei Leonie zichtbaar opgelucht. 'Jij bent mijn vriendin.'

Glimlachend liep ik naar de tafel om de quiche aan te snijden.

Als het gesprek met Merten net zo goed uitpakte als de ontmoeting tussen Lisa en mijn dochter, kon ik tevreden zijn.

10

Ik had er rekening mee gehouden dat de gelegenheid die Merten me had genoemd zo'n hippe strandtent was met loungemuziek, kogelvissen aan het plafond en blauw licht waarin iedereen er op een of andere manier ziek uitzag.

Maar het restaurant waarvoor ik stond, deed me denken aan een stokoud televisieprogramma waar ik altijd met mijn ouders naar had gekeken, de naam wist ik niet goed meer. Het speelde zich af in een havencafé dat getooid was met visnetten, oude lantaarns, gedroogde zeesterren en aquariums.

Precies zo'n indruk wekte de Klabautermann bij me.

Voor ik naar binnen ging haalde ik mijn mobieltje tevoorschijn en koos Lisa's nummer. Merten had gelijk gehad, het meisje, dat verpleegster wilde worden, leek echt betrouwbaar en was heel prettig in de omgang.

'Ja, hallo?' klonk het na twee keer overgaan. Dat was mooi, ze was tenminste alert.

'Hallo, met Annabel Hansen, ik wilde even vragen of alles oké is.' Ik had het haar niet kwalijk genomen als ze nu geërgerd haar ogen had verdraaid.

'Ja, alles is prima, mevrouw Hansen,' antwoordde ze. 'Ik probeer Leonie mens-erger-je-niet te leren. Ik denk dat ze me algauw zal inmaken.'

Ik was verrast dat jongeren tegenwoordig nog de oude bordspelen kenden. Dat vond ik heel sympathiek.

'Mooi, speel dan maar verder, ik zal weer bellen als ik wegga.'

'Oké,' zei Lisa vrolijk terwijl ik op de achtergrond Leonie hoorde kraaien van plezier.

Ongelofelijk. Ik zei gedag en stopte mijn mobieltje weer in mijn tas. Toen wierp ik een blik in de grote geblindeerde ruit van de toegangsdeur.

Ik had gekozen voor een eenvoudige beige jurk met watervalcol, die er niet al te feestelijk uitzag maar elegant genoeg was om ook in een chic restaurant niet op te vallen. Misschien zou ik daarmee lichtelijk overdressed zijn, maar dat risico had ik op de koop toe genomen.

In het restaurant werd ik door een kelner in gestreept gilet verwelkomd. Ik noemde hem mijn naam en zei dat ik had afgesproken met ene meneer Merten. Daarop bracht hij me naar een tafeltje waar mijn concurrent al op me zat te wachten. Hij droeg een gemakkelijk blauw colbertje en had zijn stoppelbaard een beetje bijgewerkt.

'Daar bent u dan!' riep hij en hij stak zijn hand uit, terwijl de kelner zich verwijderde. 'Ik hoop dat de maritieme ambiance u niet afschrikt.'

De indruk die de gelegenheid al van buiten had gewekt, werd door het interieur bevestigd. Uiteraard zag het er veel gedegener uit dan een gewone havenkroeg, maar het leek toch een plek waar doorgewinterde kapiteins na een succesvolle vaart een borreltje achteroversloegen.

'Ik heb niets tegen een maritieme ambiance,' zei ik terwijl ik mijn handtas op de lege stoel naast me zette. 'Anders zou ik ook niet een boot willen kopen.'

Ik merkte dat hij me van top tot teen opnam.

Vroeger hadden de blikken van mannen me niet gehinderd. Vooral toen Jans belangstelling voor mij was weggeëbd, was ik er echt op uit geweest om bevestiging te vinden.

Mertens blik bracht me in verwarring, en ik ging vlug zitten.

Op een of andere manier verwachtte ik dat hij zoiets zou zeggen als 'mooie jurk' of 'u ziet er geweldig uit' maar dat liet hij gelukkig achterwege.

In plaats daarvan vroeg hij: 'Komt u uit de kuststreek? U hebt een vrij duidelijk Noord-Duits accent.'

Had ik dat? Daar was ik me niet van bewust. Maar deed dat er iets toe?

'Ik kom uit Bremen,' antwoordde ik. 'Daarvoor heb ik in Hamburg gewoond. En heel vroeger in Stralsund.' Geen idee waarom ik dat eraan toevoegde. Toen we vanuit Stralsund verhuisden, zat ik vlak voor de puberteit en was ik er heel opgewonden over dat ik in het Westen zou mogen wonen.

'U bent dus een geboren Oost-Duitse?' Hij glimlachte breed naar me.

'Ja, ik heb er elf jaar gewoond. Is dat een probleem?' Die laatste zin zei ik barser dan ik wilde. Misschien kwam het doordat ik in Hamburg snel had moeten leren dat 'ossi' aan het einde van de euforie van de Wende door menigeen gelijkgesteld werd met 'asociaal'.

'Nee, geenszins. Ik ben alleen maar geïnteresseerd in de wortels van mensen, dat is alles. Zelf ben ik ook een geboren ossi, en na allerlei tussenstations en andere oorden ben ik weer hier.'

'Tja, dan is het u net zo vergaan als mij.' Terwijl ik het zei, begon er een sprankje sympathie voor hem in me op te komen. Misschien was hij toch heel aardig en had hij de beste bedoelingen met deze ontmoeting.

'Waarom bent u teruggekomen?' vroeg Merten door, maar gelukkig verscheen de kelner met de kaart. Die zat in een enorme map, maar was overzichtelijk ingedeeld; de gerechten waren behoorlijk aan de prijs. Maar tegenover een concurrent voor een boot moest je niet krenterig zijn.

'Nou?' vroeg hij.

Ik haalde diep adem. 'Als u het mij vraagt, lijken de scampi in salieboter me wel wat. Tenzij u een reden kunt bedenken waarom je die niet moet nemen.'

Hij keek me grijnzend aan. Toen besefte ik dat hij niet wilde weten wat ik zou nemen – ik had zijn vraag nog steeds niet beantwoord.

'O,' zei ik, en ik voelde dat ik rood werd. Ik legde de kaart weg.

'Ik... we hadden behoefte aan iets anders. Ik ben sinds een jaar gescheiden, en het leek me goed me aan een nieuwe start te wagen.'

'En dan juist hier?' Merten trok vol twijfel zijn wenkbrauwen op.

'Het huis beviel me. En de voorwaarden zijn heel gunstig. Met mijn werk kan ik bovendien overal wonen, ik ben niet aan een plaats gebonden.'

'Bent u kunstenaar?'

'Nee, reclamespecialist. Ik ben bezig een reclamebureau op te zetten. En ik heb hier ook al de eerste klanten gevonden.' Dat het om precies te zijn maar één klant was, wilde ik hem niet aan zijn neus hangen.

Hij knikte, maar zei niets.

'En u?' vroeg ik, want ik had het gevoel weer eens te veel te hebben prijsgegeven zonder dat daar iets tegenover stond.

'Ik adviseer ondernemers.'

Nu legde ook hij de kaart weg. Ik wierp een blik op zijn handen. Die waren zeer verzorgd, en hij droeg ook geen ring. Er was zelfs geen verbleekt spoor van een trouwring te bekennen. Dat konden inderdaad de handen van een bedrijfsadviseur zijn. Het pak paste daarbij.

De moed zonk me in de schoenen. Bedrijfsadviseurs verdienden goed, hij had beslist geld. Vooropgesteld dat hij me niets voorspiegelde.

Op een of andere manier leek hij te zien wat er in me omging.

'U hebt niet genoeg geld,' zei hij recht in mijn gezicht en daarmee bracht hij me helemaal van mijn stuk. Even had ik weer het gevoel dat Jan tegenover me zat die mijn tekortkomingen opsomde en zichzelf op die manier duidelijk maakte dat er betere vrouwen bestonden dan ik. Ik zocht krampachtig naar een repliek, en toen dat op niets uitliep, had ik het liefst mijn handtas gegrepen en was ik de zaak uit gerend. Maar ik bleef zitten, totaal gefixeerd door de blik in zijn ogen.

'Nietwaar?' vroeg hij.

Ik had hem graag toegeslingerd dat hij het mis had.

'En u?' kaatste ik terug. Ik hoefde het niet toe te geven, hij wist het toch wel. 'Hebt u genoeg geld?'

'Jazeker,' antwoordde hij, en hij leunde achterover. Op dat moment verscheen de kelner om ons de wijn te brengen. Ik keek hoe hij mijn glas vulde, en ineens was mijn hoofd zo goed als leeg. Als Merten het bedrag voor het schip had en wist dat ik geen concurrentie voor hem betekende, waarom had hij dan met me afgesproken? Om dat bevestigd te krijgen?

Dan had hij net zo goed een bod kunnen doen en mij uit de race gooien.

Van teleurstelling was ik niet in staat mijn bestelling door te geven. Het was niet het juiste moment om als een klein kind te gaan zitten simmen, maar ik zei toch niets toen de kelner kwam vragen wat we wensten.

'U wilde de scampi, toch?' vroeg Merten, waarop ik knikte. En dat meteen berouwde, want nu moest ik blijven zitten, hoewel ik het liefst op de vlucht wilde slaan.

De kelner noteerde alles en verdween zonder dat ik had meegekregen wat Merten bestelde.

'Waarom zit ik dan hier?' vroeg ik nu en ik probeerde de opkomende tranen tegen te houden. Waarom nam ik mezelf toch telkens weer in de maling door te hopen het goede in de mensen te ontdekken? Ik had toch geweten dat de man die voor me zat een concurrent was, wie het geen snars interesseerde wat ik voor het schip voelde. Hij wilde alleen zekerheid hebben dat hij vrijdag niet zou verliezen.

'Omdat u een idee hebt,' zei hij. 'U weet wat u met het schip wilt.'

Ik keek hem verrast aan. Hield hij me voor de gek?

'Weet u dat dan niet ongeveer?' Ik snoof verachtelijk en loerde naar mijn tas. Het was vast beter als ik verdween voor ik me hier volslagen belachelijk maakte.

En wat gaf het als ik het schip niet kreeg? Ik had mijn dochter, ik had een opdracht, ik woonde in een fijn huis, dat dan wel niet van mij was, maar wat dan nog? Waarom voor de duvel wilde ik altijd meer dan ik had?

Het antwoord galmde door mijn achterhoofd. Omdat je voortdurend op zoek bent. Op zoek naar geluk, een leven dat er zo uitziet als jij het je voorstelt.

'Om eerlijk te zijn, ik heb geen plan voor wat ik met het schip zou moeten beginnen. Ik wil het alleen maar hebben, om persoonlijke redenen. Maar toen stond u ineens met glinsterende ogen tegen me te vertellen dat u er een café van wilt maken, en dat idee bevalt me. Juist voor deze boot.'

Ik had maar al te graag geweten wat hij gedaan zou hebben als ik niet was verschenen.

'U kunt het overnemen,' zei ik koeltjes, want ik wist nog steeds niet waarom hij me had willen spreken. 'Dan opent ú toch gewoon een café?'

'Ik ben niet iemand die de ideeën van anderen pikt,' antwoordde hij en hij keek me indringend aan. 'Ik ben gewoon iemand die weet wanneer hij er goed aan doet een zakenpartner te zoeken. U hebt verteld dat u verstand hebt van reclame. Daar heb ik geen idee van.'

'En hoe houdt u uw onderneming dan op gang?' vroeg ik verbaasd.

'Door mijn mensenkennis. En door mijn ervaring met bedrijfseconomie.' Hij zei dat heel sec en zonder een spoortje humor.

De kelner verscheen en bracht onze borden. De scampi roken heerlijk. Maar trek had ik niet. Ik had blij kunnen zijn met Mertens aanbod – als er niet zo'n zware steen op mijn maag had gelegen.

Merten sloeg op de tafel zijn armen over elkaar en leunde een beetje naar voren. De damp van de aardappelen die naast zijn schol lagen streek langs zijn kin.

'Hoor eens, ik weet dat u geen enkele reden hebt om me te vertrouwen. Maar geloof me, ik ben erg geïnteresseerd in een samenwerking met u.' Hij nam een slok wijn alsof zijn mond uitgedroogd was. 'Ik kan u verzekeren dat ik het u nooit kwalijk zal nemen als uw bijdrage niet zo hoog uitvalt als de mijne. Om ons bij de naakte feiten te houden: hoeveel kunt u aan de koopsom bijdragen zonder dat u erdoor geruïneerd wordt?'

Ik dacht na. Ik had dertigduizend euro apart staan, maar slechts één opdrachtgever. Die bovendien pas betaalde zodra de campagne liep. Als er zich geen nieuwe opdrachtgever aandiende, zou ik dus weer een tijd van mijn spaargeld moeten leven. Huur, kinderopvang, levensmiddelen en, als Leonie zo hard bleef groeien, zouden ook nieuwe kleren daarvan betaald moeten worden. Natuurlijk waren er ook de kinderbijslag en de maandelijkse alimentatie voor Leonies levensonderhoud, die ruim uitviel en waarvan we desnoods allebei konden leven. Ik had ooit uitgerekend dat ik met vierentwintigduizend euro per jaar zou kunnen rondkomen. Dus antwoordde ik: 'Ik zou acht- tot tienduizend kunnen bijdragen.'

'Wat hooguit maar de helft van de aanschafkosten zou zijn,' gaf Merten, op en top bedrijfsadviseur, te kennen.

'Maar ik werk,' repliceerde ik, in de hoop dat ik de komende tijd meer opdrachtgevers zou kunnen aantrekken. 'En misschien valt er het een en ander te regelen.'

Ik dacht aan mijn vader en zijn aanbod om het schip te renoveren. Zeker, dat ging ook aardig wat kosten, maar het zou beslist voor een vriendenprijs zijn.

'Oké, dat klinkt alsof ik met een goede partner in zee ga. Maar nu moet u gaan eten, koud is het lang zo lekker niet.'

Een zoele nachtlucht omgaf ons, vervuld van de geuren van de omliggende restaurants. Ik merkte duidelijk dat het ander weer werd, dat de tijd van de ijsheiligen voorbij was. Misschien werd het een warme junimaand.

In mijn buik zaten de scampi, die uitstekend gesmaakt hadden.

Een beetje zwaar vielen ze wel, waarschijnlijk omdat ik altijd nog op zoek was naar de haken en ogen aan Mertens aanbod. Ik had hem er verscheidene malen op gewezen, maar hij had telkens benadrukt dat die er niet waren. Als ik afhaakte, zou hij het schip gewoon in zijn eentje aanschaffen.

Merten liep met me mee naar mijn auto. De zijne stond daar ook.

'Welke is van u?' vroeg hij, waarmee hij mijn hoop eens iets anders van hem te zien dan hijzelf, tenietdeed. Zelfs zijn auto gaf hij niet prijs. In plaats daarvan slenterden we naar mijn Volvo.

Ik kon aan Merten zien dat hij die maar een oude roestbak vond. Waarschijnlijk vroeg hij zich af hoe ik ooit op het idee had kunnen komen om een boot te kopen terwijl ik niet eens genoeg had voor een nieuwere tweedehands.

'Tja, meer is het niet,' zei ik verontschuldigend en ik deed hem open. Centrale vergrendeling had de wagen niet. 'Maar hij rijdt betrouwbaar en komt nog altijd door de apk. Zolang dat zo is, hoef ik geen andere.'

'Bent u eraan gehecht?' vroeg hij, haast een beetje spottend.

'Ik ben eraan gewend. En misschien hou ik gewoon van oude dingen. Meer dan van nieuwe. Oude dingen hebben nu al een geschiedenis, nieuwe moeten nog een geschiedenis krijgen.'

Hij keek me aan, en ik achtte het beter weer ter zake te komen. Dat was het beste als je op een parkeerterrein stond met een onbekende man die je een zakelijk aanbod had gedaan. 'Ik wil u bedanken voor uw aanbod ten aanzien van De stormroos, ik...'

Merten stak zijn hand omhoog, toen zei hij: 'U hoeft niet meteen te beslissen. Rij naar huis, denk een tijdje na en laat het me dan weten. Het zal een hele onderneming zijn, en wanneer u eenmaal hebt toegestemd is er geen weg terug meer, dat moet u beseffen. Ik ben er niet de man naar om me terug te trekken, en ik hoop dat u als vrouw uit hetzelfde hout gesneden bent.'

Ik was niet iemand die ergens voor terugschrok. Maar op dat moment was ik veel te verward en van mijn stuk door het aanbod dat ik er niet zomaar op in kon gaan en hem verzekeren dat ik eveneens zou doorzetten. Een boot, ik had altijd al een boot willen hebben. Maar eigenlijk had ik hem voor mezelf willen hebben. Stel dat ik geen gelijkwaardige partner kon zijn? Misschien bedacht Merten zich wanneer hij merkte dat het financieel voor mij niet haalbaar was?

'Hier, dat zult u nodig hebben,' zei hij, en hij gaf me een visitekaartje.

Het was heel sober, maar had een heel mooi lettertype. Het irriteerde me altijd als op visitekaartjes kitscherige afbeeldingen en vier verschillende lettertypen stonden. Zelfs serieuze ondernemingen lieten zich door overdaad verleiden en waren gechoqueerd als ik uitlegde dat dat geen professionele indruk wekte. Merten straalde ook met zijn visitekaartje professionaliteit uit.

'Ik neem morgenochtend contact op,' beloofde ik en even wist ik niet hoe ik afscheid van hem moest nemen. Hem omarmen leek me wat overdreven, hoewel ik hem eigenlijk om de hals had moeten vallen. Ik gaf hem dus een hand, dat was wel stijfjes, maar niet ongepast.

'Daar verheug ik me op,' zei hij, en zijn blik verried dat hij al wist wat mijn antwoord zou zijn.

11

Verhit en rillend tegelijk kwam ik thuis. Mijn verstand weigerde nog altijd te beseffen wat er gebeurd was. Zou ik het schip echt krijgen?

Ik stapte uit de auto en keek naar het enige nog verlichte raam. Het licht flakkerde, blijkbaar zat Lisa televisie te kijken. Toen ik belde voor ik wegreed, lag Leonie al te slapen. Ik had me erover verbaasd dat mijn dochter zich echt op aandringen van Lisa had klaargemaakt om te gaan slapen. De babysitter in Bremen had vaak moeten toegeven. Dan had Leonie in een hoekje zitten spelen, doodmoe en blij dat haar mama haar eindelijk naar bed bracht.

Toen ik binnen was, kwamen zachte stemmen me tegemoet. Een of andere film die door reclame werd onderbroken.

Ik legde de sleutel op het telefoontafeltje. Even later verscheen Lisa in de deuropening.

'Ah, daar bent u al,' constateerde ze. 'Met Leonie is alles in orde, ik heb daarstraks nog even bij haar gekeken.'

'Is ze lastig geweest?' vroeg ik.

'Nee, we hebben spelletjes gedaan en ze heeft iets getekend. Een kat.'

Ze was onze bezoeker dus nog niet vergeten.

'Ik heb cola uit de koelkast gepakt,' berichtte Lisa verder, hoewel ik tegen haar had gezegd dat ze mocht nemen wat ze wilde. 'En bedankt voor de quiche, hij was lekker.'

'Jij bedankt,' zei ik van mijn kant en ik pakte het overeengekomen bedrag uit mijn portemonnee. 'Het zou fijn zijn als je nog eens kunt bijspringen wanneer het nodig is.'

Nu glimlachte ze. 'Het zou leuk zijn als ik weer kon komen. Leonie is een geweldig kind en het huis is waanzinnig.'

Ik was ervan overtuigd dat ze zodra Leonie in bed lag, van de gelegenheid gebruik had gemaakt om rond te kijken. Maar dat was geen probleem. De meubels stonden allang op hun plek, alleen de zolder was nog leeg. Had ze misschien boven voor het raam naar de zee zitten kijken?

Dat maakte niet uit. Ik nam afscheid van haar, wenste haar goedenacht en maande haar voorzichtig te zijn op de trap.

Toen ze weg was, sloop ik Leonies kamer in. Mijn prinsesje had haar speelgoed niet opgeruimd, zodat ik moest oppassen niet op blokken te trappen. Maar ze sliep vast en diep, met haar roze konijntje in haar armen. Zo voorzichtig mogelijk haalde ik de blokken voor haar bed weg. Als ze vannacht weer zou gaan slaapwandelen, moest ze zich niet bezeren. Toen boog ik me over haar bed en gaf haar een lichte kus op haar voorhoofd. Ik wist zeker dat ze blij zou zijn met het nieuws dat ik te vertellen had.

Daarna ging ik aan de keukentafel zitten. Lisa was een ordelijk meisje, ze had de glazen en borden in de afwasmachine gezet en de tafel afgenomen.

Ik schaamde me een beetje dat ik aan Mertens eerlijke bedoelingen had getwijfeld. Hij mocht dan wat vreemd zijn, maar wat hij aanbood was prima. Lisa was elke euro waard geweest, en het partnerschap klonk geweldig. Ook al wist ik nog steeds niet waaraan ik dat verdiend had.

Mijn eigen boot. Niet helemaal dan, maar toch. En ik hoefde er niet al mijn spaargeld aan op te offeren.

Ik pakte mijn mobieltje uit mijn tas. Denk er rustig over na, had hij gezegd. Maar wat viel er nog te overwegen? Ik wist zeker dat ik ook over een paar maanden nog steeds van mening zou zijn dat met hem samenwerken beter was dan toezien hoe hij De stormroos voor mijn neus wegkaapte.

Ik controleerde of er nog berichten waren gekomen en vond een e-mail van Hartmann waarin hij schreef dat de foto's onderweg waren en dat hij me een fijn weekend wenste.

Toen haalde ik het visitekaartje van Merten tevoorschijn. Zijn kantoor lag aan de Goethestraße hier in Binz. Naast het telefoonnummer van zijn kantoor stond ook zijn mobiele nummer. Zou hij inmiddels weer thuis zijn of had hij zich nog ergens een afzakkertje gegund? Was hij misschien aan het onderhandelen met een andere geïnteresseerde waar ik niets van wist? Nee, beslist niet. In elk geval schatte ik hem niet zo in.

Omdat ik hem niet privé wilde storen – ook al had ik geen ring aan zijn vinger gezien, het was mogelijk dat hij thuiskwam in de armen van een vrouw – schreef ik maar een sms'je, waarin ik hem meedeelde dat ik de deal beslist wilde sluiten en me erop verheugde De stormroos weer zeewaardig te maken.

Blijkbaar was ik vergeten mijn mobiel weer op 'stil' te zetten. Toen ik in mijn droom bezig was als chirurge die een poging waagde bij een op papier getekend dier, werd ik door het sms-signaal uit mijn slaap gehaald. Ik keek naar het plafond en hoorde de eerste vogels zingen. Op de achtergrond ruiste de zee.

Kreunend draaide ik me op mijn zij en pakte de rustverstoorder. Er was een bericht gekomen.

Het nummer kwam me vagelijk bekend voor. Toen ik het bericht opende, zag ik dat Merten gereageerd had. Om 04.15 uur! Was hij nu pas thuisgekomen? Of sliep hij al toen ik hem het sms'je stuurde en was hij een vroege vogel?

Het doet me plezier dat u mijn aanbod aanneemt. De rest bespreken we vrijdag. Ik zal Ruhnau bellen. Hartelijke groeten, Christian.

Christian. Hij ondertekende met zijn voornaam.

Aan slapen viel niet meer te denken, maar met het oog op het luider wordende ruisen van de zee en de loodgrijze lucht waarin het morgenlicht overging, zag ik af van een ochtendwandeling en bleef in plaats daarvan in bed. Ik staarde naar het raam, zag de eerste regendruppels ertegenaan spatten en dacht weer aan de man die me een paar dagen geleden in het donker voorbij was gelopen. En ineens ontwaakte in mij de drang naar de rozen op de rots te gaan kijken. Maar dat zou ik later doen.

Eerst moest er wat tijd verstrijken, en dan zou ik doen wat het belangrijkste was: mijn ouders bellen.

'Lieve hemel, het is vijf uur in de vroegte!' morde mijn vader aan de telefoon.

Ik wist dat ik hem uit zijn slaap had gehaald, maar tegelijkertijd besefte ik dat hij het me niet kwalijk nam. Vooral niet bij dit nieuws.

'Ik krijg het schip!' zei ik vlug, voor hij kon vragen of er iets gebeurd was.

'Heb je de lotto gewonnen?' informeerde mijn vader, en ik hoorde hem gapen. Op de achtergrond vroeg mijn moeder: 'Wat is er aan de hand?'

'Het is Annabel,' antwoordde mijn vader. 'Ze heeft nu een boot.'

'Wat?' vroeg mijn moeder lichtelijk ontzet. Waarschijnlijk kwam ze nu in bed overeind en probeerde de slaap van zich af te schudden en uit te vinden of haar man misschien een grapje maakte.

'Het is toch geen grap?' vroeg mijn vader weer.

'Natuurlijk niet,' antwoordde ik. 'Ik heb een overeenkomst gesloten met de andere gegadigde. We gaan het schip samen kopen.'

'Nou, wat een nieuws!' Nu was mijn vader klaarwakker. Zoals altijd wanneer het om boten ging. 'Gefeliciteerd!'

'Dank je wel! Uiteraard moeten we nog bespreken hoe we het gaan aanpakken. Eerlijk gezegd heb ik daar nog geen idee van. Maar we zullen het voor elkaar krijgen, en dan...'

Mijn vader luisterde aandachtig. Ik wist waarop hij zat te wachten.

'... dan zou het me plezier doen als je aanbod nog gold.'

'Welk aanbod?' hield hij zich van de domme, maar ik wist dat dat maar een spelletje was.

'Papa, je weet heus wel wat ik bedoel,' zei ik met gespeelde verontwaardiging, waarop hij begon te gniffelen.

'Natuurlijk weet ik dat,' was zijn reactie. 'Maar het is altijd weer leuk als je me zo verontwaardigd papa noemt. Dat doe je intussen helaas alleen maar dan.'

Ik had kunnen aanvoeren dat ik nu volwassen was, zelf moeder en gescheiden. De tijd van het brave meisje was definitief voorbij. Maar ik wist dat mijn vader dat niet vond gelden. Je vader kon je altijd papa noemen, ongeacht hoe oud je was.

'Maar alle gekheid op een stokje,' begon hij, toen hij merkte dat ik niet wist wat ik moest zeggen. 'Natuurlijk blijft mijn aanbod staan. Wanneer kan ik de schuit eens komen bekijken?'

'O, ik moet hem eerst nog kopen.'

Mijn vader dacht even na, toen zei hij: 'En, ziet hij er goed uit?'

'Hij? De schuit?' Ik ging ervan uit dat hij het schip bedoelde, maar mijn vader verraste me.

'Ik bedoel je nieuwe partner.'

'Het is niet zo'n partner,' antwoordde ik perplex. 'We betalen allebei voor het schip en gaan samen bedenken hoe we hem kunnen vermarkten.'

Mijn vader snoof. 'Vermarkten?'

'Ja, zo'n boot heb je niet voor je plezier,' antwoordde ik. 'Ik wil er een varend café van maken. Een waar lezingen en kleine concerten worden gegeven. Niet van die koffiekransjes voor senioren, maar bijeenkomsten voor ook jonge mensen terwijl het schip op de Oostzee het ruime sop kiest.'

Dat klonk in mijn oren geweldig, en ineens zag ik voor me hoe het schip op een mooie dag op de golven lag. De gedachte dat het er bij stormachtig weer anders zou kunnen uitzien, zette ik van me af.

'En wat vindt je partner daarvan?' Waarschijnlijk kon hij zich niet voorstellen dat een man iets in koffie, taart en kunst zag – tenzij hij erotische bedoelingen had.

‘Het idee bevalt hem. Daarom heeft hij me ook dat partnerschap aangeboden.’ Ik kon gewoon zíén hoe mijn vader die potentiële nieuwe man in mijn leven onder de noemer ‘geen relatie’ rangschikte.

Mijn vader dacht nog even na, toen zei hij: ‘Oké, laat het me dan maar weten wanneer jullie willen beginnen en wanneer ik langs kan komen.’

‘Langskomen kun je altijd,’ zei ik. ‘Jullie willen toch vast wel naar ons toe komen, of niet soms?’

‘Willen we dat?’ Zijn gevoel voor humor was weer terug. Ik lachte. Een beetje tegenzin voelde ik nog wel bij hem, een vreemde bij een project was voor hem een risicofactor. Maar voor hij Merten ontmoette, zou ik die twee op elkaar hebben voorbereid.

‘Ja, dat willen jullie. Want jullie willen mijn huis zien, en Leonie. En mij.’

‘Natuurlijk willen we dat,’ gaf mijn vader vlug toe, want hij wilde er geen twijfel over laten bestaan dat we belangrijk voor hem waren. ‘Laat dus even weten wanneer we kunnen komen, dan zet ik mama in de auto en gaan we op weg.’

‘Doe die lieverds de groeten van me!’ riep mijn moeder op de achtergrond voor ze waarschijnlijk naar de badkamer zou verdwijnen.

‘Heb je dat gehoord?’ vroeg mijn vader. ‘Mama doet je de groeten,’ zei hij.

‘Doe haar de hartelijke groeten van ons terug en geef haar namens ons een paar kussen.’

‘Doe ik. Tot gauw, Anni!’

Ik hing op. Anni, zijn koosnaampje voor mij. Hij gebruikte het zelden, meestal alleen wanneer hij op een of andere manier trots op me was. En ineens schoot een van zijn uitspraken me weer te binnen: maar het is altijd weer leuk als je me zo verontwaardigd papa noemt.

Ik wist precies waarom het hem zo’n plezier deed wanneer ik hem papa noemde. Het had namelijk een tijdje geduurd voor ik hem als mijn vader, als mijn papa had geaccepteerd. In het begin was onze relatie moeilijk geweest, maar op een gegeven moment had mijn verstand de overhand gekregen. Het had geen zin je te verzetten tegen mensen die vastbesloten waren je te redden en een goed mens van je te maken.

Ik was gezwicht, genoot van de aandacht en nam de standjes ter harte. En na een tijdje was mijn moeder mijn moeder en mijn vader mijn vader. Ik verdrong dat wat er geweest was en keek vooruit.

Net als nu. Ik zou me er niet door het verleden onder laten krijgen. Ik had het schip. En met Merten zou ik er op een of andere manier wel uitkomen, ook al deed hij zo verdomd geheimzinnig dat je hem wel door elkaar wilde rammelen.

12

Eindelijk was het vrijdag, en daarmee was het op zijn minst halve eigendom van De stormroos ophanden. Omdat heel snel duidelijk was geworden dat er geen andere gegadigden voor het schip waren die tegen ons konden of wilden opbieden, hadden we met meneer Ruhnau meteen een afspraak gemaakt voor de ondertekening van het contract.

'Kunnen we vandaag met de boot gaan varen?' vroeg Leonie opgewonden toen ik haar uit haar kinderzitje tilde. Het liefst was ze meegegaan, maar ik had haar ervan weten te overtuigen dat het veel te lang zou gaan duren en dat het vreselijk saai zou zijn voor alle papieren zouden zijn opgemaakt.

'Nee, de boot kan nog niet varen. Hij is oud en moet eerst schoongemaakt worden. En dan moeten we kijken of de motor nog functioneert.'

'Als hij niet functio... functioneert, komt opa dan om hem te maken?'

Mijn vader had geen gelegenheid voorbij laten gaan om Leonie met zijn vak vertrouwd te maken. Toen ze drie was, had hij haar mee naar de werf genomen, waar ze in het middelpunt had gestaan. De mannen hadden haar verwend met snoepjes en chocoladerepen, voor een deel hadden ze hun dagrantsoen geplunderd, alleen maar om het prinsesje een plezier te doen.

Toen we gelukkig en volgestopt met chocola thuiskwamen, had

Jan me voorgehouden dat onze dochter niet gezond te eten kreeg, een ongegrond verwijt, want zulke chocoladeorgieën deden zich normaal gesproken niet voor. Maar nu weet ik dat hij op zoek was geweest naar een reden om me als een slechte echtgenote te zien, om met zijn collega naar bed te kunnen gaan.

'Ja, opa zal de motor repareren,' antwoordde ik terwijl ik de gedachte aan Jan verdrong.

'Krijg ik dan weer chocola?' De episode op de werf was ze inderdaad nog niet vergeten.

'Zoveel je wilt!' antwoordde ik en ik liep met haar naar de deur van de kleuterschool, waarachter al een hoop kabaal te horen was.

Een half uur later was ik op weg naar de haven van Sassnitz. Leonie zou die dag wel de ster van de klas zijn, als ze in het kringgesprek vertelde dat haar moeder een boot wilde kopen. Ik had haar nog niet deelgenoot gemaakt van het feit dat er bij de boot ook een partner hoorde, dat kwam later wel. Nu wilde ik eerst maar bij De stormroos zijn.

Toen ik de parkeerplaats van de haven opreed, brak de hemel open en werd er een golf zonlicht over het plaveisel uitgegoten. De zwarte onderzeeër lag als een rots op de glinsterende golven. De schaarse toeristen slenterden naar de plezierboten of verdwenen in het winkelcentrum. Ik liep in ferme pas naar de aanlegsteiger.

Merten was er al. Hij had weer zijn blauwe jopper aan. Er ontbrak alleen nog een schipperspet om van hem een echte kapitein te kunnen maken.

Toen bedacht ik dat we ook iemand nodig hadden die het schip kon besturen, om maar te zwijgen van de benodigde hulpkrachten. Had Merten misschien een vaarbewijs? Daar zag ik hem wel voor aan.

Hij begroette me met een glimlach, een opgewekt 'Goedemorgen!' en een handdruk die iedere worstelaar respect zou hebben afgedwongen.

'Bent u er goed door gekomen?'

'Ja, het ging wel, het was niet zo druk op de weg.'

'Goed dat u het zegt. Als meneer Ruhnau verkeersproblemen voorwendt, weten we dat hij het verzint.'

'Hoezo, is hij dan al te laat?' Ik keek op mijn horloge. Tien voor tien. We hadden om tien uur afgesproken.

'Nee, dat was maar een grapje,' antwoordde Merten. Christian. Christian Merten. Ik dacht weer aan zijn sms'je, maar zolang hij me niet aanbood hem te tutoyeren, zou ik zijn voornaam ook niet gebruiken. 'Dat kent u toch wel: iemand komt te laat en schuift het op het verkeer. Omdat je dat niet kunt controleren, accepteer je dat als reden, maar in werkelijkheid komen mensen te laat omdat ze zich niet van hun krant kunnen losrukken, omdat ze zich verslapen hebben of trek hadden in nog een broodje met jam.'

'Dat werpt een geweldig licht op uw klandizie,' zei ik. 'Zulke voorbeelden hebt u blijkbaar meegemaakt.'

'Ja, maar vaak genoeg was ik degene die zo'n uitvlucht gebruikte. Met redelijk succes, niemand heeft ooit het tegendeel beweerd.' Hij zweeg even, deed alsof hij nadacht en voegde er toen aan toe: 'Bij u hoef ik het dus niet meer te proberen, hè?'

Ik maakte een afwerend gebaar. 'Ik geef altijd de voorkeur aan de waarheid. U kunt het rustig tegen me zeggen als een artikel, een broodje met jam of tien minuten langer slapen u hebben belet om op tijd te komen.' Of een vrouw, voegde ik er in gedachten aan toe.

'Ik heb nog niet gevraagd wat uw vrouw ervan vindt dat u het schip samen met mij koopt,' hoorde ik mezelf ineens zeggen en het volgende moment ergerde ik me vreselijk over die lompe opmerking. Mijn god, wat bezielde me? Het was niet gepast. En het zou me eigenlijk ook niet moeten interesseren. Zo gereserveerd als hij steeds was geweest, verwachtte ik eigenlijk ook geen antwoord. Maar dat gaf hij wel.

'Ik verkeer in de gelukkige omstandigheid mijn zaken zo te kunnen afhandelen als ik wil. Net als u.'

Hoorde ik daar een vleugje irritatie?

Goed, zijn antwoord kon van alles betekenen. Dat hij een vrouw had die zich niet met zijn zaken bemoeide, of een vriendin die nog niet zijn vrouw was, of misschien was hij ook wel alleenstaand. Voor onze overeenkomst was dat onbelangrijk. Ik schaamde me nu nog meer voor wat ik gezegd had, mijn wangen gloeiden ervan. Verlegen keek ik op mijn horloge. Het was tien uur precies. En ik had het voor elkaar gekregen dat er zich een onaangename stilte tussen ons in schoof.

Ik dacht krampachtig na hoe ik de situatie zou kunnen redden. Het moest immers een mooie dag worden – de eerste dag in het nieuwe leven van De stormroos.

Net toen ik overwoog over het weer te beginnen, kwam er een donkerblauwe Volkswagen Golf langs stuiven.

'Daar is hij,' zei Merten, en hij wees naar de auto. Die reed zo hard voorbij dat ik de bestuurder niet kon zien. Meneer Ruhnau parkeerde de wagen en kwam toen vlug naar ons toe.

'Goedemorgen!' riep hij al van verre. De obligatoire dossiermap hield hij onder zijn arm. Mijn hart begon te bonzen. Dadelijk was het zover. Als Merten tenminste niet door die stomme vraag van mij van gedachten was veranderd.

'Excuses dat ik zo laat ben, het verkeer zat tegen,' verklaarde de eigenaar van het schip en hij stak zijn hand uit. 'Nou, zullen we dan maar?'

Merten wierp me een samenzweerderige blik toe – en vertoonde een grijns, waaruit ik opmaakte dat hij me mijn verhulde vraag naar een echtgenote niet kwalijk nam.

Ik beantwoordde zijn blik en verbeet mijn opkomende lachbui om Ruhnaus verontschuldiging.

Een uur later was de hele papierwinkel afgewerkt. Daarmee waren we officieel de eigenaren van De stormroos. De aanbetaling van tienduizend euro deed Merten contant, mijn aandeel van het geld mocht ik binnen twee weken overmaken.

'Dan wens ik u veel plezier ermee en immer goede vaart!' zei de verkoper toen hij afscheid nam.

Ik hield de opmerking in dat het nog wel een hele tijd zou duren voor er bij De stormroos aan een 'goede vaart' te denken viel. We bedankten hem beleefd en namen met de dossiermap ook de verantwoordelijkheid over.

Meneer Ruhnau ging ervandoor, hij was duidelijk opgelucht. Zonder een spoor van nostalgie. Hij was het blok aan zijn been kwijt en mevrouw Ruhnau zou nu met haar rolstoel het drempelloze huis door kunnen rijden. Dus waren we er allemaal beter van geworden.

We bleven nog even op het schip. Zoals je in een huis blijft waarvan je net de sleutel hebt gekregen.

Merten liep met grote stappen door het passagiersgedeelte, alsof hij iets zocht. Aan bakboord bleef hij staan om naar de vlaggenmast te kijken.

'En?' vroeg ik. 'Wat denkt u?'

Hij reageerde niet. In plaats daarvan bleef hij naar het achtereinde van het schip staan staren. Hij had een afwezige, haast duistere uitdrukking op zijn gezicht. Alsof er een wolk voor de zon was geschoven. Dat vond ik erg vreemd, en ik zag ervan af hem nog een keer aan te spreken. Ik wachtte even, maar toen hij er nog niet aanspreekbaar uitzag, draaide ik me om en liep langs een behoorlijk versleten reddingsboei naar de stuurhut.

De geur daarbinnen leek op die van een pompstation: diesel en oude olie. Het stuurrad was van hout en oogde afgesleten. De instrumenten zaten verborgen achter stoffig glas. Meneer Ruhnau had blijkbaar heel snel ingezien dat hij nooit met deze boot de zee op zou gaan.

Ik legde mijn handen op het stuurrad, en hoewel ik geen idee had hoe je een boot bestuurde, stelde ik me voor dat ik hem de haven uit manoeuvreerde. Leonie zou dolenthousiast zijn als haar moeder zeekapitein zou worden.

'Hier bent u dus,' klonk Mertens stem door mijn dagdroom heen. 'Het lijkt alsof u zo de motor wilt starten.'

Hoe zette je zo'n scheepsmotor aan? Dat was een vraag die Leonie me had kunnen stellen – wat ze waarschijnlijk ook zou doen als het zover was.

‘Daarvoor ontbreekt me het kapiteinsbrevet,’ gaf ik te kennen en ik liep weg bij het stuurrad. Nu merkte ik dat de donkere schaduw op zijn gezicht verdwenen was. En dat hij zo dicht bij me stond dat ik zijn aftershave kon ruiken.

Omdat er geen andere uitweg was, week ik opzij en draaide me weer naar het stuurrad toe. ‘Hoe zit dat met u? Kunt u een boot besturen?’

‘Ik heb in elk geval een brevet voor motorboten,’ antwoordde hij. ‘Met roei- en zeilboten kan ik ook overweg. Maar met zo’n grote schuit heb ik nog geen ervaring.’

Hij zou verbaasd staan als hij ontdekte wat mijn vader een ‘grote schuit’ vond.

‘U hebt gelijk, daarvoor moet je eerst een brevet halen,’ vervolgde hij. ‘Maar maakt u zich niet ongerust, tegen de tijd dat het schip eindelijk zover is dat je ermee kunt varen, zal ik misschien ook het brevet daarvoor hebben. Of iemand hebben die daarover beschikt.’

Een tijdje bleven we nog in de stuurhut staan, toen gingen we er weer uit. Merten vermeed het naar de achterkant van het schip te kijken.

‘Nou, dan moesten we maar eens aan het werk,’ zei hij vol ondernemingslust. ‘We hebben een plan de campagne nodig voor de reparaties, de indeling en de marketing.’

Het beviel me dat hij blijkbaar geen tijd wilde verspillen. En opeens was mijn mond sneller dan mijn verstand.

‘Komt u morgen gewoon naar mij toe, dan bespreken we het bij de koffie.’

Merten glimlachte breed naar me. ‘Oké, wat denkt u van tegen drie uur?’

‘Prima,’ antwoordde ik en ik stak hem mijn hand toe.

13

'Mama, wanneer komt die man?' vroeg Leonie terwijl ze me het bakboek bracht dat ik de vorige dag in het boekenrek had gevonden. De recepten leken landelijk genoeg om bij iemand die aan zee was opgegroeid in de smaak te vallen. Eigenlijk had het niet gehoeven, maar op een of andere manier wilde ik Merten ervan overtuigen dat ik het juiste gevoel voor smaak op het gebied van gebak voor het schip had.

'Over twee uur,' antwoordde ik, en ik pakte het boek aan. Normaal gesproken zou ze nu een middagslaapje hebben gedaan, maar ze was zo opgewonden dat het zinloos zou zijn geweest haar in bed te stoppen.

'En waar ga je met hem over praten?'

'Over de boot. We moeten hem laten repareren om er weer mee te kunnen varen.'

'Aha!' riep Leonie en ze kwam met een verwachtingsvolle blik bij de tafel staan. Ze hield ervan te helpen met bakken, en ik bedacht dat we dat lang niet meer hadden gedaan.

'Moeten er nieuwe zeilen op de boot?' vroeg Leonie terwijl ze zich met haar handen aan de tafelrand vasthield en even in het tafelkleed beet. Nu was ze nog klein genoeg om dat te kunnen doen, ooit zou de tafel daar te laag voor zijn en dan zou ze het tafelzeil ook niet meer lekker vinden.

Ik trok de punt van het zeil uit haar mond. 'De boot krijgt een nieuwe motor, maar er zitten geen zeilen op.'

'Maar hij heeft toch zo'n ding voor een zeil,' wierp Leonie tegen.

'Je bedoelt een mast?' Ik was verbaasd dat ze dat opgemerkt had. Het betrof echter niet een mast, maar een restant van de vanginstallatie, dat om een of andere reden op het schip was gebleven.

Leonie knikte heftig en hapte weer in het tafelzeil. Misschien moest ik er een ander op leggen, een van stof, dat lustte ze niet. Maar voor het bakken was zeil beter, het was makkelijk schoon te maken en had een lichte zweem van mijn kindertijd. Ook thuis had er altijd zeil op de keukentafel gelegen.

'Dat is geen mast,' legde ik mijn dochter uit. 'Vroeger werden de netten eraan vastgemaakt. Onze boot krijgt een motor.'

'En gebruikt die motor ook benzine?'

'Diesel.'

Leonie herhaalde het woord steeds weer, alsof ze op een snoepje zoog waarvan ze nog niet wist of ze het lekker vond.

'En hoe ver kun je ermee varen?' vroeg ze door. Ik stelde me al in op een uitgebreide vragenronde over het onderwerp 'boot' terwijl ik de ingrediënten voor de taart afpaste en in de mengkom deed.

'Een heel eind,' antwoordde ik, en meteen kwam de volgende vraag.

'Naar Amerika?'

'Nee, maar misschien wel naar Hamburg.'

'Naar opa?'

'Ja, naar opa.' Te laat merkte ik dat ik me op gevaarlijk terrein begaf. Als we met de boot naar opa konden varen, waarom dan niet ook naar papa?

'En als de diesel op is, moet je dan naar een tankstation?' vroeg Leonie na even te hebben nagedacht.

Ik haalde dankbaar adem. Het was nog te vroeg om opgelucht te zijn, maar als ik nu een goed antwoord wist te geven, zou ze daarop ingaan.

'Ja, dan moet ik naar een haven,' antwoordde ik. 'Daar kun je met een boot tanken. Net als met een auto bij een benzinepomp, maar toch heel anders.'

Ik merkte hoe mijn dochters fantasie begon te werken. Ze stelde zich voor hoe zo'n tankstation eruitzag, hoe het er daar aan toeging.

'Waarom teken je niet een tankstation voor boten?' opperde ik, want ik voelde haar creatieve onrust, de drang om haar ideeën vorm te geven.

'En de taart?'

'Dat lukt me ook wel alleen. En als je wilt, kun je ook in de keuken tekenen.'

Leonie begon te juichen en stormde weg. Even later verscheen ze met haar kleurpotloden en haar tekenblok. Aan het feit dat ze de echt goede potloden had gepakt, kon ik zien dat het voor haar een heel belangrijk project was.

'Ik ga de boot tekenen,' kondigde ze aan. 'En het tankstation bij de haven.'

Ik glimlachte. 'Doe dat, lieve schat. En wanneer de taart klaar is, mag je een stukje proeven.'

Ik concentreerde me weer op de ingrediënten voor de taart, maar toen ik tussendoor opkeek, zag ik daar mezelf in het kleine meisje dat het tekenblok en de potloden op het einde van de keukentafel neerlegde en daarna recht op de stoel ging zitten. Indertijd, nog voor het ontwaken met het zwaailicht en de stem die tegen me zei dat ik mijn moeder, mijn echte moeder, voor altijd had verloren.

Er liep een rilling langs mijn rug, en ik dwong mezelf het beeld af te schudden. Het hoorde hier niet. En misschien lukte het me het net als de afbeelding van de windmolen van onze laatste avond naar een la te verbannen.

Tegen de afgesproken tijd zat ik met Leonie voor het keukenraam en was ik net zo opgewonden als bij mijn eerste afspraakje met Jan. Ik hoopte dat Merten wat eerder zou komen, zodat ik eindelijk verlost zou zijn van de innerlijke spanning. Maar hij liet op zich wachten.

Ik moest denken aan zijn verklaringen over uitvluchten voor te laat komen. Zou hij beweren dat het door het verkeer kwam? Of dat hij nog een klant had gehad?

De wijzer op de keukenklok sprong op drie uur toen er buiten gebrom klonk. Dat was hem!

Wie anders? De postbode was geweest, op zaterdag had hij haast, en ook vandaag had hij niet de foto's van Hartmann gebracht. Dus zou ik Merten ook niet de foto van de bouwvakker kunnen laten zien die zo vreselijk veel op hem leek.

'Nou, dan zullen we onze gast maar eens gaan begroeten!'

Leonie liep achter me aan naar buiten, waar Merten op een motor de oprit op kwam rijden. Dat had ik niet verwacht. Was hij ook op de motor naar onze afspraak gekomen? Een Indian. Bouwjaar 1950. Zwaar, glimmend, lawaaiig. Bovendien ook nog zeldzaam en duur. Zo'n motor had ik ooit op een beurs gezien, waar ik was geweest in het kader van een reclamecampagne voor een motorrijder. Daar had ik de Indian gezien. Of beter gezegd, verscheidene. Heel oude, en retromodellen. Gewoonweg fascinerend. Ik had stiekem gehoopt dat ik de reclame voor het bedrijf zou mogen doen, maar ze hadden hun eigen specialist gehad.

De indruk die die motorfiets op me had gemaakt, was me echter bijgebleven. Ik zou hem uit duizend andere herkennen. En nooit ofte nimmer had ik erop gerekend zo'n machine hier te zien staan. En nu stond hij voor me, terwijl de stofwolk die hij veroorzaakt had weer langzaam ging liggen.

Het geronk van de motor ebde weg. Merten draaide zijn hoofd opzij, frunnikte aan zijn helm en deed hem af. Toen richtte hij zijn blik op ons, zijn aandachtige publiek.

'Ik hoop dat ik niet te laat ben,' zei hij. 'Het verkeer was deze keer namelijk echt verschrikkelijk. Ik heb nog nooit van mijn leven zoveel caravans gezien.'

'De tweede golf,' zei ik. 'De eerste heb ik de afgelopen week meegemaakt. Het seizoen is blijkbaar officieel begonnen.'

'Dat denk ik ook.' Hij stapte met de zwier van een model voor herenparfum van zijn machine en trok zijn handschoenen uit. Het leek erop dat hij niet van zijn huis in Binz kwam, maar van verder weg. Waar zou hij zijn geweest?

Ik gaf hem een hand, en hij vroeg: 'En wie is die jongedame daar?'

Leonie maakte geen aanstalten dichterbij te komen. Maar ze drukte zich ook niet angstvallig tegen me aan, dat was al een goed teken. In plaats daarvan keek ze naar Merten alsof hij de ridder in een van haar sprookjesverhalen was. Een ridder op een Indian. Niet verkeerd.

'Dat is mijn dochter Leonie.'

'Leonie Leeuwenhart?' vroeg hij, en dat maakte dat ze naar me toe liep en zich tegen me aan vlijde. Maar ze keek niet mij aan, maar lachte op een kinderlijke manier koket naar Merten. Dus toch een ridder. Of zelfs een prins.

'Heb ik iets verkeerds gezegd?' vroeg Merten verbaasd. 'Ik dacht alleen, vanwege die pop in dat kinderprogramma...'

'Nee, u hebt in de roos geschoten,' antwoordde ik. 'Dat is haar koosnaampje. Ik zeg ook altijd Leonie Leeuwenhart tegen haar, hè, lieve schat?'

Leonie knikte, sabbelde aan haar vinger alsof ze pas drie was en lachte toen weer naar Merten. Blijkbaar vond ze hem echt sympathiek.

'Ik ben Christian,' zei hij, en hij reikte haar de hand.

Leonie pakte die vast en ik constateerde verrast dat het hem niet kon schelen dat haar hand volgesabbeld was. Hij schudde hem heel voorzichtig en veegde zijn hand ook niet af toen ik mijn hoofd afwendde en vanuit mijn ooghoeken naar hem keek.

'Kom toch binnen. We hebben een taart gebakken.'

Ik leidde onze gast ons huis in en liet hem bij de kapstok zijn jack uitdoen. De geur van warm leer stroomde de gang in. Was een kleine rondleiding nu gepast? Ik had al zo lang geen bezoek bij me thuis gehad dat ik het helemaal niet meer wist. Met de toenemende afwezigheid van Jan in mijn leven was ook het aantal gasten gereduceerd. Hoogstens mijn ouders waren nog naar Bremen gekomen, en die hadden het huis al honderd keer gezien.

Ik besloot hem niet af te schrikken en bracht hem eerst naar de keuken, waar we de tafel hadden gedekt. Veel mensen ontvingen hun bezoek in de woonkamer, wij aten en dronken altijd in de keuken. Altijd.

Merten schoof op de keukenbank en legde een map naast zijn bord. Ik zette het koffiezetapparaat aan. Leonie ging op haar vaste plaats zitten, bengelde met haar benen en keek nog altijd naar onze gast alsof hij zo uit een sprookje was gestapt.

'Dit zijn dus de documenten van de eerste taxatie. Foto's en wat dies meer zij. Ik ben zo vrij geweest dat vrijdag nog te regelen, een kennis had toevallig tijd en ik moet bekennen dat ik hem al van tevoren nieuwsgierig had gemaakt naar het schip.'

Daar wist ik niets van, maar vooruit. En blijkbaar had Merten er vast op gerekend dat hij het schip zou krijgen. Ik slikte een opmerking erover in.

'En? Is het een bodemloze put?'

Nu we het schip eenmaal hadden, gingen er golven van hoop en twijfel door me heen. Wat als we het niet voor elkaar kregen? Wat als het een succes werd?

'We zullen er natuurlijk in moeten investeren, maar mijn vriend was verrast dat het helemaal niet zo verrot is als ik vreesde. Echt goed kun je het natuurlijk pas zien als het in het dok ligt.'

Dat was mijn steekwoord.

'En ik heb mijn vader gesproken. Die is bereid een deel van de restauratiewerkzaamheden op zich te nemen. Uiteraard alleen als u het ermee eens bent.'

Merten keek me lang aan, onderzoekend, recht in mijn gezicht.

'Heeft uw vader een beetje verstand van boten?'

'Hij is scheepsbouwer in Hamburg. Heb ik dat nog niet verteld?'

'Nee.'

Even verscheen er een uitdrukking in zijn ogen, maar die was weer verdwenen voor ik er de vinger op kon leggen.

'Ik heb hem gebeld, nog voordat duidelijk was of ik het schip eigenlijk wel zou krijgen. En hij heeft meteen aangeboden te helpen. Maar daarvoor moet De stormroos wel naar Hamburg worden gesleept.'

'En de kosten?'

'Die zullen zeker veel lager uitvallen dan als we zelf een werf opdracht geven. Mijn vader en zijn vrienden zullen zich er bovendien ook in het weekend mee bezighouden, dat hoeft allemaal geen punt te zijn.'

Merten lachte een beetje voor zich uit.

'Wat?' vroeg ik.

'Niets,' antwoordde hij. 'Ik constateer nog maar eens wat een enorme bofkont ik ben. Dat ik u heb aangesproken was precies de juiste beslissing.'

Nu lachte ik ook. En toen schonk ik koffie voor hem in.

Omdat de kwestie van de reparatie zo goed als duidelijk was, benutten we de tijd om ons voor te stellen wat we van De stormroos zouden kunnen maken.

'We zouden op het bovendek nog meer tafels en zitbanken kunnen neerzetten, voor liefhebbers van de openlucht,' stelde ik voor. 'En feestverlichting ophangen voor als we 's avonds een evenement organiseren.'

'Alleen kunnen we die bij zwaar weer niet organiseren, anders wordt het een ramp,' zei Merten.

'Ik denk dat we de evenementen toch al in de haven moeten houden,' opperde ik. 'Eerst een korte rondvaart, dan cultuur. Anders worden de kunstenaars of de gasten misschien nog misselijk.'

'Ja, en dat zou zonde zijn van de heerlijke taart.'

'En jij, weet jij hoe een boot getankt wordt?' kwam Leonie er ineens tussen, en ze trok hem aan zijn mouw. Dat vond ik een beetje gênant, maar zijn gezichtsuitdrukking was goud waard.

'Eh, je giet diesel in de tank?'

Met dat antwoord was Leonie niet tevreden. Ze sprong van haar plaats en ging naar haar kamer, waar ze haar tekening in veiligheid had gebracht. 'Hier,' verklaarde ze terwijl ze die voor zijn neus hield. 'Ik heb een tankstation voor boten getekend.'

Ik had verwacht dat Merten verward of verschrikt zou kijken, maar zijn gezicht werd ineens zacht, en zijn blik leek naar het verleden af te dwalen. Had hij vroeger ook boten getekend? Of zijn kind? Weer besefte ik dat ik nagenoeg niets van hem wist. Dat hij geen trouwring droeg, wilde nog niet zeggen dat er niet ook een zoon of een dochter was. Misschien uit een vroegere relatie?

Naar mijn idee reageerde hij te emotioneel op Leonies tekening voor iemand zonder zo'n achtergrond.

'Dat heb je heel knap gedaan,' prees hij haar, en hij streelde heel voorzichtig, bijna zonder haar echt aan te raken, over haar haar.

'Ben je al onder bij de rotsen geweest?' vroeg Merten, waarop Leonie haar hoofd schudde.

'Nee, nog nooit!'

'O, maar dat moet je gauw eens doen!' zei hij. 'Soms, wanneer je heel vroeg bij de zee komt, kun je daar zeemeerminnen zien. Die zitten dan naar het water te kijken en op de boten te wachten. En wanneer de zon opkomt, gaan ze weer het water in, want anders lossen ze op in het schuim van de zee.'

Leonie keek hem met grote ogen en open mond aan. Natuurlijk wist ze wat zeemeerminnen waren, Ariël was een van haar favoriete prinsessen.

'Is dat echt waar?' vroeg ze.

'Natuurlijk,' antwoordde Merten. 'Maar ze zijn heel schuw en hebben heel goede oren. Wanneer ze horen dat er een mens aankomt, springen ze vlug in het water en zwemmen ze weg.'

Die informatie liet Leonie even bezinken.

'Mama, kunnen we naar de rotsen gaan?' vroeg ze toen, en ik hoorde duidelijk de intonatie, die betekende: nu meteen!

'Ja, mevrouw Hansen, wat dacht u van een korte wandeling voor de spijsvertering?'

'Oké, dan gaan we een eindje wandelen,' antwoordde ik, want ik kon Leonie eigenlijk zo goed als nooit iets weigeren. En misschien was het ook heel goed als ze zag hoe steil de trap was. Dan kon ik haar beter waarschuwen voor de gevaren.

Een paar minuten later wandelden we langs de rozenstruiken naar de tuinpoort. Daar nam ik Leonie voorzichtigheidshalve op mijn arm, want de treden waren nog te hoog voor haar.

Op het strand waren veel mensen met honden. De lucht was bewolkt en hing zwaar en grijs boven het water, dat de kleur van de wolken nabootste.

We liepen de hondenbezitters voorbij tot aan de rand van de zee. Zeewater met schuim erop omspoelde grote rotsen en kleinere stenen. De wind was frisser geworden en liet mijn haar wapperen. Plotseling wenste ik dat ik een vest had meegenomen.

'Hebt u het koud?' vroeg Merten en voor ik antwoord kon geven, hing zijn leren jas al om mijn schouders. De mensen die ons voorbijliepen, hielden ons waarschijnlijk voor een stel, maar dat vond ik niet onaangenaam. Zo merkten ze tenminste niet dat ik een mislukte relatie had gehad die nog altijd een schaduw over mijn leven wierp.

Leonie keek ingespannen naar de rotsen, kneep haar ogen tot spleetjes en tuurde in de verte. Waarschijnlijk vroeg ze zich af hoe groot zeemeerminnen waren en of ze misschien ook wel eens verschenen als het kiezelstrand vol was met mensen en honden.

'Kunnen we daarnaartoe gaan?' vroeg ze ineens, alsof ze iets interessants had bedacht.

'Natuurlijk,' antwoordde ik en ik merkte dat Merten ons lachend observeerde.

Opeens vroeg ik me af welke indruk hij van me had. Was ik misschien te veel op Leonie gefixeerd? Te bezorgd? Of deed ik hem in het ergste geval aan zijn moeder denken?

Waarschijnlijk zou ik er nooit achter komen.

Onderweg praatten we over de rechtsvorm die we moesten kiezen voor na de restauratie, als we met het schip geld zouden gaan verdienen. We hadden het over marketing en financiering. Over een bank en andere instanties die ons konden helpen, want we waren starters en als zodanig zouden we misschien subsidie kunnen krijgen.

Toen kwamen we bij de rotsen. De meerminnenrotsen, zoals Merten ze noemde.

'Zitten de zeemeerminnen dan hier?' vroeg Leonie, en ze legde haar hand op een van de grote door de algen groengekleurde rotsblokken. Het leek alsof ze de zeemeerminnen op het spoor wilde komen, de warmte – of misschien de kou? – die van ze afkwam. Zeemeerminnen waren eigenlijk half mens, half vis. Waren ze koud- of warmbloedig?

Terwijl ik daarover nadacht, ontdekte ik een andere rots. Een waar ik al een paar keer voorbij was gekomen. De rozen waren een beetje verwelkt, maar ik zag duidelijk dat ze vervangen waren. Ik wilde het er met Merten over hebben, maar zijn blik was verloren geraakt in de verte van de zee, waar ergens een boot richting Zweden voer. Wat ging er nu door zijn hoofd? Droomde hij over vrijheid? Of over iets anders? Net als ik...

'Uw vader wil ons dus helpen?' vroeg hij toen, alsof hij aan niets anders dan De stormroos had gedacht. Maar het gevoel dat hij eigenlijk met zijn gedachten heel ergens anders was geweest, liet me maar niet los.

'Hij is niet van mening veranderd.'

Hij lachte vol vertrouwen naar me. 'We krijgen het voor elkaar. Op zijn laatst volgend jaar zal De stormroos daar aanleggen.' Hij wees naar de pier, een smalle witte strook in de grijsgroene zeevlakte.

Merten bleef tot de avond en diste Leonie talloze verhalen op over zeemeerminnen en piraten en prinsen in volle zee. Hij was een geboren sprookjesverteller, en ik verbaasde me erover dat Leonie zo vlug vertrouwd met hem was geraakt. Ze mocht hem oom Christian noemen en drukte hem zelfs haar potloden in de hand.

'U zou het uitstekend hebben gedaan als kleuterleraar,' zei ik toen hij zich klaarmaakte om te gaan en zijn leren jack weer aantrok.

'Misschien,' antwoordde hij, en hij haalde zijn schouders op. 'Misschien ook niet. Het hangt er bij mij helemaal van af. Net zoals ik niet alle volwassenen mag, mag ik ook niet alle kinderen. De meesten laten me onverschillig, anderen vind ik gewoon alleen maar charmant.'

'Wat fijn dat Leonie tot die laatsten behoort.'

'Ze is echt een pienter kind. Het moet zwaar voor u zijn dat ze van haar vader gescheiden is.'

Zijn woorden raakten me diep. Ogenblikkelijk verstijfde ik. Leonie was de hele dag vrolijk geweest, niemand zou hebben gedacht dat ze verdriet had om haar vader.

'Geloof me, ik weet hoe het is,' zei hij, nadat hij me even had aangekeken. 'Mijn moeder is vroeg gestorven, ik had alleen mijn vader.' Hij zweeg even. Daarin vermoedde ik een zin die hij niet wilde uitspreken. Maar dat korte moment dat hij iets van zichzelf liet zien, overrompelde me zo dat ik niet doorvroeg.

Merten gaf me een hand. 'Hartelijk bedankt, het was een heel leuke dag, en ik hoop dat we het gauw nog eens kunnen overdoen.'

'Ik zal mijn vader morgen bellen en vragen wanneer hij naar het schip kan komen kijken. Het zou me een groot plezier doen als jullie met elkaar kennismaakten.'

'Die kans laat ik me in geen geval ontgaan. Na alles wat uw dochter en u over hem verteld hebben, moet hij een geweldige man zijn. Ik wil beslist zo snel mogelijk met hem kennismaken.'

'Dat wil hij ook graag. Wel thuis!'

Hij knikte, zette zijn helm op en startte zijn motor. Het geluid van de Indian verdreef alle andere geluiden en klonk zelfs nog in me na toen Merten al verdwenen was.

DEEL 2
Het schip

14

Nadat ik de hele dag geprobeerd had mijn vader te bereiken – waarschijnlijk was hij met mijn moeder naar buiten – lukte het me 's avonds eindelijk hem te spreken te krijgen. We maakten een afspraak voor het komende weekend, terwijl Leonie opgewonden door de kamer danste en beweerde dat ze een zeemeermin was.

Haar belangstelling voor tankstations voor boten was weggezakt, in plaats daarvan vroeg ze nu voortdurend of we niet eens vroeg naar buiten konden gaan om naar de zeemeerminnen te kijken.

'Maar je hebt toch gehoord wat meneer Merten zei,' legde ik uit. 'Dat ze heel goed kunnen horen, en verdwijnen voor we bij ze zijn.'

'We kunnen toch de trap afsluipen,' was Leonies weerwoord.

Hoe blij ik ook was haar weer vrolijk, zorgeloos en zonder gedachten aan haar vader te zien, ik maakte me zorgen om haar plezier over de steile trap.

Of was ik gewoon overbezorgd? Te beschermend?

'Op een keer gaan we dat misschien wel doen,' zei ik zwichtend, want ik wist dat iets wat verboden was voor een kind des te aantrekkelijker werd naarmate je je er meer tegen verzette. 'Maar dan moet je heel vroeg opstaan.'

Ik wist dat Leonie, wanneer ze eenmaal sliep, niet graag eerder dan anders opstond. Ook de rit naar Binz had ze slapend doorgebracht.

Dus aanstaande zaterdag, zei ik tegen mezelf toen ik 's avonds nog even bij het raam zat en naar de plek keek waar de Indian had gestaan. Het bandenspoor was nog steeds zichtbaar, en op een of andere manier had ik een warm en behaaglijk gevoel bij de gedachte dat ik Christian Merten nu vaker zou zien.

Die woensdag ging ik naar De stormroos. Voor mijn vader en moeder mijn nieuwe aanwinst kwamen bekijken, wilde ik nog een beetje schoonmaken. Het was eigenlijk onbelangrijk of er vuil in de hoeken zat, want het schip zou toch helemaal worden opgeknapt. Maar het gaf me een beter gevoel te weten dat ik wat orde had geschapen.

Het schip lag rustig te deinen op de golfslag. De lucht boven de haven was helemaal betrokken. Toch waren er wat gasten voor de plezierboten, maar aan de gezichten van de bemanning kon ik merken dat ze op meer klandizie hadden gerekend.

Een van de zeelieden keek boos naar me. Dacht hij dat wij met zijn boot wilden concurreren? Daar zag De stormroos toch echt niet naar uit.

Ik negeerde hem en bracht mijn schoonmaakspullen aan boord. De houten planken wilde ik pas op het laatst schrobben, wanneer de binnenruimtes er enigszins behoorlijk uitzagen.

Ik begon met de stuurhut, die voornamelijk vreselijk stoffig was. Aan het plafond hadden zich spinnen genesteld.

De eerste keer dat ik daar was had ik ze niet eens gezien, de tweede keer ook niet, maar nu zag ik hun levenswerk, dik en grijs en vol met uitgekomen eitjes. Ik was ervan overtuigd dat ze zich over de hele boot hadden verspreid. Gelukkig was ik niet bang voor spinnen. De nesten waren snel weggehaald, maar omdat ik de erbij behorende beestjes niet vond, zouden er wel ergens nieuwe nesten hangen. Maar voor de tocht naar Hamburg was het goed genoeg.

Toen ik klaar was met het plafond, richtte ik me op de vloer, wat gezien de viezigheid een hele uitdaging betekende. Maar op een of andere manier lukte het me het ergste vuil weg te krijgen. Nadat ik nog de ramen had gelapt, was de passagierscabine aan de beurt. Na de vloer begon ik aan de gelambriseerde muren. Op een gegeven moment bleef mijn poetslap hangen en had ik ineens een stuk van de betimmering in mijn hand.

'Shit,' schold ik, en ik probeerde de lat weer terug te duwen. Daarbij viel me op dat er iets achter zat. Hoewel het zo klein mogelijk was opgevouwen, was het stukje papier er de oorzaak van geweest dat het schot niet weer kon worden teruggeduwd. Zuchtend haalde ik het tevoorschijn. Toen ik het papiertje openvouwde, zag ik dat het een envelop was. Er stond geen adres op, misschien had iemand hem alleen achter de betimmering gestoken om iets op te vullen.

Maar ik voelde duidelijk dat er iets in zat.

Ik maakte de envelop voorzichtig open en haalde een met onregelmatig handschrift beschreven blaadje tevoorschijn. Het was lichtbruin verkleurd, een paar letters en woorden waren onleesbaar door vochtplekken.

13 mei 1976

Lieve Bob,

Ik heb geen idee hoe ik moet beginnen. Waarschijnlijk is er geen verklaring voor wat ik nu doe. Al die maanden hebben we besteed aan samenkomsten, we hebben over vluchten gedroomd, over Route 66. Je hebt me duidelijk gemaakt dat er achter de muren die me omgeven een ander leven is, vrijheid en eindeloze mogelijkheden. Je hield mijn hart gevangen, je hield van me en hebt er alles aan gedaan om ervoor te zorgen dat ik nu hier ben, midden op zee, precies tussen Oost en West.

Maar nu word ik door twijfel overmand. Moet ik echt wel gaan?

Ik zou overboord kunnen springen, maar het is nacht en een poging om naar het land terug te zwemmen zou absoluut mijn dood betekenen. Je weet dat ik van het leven houd. En ik houd ook van jou en kan je niet het verdriet om mijn verlies aandoen. Ik zal dus naar de kapitein gaan.
Palatin is een heel vriendelijke, zwijgzame man, zoals mensen aan de kust vaak zijn, maar dat weet je vast wel als je hem gesproken hebt. Op een of andere manier heb ik het idee dat ik hem alles kan vertellen, en ik vraag me af wat hij zou zeggen als ik hem mijn dilemma zou voorleggen.
Maar geen zorgen, dat zal ik niet doen, want ons verhaal is van ons alleen.
Ik zal er altijd aan blijven denken hoe ik je indertijd in Hongarije heb leren kennen, hoe ik je maar niet kon vergeten, hoe ik er alles aan gedaan heb met je in contact te blijven.
Nu zit ik hier op deze boot, na alles wat we hebben meegemaakt, en besef ik ineens dat het niet goed is. Ik kan gewoon niet naar je toe gaan. Idioot, toch?
Vaststaat dat ik niet van boord zal gaan, zoals je verwachtte en hoopte.
Ik heb geen idee hoe je zult reageren op dat wat ik van plan ben. Misschien kom je naar mijn huis om me vreselijk uit te schelden. Misschien ook zwijg je en lijd je in stilte. Alle mogelijkheden staan voor je open. Mogelijkheden waar ik je om benijd. Maar het zijn mogelijkheden die ik moet opgeven om mijn hart te volgen waar het echt heen wil. Ik hoop dat je dat begrijpt.

In liefde,
Lea

Ik liet de brief zakken. Ik voelde me een beetje gegeneerd dat ik hem gelezen had, en tegelijkertijd vroeg ik me af wie die Lea was. En wat ze op het schip deed. Ik liep de tekst nog eens door, en eigenlijk liet die vanwege de datum maar één conclusie toe: het meisje, of de jonge vrouw, had geprobeerd uit de DDR te vluchten.

Dat besef was een klap in mijn gezicht.

Precies zoals mijn moeder het land ontvlucht is, galmde het door mijn hoofd. En het schip had me juist moeten afleiden...

Er kwam een bitter gevoel bij me naar boven, maar ik kreeg mezelf algauw weer onder controle. Mijn moeder kon dan wel gevlucht zijn, maar dat was mijn persoonlijke verhaal. Het verhaal van Lea was een andere geschiedenis en had niets te maken met mijn eigen teleurstelling. Op slag was het schot van de lambrisering vergeten. Ik ging op een van de banken zitten en bekeek de envelop. Er stond geen adres op. Was het de bedoeling geweest de brief ooit te versturen? Of was hij hier verstopt?

Dit bood me een ongelofelijke mogelijkheid. De droom van alle reclamespecialisten.

Het kon natuurlijk voorbarig blijken, maar stel dat het schip niet alleen viskotter, mijnenruimer en plezierboot was geweest – maar ook nog eens als vluchtschip dienst had gedaan?

Ik haalde diep adem en bekeek de brief nog eens. Een vrouw schreef over een vlucht. Of niet-vlucht. In de documenten van het schip stond dat het tot de val van de Muur in Timmendorfer Strand had gelegen. In de haven van Timmendorfer Strand, niet bij het schiereiland Poel.

Een schip uit het Westen dat misschien vluchtelingen had overgebracht.

Iets beters kon ons niet overkomen.

Meteen pakte ik mijn mobieltje en belde Merten op het zijne. Maar ik kreeg de voicemail. Waarschijnlijk was hij onderweg of had hij een klant. Zijn kantoor wilde ik niet proberen, misschien was hij in bespreking over iets belangrijks, en dan kwam ik er ineens tussendoor schreeuwen: onze boot heeft misschien tijdens de Koude Oorlog mensen helpen vluchten!

Dat was weliswaar geen onbelangrijke informatie, maar ik zou het ook niet waarderen als iemand tijdens een saaie zakelijke bijeenkomst zoiets in mijn oor toeterde.

Dus stuurde ik hem een kort sms'je.

Heb iets interessants op De stormroos gevonden, neem contact op wanneer u tijd hebt. AH

Toen deed ik mijn mobieltje terug in mijn zak. Een vluchtschip. Niet te geloven.

Ik zag ze al voor me, de koppen in de regionale pers, wanneer ons schip weer zee koos.

Deze boot bracht honderden naar de vrijheid!

Getik op de ruit haalde me uit mijn gedachten. Ik keek op en schrok toen ik het gezicht van een onbekende man zag. Hij droeg een blauwe overall, waarschijnlijk werkte hij in de haven.

'Jongedame, wat doet u hier?' vroeg hij boos. 'U kunt toch niet zomaar die boot opgaan!'

Nu wist ik waarom de man van de plezierboot zo boos had geleken.

'Ja, ik denk toch van wel,' antwoordde ik met een vriendelijk lachje. 'Ik ben de mede-eigenares van het schip. Annabel Hansen.' Ik stak hem mijn hand toe, waarop hij naar me keek alsof ik een geestverschijning was. 'We hebben het schip pas sinds het weekend, het kan zijn dat het nieuws nog niet de ronde heeft gedaan. Mijn partner is Christian Merten, hij komt uit Binz.'

Nog steeds geen antwoord. Geloofde hij me niet? Als ik iemand was die het schip onrechtmatig had betreden, zou ik toch niet onze namen opgeven?

Nadat die informatie tot zijn grijze cellen was doorgedrongen, kwam hij weer tot zichzelf.

'Albrecht Pohl,' zei hij en hij nam mijn hand eindelijk aan. Weliswaar wat aarzelend, maar toch.

'Aangenaam kennis te maken. Werkt u in de haven of hoort u bij een schip?'

De man keek me enigszins verward aan. Blijkbaar had hij eerder gedacht dat ik op de vlucht zou slaan.

'Ik vaar op de Nansen,' verklaarde hij, en toen hij merkte dat ik niet wist welke boot dat was, wees hij in een of andere richting naar de havenkom. 'Nou, ik dacht echt dat u hier niet hoorde.'

'Tja, het oude liedje van vrouwen en boten, hè,' zei ik knipogend. 'Maar u kunt me geloven, ik heb al op een paar boten gevaren en die zijn niet vanwege mij vergaan.'

Ik oogstte een verbijsterde blik. Of hij had de grap niet begrepen, of zeelui geloofden niet meer dat een vrouw aan boord ongeluk bracht.

'Nou, ja.' Pohl krabde op zijn achterhoofd. 'Dan ga ik maar weer. Als u wilt, hou ik een oogje in het zeil. Dat heb ik bij de oude eigenaar ook gedaan. We liggen de meeste tijd in de haven, er valt niet veel meer te vangen, en dan hoor je nog wel eens wat.'

'Hartelijk dank, dat is erg aardig van u,' antwoordde ik, en ik wist dat hij nu eerst in de haven ging rondvragen of ik hier echt wel mocht zijn.

Nadat ik mijn poetsactie had beëindigd, laadde ik de schoonmaakspullen weer in mijn auto. Toen rinkelde opeens mijn mobieltje. Ik haalde het uit mijn broekzak en wierp een snelle blik op het display met Mertens naam en nam op.

'Wat is er voor opwindends?' vroeg mijn zakenpartner. Achter hem klonk luid verkeerslawaai.

'Ik heb iets gevonden,' antwoordde ik en ik wilde er al aan toevoegen dat we het er later wel over konden hebben als het nu niet goed uitkwam. Maar omdat hij mij belde, moest hij wel tijd hebben, dus verklaarde ik: 'Ik wilde het schip een beetje toonbaar maken, u hebt mijn sms'je toch wel gekregen?'

'Ja, dat heb ik. En ik verheug me er zeer op zaterdag kennis te maken met uw vader. Ik had anders uw berichtje later beantwoord, ik ben nu op weg naar het station.'

'Hamburg?' giste ik.

'Hannover,' antwoordde hij. 'Ik heb hier een klant gesproken en reis nu door naar Berlijn. Als ik tenminste ooit bij het station aankom.'

'Wat houdt u daarvan af?'

'De voetgangersverkeerslichtensamenzwering. Blijkbaar hebben alle mogelijke verkeerslichten een verbond tegen mij gesloten en blijven ze zodra ze mij zien eindeloos op rood staan.'

Ik trok zo'n brede grijns dat mijn mondhoeken er zeer van deden.

'Wat hebt u dan gevonden?' vroeg hij.

'Een brief,' antwoordde ik.

'Een brief,' herhaalde hij. 'En?'

'Hij zat opgevouwen achter een stuk van de lambrisering dat loskwam toen ik bezig was met schoonmaken. Weer iets wat gerepareerd moet worden.'

'Dat zal niet veel uitmaken. Vertel verder.'

'Ik dacht eerst dat die brief daar toevallig zat, een stukje papier dat nodig was om iets op te vullen.' Vertel vlugger, kom ter zake, vermaande ik mezelf, hij is op weg naar het station. 'In elk geval is de brief van een vrouw die blijkbaar op het schip naar het Westen is gevlucht, of dat in elk geval wilde.'

Ik wachtte op een reactie. Zwijgen. Alleen aan het verkeersgedruis viel te horen dat Merten nog aan de lijn was. Was hij bezig door een drom voetgangers heen te slalommen?

'Hallo?' vroeg ik, nadat er enige tijd was verstreken. Misschien was zijn mobiel uit zijn handen gegleden, of...

'Ja, ik ben er nog. Sorry, ik ben net aan de overkant.'

Dat klonk als een smoes. Maar ach.

'Hebt u dat van de brief gehoord?'

'Jawel. Klinkt heel interessant.'

Was dat alles? Ik zag in de brief al een hoop mogelijkheden om het schip te vermarkten. Hij daarentegen nam de informatie in ontvangst alsof ik tegen hem had gezegd dat ik onder de blauwe verflaag sporen wit had gevonden. Maar misschien moest hij nu echt op het verkeer letten.

'Nou, ik vind het geweldig! Het geeft onze boot een geschiedenis. En eerlijk gezegd had ik er nooit rekening mee gehouden dat het schip vluchtelingen vervoerd kon hebben. Natuurlijk zal ik daar nog nader onderzoek naar doen, maar als blijkt dat die brief niet alleen maar een of ander oud vodje papier is...'

Nog steeds bespeurde ik geen enkel enthousiasme bij hem. Was er iets mis? Zijn zwijgen zette een flinke domper op mijn enthousiasme.

'Eh... natuurlijk moeten we het nog aan niemand vertellen, maar ik dacht dat het verhaal goed zou zijn om de aandacht te trekken. Ik wil erom wedden dat geen enkele plezierboot in Sassnitz zo'n geschiedenis heeft als ik achter De stormroos vermoed. Maar wanneer u daar iets op tegen hebt...'

'Ik heb er niets op tegen,' antwoordde hij. Zijn stem klonk anders. Gevoeliger, en er klonk iets in door wat ik door het achtergrondgeruis niet kon vatten. 'En u hebt gelijk. Het is echt geweldig.'

'Wilt u dat ik de brief scan en naar u mail, of wilt u hem zaterdag zelf bekijken?'

'Ik bekijk hem graag zaterdag zelf,' antwoordde hij, en hij voegde eraan toe: 'In Berlijn zal ik het te druk hebben om eraan toe te komen. Bovendien is zo'n scan op een mobieltje niet echt goed leesbaar.'

'O...' was mijn reactie, en ik zei er snel achteraan: 'Oké, dat klopt, zoiets is inderdaad lastig te lezen.' Alsof hij op zakenreis ging zonder zijn laptop, schoot door me heen, maar die gedachte zette ik meteen opzij. Niemand was verplicht iets meteen te bekijken omdat ik het opwindend vond. Ik zou de brief in een plastic mapje stoppen en er tot zaterdag proberen achter te komen wie die Lea kon zijn geweest.

'Hoor eens, ik ben nu op het station,' haalde Merten me weer naar het heden. In overeenstemming daarmee klonk er een gong, en een onduidelijke stem kondigde de binnenkomst van een trein aan.

'Goed, tot zaterdag dan,' antwoordde ik, waarbij ik mijn best deed niet al te teleurgesteld te klinken. Het was ook stom van me. Merten had het druk, had misschien een plan in zijn hoofd hoe hij een bedrijf kon saneren. En dan kwam ik met zo'n alledaagse brief.

Wat zou ik zelf hebben gezegd wanneer hij me midden in een gesprek met een opdrachtgever over zoiets had gebeld? Dat hij had teruggebeld was al heel aardig van hem.

'Goede reis,' zei ik er nog achteraan, en toen hing ik op.

15

Die avond zat ik urenlang aan de keukentafel, met de brief voor me en naast me een schrijfblok en pennen. Lea's woorden gingen door me heen en probeerden onderhuids steeds weer verband te leggen met mijn eigen geschiedenis. Ik verzette me er heftig tegen alles weer naar boven te laten komen en besloot uiteindelijk mijn gedachten over Lea op te schrijven, zodat ik die twee dingen kon scheiden.

'Ga je iets tekenen?' vroeg Leonie, die aan het andere einde van de tafel zat en aan een nieuwe tekening van een zeemeermin begon. Ze had inspiratie opgedaan in haar sprookjesboeken, bovendien was ze helemaal euforisch geweest toen ik haar van school haalde. Zoals ik al had vermoed, was ze vanwege de boot de ster van de groep geweest. Veel kinderen, onder wie ook Charlotte, wilden nu haar beste vriendinnetje zijn omdat ze erop rekenden dan mee te mogen varen op de boot. Mijn dochter had daar natuurlijk meteen gebruik van gemaakt en ze in de waan gelaten. Dat had ik niet van haar gedacht. Blijkbaar had ze het zakeninstinct van haar vader geërfd, dat ontegenzeggelijk uitstekend was.

'Nee, ik wil alleen wat gedachten opschrijven,' antwoordde ik en ik keek naar de paar regels die ik op papier had gezet. Het waren steekwoorden. Punten die ik uit de brief had gehaald. Een man die Bob heette. Een kapitein met de naam Palatin. Vlucht over de

Oostzee. Lea, de naam van de vrouw. Timmendorfer Strand als thuishaven van het schip.

Het klonk allemaal als een spannend verhaal, maar zei weinig over de schrijfster.

Ik bekeek de brief nog eens. Een in principe heel mooi, net handschrift, zij het wat onregelmatig. De restanten van het in de DDR gebruikelijke schoolhandschrift waren nog duidelijk te herkennen. De vrouw was beslist nog erg jong geweest. Ik probeerde me haar voor te stellen. Lea, dat klonk als een elfachtig wezen, misschien met rossig haar, een zachtaardig type dat de liefde van haar leven had gevonden. Een goed uitziende, gespierde man, misschien zelfs een Amerikaan. Een surfer die vakantie hield achter het IJzeren Gordijn. Voor hem had ze de DDR willen verlaten...

Midden in mijn gedachten ging de telefoon. Niet mijn mobiel, maar de huistelefoon. De enigen die dat nummer hadden, waren mijn ouders.

Ik sprong op, liep de gang in en nam op.

'Hallo?'

'Hallo, schat, hier is je moeder.' Telefoneren liet mijn moeder meestal aan mijn vader over, omdat ze duizenden dingen te doen had. Dat ze nu belde, ook nog eens onverwachts, baarde me zorgen. Was er iets gebeurd?

'Het is toch hopelijk allemaal in orde bij jullie?' flapte ik eruit.

'Natuurlijk, waarom niet? Af en toe wil ik ook wel eens bellen. Of stoor ik?'

'Nee, natuurlijk stoor je niet,' antwoordde ik. 'Wat is er dan? Ben je al klaar voor onze bouwval aan de Oostzee?'

'Bouwval?' was mijn moeders wedervraag. 'Dan moet het op de foto's een ander huis zijn geweest, ik kan er geen bouwval in herkennen. Of is het vanbinnen soms beschimmeld?'

'Nee, het is allemaal pico bello. En ik geef het toe, een bouwval is het absoluut niet.'

'Geheel in tegenstelling tot het schip, nietwaar?'

'Ook dat is nog wel te redden. Dat hoop ik tenminste. Papa zal enthousiast zijn, het is precies het soort boot waar hij het meest van houdt. Geen opgeleukt vrachtschip, maar ook geen peddelboot.' Voor mijn vader was alles onder de tien meter een peddelboot.

'Ik moet je ook de groeten van je vader doen en namens hem laten weten dat het afhalen van het schip geregeld is. Hij heeft de bedrijfsleider overgehaald om de leegstaande loods aan jullie te verhuren. Dat kost natuurlijk wel wat, maar als je zakenpartner zo solvent is als het lijkt, zal dat wel in orde zijn.'

'Maak je geen zorgen, hij zegt altijd dat de kosten geen probleem zijn. Ik zou willen dat ik dat van mezelf ook kon zeggen.'

Ik kon me van mijn moeders kant een heleboel reacties voorstellen. Van 'Eigenlijk moet je ook geen boot kopen als je niet echt veel geld hebt' tot 'Misschien moet je Jan dreigen dat je hem komt opzoeken – om jullie bij zich vandaan te houden zou hij zeker elke prijs betalen'. Maar dat deed ze niet, want ze wist dat Jan niets met mijn nieuwe leven te maken hoefde te hebben. En het lag niet in haar aard mij verwijten te maken. Haar credo was dat je de familie bij elkaar hield – ongeacht hoe idioot een van de leden ook was.

'Dat komt wel goed, en je vader heeft zijn vrienden al helemaal warm gemaakt voor je kotter. Is die echt een mijnenveger geweest?'

'Ja, dat staat in het dossier.' Zou ik de bom nu al laten barsten? Mijn in geschiedenis geïnteresseerde moeder zou beslist grote ogen opzetten. 'En ik heb vandaag iets ontdekt waarvan je achteroverslaat.'

'Zeg op!' sommeerde mijn moeder, en ik vertelde over mijn vondst.

'Stel je voor, onze boot heeft waarschijnlijk ooit vluchtelingen uit de DDR vervoerd, is dat niet waanzinnig?'

Aan de andere kant van de lijn bleef het stil.

'Hallo, mam? Ben je daar nog of ben je bij mijn verhaal in slaap gevallen?'

'Nee, nee, ik ben er nog.'

'Nou, wat zeg je daarvan?'

'Tja, het is een oude brief, dus een waardevol document.'

'En?'

'En jouw boot heeft vluchtelingen vervoerd.' Bij haar klonk het alsof dat niets bijzonders was.

'Maar dat is toch geweldig? Ik heb een uitgangspunt voor een mogelijke reclamecampagne gevonden. Bovendien heb ik momenteel een opdrachtgever met een prachtig hotel die ook iets historisch in de reclame wil laten opnemen...' Waarom had ik nu het gevoel dat ik tegen een muur praatte?

'Je maakt er vast iets geweldigs van,' antwoordde mijn moeder. Geen vragen over de brief of hoe je kon uitvinden wie die vrouw was.

'Kun je me misschien Leonie even geven?' vroeg ze na een tijdje. Ik had zitten piekeren en was vergeten iets terug te zeggen.

Ik voelde ineens een steen in mijn maag. Het was de tweede keer dat ik het over de vluchtbrief had. Noch mijn zakenpartner, noch mijn moeder leek het spannend te vinden. Ze hadden allebei nagenoeg identiek gereageerd.

Natuurlijk, het woord 'vlucht' riep bij mijn moeder herinneringen op, misschien hoopte ze ook dat ik de hele kwestie vergeten was. In de DDR-tijd was ze fel tegen vluchten uit de DDR geweest, want ze vond dat je het leven daar alleen maar kon verbeteren als je bleef. Maar dit had allemaal niets met mijn biologische moeder te maken. Het was maar een brief van een jonge vrouw – en intussen was er meer dan twintig jaar verstreken sinds de Muur gevallen was. Dan kon je toch wel wat minder afwijzend reageren. Temeer omdat dit verhaal echt heel wervend was voor onze boot.

'Oké,' zei ik, want ik had geen zin er een discussie over aan te gaan. Ik had mijn moeder nu al een tijdje niet gezien, dan wilde ik geen ruzie over het verleden gaan maken.

'Leonie, oma wil je spreken!'

De stoel schraapte over de vloer, en even later was ze er. Ik reikte haar de hoorn aan, die ze met twee handen vasthield, toen riep ze heel hard: 'Oooooomaaaaa!'

Waarschijnlijk had ze mijn moeder nu tot op het bot schrik aangejaagd, maar haar kleine zonnestraaltje nam ze niets kwalijk.

Terwijl ze mijn moeder over school vertelde, liep ik terug naar de keuken. Mijn blik viel op de brief. Behalve ik had niemand hem nog gezien. Lag het misschien daaraan? Was ik de anderen een stap voor en begreep ik daarom niet dat ze niet meteen begonnen te jubelen? Ik streek met mijn vinger over het verkreukelde papier en nam me voor er de volgende dag direct een lijst voor aan te schaffen.

Toen ik in de gang terugkwam, zat Leonie nog midden in haar verhaal.

'Er was een man bij ons die me over zeemeerminnen heeft verteld,' meldde ze met stralende ogen. 'Die zitten voor ons huis bij het water, maar als er mensen komen, gaan ze er vlug vandoor.'

Wat mijn moeder daarop zei, kon ik niet horen, maar ik wist dat het vragen zou gaan regenen.

'Ik wil er graag een zien, maar mama zegt dat ik niet bij de trap mag komen. Die is heel erg steil, en dan kan ik naar beneden vallen.'

Fijn dat mijn dochter mijn verbod verinnerlijkt had – hoewel ze de trap juist daarom nog altijd aantrekkelijk vond.

Ik bleef nog een tijdje naar haar staan kijken tot mijn moeder mij weer te spreken vroeg. Leonie nam met een dikke smakzoen afscheid en gaf me de hoorn aan.

'Een man, zo, zo,' zei mijn moeder gespeeld verwijtend toen ik weer aan de lijn kwam. Nu was haar stem weer normaal. Niet dat die dat eerder niet was geweest, maar toen ik het over de brief had gehad, klonk ze op de een of andere manier somber. 'En waarom vertel je me niets over de nieuwe man in je leven?'

'Ma-a-a-m,' antwoordde ik langgerekt. 'Die man is alleen maar mijn zakenpartner. Hij was van de week hier om een paar dingen met me te bespreken. Reparatie, marketingplannen en nog zo het een en ander.'

'Aha.' Mijn moeder klonk niet overtuigd. 'Je hebt mij nog helemaal niets over hem verteld. En je vader ook niet. Afgezien van het feit dat hij geld heeft en het schip samen met jou heeft gekocht.'

'Wat had ik dan moeten vertellen?' Ik vertelde hun toch ook niet hoe meneer Hartmann van Zeezigt eruitzag. Maar hij was ook niet 'de man' die bij ons op bezoek was geweest. Als het om de mannen in mijn leven ging, was mijn moeder altijd geïnteresseerd. Hoewel 'mannen' eigenlijk overdreven was, want voor Jan had ik maar één relatie gehad, die niet lang had geduurd en ook niet heel diepgaand was geweest. En na Jan had ik helemaal geen afspraakjes meer gehad.

'Nou, bijvoorbeeld hoe hij eruitziet,' antwoordde mijn moeder, hoorbaar op sensatie belust. 'Is hij knap? Van jouw leeftijd?'

'Nee, mama,' antwoordde ik, omdat ik wist wat mijn moeder van plan was. Mijn scheiding was inmiddels een jaar geleden, en ik had sindsdien geen enkele man ontmoet. Niet privé. Ik vond dat oké, ik had Leonie en mijn reclamebureautje en nu het huis hier en een halve boot die in orde moest worden gemaakt. Het laatste wat nu bij me opkwam was naar een nieuwe partner zoeken. 'Hij is drie keer zo oud als ik en heeft een bochel net als de klokkenluider van de Notre Dame.'

'Aha,' zei ze. 'Dan moet hij er wel heel goed uitzien. Anders zou je niet zulke sprookjes verzinnen om me ervan te weerhouden je aan hem te koppelen.'

Mijn moeder kende me gewoon te goed.

'Je hoeft me niet aan hem te koppelen, ik kan mezelf prima redden. En ja, hij ziet er goed uit, en ik denk dat hij een paar jaar ouder is dan ik, en hij rijdt op een motor en Leonie is helemaal weg van hem.' Ik zweeg even en hoorde dat mijn moeder gespannen haar adem inhield. 'Maar met al die eigenschappen is het heel goed mogelijk dat hij al vergeven is. Getrouwd is hij blijkbaar niet, maar dat wil nog niets zeggen. En bovendien ben ik misschien wel helemaal niet zijn type.'

'Dat is heel wat informatie over die man voor wie je ogenschijnlijk geen belangstelling hebt.'

'Dat heb ik niet beweerd.'

'Je bent dus wel in hem geïnteresseerd?'

Ik rolde met mijn ogen. 'Mama...'

'Nou, vragen staat vrij. Je bent nog jong en bovendien mooi, het zou zonde zijn als je geen man meer vond.'

'Als de gelegenheid zich aandient, zal ik zeker geen nee zeggen,' reageerde ik lichtelijk geïrriteerd, zonder te weten waarom. Mijn moeder bedoelde het immers goed. Niemand wilde dat zijn kind eeuwig alleen bleef. 'Ik woon hier nog maar net en er gebeurt zo veel dat ik er voorlopig niet aan moet denken.' Ik pauzeerde even en voegde er toen wat verzoenlijker aan toe: 'Je zult in het weekend kennis met hem maken, dan kun je zien of hij iets voor ons zou zijn. Maar ga alsjeblieft geen toespelingen maken of proberen hem zover te krijgen dat hij met me uitgaat.'

Mijn moeder aarzelde met haar antwoord. Ik kende haar goed genoeg om te weten dat ze dat zou proberen. Gelukkig zou mijn vader er ook bij zijn, en de mannen zouden zich waarschijnlijk eerder met het schip bezighouden.

'Oké, afgesproken,' zei ze ten slotte. 'Tot het weekend dan. Geef Leonie nog een kus van me, ja?'

'Doe ik. Tot zaterdag!'

Toen ik had opgehangen keek ik in de keuken, waar Leonie weer aan de tafel zat te tekenen. Ik was niet alleen. En ik was ook niet eenzaam. Maar de woorden van mijn moeder klonken nog in me na. Misschien zou het goed zijn als Leonie een nieuwe vader kreeg. Een die zich om haar bekommerde, ook al was ze niet zijn bloedeigen kind. Een die haar nooit in de steek zou laten. En voor mij zou het ook goed zijn eindelijk weer een man te hebben wiens nabijheid ik kon voelen, van wie ik kon houden met al het opgehoopte verlangen in mijn hart. Die er voor me zou zijn en me zou willen houden.

16

Tot zaterdag liep mijn werk moeizaam. Ik had Hartmann het eerste ontwerp voor de reclamebrochure toegestuurd en zat op antwoord te wachten. Volgens de autoreply van zijn mailadres was hij tot begin volgende week weg voor zaken.

Daardoor was er genoeg tijd geweest om over de elfachtige Lea en haar Amerikaanse surfer na te denken. Het grootste deel van mijn gedachten gleed af naar de sfeer van soaps, maar zulke tv-series gaven zoals bekend een overdreven beeld van de werkelijkheid en waren dus niet helemaal realistisch.

Maar dat gold natuurlijk niet voor feiten.

'Leonie, heb je je kamer al opgeruimd?' vroeg ik terwijl ik de laatste verhuisdozen opvouwde. Inmiddels had ik alles in de kasten opgeborgen, en ik verbaasde me erover hoe goed de woonkamer eruitzag.

'Ik ga het meteen doen!' riep Leonie vanuit haar kamer.

Gisteren al was Leonie vanwege het bezoek van haar grootouders helemaal van slag geweest. Ze had mijn vader en moeder al een paar maanden niet gezien en verlangde net zo naar hen als naar haar vader. Alleen zouden haar grootouders haar niet teleurstellen. We hadden samen gekookt en gebakken, zodat er genoeg te eten was.

Mijn moeder kennende, zou ze komen aanzetten met de grootste haring-aardappelsalade van het land en daarbij nog een taart meebrengen waarmee je half Binz kon voorzien. Ik hoopte maar dat Merten zich daardoor niet zou laten afschrikken.

Nadat ik ter controle een blik in Leonies kamer had geworpen, waar het er echt al veel netter uitzag, viste ik de post uit de brievenbus. De meubelzaak waarbij ik een bureau en kasten voor mijn werkkamer had besteld, deelde me mee dat deze de komende week zouden worden afgeleverd. Ik drukte de kaart tegen me aan. Ik verheugde me op de nieuwe meubels en op het feit dat mijn werkkamer eindelijk echt een kantoortje werd.

Toen ik weer naar binnen wilde gaan, hoorde ik achter me iets brommen. Ik draaide me om en herkende de auto direct.

'Leonie, opa en oma zijn er!' riep ik door het raam van haar kamer.

'Jaaaa!' klonk het van daarbinnen, en even later kwam mijn dochter de deur uit gestormd. Mijn vader stuurde zijn Golf behendig door de poort en zette de motor af. Leonie kwam al bij de auto aangerend voordat er een portier openging. Ik volgde haar lachend. Het was fijn mijn ouders weer te zien.

'Wat een verkeer!' bromde mijn vader toen hij het portier opendeed en uitstapte. Meteen was Leonie bij hem, en er zat voor hem niets anders op dan de kleine wervelwind op te tillen en zich door haar te laten afzoenen.

'Hallo, mam,' zei ik en ik sloot mijn moeder in de armen. Ze zag er gezond en uitgerust uit, droeg haar gemêleerde grijze haar in een wrong en had een wijde blauwe jurk aan met witte bloemen. Ze rook naar vanille, enerzijds omdat ze vanmorgen in alle vroegte nog vanillekoekjes had gebakken, anderzijds omdat ze van parfum met vanillegeur hield. Ten tijde van de DDR was het lastig geweest om een parfum te vinden dat ze lekker vond, intussen had ze moeite er een te vinden dat haar bijzonder goed beviel onder de vele soorten die werden aangeboden.

'Hallo, lieverd,' zei ze en ze gaf me een kus op mijn wang. Toen voelde ze aan mijn ribben, of beter gezegd, ze kietelde me. Ik week giechelend achteruit.

'Je bent magerder geworden,' zei ze verwijtend. 'Je moet niet weer vergeten te eten.'

'Maak je maar geen zorgen, ik eet heus wel. Wij eten.' Ik wees naar Leonie, die haar opa niet meer wilde loslaten. 'Leonie kan het bevestigen. Af en toe is er zelfs taart.'

Mijn moeder leek niet overtuigd. Waarom dachten alle ouders dat hun kinderen graatmager werden als er geen stevige, ouderwetse maaltijd op tafel kwam?

'Ik weet hoe het is als je alleen bent. Dan denk je dat het niet de moeite is om te eten. Maar dat is een vergissing.'

'Dat weet ik,' antwoordde ik gehoorzaam. 'En het is ook weer niet zo dat ik anorexia heb.' Het was alleen dat ik, wanneer ik me in een opdracht had vastgebeten, regelmatig de tijd vergat – en daarmee ook mijn maag. En toen ik midden in de scheiding zat, had ik soms geen honger omdat ik het gevoel had dat mijn maag vol stenen zat.

'Ik beloof dat ik vandaag alles eet wat je me voorzet. Er komen heerlijke geuren uit jullie auto.' Op de achterbank zag ik een paar tupperwarebakjes en iets mysterieus dat in een grote theedoek was gewikkeld. Waarschijnlijk een bakblik.

'Dan moeten we een maagbitter voor je bestellen, want je moeder heeft weer gekookt alsof we een heel leger op bezoek krijgen,' voegde mijn vader eraan toe. Hij gaf Leonie over aan haar grootmoeder en kuste mij op mijn wang.

'Nou, voor de mede-investeerder van het schip wil je toch niet afgaan?'

'Meneer Merten is maar één man, het zijn er niet tien!' bracht mijn vader daartegen in. Hij wist dat je bij mannen niet bepaald afging als er te weinig eten was. 'Maar laat ons voor we gaan bakkeleien over de eetlust van onze gast, eerst eens je huis en je tuin zien. De rit hierheen was al een heel avontuur.'

'Oké, laten we eerst even alles naar binnen brengen, dan volgt een uitgebreide rondleiding.'

'Je woont hier mooi,' zei mijn vader terwijl hij plaatsnam op de keukenbank. In het afgelopen half uur had hij alles gezien, de kamers, het huis vanbuiten, de tuin en de gevaarlijke trap. Leonie had hem meteen meegedeeld dat hij daar goed moest uitkijken, zodat hij niet van de trap zou vallen. Ik was trots op mijn meisje. 'Jammer dat je het niet kunt kopen. Het zou iets voor het leven zijn.'

'Wie weet waar het leven haar nog brengt,' zei mijn moeder. 'Ooit zal ze wel weer trouwen, en misschien heeft die man een mooi huis.'

'Mama,' protesteerde ik zwakjes. 'Ik zou het huis nooit kunnen kopen. Een halve boot, ja, maar geen huis. De prijzen aan de kust zijn vergelijkbaar met Hamburg en aan alle koopjes zitten haken en ogen.'

'Zoals jij het zegt, houd je het voor onmogelijk ooit weer aan de man te komen.'

'Ik sluit niets uit,' zei ik. 'Maar eerst moeten we aan ons nieuwe leven hier wennen, Leonie en ik. En daarna komt de rest.'

Het geronk van de Indian die het erf op reed, redde me uit de brand.

'Is hij dat?' vroeg mijn moeder. Ze haastte zich naar het keukenraam en rekte haar hals.

'Ik denk het wel,' zei ik, en ik voelde dat mijn hart sneller begon te kloppen. Ik zou hem zo zien. En hij zou ons zien, mijn familie en mij. Wat zou hij van de taart zeggen? Van de vele tupperwarebakjes? Was hij iemand die dat wel wist te waarderen?

En waarom vroeg ik me dat eigenlijk af?

Merten parkeerde de Indian naast de auto van mijn vader, en nadat hij zijn helm aan het stuur had gehangen, liep hij naar de deur.

Mijn moeder was zo gespannen dat ik dacht dat ze meteen weg zou rennen om open te doen. De blik van mijn vader, vergezeld van een licht hoofdschudden, weerhield haar.

Toen de bel ging, liep ik naar de deur.

‘Ik moet u waarschuwen,’ zei ik bij het opendoen. ‘Mijn moeder denkt dat u mijn potentiële nieuwe echtgenoot bent. Ze zal u dienovereenkomstig uitvragen en volstoppen.’

‘Wat?’ Merten werd eerst bleek, en vervolgens rood.

‘Maakt u zich geen zorgen,’ zei ik. ‘Het was maar een grapje. Maar dat van het uitvragen en volstoppen klopt.’

‘Nou, dat stelt me gerust.’

Ik nam hem mee naar de woonkamer en stelde hem voor. Bij zijn aanblik begonnen mijn moeders ogen te schitteren. Waarschijnlijk stelde ze zich al voor hoe onze kinderen eruit zouden zien.

‘Oom Christian!’ riep Leonie, en ze stormde op hem af, bijna net zo enthousiast als bij mijn vader.

Ik zag dat mijn moeder haar wenkbrauwen optrok en dat er een glimlach op haar gezicht verscheen toen ze zag dat Merten Leonies haar in de war bracht en haar toen beloofde een nieuw zeemeerminnenverhaal te vertellen.

‘Dit zijn mijn ouders,’ stelde ik hen voor. ‘Elfie en Martin Hansen – en dit is Christian Merten, mede-eigenaar van De stormroos.’

‘Aangenaam kennis te maken,’ zei Merten en hij gaf ze een hand. ‘Ik heb al veel over u gehoord.’

Dat was wel wat overdreven, maar mijn ouders voelden zich gevleid.

‘Het genoegen is geheel aan onze kant,’ verzekerde mijn moeder, en mijn vader voegde eraan toe: ‘Het is prettig eens iemand te ontmoeten die onze passie voor boten deelt. Daar zijn er niet veel meer van.’

Ook dat was overdreven, maar nu was Merten op zijn beurt gevleid. Ik voelde meteen dat mijn vader en hij elkaar wel zouden mogen.

‘Ik hoop dat u trek hebt,’ nam mijn moeder onze gast weer in beslag. ‘Ik heb het een en ander meegebracht. Houdt u van aardappelsalade?’

Merten grijnsde. ‘Daar ben ik dol op.’

Terwijl we mijn moeders aardappelsalade soldaat maakten, probeerde ze zo veel mogelijk uit Merten los te krijgen, maar hij wist zich er goed uit te praten, zonder ook maar enigszins onsympathiek over te komen. Mijn vader daarentegen overspoelde hem gewoonweg met informatie over zijn leven en zijn werk. En met lofbetuigingen over zijn motor. Nu werd me duidelijk van wie ik mijn mededeelzaamheid had afgekeken.

Tussendoor, toen we klaar waren met eten, presenteerde Leonie haar nieuwste tekeningen en oogstte daarmee veel lof voor ze met mijn ouders naar haar kamer verdween om hun haar posters te laten zien.

Hoewel Merten zich er echt prima doorheen had geslagen, leek hij nu toch een beetje opgelucht.

'Vermoeiend, hè?' zei ik terwijl ik de borden begon af te ruimen. 'Sorry, mijn ouders zijn altijd zo als ze met nieuwe mensen kennismaken.'

'Uw ouders zijn heel aardige mensen. U hebt veel van ze geërfd.'

'Nou, eerder afgekeken,' zei ik, misschien een beetje ondoordacht. 'Eigenlijk zijn het...' Shit, nu besefte ik dat ik weer te veel had gezegd. 'Ik ben door hen geadopteerd.'

Mertens wenkbrauwen schoten verbaasd omhoog.

'Geadopteerd? Ik had kunnen zweren dat u op uw vader lijkt.'

Dan was het hem dus ook opgevallen.

'Dat denken veel mensen. En daar ben ik ook blij om.'

Ik had hem kunnen vertellen dat ik mijn biologische vader nooit gekend had en dat ik me mijn moeder ook nog maar nauwelijks kon herinneren, maar ditmaal wist ik me in te houden.

Even zwegen we, toen waaide door een tochtvlaag de kaart van de meubelzaak op, die ik na de korte rondleiding door het huis op de vensterbank had gelegd. Voor ik kon reageren, had Merten hem al opgevangen en draaide hij hem om.

'Krijgt u meubels?' vroeg hij, waarop ik enigszins verlegen de kaart overnam.

'Ja, voor mijn kantoortje boven.'

'Hebt u hulp nodig bij het opbouwen?'

Ik dacht aan de laatste keer dat ik geprobeerd had om een bureau in elkaar te zetten. Het bouwpakket was een ramp geweest, er hadden schroeven ontbroken en boorgaten niet op elkaar gepast.

Het was me dan wel gelukt om er een meubelstuk van te maken, maar erna voelde ik me alsof ik onder een stoomwals was gekomen. Een beetje hulp was niet verkeerd, maar ik zag meteen mijn moeder voor me, hoe ze zou juichen als ik haar vertelde dat hij me had geholpen.

'Biedt u me uw hulp aan?' vroeg ik verrast.

'Nou, als het mag.'

'Dat mag,' antwoordde ik, en weer was daar dat blije gevoel van warmte, dat me al was overkomen toen hij de eerste keer bij ons op bezoek kwam. 'Als het niet te lastig voor u is.'

'Geen zorgen, ik werk zo nu en dan graag met mijn handen. Om precies te zijn, zit dat me in het bloed, mijn vader was bouwvakker.'

Door die opmerking schoot me iets te binnen. Ik zag meteen de man op de foto voor me die zo griezelig veel op Merten leek. Misschien was het allemaal puur toeval, maar misschien... Als Merten uit deze streek afkomstig was, waarom zou zijn vader dan niet bij de bouw of verbouwing van gebouwen in de omgeving betrokken zijn geweest?

Ik beet op mijn lip, en opeens kreeg ik een idee.

'Wacht eens,' zei ik.

'Hoezo? Gaat u meteen de gereedschapskist halen?'

'Nee, iets anders.'

Ik vloog naar de woonkamer. Mijn ouders waren nog bezig met Leonie, we hadden dus nog wel even.

Uit de stapel papieren voor hotel Zeezigt pakte ik de envelop met de foto's en nam ik die mee.

'Kijk hier eens naar,' zei ik tegen Merten, die me verwonderd aankeek. 'Als uw vader in de bouw heeft gewerkt, moet u deze even bekijken.'

Ik haalde de foto onder de afbeeldingen van het gebouw en die van het personeel vandaan. Pas nu viel me op dat hij niet in de verzameling paste. Waarschijnlijk had Hartmann zich afgevraagd wat ik ermee wilde.

'Hier, die heb ik gevonden toen ik foto's bekeek van het hotel waarvoor ik momenteel een reclamecampagne uitwerk. Tussen de foto's zat er een waarop me een man opviel die sprekend op u lijkt.'

Opgewekt stak ik hem mijn vondst toe. 'Is het mogelijk dat u die man kent?'

Merten bekeek de foto en verstrakte. Ik kon zijn gezichtsuitdrukking niet duiden. Was het zijn vader of niet?

'Dat... dat is mijn vader.' De woorden kwamen oneindig langzaam over zijn lippen. Toen wendde hij zijn hoofd af, maar niet vlug genoeg. Ik zag duidelijk dat er tranen in zijn ooghoeken verschenen.

'Neem me niet kwalijk, ik...' De woorden bleven in mijn keel steken. Blijkbaar had ik precies het verkeerde gedaan. Wat wist ik nou van Merten?

Hij snufte en vermande zich. 'Het komt niet door u,' zei hij met hese stem. 'Ik heb alleen zo lang geen foto meer van hem gezien. Hij is al een hele tijd dood. Het leven... het leven heeft hem genekt.'

Bedrukt nam ik de foto weer terug en deed hem in de envelop. Ik had hem die niet moeten laten zien. Maar hoe had ik kunnen weten dat het hem zo zou aangrijpen?

'Dat spijt me vreselijk.' Ik zat vol vragen, maar stelde ze niet. Als Merten iets wilde vertellen, zou hij het wel doen.

'O, hier zitten jullie!' zei mijn moeder, en ze keek alsof ze ons had betrapt terwijl we stonden te knuffelen. Maar toen zag ze dat we niet al te vrolijk waren.

'Ik... heb meneer Merten iets laten zien,' voelde ik me geroepen te verklaren, en ik pakte de envelop op en liep langs mijn ouders heen naar de woonkamer.

Met bonzend hart en uiterst onrustig schoof ik de envelop tussen de andere documenten en gunde mezelf enkele ogenblikken voor ik terugging.

Dit was nu al de tweede eigenaardige reactie van Merten. Eerst die op de brief, die ik niet begreep, en nu op de foto, wat ik volstrekt begreep, want niets was erger dan het verlies van een dierbare. De tijd verzachtte de pijn, maar kon die niet helemaal wegnemen. Ik bedacht dat hij me verteld had dat hij zijn moeder vroeg had verloren. En daarna was zijn vader overleden toen hij nog maar net volwassen was.

Wanneer je nog erg jong was, meende je geen raad nodig te hebben. Maar die had je vaak nodig. Telkens weer deden zich situaties voor waarin je misschien op de hulp en raad van een ouder mens was aangewezen. Als je geen ouders meer had, kon je niemand iets vragen.

Ik herinnerde me mijn hulpeloosheid op het moment dat mijn moeder weg was. Maar gelukkig waren er andere betrouwbare mensen voor haar in de plaats gekomen. Mensen die er nog altijd waren en die nu een gesprek met mijn gast begonnen, waardoor hij waarschijnlijk even zou vergeten wat er gebeurd was.

'Mama, waar blijf je toch?' riep Leonie, mijn gedachtegang verstorend.

Nu pas merkte ik dat ik de hele tijd uit het raam had zitten staren, naar de tuin met de hoge bomen die ons huis als wachters omgaven.

'Opa wil naar de boot!' voegde ze eraan toe.

'Ik kom eraan!' zei ik en ik maakte me los van het raam.

In de haven was het die middag erg druk. Het was lastig om een parkeerplaats te vinden. We konden de Volvo en de Indian alleen maar heel ver weg neerzetten.

Merten had zelf willen rijden, wat ik goed kon begrijpen. Na het onverwachte weerzien met zijn vader wilde hij alleen zijn en nadenken. Niets hielp daarbij beter dan in je eentje ergens naartoe rijden, dat was bij mij ook zo.

In Sassnitz leek hij weer helemaal de oude. Hij wist zijn gevoelens zo goed te verbergen dat ik niet het geringste spoortje wrok of verdriet op zijn gezicht kon ontdekken.

'Kom nou!' Leonie trok me ongeduldig aan mijn mouw. De anderen waren al een heel eind vooruit. Blijkbaar hadden mijn moeder en mijn vader Merten al in hun hart gesloten. In elk geval behandelden ze hem als een verloren zoon.

We wurmden ons tussen de groepjes toeristen door die op weg waren naar de plezierboten, en oogstten nieuwsgierige blikken van de omstanders toen we de valreep uitlegden en gewoon de kotter opliepen. Daarbij moest ik denken aan de overijverige zeeman van de Nansen, en ik begon te grijnzen.

'Dat is een mooi schip!' zei mijn vader met glanzende ogen. Hij scheen de roestplekken, de afgebladderde verf, de mossels op de romp en de beschadigingen aan de opbouw helemaal niet te hebben opgemerkt. 'Het is haast niet te geloven dat het na zo'n lange tijd nog zo goed bewaard is gebleven. Ik heb jongere kotters op de sloop gezien en gedacht: wat zonde! Maar deze gaat nog makkelijk honderd jaar mee als hij goed wordt onderhouden.'

Ik probeerde me voor te stellen hoe het over honderd jaar zou zijn. Zouden dan Leonies kleinkinderen met De stormroos varen? Of zouden haar kinderen haar al na mijn overlijden verkocht hebben omdat zij haar niet kon houden?

Daar vond ik geen antwoord op, en ik wist maar al te goed dat ik van mijn kleinkinderen, als ik die ooit zou krijgen, niet zou kunnen verwachten dat ze mijn droom deelden. Maar ik wenste wel dat ze dat zouden doen.

'Wacht eerst maar eens af tot je hem vanbinnen hebt gezien, met name de machine,' zei ik, want ik wist dat mijn vader bijzonder kritisch was wat scheepsmotoren betreft.

De twee mannen verdwenen in de machinekamer. Uit voorzorg had ik wat poetslappen klaargelegd, want ik wist dat mijn vader met olie besmeurd weer naar boven zou komen.

Mijn moeder en ik gingen intussen met Leonie naar de passagiersruimte.

Ik voelde me wat onzeker. Sinds haar vreemde reactie op de brief had ik het er niet meer over gehad. Maar mijn blik viel meteen op het stuk lambrisering dat ik niet meer op zijn plaats had kunnen krijgen.

Ik had de brief in een plastic mapje opgeborgen en er een kopie van gemaakt voor Merten. Eigenlijk had ik hem die 's ochtends al willen geven, maar iets had me ervan weerhouden. En daarna had ik de blunder met de foto begaan. In plaats daarvan had ik hem toen beter dat waardevolle document kunnen laten lezen.

'Deze boot doet me op een of andere manier aan de jaren zestig denken,' zei mijn moeder, die onverschrokken op een van de vlekkerige banken was gaan zitten. Geen enkel schoonmaakmiddel ter wereld zou die vlekken er weer uit kunnen krijgen. Ze moesten opnieuw bekleed worden. Dat was ook weer een kostenpost waar ik rekening mee moest houden.

'Grappig dat sommige dingen niet zo erg veel van elkaar verschillen.'

'Je bedoelt tussen West en Oost?'

Mijn moeder knikte. 'Op een gegeven moment wordt alles oud en het ziet er dan niet beter uit dan dat waarmee wij het jarenlang hebben moeten doen.'

Dat klopte. Ooit werd alles sjofel, het probleem in de DDR was alleen dat sommige sjofele dingen niet werden vervangen.

'Hier heb je dus die brief gevonden?' vroeg mijn moeder onverhoeds terwijl ze haar arm om Leonie heen legde, die zich moe tegen haar aan nestelde. Eigenlijk was het tijd voor haar middagslaapje.

De vraag verraste me. Ik had er niet op gerekend dat ze erover zou beginnen.

Ik wees naar het ontbrekende paneel. 'Daar. Daar zat hij achter.'

'En wat stond erin?'

'Dat de schrijfster op het punt staat haar vlucht te heroverwegen. Ik ben natuurlijk niet op de hoogte van de achtergrond, maar ze verontschuldigt zich tegenover een man dat ze de vlucht niet kan doorzetten.'

Mijn moeder keek door het raam naar de naburige schepen. 'Dan moet ze dat toch gedaan hebben, als ze de brief hier heeft achtergelaten.'

'Denk je?' Nu had ik er een beetje spijt van dat ik hem niet daar had. De kopie had ik inmiddels wel aan Merten gegeven. Mijn moeder beschikte over het talent om tussen de regels door te lezen. 'Het zou ook kunnen dat ze hem aan de kapitein heeft gegeven. En dat die hem alleen niet heeft laten versturen, om de geadresseerde niet teleur te stellen. Of de man is hem niet komen afhalen.'

'Maar waarom zou hij dan op die verstopplaats terecht zijn gekomen?'

'Misschien zat het paneel los, en heeft de kapitein hem gebruikt om het vast te zetten.'

Mijn moeder keek me even zwijgend aan. Ineens kreeg ik een inval.

'Zeg eens, mama, zou jij ooit zijn weggegaan? Als de Muur niet was gevallen en alles erger was geworden? Als het niet meer uit te houden was geweest?'

Mijn moeder schudde haar hoofd. 'Nee, waarschijnlijk niet. Er is veel moed voor nodig om alles waar je van houdt achter te laten. Of grote onverschilligheid.'

Het duurde even voor ik begreep wat ze daarmee bedoelde.

Ik kreeg op slag een droge mond. Mijn biologische moeder had mij ook achtergelaten. Bij haar was ik er zeker van geweest dat ik haar onverschillig liet. Elfie Hansen zou dat waarschijnlijk nooit hebben gedaan.

Voordat een van ons nog iets kon zeggen, kwamen de mannen binnen.

'En?' vroeg ik, en ik voorzag niets goeds toen ik hun bedremmelde gezichten zag.

'De motor is naar de gallemiezen. Ik heb geprobeerd hem aan

de praat te krijgen, maar dat wordt niks. We zullen het schip naar Hamburg moeten slepen.'

Ik keek naar Merten. Zijn gezicht stond somber en bevestigde mijn nare gevoel.

'En, kunnen we dat voor elkaar krijgen?' vroeg ik. Inwendig begon ik al de bedragen op te tellen die dat zou gaan verslinden.

'Zeker,' antwoordde mijn vader nadat hij een samenzweerderige blik met Merten had gewisseld. 'Ik zal Uwe vragen of hij De stormroos op sleeptouw kan nemen. Zijn kotter is aanzienlijk groter.'

Uwe Norden was visser en was de eigenaar van twee enorme schepen en een sleepboot. Kort nadat we naar Hamburg waren verhuisd, waren mijn vader en hij bevriend geraakt. Eerst hadden ze elkaar niet kunnen luchten of zien, omdat ze in die tijd allebei vol vooroordelen zaten over de andere kant van het IJzeren Gordijn. Maar toen hadden ze elkaar gevonden en nu waren ze bijna broers.

Het transport zou dus niet het punt zijn.

Maar er was nog een veel groter probleem.

'En hoeveel kost een nieuwe motor zo ongeveer?' vroeg ik.

Mijn vader krabde op zijn hoofd. 'Tja, dat is het punt. We moeten er een hebben die in de machinekamer past, en die is eerlijk gezegd behoorlijk klein voor zo'n boot. Bovendien is een nieuwe motor waanzinnig duur. Maar met een beetje geluk kunnen we een gebruikte op de kop tikken.'

'En dat alles voor de gunstige prijs van...?'

Ik zag aan hen allebei dat ze het daar al over hadden gehad, want ze leken nu echt bedrukt.

'Tussen twintig- en vijftigduizend alles inbegrepen. Jullie moeten wel een gereviseerde nemen als je niet om de haverklap narigheid wilt krijgen.'

'Dat nog eens boven op alle andere kosten...' mompelde ik, meer tegen mezelf dan tegen de anderen. 'Valt er van de bestaande motor niet nog iets maken?'

Mijn vader schudde zijn hoofd. 'Ik vrees van niet. Daar mankeert zo veel aan dat reparatie het dubbele zou gaan kosten.'

Ik haalde diep adem. Dat klonk allesbehalve geweldig. En aan zijn gezicht te zien leek het ook Mertens draagkracht te boven te gaan.

'En waar halen we zo'n motor vandaan? Internet?' Je had toch eBay op internet, waarop je alles kon krijgen. Maar ook scheepsmotoren?

'Jullie moeten gewoon alles proberen. En ik zal ook mijn oor te luisteren leggen. Misschien krijgt een van de schroothandelaren de komende tijd iets binnen. Als daar nog een goede motor bij zit die past, zullen we die inbouwen.'

En zo niet? Die vraag stelde ik niet hardop, want ik wilde me niet al laten ontmoedigen voor we hadden gezocht.

'Geef de moed niet op, we krijgen het wel voor elkaar, toch?' Hij keek naar Merten. Die verborg zijn bezorgdheid achter een glimlach.

'Zeker weten. Opgeven is geen optie.'

'Nee, absoluut niet,' zei ik strijdlustig en ik hoopte dat niemand aan me zag hoe bezorgd ik was.

Ten slotte nam mijn zakenpartner afscheid; hij sloeg het aanbod om bij ons te blijven eten af.

Mijn moeder vond dat jammer, en ik eerlijk gezegd ook, want ik vreesde dat zijn vlugge vertrek iets met de foto van zijn vader te maken had. Ik keerde dus met mijn ouders en Leonie terug naar huis, waar we nog een hele tijd in de keuken met elkaar bleven zitten kletsen. Het werd een gezellige avond, die me aan vroeger deed denken.

Ik was eigenlijk van plan geweest hun de brief nog te laten zien, maar omdat ik wist dat ook mijn vader geen goed woord overhad voor mensen die uit de DDR waren gevlucht, liet ik dat maar achterwege. In elk geval was het me gelukt Merten de brief mee te geven, zodat hij ernaar kon kijken.

Toen mijn ouders naar de woonkamer waren verdwenen, waar

de bank in een tweepersoonsbed kon worden veranderd, ging ik voor mijn slaapkamerraam zitten en tuurde de donkere nacht in.

Ik had er rekening mee gehouden dat er kosten zouden komen, hoge kosten, maar de aanschaf van een motor was wel erg gigantisch. En Mertens gezichtsuitdrukking bij het nieuws maakte me onzeker. Hij zou niet alle kosten kunnen dragen en ik... ik had nu eenmaal niet genoeg geld.

Plotseling begon mijn mobieltje naast me te brommen. Dat kon maar één persoon zijn, want de mensen die verder in aanmerking kwamen, lagen hiernaast vredig te slapen.

Neem me niet kwalijk dat ik zo raar deed, schreef Merten. *Ooit zal ik alles vertellen. Maar nu is De stormroos het eerste wat telt, oké? Bedankt voor de brief, die is geweldig.*

Ik bekeek het berichtje even, knikte toen en toetste met trillende vingers: *Oké.*

Kort daarna schreef hij weer: *En mijn aanbod om de meubels in elkaar te zetten, blijft geldig. Laat het me maar weten. Welterusten!*

17

Het schip werd de volgende woensdag al tegen zes uur 's ochtends opgehaald. Zoals we hadden afgesproken, was Merten erbij. Toen De stormroos op sleeptouw werd genomen, stuurde hij me een korte filmopname met de opmerking: *Het gaat gebeuren!*

Het was een grandioos moment toen ons schip de haven uit werd gesleept. Als alles goed ging, zou het op eigen kracht terugkeren.

Laat in de middag, terwijl ik op mijn kantoormeubelen zat te wachten en ondertussen de imagebrochure van Zeezigt doorbladerde, belde mijn vader.

'Hallo, papa, wat is er?' vroeg ik.

Achter hem bromde en piepte er iets, het klonk als een vuilniswagen, maar omdat hij nu op de werf was, moest het om het waarschuwingssignaal van een kraan gaan.

'Hoe gaat het met mijn kleintje?' was zijn wedervraag, alsof ik nog pas tien was.

'Ach, het is maar hoe je het bekijkt,' antwoordde ik. 'Is het schip al aangekomen?'

'Ja, net. Als je de kapitein van de sleepboot mag geloven, heeft de oude dame zich kranig gehouden.'

'Geen wonder, met uitgeschakelde motor waren er ook geen problemen te verwachten.'

'Daar heb je gelijk in. Ik wou vragen wanneer jullie naar het schip willen komen kijken. Ik heb de voorman overgehaald het nog vanavond in het dok te leggen. De taxateur is toevallig morgen hier, dus hij kan het ook eens bekijken. Daarna kunnen we een kostenraming maken.'

Kostenraming? Op een of andere manier klonk dat verontrustend. Voor mijn ogen doemde opeens een onoverzienbare hoop nullen achter een cijfer op.

'Wat denk je van vrijdag? Zo tegen drieën?' vroeg ik na een blik in mijn agenda. Vrijdag zou ik Leonie dan voor één keer niet naar school brengen, maar eerder weggaan en op die manier het drukke weekendverkeer omzeilen. En mijn moeder zou verrukt zijn als we tot zondag bleven.

'Vrijdag komt uitstekend uit,' antwoordde mijn vader. 'Maar je weet dat je dan bij ons moet overnachten.'

Ik glimlachte breed. 'Dat is geen enkel probleem. Leonie was toch al verdrietig dat jullie alweer weggingen.'

'Nou, het doet me plezier dat te horen. Ik zal het je moeder meteen vertellen, zodat ze de logeerkamer in orde maakt.'

'Prima, en doe haar de groeten!' Ik gaf een smakzoen op de hoorn en hing op.

Kostenraming. Het uur der waarheid was aangebroken. Zouden we De stormroos kunnen repareren of zou mijn, nee onze, mooie droom als een zeepbel uit elkaar spatten?

'Mammie, er staat een grote auto op het erf!' verdreef Leonies stemmetje mijn gedachten. Even later werd er aangebeld.

Eindelijk!

'We hebben wat meubels voor u, jongedame!' verklaarde een van de meubelsjouwers. In hun grijze T-shirt en blauwe tuinbroek zagen hij en zijn collega er eerder uit als loodgieters. 'Waar moeten ze naartoe?'

'De trap op,' antwoordde ik en ik wees achter me.

De twee keken elkaar aan, knikten, en even later verscheen de eerste van hen met een enorm pakket dat hij tot mijn verbazing op zijn smalle rug droeg.

'Zet het maar gewoon neer zoals het uitkomt, boven is het nog leeg,' riep ik hem achterna. Even later volgde zijn collega met een eveneens aanzienlijke lading op zijn schouders. Ik keek hem even na en pakte toen mijn portemonnee. Nadat ze vertrokken waren zou ik Merten bellen.

'Vrijdag al?' vroeg Merten een beetje verbaasd. Hij was weer eens onderweg, maar deze keer had ik hem meteen te pakken op zijn mobiel. Misschien had hij al plannen voor het weekend. Hij moest op tijd weten dat ik die torpedeerde.

'Ja, vrijdag. Als u dan niet al andere plannen hebt.'

'Die heb ik niet,' antwoordde hij losjes.

'Als u wilt, kunt u meerijden,' stelde ik voor, wat voorbarig, want ik was er niet zeker van of hij dat wel zou willen.

'Bedankt, dat is heel aardig aangeboden, maar ik heb vrijdagochtend nog een afspraak.'

'We hoeven pas om drie uur 's middags daar te zijn,' zei ik. 'Als dat voor u te vroeg is, kan ik nog even bellen en het naar later verschuiven.'

'Nee, dat is niet nodig, dat haal ik makkelijk. Dus, tot vrijdag?'

'Tot vrijdag,' antwoordde ik en ik voelde me op een of andere manier een beetje verlaten toen ik had opgehangen.

In de nacht van donderdag op vrijdag was ik vreselijk opgewonden. Ik probeerde mezelf te dwingen om te gaan slapen, maar telkens weer doemde die omineuze kostenraming voor me op en bezorgde me horrorvisioenen van tienduizenden euro's, die ik niet bezat en die ik ook wel nooit op mijn rekening zou hebben staan.

Toen de wekker eindelijk op half acht sprong en met zacht gepiep het einde van de nacht aangaf, voelde ik me alsof ik een pepmiddel had genomen. Ik maakte mijn dochter wakker, dat wil zeggen, ik bracht haar in een toestand waarin ik haar kon aankleden en haar kamer uit dragen.

Eigenlijk hadden we niet zo vroeg hoeven te vertrekken, maar de reis naar Hamburg bood me de mogelijkheid een uitstapje te maken naar Timmendorfer Strand. Dat idee was bij me opgekomen toen de kostenraming me een beetje had losgelaten en de brief me weer te binnen was geschoten. Misschien vond ik daar een eerste spoor van Lea.

Ik maakte Leonie vast in haar kinderzitje, zette de tas met proviand en onze reistassen in de kofferbak en toen begon de reis. In Binz was geen mens. Onderweg naar de snelweg reed ik langs een oude Amerikaanse schoolbus die tegenover een hotel geparkeerd stond en waarschijnlijk werd gebruikt voor uitstapjes over het eiland.

Toen ik bij de snelweg kwam, moest ik denken aan de laatste keer dat ik in Timmendorfer Strand was geweest.

Sindsdien was er meer dan vijf jaar verstreken. Jan en ik waren na de nodige problemen weer nader tot elkaar gekomen, en hij had besloten eens wat tijd met mij door te brengen.

Zonder het te weten was ik toen al zwanger geweest van Leonie. We hadden al een tijdje tevergeefs geprobeerd een kind te krijgen. Toen ik alleen al door de geur van een mosselgerecht misselijk werd en zulke aanvallen zich na onze terugkeer ook zonder mosselen in toenemende mate bleven voordoen, was me duidelijk geworden dat de verzoeningsseks meer tot gevolg had gehad dan een tijdelijk wat attentere echtgenoot.

Jan was dolgelukkig geweest toen ik hem vertelde dat ik in verwachting was. Eindelijk waren we een echt gezin, en ik beeldde me in dat de kinderloosheid er debet aan was geweest dat het zo slecht was gegaan.

Maar dat had ik mis.

Na de geboorte van Leonie verslechterde onze relatie weer heel snel. Ik moest erkennen dat een kind niet de geschikte manier was om een kapotte relatie te lijmen. Leonie was in het begin heel onrustig en huilde veel. Omdat Jan 's morgens vroeg naar de zaak ging, was ik degene die 's nachts opstond en haar de fles gaf en haar kalmeerde. Het duurde niet lang voor Jan zich verwaarloosd voelde en zich naar mij toe onverschillig begon te gedragen. Hij stortte zich op zijn werk, begon iets met een nieuwe medewerkster en zocht bij haar de aandacht die ik, overdag volkomen uitgeput, hem niet kon geven.

Dat deed me aanvankelijk verdriet, maar ik had nu Leonie. Zij werd mijn reddingsboei wanneer ik in de zee van liefdeloosheid dreigde te verdrinken. Ik van mijn kant begon Jan te negeren, en dat ging een tijdje goed – tot hij me duidelijk maakte dat hij niet meer met mij samen kon leven. Dat was ruim twee jaar geleden.

Maar de herinnering aan Timmendorfer Strand was mooi. Indertijd had ik nooit kunnen dromen dat ik er nog eens terug zou komen om onderzoek te doen naar de geschiedenis van een boot die toch voor de helft van mij was.

De ochtend verhief zich stralend boven de Oostzee toen ik mijn Volvo uiteindelijk de snelweg af stuurde. Na een kort ritje over het platteland verscheen het plaatsnaambord. Leonie werd net wakker in haar autostoeltje. Toen ze het strand zag, dacht ze misschien wel dat we nog niet weg waren.

De boulevard interesseerde me deze keer minder. Ik reed naar de deelgemeente Niendorf, waar vroeger een haventje en een kleine werf waren geweest. Als de documenten me niet bedrogen, moest De stormroos daar na de oorlog zijn omgebouwd. Misschien was er iemand die dat nog had meegemaakt – en die kapitein Palatin had gekend. Die kon bevestigen dat het schip vluchtelingen uit de DDR had vervoerd. Misschien leefde Palatin zelfs nog.

De val van de Muur en de hereniging lagen inmiddels vijfentwintig jaar terug. Als de kapitein in de jaren zeventig en tachtig actief was en in de jaren negentig met pensioen was gegaan, was dat beslist mogelijk.

Omdat ik noch van Lea, noch van Bob een achternaam had, was Palatin mijn grootste hoop om iets te ontdekken. Hijzelf had niet in het telefoonboek gestaan, maar dat betekende nog niets. Misschien was hij verhuisd of had hij zijn nummer niet laten vermelden.

Hier in Niendorf zou iemand misschien iets weten over de kapitein en het schip. Mogelijk was De stormroos op de Everswerf omgebouwd, die tegenwoordig dan wel een jachthaven was, maar waarover vast nog wel wat documentatie te vinden zou zijn. En zo niet, dan zouden er beslist nog mensen zijn die me het een en ander konden vertellen.

Traag lagen de zeilboten te deinen bij de aanlegplaatsen in de haven. Een paar mensen maakten hun boot zeeklaar, trokken windjacks aan en laadden kisten in.

Ik probeerde me De stormroos hier voor te stellen. Vergeleken bij de boten en jachten was ze reusachtig, een olifant te midden van een kudde gazelles. Maar het waren toen andere tijden geweest.

Ik liet Leonie met haar kleurpotloden bij een open raampje achter in de auto en zette koers naar de boten. Nadat ik een tijdje in de haven had rondgedwaald, trof ik eindelijk een man die eruitzag alsof hij er werkte. Hij stond met een emmer water voor een mededelingenbord en wilde dat blijkbaar gaan schoonmaken.

'Pardon, mag ik iets vragen?' zei ik, en ik oogstte een nerveuze blik. 'Ik wil u niet lang van uw werk afhouden, maar alleen vragen of u ene kapitein Palatin kent. En of hier nog iemand van de Everswerf werkt.'

De man keek me aan alsof ik naar een kortere weg naar Mars had gevraagd.

'Bent u van de krant?'

Maakte dat iets uit?

'Nee, ik heb een boot gekocht die vroeger in Timmendorfer Strand heeft gelegen.'

De wenkbrauwen van de man schoten omhoog. Blijkbaar dacht hij dat ik iemand was die hier een jacht had liggen. Die indruk wilde ik meteen tenietdoen.

'Het is een oude viskotter. De stormroos.'

De man voor mij was beslist van een zodanige leeftijd dat hij het schip nog kon hebben gekend.

'Die is toch door iemand uit het Oosten gekocht,' zei hij. 'Al een hele tijd geleden, een paar jaar na de Wende.'

'Ja, en nu is De stormroos mijn boot,' verklaarde ik. Ik hoorde dat bij hem 'uit het Oosten' nog altijd wat geringschattend klonk. 'Ze heeft een nogal bewogen geschiedenis, en ik ben op zoek naar mensen die daar iets over zouden kunnen weten.'

'De mensen van de oude werf zijn allemaal weg,' zei hij. 'En Georg Palatin woont hier al een tijd niet meer.'

'En waarheen is hij dan verhuisd?' vroeg ik door. Ik wist wel dat ik geen informatie zou krijgen als de man me niet vertrouwde.

'Naar Timmendorfer Strand,' antwoordde de man. Voor ik aan zijn verstand kon gaan twijfelen, besefte ik dat we ons hier in Niendorf bevonden, dat weliswaar een deelgemeente van Timmendorfer Strand was, maar een eigen identiteit had behouden. In elk geval in het hoofd en hart van sommige inwoners.

'Hebt u misschien ook zijn adres?' vroeg ik, en ik hield er rekening mee dat hij me nu naar een van de gebouwen zou sturen. Hij keek me een tijdje onderzoekend aan, toen noemde hij me het adres.

'O, reuze bedankt!' antwoordde ik verrast.

'Ik heb geen idee of hij daar is, maar hij weet het meest over die schuit.'

Daarop ging hij aan het werk. Ik liet mijn blik nog één keer over de zeilboten en motorjachten gaan en liep terug naar de auto.

Georg Palatin woonde aan de rand van Timmendorfer Strand, in een mooi gedeelte dat op een ansichtkaart niet zou misstaan. Ik besloot Leonie een paar minuten in de auto te laten, en haar te halen als Palatin thuis was.

Met bonzend hart liep ik naar het huisje toe. Het was niet te vatten, daar woonde de kapitein die blijkbaar een vrouw had willen helpen vluchten – of dat misschien zelfs ook had gedaan. Het antwoord wist ik niet precies, maar dat de brief achter de lambrisering van de passagiersruimte had gezeten, was misschien het bewijs dat ze toch had doorgezet.

Ik keek naar de bloemperken, het gazon, dat weer eens gemaaid zou moeten worden. Ik zag de krans van gedroogde korenhalmen en kunstklaprozen die aan de deur hing. Een heel gewoon huis, waarin misschien wel een held woonde. Een held die liever in de schaduw wilde blijven.

'Hallo?' klonk een krakende vrouwenstem. Ik bleef staan. Omdat er behalve mij niemand anders was, draaide ik me om. Bij het tuinhekje van het huis ernaast stond een vrouw in een huishoudschort met rubberhandschoenen en een bos wortelen die ze net uit de aarde had getrokken.

'Er is niemand thuis,' gaf ze te kennen en ze voegde eraan toe: 'Komt u voor de omroepbijdrage?'

Ik trok vragend mijn wenkbrauwen op. Had kapitein Palatin problemen met die controle-instantie?

'Nee, ik kom gewoon op bezoek,' antwoordde ik. 'Ik heb een oud schip gekocht, De stormroos.'

De vrouw keek me met een uitdrukkingsloos gezicht aan. Ze wist blijkbaar niet waar het om ging. Was Palatin pas na zijn actieve tijd op zee hierheen verhuisd? Dat was heel goed mogelijk, als ik bedacht wat de man in de jachthaven had gezegd.

'Wanneer komt meneer Palatin terug?' vroeg ik en ik voelde het wantrouwen van zijn buurvrouw. 'Ik verzeker u dat ik echt niet van de omroepbijdrage ben, en ik kom ook niets verkopen, geen abonnementen of zo. Ik wil alleen maar met meneer Palatin over het schip praten.'

Geen reactie. Was ze misschien hardhorend?

'Een mooi schip,' voegde ik eraan toe.

'De Palatins zijn op vakantie,' zei een jongere vrouw die erbij kwam staan. Blijkbaar was ze de dochter van de oudere vrouw met de wortelen. 'Ze zijn gisteren vertrokken, u hebt behoorlijk pech.'

Dat had ik zeker. Ik had zo gehoopt dat de kapitein me zou kunnen zeggen wie de briefschrijfster was. Natuurlijk bestond de mogelijkheid dat hij het helemaal niet wist. Misschien had hij alleen maar een naamloze groep vluchtelingen aan boord genomen en ze afgeleverd – niet omdat hij niet in hen geïnteresseerd was, maar ter bescherming tegen nieuwsgierige vragen van de Stasi.

'Ik wou alleen maar met meneer Palatin praten over zijn boot,' herhaalde ik tegen de jongere vrouw. 'Ik heb hem gekocht en zou graag iets weten over het verleden ervan.'

Als het echtpaar van vakantie terugkwam, moesten ze in geen geval denken dat er een controleur voor de omroepbijdrage langs was gekomen.

'O, daar zal hij u wel het een en ander over kunnen vertellen,' antwoordde de vrouw. 'Hij heeft ruim zestig jaar op zee gezeten. Hij heeft altijd wel een paar verhalen in voorraad.'

Dat klonk goed. Dat klonk heel goed. Zelfs als ik die Lea niet vond, zou ik misschien nog wel iets over het schip te weten komen, en over het gegeven dat een kapitein ervoor koos vluchtelingen uit de DDR te halen.

'Hebt u toevallig een telefoonnummer waarop ik hem kan bereiken?' vroeg ik, zonder echt te geloven dat ze me dat zou geven. Tenslotte was ik een vreemde, en zoals ik uit eigen ervaring wist, vertrouwden mensen in het noorden het niet altijd als je ze zo'n verzoek deed. 'Of kan ik mijn nummer misschien bij u achterlaten?' Ik haalde mijn visitekaartje tevoorschijn. Een paar dagen terug had ik vlug op de computer kaartjes gemaakt en geprint.

De vrouw knikte en pakte het aan. 'U hebt dus een boot gekocht?'

Ik knikte. Waarschijnlijk zou dat hét gespreksonderwerp van de hele straat worden.

'Goede vaart dan!' wenste de buurvrouw, en ze zwaaide.

Ik bedankte haar en zwaaide terug.

Toen ik terugkwam, had Leonie veel boten getekend, een hele haven vol. In de verte leek het op de haven van Niendorf.

'Heb je de kapitein gesproken?' vroeg ze.

‘Nee, hij is op vakantie,’ antwoordde ik, en ik schoof weer achter het stuur.

‘Hij is vast met een boot aan het varen,’ zei Leonie, en toen begon ze een dikke geelgroene zon aan de hemel te tekenen.

18

Scheepswerven hadden me altijd gefascineerd – de gigantische kranen, de uitgestrekte dokken, grote en kleine rompen die op stapel lagen. Als kind was ik, nadat ik in het adoptiefgezin was opgenomen, vaak op de Volkswerf geweest. Tijdens de schoolvakanties werd ik er soms heen gestuurd om mijn vader zijn ontbijt te brengen als hij dat had vergeten. Op weg naar Binz, toen ik over de Rügendamm reed, had ik een blik op het grote blauwe blok geworpen. Meteen had ik me weer terug in mijn kindertijd gewaand.

Ook de werf in Hamburg riep dierbare herinneringen in me op. Af en toe had ik er mijn vader bezocht en gekeken hoe een schip ontstond. Daar hadden ze de echt grote schuiten gebouwd, tenminste destijds, want inmiddels waren zulke opdrachten schaars geworden.

Mijn vader wachtte me op bij de dienstingang, die door een portier werd bewaakt. Het was Kalle Blom, een van de weinige personeelsleden die waren gebleven.

‘Goedemorgen, meneer Blom!’ riep ik en ik zwaaide naar hem. Hoewel ik hem al jaren kende, had ik hem nooit net als andere mensen Kalle durven noemen. Zelfs niet toen hij erop aandrong dat ik dat zou doen.

‘Dat bestaat niet, de kleine Hansen!’ riep hij. ‘En een nog kleinere Hansen!’

Hij stond op van zijn portiersstoel om een blik op Leonie te werpen. Blijkbaar had hij haar herkend.

'Jee, wat ben jij groot geworden, meissie!'

Leonie keek de man verbaasd aan. Toen sloot haar hand zich strakker om de mijne. De laatste keer dat ze hier was, was ze nog te klein geweest om zich hem nu te kunnen herinneren.

'Ja, dat groeit maar door,' zei mijn vader en hij verwelkomde ons met kussen. Toen tilde hij Leonie op zijn arm. Kraaiend van plezier stond ze dat toe.

'Nou, lieverds, zijn jullie zonder problemen aangekomen?'

'De Volvo doet het nog steeds,' antwoordde ik lachend.

'Wie weet hoe lang nog. Misschien moet je als toekomstige scheepseigenaar ook eens een nieuwe auto aanschaffen.'

'Ook al ben ik sinds kort eigenaar van een schip, ik kan me geen nieuwe auto permitteren,' voerde ik aan. 'Ligt De stormroos al in het dok?'

Mijn vader knikte. 'Ja. Op het moment is er niet veel te doen, een paar jachten en speedboten, een nieuwe viskotter. De tijd van de grote schuiten hebben we wel gehad.'

'Dat moet je niet zeggen. Er komt altijd wel weer een opleving.'

Ik wist heel goed dat mijn vader gelijk had, maar kende evenzeer zijn hoop dat er betere tijden zouden aanbreken. En misschien werd zijn wens wel vervuld, en zouden er weer grote tankers van stapel lopen.

'Waar is je partner?' vroeg hij en hij keek speurend om zich heen. 'Ik dacht dat hij met jullie mee zou komen.'

'Hij had vanmorgen nog een afspraak,' antwoordde ik. 'En waarschijnlijk wil hij indruk maken op je collega's met zijn Indian.'

'Met die motor zal dat zeker lukken.' Mijn vader keek naar de loodsen. Ik zag hoe ongeduldig hij was. 'Weet hij dat hij zich bij de portier moet melden?'

'Dat zal hij wel merken. En omdat ik echt geen idee heb wanneer hij komt, kunnen we gerust alvast gaan.'

Mijn vader bracht ons naar loods 5, waarvan de deuren wijd

openstonden. Die loods werd voor kleinere boten gebruikt – voor zover je bij een viskotter als De stormroos van 'klein' kon spreken.

Daar lag ze nu in het dok, en leek ze nog groter dan in de haven. Daarbij waren de beschadigingen ook veel beter te zien.

'Is het geen prachtig meisje?' vroeg mijn vader terwijl hij naar de kotter wees. 'En ze zal nog mooier zijn als we eenmaal met haar klaar zijn.'

'Dan is ze dus nog te redden.'

'Beslist! En over de motor hoef je je geen zorgen te maken, ik heb vandaag mijn voelhoorns al eens uitgestoken. Tegen de tijd dat de romp gerepareerd is, hebben we beslist een geschikte gevonden.'

'Hier zitten jullie dus!' riep iemand achter ons. Toen ik me omdraaide, kwam Merten de deur door. Zijn leren jack hing open, eronder droeg hij een grijs T-shirt waarop een groot zwart anker stond geprint. Waarschijnlijk was hij met zijn Indian de sensatie bij de poort van de werf geweest.

'De portier zei dat jullie hier waren.' Hij gaf ons allemaal een hand, ook Leonie, die erg enthousiast was om 'oom Christian' te zien.

'Het doet me plezier dat u er bent. Ik ben heel benieuwd wat u van ons meisje vindt.'

'Het plezier is geheel aan mijn kant,' zei Merten terwijl hij stralend naar me lachte. Zijn blik bleef ook nog op mij gericht toen mijn vader begon op te sommen wat er allemaal aan het schip moest worden gedaan. Voor mij klonk het overweldigend, alsof iets wat total loss was weer opnieuw tot leven moest worden gewekt.

Merten knikte bij de schadeposten zonder een spier te vertrekken. Had hij bij de aankondiging dat de motor vervangen moest worden nog wat verward geleken, nu had hij zichzelf goed onder controle.

'Het klinkt allemaal erger dan het is,' zei mijn vader ten slotte terwijl hij zijn klembord onder zijn arm schoof.

‘Hoe lang denkt u nodig te hebben?’ vroeg Merten, nog steeds zo rustig alsof hij een geldboompje in zijn tuin had.

‘Tot oktober, schat ik. Het toeristenseizoen is dan natuurlijk al voorbij, maar voor evenementen in de haven is het zeker niet te laat.’

Merten keek me aan.

‘Dat klopt, zolang het weer warm genoeg is, kunnen we evenementen organiseren,’ viel ik mijn vader bij. ‘En er is ook verwarming op het schip, dus zoiets als een kerstviering is ook goed mogelijk. Dan kunnen we alleen niet uitvaren.’

‘U bent de expert,’ zei Merten lachend.

‘Als jullie het ermee eens zijn, stuur ik jullie de kostenraming toe. Voor het werk dat mijn vrienden en ik in het weekend van plan zijn te doen, berekenen we geen arbeidsloon, jullie hoeven alleen de materiaalkosten te betalen. Maar er moet het een en ander door profs worden gedaan.’

‘Jullie zijn professionals,’ hielp ik hem herinneren, maar ik wist hoe hij het bedoelde. Die paar uur in het weekend zouden niet voldoende zijn.

‘Dat klopt, maar jullie willen het schip binnenkort al hebben, en niet pas over twee jaar. Zo lang zal het ook niet op de werf kunnen blijven, de kosten voor de loods zouden de pan uit rijzen.’

‘Dus hier ben je!’ riep papa’s oude collega Helmut Siewert, die met grote stappen de deur van de loods binnen kwam benen. ‘Martin, ze hebben je nodig!’

‘Excuseer me,’ zei mijn vader en hij verdween.

Wij bleven achter bij De stormroos.

‘Het klinkt allemaal gigantisch, hè?’ vroeg Merten, zonder zijn blik van het schip af te wenden.

‘Zeker. Maar daar hebt u toch waarschijnlijk al wel rekening mee gehouden?’

‘Eerlijk gezegd, nee. Het schip zag er in het water beter uit en ik kan het gevoel maar niet van me afzetten dat Ruhnau ons een oor heeft aangenaaid. Maar nu we het hebben, geven we niet op.’

'Nee, dat zullen we niet doen.' Ik keek naar zijn profiel, en het viel me op dat zijn baard wat langer was dan bij de laatste keer. Wilde hij hem laten groeien?

Bij de warmte en de geur die van hem uitgingen, zou ik graag wat dichter bij hem zijn gaan staan, maar ik bleef waar ik was en richtte mijn blik op Leonie, die zich een beetje leek te vervelen.

'Nou, ik vermoed dat we nu echt zakenpartners zijn,' zei Merten opeens terwijl hij zijn blik eindelijk van de scheepsromp afwendde.

Ik vond het een nogal eigenaardige opmerking. Partners waren we toch al sinds ik het aanbod had aangenomen en we allebei het koopcontract hadden ondertekend.

'En als zakenpartners zou het misschien passend zijn om elkaar bij de voornaam te noemen. Of hebt u daar iets op tegen?'

Ik staarde hem verrast aan. Weer zoiets wat totaal uit het niets kwam. Eigenlijk kreeg je dat aangeboden bij een glas wijn.

'Nee, daar heb ik niets op tegen,' antwoordde ik, en ik stak hem mijn hand toe. 'Annabel.'

Merten nam hem aan. 'Christian. Wat vindt u... eh, vind je ervan daar vanavond in een prettige ambiance iets op te gaan drinken?'

'Ik vrees dat mijn moeder me in beslag zal nemen.' Ik zag teleurstelling over zijn gezicht glijden. Ik dacht aan de brief, die ik in mijn tas had zitten en bedacht dat ik het ergens heel leuk zou vinden weer met hem uit te gaan. 'Maar... ik zou mijn moeder ook kunnen vragen om op Leonie te passen, dan kunnen we wel een glaasje gaan drinken.'

'Echt?' vroeg hij, alsof hij ervan uitging dat ik me nog zou kunnen bedenken.

'Zeker. Om precies te zijn, mijn moeder zal er blij mee zijn haar engeltje eens een tijdje voor zichzelf te hebben.'

'Mooi, om acht uur dan? Ik kom je afhalen.'

'Met de motor? Heb je een extra helm bij je?'

'Ik heb ook een auto. En toevallig ben ik daar vandaag mee gekomen.'

Ik lachte naar hem. 'Oké, tot acht uur dan.'

Voor ik kon vragen waar hij zou overnachten, verscheen mijn vader weer. 'Kinderen,' bromde hij. 'Ze kunnen ook niets alleen.'

'Slaat dat op ons?' vroeg ik schertsend.

'Nee, op die knullen van dok 1. Je zou denken dat ze het nu wel hebben geleerd, maar dan moeten ze voor elk wissewasje de baas erbij halen.' Wat hij daar nog aan toevoegde verstond ik niet, maar hij bedaarde al snel. 'Maar goed, er is nog iets met het schip wat jullie zou kunnen interesseren.'

Daarop beende hij weg. Ik wierp een vragende blik naar Christian en liep toen vlug mijn vader achterna. 'Wat dan?' vroeg ik, toen ik hem had ingehaald.

'Daar, zien jullie die stuntelig gedichte plekken?'

Nu hij ons erop wees, zag ik ze. Vanuit de verte leken het onregelmatig voorkomende roestplekken. Eigenlijk niet bijzonder opvallend.

Mijn vader pakte zijn mobiel, zocht iets op en hield hem toen voor mijn neus.

'Zo zien ze er aan de binnenkant uit.'

Ik kon er niets aan zien, maar Christian, die achter me zijn nek uitstak, zei: 'Kogelgaten.'

Ik keek hem verrast aan. 'Weet je dat zeker?'

Hij knikte. 'Ja, heel zeker. Ik heb zoiets wel bij het leger gezien.'

'Hij heeft gelijk,' viel mijn vader hem bij. 'Dat zijn inderdaad kogelgaten. Er is ooit op het schip geschoten.'

'Nou ja, het is een mijnenveger geweest, toen is het misschien onder vuur genomen.' Ik vroeg me wel af waarom die gaten dan bij het ombouwen niet weggewerkt waren, maar het klonk me plausibel in de oren.

Christian en mijn vader keken elkaar aan. Ineens had ik het gevoel dat ze elkaar telepathisch begrepen.

'Nee, die kogelgaten zijn niet afkomstig uit de oorlog. Ik wil erom wedden dat de kogels uit NVA-geweren kwamen.'

'Bedoel je dat de Nationale Volksarmee het schip heeft beschoten?'

De gedachte die op dat moment bij me opkwam, werd het volgende moment door mijn vader uitgesproken.

'Je moeder heeft me over de brief verteld. Mogelijk is het schip onder vuur genomen omdat het de territoriale wateren van de DDR was binnengedrongen. En iemand heeft de buitenwereld willen laten weten dat dat is gebeurd.'

Palatin misschien? Had hij gewild dat de geschiedenis van het schip zichtbaar bleef?

'Weet je het zeker?' vroeg ik, en ik keek achterom naar Christian. Die leek ineens versteend. Zijn ogen waren aan de scheepsromp gehecht. Net als die eerste keer dat we samen op het schip waren.

'Een andere verklaring heb ik er niet voor. De vroegere eigenaar van het schip was een West-Duitser, hij had de kogelgaten zonder problemen kunnen laten repareren. Maar hij heeft ze slechts provisorisch gedicht, zo goed en zo kwaad als hij dat kon. Vanbuiten viel dat niet op, maar hij wist dat iemand die het schip op een dag helemaal zou renoveren, het zou zien.'

'En misschien vragen zou gaan stellen,' voegde Christian er een beetje afwezig aan toe.

Mijn hart klopte in mijn keel. Ik stelde me voor hoe de kapitein vertwijfeld probeerde de briefschrijfster naar West-Duits water te brengen. Was de jonge vrouw misschien doodgeschoten? Had hij daarom de brief achter de lambrisering verstopt? Zodat hij op een dag gevonden zou worden?

Ineens werden mijn handen koud. Zo koud dat Leonie het merkte.

'Wat is er, mama?' vroeg ze bezorgd.

'Niets,' antwoordde ik. 'Ik vind het alleen een erg spannend verhaal.'

'Jullie moeten er maar over nadenken of jullie willen dat de kogelgaten blijven zitten of dat ze gerepareerd worden,' zei mijn vader heel pragmatisch. 'Maar als het jullie lukt uit te vinden wat er indertijd is gebeurd, zou het vast mooi zijn als er bewijs voor was, toch?'

'Ja, dat zou mooi zijn. Wat vind jij?'

Christian reageerde eerst niet, maar toen ontwaakte hij uit zijn verstarring.

'Ja, dat zou mooi zijn. Daar gaan we het over hebben. Vanavond.'

Hij glimlachte, maar zijn ogen deden niet mee. Wat was er met hem aan de hand?

Toen we de loods weer uit waren, nam mijn vader als eerste afscheid.

'Ik heb nog iets te doen, maar ga gewoon naar huis als je wilt. U kunt met alle plezier meegaan, mijn vrouw zal blij zijn u te zien.'

'Hartelijk dank, maar ik heb een hotelkamer geboekt. Morgen heb ik hier een zakelijke afspraak, het uitstapje hierheen kwam dus goed uit.'

'Zoals u wilt. Nou, dan ga ik maar.' Hij gaf Christian een hand, en mij en Leonie een kus op de wang en verdween naar een ander deel van de werf.

Ik voelde me tegenover Christian een beetje onzeker. Eerst bood hij me aan hem te tutoyeren, en vervolgens had ik weer het gevoel dat ik op mijn hoede moest zijn en hem niet moest verontrusten.

'Nou, tot vanavond,' zei hij toen we bij de poort van de werf aankwamen. Hij gaf me een hand en liep haastig naar buiten. Ik bleef nog even achter en zag toen de brede glimlach van de portier.

'Dat lijkt me een aardige kerel,' merkte meneer Blom op. Natuurlijk had hij van mijn vader gehoord dat ik gescheiden was. En blijkbaar verschilden mannen niet zo erg veel van vrouwen als het erom ging het slachtoffer van een scheiding weer aan de man of vrouw te brengen.

'Ja, dat is hij ook,' zei ik, maar ik had geen zin mijn burgerlijke staat met meneer Blom te bespreken. 'Prettig weekend, meneer Blom, we zien elkaar beslist gauw weer.'

'Dat mag ik hopen!' antwoordde hij, en aan zijn stem was niet te horen of hij teleurgesteld was over mijn ontwijkende antwoord.

Toen we op de parkeerplaats kwamen, was Christian al weg.

O, verdorie, ik heb hem niet het adres gegeven, realiseerde ik me plotseling.

Vlug haalde ik mijn mobieltje tevoorschijn, en toen zag ik zijn bericht ook al.

Als ik mijn belofte moet houden, heb ik ook het adres nodig waar ik je moet komen afhalen, C.

Grijnzend toetste ik het antwoord in, daarna zette ik Leonie in haar kinderzitje en reed naar Altona.

Het drie verdiepingen tellende pand in de Abbestraße was kortgeleden gemoderniseerd. Mijn ouders waren erheen verhuisd nadat mijn vader door de Volkswerf was ontslagen. Stralsund was dan wel de plaats geweest waar ik in mijn jonge jaren was opgegroeid, maar in Hamburg-Altona voelde ik me net zo thuis.

Indertijd waren we al een gezin geweest, ik had de Hansens als mijn ouders geaccepteerd, en het avontuur van het Westen lag voor me. Ik was veertien, vol van muziek en mode, en Hamburg was voor mij de geweldigste stad van de wereld.

Gedurende de rest van mijn schooltijd en tijdens mijn studie had ik hier gewoond. Pas nadat ik Jan had leren kennen was ik weggegaan.

Wanneer ik er terugkwam, kreeg ik altijd een gevoel alsof mijn leven met Jan nooit plaatsgevonden had. Alsof ik nooit was weggeweest. Maar ik had het bewijs van mijn huwelijk aan mijn hand, en ik vroeg me af of Leonie zich ons huis in Binz ooit net zo zou herinneren als ze met haar eigen kind op bezoek kwam.

Dof klonken onze voetstappen op de trap naar boven, de sisalmatten op de treden dempten het geluid. In het hele pand was er door de renovatie het een en ander veranderd. Wat gebleven was, waren de katten van de buurvrouw, die vrij door het gebouw struinden en iedere nieuwkomer nieuwsgierig bekeken.

Leonie vond dat natuurlijk prachtig. 'Die poes ziet er net zo uit als onze Poesie,' beweerde ze en dat kon ik alleen maar beamen. De bruingestreepte huiskat zag er inderdaad net zo uit als onze tijdelijke harige bezoeker. Gelukkig woog de voorpret vanwege haar grootmoeder zwaarder dan Leonies liefde voor alles met een pluizig vel.

Mijn moeder deed met een brede glimlach open. Ik sloot haar in mijn armen, Leonie vlijde zich tegen haar aan.

'Fijn dat jullie er zijn, hebben jullie het schip al bekeken?'

'Jazeker,' antwoordde ik terwijl ik mijn gebreide jasje uittrok. Het hele huis rook naar versgebakken taart.

'En? Je vader heeft het sinds woensdag nergens anders over. Dat schip neemt hem volledig in beslag.'

Ik vroeg me af of hij mijn moeder ook over de kogelgaten had verteld.

'Dat effect lijkt De stormroos op iedereen te hebben die zich er wat meer mee bezighoudt,' zei ik terwijl Leonie uitgelaten gillend de woonkamer in stormde.

'Hoe zit het met meneer Merten, komt hij ook?'

'Nee, hij is bezig in te checken in een hotel.'

'Een hotel? Maar hij had toch ook hier kunnen logeren?'

'Dat zou een beetje veel zijn geweest, denk je niet? Niet voor jou, ik weet hoe dol je bent op bezoek, maar hij is een beetje...'

'Terughoudend, ik weet het. Maar je had het hem gerust kunnen aanbieden.'

'De volgende keer,' zei ik, en ik liep achter mijn moeder aan naar de woonkamer.

19

Twee uur later stond ik nerveus voor de spiegel boven de gootsteen. Mijn ouders hadden natuurlijk ook een badkamer met goede verlichting, maar al toen ik voor het eerst naar de disco ging was dit de plaats geweest waar ik me opmaakte. Vooral omdat ik daar niet ver van de koelkast was om cola te pakken.

Zoals ik terecht had vermoed, was mijn moeder opgetogen toen ik haar over de uitnodiging vertelde. Deels vanwege Leonie, deels vanwege Christian.

'Hij heeft je dus voorgesteld elkaar te tutoyeren,' zei ze en ze knipoogde naar me, alsof ik had bekend een striptease-uitvoering voor hem te hebben gegeven.

'Ja. Dat doen zakenpartners wel eens.'

'Niet alleen zakenpartners.'

'Mama, ik weet heus wel waar je naartoe wilt. Maar ik weet nog niet eens of hij niet al vergeven is.'

'Dan moet je hem dat vragen.'

'Dat heb ik gedaan, en dat werd een behoorlijk gênante toestand.'

'Wou hij geen antwoord geven?'

Ik zuchtte. 'Nee, ik heb het op de verkeerde manier aangepakt en een dubbelzinnige vraag gesteld.'

Mijn moeder, die met een glaasje rode wijn aan de keukentafel zat, giechelde. 'Jij bent reclamespecialist en dan kun je niet met woorden omgaan. Het is voor het eerst dat ik zoiets hoor.'

'Er is verschil tussen beroepsmatig met woorden omgaan en proberen je tegenover een ander niet gênant te gedragen.'

'Iemand die je graag mag.'

'Ja, dat geef ik toe. Ik mag hem graag. Het wordt zeker een fijne avond, en ik ben dankbaar dat je voor Leonie wilt zorgen.'

'Altijd en met het grootste genoegen! Maar dat weet je wel.'

Ik bracht eyeliner aan en bekeek het resultaat eens grondig.

'Toch moet je je eens afvragen of die Christian niet een fijne man voor je zou zijn. Als ik jou was, zou ik er vanavond maar proberen achter te komen of hij al vergeven is.'

Gelukkig werd ik door de bel gered.

'Ik moet gaan,' zei ik ontwijkend. Ik gaf Leonie een dikke kus en greep mijn tas. De bloemetjesjurk die ik droeg was niet heel chic, maar ik wist zeker dat Christian ook geen pak had aangetrokken.

'Veel plezier!' riep mijn moeder me na. De verwachtingsvolle ondertoon was onmiskenbaar.

Ik hield er een beetje rekening mee een Ferrari voor de deur te zien staan. Op zijn minst. Maar mijn zakenpartner reed heel alledaags in een Volkswagen, en niet eens een van het grotere soort.

Dat maakte hem voor mij nog sympathieker.

Toen ik bij Christian in de auto stapte, wist ik heel goed dat mijn moeder boven bij het raam naar me stond te kijken, net als vroeger toen ik zestien was. Hoewel ik stiekem wenste dat hij me op zijn minst een kus op mijn wang zou geven, was ik blij dat hij alleen de deur voor me openhield en daarna instapte.

Ik deed mijn gordel om en legde mijn hand op mijn tas, waarin ook de brief van Lea zat. Onder de koffie had ik niet veel meer aan de kogelgaten kunnen denken. Ik was benieuwd hoe Christian daarover dacht.

We reden naar het centrum van Hamburg, waar Christian zijn auto in een parkeergarage neerzette.

De gelegenheid waar hij me mee naartoe nam, was uitstekend,

en gelukkig niet zo'n hippe tent voor de Hamburgse scene.

'Kom je hier vaker?' vroeg ik nadat de kelner ons naar een tafeltje had gebracht. De avond was warm genoeg om de terrasdeuren open te zetten. Er waaide een zacht briesje langs ons heen.

'Zo nu en dan, wanneer ik in Hamburg ben.'

'Zakelijk of privé?' vroeg ik terwijl ik probeerde te ontdekken of het restaurant zich ook leende voor een romantisch rendez-vous. Ik voelde een lichte steek van jaloezie als ik eraan dacht dat hij hier af en toe met een knappe vrouw zat, een vriendin of zakenpartner.

'Beide,' antwoordde hij op het moment dat de kelner ons de wijnkaart kwam brengen. 'Vertrouw je op mij of heb je zo je eigen ideeën?'

'Waarover?' vroeg ik onthutst, maar toen besefte ik dat hij de wijn bedoelde. 'Nou, als je hier vaker komt, laat ik de keuze graag aan jou over.'

Om mijn verlegenheid te maskeren haalde ik het mapje met de brief tevoorschijn. Het oude document bood me een beetje zekerheid. Het was idioot dat ik me in Christians nabijheid zo onzeker voelde. Waarschijnlijk kwam dat door mijn moeder, die me blijkbaar al met Christian voor het altaar zag staan, terwijl hij voor mij een zakenpartner en vriend was.

'Ik vraag me af wat we ermee aan moeten,' zei ik en ik schoof de map over de tafel. Toen Christian hem aanpakte, streken zijn vingers heel licht over mijn hand. Die aanraking gaf me een schokje. Wist ik wel zeker dat hij alleen mijn zakenpartner was? Misschien wilde ik toch meer, en had mijn moeder alleen maar uitgesproken wat ze aan me gezien had en wat ik niet had willen toegeven.

Christian haalde de brief uit het mapje en las hem. Zo te zien een paar keer, hoewel hij toch al wist wat erin stond. Probeerde hij tussen de regels door te lezen?

'Een mooie brief,' zei hij ten slotte. 'Mooi geschreven. Maar de ontvanger zal wel gebaald hebben.'

'Dat zou hij waarschijnlijk hebben gedaan als hij hem had gekregen,' wierp ik tegen. 'Maar omdat de brief achter de lambrisering zat, ga ik ervan uit dat hij hem niet heeft gekregen.'

'Of die Lea is opnieuw begonnen en heeft een andere geschreven. De brief ziet er nogal verfomfaaid uit.'

'Hij zat onder een paneel. Misschien heeft ze hem heel vlug moeten verstoppen.'

'Dan is de vraag: waarom?' was Christians reactie en hij legde de brief weer op de tafel.

'Precies, de vraag is waarom,' viel ik hem bij. 'Misschien werden ze beschoten. Na de constatering van vandaag lijkt me dat heel goed mogelijk.'

'Denk je dat het schip door de grenswachters is opgebracht?'

'Ik weet het niet. Waarom niet?'

Hij schudde zijn hoofd. 'Dat denk ik niet. Ze kunnen op het schip geschoten hebben, maar ze hebben het niet in handen gekregen. Anders zou het onmogelijk pas in 1997 naar het Oosten kunnen zijn gekomen.'

Dat klopte, zo stond het in de documenten, waarin we geen notities van de Stasi hadden gevonden. De DDR-autoriteiten zouden het schip beslist in beslag hebben genomen, allerlei aantekeningen in de documenten hebben gemaakt en er pas na de Wende weer mee tevoorschijn zijn gekomen. Als ze dat al zouden hebben gedaan.

'Het is ook mogelijk dat er geen direct verband bestaat tussen de beschieting en de brief,' bedacht Christian vervolgens. 'Als de kapitein vaker vluchtelingen vervoerde, kan dat ook een andere keer zijn gebeurd.'

'Nou, dan kunnen we dat het best aan de kapitein vragen.' Ik betreurde het dat ik Palatin niet thuis had aangetroffen.

'Als hij nog leeft,' zei Christian.

'Dat is het geval,' zei ik terwijl ik een stukje brood uit het mandje pakte. De kelner kwam nu ook de wijn brengen, waarmee ons gesprek even werd onderbroken.

'Leeft de kapitein nog? Hoe weet je dat?'

'Ik ben vandaag bij zijn huis geweest. In de haven van Timmendorfer Strand heeft iemand me zijn adres gegeven. Helaas is hij momenteel op vakantie. Maar ik heb zijn buurvrouw mijn telefoonnummer gegeven en haar gevraagd hem op de hoogte te stellen.'

Christian schonk me een brede glimlach. 'Ik wist wel dat je een vrouw van de daad was.'

'Het interesseert me enorm wat er indertijd is gebeurd. En door de kogelgaten wil ik nog meer weten wat er met Lea is gebeurd. En natuurlijk met onze boot.' Ik zweeg even, toen voegde ik eraan toe: 'En precies om die reden ben ik blij dat jij mijn zakenpartner bent.'

Christian pakte zijn wijnglas en proostte naar me. 'Nou, op het tutoyeren en op De stormroos dan!'

'Op het tutoyeren en op De stormroos,' zei ik terug en ik nam een slok, die bevestigde dat ik er werkelijk goed aan had gedaan hem de wijn te laten kiezen.

Opeens begon mijn mobieltje in mijn tas te brommen. Ik probeerde de drang om te controleren wie het was te weerstaan. Maar misschien belde mijn moeder over Leonie. Dus excuseerde ik me en pakte ik het uit mijn tas.

'Is het belangrijk?'

Ik schudde mijn hoofd. 'Nee. Afgeschermd nummer.' Ik deed het terug in mijn tas. Wie kon dat geweest zijn? Misschien Hartmann? 'Vreemd.'

'Misschien was het een telefonische enquête. Die mensen hebben er alle belang bij dat hun telefoonnummer niet wordt vermeld.'

'Dat klopt. Maar toch is het vreemd.' Ik schudde mijn hoofd en probeerde het telefoontje van me af te zetten. Dat lukte niet helemaal.

Christian leek te merken dat ik er met mijn hoofd niet helemaal bij was. 'Als het belangrijk is, bellen ze nog wel een keer, daar ben ik van overtuigd. En als het echt om een enquête gaat, laat ik door de kelner een fluitje brengen. Dan geef je mij een seintje, en dan zullen we eens zien of de beller de komende tijd nog een hoorn in de hand wil nemen.'

Hij grijnsde naar me, en ik kon niet anders dan in lachen uitbarsten.

Na het eten slenterden we nog een tijdje langs de Alster. Ik wist helemaal niet meer dat er in Hamburg 's avonds zo veel lichtjes te zien waren. Ze werden weerspiegeld in het brede lint van de rivier, die op de zachte avond veel wandelaars trok.

'Ergens benijd ik je dat je hier een deel van je jeugd hebt mogen doorbrengen,' zei Christian bijna mijmerend. 'Ik had als tiener graag in Hamburg gewoond.'

'Vanwege de Reeperbahn of de clubs?'

'Nee, vanwege de stad zelf. Ik hou van Hamburg. En ik kom er helaas veel te weinig.'

Ik bedacht dat ik er geen idee van had waar hij eigenlijk was opgegroeid. Spraakzaam als ik was, had ik hem verteld dat mijn ouders na de val van de Muur hiernaartoe waren verhuisd.

'Waar kom jij eigenlijk vandaan? Van Rügen?'

Christian staarde even naar het pad voor ons, toen keek hij me aan.

'Oorspronkelijk wel. Later zijn we naar Oldenburg gegaan.'

Ik nam aan dat dat na de Wende was gebeurd. 'Dan ben ik dus praktisch je landgenoot.'

'Ja, inderdaad.'

Hij glimlachte, terwijl zijn blik op mijn gezicht bleef rusten.

'Het spijt me dat ik met die foto van je vader onaangename herinneringen heb opgerakeld,' zei ik.

'Dat hoeft je niet te spijten,' zei hij. 'En mijn rare reactie heeft ook niets met jou of met de foto te maken. Het is alleen... mijn vader heeft veel ellende moeten doorstaan. Ellende waarvan ik ook een deel heb meegekregen. Ik heb af en toe gewenst dat het leven wat vriendelijker voor hem was geweest.'

En wat had dat allemaal met Hartmann te maken? Op een of

andere manier had ik het gevoel dat er een verband was. Maar ik wilde deze fijne avond niet met vragen bederven.

'Wat denk je allemaal te gaan doen met betrekking tot de briefschrijfster?' vroeg hij uiteindelijk. 'Behalve die arme kapitein Palatin uithoren.'

'Nou, vooropgesteld dat ze nog in leven is, wil ik proberen Lea te achterhalen. Palatin kan ons misschien vertellen wat hij weet over haar vlucht, maar alleen zijzelf kent haar innerlijke drijfveren.'

'En als ze een doodgewone achternaam heeft, zoals Müller?' gaf hij ter overweging. 'Je hebt hulp nodig. Ga naar de televisie.'

'Ben je gek!' De televisie informeren was het laatste wat ik wilde. 'Zou jij het leuk vinden als een wildvreemd iemand in zo'n belachelijk showprogramma ten tonele verschijnt en uitgebreid jouw geschiedenis uit de doeken doet? Misschien mocht die brief om gegronde redenen niet worden gevonden.'

'Dan kun je het beter laten rusten en niet naar haar gaan zoeken. Vergeet die hele geschiedenis maar.' Christian keek me onderzoekend aan.

'Dat kan ik niet. Ik wil weten wat er is gebeurd. Als ik die vrouw vind, en ze zegt tegen mij dat het haar zaak is en dat ik me erbuiten moet houden, is dat prima, maar al bij voorbaat opgeven, dat is niet mijn stijl.'

Toen we bij een gesloten kiosk kwamen, kreeg ik een idee.

'En als ik nou eens een advertentie zet en ga zoeken naar iedereen die met De stormroos is gevlucht? Misschien reageert ze!'

'Dat is misschien geen slecht idee. Dan kom je er misschien ook achter of de kapitein nog meer mensen met het schip heeft overgebracht. Voor het geval dat hij het zich niet meer kan herinneren of geen namen heeft geweten. Dat zou om veiligheidsredenen denkbaar zijn.'

Zijn woorden riepen het beeld van een lange namenlijst bij me op. Dat zou een hele sensatie worden! Natuurlijk moest je uitkijken om dat als reclamemateriaal te gebruiken, want als ik in die situatie zat, zou ik ook niet willen dat iemand mijn lot exploiteerde. Maar ook zo was het al interessant te weten wat er zich allemaal op De stormroos had afgespeeld.

'Oké, dan zal ik zodra ik thuis ben een oproep opstellen.' Ik keek Christian stralend aan, maar merkte dat hij peinzend naar het water keek.

'Alles in orde?' vroeg ik.

Hij knikte afwezig.

'Ja... ja, alles is in orde. Ik zat alleen even na te denken.'

'Waarover?'

Hij schudde zijn hoofd. 'Het is niet zo belangrijk. Ik denk dat we terug moeten gaan, ik moet morgen nogal vroeg op, en jij...'

'Wij blijven morgen nog bij mijn ouders,' zei ik, en ik probeerde mijn teleurstelling niet te laten blijken. Altijd wanneer we op het punt stonden wat nader tot elkaar te komen, verzonk hij in gedachten en blokkeerde hij. Waarom?

Zwijgend liepen we terug naar de parkeergarage en stapten in. Alles wat ik tegen hem had willen zeggen, alle vragen die ik hem had willen stellen, hoopten zich bij me op. Ik waagde het niet ze uit te spreken, omdat ik bang was ofwel tegen een muur van zwijgzaamheid aan te lopen, ofwel hem verdrietig te maken.

Terwijl we naar Altona reden, observeerde ik het leven op straat.

Zo veel mensen en lichtjes. Zo veel onbekende geschiedenissen. Wie zou kunnen zeggen welke verhalen hier schuilgingen? Misschien reden we op dat moment mensen voorbij die vijfentwintig jaar geleden alles in de waagschaal hadden gesteld om de vrijheid te bereiken. Of mensen die nog steeds spijt hadden van de verandering.

Ten slotte kwamen we bij het huis van mijn ouders aan.

Het zwijgen drukte zwaar op me. Toch forceerde ik een glimlach en zei: 'Het was een heerlijke avond. Hartelijk bedankt.'

'Ik wil jóú bedanken,' zei hij en hij keek me aan. Ik beantwoordde zijn blik en kreeg daarbij een eigenaardig gevoel. Verward. Het zou het juiste moment zijn geweest om elkaar te kussen, maar ik was onzeker over wat ik moest doen. Nadat ons gesprek bij de Alster zo'n vreemde wending had genomen, durfde ik hem in elk geval niet dichter te naderen.

Een juiste beslissing, want hij leek toch al niet geïnteresseerd te zijn.

'Zien we elkaar dan... in Binz?' vroeg ik toen hij weer achteroverleunde.

Er gleed een kort glimlachje over zijn gezicht. 'We zien elkaar weer in Binz.'

Ik glimlachte terug en deed het portier dicht. Toen ik bij de deur stond, keek ik hem na terwijl hij de straat uit reed, en diep vanbinnen waarde het vage besef rond dat ik een kans had gemist.

20

Tijdens de terugreis naar Binz sliep Leonie veilig in haar kinderzitje. Het was zondagavond en het was druk op de snelweg. We kwamen regelmatig in de file te staan, maar toen de zon achter het bos verdween, reed ik de smalle weg naar huis in.

Er liepen een paar wandelaars langs, maar ik nam weinig notitie van hen.

Ik was doodop van het weekend en had nauwelijks geslapen.

Ten eerste spookte het afspraakje met Christian door mijn hoofd, ten tweede de kosten van de reparatie van het schip. Hoeveel zou ik daarvan voor mijn rekening kunnen nemen? Ik wilde Christian niet met de totale financiële last opzadelen. Misschien zou hij er op een dag wel spijt van krijgen dat hij met me in zee was gegaan. Hoe meer ik erover nadacht, hoe vreemder zijn gedrag me leek.

Aan de ene kant was hij aardig en had hij me aangeboden hem te tutoyeren, deed hij voorstellen om me de vluchtelingen te helpen vinden en leek hij voorkomend. Maar dan sloeg zijn stemming om, zweeg en blokkeerde hij, en wist ik niet hoe ik daarop moest reageren.

Hij was voor mij een groot raadsel.

Ik zette de gedachte aan Christian van me af. Het werd morgen een zware dag. Ik zou het totaalpakket van de campagne aan Hartmann presenteren en moest maar hopen dat hij het in deze vorm aannam. Bovendien had ik de afgelopen dagen ook steeds uitgekeken naar aanbestedingen. Wat ik had gevonden was veelbelovend.

Ik reed de auto de carport in en maakte Leonie wakker.

'Zijn we thuis?' vroeg ze slaperig terwijl ze zich uitrekte.

'Ja, we zijn er, en als je wilt maak ik iets te eten voor je, en daarna kun je naar bed.'

'Goed.'

Blijkbaar was zij ook behoorlijk moe. Ik droeg haar naar binnen en bracht haar naar haar kamer, daarna haalde ik de reistas. Daar zat de envelop met de kostenraming in. Mijn vader had me die zaterdag gegeven, maar ik had nog niet de moed opgebracht hem open te maken. Christian had dezelfde brief gekregen, maar we hadden nog tot maandag of dinsdag de tijd om van de cijfers te griezelen.

Toen ik alles uit de auto had gehaald, liep ik naar de keuken. In de koelkast vond ik nog een paar dingen die tot een bruikbare avondmaaltijd konden worden omgetoverd. Omdat ik nog het een en ander voor de campagne moest voorbereiden, zette ik het koffiezetapparaat aan. Extra sterke koffie moest mijn levensgeesten weer opwekken.

Terwijl ik naar het pruttelen van de machine luisterde, dekte ik de tafel, en min of meer toevallig gleed mijn blik naar het keukenraam.

Ik keek verrast op. Had ik nu echt iemand gezien, of verbeeldde ik het me maar?

Langzaam draaide ik me om en ik vroeg me al af of ik door de lange autorit was gaan hallucineren.

Maar wat ik zag, was geen inbeelding.

Ik kon het niet geloven. Buiten, voor de poort, stond Jan, mijn ex-man.

'Het is niet waar,' mompelde ik, zonder dat ik me kon verroeren.

Jan stond bij het hek, niet wetend wat hij moest doen. Hij droeg een makkelijk zittend colbertje, een wit overhemd en een spijkerbroek, zijn haar was verwaaid. De droom van vele Bremer vrouwen. Over het algemeen een droom voor vrouwen die hem niet kenden en in hem een goede kans zagen om een aangenaam leven te leiden.

Mij kon dat tenue niet meer imponeren. Ik zag hem alleen nog maar als de vader van Leonie, die uit haar dak zou gaan als haar grootste wens werd vervuld.

'Leonie!' riep ik, zonder aanstalten te maken om naar de deur te lopen. Maar ik bleef Jan in het oog houden. Hij had nog steeds niet beslist of hij naar binnen zou gaan.

'Wat is er?' vroeg mijn dochter toen ze in de deuropening verscheen.

'Kom eens hier, en kijk maar wie daar is.'

Volkomen argeloos kwam ze bij het keukenraam staan. Natuurlijk herkende ze haar vader meteen.

'Papa!'

Als een pijl uit een boog schoot ze langs me heen en stormde naar haar vader toe.

Vanbinnen voelde ik iets samenkrimpen. Al die liefde voor een man die me een paar dagen terug nog naar het hoofd gegooid had dat we hem met rust moesten laten. Nu stond hij op het erf, mijn prinsesje vloog op hem af. Maar waarom ook niet? Daar stond haar vader, en zij wist niets van onze geschillen. Van de onenigheid die ik met hem had. Hij kon dan wel een grote klootzak zijn, maar hij was toch nog altijd haar vader. En ik had het hem zelf gevraagd!

Uiteindelijk slaagde ik erin me uit mijn verstarring los te maken. Ik liep naar hem toe. Hij had Leonie op zijn arm genomen, zoals vroeger, toen onze relatie na haar geboorte enigszins genormaliseerd was en hij de trotse vader uit wilde hangen.

'Hallo, Jan,' zei ik, en eigenlijk had het vriendelijker moeten klinken, maar mijn stem deed niet wat ik wilde. Wat bezielde hem, om hier zo onverwachts te komen opduiken? Maar gezien het geluk dat Leonies ogen uitstraalden, waagde ik het niet tegen hem uit te varen.

'Annabel,' stamelde hij, en nu zag ik iets nieuws aan hem: onzekerheid. Jan was nooit onzeker, hij kwam, zag en overwon. Hij was een triomfator. En alles wat hem van de zege afhield, wees hij af.

En nu was hij hier, een paar dagen na het onaangename gesprek.

'Sorry dat ik hier zomaar verschijn,' zei hij terwijl hij Leonie van zijn arm af liet glijden. Ze bleef naast hem staan en keek naar hem als naar een levensreddend lichtbaken. Op dat moment wenste ik dat hij niet van mening was veranderd. 'Ik ben hier vanmorgen ook al geweest, maar toen was je er niet. En eergisteren heb ik geprobeerd je op je mobiel te bereiken...'

Het telefoontje met het afgeschermde nummer, herinnerde ik me. Sinds wanneer deed Jan zoiets? Verkeerde hij in moeilijkheden?

'We zaten in Hamburg,' zei ik stijfjes, want het ging hem eigenlijk niets meer aan waar ik geweest was. 'Wat kom je hier doen? Wou je nu Leonie toch komen opzoeken?'

Ik kon nog altijd niet geloven dat hij er echt was. Misschien werd ik zo meteen wakker en was ik nog steeds in Hamburg.

Nee, dit was echt.

'Ik moet met je praten,' zei hij ernstig. Dat was iets nieuws. Een paar dagen geleden wilde hij dat nog niet. Wat was er voor belangrijks aan de hand dat hij in eigen persoon kwam aanzetten?

Alles in mij verzette zich ertegen hem binnen te laten. Maar vanwege mijn dochter moest ik wel. Bovendien had ik hem gebeld en gevraagd te komen. Nu was hij er. Welke mentaliteitsverandering daar ook de aanleiding voor mocht zijn geweest.

'Laten we naar binnen gaan,' zei ik, en ik draaide me om.

Leonie liep aan de hand van haar vader achter me aan. Ik keek niet om naar hem, maar kon me indenken waar hij mee bezig was. Waarschijnlijk bekeek hij nu het huis, berekende wat het kostte en hoe ik het betaalde. Ik wilde hem niet het plezier doen te vertellen dat ik het alleen maar huurde.

Leonie loodste hem de keuken in. Het eten was nog niet klaar, ik kon hem zo vlug alleen koffie aanbieden.

Jan observeerde me. In zijn ogen flakkerde iets wat ik nooit eerder had gezien.

'Ik heb je adres van mijn secretaresse gekregen, en toen ik je niet kon bereiken, wilde ik eens naar je huis gaan kijken.'

Wie ben je en wat heb je met de echte Jan gedaan? had ik bijna gevraagd. De man die ik de laatste keer in het gerechtshof bij de scheiding had gezien, was niet iemand geweest die eens langskwam om te kijken hoe zijn ex-vrouw en zijn dochter, die hij alleen als maandelijkse kostenpost zag, woonden.

Die man had een volle agenda, leefde volgens het principe van efficiëntie en had behoefte aan een knappe, aantrekkelijke vrouw naast zich waar zijn zakenpartners hem om zouden benijden.

Nu zat zijn dubbelganger voor me, met mijn dochter naast zich, wier vermoeidheid op slag verdwenen leek en die me zielsgelukkig aankeek alsof ik verantwoordelijk was voor dit weerzien.

'Mooi hier,' begon hij. 'Rustig. Omdat je er niet was, heb ik de omgeving een beetje verkend. Veel buren heb je niet.'

'Er komt hier af en toe een kat aan, dat is genoeg. En de stad is niet ver weg.'

Hij reageerde met een knikje. Weer vroeg ik me af wat er aan de hand was. Had hij iets in de zin?

'En hoe doe je dat met Leonie? Je werkt toch zeker?'

Mijn alarmbellen begonnen meteen te rinkelen. Was hij erop uit me in te wrijven dat ik een slechte moeder was? Dat zou de druppel zijn. Had hij besloten zich met mijn leven te gaan bemoeien? Zat zijn moeder daar soms achter?

'Zeg me wat je wilt,' probeerde ik een einde te maken aan het om de hete brij heen draaien. Twee jaar geleden zou ik nog blij zijn geweest zo veel aandacht van hem te krijgen. Maar nu was hij een indringer, die hier niet hoorde.

'Ik moet met je praten,' zei hij weer en hij keek naar Leonie. 'Onder vier ogen.'

Ik knikte.

'Leonie, laat je ons even alleen?' vroeg hij toen en hij streelde over haar haar.

‘Oké,’ zei ze en ze keek naar me of het inderdaad oké was. Ik knikte naar haar, en liep tot de keukendeur met haar mee. Toen ze in haar kamer was verdwenen, deed ik de deur dicht en ging terug naar de tafel. Ik ging tegenover Jan zitten. In mijn maag rommelde het. Waar zou dit op uitdraaien?

Jan plukte nerveus aan de mouwen van zijn jasje. Ook dat was ongewoon voor hem. Hij was nooit onzeker, zelfs niet wanneer hij een huwelijksaanzoek deed.

‘Ik besef dat ons laatste telefoontje niet goed heeft uitgepakt,’ begon hij ten slotte.

‘Vind je?’ Ik kruiste mijn armen over mijn borst. ‘Je hebt tenminste teruggebeld. Dat is meer dan ik had kunnen verwachten. En zoals je hebt gemerkt, heb ik je instructies opgevolgd en je secretaresse mijn adres gegeven. En meer dan dat, ik heb mijn dochter wijsgemaakt dat haar vader haar alleen maar niet kan zien of spreken omdat hij het zo druk heeft. In dat opzicht ben ik wel een zeer prettige ex, toch?’

Het klonk snijdend, maar ik kon niet anders.

Hij hief zijn hoofd en keek me aan. Ik wachtte op een weerwoord, mogelijk ook op een reden om hem het huis uit te gooien, maar die gaf hij me niet.

‘Ik was twee dagen geleden bij de dokter,’ zei hij zachtjes en hij stokte.

‘En?’ informeerde ik.

‘Ik heb teelbalkanker.’

Dat trof me als een ijskoude douche. De afgelopen maanden had ik me er soms op betrapt dat ik hem iets toewenste. Een bochel. Een hoorn op zijn voorhoofd. Een penisbreuk bij de seks. Teelbalkanker en zulke ernstige kwalen hadden daar echter niet toe behoord.

‘Dat meen je niet,’ flapte ik eruit. Ik wist niet wat ik anders moest zeggen.

‘De dokter zegt dat behandeling mogelijk is en dat er goede vooruitzichten zijn,’ vervolgde hij. ‘Maar ik zal door de ingreep hoogstwaarschijnlijk onvruchtbaar worden.'

Lieve help, dat was bepaald een onderwerp waar ik op dat moment, na vele uren snelweg en files, behoefte aan had.

Zeker, ik schrok van de diagnose, maar als het te genezen was, had hij toch niet hierheen hoeven te komen om met mij te praten! Hij had kunnen bellen of mailen...

Verman je, zei ik tegen mezelf. Die vent voor je heeft kanker, dat is al erg genoeg, en hij kan dan wel een zak zijn, maar zoiets heeft hij niet verdiend.

'Het spijt me,' zei ik stijfjes. 'Maar is er niet van alles mogelijk... Ze kunnen je sperma toch invriezen...' Ik werd getroffen door zijn blik en zweeg. Ik had absoluut geen idee wat ik hierop zou moeten zeggen. Of wat ik eigenlijk zou moeten voelen. Jan was bijna acht jaar mijn echtgenoot geweest. Drie jaar lang zelfs een goede echtgenoot. Bovendien hoorde hij op een of andere manier nog steeds bij mijn leven, door Leonie zou ik met hem verbonden blijven, of ik het nu wilde of niet.

'Ik wilde je vragen de ouderlijke zorg voor Leonie met me te delen,' vervolgde hij. 'Ze zal mijn enige kind blijven en...'

Hij stokte toen hij zag dat ik diep ademhaalde. Weer zag ik de scène met de rechter voor me. Jans stoïcijnse reactie toen de rechter oplas dat hij afzag van gedeelde ouderlijke zorg en zich tevredenstelde met het betalen van alimentatie. Het had geleken alsof Leonie hem geen barst interesseerde.

En nu wilde hij gedeelde ouderlijke zorg. Dat betekende dat hij Leonie in de weekends of in de vakanties zou krijgen. Dat betekende dat ze, als hij echt heel ziek werd, zou meemaken hoe hij leed. Het betekende dat ze, als hij weer beter werd, zijn wisselende partners zou zien en zich zou afvragen wat voor iemand hij eigenlijk was.

'Ik weet dat het na de hele geschiedenis veel gevraagd is,' ging hij verder. 'En je zou nu ook kunnen zeggen dat ik mijn kans heb gehad. Maar ik verzoek je het in overweging te nemen.'

Nog steeds kon ik niets zeggen. De gedachten tolden door mijn hoofd.

Zou ik er spijt van krijgen als ik ja zei?

Zou hij de zaak weer voor de rechter brengen als ik nee zei?

Jan was er eigenlijk niet de man naar een nee te accepteren. Misschien zou hij me aanklagen en alles wat ik geprobeerd had achter me te laten weer oprakelen.

En dan zou mij niets anders overblijven dan de vuile was weer naar buiten te brengen. Al die toestanden met vrouwen, zijn nalatigheid en zijn geringe aandeel in Leonies opvoeding.

En dan waren er ook de verlangens van Leonie. Zij wilde zo graag dat haar papa weer deel zou uitmaken van haar leven. Kon ik die wens afwimpelen, alleen maar omdat ons huwelijk was verbroken?

Ineens voelde ik een enorme klomp in mijn maag. Mijn mond werd droog en mijn handen begonnen te trillen. Het leek bijna een paniekaanval.

Tot nog toe was het allemaal zo goed gegaan, en mijn grootste zorg was het schip geweest. En nu kwam Jan ineens weer in beeld. Ik wenste plotseling dat ik hem niet had gebeld.

Ik moest opstaan en in beweging komen, anders werd het me allemaal te veel.

Jan volgde me met zijn blik toen ik in de keuken rond begon te lopen. Ik legde mijn ijskoude handen op mijn wangen en hoopte dat het beter werd, maar dat gebeurde niet.

'Je bent kwaad, hè?' Bij die woorden bleef ik staan. De klomp in mijn maag begon steeds zwaarder te wegen.

Ik schudde mijn hoofd. 'Nee, ik voel me verward. We hebben elkaar een heel jaar niet gezien. Een heel jaar ben je alle contact met Leonie uit de weg gegaan. En nu sta je me hier te vertellen dat je ziek bent en daarom gedeelde ouderlijke zorg wilt.' Ik keek hem recht aan. Mijn ogen brandden en mijn oren suisden. 'Vertel eens, zou je er ooit over hebben gedacht je weer met Leonie bezig te houden als je die vreselijke diagnose niet had gekregen?'

Hij perste zijn lippen op elkaar. Nee dus.

En zo had ik hem ook ingeschat.

'Annabel, je moet begrijpen dat het met ons...'

'Ik begrijp hoe het met ons zat,' viel ik hem in de rede. 'Je hebt gelijk, het had niet zo door kunnen gaan. En ik zal er ook geen traan om laten. Maar wat moet ik van zo'n verzoek denken terwijl je me een paar dagen geleden nog hebt afgescheept met de mededeling dat ik mijn adres aan je secretaresse moest doorgeven en jou niet langer lastig moest vallen. Het spijt me echt voor je, die diagnose is erg, en ik hoop dat je er weer bovenop komt. Maar als het dan zover is, als je er weer bovenop bent, zul je het dan nog steeds willen? Zul je je dan om Leonie bekommeren omdat je van je dochter houdt, of laat je haar dan weer vallen?'

Mijn stem sloeg over en ik raakte buiten adem. Mijn hart ging als een razende tekeer. Daar was ze weer, de oude woede. En ik stond verbaasd over mezelf dat ik in staat was die te uiten.

Jan zei niets. Hij staarde me alleen maar met grote ogen aan. Ik pakte mijn glas met water en goot de inhoud naar binnen. En met elke slok wenste ik dat hij zou verdwijnen, gewoon verdwijnen.

Pas na enkele ogenblikken, waarin Jan gelukkig zweeg, kwam ik weer bij van mijn woedeaanval.

'Het spijt me dat ik zo direct ben geweest. Maar dit heb ik al die tijd zitten opkroppen. En als je nog een beetje begrip voor me kunt opbrengen, zul je begrijpen dat ik je niet stralend van vreugde tegemoetkom en al je wensen vervul.'

'Dat wist ik al toen ik besloot naar je toe te gaan,' zei hij nu met zijn ogen op het tafelzeil gericht. 'Maar heb ook alsjeblieft begrip voor mijn situatie.'

'Dat heb ik,' zei ik en ik vroeg me af of hij er echt langer dan een minuut over had nagedacht of dat het maar een impulsieve reactie was. 'Maar ik moet ook mijn kind beschermen. Ik heb zelf meegemaakt hoe het is als een ouder je heeft laten zitten, nee, is vergeten. Leonie lijdt er nu onder dat je nooit iets van je laat horen. Ik wil niet het risico lopen dat je haar zodra je genezen bent weer laat vallen.'

'En wat kan ik doen?' vroeg hij.

Natuurlijk. Hij, de maker, dacht dat er voor alles een oplossing was, en wel met een knip van de vingers.

'Ik weet het niet. Eerst moet ik alles wat ik zojuist gehoord heb verwerken. En er dan over nadenken. Het is niet zo dat ik je uit Leonies leven heb verbannen. Ik was immers degene die steeds belde. En ik heb ook niet voor de rechtbank de eis gesteld dat je alleen maar alimentatie zou betalen. Bedenk wel dat ik ervoor was de ouderlijke zorg te delen. Maar dat wilde je niet, omdat je liefjes je vast dom hadden aangestaard of op de vlucht zouden zijn geslagen als er een kind in je woonkamer had zitten spelen.'

'Annabel!' Nu klonk hij bijna ietwat dreigend. Dat kon me niet schelen, want het was de waarheid.

'Sorry,' bond ik in en ik stak afwerend mijn handen op. 'Wat je met andere vrouwen uitvoert, gaat me niet meer aan. Ik wilde alleen maar zeggen dat je uit vrije wil afstand van Leonie hebt genomen en dat ik het eigenlijk anders had gewild.'

'Betekent dat dat je het in overweging neemt?'

'Het betekent dat ik erover zal nadenken, ja. Je diagnose hoeft daarbij geen rol te spelen. Ziek of gezond, je zult altijd haar vader blijven. We zijn de huidige situatie overeengekomen, er kan je niet verweten worden dat je niet betaalt. Maar ik moet zeker weten dat je de actieve vaderrol ook op je wilt nemen, ongeacht hoe het loopt. En dat je hem ook op je kúnt nemen, want, geloof me, het is soms niet gemakkelijk. Het verandert je hele leven. Bovendien moeten we bekijken wat het voor Leonie betekent, want we wonen nu toch honderd kilometer van elkaar vandaan, en het zou voor haar echt niet goed zijn voortdurend heen en weer te reizen.'

Hij had nu makkelijk de sterren aan de hemel kunnen beloven, maar hij was zo wijs dat niet te doen.

In plaats daarvan stond hij op. Eigenlijk zag hij er nog heel gezond uit, maar ik wist heel goed dat de uiterlijke indruk van een mens bedrieglijk kon zijn.

'Dan kan ik je beter alleen laten.'

'Ja,' zei ik. 'Maar je moet wel afscheid nemen van Leonie.'

Hij knikte en keek behoorlijk teleurgesteld. Had hij soms gedacht dat ik meteen zou toestemmen? Een half jaar eerder zou ik dat misschien hebben gedaan, maar er was iets in me veranderd. Als Jan inderdaad voor Leonie wilde gaan zorgen, moest hij laten zien dat hij dat ook echt wilde.

Ik liep achter hem aan naar Leonies kamer.

Mijn prinsesje was natuurlijk verdrietig, maar Jan was zo verstandig haar te beloven gauw te bellen. Of hij dat ook echt zou doen, stond in de sterren geschreven, maar voorlopig was Leonie er tevreden mee.

'Ga je meteen terug?' vroeg ik toen ik met Jan meeliep naar de deur.

'Nee, ik heb een hotelkamer geboekt toen ik merkte dat jullie weg waren. Ik ga morgen terug.'

Hij keek me aan. Zijn gezicht stond ondoorgrondelijk. Die uitdrukking kende ik maar al te goed, en beloofde niets positiefs.

'Het ga je goed, Annabel.'

'Jou ook,' antwoordde ik. Daarop draaide hij zich om en liep naar de tuinpoort. Ik keek hem even na, toen deed ik de deur dicht en leunde er vanbinnen tegenaan.

Mijn wangen gloeiden. En hoe diep ik ook in- en uitademde, de druk die ik voelde werd niet minder.

'Mammie, ik heb honger,' riep Leonie nu, die me naar de gang was gevolgd.

Logisch, eigenlijk hadden we meteen na onze aankomst iets zullen eten. En het begon al donker te worden.

Ik zuchtte nog een keer, toen ging ik weer over op de moedermodus. Later zou ik nog tijd hebben om na te denken.

'Oké, waar heb je trek in?' vroeg ik en ik tilde haar op.

'Boterhammen met kaas uit de oven!' riep ze enthousiast toen ik haar naar de keuken droeg. En ik was blij dat ze niet vroeg waarom haar vader niet was blijven eten.

21

Leonie was nog maar net met een dolgelukkige glimlach in slaap gevallen of ik verliet het huis om naar beneden, naar het strand te gaan. De wind was milder geworden, de golven ruisten traag. Aan de horizon glansde een laatste restje daglicht.

Vanuit de verte kwam helder gelach naar me toe. Ergens in de duinen flakkerde een vuurtje, waarschijnlijk hadden een paar jongeren het zich daar gezellig gemaakt. Ver weg zag ik twee lichtjes. Blijkbaar waren daar strandbars opengegaan.

Ik besefte dat ik sinds de verhuizing niet meer aan pleziertjes had gedacht. Dat ik daar sinds de scheiding van Jan niet meer aan had gedacht. En al daarvoor. Ik had altijd klaargestaan voor Leonie, met alle liefde, dat wel. En nu had ik genoeg doelen voor ogen waarmee ik een toekomst kon opbouwen. Maar plezier, zuiver, puur plezier, zoals je bij een strandbar bedrinken of eens uit dansen gaan, dat had ik mezelf niet gegund.

In tegenstelling tot Jan. Die had altijd op het inhaalspoor gezeten, hard gewerkt, zwaar gefeest. Leonie en ik bevonden ons op het laatst nog maar aan de zijlijn van zijn leven. Nu wilde hij, met ziekte en therapieën als een zwaard van Damocles boven zijn hoofd, de rol die ik tot nog toe in mijn eentje had vervuld, met me delen.

Ik was er niet zeker van dat hij er goed over had nagedacht. Misschien was het een impulsief besluit geweest. Misschien verkeerde hij in shock door de diagnose. Misschien ook had zijn moeder erop aangedrongen. Zijn moeder, die me nooit een warm hart had toegedragen en eveneens in Leonies leven schitterde door afwezigheid.

Even speelde ik met de gedachte de kamperende jongeren voorbij te lopen, naar een van de bars, en me eens goed te bezatten.

Maar uiteindelijk besloot ik gewoon maar langs het strand te slenteren. Ik had behoefte aan rust, niet aan afleiding. Het was in mijn hoofd al druk genoeg.

Bij het laatste avondlicht bereikte ik de rotsen. De meerminnenrotsen. De gedachte aan Christian en de verhalen die hij Leonie had verteld, deed me weer glimlachen.

Zeemeerminnen zag ik niet, maar ik wist even later precies waar ik was.

De rozen op de rots waren verdord, het zag eruit alsof ze al een tijd niet waren vervangen. Wat zou er aan de hand zijn?

Had degene die de bloemen neerlegde zijn belangstelling verloren, of was hij ziek geworden?

Toen ik de bloemen aanraakte, verpulverden ze.

Ik voelde de wind in mijn haar en de vochtigheid in de lucht. Langzaam maar zeker kwam ik tot rust en raakten de gedachten aan Jan wat op de achtergrond. Ik ging op de rots ernaast zitten. Even later hoorde ik voetstappen. Ik was ervan overtuigd dat het een van de jongeren was. Misschien had hij of zij behoefte aan wat afstand van de anderen, een plekje om alleen te zijn.

Ik draaide me niet om, maar voelde even later een fysieke aanwezigheid achter me. De voetstappen hielden op.

Wie er ook stond, hij had er geen rekening mee gehouden dat ik daar zat

Ik wachtte even, misschien zou hij weer weggaan – maar hij bleef. Nu draaide ik me om, om te kijken wie het was, en verstijfde.

In het laatste avondlicht herkende ik Christian Merten. Hij had een verse bos rozen in zijn hand.

De wind voerde de geur van de bloemen in mijn richting. In de van wier doortrokken zeelucht was het maar een vleugje, maar ik kon het duidelijk ruiken.

Christian leek verrast. Dat kon ik hem niet kwalijk nemen. Ik was het ook.

Ik moest denken aan de geheimzinnige gedaante die de rozen hier had neergelegd. Het was nooit bij me opgekomen dat Christian erachter zou zitten.

'Hallo,' zei hij.

Even zagen we elkaar in de ogen, toen keek hij verlegen naar de bos rozen. Blijkbaar had ik zijn geheim ontdekt.

Ik wist niet goed wat ik moest zeggen.

'Hallo,' zei ik terug.

Hij aarzelde een moment, toen leek hij zich te vermannen en kwam hij bij de rots staan. Hij pakte de oude bos rozen en legde de nieuwe ervoor in de plaats.

Toen kwam hij naast me zitten.

Ik was in verwarring en vroeg me af waar hij om rouwde met het neerleggen van de rozen. Een vergane liefde? Was dat de reden waarom hij zo gesloten leek?

'Je komt hier vaker, hè?' begon hij ten slotte zonder me aan te kijken. Vond hij het vervelend dat ik het gemerkt had? Of was hij bang dat ik vragen ging stellen?

'Ja, altijd wanneer ik moet nadenken,' beaamde ik. 'Eigenlijk kom ik hier 's morgens vroeg of aan het begin van de avond, maar vandaag...'

Kon ik hem over Jan vertellen? Over zijn diagnose en over zijn verzoek? Ik twijfelde.

Maar had ik hem niet al steeds te veel verteld?

'Mijn ex-man is vandaag bij ons verschenen, vlak nadat we thuis waren gekomen,' vertelde ik uiteindelijk. 'Daar had ik niet op gerekend.'

'En wat wilde hij?'

Ik haalde diep adem. 'De dokter heeft tegen hem gezegd dat hij... kanker heeft. En nu wil hij ineens ook voor Leonie zorgen.'

Christian zweeg. Dat kon ik begrijpen, voor mij was het ook een behoorlijke dreun geweest.

'En wat wil je nu doen?'

'Dat weet ik nog niet,' antwoordde ik terwijl ik naar de punten van mijn schoenen keek, die ik nog maar vaag kon zien. Even verderop zaten de jongeren te gillen van plezier. 'Aan de ene kant, Leonie verlangt erg naar haar vader, ze wil dat hij weer bij haar is, of haar op zijn minst weer komt opzoeken, aandacht aan haar geeft. Na de scheiding was ik teleurgesteld omdat hij zich niet om Leonie wilde bekommeren, en nu...'

'Nu wil je dat eigenlijk niet meer.'

'Jawel, maar... als hij dat zou doen, zou ik weer met hem te maken krijgen. En ik ben bang dat dan alles weer naar boven komt, alle ellende die ik met hem heb meegemaakt.' Dat ik na dat stomme telefoongesprek met hem gehuild had, was daar het beste bewijs voor.

Christian dacht even na, toen zei hij: 'Dan moet je je afvragen of je het vanwege je dochter op de koop toe wilt nemen weer met hem om te gaan.'

'Nou, zo simpel ligt het niet. Jan zou me kunnen aanklagen om gedeelde ouderlijke zorg te eisen. En bovendien wil Leonie zo graag haar papa terug. Voor haar doe ik alles. Toch weet ik niet wat ik moet doen. Het blijft immers mogelijk dat hij haar weer teleurstelt, en dat zal ik niet toelaten...'

Ik perste mijn lippen op elkaar. Mijn woede maakte me aan het trillen. Ik keek naar de zee, die nauwelijks meer te zien was. Ik hoorde haar alleen nog ruisen, maar dat kon mijn ongeruste gevoel niet wegwissen.

Christian streelde me wat onbeholpen over mijn arm. Toen keek hij weer naar de rots.

'Ik heb je een paar weken terug hier gezien, toen zat je wat verder weg,' veranderde hij ineens van onderwerp. 'Ik wist eerst niet wie je was, maar later gaf je me je adres, en toen zag ik je daarna weer hier, en omdat we toen al kennis hadden gemaakt wist ik dat jij het was. Stom genoeg had ik niet het lef je aan te spreken.'

Ik herinnerde me de ontmoeting met de onherkenbare vreemde. Ik dacht er ook aan dat ik de bloemen als een teken van liefde had gezien waar ik jaloers op was.

'Misschien had ik je achterna moeten gaan,' zei ik.

Christian schudde zijn hoofd. 'Het was goed dat je dat toen niet hebt gedaan. De geschiedenis die bij deze rots hoort, had ik je op dat moment zeker niet willen vertellen.'

'En nu?' vroeg ik. 'Zou je die nu willen vertellen?'

Hij reageerde niet. Dat was voor mij een duidelijk antwoord.

'Oké,' zei ik. 'Je hoeft geen antwoord te geven.'

'Ja, dat moet ik wel. Dat wil ik graag. Jij hebt ontdekt dat ik het was. En bovendien heeft het met de geschiedenis van De stormroos te maken.'

Ik keek hem verbaasd aan. 'Met het schip?'

Christian knikte. 'Ja, met het schip. Ik wilde De stormroos alleen hebben omdat ze met een gebeurtenis uit mijn jeugd is verbonden.'

Ik moest weer denken aan de man op de foto die zo op Christian leek.

'Ik was volkomen van de kaart toen ik haar na zo lange tijd weer zag in de haven. Ik kon niets anders doen dan er elke dag naartoe gaan en naar haar kijken. Alsof ze me kon zeggen...'

Hij stokte.

'Nee, ik moet bij het begin beginnen. Ik... heb er moeite mee.'

'Met bij het begin beginnen?'

'Nee, om over mezelf te vertellen. Dat heb je toch vast wel gemerkt.'

Ja, dat had ik! Maar ik dacht dat hij een puur zakelijke relatie met me wilde hebben. Nu had ik een ander gevoel.

'Ik stel me niet graag open voor andere mensen. Pas wanneer ik ze goed ken of ze mag, geef ik wat meer over mezelf prijs.'

'En vind je dat dat moment nu is gekomen?'

'Dat moment was er eigenlijk in Hamburg al, toen je vader de kogelgaten had ontdekt en wij ’s avonds uit eten gingen. Maar toen nam het gesprek een rare wending en heb ik weer mijn pantser opgetrokken. Dat gebeurt soms, zonder dat ik het wil.’ Nu keek hij me aan. ‘Maar nu wil ik het echt vertellen.’

Ik had er nu uit kunnen flappen: nou, barst dan maar los!, maar dat deed ik niet. Ik knikte alleen maar en liet hem vertellen.

22

Christian

Mijn vader heette Jonas, hij was bouwvakker, een rechtschapen, eenvoudig mens. Hij ging op zijn zestiende in de leer, werd metselaar en werkte dag in, dag uit bij hetzelfde bedrijf.

Op een dag leerde hij mijn moeder kennen, Rosi Winterberg. In de disco. Het klassieke verhaal. Hij droeg broeken met wijde pijpen en had bakkebaarden, zij een plooirok en zo'n folkloreblouse die in die tijd echt een must was. Ze dansten bedeesd met elkaar, praatten en maakten een afspraakje voor een volgende keer. Zo ging het een paar weken lang, tot hij eindelijk de moed vond om haar te kussen en ze hem vroeg met haar mee te gaan naar haar ouders.

Ergens in de zomer werd ze zwanger. Toen ze het mijn vader vertelde, was hij in de wolken en deed hij haar een huwelijksaanzoek. Ook in de DDR had men destijds niet graag dat een ongehuwde vrouw zwanger werd.

Ze trouwden drie maanden later, in de tuin van haar ouders, nog net voordat haar babybuik zichtbaar werd. Door hun huwelijk en het kind dat op komst was, konden ze een kleine nieuwbouwwoning in Bergen krijgen. De toekomst leek zeker te zijn gesteld. Ik werd geboren, een aantal jaren later mijn broertje Lukas. Beetje bij beetje zouden we door onze ouders en door het onderwijs gevormd worden tot socialistische persoonlijkheden, wat bij mij maar deels lukte, want de ontvangst van West-Duitse televisieprogramma's was goed, ik had een voorliefde voor The Rolling Stones, Alice Cooper en David Bowie en minachtte net als veel van mijn schoolkameraden de 'poppers', die met brede schoudervullingen rondliepen en er net zo probeerden uit te zien als hun glitterende geestverwanten in het Westen. Heimelijk droomde ik er zelfs van eens naar een concert van een West-Duitse muzikant te gaan, maar dat bleef in 1983 nog een volslagen illusie, vooral hier aan de kust. In het beste geval konden we in Rostock naar de Puhdys of naar Karat gaan, maar niemand vond die erg geweldig.

Mijn ouders maanden me altijd op school mijn mond te houden – over waar we thuis over praatten, over de tv-zenders waar we naar keken en de muziek waar ik naar luisterde. Ik probeerde me daar zo goed mogelijk aan te houden, hoewel duidelijk was dat iedereen naar de West-Duitse tv keek.

Mijn leven verliep dus zoals dat van bijna iedere andere jongen – tot de dag dat mijn vader vergat me van school op te halen.

Ik was een paar dagen eerder twaalf geworden en zat op de gammele treden van de schooltrap. Mijn oude leren schooltas stond naast me, en ik hield mezelf bezig met het maken van propjes die ik met een elastiekje kon afschieten. Niet dat er nog doelwitten waren. Mijn schoolkameraden waren allang weg, hadden de bus genomen, of waren, als ze al veertien waren, op de brommer vertrokken.

Ik was ervan overtuigd dat mijn vader nog zou komen, dus ik bleef wachten.

Mijn rode halsdoek van de Pioniers had ik achteloos naast me neergegooid. Die maandag had ik hem moeten dragen omdat zoals elke week de vlagceremonie op het programma stond, waarbij veel over het socialisme en over school werd gepraat. Dat interesseerde me allebei niet bijzonder, maar er werd van je verwacht dat je in de kring ging staan en luisterde.

Ik luisterde echter meestal niet, maar stampte in een plas op het half ondergelopen schoolplein of tekende met de punt van mijn schoen iets in het zand. Ik zou achteraf niet hebben kunnen reproduceren wat er gezegd was. Ik draafde met de anderen terug naar het klaslokaal en zat wat in de kantlijn van mijn schriften te krabbelen.

'Hé, knul, zit je hier vastgegroeid?' bromde ineens een stem boven me. Ik keek op. De conciërge was een lange, breedgeschouderde man met een baard en hij droeg een blauwe overall. In zijn borstzakje had hij altijd een pakje Juwel-sigaretten, waarvan hij leerlingen uit de tiende klas er soms een gaf wanneer ze elkaar in de rokershoek stonden te verdringen. De jongere scholieren gaf hij nooit iets, hij berispte ons eerder wanneer we te dicht bij zijn bloemperken in de buurt kwamen of in de werkkelder rondhingen.

'Ik wacht op mijn vader,' antwoordde ik. 'Die komt me afhalen.'

Nu pas viel me op hoe leeg het op het schoolplein was geworden. De kleuters waren ook allang weg, op de parkeerplaats stonden nog maar een paar auto's. Een blik op mijn polshorloge met het gesprongen glas vertelde me dat ik al drie uur zat te wachten. Ik kreeg pijn in mijn buik toen ik besefte dat mijn vader me moest zijn vergeten.

'Misschien heeft je vader een extra ploegendienst. Ik zou als ik jou was maar naar huis gaan, anders zit je hier vannacht nog.'

Ik had hem graag tegengesproken, maar iets zei me dat hij gelijk had. Het zou beter zijn om te gaan. Bovendien zou de conciërge het hek zo dadelijk dichtdoen. Ik had geen zin om over het hek te klimmen.

Ik pakte dus mijn spullen en liep naar de bushalte. Onderweg bleef ik uitkijken naar onze witte Trabant. Maar die kwam niet. Een half uur later kwam eindelijk de bus die naar de nieuwbouwwijk van Bergen ging. Tijdens de hele rit was ik de tranen nabij. Hoe had mijn vader me zomaar kunnen vergeten? Hij had toch beloofd dat hij zou komen?

Maar misschien was er ook wel iets gebeurd.

Toen de bus op een paar meter van ons flatgebouw stopte, werd ik verteerd door angst. Ik rende zo snel als ik kon naar huis. Omdat ik de sleutel had, hoefde ik niet te wachten tot ik werd binnengelaten. Op de begane grond joeg ik de kat van mevrouw Hebbel weg en ik rende de trap op. Totaal buiten adem kwam ik boven aan en maakte de deur open.

Al toen ik binnenkwam merkte ik dat mijn vader thuis was. Binnen mocht hij eigenlijk niet roken, maar soms deed hij het toch, als mama weg was. Nu rook het onmiskenbaar naar F6-sigaretten.

Kwaad liep ik de gang door en smeet mijn schooltas onder de kapstok. Als hij thuis was, waarom was hij dan zijn belofte niet nagekomen?

Ik trof hem aan aan de keukentafel, waar hij schijnbaar apathisch naar het tafelkleed zat te staren. Nu viel me pas op hoe koud het in huis was, of leek te zijn. Ik wist niet precies of dat aan het weer in april lag of aan iets anders. Er heerste een vreemde stemming in het vertrek.

Mijn vader leek het allemaal niets te kunnen schelen.

Ik wilde tegen hem gaan schreeuwen, hem verwijten dat hij niet gekomen was, maar de woorden bleven me in de keel steken. Ik had mijn vader nog nooit zo meegemaakt.

Hij leek me totaal niet op te merken, hij was met zijn gedachten ver weg. Zijn blik was gefixeerd op een vlek in het tafelzeil. De asbak naast hem was vol. Tussen zijn vingers gloeide een volgende sigaret. Er was as op het zeil gevallen. Als mijn moeder dat zag, zou ze woest worden, want er zat een brandgaatje in en tafelzeil was moeilijk te krijgen.

'Papa?' vroeg ik, want ik werd bang toen ik hem zo zag. Ik kreeg pijn in mijn buik, maar ik had geen idee waarom.

Mijn vader verroerde zich nog altijd niet. Ik keek op de klok. De wijzers schoven langzaam naar zes uur. Dan kwam mijn moeder gewoonlijk van haar werk. Wanneer zij er was, zou vast duidelijk worden waarom hij zo raar deed.

Opeens werd er aangebeld. Ik kromp in elkaar en draaide me met een ruk om. Had mijn moeder haar sleutel vergeten?

Omdat mijn vader zich nog steeds niet verroerde, liep ik naar de deur. Daar stond mevrouw Hebbel, onze buurvrouw. Mijn hart sloeg over. Had ze soms gemerkt dat ik haar kat had weggejaagd?

'Hallo, Christian,' zei ze vriendelijk. 'De kleuterschool heeft me gebeld. Ze vroegen me wanneer Lukas eindelijk wordt opgehaald. Zijn je ouders weer thuis?'

De kleuterschool had de buurvrouw gebeld. Dat was eigenlijk niet zo vreemd, want zelf hadden we geen telefoon. Maar het was vreemd dat mijn kleine broertje vandaag ook was vergeten.

'Ik zal het zeggen,' zei ik, en ik ontweek de bezorgde blik van de buurvrouw. Ze hoefde niet te merken dat er iets niet in orde was.

Ik deed de deur dicht en wachtte even, toen liep ik weer naar de keuken. Er was niets veranderd. Mijn vader zat nog steeds aan de tafel en leek niets te merken. Er ging zoiets eigenaardigs van hem uit dat ik niet dicht bij hem durfde te komen. Toch deed ik het. Voorzichtig tikte ik op de mouw van zijn jasje.

'Papa, wat is er?' Er kwam een snik naar boven. Er was iets ergs aan de hand, zo veel was zeker. Was mijn vader misschien ziek? Gisteren nog had Tim, een jongen uit mijn klas, over zijn grootvader verteld, die een hartaanval had gehad. Had mijn vader ook een hartaanval? Verstarde je wanneer je een hartaanval had?

'Papa, dat was de kleuterschool,' meldde ik angstig. 'Ze vragen wanneer Lukas wordt opgehaald.'

Nu kwam er leven in mijn vader. Hij haalde diep en zwaar adem en keek me toen aan.

In zijn blik lag een verdriet en vertwijfeling die ik nog nooit bij iemand had gezien.

'Mama heeft een ongeluk gehad,' zei hij traag, alsof hij te veel had gedronken. 'Ze is... dood.'

Ik staarde hem aan. Ik kon me niet bewegen en tegelijkertijd had ik het gevoel dat ik om ging vallen. Mijn moeder was dood? Dat kon niet waar zijn! En wat voor ongeluk was er dan gebeurd?

Mijn moeder was toch die ochtend net als altijd met de bus naar haar werk gegaan!

Mijn vader stond met moeite op. Hij leek wel twintig jaar ouder.

'Kom, we moeten Lukas ophalen,' zei hij, en hij drukte op mijn schouder. Hij had het niet zo op omarmingen begrepen, en troosten kon hij ook niet erg goed. Maar op dat moment miste ik dat niet.

Ik voelde me vreselijk, inwendig huilde ik, maar ik had geen tranen. Het was allemaal zo onwerkelijk. Het kon toch niet dat mama iets was overkomen. Dat mocht gewoon niet.

Toen we in onze tweedehands Trabant wegreden, staarde ik naar de stoep, alsof ik mijn moeder zocht, alsof ik haar hoopte te zien. Misschien was het allemaal een grote vergissing. Misschien hadden ze mijn vader iets op de mouw gespeld. Die uitdrukking had ik van hemzelf geleerd. Altijd wanneer we naar het nieuws keken, beweerde hij dat de nieuwslezers de mensen een heleboel op de mouw speldden als het over het succes van de volkseconomie ging. Succes dat in werkelijkheid niet bestond, want de mensen moesten lang in de rij staan wanneer er Cubaanse sinaasappels of bananen waren. Zelfs op mijn twaalfde begreep ik al dat het vermeende succes geflatteerd was en dat nieuwsberichten niet altijd de waarheid verkondigden.

Misschien gold dat ook als het om ongelukken ging?

'Ze zijn vanmiddag naar me toe gekomen,' begon mijn vader te vertellen toen we ons flatgebouw al een eindje achter ons hadden gelaten.

Zijn stem klonk nog steeds slepend. Waarschijnlijk had hij toch echt gedronken. In dat geval had hij geen auto mogen rijden. Maar dat kon me niet schelen. 'Twee vopo's in het kielzog van de brigadier. Ze wisten niet hoe ze het tegen me moesten zeggen. En ik geloofde ze in eerste instantie ook niet. Ze vertelden over het ongeluk en zeiden dat de bestuurder was doorgereden. Maar voorbijgangers hadden het kenteken onthouden. Alsof dat een troost was!

Toen hebben ze me meegenomen naar het ziekenhuis. Blijkbaar hadden ze haar nog proberen te redden, maar ze was al te ver heen. De plek waar ze...'

Zijn stem was verstikt door tranen. Hij barstte in huilen uit en zag bijna een rood verkeerslicht over het hoofd. Gelukkig merkte hij nog net op tijd dat het rood was en hij trapte op de rem, zodat we naar voren werden geslingerd.

Het kon me niet schelen. Alles in me voelde totaal verdoofd. Alsof het niets met mij te maken had. Ik gilde niet eens toen de remmen piepten en de Trabant een beetje slipte. Als mijn moeder dood was, en als klopte wat volwassenen altijd over de hemel zeiden, dan was ze vast daar, en dan wilde ik ook niet meer op aarde zijn.

Maar mijn vader kreeg de Trabant weer onder controle. Op een gegeven moment kwamen we bij de kleuterschool aan, waar nog een enkel lichtje brandde.

'Wil je mee of blijf je hier?' vroeg mijn vader. Zijn ogen stonden dof, het leek alsof hij dwars door me heen keek. Ik besloot mee te gaan, want ik wilde niet alleen met mijn gedachten in de auto achterblijven.

De kleuterleidster leek doodop. Ik kon aan haar zien dat ze mijn vader het liefst met verwijten had overladen, maar zijn gezichtsuitdrukking had op haar hetzelfde effect als op mij. Haar mond bleef openstaan, en van het ene moment op het andere leek ze niet meer te weten wat ze eigenlijk had willen zeggen.

Lukas zag er behuild uit. Blijkbaar had hij net als ik gedacht dat hij vergeten was. Of, nog erger, dat hij op school achter zou worden gelaten. Toen hij ons zag, stortte hij zich meteen op ons, hij klampte zich echter niet aan mijn vader vast, maar aan mij.

'Mijn excuses dat we nu pas komen,' zei mijn vader tegen de kleuterleidster, die nog steeds geen woord had gezegd. 'Er... is iets voorgevallen in ons gezin. Het zal niet weer gebeuren.'

De leidster knikte. Waarschijnlijk vroeg ze zich af wat er dan was voorgevallen.

Mijn vader was echter niet in staat het haar uit te leggen. Ze zou het toch wel te weten komen.

'Een fijne avond nog, mevrouw Bauer,' zei mijn vader ten afscheid en hij liep met ons de lange, met gedessineerd beige linoleum bedekte gang door.

De hele rit naar huis zwegen we. Lukas kroop tegen me aan. Vermoedde hij misschien wat er gebeurd was? Nee, vast niet. Hij was alleen boos op mijn vader omdat die hem zo lang had laten zitten. Omdat hij urenlang het gevoel had gehad dat niemand hem wilde hebben. Ik was gewoon naar huis gegaan, maar ik was zeven jaar ouder en kon me al zelf redden.

Ik vroeg me af hoe hij zou reageren op het nieuws dat onze moeder niet meer thuis zou komen. Zou hij dat begrijpen? Zou er iets in hem kapotgaan? Opeens maakte ik me vreselijk zorgen om mijn kleine broertje. Het liefst was ik met hem weggelopen. Maar dat zou niets hebben veranderd.

Bij huis aangekomen zette mijn vader de Trabant op de gemeenschappelijke parkeerplaats neer. Het licht van de straatlantaarns viel op het dak van de andere auto's, waarvan sommige al heel oud waren, maar de mensen zorgden er steeds weer voor dat ze bleven rijden. Achter het schijnsel leek de duisternis alles op te slokken, ook onze flat, waarvan de verlichte ramen als gloeiwormen zo in de lucht leken te zweven.

Ik probeerde ons raam te ontdekken, in de valse hoop dat er licht zou branden. Als dat zo was, betekende dat niets anders dan dat mama weer thuis was.

Maar ik zocht tevergeefs. Het raam was donker. Hoe had mijn moeder ook daar kunnen zijn, terwijl ze bij een begrafenisondernemer in het mortuarium lag?

Voor onze huisdeur werden we door de buurvrouw opgewacht. Had er weer iemand gebeld?

'Goedenavond, meneer Merten,' begroette ze mijn vader. 'Zeg, is uw vrouw er nog niet? Ik wou vragen of ik haar keukenrasp mag lenen. Maar er wordt niet opengedaan.'

Hoe kon dat ook? Ik keek mevrouw Hebbel boos aan. Had ze misschien rondgesnuffeld en wist ze al wat er gebeurd was? Was de hele flat aan het gissen wat er met mijn moeder was gebeurd?

Mijn vader wierp een blik op Lukas, en toen op mij. Ik begreep nu waarom hij het allemaal niet aan de kleuterleidster had uitgelegd. Hij wilde niet dat Lukas het op zo'n manier te horen kreeg.

'Ik zal de rasp even voor u halen, mevrouw Hebbel.'

Met trillende handen maakte mijn vader de deur open, toen zei hij tegen mij: 'Help Lukas maar even om zijn jas uit te trekken, Christian.'

Ik knikte en trok mijn broertje de donkere gang in.

Mijn vader liep haastig naar de keuken, kwam even later terug met de rasp en verdween achter de deur.

'Waar is mama?' vroeg Lukas toen ik hem uit zijn anorak hielp.

Ik perste mijn lippen op elkaar, want ik wilde niet de brenger van het vreselijke nieuws zijn.

'Is mama er niet? Moet ze nog werken?' vroeg Lukas door.

'Papa zal het je zo vertellen,' antwoordde ik en ik hing mijn jas aan de kapstok. Buiten voor de deur stond mijn vader nog steeds met mevrouw Hebbel te praten. Hij sprak heel zachtjes, zodat ik niets kon verstaan. Maar dat was wel goed, want zo kon Lukas het ook niet horen.

'Ga je handen maar wassen,' zei ik tegen mijn broertje. 'Papa komt zo terug, en dan gaan we eten.'

Het gesprek met de buurvrouw duurde eindeloos. Lukas was intussen klaar met handen wassen en bedolf me in de keuken onder de vragen terwijl ik de tafel dekte. Toen hij merkte dat hij niets uit me zou weten te krijgen, haalde hij zijn schooltas en pakte er een zelfgevouwen doosje uit waarop een bloem geplakt zat.

'Dat ga ik aan mama geven,' verkondigde hij trots.

De tranen sprongen me in de ogen. Om ervoor te zorgen dat hij het niet zag, draaide ik me vlug om en leegde de asbak in de vuilnisemmer. Maar ik was niet vlug genoeg.

'Wat is er?' vroeg Lukas beteuterd. 'Vind je het niet mooi?'

Gelukkig kwam mijn vader nu weer terug. Het zou nu gaan gebeuren. Hij moest het Lukas eindelijk vertellen!

Jonas Merten leek jaren ouder te zijn geworden toen hij moeizaam op een keukenstoel ging zitten.

'Lukas, ik moet je iets vertellen...' zo begon hij. Ik was graag weggegaan, maar ik bleef als aan de grond genageld staan. Misschien had mijn broertje me nu nodig. Ik kon er niet zomaar tussenuit knijpen.

'S Nachts hoorde ik mijn vader huilen. Het was het ergste geluid dat ik ooit had gehoord. Ik overwoog naar hem toe te gaan om hem te troosten. Maar hoe had ik dat moeten doen? Mama was dood, en ik wilde ook alleen maar huilen. Ik begroef mijn hoofd in mijn kussen en hoopte ondanks alles nog een beetje dat de wereld morgen weer in orde zou zijn.

In de krant stond de volgende ochtend onderaan maar een kort berichtje over het ongeluk. *Vrouw onderweg naar haar werk door personenauto gegrepen.* Er werd gemeld dat ze achter de bus tevoorschijn was gekomen en dat de bestuurder artikel 1 van de verkeersvoorschriften had overtreden: voorzichtigheid betrachten en rekening houden met anderen. En dat hij was doorgereden. Er waren getuigenverklaringen van omstanders opgetekend die ertoe hadden geleid dat de dader kon worden opgespoord.

Meer stond er niet. Ze schreven niet dat mijn vader in een gat van zwarte gedachten wegzonk. Ze schreven niet dat ik verscheurd werd bij de gedachte dat mijn moeder nooit meer kon binnenkomen en me iets toestoppen wat ze onderweg gekocht had. En de mensen hoorden ook niets over Lukas, die zich sinds de dood van zijn moeder in zijn eigen wereldje had teruggetrokken, waarin hij urenlang naar zijn bouwsteentjes zat te staren zonder er ook maar één aan te raken.

De wereld draaide door, maar onze wereld was totaal ontwricht. Papa meldde zich ziek. Hij kon gewoon niet het huis uitgaan en het leek alsof hij elke dag op een keukenstoel zat te wachten tot mijn moeder terugkwam.

Op de dag van de begrafenis was het huis vol mensen, van wie ik vele nauwelijks kende. Natuurlijk kwam de familie, maar die was niet groot. Verder nog collega's van mijn moeder en mijn vader. Het huis zag blauw van de rook, wat mijn moeder vreselijk zou hebben gevonden – maar zij was er niet meer.

Ik zat op de bank, liet over me heen komen dat ze me over mijn haar streelden en me troostend toe probeerden te spreken. In gedachten zag ik voor me hoe mijn moeders kist het graf in zakte, en het geluid van het zand dat op het deksel werd gegooid klonk nog in me na.

Op een gegeven moment kwam Lukas tegen me aan zitten. Als ik er al zo beroerd aan toe was, hoe moest hij zich dan wel niet voelen? Als een baby stak hij zijn duim in zijn mond. Dat had hij lang niet meer gedaan. Ik legde mijn arm om hem heen, maar wist niet hoe ik hem moest troosten. Alles wat ik vroeger in me had, leek te zijn verdwenen.

Maar na een tijdje raakte het huis weer leeg en dreef de sigarettenwalm door de open ramen naar buiten.

De dag erna mocht ik nog thuisblijven, maar daarna ging ik weer naar school. Ook daar was er iets veranderd. Mijn klassenleraar nam me apart en zei dat het hem vreselijk speet dat mijn moeder gestorven was. Tijdens mijn afwezigheid moest hij met mijn klasgenoten hebben gepraat, want een paar van hen kwamen naar me toe en gaven me onwennig een hand. Niemand wist hoe ik me vanbinnen voelde, maar ik was wel blij met die blijken van genegenheid. Na een week verliepen de schooldagen weer normaal, en ook daar was ik blij om. Ik wilde niet zo in het middelpunt staan en het er steeds over hebben hoe het nu bij ons thuis ging.

Van nu af vergat mijn vader het niet meer om ons op te halen als hij het beloofd had. Maar mij haalde hij nog maar zelden op.

Ik vond het echter niet erg om met de bus te gaan, want dan

hoefde ik tenminste niet zijn afhangende mondhoeken te zien, en zijn bedroefde ogen.

Wanneer ik thuis was, maakte ik me vrijwel onzichtbaar, begroef me in mijn huiswerk of hield me met Lukas bezig. Mijn broertje zag eruit alsof het met hem weer helemaal normaal was, maar dat was niet zo, want op een dag vroeg hij me: 'Kan mama vanuit de hemel zien wat wij hier doen?'

Zijn vraag trof me als een stomp in mijn maag. Pasgeleden had iemand uit de parallelklas nog gezegd dat de hemel niet bestond en dat je voer voor de wormen werd wanneer je doodging. Hij had dat gezegd om me te pesten, maar zijn woorden hadden diepe twijfel bij me gezaaid. Stel dat er geen hemel was?

Maar daar kon ik met Lukas niet over praten. Hij was nog klein, en ik moest hem beschermen.

'Natuurlijk ziet mama wat we doen,' antwoordde ik dus. 'En dat zal ze altijd blijven doen, ook als we groot zijn.'

Daarmee was mijn broertje tevredengesteld en hij kroop met zijn duim in zijn mond tegen me aan.

Mijn vader bleef nog een hele tijd tobben, wachtend op mijn moeder, hoewel hij wist dat ze niet zou komen. Maar op een gegeven moment trok hij zijn werkplunje aan en ging weer het huis uit. Hij was nog altijd verdrietig, huilde 's nachts nog steeds, maar hij leek zich nu te vermannen.

Eerst merkte ik niet dat zijn bedroefdheid in iets anders veranderde.

'Die smeerlap zal gestraft worden,' zei hij op een avond tegen mij nadat we urenlang zwijgend aan de keukentafel hadden gezeten. Verrast keek ik op van mijn huiswerk. Mijn vader keek langs me heen, zijn ogen stonden glazig. Ik had zo geconcentreerd aan mijn wiskundeopgaven zitten werken dat ik niet had gemerkt hoe de jeneverfles op de tafel terecht was gekomen. En ik had ook niet gezien hoeveel glazen mijn vader daar al van had gedronken. Maar het moesten er behoorlijk wat zijn geweest, want hij zwaaide heen en weer op zijn stoel en lalde toen opnieuw: 'Die smeerlap zal gestraft worden.'

Ik wist dat hij de veroorzaker van het ongeluk bedoelde. Wat mij betreft hoefde die man nooit meer vrij te komen. Mijn schoolkameraad Ulli zei dat hij minstens levenslang zou krijgen en voegde er met een grijns aan toe dat ze hem in Amerika op de elektrische stoel zouden zetten.

Dat betwijfelde ik, en het was ook gevaarlijk dat Ulli zoiets zei, dus zweeg ik en vroeg mijn vader ook niet wat die onheilspellende elektrische stoel nou eigenlijk was, het klonk naar vreselijke pijnen en misschien ook wel de dood.

Die avond was ik er net als mijn vader van overtuigd dat de man zou worden berecht. Vanwege mijn moeder en omdat hij er zo laf vandoor was gegaan. Een beetje wenste ik ook dat die vent zou sterven. Maar toen vermoedden we nog niet dat de molens der gerechtigheid soms anders malen.

De weken gingen voorbij en de zomervakantie kwam. Langzaamaan hernam het leven zijn gewone loop. Lukas miste onze moeder nog heel erg en hij huilde veel, vooral in zijn slaap. Ik probeerde hem zo goed mogelijk te troosten, hoewel ook ik voortdurend bijna in tranen was. Maar wanneer ik op school was, kon ik het even vergeten. Daar waren Ulli en andere jongens met wie ik het goed kon vinden, we verheugden ons op het vakantiekamp waar we naartoe zouden gaan. Dat had mama nog geregeld, en ik was vastbesloten er aan de Müritz een mooie tijd van te maken.

Het leek mijn vader onverschillig te laten wat hij deed. Behalve zijn werk scheen nog maar één ding hem te interesseren. Elke dag ging hij naar mijn moeders graf, verwijderde de oude kransen en uiteindelijk zorgde hij ervoor dat het graf werd opgehoogd. Elk weekend nam hij ons mee en zat dan urenlang op het bankje in de buurt te mijmeren terwijl Lukas en ik ons vreselijk verveelden.

Het kerkhof met zijn donkere bomen absorbeerde zelfs de grootste zomerhitte, zodat je al na een paar minuten het gevoel had je in een koelcel te bevinden. Lukas begreep niet waarom we daar waren en jengelde dat hij naar huis wou. Omdat ik wist dat mijn vader minstens een uur een zwijgend gesprek met mijn moeder zou voeren, probeerde ik hem afleiding te bezorgen door verhalen te verzinnen en met hem in de struiken te verdwijnen. Daar vertelde ik hem dan over cowboys en indianen, want kort daarvoor was ik met Ulli naar de bioscoop geweest, waar we *De zonen van de grote berin* hadden gezien. Ik vond Gojko Mitić echt geweldig, veel beter nog dan Pierre Brice als Winnetou. Ik wilde ooit net zo lang en gespierd zijn als hij. En voor gerechtigheid zorgen. In indianenfilms kregen de slechteriken altijd straf en werden de goeden beloond.

'Kan de man die mama heeft overreden ook door het opperhoofd worden bestraft?' vroeg Lukas me op een dag, wat me sprakeloos maakte. Ik wist dat mijn vader erop zat te wachten dat de veroorzaker van het ongeluk voor de rechter kwam, maar dat die kwestie ook Lukas bezighield, had ik niet vermoed.

'Natuurlijk kan dat,' antwoordde ik nadat ik even had nagedacht. 'Maar hij woont niet in Amerika. Hier zullen de politie en de rechter ervoor zorgen dat hij gestraft wordt.'

Daarmee leek Lukas tevreden te zijn.

Maar toen ik 's avonds in bed lag, vroeg ik me af of het er echt van zou komen dat de bestuurder werd aangeklaagd. Ze wisten inmiddels wie het was, ook mijn vader wist het, want een kennis had het hem verraden. Hoe die kennis aan die informatie kwam wist ik niet, maar mijn vader geloofde hem.

Maar die man leek niet voor de rechtbank gedaagd te worden. Dag na dag zat mijn vader te wachten tot hij zou worden opgeroepen of in elk geval iets zou vernemen. Maar er gebeurde niets.

Toen ging ik naar het zomerkamp en in de drie weken die volgden verdwenen alle verdrietige gedachten uit mijn hoofd. Af en toe, bij de neptunusdoop, de nachtwandeling en bij het kampvuur, vergat ik zelfs dat mijn moeder gestorven was. Euforisch besloot ik haar over mijn belevenissen te schrijven, en één keer was ik een briefkaart zelfs begonnen met 'Lieve mama, lieve papa'.

Toen dacht ik er echter weer aan, en omdat ik de kaart vanwege de erop gedrukte postzegel van 10 pfennig niet wilde weggooien, kraste ik maar wat over het 'Lieve mama' heen.

Toch waren het drie onbezorgde weken, omdat ik de sombere blik van mijn vader niet hoefde te zien en ook verder maar zelden werd herinnerd aan wat er gebeurd was.

Toen ik van het vakantiekamp terugkwam, was mijn vader totaal veranderd. Zijn bedroefdheid was verdwenen, en er was een vreemde kwaadheid voor in de plaats gekomen die als een onweerswolk boven hem hing. Ook al ging hij niet tegen ons tekeer, je had toch het gevoel voorzichtig te moeten zijn bij alles wat je zei of deed.

Ik kon voor mezelf alleen maar als verklaring verzinnen dat er iets met de veroorzaker van het ongeluk aan de hand was. Had mijn vader voor de rechtbank moeten getuigen? Was hij daardoor zo gespannen?

Ik durfde het hem niet te vragen. In plaats daarvan nam ik mijn broertje wanneer hij niet naar school moest, mee naar mijn vrienden. Hoewel die niet enthousiast waren en hem voortdurend plaagden, was het toch beter voor hem dan in een huis te zitten waar mijn vader kwaad voor zich uit zat te mompelen, of daar in zijn eentje te zijn omdat mijn vader er niet eens was.

Een paar weken later werd ik op een avond wakker van vreemde stemmen in de woonkamer. Zo laat kregen wij eigenlijk nooit bezoek. En de mannenstemmen die door de muur heen kwamen, waren me ook totaal onbekend. Hoewel het beter zou zijn geweest in bed te blijven – vooral omdat ik mijn vader niet tegen me in het harnas wilde jagen – stond ik zachtjes op en klom de ladder van ons stapelbed af. Lukas, die onder sliep omdat hij nog te klein voor de ladder was, merkte niet dat ik op mijn tenen naar de deur van de kamer sloop en hem voorzichtig opendeed.

'Weet je zeker dat je het wilt doorzetten?' vroeg een mannenstem. 'Het is een enorme stap, en er is geen weg terug.'

'Of ik het zeker weet?' verhief zich de stem van mijn vader. 'Zeker?' Hij begon vreugdeloos te lachen. 'Ik zit al vier maanden te wachten tot de vent die Rosi op zijn geweten heeft, wordt berecht en eindelijk gestraft wordt. Maar er gebeurt niets. En ik weet nu ook waarom dat nooit zal gebeuren. Omdat die smeerlap bij de Stasi zit. Die kunnen moeilijk een van hun eigen mensen opsluiten.'

'Jonas, dat kun je beter niet al te hard zeggen, misschien hebben de muren oren,' zei een andere mij onbekende man vermanend.

'Wat mij betreft mag iedereen het horen, want het is de waarheid,' zei mijn vader koppig. 'Die klootzak wordt niet gepakt, omdat hij voor de veiligheidsdienst werkt. En wij dan? Mijn zonen hebben hun moeder verloren, alleen maar omdat er stront in zijn ogen zat en hij pas drie dagen zijn rijbewijs had!'

Hij haalde diep adem en vervolgde: 'Die vent is eenentwintig. Op zijn eenentwintigste heeft hij al een leven op zijn geweten. En hij komt ermee weg! Hij krijgt geen straf. Ik zou hem maar wat graag de nek omdraaien!'

Ik schrok zo van de woede in mijn vaders stem dat ik de deur weer dichtduwde en terug naar bed sloop. De ladder kraakte onder mijn voeten, maar gelukkig werd Lukas niet wakker.

Met mijn nachtrust was het gedaan. Met bonzend hart lag ik naar het plafond te staren terwijl ik probeerde te verwerken wat ik gehoord had.

De bestuurder was dus eenentwintig jaar, en mijn vader wist wie het was. En zo te horen wilde hij hem om het leven brengen. Ja, zeker, dat dacht ik, dat mijn vader er binnenkort op af zou gaan en de man zou vermoorden.

Ik was me heel goed bewust van de consequenties. Als mijn vader gearresteerd werd, zouden we in het kindertehuis terechtkomen. En dan was het allemaal afgelopen.

Het liefst was ik uit bed gegaan om hem te smeken het niet te doen. Maar dat durfde ik niet. Mijn vader zou zeker boos worden

– en hij zou het tegenover mij beslist niet hebben toegegeven.

Dus bleef ik liggen en luisterde nog een tijdje naar de doffe, onverstaanbare stemmen tot er op een gegeven moment een deur dichtviel en de rust weerkeerde.

Na die nacht veranderde er voor ons weer iets. Mijn vader drukte me meer dan ooit op het hart dat ik op school en tegen de buren niets mocht zeggen over de West-Duitse tv, over thuis mocht ik echt helemaal niets vertellen. Soms, als we onderweg waren naar de stad, trok hij me een portiek in en keek gejaagd om zich heen. Andere keren stond hij minutenlang op straat het trottoir langs te kijken. Als ik vroeg waarom hij dat deed, gaf hij geen antwoord of ontweek hij me.

Ik werd bang. Ik was nog niet vergeten wat ik die nacht had gehoord. Was mijn vader echt zover gegaan dat hij de man die mama had doodgereden, had vermoord?

Wanneer ik alleen was, vlooide ik koortsachtig de krant door, maar ik vond geen bericht over een gevonden lijk. Maar had papa zelf niet ooit gezegd dat niet alles in de krant kwam?

Ik barstte van de vragen, die ik graag had gesteld. Maar ik durfde niet. Op school lette ik er scherp op dat ik niemand iets te veel vertelde. Mijn vrienden vroegen me vaak wat er met me aan de hand was, maar dan wist ik me eruit te praten met het verdriet om mijn moeder.

Ik wilde enkel nog maar alleen zijn, wilde eindelijk verwerken wat er gebeurd was. Ik lag vaak tot diep in de nacht te luisteren of die mannen weer kwamen, maar dat gebeurde niet.

Toen, op zekere dag, maakte mijn vader me wakker, net nadat ik was ingeslapen.

'Wat is er?' vroeg ik slaperig.

'Sta op en kleed je aan. Pak dan wat dingen waar je op gesteld bent in je koffer. Maar maak in 's hemelsnaam geen licht!'

Meteen begon ik te trillen. Wat bedoelde mijn vader daarmee? Mijn koffer pakken, het licht niet aandoen, het klonk allemaal naar vluchten! Wilde hij weglopen voor de politie?

Ik verroerde me niet, maar staarde mijn vader alleen maar aan.

'Doe het nou maar,' zei hij en hij boog zich over Lukas, om hem eveneens wakker te maken.

Wat zou hij ervan zeggen als we wegliepen voor de politie? Zou hij begrijpen wat papa gedaan had?

Maar – had hij wel echt iets gedaan?

'Papa,' bracht ik uit, nog steeds trillend over mijn hele lijf.

'Wat is er?' vroeg hij geïrriteerd terwijl Lukas morde dat hij niet wilde opstaan.

'Heb je de man die mama dood heeft gemaakt vermoord?' vroeg ik.

Mijn vader verstijfde, maar kwam toen haastig overeind. 'Nee!' barstte hij verschrikt uit. 'Ik heb niemand vermoord! Hoe kom je daar nou bij?'

'Ik heb... ik heb... je hebt toch gezegd dat je de man die mama heeft doodgereden, graag om het leven zou brengen.'

Hoewel er alleen maanlicht in de kamer was, kon ik zien dat mijn vader bleek werd.

'Wanneer heb je dat gehoord?'

'Op die avond dat die mannen hier waren.' Mijn angst nam toe, maar nu was ik bang voor mijn vader. Stel dat hij me ging straffen voor het afluisteren?

Maar mijn vader haalde diep adem. Zijn schouders gingen omlaag en opeens leek zijn lichaam alle spanning te verliezen. Blijkbaar zag hij in dat zijn oudste zoon te oud voor sprookjes was geworden. En ik besefte dat dit een situatie was waardoor ons hele leven fundamenteel zou veranderen.

'Die mannen zijn vrienden,' zei hij. 'Ik heb ze leren kennen toen jij op kamp was. Ze willen ons helpen de oversteek te maken.'

'Oversteek? Waarheen?' vroeg ik, want met mijn vrienden praatte ik gewoonlijk niet op die manier over vluchten.

'Naar het Westen,' verduidelijkte mijn vader. 'We gaan naar het Westen, ver van dit alles.'

'Maar dat is toch gevaarlijk!' wierp ik geschrokken tegen, want ik had weer voor ogen wat ons bij maatschappijleer over de BRD werd verteld. Verhalen over soldaten die door West-Duitse spionnen werden doodgeschoten, over de vreselijke toestanden daar met werklozen en drugsdoden. En hoewel het niet bij maatschappijleer was verteld, wist ik dat mensen die naar het Westen wilden vluchten soms werden neergeschoten of gearresteerd en nooit meer de gevangenis uit kwamen. In dat opzicht was wat mijn vader van plan was ook niet veel beter dan moord.

'Ja, het is gevaarlijk, maar we hebben overal aan gedacht, mijn vrienden en ik. We vluchten over de Oostzee, dan hoeven we niet bang te zijn voor de Muur. Op zee ligt een schip op ons te wachten. En dat zal ons naar de westkust van de Oostzee brengen. Je weet toch dat de Oostzee ook aan de BRD grenst.'

Ja, dat wist ik van de oude, verkreukelde kaarten die onze aardrijkskundeleraar altijd aan het begin van de les ophing. De BRD was nog niet aan de orde geweest, maar ik kende de hele Oostzeekust uit mijn hoofd.

Mijn vader pakte me zachtjes bij mijn armen. Nu keek hij me zo helder aan als hij lang niet meer had gedaan. 'Vertrouw me, Christian,' zei hij. 'En je moet het begrijpen. Ik wil hier weg. Ik moet hier weg. Ik kan het allemaal niet meer verdragen. Ik kan niet verdragen dat mensen niet voor het gerecht hoeven te komen omdat ze anderen bespioneren. Ooit zal ik het je allemaal vertellen, en dan zal ik ook zeggen wie de man was die je moeder op zijn geweten heeft. Maar nu moeten we ervandoor, we moeten het wagen. Ik wil dat jij in een land opgroeit waar de wetten voor iedereen gelden en niet alleen voor sommigen.'

Ik wist niet precies wat hij daarmee bedoelde, maar ik vertrouwde mijn vader. En ik schaamde me dat ik hem voor een moordenaar had gehouden. Als ik hem goed had begrepen, wilde hij weg van hier omdat hij teleurgesteld was dat de rechterlijke macht hem in de steek had gelaten.

'Goed,' zei ik en ik begon in mijn kast te rommelen. Inmiddels was Lukas ook wakker, en al begreep hij niet goed wat deze nachtelijke reis te betekenen had, was het voor hem allemaal een groot avontuur, waar hij graag aan meedeed.

Het viel me zwaar te beslissen wat ik moest meenemen, maar ik wist dat ik niet veel tijd meer had. Dus pakte ik de trui die mijn moeder voor me gebreid had in mijn rugzak. Bovendien twee korte spijkerbroeken, mijn trainingspak, wat ondergoed en een paar bijzondere cassettes. Van mijn boeken moesten de meeste achterblijven, maar ik was ervan overtuigd dat die ook in het Westen te koop waren. Mijn schoolspullen kon ik thuislaten, want mijn vader zei dat ik in het Westen andere boeken en schriften zou krijgen. Ongelofelijk dat ik 's middags nog huiswerk had zitten maken. Als ik dit had geweten...

Maar ik had geen tijd om me te ergeren over die tijdverspilling. Vlug stapte ik in mijn canvas gympen. Over mijn kleren trok ik mijn groene legerjack aan. Op de boot zou het vast gemeen koud worden.

Lukas wilde beslist zijn speelgoedcowboys en -indianen meenemen, en wat bouwsteentjes, de DDR-versie van legostenen. Ik pakte ook nog wat prentenboeken in, want ik wist dat mijn broertje zich vlug verveelde. In zijn tas pasten meer kleren, maar hij was natuurlijk ook kleiner. Toen we uit de kamer kwamen, struikelden we bijna over papa's tas op de gang.

Omdat er nergens in huis licht brandde, kon ik me moeilijk inprenten hoe het eruitzag. Ik kon er met mijn ogen dicht doorheen lopen zonder ergens tegenaan te stoten, maar het kostte me moeite een beeld ervan vast te houden.

'Kom,' zei papa ten slotte, en hij hing zijn eigen tas en die van Lukas over zijn schouder, terwijl ik zelf mijn rugzak om had. 'Doe zo zacht als je kunt. Niemand mag merken dat we weggaan.'

Toen deed hij de deur open.

In de flat was alles donker en stil. Er viel wat maanlicht de gang in. Je kon zo nog net de traptreden onderscheiden.

Ik pakte Lukas' hand en liep achter mijn vader aan naar beneden. Net zoals ik indertijd pas later had beseft dat mijn moeder voor altijd weg was, wilde ik nu ook nog niet echt geloven dat ik deze trappen nooit meer af- en op zou lopen. En ik wilde niet geloven dat ik nooit meer de kat van mevrouw Hebbel zou wegjagen of post uit de gebutste brievenbus halen.

Maar tijd om er nog wat beter naar te kijken hadden we niet. Mijn vader vergewiste zich ervan dat er niemand op straat was en toen liepen we het flatgebouw uit.

Ik dacht dat we met onze Trabant zouden gaan, maar mijn vader nam ons allebei bij de hand en trok ons mee over de stoep een zijstraat in waar de straatverlichting was uitgevallen. Daar stond een auto op ons te wachten, een oude donkerrode Dacia, waarvan de motor rammelend ontwaakte toen wij in de buurt kwamen. Er gingen twee portieren open, maar er kwam niemand uit.

'Stap maar achter in,' wees mijn vader, terwijl hij op de passagiersplaats ging zitten.

Achter in de auto zat al een man. Net als de chauffeur was hij een donkere schaduw.

'Wegwezen!' zei hij, en ik herkende de stem van een van de mannen die 's nachts bij ons waren geweest.

We lieten Bergen achter ons en reden in de richting van de kust. Daarheen was het niet ver, maar de chauffeur stuurde de Dacia langs kronkelende en soms ook heel oncomfortabele weggetjes door het bos langs eenzame hoeves. Met de beste wil van de wereld had ik niet kunnen zeggen waar we precies naartoe reden.

Mijn broertje kroop tegen me aan. Hij vond de rit geen avontuur, hij werd er bang van. Dat kon ik hem niet kwalijk nemen, want ik had ook een onbehaaglijk gevoel.

Als we door de politie werden gepakt, zou papa naar de gevangenis gaan en wij naar een tehuis. Zo veel wist ik ervan.

Ik betrapte mezelf erop dat ik me telkens weer omdraaide en door de achterruit tuurde om te zien of we werden gevolgd.

Opeens doemden er inderdaad koplampen op.

'Wie zijn dat?' vroeg ik, ervan overtuigd dat er meteen een

zwaailicht zou verschijnen en de sirene zou gaan loeien. Mijn vader wierp net als de chauffeur een blik in de achteruitkijkspiegel.

'Niemand,' zei de man achter het stuur, maar ik kon horen dat hij verontrust was. Bij de volgende kruising zette hij de richtingaanwijzer aan, nam gas terug en sloeg af. Nu zouden we merken of de bestuurder van de auto achter ons echt iets van ons wilde. Het lichaam van de man naast me spande zich.

We reden een tijdje die weg af, alsof we gewoon de goede richting op gingen. Ik draaide me weer om.

'Doe dat maar liever niet, jongen,' zei mijn buurman vermanend. 'Doe gewoon alsof alles in orde is.'

Dat maakte me nog ongeruster. Maar ik richtte mijn blik weer naar voren en keek nu naar de chauffeur. Die hield zijn ogen niet van de achteruitkijkspiegel af. Uiteindelijk haalde hij opgelucht adem.

'Hij is doorgereden,' zei hij kort en toen stuurde hij de auto naar een plek waar hij kon keren.

Terug op de weg reed hij nu wat harder, want de korte omweg had tijd gekost.

Ik vroeg me af of het schip waarmee we zouden reizen direct voor het strand lag of dat we er nog een behoorlijk stuk naartoe zouden moeten roeien. Of misschien wel zwemmen? Ik had nog nooit met kleren aan gezwommen, en een zwembroek had ik niet bij me. En Lukas? Die kon nog helemaal niet zwemmen!

Ten slotte stopten we in een bosrijk gebied. Het waaide stevig, boven de bomen kwam af en toe de maan van achter dikke wolken tevoorschijn. De Oostzee, die nu heel dichtbij leek te zijn, kon je hard horen ruisen.

'Kom mee!' gebood de chauffeur nadat we onze tassen uit de auto hadden gepakt. We lieten de wagen achter en liepen door het bos. Ik kon de zee nog niet zien, maar die klonk erg woest. Bij al mijn andere angsten voegde zich nu ook de vrees dat de boot zou kunnen vergaan. Hoe groot was die eigenlijk?

Ik pakte Lukas' hand steviger vast en wenste dat mijn vader

me, als zijn oudste zoon, van tevoren had ingelicht.

Maar veel tijd om kwaad op hem te zijn had ik niet. Toen we het bos achter ons hadden gelaten, lag het strand op ons te wachten. Er scheen maanlicht door een groot gat in de wolken.

Drijfhout verhief zich bleek en spookachtig voor ons. Lange rijen golfbrekers en een kleine scheve aanlegsteiger staken in het water en werden voor een deel overspoeld door onstuimige golven. Bij zulk weer zouden ze ons toch niet de zee op sturen? En waar was het schip?

Het enige wat ik kon ontdekken, was een motorbootje dat lag aangemeerd op een plek waar het water nog niet over de steiger klotste. De mannen liepen daar recht naartoe.

'Dus nogmaals, we varen nu naar het trefpunt en daar gaan jullie op het schip. Dat is een beetje lastig, maar als jullie niet al te stuntelig zijn, zullen jullie dat wel klaarspelen.'

'Is de zee daar niet wat te ruw voor?' wierp mijn vader tegen. Blijkbaar had hij dezelfde bedenkingen als ik.

'Dit stelt nog helemaal niets voor!' zei de man afwerend. 'We hebben wel erger meegemaakt. En deze keer zijn er geen vrouwen bij die stennis kunnen maken.'

Hij dacht dus dat Lukas en ik niet bang waren. Daar vergiste hij zich dan flink in.

'Bovendien is vandaag de beste gelegenheid. We hebben de planning van de kustwacht heel precies bestudeerd, nu Erich in Rostock zit zijn ze hier wat minder alert. Dus kom, zo'n kans krijg je geen tweede keer. De kapitein brengt jullie naar Timmendorfer Strand. Daar moeten jullie je bij de politie melden. Hebben jullie alles begrepen?'

Mijn vader knikte, en ik ook. Ik besefte dat de twee mannen niet zomaar vrienden van mijn vader waren. Het waren mensensmokkelaars, die al meer mensen de grens over hadden geholpen.

Toen we over de gammele steiger liepen, wist ik niet zeker meer of ik wel echt weg wilde. Natuurlijk was ik teleurgesteld dat mama's moordenaar niet berecht werd. Maar ik had Ulli en de andere jongens. En Lukas had ook vriendjes op de kleuterschool. Had mijn vader echt wel goed overdacht wat hij nu deed?

Ik kon echter niets zeggen, want de angst kneep mijn keel dicht toen ik in de boot klom. Hij wiebelde vervaarlijk, dus ik klampte me aan mijn vaders jas vast.

De smokkelaars wachtten tot iedereen zat, toen zette een van hen de motor aan. Het geknetter overstemde even de wind en het ruisen van de zee. Ik hield mijn oren dicht en vroeg me af of de grensbewakers het niet ook zouden horen. Er waren overal wachttorens en op zee lagen marinefregatten op de loer. Stel dat ze ons betrapten?

Maar de mannen leken daar niet aan te denken. Geroutineerd stuurden ze de boot door de golven. Mijn angst nam nog toe toen er water in mijn gezicht en in de boot spoot. We werden wild heen en weer geslingerd, en naarmate we verder van de kust verwijderd raakten, werd het des te erger.

Ten slotte sloot de hemel zich boven ons. Ik ging dicht tegen mijn vader aan zitten en hield Lukas' hand heel stevig vast.

'Wie zal er nu voor mama's graf zorgen?' Vreemd genoeg was dat het enige waar ik aan dacht terwijl we over het water hotsten.

Mijn vader sloeg zijn arm om me heen. 'Je grootouders,' zei hij. 'Die zullen ervoor zorgen.'

Het klonk heel raar dat mijn vader het over 'grootouders' had. Zijn eigen ouders waren overleden toen ik nog klein was, en met de ouders van mijn moeder hadden we nauwelijks contact. Ze waren niet eens naar haar begrafenis gekomen. Ik had nooit te horen gekregen waarom de relatie met hen zo slecht was.

Daarom hoopte ik dat ze echt voor mama's graf zouden zorgen. Nu en dan had ik bij ons bezoek aan het graf gezien dat er bloemen stonden die wij niet hadden neergezet. Ik probeerde mezelf nu wijs te maken dat ze van hen waren en dat het allemaal wel goed zou komen.

Aan de tocht leek maar geen einde te komen. Nog steeds was het pikkedonker op de zee. De boot had geen lampen aan.

De man die niet de boot bestuurde, kroop achter een klein zendapparaat dat hij onder een bodemplaat vandaan had gehaald toen we al een heel eind van de kust waren.

Hij zette een koptelefoon op en begon een frequentie te zoeken. Blijkbaar wilde hij contact maken met de kapitein van het schip. We waren vast niet ver van het trefpunt meer verwijderd.

Maar we bleven doorvaren. De man bij de zender zat gespannen te luisteren, maar de kapitein leek zich niet te melden.

Ik keek op mijn horloge. Inmiddels was het al bijna twee uur. Hoe lang moesten we nog varen? Ik keek naar Lukas, die het voor elkaar kreeg ondanks het heftige geschommel te slapen. Het gezicht van mijn vader lag diep in de schaduw. Ik had maar al te graag geweten wat er nu in hem omging. Dacht hij aan mama?

Ik was ervan overtuigd dat we nooit in deze schommelende notendop zouden hebben gezeten als ze toen niet was overreden. Ze zou heel beslist niet weg hebben gewild, en al helemaal niet in een motorboot die de indruk wekte elk moment te kunnen omslaan.

Uiteindelijk werden mijn oogleden zo loodzwaar dat ik ze ondanks mijn angst en de deining niet open kon houden. Maar vlak voor ik in slaap kon sukkelen, kwam de zender tot leven. Ik schrok op en was meteen weer klaarwakker. Een bijna onverstaanbare stem riep ons. Ons zendapparaat antwoordde meteen. 'Ja, Gärtner, we horen je!' Blijkbaar had hij de ander zonder moeite verstaan.

De stem op de zender gaf een positie door waar het schip zou wachten. Onze smokkelaar bevestigde die en riep iets naar zijn maat. Die liet de boot wat vaart minderen.

Ik vroeg me af hoe ze in die duisternis iets konden waarnemen, maar toen zag ik een lichtje. Het flakkerde maar even op, maar het was duidelijk zichtbaar geweest.

'Daar!' riep ik. De mannen draaiden zich om.

Na een tijdje vlamde het signaal opnieuw op.

'Daarheen!' riep de man aan de zender tegen de stuurman, die een klein bochtje maakte.

De wind begon aan te wakkeren, maar de lucht werd een beetje lichter. Mijn ogen waren intussen zo aan de duisternis gewend dat ik even later het schip kon ontwaren. De mannen verging het net zo, want ze hielden er nu recht op aan en voeren toen langszij.

Ons vluchtschip was een kleine viskotter met een passagiersruimte. De blauwe boeg deinde op het water, terwijl de opbouw wit afstak tegen de pikzwarte hemel. Het opschrift STORMROOS was nauwelijks leesbaar, maar de naam prentte zich in mijn geheugen. Stormroos, dat klonk als een schip dat slecht weer goed kon doorstaan. Tegelijkertijd klonk het echter ook heel vrouwelijk. Ik had ooit in een boek gelezen dat zeelui schepen voornamelijk vrouwelijke namen gaven omdat vrouwen vroeger niet aan boord mochten komen.

De mensensmokkelaars hadden niet te veel gezegd; gezien de sterke zeegang was het haast onmogelijk de boot in een positie te houden waarbij we zonder gevaar konden overstappen.

'Ik breng eerst Lukas naar boven,' besloot mijn vader. 'En dan kom ik jou halen en ga achter jou aan naar boven.'

Mijn vader beval mijn broertje zich aan hem vast te klemmen op zijn rug. Intussen werd er vanaf het schip een smalle touwladder neergelaten.

Gespannen en bezorgd zag ik hoe mijn vader erlangs naar boven klom.

Ook de kotter lag ondanks zijn grotere gewicht enorm te deinen. Ik vroeg me af of het niet beter zou zijn geweest ons in een net omhoog te halen, zoals de koning in het sprookje van *De verstandige boerendochter*. Maar toen zag ik dat het schip niet eens een net aan boord had.

Toen mijn vader mijn broertje op het dek in veiligheid had gebracht, klom hij weer naar beneden. Ik had het liefst tegen hem gezegd dat hij boven kon blijven, maar ik was tegelijkertijd ook vreselijk bang om mezelf in mijn eentje langs die ladder omhoog te werken. Mijn vader stapte weer in de wiebelende boot, en toen was ik aan de beurt.

'Hou je goed vast,' zei hij tegen me terwijl hij me hielp mijn rugzak om te hangen. 'Wees maar niet bang, ik ben vlak achter je en vang je op als je eraf glijdt.'

Ik vroeg me af hoe hij me wilde opvangen terwijl de boot onder hem nog veel erger schommelde dan de kotter. Maar ik zette mijn voet op de eerste sport en trok mezelf op. Even waande ik me in de gymles, waar ik eigenlijk heel goed was in touwklimmen. Oké, het ging dan wel niet snel, maar anderen kwamen niet eens omhoog.

Maar het was geen droog, rustig hangend touw waaraan ik naar boven klom. Ik kon me met mijn vingers slecht aan de doorweekte touwen vasthouden, en door het gewiebel schoot ik maar langzaam op. Eenmaal gleed ik ook echt omlaag, maar zoals beloofd was mijn vader vlak achter me en hield hij me tegen.

'Het gaat goed,' schreeuwde hij tegen het gedonder van de golven in. 'Klim verder, je bent er zo!'

Daar zag het voor mij niet naar uit. Als ik omhoogkeek, leek de reling meters ver weg. Maar ik klom door, en ineens moest ik aan mijn vriend Ulli denken. Die zou grote ogen opzetten als hij me zo zou zien! Zodra we weer aan land waren, zou ik hem een kaart sturen.

Na verdere aansporingen van mijn vader kwam ik ten slotte boven aan. Mijn armen en benen trilden, ik voelde me slap en wist absoluut niet hoe ik aan boord moest komen, al wilde ik het nog zo graag.

Toen stak een man zijn hand naar me uit. Hij had een peper-en-zoutbaard, een gedrongen postuur, droeg een gebreide muts en een dikke wollen trui. Zijn hand voelde grof en eeltig aan. Maar hij was enorm sterk. Toen hij me te pakken had, trok hij me met een ruk over de reling.

'Nou, knul, welkom aan boord!' zei hij tegen me.

Ik staarde hem aan alsof hij de Kerstman was.

'Verdomme, ze hebben ons ontdekt!' klonk het plotseling van beneden. 'Ze sturen een patrouille om te kijken wat er hier gebeurt. Maak dat je wegkomt!'

Ik kromp in elkaar en keek naar mijn vader. Die haastte zich de ladder op. De smokkelaars maakten hun boot vlug los, en even later stoven ze weg. De kapitein, wiens gezicht ik maar even had gezien, begaf zich ijlings naar het stuurrad en het schip voer weg.

Dat ging gepaard met een harde schok. Bijna waren we alle drie op het dek gevallen, maar vader ving ons op en bracht ons naar de passagierscabine, waar een merkwaardige geur vandaan kwam. Het rook er net als in de schoolkeuken wanneer alle leerlingen alweer buiten waren en de keukenvrouwen de pannen schoonmaakten en je de geur van de afgelopen maaltijd nog steeds kon ruiken.

We gingen gehurkt naast een van de comfortabel gepolsterde banken op de vloer zitten.

'Dat is het beste,' verklaarde mijn vader, alsof hij protest van ons verwachtte. 'Wie weet schieten ze op ons als ze het schip zien.'

Daar schrok ik nogal van, en ik besefte welk risico de kapitein van de kotter nam door de territoriale wateren van de DDR binnen te varen. We zwegen een hele tijd angstig, toen klonk er boven ons een stem.

'Welkom aan boord van De stormroos! We hebben zojuist de territoriale wateren van de Bondsrepubliek Duitsland bereikt. Daarmee bent u vrije burgers!'

Dat zou het moment zijn geweest om in gejubel uit te barsten. En waarschijnlijk hadden de vluchtelingen voor ons dat ook gedaan. Maar vader trok ons dicht tegen zich aan. 'We hebben het gered,' zei hij in tranen. 'We hebben het gered!'

Nu stond mijn vader op en mochten we op de banken gaan zitten. Lukas rolde zich in elkaar op een van de banken, ik probeerde nog even wakker te blijven. Het schip deinde weer vervaarlijk. Ik vroeg me af waar de matrozen waren. Er waren toch altijd matrozen op een schip?

Toen ik mijn vader ernaar vroeg, zei hij dat ze voor waren, bij de kapitein. Omdat het schip niet meer als viskotter dienstdeed, was er ook geen grote bemanning nodig.

'De machinist is in de machinekamer, en er is vast ook iemand die de kapitein aflost als de tocht langer duurt.'

‘En hoe lang gaat het nog duren?’

‘Nog even.’ Mijn vader woelde door mijn haar. Nu was hij weer de vader die hij vroeger was geweest, voor mijn moeder doodging. ‘Je kunt het best ook gaan liggen. Ik zal jullie wekken wanneer we er zijn.’

Ik knikte en ging dwars over de zittingen van de bank liggen. Mijn benen hingen omlaag, maar daar had ik geen last van. Mijn hele lichaam voelde zwaar en ik was te uitgeput om erover na te denken hoe het nu verder zou gaan. Het belangrijkste was dat mijn vader en Lukas bij me waren.

Hoe lang ik had geslapen wist ik niet, maar op een gegeven moment werd ik wakker van het geschreeuw van mijn vader.

‘Lukas?’ riep hij in paniek. ‘Lukas, waar ben je?’

Intussen begon het licht te worden, en waren we vast niet ver meer van Timmendorfer Strand. Ik realiseerde me niet meteen waarom mijn vader zo nerveus was. Maar toen zag ik dat mijn broertje er niet was.

Geschrokken kwam ik overeind.

‘Papa?’ riep ik, maar hij hoorde me niet. Hij stormde de cabine uit. Toen ik hem achterna wilde gaan, werd ik opzij getrokken en knalde ik tegen een bank. Ik kreeg geen adem meer toen de rand van een tafel zich in mijn ribben boorde. Toen zag ik dat de zee staalgrijs was en nauwelijks te onderscheiden viel van de bewolkte hemel. Torenhoge golven doemden op boven het schip en schudden het wild door elkaar.

Ik schreeuwde het uit en klauwde me vast aan de bank toen het schip weer omgetrokken werd. De storm waarvoor ik ’s nachts bang was geweest, was gekomen. En mijn vader stond buiten. Waar was Lukas?

Opeens werd ik misselijk van angst. Zou er iets met hem gebeurd zijn?

Het was vast niet verstandig om naar buiten te gaan, maar ik moest weten wat er aan de hand was. Waar mijn broertje was.

Zodra het schip weer wat tot rust was gekomen, worstelde ik me naar de deur. Buiten was niemand te zien. Was mijn vader overboord geslagen?

Mijn hart klopte in mijn keel toen ik mijn blik over de woeste hoge golven liet gaan. Mijn vader kon ik niet ontdekken, Lukas ook niet. Ze moesten dus nog ergens op het schip zijn.

Ik strompelde zo goed en zo kwaad als het ging langs de wand van de passagierscabine tot ik bij de stuurhut kwam.

'U moet de machines stopzetten!' schreeuwde mijn vader tegen de kapitein. 'Mijn zoontje is overboord geslagen.'

'O god,' zei de kapitein en hij legde de machines stil. 'Weet u het zeker? Misschien houdt hij zich schuil onder een van de banken.'

'Nee, nee!' riep mijn vader vertwijfeld. 'Ik heb overal gekeken. Hij is er niet meer!'

Ik draaide me met een ruk om. Dat kon niet. Lukas kon toch niet verdwenen zijn! Hij was geen kind dat alleen ging rondlopen, en zeker 's nachts niet.

'Christian!' hoorde ik mijn vader roepen toen ik me weer met een ruk omdraaide en naar buiten stormde. Op dat moment werd het schip weer door een golf opgetild. Ik verloor mijn houvast, begon te schreeuwen en knalde met mijn hoofd tegen iets hards aan. Ik zag sterretjes voor mijn ogen en ik was er zeker van dat ik nu ook in het water terecht zou komen. Maar dat maakte niet uit, want na een tijdje voelde ik niets meer.

Toen ik weer bijkwam, lag ik in een kamer met een wit plafond. Er bungelde een gloeilamp boven mijn hoofd. Het was er warm. Eerst dacht ik dat ik thuis was, maar de geluiden waren anders. En het beddengoed waar ik onder lag voelde ook anders.

Ik probeerde overeind te komen. Waar was ik in 's hemelsnaam? Toen voelde ik een stekende pijn bij mijn slaap. Ik voelde aan mijn hoofd en merkte dat er verband om zat. En toen herinnerde ik het me weer.

'Papa?' vroeg ik. Het klonk als gekras. Ik werd overvallen door paniek. Waar hadden ze me heen gebracht? Was dit het kindertehuis? En waar was Lukas?

Na een tijdje lukte het me overeind te komen. Mijn hoofd bonkte vreselijk, maar ik wist uit bed te komen en naar het raam te lopen. Mijn blik viel op een wat verwilderd uitziende tuin.

Zag een kindertehuis er zo uit? En waar was mijn vader toch?

Opeens hoorde ik stemmen. Voetstappen kwamen dichterbij. Ik wankelde terug naar het bed en trok het dek op tot mijn kin. Hopelijk waren het geen politieagenten!

Even later ging de deur open en verscheen mijn vader in gezelschap van een vreemde man. Die had een tas bij zich, die hij op een stoel naast het bed zette.

'Nou, jongeman, ben je wakker?' vroeg de vreemde man terwijl hij een stethoscoop uit de tas haalde.

Een dokter, schoot het door mijn pijnlijke hoofd. Die man is alleen maar een dokter. Ik ben op het schip gevallen, herinnerde ik me. Daarom is hij er.

Ik liet hem begaan toen hij me begon te onderzoeken en vervolgens het verband om mijn hoofd verwisselde.

Mijn vader stond bij het raam, met zijn blik op de tuin gericht. Ik kon zijn gezicht niet zien. Maar er klopte iets niet. Lukas was er niet. Had hij hem dan niet teruggevonden?

'Papa, waar is Lukas?' vroeg ik. Mijn vader verroerde zich niet. Het was net zoals toen, voordat hij tegen me gezegd had dat mama gestorven was. Opeens voelde ik hevige pijn in mijn buik.

'Papa?' vroeg ik in paniek, waarop de dokter zich omdraaide.

'Meneer Merten? U moet het hem vertellen. Als u wilt, ga ik wel even naar buiten.'

Mijn vader verroerde zich nog steeds niet. Hij scheen bij het raam te zijn vastgegroeid. De dokter leek een beetje vertwijfeld. Ik was bang. Bang dat mijn vader het vreselijke vermoeden zou bevestigen dat door me heen raasde.

Na eindeloze minuten draaide mijn vader zich om en kwam hij naar me toe. Hij hurkte neer naast het bed, maar richtte zijn blik niet op mijn gezicht, maar op de deken.

'Christian, je broertje... We hebben hem niet meer gevonden.'

'Is hij dood?' Mijn woorden klonken dreunend in mijn oren. Eerst mijn moeder. Toen Lukas. Dat kon niet waar zijn. Het mócht gewoon niet waar zijn.

Mijn vader boog zijn hoofd. De dokter legde zijn hand op mijn schouder. Ik viel in een bodemloze put.

23

'Mijn vader is nooit over de dood van mijn broertje heen gekomen,' besloot Christian zijn verhaal. 'De maanden erna werd geprobeerd te reconstrueren wat er gebeurd was. Nog in het opvangkamp verschenen er in de nacht na onze vlucht politieagenten om mijn vader te ondervragen. En ze kwamen ook bij mij. Maar ik kon hun alleen zeggen dat ik vast en diep geslapen had. En dat ik Lukas voor het laatst had gezien toen hij zich op de tegenoverliggende zitbank in elkaar gerold had.

Toen we eindelijk mochten gaan, waren de experts tot de conclusie gekomen dat mijn broertje 's nachts wakker moest zijn geworden en op het schip was gaan rondlopen. Misschien had hij geslaapwandeld. Dat was ons thuis niet opgevallen, maar de kinderarts zei dat dat bij kinderen onder sterke psychische druk kon voorkomen.

Mijn vader maakte zich zware verwijten en verzonk weer in dezelfde zwijgzaamheid die hij ook na mama's dood aan den dag had gelegd. Nu was er niemand die hij de schuld kon geven. Dus gaf hij zichzelf de schuld en begon hij zichzelf ervoor te straffen.

Hij ging aan de drank, zo erg dat hij uiteindelijk een ontwenningskuur moest doen om de ouderlijke macht over mij niet te verliezen.

Hij raakte werkloos, maar herstelde zich weer en kreeg een nieuwe baan. Hij liet de alcohol staan en ik hoopte dat het allemaal goed zou komen. Ik ging naar het gymnasium, want ik wilde na het eindexamen gaan studeren. Maar toen, op zijn zesenveertigste, werd bij mijn vader leverkanker geconstateerd. Ik was achttien toen hij begraven werd en vanaf dat moment was ik helemaal op mezelf aangewezen. Ik probeerde toch mijn weg te gaan, slaagde voor mijn eindexamen en kreeg een studieplaats. Toen de Muur viel, kon ik daar niet blij om zijn, ik dacht er alleen maar aan hoe gelukkig mijn vader ermee zou zijn geweest de almachtige Stasi en dus ook de man die mama gedood had, te zien vallen.'

Toen de wind de laatste woorden had weggevoerd, voelde ik me vreselijk slap. Op dat moment had ik wel een borrel kunnen gebruiken. Christian was met De stormroos gevlucht. Zijn kleine broertje was van het schip dat hij gekocht had, gevallen, en verdronken.

Ik keek naar de zee, met mijn hoofd vol van de beelden die Christians woorden bij me hadden opgeroepen.

Een vlucht over zee, een vader die niet met zijn verlies kon leven en zijn zoons een beter bestaan wilde bieden – en daarvoor op een verschrikkelijke manier moest betalen. En onze Stormroos.

Ik wilde iets zeggen, maar ik kon het niet.

Christian leek dat te merken, en er waren nog een paar dingen die hij me wilde vertellen.

'Toen ik De stormroos in de haven van Sassnitz zag, geloofde ik mijn ogen niet. In mijn herinnering was ze veel groter, bijna een cruiseschip. Maar ik wist heel goed dat ze het was. En ik wist dat ik haar moest hebben. Hoe dan ook.'

'Dan heb je het dus al die tijd geweten?' Mijn stem klonk me vreemd in de oren.

'Ja, ik wist dat De stormroos een vluchtelingenschip was.'

'Waarom heb je me dat dan niet verteld?' Ik wist niet wat ik hoorde. Al die tijd had hij van de geschiedenis van De stormroos af geweten, en er met geen woord van gerept.

Op een ander moment zou ik daar misschien teleurgesteld over zijn geweest. Nu was ik behoorlijk getroffen door zijn verhaal, en ergerde ik me maar lichtelijk over zijn zwijgzaamheid. Natuurlijk was het verhaal erg persoonlijk, maar hij had op zijn minst kunnen laten weten dat het schip iets met zijn familiegeschiedenis te maken had.

'Omdat ik je tijd wilde geven om het te ontdekken,' verklaarde hij. 'Vroeg of laat zou je erachter zijn gekomen – of ik had het je op een gegeven moment verteld. Ik wilde alleen niet...'

'Je wilde de geschiedenis van je familie niet aan een wildvreemde vertellen, nietwaar?'

'Ja,' antwoordde hij. 'Dat wou ik niet. En als het aan mij ligt, blijft dit deel van de geschiedenis van het schip ook onder ons. Ik wil niet dat het publiek wordt gemaakt, al het leed van mijn familie. Dat is alleen voor jouw oren bestemd, begrijp je?'

'Ja. Afgesproken. Dank je wel.'

Ik viel weer stil. Nog altijd kon ik niet vatten wat ik gehoord had. Mijn hoofd bonkte. Het was allemaal te veel, gewoon te veel. Ik wist niet wat ik moest denken of doen, het duizelde me. Ik keek naar de zee, maar die was versmolten met de duisternis. Alleen het ruisen van de golven gaf aan dat ze er nog was.

Minutenlang zaten we zwijgend naast elkaar. Het gegil van de kamperende jongeren en de muziek van de strandbars waren verstomd. De lichtjes op de pier straalden eenzaam in de nacht.

'Die bloemen leg je hier voor hem, hè? Voor Lukas,' zei ik ten slotte.

'Ja,' antwoordde Christian. 'Vooral voor Lukas, want zijn lichaam is nooit gevonden, en hij heeft dus geen grafsteen. Daarom heb ik deze steen uitgezocht, een steen die aan hem moet herinneren en die me een plek geeft waar ik om hem kan treuren.'

Plotseling moest ik weer aan mijn moeder denken.

Al die afgelopen jaren had ik er nooit over nagedacht hoe haar vlucht was verlopen. En dat ook zij er misschien wel voor had moeten betalen. Beïnvloed door het gebeuzel van de functionarissen had ik steeds geloofd dat ze mij had opgegeven. Maar nu... Stel dat ik de prijs was geweest? En stel dat ze daarvoor gestorven was? Leefde ze nog?

Een onbeschrijflijke droefheid welde opeens in me op.

'Anderzijds kom ik de bloemen hier ook brengen voor mijn moeder en mijn vader. Af en toe ga ik nog wel naar hun graf, maar dat vind ik nogal deprimerend. Als ik hier ben, kan ik me hen herinneren zoals ze waren toen ze nog leefden.'

Dat klonk heel mooi, een plek hebben waar je je iemand kon herinneren zonder de belasting van de dood te ervaren.

'Waar denk je aan?' vroeg Christian terwijl hij zijn hand op mijn rug legde. Zijn ogen zagen rood, maar verder leek hij rustiger dan ik. Hoewel het toch zijn broertje was dat door de zee was verzwolgen.

'Ik denk aan mijn moeder,' antwoordde ik. 'Aan de prijs die zij voor haar vrijheid heeft moeten betalen.'

'Heeft zij ook de oversteek gemaakt?'

Ik knikte. De oversteek maken. Zo heette dat in die tijd. Een zo onschuldig klinkende term, die alles omvatte: voorbereidingen, angst, hoop, hartkloppingen, vreugde, ontnuchtering.

Bij ons heette het in de volksmond niet: ''Ze zijn gevlucht' – zo werd het later pas genoemd. Je zei: 'Ze hebben de oversteek gemaakt.' En afhankelijk van iemands ideologische instelling werden die mensen bewonderd of verguisd.

'Op een dag is ze verdwenen, zomaar ineens. Eerst had ze me nog naar bed gebracht. Toen ik wakker werd, lag ik in een politieauto. Mijn moeder was weg. Ik dacht eerst dat haar iets overkomen was, maar de agenten zeiden dat ze verdwenen was. Ik ben nog nooit van mijn leven zo bang geweest. Ze brachten me naar een tehuis, waar ik tussen de andere kinderen op een veldbed werd geparkeerd. Verklaringen werden niet gegeven. Vergeven van angst lag ik daar, en ik hoopte dat het allemaal maar een droom, een misverstand was.

Toen ik tegen de ochtend toch nog was ingeslapen en iemand aan mijn schouder schudde, dacht ik in eerste instantie dat ik weer thuis was en dat mijn moeder me wekte. Dat het allemaal maar een kwade droom was. Maar dat was het niet. Er kwam een partijfunctionaris, die tegen me zei dat mijn moeder republiekvlucht had begaan. Voor zo'n vergrijp werden kinderen meestal naar een jeugdinternaat gestuurd, omdat men ervan uitging dat zij hun criminele ouders hadden geholpen. Maar met mijn zes jaar was ik nog veel te jong om me van medeplichtigheid te betichten. Natuurlijk werd me gevraagd wat mijn moeder de laatste tijd allemaal had gedaan, maar ik had niets gemerkt. Als mijn moeder al voorbereidingen had getroffen voor een vlucht, dan had ze dat goed weten te verbergen.

Toen ze er zeker van waren dat ik niets wist, werd ik eerst in het tehuis ondergebracht, en daarna geadopteerd door mijn huidige ouders. Mijn vader was een onberispelijk partijlid, en omdat zijn vrouw en hij geen kinderen konden krijgen, stond hij al lang op een wachtlijst voor adoptiefkinderen. De Hansens namen mij bij zich op, en namen het op de koop toe dat ze vanaf dat moment door de Stasi in de gaten werden gehouden. Want het was mogelijk dat mijn moeder spijt kreeg en weer opdook om me te halen. In elk geval heb ik daar jarenlang rotsvast in geloofd. Maar ze kwam niet. En ik ben nooit te weten gekomen of ze eigenlijk wel naar me heeft gezocht. Intussen vraag ik me soms af of het voor haar wel mogelijk zou zijn geweest om me te vinden. Ikzelf had zo veel verschillende verklaringen gehoord dat het me moeite kostte de waarheid te onderscheiden.

Na een aantal jaren kwam ik tot de overtuiging dat ze me gewoon niet had gewild. Dat ze me had verruild voor panty's, koffie en mooie zomerkleding. Dat was de beste, de eenvoudigste verklaring. Ik had niet de moed om een andere te zoeken. Bovendien wilde ik niet terug naar het tehuis, ik wilde geen "overgeschoten kind" zijn. Dus accepteerde ik mijn adoptiefouders als mijn ouders. Ik hou van hen, en dat zal altijd zo blijven.'

Op mijn verhaal volgde zwijgen. Mijn relaas was korter dan dat van Christian, maar wat had ik nog meer moeten vertellen? Het was alles wat ik wist, ik had nooit navraag gedaan.

Maar nu leek haar lot me te achtervolgen: eerst de droom, toen het schip en vervolgens Christians verhaal. Op een of andere manier kwam in mijn leven alles terug wat niet was afgehandeld.

'En je moeder?' vroeg Christian. 'Heeft zij nooit geprobeerd jou te vinden? Of jij haar?'

Ik schudde mijn hoofd. 'Nee. Dat heeft ze beslist niet gedaan, en ik... ik ook niet.'

'Dan heb je dus geloofd wat ze je over haar hebben verteld?'

Ik stond met een ruk op en kruiste mijn armen over mijn borst. 'Jazeker.'

'En nu?'

Ik wist wat hij bedoelde. Waarom had ik kritiekloos aangenomen wat anderen tegen me hadden gezegd? Uit gemakzucht? Of omdat ik het echt had geloofd?

'Ik heb een tijdje terug over haar gedroomd,' zei ik, wat niet echt een antwoord was. Maar eerlijk gezegd wist ik het niet. Diep in mijn hart zat nog altijd de ondermijnende gedachte dat ze me gewoon in de steek had gelaten. De Wende was aan me voorbijgegaan zonder dat ik meer diepgaande gedachten had gekregen. Ook had ik niet de hoop gehad dat mijn moeder op een dag voor me zou staan en hallo tegen me zou zeggen.

Maar nu was ik daar ineens niet meer zo zeker van.

Wie kon nou weten wat de functionarissen tegen mijn moeder hadden gezegd ingeval ze naar me had gezocht. Misschien was er ergens ook een steen voor mij waar ze bloemen op legde.

De tranen sprongen me in de ogen. Ik wist niet zeker of die tranen mijn moeder golden of het verhaal dat ik gehoord had.

Ik kon niet voorkomen dat er een korte snik aan mijn keel ontsnapte. Meteen was hij bij me. Zijn armen, die hij om me heen sloeg, waren warm en zacht, zijn lichaam, waar ik tegen aanleunde, was stevig genoeg om me te houden.

Nu was er geen reden meer om me sterk voor te doen, ik liet me gaan en huilde onbedaarlijk.

Christian hield me vast, drukte mijn hoofd zacht tegen zijn schouder en begroef zijn vingers in mijn haar.

Ineens voelde ik de wind niet meer, maar alleen hem nog, en opeens leek het alsof er vanbinnen iets in me openbrak. De schil rondom een lang gemist gevoel barstte open en liet het weer vrij.

Toen ik weer een beetje gekalmeerd was, keek ik hem aan. Niet dat ik in het donker veel kon zien, maar ik voelde dat hij dichter bij me kwam. Zijn lippen beroerden de mijne heel voorzichtig, alsof hij bang was zich te branden. Even later kusten we elkaar hartstochtelijk, we klampten ons stevig aan elkaar vast. Ik vlijde me tegen zijn lichaam aan, dat zo schandalig goed aanvoelde, en merkte dat hij zich ook aan mij vasthield. We waren als twee vrij in de wind rondfladderende linten die, nu ze zich met elkaar verstrikten, de rust vonden waarnaar ze zo lang hadden gezocht.

Na een tijdje maakten we ons van elkaar los, maar slechts voor even. Ik nam hem bij de hand en leidde hem over het rotsstrand naar de trap naar mijn huis. De opkomende twijfel schoof ik terzijde. Leonie sliep, ze zou niets merken. En we zouden zachtjes doen.

Christian volgde me gewillig, en ik voelde dat hij het net zo graag wilde als ik. Zwijgend beklommen we de treden, en boven begonnen we elkaar weer hartstochtelijk te kussen. Dauw bevochtigde ons gezicht en ons haar toen we langs de struiken kwamen. Ik dacht weer aan de tuin met de dauwdruppels uit mijn jeugd, en ik voelde een vreemd geluksgevoel door me heen stromen, want nu, eindelijk, had ik de prins gevonden. In elk geval voor die nacht. Wat volgde, zou de tijd leren.

Op onze tenen slopen we door het huis naar de slaapkamer. Onderweg wierp ik een blik door de op een kier staande deur van Leonies kamer. Ze lag vast en diep te slapen, ze leek zich niet eens bewogen te hebben.

Even vroeg ik me af wat ik zou doen als Leonie zomaar ineens verdween. Gek worden, dat was het enige antwoord dat me te binnen schoot. Gek worden van angst.

Maar ze was hier, en Christian was bij me, en toen we voorbij de kinderkamer waren kwamen er andere gevoelens in me op, die niets met angst te maken hadden. Het was alsof Christian met zijn verhaal een deur in me had opengemaakt. Hij had zich opengesteld, en ik moest nu ook niet meer bang zijn om naar buiten te treden. Alle verlangens van mijn lichaam versmolten tot een en dezelfde hunkering: om Christian te voelen, op en in me, en met hem te beleven wat ik zo lang had moeten ontberen.

We keken elkaar aan, en vervolgens, alsof een onzichtbare kracht ons naar elkaar toe trok, vielen we elkaar in de armen. Christians kussen waren eerst wat terughoudend, maar werden toen, net als de mijne, dwingender.

We kleedden elkaar uit, kusten tussendoor alsof we bang waren de ander in de zee van verlangens te verliezen.

Toen ik mijn borsten tegen zijn lichaam aan legde en op die manier zijn huid voor de eerste keer voelde, verdween alles om me heen. Alleen hij was er nog, die me vasthield, die me verwarmde. En toen we samen op het bed neerzakten, nam ik hem gewillig in me op. Eerst bewoog hij langzaam, onderzoekend, af en toe hield hij zich in, om me aan te kijken, me te kussen. Uiteindelijk draaide ik hem om, ging op hem zitten en begon op zijn heupen te bewegen.

Eerst was ik nog bang dat Leonie ons zou verrassen, en probeerde ik telkens zo zacht mogelijk te zuchten of te kreunen. Maar toen kon het me niet meer schelen. Ik steunde op zijn borst, terwijl zijn handen mijn heupen vasthielden, en toen we ten slotte klaarkwamen, zakte ik op hem neer en genoot ervan door de maalstroom van de lust te worden meegezogen.

Ik werd wakker toen het eerste ochtendlicht door het raam naar binnen viel en de vogels begonnen te zingen. Het eerste moment hield ik wat er gebeurd was voor een droom. Maar toen constateerde ik tot mijn opluchting dat ik het niet had gedroomd. Christian lag naast me te slapen, met zijn hoofd op zijn elleboog, zijn vrije arm op mijn heup.

Glimlachend streelde ik met mijn hand over zijn borst en bleef rusten op de plek waar zijn hart klopte. Met rustige slagen – als hij droomde, was het over iets rustgevends. Mijn aanraking had aanvankelijk geen effect, maar toen werd hij wakker.

Hij deed zijn ogen open, langzaam, eerst zonder te beseffen waar hij was. Maar toen herinnerde hij het zich weer. De arm waarop ik had gelegen, trok me tegen hem aan.

'Goedemorgen,' zei ik terwijl mijn haar als een beschermende deken over hem heen viel.

'Goedemorgen, zeemeermin,' antwoordde hij en hij kuste me. 'Je bent dus niet weer in het water gesprongen?'

'Nee, waarom zou ik? Ik heb immers mijn prins meegenomen.'

Hij trok vragend zijn wenkbrauwen op.

'Andersen,' zei ik

'Dat weet ik,' zei hij. 'Alleen, ben ik jouw prins?'

'Ik denk het wel, of heb je je kroon niet bij je? Dan volstaat ook dat je zeeman bent.'

Weer vonden onze lippen elkaar en ik legde mijn kin op zijn borstbeen, dat een beetje onder zijn huid uitstak.

'Dan zal ik proberen aan die voorwaarde te voldoen,' zei hij terwijl hij me over mijn haar streelde.

24

Het was idioot. Ik wilde een advertentie zetten om een wildvreemde vrouw op te sporen. Een vrouw die geen aanleiding had om erop te reageren. Van wie ik niet eens wist of ze eigenlijk wel aan de Oostzeekust woonde. En toch hoopte ik dat Lea mijn oproep zou lezen.

Urenlang ging ik de mogelijkheden na. Het zou te duur zijn om een advertentie te plaatsen in alle belangrijke landelijke kranten. Een zoektocht op internet leverde talloze fora op, waar mensen op zoek waren naar vermiste personen. In sommige gevallen zelfs met succes. Bijzonder veelbelovend leek me een forum waarop voormalige vluchtelingen uit de DDR ideeën uitwisselden.

Omdat het niets kostte om daar een oproep te plaatsen, zette ik de mijne op alle beter bezochte fora, inclusief het vluchtelingenforum.

Over de inhoud van de brief zweeg ik echter, die ging alleen Lea aan. Maar ik doorspekte het bericht met gegevens die alleen haar bekend konden zijn.

Die middag, vlak na een volgende afspraak met Hartmann, waarbij ik hem het ruwe ontwerp voor de prospectus had voorgelegd, ontmoette ik Christian, die weg was geweest voor Leonie wakker werd. We wilden haar niet meteen confronteren met oom Christian in mama's bed.

Nu kwam hij me met een gereedschapskist op de promenade van Binz tegemoet.

‘Lieve help, ik wist niet dat je niet alleen zou komen,’ zei ik wijzend op de enorme kist, die eruitzag alsof hij nog van zijn vader was geweest.

‘Ik heb toch beloofd je meubels voor je in elkaar te zetten?’ zei hij met een onschuldig gezicht. ‘Daar heb ik gereedschap bij nodig.’

‘Maar vandaag?’

‘Waarom niet? Of verwacht je vanavond soms nog herenbezoek?’ Hij trok me tegen zich aan en kuste me.

‘Nee, maar ik had niet gedacht dat je meteen tot daden zou overgaan.’

‘Vanmiddag is er een afspraak van me afgezegd, dus kom ik maar even een alleenstaande moeder een handje helpen.’

Ik lachte hem toe. Sinds de nacht waarin hij me zijn familiegeschiedenis had verteld, was hij helemaal veranderd. In elk geval tegenover mij.

‘Oké, kom dan maar mee,’ zei ik en ik pakte hem bij zijn arm.

Een oudere vrouw in een lange, koperkleurige linnen jurk die we op de promenade tegenkwamen, groette Christian en lachte toen naar mij.

‘Oei, dat was mevrouw Rosenbohm,’ zei hij toen we haar gepasseerd waren. ‘Nu zal de hele stad te weten komen dat ik me door een vrouw op sleeptouw laat nemen.’

‘En, is dat dan zo erg?’ was mijn vraag.

‘Nee, maar je weet toch dat ik voor de meeste mensen graag een mysterie blijf. Als ze merken wat ik privé uitvoer, laten ze me niet meer met rust.’

‘Ach, kampeert je fanclub voor je huis?’

‘Zo ongeveer. Bovendien storten de vrouwen zich vanwege mij regelmatig van de kliffen.’

‘Dan kun je beter verhuizen, want ik ben van plan nog een tijdje van het leven te genieten.’

Thuis aangekomen viel mijn blik op de klok. Kwart over een. Voor ik Leonie moest afhalen zouden we nog genoeg tijd hebben voor...

Maar die gedachte verwierp ik weer vlug. Misschien zou Hartmann nog bellen, of een van Christians cliënten. Tot de avond zou ik mijn verlangen nog wel kunnen beteugelen.

'Waar zijn de meubels?' vroeg hij. Hij keek de woonkamer rond.

'Die zijn al boven, die mannen waren zo vriendelijk me het gesleep te besparen,' antwoordde ik terwijl ik hem in de woonkamer naar mijn computer trok. Ik riep de vermelding op het forum op, waarop al vijf reacties waren gekomen.

'Lees dit eens, en zeg me dan wat je ervan vindt,' zei ik en ik draaide mijn laptop naar hem toe.

Tegelijkertijd kwam er een gedachte in me op. Waarom zou ik op die fora niet ook naar mijn moeder gaan zoeken?

Maar direct overviel me weer de oude angst. Stel dat ze de advertentie zag en geen contact wilde? Dat ze echt niet naar me had gezocht? Dat ze me inderdaad in de steek had gelaten?

Eerlijk gezegd gloeide er in mij nog altijd een sprankje hoop dat ze me had willen zoeken maar dat de autoriteiten haar zo veel in de weg hadden gelegd dat ze me niet had kunnen vinden.

Stel dat de waarheid die hoop teniet zou doen?

Maar andersom – wat had ik te verliezen als ik hier een oproep plaatste? Als ze niet reageerde, zou er niets veranderen. En als ze het wel deed...

'Ik vind het uitstekend,' zei Christian. 'Misschien moet je de oproep nog wat verder verspreiden. Er zijn toch zeker nog andere fora? Ik kan je wel helpen als je dat wilt.'

'Dat is heel lief van je,' antwoordde ik en ik kuste hem. 'Maar eerst de meubels.'

Ik nam hem mee naar boven, waar de in karton verpakte meubels stonden. Een paar ervan had ik al uitgepakt om te kijken of alles er wel in zat, maar twee pakken waren nog niet opengemaakt.

'Oké, ik vrees dat ik tot vannacht bij je zal moeten blijven. Dit is minstens een halve dag werk.'

'Daar heb ik helemaal niets op tegen,' zei ik en ik sloeg mijn armen om zijn nek.

'En als je weer onverwacht bezoek krijgt?'

'Dan zal ik hem jou als mijn nieuwe vriend voorstellen – punt uit.'

We kusten elkaar, toen begon Christian weer te peinzen.

'Heb je nog iets van hem gehoord?'

Ik week enigszins verrast terug. Ik was verbaasd dat hij zich daar blijkbaar druk om maakte.

'Hij heeft maandagavond iets op mijn antwoordapparaat ingesproken. Gisteren is hij het ziekenhuis ingegaan.'

'En, ga je hem bellen?'

'Ik ben niet meer voor hem verantwoordelijk!' Dat kwam er heftiger uit dan mijn bedoeling was. 'Sorry. Ik wilde daarmee zeggen dat ik niet weet of hij dat eigenlijk wel wil. Hij zal zich om Leonie bekommeren, ja, maar niet om mij. En ik wil ook helemaal niet dat hij zich om mij bekommert.'

'Wil dat zeggen dat hij echt niets meer voor je betekent?' Christian hurkte naast me neer en legde zijn hand op mijn rug.

'Nee, dat is over. Maar het is... Ik weet het niet, maar op een of andere manier slaagt hij er telkens weer in me te kwetsen. Ik zou graag normaal met hem omgaan. Dat is alles. En in dat opzicht heeft hij het me tot nog toe niet gemakkelijk gemaakt.'

'Nu heeft hij je iets gevraagd.'

'Ja, en eerlijk gezegd bevalt dat me helemaal niet, want ik heb eigenlijk geen zin om zijn verzoek in te willigen. Niet omdat ik egoïstisch ben, maar omdat ik niet wil dat hij mijn dochter opnieuw kwetst als hij van gedachten zou veranderen.'

'Mensen kunnen ook veranderen,' gaf Christian ter overweging.

'Misschien. En als hij verandert, heb ik er ook niets op tegen dat hij voor Leonie zorgt. Alleen vrees ik dat die verandering er alleen maar is zolang het slecht met hem gaat. Zodra alles weer in orde is, zet hij haar aan de kant, en dan moet ik weer uitvluchten bedenken om mijn huilende dochter te kalmeren.'

Er kwamen weer tranen naar boven, maar het lukte me ze te verdringen. Het was vandaag allemaal zo mooi begonnen. Ik wilde niet dat de middag een nare wending nam.

Christian streelde mijn rug en schoof een haarlok uit mijn gezicht. 'Het spijt me,' zei hij. 'Ik wilde niet alles bederven.'

'Dat heb je niet gedaan,' zei ik. 'Het is goed om over dingen te praten. Met Jan heb ik maar zelden gepraat, en je ziet wat ervan gekomen is.'

'Zo is het.' Hij trok me in zijn armen, zacht en teder. We kusten elkaar, en even vlamde mijn begeerte weer op, maar het was niet het juiste moment. Hij had gezegd dat hij tot in de nacht zou blijven. We zouden nog genoeg tijd hebben om ons aan onze hartstocht over te geven.

'Zullen we dan maar eens aan de kasten beginnen?'

'Dat ga ik doen,' antwoordde Christian. 'Jij gaat aan het werk. Ik moet tot vannacht iets te doen hebben, toch?'

'Laat me je eerst eens een kop koffie brengen.'

'Daar zeg ik geen nee tegen.'

Ik ging naar beneden en zette het koffieapparaat aan. Op de laptop in de woonkamer zag ik dat er een paar mailtjes waren gekomen, waaronder ook twee nieuwe aanvragen van potentiële klanten. Het ene was van een hotel in Wismar, het andere van een timmermansbedrijf. Blijkbaar had Hartmann aan mond-tot-mondreclame gedaan.

Weer kwam de gedachte in me op dat ik naar mijn moeder zou kunnen zoeken. Doe het, zei een stemmetje in me.

Toen de koffie klaar was, bracht ik Christian een kopje en zocht toen op internet het forum voor DDR-vluchtelingen op waarop ik naar Lea had gezocht. Na wat speurwerk vond ik een rubriek waarin mensen familieleden zochten nadat ze door adoptie of inhechtenisneming van hen waren gescheiden.

Het viel me in eerste instantie zwaar om mijn verhaal kort en bondig weer te geven. Mijn handen werden opeens vochtig van het zweet en ijskoud. Maar ten slotte had ik een bruikbare tekst. Met bonzend hart verstuurde ik hem. Daarna bleef ik minutenlang naar het beeldscherm zitten staren. Ik voelde me plotseling vreemd gespannen. Stel dat ze echt zou reageren?

Toen de telefoon ging, kromp ik in elkaar. Verschrikt sprong ik op, waarbij ik bijna mijn laptop van de tafel trok doordat ik over een snoer struikelde. Gelukkig wist ik overeind te blijven, maar ik was vreselijk blij bij het vooruitzicht eindelijk mijn kantoortje in gebruik te kunnen nemen.

Ik nam op in de stellige overtuiging ofwel mijn vader ofwel mijn moeder aan de lijn te hebben. Wie weet was er wel een motor voor De stormroos gevonden!

Maar de stem aan de andere kant was me volslagen onbekend.

'Mevrouw Hansen?' vroeg een bas waarop zelfs Elmar Gunsch jaloers zou zijn geweest. 'U spreekt met Palatin. Mijn buurvrouw zei dat u enkele dagen geleden bij me aan de deur bent geweest omdat u iets wilde weten.'

Ik was volkomen verrast. De afgelopen dagen waren zo vol geweest met gedachten en zaken die ik moest afhandelen dat ik helemaal niet meer aan de kapitein uit Timmendorfer Strand had gedacht.

'Ja... eh, dat klopt. Bedankt dat u me belt. Hebt u een goede vakantie gehad?'

'Ach, hoe zal ik het zeggen,' zei Palatin. 'Als je op zo veel plaatsen bent geweest als ik, ben je niet meer zo snel verrast. Maar het was in elk geval ontspannend, en daar gaat het om, nietwaar?'

'Wat u zegt,' antwoordde ik, en ik wist niet zo gauw of ik maar meteen met de deur in huis moest vallen.

'U hebt dus De stormroos gekocht,' begon hij gelukkig zelf.

'Ja, dat heb ik. Of liever gezegd, dat hebben we. Ik heb een partner, die als het ware de eigenaar is van de achtersteven. Of de boeg, al naargelang...' Ik lachte onzeker en had mezelf het volgende ogenblik vanwege die opmerking wel voor mijn kop kunnen slaan. 'Het is een prachtig schip,' vulde ik aan. 'Momenteel wordt het in Hamburg helemaal gerenoveerd, en dan hoop ik er een culturele boot van te maken waarop de mensen niet alleen rondvaren, maar ook iets voor de geest meekrijgen. En natuurlijk koffie en taart.'

Er ontstond een stilte, die me verwarde. Ik had op een reactie gerekend, maar Palatin zweeg. Beviel dat wat we met het schip van plan waren hem niet?

'En wat wilt u precies over De stormroos weten?' vroeg hij uiteindelijk. Ik kon zijn intonatie niet goed duiden. Was hij geïrriteerd of gewoon alleen maar nieuwsgierig? Hoopte hij dat ik iets had gevonden, of was hij daar bang voor?

'Ik heb bij het opruimen onder een paneel een brief ontdekt. Van een zekere Lea. Ze geeft daarin aan dat ze met De stormroos naar het Westen is gevlucht. Ik was zo geraakt door die brief dat ik graag meer over de briefschrijfster en het schip te weten wil komen. Daarom kwam ik op het idee u te gaan zoeken. Het zou me een groot plezier doen als ik u een keer kon ontmoeten.'

'Bent u journalist?' vroeg hij, net zoals een tijdje terug de man in de haven.

'Nee, eigenlijk ben ik reclamespecialist.'

'Dan wilt u het dus voor reclamedoeleinden gebruiken?'

Nu kon ik zijn toon plaatsen, want er lag totale afwijzing in.

'Nee, ik wil graag de geschiedenis van het schip zichtbaar maken,' antwoordde ik, en ik schaamde me er een beetje voor dat ik in de brief een goede reclamemogelijkheid had gezien. Door Christians verhaal was dat veranderd, en op het moment wist ik echt niet wat ik met de informatie zou moeten beginnen. Toch wilde ik weten wat de geschiedenis van het schip was. 'Ik zou willen dat de mensen te horen krijgen dat De stormroos mensen naar de vrijheid heeft gebracht. En niet op een schreeuwerige manier. Ik stel me eerder een soort documentatie voor die iedereen die dat wil kan bekijken.'

Weer bleef het lang stil.

'Weet u, het is me er nooit om gegaan beroemd te worden, of een held. Ik heb gedaan wat in mijn ogen juist was. En eerlijk gezegd heb ik altijd gehoopt dat iemand ooit te weten zou komen wat

De stormroos gepresteerd heeft. Maar ik wil onder geen beding dat haar geschiedenis wordt uitgebuit. Die is verbonden met het lot van zo veel mensen.'

'Dat weet ik, en ik beloof u dat ik uiterst discreet te werk zal gaan. Misschien hou ik het ook wel allemaal voor me.'

'Maar misschien maakt u ook wel een compleet themapark van de boot.'

Klonk ik zo weinig overtuigend? Ik had er al bijna spijt van dat ik over dat van het zichtbaar maken was begonnen. Maar dat was juist wat ik wilde, en ik wou de kapitein geen leugens vertellen.

'Dat zou ik nooit doen.' Ik voelde me nu toch wel een beetje in mijn trots gekrenkt. Maar ik wou hem ook niet vertellen dat mijn moeder ook gevlucht was. Dat ging hem helemaal niet aan.

'Oké,' zei Palatin ten slotte. Ik spitste mijn oren. Wilde hij me echt iets vertellen? 'Als het u schikt, kom dan maar zaterdag naar ons toe en breng wat informatie over mijn oude schip mee. Eventueel ook foto's. U hebt er vast wel een paar gemaakt.'

'Meer dan genoeg,' zei ik, en nu sloop er een grijns over mijn gezicht. 'En ik breng ook graag de taxatie mee die de werf heeft gemaakt. Mijn vader is overigens scheepsbouwer en hij is helemaal enthousiast over De stormroos. Hij heeft de kogelgaten ontdekt en brandt van nieuwsgierigheid naar wat er vroeger is gebeurd.'

'Nou, het is natuurlijk onmogelijk om alle verhalen in één middag te vertellen,' gaf Palatin te kennen. 'Maar misschien kan ik me iets over de briefschrijfster herinneren. En wellicht interesseert het u hoe ik ertoe gekomen ben vluchtelingen uit de DDR op te halen en mee te nemen.'

'Dat interesseert me bijzonder!' antwoordde ik en ik onderdrukte het beeld dat bij me opkwam. Honderden gezichten, mannen, vrouwen, kinderen, kleumend op de Oostzee, in de hoop dat hun aan de overkant vrijheid en een goed leven te wachten stonden. Waarschijnlijk kon Palatin over al zijn passagiers wel iets vertellen. Maar het was beter om me tevreden te stellen met wat hij uit zichzelf wilde vertellen.

'Prima, komt u dan rond het middaguur. Mijn vrouw maakt uitstekende Thüringer knoedels!'

Ik bedankte hem en beëindigde het gesprek.

Nadat ik had opgehangen bleef ik nog even naar de telefoon zitten staren. Ik had er niet op gerekend zo vlug een afspraak met de kapitein te krijgen.

Ik liep de trap op naar mijn kantoor, waar Christian ijverig bezig was. Intussen had hij het bureau in elkaar gezet, nu was de kast voor mijn ordners aan de beurt. Als hij zo doorging, zouden we die avond veel tijd hebben voor andere dingen.

Overal lag karton.

'Christian?' vroeg ik, waarop mijn timmerman zich een sappig 'shit' liet ontvallen en zijn hamer wegsmeet. Blijkbaar had hij goed raak geslagen, maar niet op het hout. Met vertrokken gezicht hield hij zijn vinger vast.

Ik liep naar hem toe. 'Moet ik blazen?' Ik kon niet anders, ik moest wel grijnzen.

'Nee, nee, laat maar, het gaat wel,' antwoordde hij en hij schudde met zijn hand. Ik pakte die vast en blies er koude lucht overheen. Even later ontspande hij weer.

'Ja, zie je, bij Leonie helpt dat ook altijd,' beweerde ik, en ik ging er nog even mee door. 'Het spijt me dat ik je aan het schrikken heb gemaakt.'

'Het kwam niet door jou,' zei hij en hij gaf me een kus op mijn voorhoofd. 'Dat ligt eerder aan die stomme kast. Weet je zeker dat je hem wel wilt hebben? Nu ik me een keer heb gesneden en twee keer op mijn vinger heb geslagen, heb ik vreselijk veel zin hem het raam uit te gooien.'

'Hij heeft vierhonderd euro gekost, daar moet ik even over nadenken.'

'Oké, je hebt me overtuigd,' was Christians reactie en hij glimlachte naar me. 'Wat is er, dat je een harde werker zo aan het schrikken maakt?'

'Je gelooft vast niet wie er net gebeld heeft!'

'De toverfee met een betaalbare en goed werkende dieselmotor voor ons schip?'

Ik vond het fijn dat we blijkbaar op dezelfde golflengte zaten.

'Nee, het was Georg Palatin. De kapitein.'

'O, is hij terug van vakantie? Klonk hij bruinverbrand?'

'Hoe kan iemand nou bruinverbrand klinken?'

'Geen idee. Zoals je ziet, heb ik de kleur van rijpende kaas.' Hij stak zijn nog maar licht gebruinde armen op.

'Nou, in elk geval klinkt hij niet als jij,' antwoordde ik. 'Hij heeft me voor komend weekend uitgenodigd, hij gaat me over de geschiedenis van het schip vertellen. Ik vraag me af of je met me mee zou willen gaan.'

Christian liet zijn armen weer zakken. Hij keek ineens ernstig.

'Denk je dat dat een goed idee is?'

'Ik weet dat je er niet op gebrand bent de man terug te zien op wiens schip je je broertje hebt verloren. Maar misschien... kan hij je een paar dingen vertellen. Bovendien zal hij blij zijn te zien dat het schip nu van jou is.'

'Van ons,' preciseerde Christian, en zijn gezicht verzachtte weer een beetje. 'Oké, ik zal erbij zijn. Strikt genomen treft Palatin geen schuld aan de dood van mijn broertje, want hij moest die nacht het schip veilig en wel de Oostzee over zien te krijgen. En om eerlijk te zijn zou ik die ouwe zeebonk echt graag nog eens zien. Ongelofelijk dat hij er nog is, toen ik veertien was, was hij al minstens driehonderd.'

Ik begon te lachen. 'Je overdrijft!'

'Nee, serieus. Hij had net zo'n peper-en-zoutbaard als die figuur op de televisie die reclame voor vissticks maakt.'

'Kapitein Iglo? Zo kun je hem maar beter niet noemen, anders bedenkt hij zich nog en wil hij ons niets meer vertellen.'

'Wees maar niet bang, ik zal me inhouden. Maar op één voorwaarde.'

Ik trok mijn wenkbrauwen op. 'Voorwaarde?'

'Ja, en wel dat ik rij. Met mijn auto. In die bottenschudder van jou waag ik me niet.'

'Noem je mijn trouwe metgezel een bottenschudder? Het is een Volvo!'

'Ja, en waarschijnlijk stamt hij uit het jaar waarin ik geboren ben. Je kunt er beter niet meer van die lange ritten mee maken.'

'Tot nog toe heeft hij alle reizen aangekund zonder te klagen.'

'Oké, maar als hij toch begint te klagen – en geloof me, dat duurt niet lang meer – zal ik je graag helpen om een heel voordelige tweedehands te vinden waarmee ik zeker kan zijn dat jullie niets overkomt.'

Ik zou nog urenlang naast hem hebben kunnen zitten en hem van zijn werk afhouden, maar toen zei mijn innerlijke wekker me dat het tijd was om op weg te gaan naar school.

'Ik moet weg!' riep ik en ik sprong op.

'Pas maar op, als je in die roestbak van een Volvo springt.'

'Doe ik. En jij moet geen vreemde mannen binnenlaten!' waarschuwde ik Christian schertsend, toen rende ik naar beneden.

25

In Christians auto zat je echt comfortabeler, en ik genoot er ook van nu eens niet zo op de weg te hoeven letten. Dat was ik niet meer gewend. Toen ik met Jan getrouwd was, had hij bij weekend-uitstapjes achter het stuur gezeten, ik reed alleen door de week. Na de scheiding was ik steeds de chauffeur geweest. En nu leek er eindelijk weer een man in mijn leven te zijn die ook af en toe het stuur kon overnemen. Mijn moeder zou uit haar dak gaan van vreugde. Maar het leek me beter haar nog niets te vertellen, want je wist nooit wat het lot nog zou brengen.

De auto's op de andere rijbaan schoten voorbij, maar wij hadden de tijd. Christian reed zo voorzichtig alsof hij een lading nitroglycerine aan boord had.

Leonie zat in haar kinderzitje te spelen nadat ze een chocolademuffin had opgepeuzeld. Er plakten nog een paar kruimels aan haar kin, wat er grappig uitzag. Dus pakte ik niet meteen een zakdoekje en gunde ik het mezelf in plaats daarvan uit te kijken over het groene landschap, waarboven dikke mistflarden langzaam oplosten.

Wat zag het er allemaal rustgevend en vriendelijk uit!

Toen begon ineens mijn mobieltje in mijn tas te brommen.

Ik viste het eruit, maar net te laat. Ik dacht eerst dat mijn vader me had geprobeerd te bereiken. Maar op het display lichtte Jans nummer op.

Ik kreeg het warm en koud tegelijk. Blijkbaar wilde hij een antwoord horen. Sinds hij was komen opdagen, was er een week voorbijgegaan. Een week waarin hij niet had gebeld en ook geen andere pogingen had gedaan om ons te bereiken. Wilde hij nu horen wat ik had besloten?

'Wat kijk je bezorgd,' zei Christian terwijl hij een vrachtwagen inhaalde en daarna weer op de rechterbaan invoegde.

Ik schudde mijn hoofd. Hij had gelijk, ik maakte me zorgen.

'Is het vanwege...?'

Ik legde hem het zwijgen op door met mijn hoofd te schudden.

'Later,' zei ik, en ik maakte het me weer gemakkelijk in mijn stoel.

In de deelgemeente Niendorf aangekomen zette Christian de auto neer op een klein parkeerterrein. Ik veegde de muffinkruimels van Leonies kin en tilde haar uit haar zitje.

'En, hoe beviel het ritje?' vroeg ik.

'Goed,' zei ze enthousiast. 'Gaan we nu naar de kapitein?'

'Ja, daar gaan we nu naartoe.'

'Dan kan ik hem ook meteen vragen hoe je een boot voltankt.'

'Nou, ik weet niet of de kapitein je daarop antwoord kan geven.'

'Als hij dat niet weet, vraag ik wel naar zeemeerminnen. Die zijn hier vast ook.'

Ze keek naar Christian. 'Klopt dat, oom Christian?'

'Er zijn hier zeker zeemeerminnen,' antwoordde hij met een knipoog naar mij. 'We zouden vanavond wel eens op het strand kunnen gaan kijken, als je mama het goedvindt.'

'Alsjeblieeeeeeft...' smeekte Leonie, en ik kon niet anders dan toestemmen.

Via een smal met gras begroeid paadje kwamen we bij het huis van de kapitein. Ik was verbaasd dat Christian hier zo goed de weg wist. Een vaag vermoeden kwam in me op.

'Hoe wist je eigenlijk dat we hierlangs moesten lopen?' vroeg ik.

'Ik heb je toch verteld dat ik in een onbekend huis wakker ben geworden nadat ik op het schip het bewustzijn had verloren?'

'Ja, dat kan ik me herinneren.'

'Dat was in Palatins huis. Na alle ellende op het schip heeft hij ons meegenomen. Voordat we ons bij de politie gingen melden, moest ik eerst onder doktersbehandeling worden gesteld.'

'En hoe lang ben je daar gebleven?'

'Een paar dagen. Het onderzoek met betrekking tot mijn broertje was gaande en de politie heeft mijn vader een paar keer verhoord. Daarna moesten we naar het vluchtelingenkamp Uelzen. Palatin had mijn vader wat geld geleend als basis om een nieuw leven op te bouwen. Het was een vreselijk trieste reis. Vooral omdat mijn vader Lukas' spullen nog bij zich had. Omdat ze hem niet gevonden hadden, koesterde hij nog altijd hoop dat een ander schip hem gered had. Hij werd heen en weer geslingerd tussen hoop en vertwijfeling...'

Christian keek naar Leonie, en ik begreep dat hij het er verder niet over wilde hebben.

Ik knikte naar hem en kneep even in zijn hand.

Bij het hek aangekomen liet ik Leonie op de bel drukken. Even later klonk er woest geblaf.

'Rufus, hier!' riep een vrouwenstem, maar toen sprong de grote zwarte hond al tegen de poort. Verschrikt deinsden we achteruit. De hond blafte nog twee keer, keek naar ons en blies hijgend zijn warme adem naar ons toe.

'Neem me niet kwalijk!' riep de vrouw die over het tuinpad aan kwam hollen. Ze droeg een trui met korte mouwen en een rok, haar benen staken in steunkousen. Door haar kortgeknipte haar zag ze er wat jeugdiger uit. 'Onze Rufus is altijd heel waaks, maar eigenlijk doet hij geen mens kwaad.'

Er klonk een verrassend, licht Saksisch accent door in wat ze zei. Ze berispte de hond en aaide hem toen over zijn kop.

Rufus, die zeker mee op vakantie was geweest met de Palatins, ging zitten, hijgde en wierp met zijn kwispelende staart kleine stofwolkjes op.

Toch vertrouwde ik hem niet.

‘Ik ben Irma Palatin,’ stelde de vrouw zich nu voor. ‘U moet de jonge vrouw zijn die met mijn man wil praten.’

‘Annabel Hansen,’ stelde ik me eveneens voor en ik gaf haar een hand terwijl ik vanuit mijn ooghoeken naar de hond bleef kijken. ‘Dit is mijn dochter Leonie, en dit is Christian Merten, die De stormroos samen met mij heeft gekocht.’

‘Wel, dat zal mijn man plezier doen,’ zei ze. ‘Komt u toch mee. Wees maar niet bang, Rufus doet echt niets.’

Daar had ik zo mijn twijfels over, de hond zat er zo waakzaam bij. Christian had dat blijkbaar in de gaten, want hij ging onverschrokken voorop. Pas toen ik zag dat Rufus echt op zijn plaats bleef, liep ik achter hem aan. Daarbij had ik het gevoel dat de hond me met zijn blik volgde. Toen ik me bij de huisdeur omdraaide, zag ik hem naast het tuinhek aan de heg snuffelen. Blijkbaar had hij zijn interesse in ons verloren.

‘Ik was nog druk bezig met de voorbereidingen, excuses voor de wanorde in de keuken,’ zei mevrouw Palatin toen ze ons het huis in bracht. De korte gang, waar we onze schoenen achterlieten, kwam uit in de keuken. Het rook er naar gebraden vlees en naar aardappelen, op het fornuis stond iets in een pan hevig te pruttelen, en de lucht was vochtig van de damp. De wanorde waarvoor mevrouw Palatin zich had geëxcuseerd, bestond uit een kom met aardappelschillen en krantenpapier. In mijn eigen keuken had het er wel eens rommeliger uitgezien. Hier zag het er allemaal netjes uit, de vensterbank was niet eens stoffig.

‘Georg, je bezoek is er!’ riep ze en ze wenkte ons mee te komen.

Georg Palatin zat in de woonkamer te wachten. Hij zat in een rolstoel en zag er op het eerste gezicht nogal breekbaar uit, in tegenstelling tot zijn vrouw. Hij droeg een blauwe pantalon, een wit overhemd met dunne rode strepen en een rode trui met een ingebreid patroon.

Toen hij ons zag, leek zijn broosheid van hem af te vallen.

‘Ach, daar bent u al.’ Zijn stem klonk in het echt nog donkerder dan aan de telefoon. En zijn leeftijd was er niet aan af te horen.

Aan de telefoon had hij geklonken als een vitale zestiger, in werkelijkheid was hij een krasse tachtigjarige.

'Dag meneer Palatin, bedankt dat we mochten komen.'

De man pakte mijn hand vast. 'U bedankt, jonge vrouw, dat u met zo'n oude knakker als ik wilt praten. Mensen van uw leeftijd doen dat maar zelden.' Er gleed een schalks lachje over zijn gezicht, toen wendde hij zich tot mijn dochter. 'En jij, jongedame, zult wel met je moeder mee zijn gekomen.'

'Ja, dit is mijn dochter Leonie,' antwoordde ik in haar plaats, want de man in de rolstoel maakte behoorlijk indruk op haar.

'Een mooie naam. Leonie klinkt een beetje als leeuw. Ben jij er een?'

Leonie schudde haar krullerige manen, maar ze pakte zijn uitgestoken hand aan en vroeg gelukkig niet waarom hij in een rolstoel zat.

Nu wendde hij zich tot Christian, die hem een hand gaf.

'Uw gezicht komt me ergens bekend voor, jongeman,' zei hij, en hij bleef Christians hand vasthouden, alsof de aanraking zijn herinnering op gang kon helpen. 'U lijkt op iemand die ik ooit de oversteek heb helpen maken.'

Christian knikte. 'Ja, mijn vader. Mijn naam is Christian Merten.'

De hersenen van de kapitein waren zichtbaar aan het werk, vervolgens knikte hij, alsof hij de passende informatie in zijn persoonlijke levensbiografie had gevonden.

'U was indertijd nog een kind, nietwaar? U kwam met uw vader mee.' Palatin stokte en liet Christians hand weer los. Wat met die vlucht samenhing, leek hij zich eveneens te kunnen herinneren. 'Ik vond het toen heel erg dat...'

'Dank u,' onderbrak Christian hem. 'Het is lang geleden.'

'Maar wonden als deze helen niet gemakkelijk, nietwaar?' vervolgde Palatin, en ik kon aan hem zien dat hij zichzelf ook de schuld gaf van de verdwijning van Lukas. 'Ik kan me alle mensen die ik indertijd heb overgebracht herinneren. Maar uw lot is me extra bijgebleven.'

'Dat is heel aardig van u,' was Christians reactie. Zijn stem trilde een beetje. Had hij, of zijn vader, Palatin toch medeschuldig geacht? Misschien had de kapitein beter voor de veiligheid op het schip kunnen zorgen.

Maar geen van beide mannen leek van zins te zijn die kwestie op te helderen.

'Gaat u toch zitten,' zo maakte Palatin een einde aan de wat onaangename stilte en hij wees op de grote, gezellige bank. 'Irma zal u zo iets te drinken brengen.'

'U hebt dus mijn oude meisje gekocht,' begon Palatin toen zijn vrouw een grote karaf met zelfgemaakte citroenlimonade voor ons had neergezet. 'Ik kon bijna niet geloven dat ze nog altijd zo heet.'

'Stormroos is toch een mooie naam,' zei ik. 'En brengt het niet ongeluk om de naam van een schip te veranderen?'

'Nee, dat is niet zo. Veel schepen hebben een andere naam gekregen, vooral na de oorlog. De naam van welke nazigrootheid dan ook wilde niemand op zijn boeg hebben staan, dus zijn veel schepen van naam veranderd. De stormroos heette eerst ook anders. Ze had een saaie naam met veel lettergrepen en een hele rits nummers die niemand kon onthouden. Ik heb haar de naam Stormroos gegeven omdat ze een prachtige kotter was – en omdat ik wenste dat ze elke storm zou trotseren. En dat heeft ze gedaan.'

Hij dacht even na, pakte toen met wat onzekere hand zijn glas en nam een slokje.

'Maar vertel eens, u hebt het over een brief gehad die u hebt gevonden. Hebt u die bij u?'

Ik haalde hem uit mijn tas en gaf hem aan Palatin.

Een blik van herkenning sloop over zijn gezicht. Hij streek met zijn beverige hand over het geschrevene, alsof hij het over wilde trekken, toen schoof hij het blaadje een beetje van zich af.

'Ik ken die brief,' zei hij. 'Natuurlijk ken ik hem. Het was een heel mooi meisje dat toen aan boord kwam.' Hij stopte. Ik merkte dat achter zijn ogen het hele verhaal langstrok. Jammer dat ik die gedachtefilm niet kon zien.

'Maar misschien moet ik u eerst eens vertellen hoe ik er eigenlijk toe gekomen ben mensen uit het Oosten de oversteek te helpen maken.' Hij keek naar zijn vrouw. 'Het duurt vast nog wel even voor we gaan eten, Irma?'

'Nog even,' antwoordde ze. 'Begin maar vast met vertellen. Ik kan toch ook tussendoor opdienen als het vlees eerder klaar is.'

Palatin schonk haar een liefdevolle glimlach en richtte zich daarna tot ons.

26

Georg

Mijn vader vond me gestoord toen ik hem liet weten dat ik een schip had gekocht.

'Wat moet je nou met zo'n schip?' vroeg hij toen ik hem een foto van de kleine kotter liet zien. 'Het ziet eruit als een mijnenveger, die schuit heeft vast een paar treffers geïncasseerd en zal onder je kont zinken.'

Ik had inmiddels al een paar jaar gevaren en stond op het punt mijn kapiteinsbrevet te gaan halen. En een kapitein, vond ik, moest ook een eigen schip hebben.

De kleine oorlogskotter, die op een aanlegplaats in de haven van Hamburg lag te roesten, kwam me goed van pas. Zeker, hij was niet de mooiste meer, maar hij was goedkoop. En ik had ook al een bedrijfsplan.

'De kotter is helemaal in orde, vader,' antwoordde ik. Niet dat ik hem met mijn dertig jaar nog rekenschap moest geven. Maar als je ongetrouwd was, betrok je in 1959 je ouders er nog bij wanneer er een belangrijke beslissing moest worden genomen. Mijn vader was zelf zeeman, hij had in de oorlog bij de marine gediend en had bij een aanval een been verloren. Dat had hem niet alleen een nat graf bespaard, maar ook was hij daardoor niet in gevangenschap geraakt, zoals veel van zijn maten. Ze hadden hem als gewonde van het front weggehaald en hem in een fabriek tewerkgesteld tot Hamburg platgebombardeerd werd. 'Ik zal hem een beetje opkalefateren, dan is hij weer als nieuw.'

'En wat wil je dan met die schuit gaan beginnen? Je zou beter een vrouw kunnen zoeken en ervoor zorgen dat je een gezin krijgt voor je te oud bent. Ik wil mijn kleinkinderen nog meemaken.'

'Dat komt wel goed, vader,' verzekerde ik hem, hoewel er op dat moment geen vrouw was die ik me als mijn echtgenote kon voorstellen. Ik had af en toe iets met een meisje, maar dat was nooit voor altijd. 'En ik kan je garanderen dat ik overal goed over heb nagedacht. Ik ga met passagiers over de Elbe varen om daar geld mee te verdienen! Je weet niet hoeveel mensen de haven willen bekijken nu alles daar weer wordt opgebouwd.'

'Daar heb je een loodsschip voor nodig of een plezierboot, geen kotter! Daar kun je hoogstens vis mee vangen.'

De discussie met mijn vader duurde die avond nog lang. Pas nadat hij een paar borrels achterover had geslagen, viel hij in slaap.

Ik was nog steeds zeker van mijn plannen, dus ging ik aan de slag. Vrienden bij Nikolai & Jensen hielpen me het schip weer vaarklaar te maken – en het om te bouwen, zodat het als passagiersschip gebruikt kon worden.

Daarbij kreeg ik vaak het gevoel dat mijn vader gelijk had gehad en dat ik beter naar hem had moeten luisteren. De kotter had door de oorlog inderdaad schade opgelopen. Dat was ook de reden geweest dat niemand hem wilde hebben. Maar het hart van de kotter, de motor, was sterk, en de scheepshuid werd stukje bij beetje van de beschadigingen ontdaan.

Een jaar later werd hij te water gelaten.

Niet alleen was nu de buitenkant intact en had hij een passagierscabine, maar hij stak ook af bij de andere pleziervaartuigen. Alleen de naam beviel me niet. Maar ik had meer verstand van schepen dan van namen uitzoeken. Bovendien was ik heel kritisch. Schertsend geponeerde namen als Makreelblik, Scheepsrat of Zeespook verwierp ik meteen, want ik wilde niet dat de mensen zich vrolijk zouden maken over mijn kotter. Dus liet ik aanvankelijk de getallen op de boeg zitten en stelde ik de doop een paar dagen uit.

Op een mooie dag in mei voer ik trots met mijn vrienden Uwe en Horst als bemanning met mijn eerste lading passagiers de haven uit, waaraan kleinere boten zich niet zo makkelijk konden wagen.

Maar het liep niet hard. Bij de eerste reis wilden nog veel mensen mee, maar het aantal liep gestaag terug. Dat verzweeg ik voor mijn vader, want ik wilde niet dat hij me uitlachte of me verwijten ging maken.

Op een zomerdag in 1960, toen de zaken bijzonder slecht gingen, stond ik op het punt maar weer eens het dek te gaan schrobben, iets waarmee ik mijn frustratie afreageerde. Inmiddels zat ik zo krap bij kas dat ik doordeweeks in de haven werkte en probeerde op een koopvaardijschip aan te monsteren.

Maar op die zondag, waarop het geluk blijkbaar verstek liet gaan, kwam er een vrouw naar mijn schip.

'Hallo?' riep ze van beneden, en ze zwaaide.

Ik kwam overeind. Ik had ondertussen blaren op mijn handen van al het geschrob en daarbij was mijn rug flink verbrand door de zon.

'Ja?' vroeg ik, en toen werd ik als door de bliksem getroffen.

De vrouw was jong, misschien net twintig. En ze was het mooiste meisje dat ik ooit had gezien. Haar haar zat in een wrong, waarin een paar madeliefjes waren gestoken. Over haar roze jurk droeg ze een wit gebreid vestje en om haar schouder een witte tas. In mijn ogen had geen mannequin er mooier uit kunnen zien.

'Wat kan ik voor u doen?' vroeg ik, want het meisje nam me van top tot teen op, alsof ze iets anders had verwacht, en toen antwoordde ze met een stem met een eigenaardig accent: 'Vaart u nog uit naar de haven? Ik ben mijn reisgezelschap kwijtgeraakt, dat zit op een andere boot. En nu sta ik hier in mijn eentje, alle boten zijn weg, alleen die van u ligt er nog en omdat ik vanavond alweer terug moet, zou ik graag nog wat van de haven zien.'

'Eh, ja...' deed ik, want het was volkomen idioot om voor maar één enkele passagier uit te varen, een onverantwoorde verspilling van diesel. Maar het was zo'n mooi meisje, en ik had vast een behoorlijke zonnesteek opgelopen. In elk geval vervolgde ik: 'Natuurlijk, we vertrekken zo. Een ogenblikje!'

Zoals ik eruitzag, kon ik onmogelijk uitvaren. Hoewel het behoorlijk warm was, trok ik mijn kapiteinspak aan. Te laat bedacht ik dat het meisje misschien wel een grap met me wilde uithalen. Misschien was ze intussen verdwenen en amuseerde ze zich kostelijk dat ze me had weten te strikken.

Toen ik aan dek kwam, was ik al voorbereid op de grootste teleurstelling van mijn leven. Maar daarbeneden stond ze op me te wachten, met haar hand beschermend boven haar ogen tegen de zon.

'Komt u maar, jongedame,' zei ik en ik schoof de loopplank op de kademuur. Ze liet zich aan dek helpen, en toen keek ze verbaasd de lege passagierscabine in.

'Vaart u dan alleen voor mij uit?' vroeg ze een beetje verwonderd toen ik het schip klaarmaakte om weg te varen.

Ik vond het pijnlijk dat ze mijn gebrek aan succes op deze manier te weten kwam. Maar ik heb nooit het talent gehad om verhalen te verzinnen. Dus gaf ik het maar toe.

'Zoals u ziet, loopt het niet bepaald storm. Maar de machine vindt het fijn als ze weer eens kan draaien, dus maak het u gemakkelijk, dan zet ik de motor aan.'

De dieselmotor vond het inderdaad duidelijk prettig dat hij weer eens mocht draaien. Toen ik bovenkwam en aan het stuurrad wilde gaan staan, stond de jonge vrouw al in de stuurcabine.

'Pardon, neem me niet kwalijk, ik weet dat ik hier eigenlijk niet hoor te zijn, maar in de passagiersruimte is niemand, misschien mag ik u gezelschap houden?'

Ik zag geen reden haar dat te weigeren, bovendien kon ik me

dan de moeite besparen door de intercom te roepen, dus willigde ik haar verzoek in en even later voeren we uit.

Een beetje onprettig vond ik het wel, want het besturen van een schip vergt uiterste concentratie, en de jonge vrouw leidde me behoorlijk af. Ik hoorde alweer mijn vader die het over een vrouw en een gezin had, en hoewel ik niet eens wist hoe ze heette, voelde ik dat zij de ware was. Of in elk geval iemand zoals zij. En nu ik zo'n meisje op mijn schip had, zou het wel heel dom zijn om niet op zijn minst een gesprek met haar te beginnen. Toch was ik, die er eigenlijk nooit moeite mee had vrouwen aan te spreken, opeens zo zenuwachtig dat mijn handen vochtig werden van het zweet.

Wat moest ik zeggen zonder dat het lomp overkwam? Of dat ze erdoor werd afgeschrikt?

'Waar komt u eigenlijk vandaan?' vroeg ik aan de jonge vrouw, die om een of andere reden meer belangstelling leek te hebben voor mijn oor dan voor de gebouwen aan de haven, want ze keek de hele tijd naar de zijkant van mijn gezicht.

'Uit Rostock,' antwoordde ze.

'Rostock?' vroeg ik verbaasd. Haar accent klonk duidelijk Saksisch.

'Ja, daar ben ik een paar jaar geleden naartoe verhuisd omdat ik daar een stageplaats kon krijgen. En nu wil ik er niet meer weg.'

Verbazingwekkend. Een meisje uit de Russische zone op mijn schip. En nog wel zo'n mooi meisje. Natuurlijk kwamen er altijd wel mensen van daar naar onze kant, meestal om familie te bezoeken. Maar ik had nog nooit een van hen ontmoet.

Het was algemeen bekend dat ze in de Russische zone niets te eten hadden en alleen maar waardeloos geld voor hun werk betaald kregen – reden waarom velen van hen werk zochten in het Westen.

Het meisje naast me zag er echter niet uit alsof ze ergens gebrek aan had.

'En wat doet u zoal in Rostock?' vroeg ik door.

'Ik ben verpleegster,' verklaarde ze. 'In het academisch ziekenhuis.'

'Daar hebt u vast een hoop te doen.'

'Net zo veel als in andere ziekenhuizen,' zei ze schouderophalend. 'Ik heb er plezier in, ik kan me geen ander werk voorstellen.'

'En hebt u dan wel tijd om naar Hamburg te gaan?'

Ze begon te lachen. 'Ook onder het socialisme hebben we wel eens een dagje vrij!'

Dat was de tweede verrassing. Ik had al wel gehoord dat ze in de Russische zone veel waarde hechtten aan het communisme en socialisme. Met socialisme had ik geen moeite, want in Hamburg waren we daar op een of andere manier ook bij betrokken. Mijn familie stemde sinds 1946 op de sociaaldemocraten. Alleen hadden we wilde verhalen over het socialisme aan de andere kant gehoord.

Des te sympathieker vond ik het meisje, dat niet zo vasthield aan de leuzen van haar partijleiding.

'En hoe is het dan bij jullie?' vroeg ik. Mijn zenuwachtigheid werd niet minder. Mijn hart klopte nog steeds in mijn keel. Hoe zou het daarginds nou zijn? Dat was een domme vraag, maar ook die beantwoordde ze.

'Nou, hoe het daar zo'n beetje is? Het grootste deel van de tijd is iedereen aan het werk en zijn we blij met wat we hebben. Een paar weken geleden hebben een paar vriendinnen van me de oversteek gemaakt. Hun ouders, agrariërs, moesten deel gaan uitmaken van een collectieve boerderij. Dat wilden ze niet, en daarom werden ze onteigend. Toen zijn ze weggegaan.'

Dat klonk vreselijk! Blijkbaar hadden de mensen die horrorverhalen van de andere kant meebrachten gelijk. Bovendien hadden de partijbonzen zeven jaar geleden al hun ware gezicht laten zien toen ze de opstand neersloegen.

'Maar zoals gezegd, ik kan ermee overweg. En ik heb hier ook nog mijn tante. Zolang we maar de grens over mogen, is het uit te houden. Mijn tante is gelukkig heel genereus. Deze jurk mag ik in

Rostock alleen op feestdagen aantrekken, anders barsten mijn collega's van jaloezie.'

Oké, de jurk was echt mooi, maar feestkleding? Daar had ik wel heel andere voorbeelden van gezien.

Na een tijdje haalden we het schip in waarmee haar groep was vertrokken. Het waren jonge mensen, een paar meisjes en een paar jonge mannen. Zou ze met een van hen iets hebben? Ik voelde een steek van jaloezie.

'Dat moeten ze zijn,' zei ik en ik wees naar voren. 'Uw vriend zal blij zijn u straks weer te zien.'

Ik probeerde onverschillig voor me uit te kijken, maar vanuit mijn ooghoeken zag ik dat ze glimlachte.

'Ik heb geen vriend,' zei ze.

'Dat kan ik echt niet geloven, een jonge vrouw als u!' deed ik verbaasd, maar vanbinnen werd ik stiekem blij. Als haar hart nog vrij was, maakte ik misschien kans. Ook al kwam ze uit het Oosten. Dat deed er toch niet toe als je smoorverliefd was?

'Wilt u dat ik de kapitein een seintje geef dat u op die andere boot wilt?'

De jongedame schudde haar hoofd.

'Nee, ik blijf liever bij u. Maar als het mag, ga ik bij de reling naar ze staan zwaaien. Het gebeurt niet elke dag dat ik een schip voor me alleen heb.'

'Dat mag,' zei ik en ik keek haar na. Ze wilde bij me blijven. Natuurlijk voor nu op het schip, maar ik zag voor me hoe ze dat bij een andere gelegenheid zei. Iets mooiers kon ik me niet voorstellen.

Toen we weer in de haven waren, leek ze bijna verdrietig.

'Jammer dat de tocht al voorbij is,' zei ze, waarna ze verlegen naar de punten van haar witte schoenen keek. 'Wat ben ik u schuldig?' Ze deed een greep in haar handtas.

'Nee, nee, dat hoeft niet,' zei ik vlug en ik legde even mijn hand op haar arm. 'U bent me niets verschuldigd. Het was me een groot genoegen met u te varen. Dat zou ik altijd weer doen.'

Ze keek me afwachtend aan. Eerst dacht ik dat ze zich nog zou bedenken. Maar toen stak ze haar portemonnee weer in haar tas.

'Hartelijk dank dan, beste kapitein. Het ga u goed.'

Daarmee nam ze afscheid.

In mij begonnen alarmbellen te rinkelen. Verdomme, leeghoofd, heb je het dan niet in de gaten? Vooruit, zeg haar dat ze niet weg mag gaan!

'Juffrouw, wacht!' riep ik haar na. Het meisje draaide zich om.

'Ik heb u helemaal niet gevraagd hoe u heet.'

'Irma,' zei ze. 'Irma Neubert.'

'Georg. Ik bedoel, ik... Mijn naam is Georg Palatin.'

Ik haalde diep adem. Het is nu of nooit, zei ik tegen mezelf. Meer dan nee zeggen kan ze niet. 'En ik wilde u heel graag uitnodigen voor een kop koffie, als u er geen bezwaar tegen hebt.'

Toen verscheen op haar gezicht de mooiste glimlach die ik ooit bij een vrouw had gezien. 'Daar heb ik geen bezwaar tegen,' zei ze. 'Ik zou graag een kopje koffie met u gaan drinken.'

Vanaf die dag kwam Irma af en toe naar Hamburg, en als ze niet kon komen omdat haar dienst roet in het eten gooide, schreef ze me. Zo ging het een jaar lang.

En wat moet ik zeggen, ze bracht me geluk. De passagiersaantallen stegen en algauw kon ik mijn kompanen Uwe en Horst weer voor hun werk betalen.

Op een avond toen ze weer bij me was, nam ik Irma mee uit, en later op die avond kuste ze me. Ik werd daar zo overmoedig van dat ik wel de haven over had kunnen zwemmen!

Ik koesterde hoop dat ze mijn huwelijksaanzoek zou accepteren als ik haar er een deed, en dus bereidde ik mijn ouders er langzaam op voor dat ik weldra een meisje zou meebrengen met wie ik me wellicht zou gaan verloven. Mijn moeder was dolgelukkig, en ook mijn vader had niets aan te merken toen ik hem een foto van Irma liet zien.

Ik haalde mijn geliefde over om de volgende maandag, 14 augustus, naar Hamburg te komen, zodat ik haar aan mijn ouders zou kunnen voorstellen. Ik zou mijn dienst met Karl ruilen en zij had op maandag vrij na haar zondagsdienst. Niets zou ons rendezvous in de weg staan.

Ik was waarschijnlijk opgewondener dan zij, want ik hoopte dat mijn vader niets zou zeggen over de Russische zone, zoals hij de DDR noemde. Dat Irma uit het Oosten kwam, dat wisten mijn vader en moeder niet. Ze moesten Irma leren kennen als de sympathieke vrouw die ze was.

Omdat mijn collega Karl hart voor verliefden had, ruilde hij zijn dienst met mij en dus verscheen ik op zondag op mijn werk. Mijn collega's zaten in de recreatieruimte met de radio aan. Door de verontwaardigde reacties die ze lieten horen, geloofde ik haast dat er een voetbalwedstrijd werd uitgezonden. Maar zo vroeg in de ochtend? Ook op een zondag was dat ongewoon.

'Hé, wat is er aan de hand?' vroeg ik terwijl ik mijn tas in mijn kluisje opborg.

'Tss!' siste een van hen tegen me. 'De Russen sluiten de grens.'

'Wat?' Ik kon mijn oren niet geloven. Waarom zouden de Russen de grens sluiten? In eerste instantie begreep ik absoluut niet wat dat te betekenen had.

'Ze hebben vannacht grensbewakingstroepen in Berlijn gestationeerd en trekken daar een muur op. Tegelijkertijd mogen de mensen uit het Oosten ook niet meer het land uit.'

Met open mond luisterde ik naar de radio. Ik probeerde mezelf voor te houden dat de bouw van een muur alleen voor Berlijn gold. Mijn Irma woonde in Rostock, daar kon ze eigenlijk niet worden opgesloten.

Ik vergat echter dat er tussen het Oosten en het Westen al een grens met hekken bestond. Irma moest elke keer dat ze naar mij toe wilde komen een uitreisvergunning aanvragen. Omdat ze verpleegster was, tot nog toe altijd netjes teruggekomen was en bovendien voor haar zieke tante zorgde, was dat nooit een probleem geweest. Maar zo te horen mocht niemand de DDR meer uit.

Ik werd door paniek bevangen. Irma! Ze zou immers de volgende dag komen! En nu maakten die bonzen daar de grens dicht! En schoten op alles wat erdoorheen wilde breken. Als ik pech had, zou ik mijn meisje nooit meer zien!

Ik begon onrustig te ijsberen, wreef over mijn gezicht, trok de haren uit mijn hoofd. Wat moest ik doen? Het was te laat om naar Rostock te gaan.

Ten slotte maakte de havenmeester een einde aan onze kleine bijeenkomst. 'Hé, wat is dat hier, een koffiekransje? Aan het werk. En vlug!'

De mannen morden, maar ze hadden geen zin het met de havenmeester aan de stok te krijgen, of er nu een muur gebouwd werd of niet. We gingen allemaal weer aan het werk.

Maar ik was er met mijn hoofd niet bij. Gelukkig waren het routineklussen die ik moest afhandelen. Met mijn gedachten was ik bij Irma en bij wat de radio-omroeper had gezegd.

'Hé, hoe zit het, ben je al zenuwachtig?' vroeg mijn collega Siegfried in de middagpauze. Waarschijnlijk dacht hij dat ik van opwinding over Irma mijn eten niet aanraakte. Maar ik was gewoon alleen maar verdrietig.

'Ach, man, flikker op,' siste ik geërgerd, want ik had geen zin om over wat dan ook te praten. Gelukkig was Siegfried iemand die zich niet door zoiets liet afschrikken.

'Je weet toch wel dat als je met het meisje trouwt, de mooie tijd voorbij is?'

Ik had natuurlijk tegenover mijn collega's over Irma opgeschept en was vreselijk trots geweest wanneer de anderen bewonderend of jaloers commentaar hadden gegeven.

'Er komt geen bruiloft,' bromde ik somber.

'Ach!' Siegfried was oprecht geschokt. 'Heeft ze je de bons gegeven? Heb je een stommiteit uitgehaald?'

Ik schudde mijn hoofd en wilde alleen maar dat hij verdween. Maar ik wilde hem ook niet wegjagen. 'Nee, ik heb niks uitgehaald.'

'Wat is er dan? Heeft zij iemand anders?'

'Nee, dat ook niet.'

'Nou, dan begrijp ik het niet.'

'Ik begrijp het ook niet,' zei ik en ik keek hem aan. 'Ik begrijp niet waarom ze daar aan de andere kant de grens sluiten.'

Siegfried keek me een beetje dommig aan, maar toen viel bij hem het kwartje.

'Is ze van de andere kant?'

'Ja, slimmerik.' Er kwam een enorme woede in me op. Niet op Siegfried, maar op die hele klerezooi die zich DDR noemde. 'Omdat ze de grens sluiten, kan ik vast niet met haar trouwen.'

Die nacht kon ik niet slapen. Eigenlijk had ik van Irma moeten dromen en me moeten voorstellen hoe ik haar van het station zou afhalen. Maar dat was voorbij.

Nu kwam de vraag bij me op hoe ik bij Irma kon komen. Mocht je de grens nog over? En zo ja, zouden ze me, als ik eenmaal binnen was, er misschien niet meer uit laten? Zou je gedwongen worden om daar in te burgeren? Wat zou er met de West-Berlijners zijn gebeurd die zich tijdens het bouwen van de muur in de Russische sector hadden bevonden?

Na een paar uur hield ik het niet meer uit in mijn kamer. Ik stond op, kleedde me aan en ging het huis uit, dwaalde een tijdje door de nachtelijke stad en liep uiteindelijk naar de haven. Daarbij schoten er allerlei gedachten door mijn hoofd. Moest ik haar opgeven? Nee, geen sprake van. En zou het zo erg zijn om naar haar toe te gaan en daar te blijven?

Maar ik had hier mijn ouders.

En als ik haar hierheen haalde? Maar hoe?

Op een gegeven moment stond ik voor mijn schip, waarvoor ik nog altijd geen betere naam had bedacht. Zachtjes lag het te deinen op de golven. Op mijn onuitgesproken vraag hoe het nu verder moest, kon het echter ook geen antwoord geven.

Toch ging ik de boot op, want tussen vier muren hield ik het niet uit, thuis benauwde het me – en ik bedacht hoe Irma zich nu moest voelen. Ze zat gevangen in een kooi van prikkeldraad. En in tegenstelling tot mij, die gewoon mijn huis uit kon, zou zij het land niet meer uit komen.

Dat brak mijn hart. Ik rolde me op in mijn kooi en begon bitter te huilen.

Op een dag in september kreeg ik een brief uit Hamburg waarvan de afzender me volkomen onbekend was. Was het een vergissing? Toch maakte ik hem open en trof een brief aan van ene mevrouw Hastermann, die de tante van Irma bleek te zijn.

Ze schreef me in opdracht van haar nichtje. Eerst dacht ik dat er iets gebeurd was, maar Irma nodigde me uit naar Rostock te komen en beloofde me een visum toe te sturen.

'Dan kunt u Irma eindelijk weer zien en kan zij u alles uitleggen,' schreef ze. Maar uitleg interesseerde me op dat moment niet. Overgelukkig drukte ik de brief tegen mijn borst. Mijn Irma was me niet vergeten. En ze had me ook niet opgegeven, zoals ik bijna had gedaan.

Het duurde enige tijd voor ik het visum voor de DDR ontving. Elke dag liep ik naar de brievenbus en kwam teleurgesteld terug wanneer de brief er niet was. Maar op zeker moment kwam hij. Ditmaal rechtstreeks van Irma en niet via mevrouw Hastermann.

Het visum was een grof stuk papier, maar was op dat moment mijn kostbaarste bezit. Ik borg het zorgvuldig op. Het was dertig dagen geldig. Zo lang vrij krijgen was onmogelijk. Ik nam dus eerst maar eens twee weken vakantie op en zou dan wel zien. Als ik eruit vloog, vond ik beslist ergens anders een baan. En zo niet, dan zou ik in mijn onderhoud voorzien met pleziertochtjes over het water. Bovendien wilde ik toch al iets met mijn kapiteinsbrevet doen.

Ik vertelde mijn ouders niets over het bezoek. Inwendig was ik al zover dat ik daar zou blijven als het niet anders kon. Mijn vader noch mijn moeder zou dat kunnen begrijpen, dus was het beter het hun te vertellen als de kogel door de kerk was. Klaarblijkelijk kwamen brieven wel de grens over.

Met bonzend hart en met mijn plunjezak over mijn schouder liep ik op een stralende oktobermorgen naar het station. Duiven koerden op de daken, mussen hipten rond op het voorplein. Het was nog mooi weer, maar je voelde al dat de winter eraan kwam. Als ik echt de volle dertig dagen bleef, zou er misschien al sneeuw liggen wanneer ik terugging. Als ik al terugging. Ook al had Irma me verzekerd dat ik te allen tijde kon teruggaan, moest teruggaan, omdat ik anders problemen met de autoriteiten kreeg, was ik er niet zeker van dat ik terug zou gaan.

Er was nauwelijks iets wat ik te betreuren had. Mijn ouders zouden boos zijn, maar het misschien ook wel begrijpen. Het enige wat me speet was mijn schip. Mijn mooie, nog altijd naamloze schip. Zouden ze het naar me toe kunnen sturen als ik in het Oosten moest blijven?

Ik wist niet of je in de DDR geld kon verdienen met pleziertochtjes. Maar desnoods zou ik het weer laten ombouwen en vis gaan vangen. Eten moesten ze in het Oosten tenslotte ook.

Op het station aangekomen keek ik een laatste keer om. Ik was ervan overtuigd dat ik mijn geliefde Hamburg niet meer terug zou zien. Maar als ik moest kiezen tussen mijn stad en Irma, wist ik heel goed wat voor mij het belangrijkste was.

Ik liep de ingang in en kocht aan het loket een kaartje naar Lübeck. Er was geen rechtstreekse verbinding tussen Hamburg en Rostock, in plaats daarvan kon je in Lübeck overstappen op de sneltrein van Keulen naar Rostock. Naar verluidt werd er aan de grens streng gecontroleerd, maar ik voelde me zeker met mijn visum.

Op het perron stonden nog andere mensen te wachten. Geen van hen had oog voor de jonge man met schipperspet, blauwe jopper en een plunjezak over zijn schouder. Ik zag er echt uit als een zeeman op verlof.

In de tien minuten die me restten voor de trein aankwam, probeerde ik me voor te stellen waar Irma op dat moment mee bezig was. Waarschijnlijk sliep ze nog. Maar het was ook mogelijk dat ze de hele nacht niet had kunnen slapen van opwinding. Ik hoopte van harte dat ze net zo opgewonden was als ik.

Toen de trein eindelijk kwam, ging ik achter een nogal forse man bij het raam zitten en nestelde me in mijn jopper. Ik wilde wat proberen te slapen, want mijn botten voelden loodzwaar van het vroege opstaan. Maar hoewel ik mijn ogen dichtdeed en mijn lichaam om slaap schreeuwde, vond ik geen rust. Onderhuids kriebelde het. Wat zou er de komende uren gebeuren? Hoe zou het aan de grens gaan? Zou er sprake zijn van intimidatie, zoals sommigen vertelden? Zouden er Russen met kalasjnikovs op de perrons staan te wachten?

In Lübeck stapte ik over op de sneltrein uit Keulen, die naar de grens ging, en vandaar af naar Rostock.

De trein was verrassend genoeg behoorlijk vol. Op zoek naar een vrije plaats manoeuvreerde ik me met mijn plunjezak door de gangen van de wagons. Geroezemoes van Rijnlandse stemmen omgaf me. Wilden die mensen allemaal naar de Russische zone?

Toen de trein al op gang was gekomen, had ik eindelijk geluk in een van de wagons. In het compartiment zaten maar drie jonge mannen.

Een van hen had zijn jasje uitgedaan en zat ondanks de slechte verwarming in hemdsmouwen. Zijn woeste blonde kuif viel half in zijn gezicht. De anderen droegen dikke truien over hun overhemd. Het leken me studenten. Dat ik bij hen wilde komen zitten leek hun echter niet bepaald te bevallen. Zodra ik in de deuropening stond, maakten ze abrupt een einde aan hun gesprek.

'Is deze plaats nog vrij?' vroeg ik terwijl de drie me wantrouwend opnamen.

'Dat hangt er helemaal van af waar je vandaan komt,' antwoordde de knul in hemdsmouwen. De anderen wierpen hem een niet-begrijpende blik toe. Waarschijnlijk wilden ze dat ik verdween. Maar waarom? Ik wilde net als zij naar het Oosten, daar was toch niets schandelijks aan.

'Ik kom uit Hamburg,' zei ik. 'Als dat je niet aanstaat kan ik ook wel weer gaan.' Vreemde vogels. Wat had mijn stad er nou mee te maken of ik kon gaan zitten of niet?

De mannen namen me even onderzoekend op, toen knikte de figuur in hemdsmouwen me toe. 'Oké, kom er maar in.'

Iets zei me dat het misschien beter zou zijn een andere plaats te gaan zoeken. Maar de trein was erg vol, en de reis naar Rostock zou lang duren.

Ik gooide dus mijn plunjezak en mijn pet op het bagagerek en pelde me uit mijn jas.

'Je ziet eruit alsof je zeeman bent,' zei de hemdsmouwenknul. Hij klonk nu wat vriendelijker, maar met zijn ogen nam hij me nog steeds kritisch op. 'Kom je net van de grote vaart?'

Ik schudde mijn hoofd. 'Nee, ik maak geen deel uit van een bemanning, ik heb zelf een schip. Een klein pleziervaartuig, maar toch.'

'Een schip zouden we goed kunnen gebruiken,' zei zijn buurman nu, en hij lachte. Ook de derde knul grijnsde. Ik vroeg me af waarom ze een schip wilden. Ik begreep dat het om een grapje tussen hen drieën ging waarvan ik geen weet had.

Ik besloot er niet verder op in te gaan en ging zitten.

De anderen leken hun belangstelling te verliezen en ik had geen zin om te vragen waar zij vandaan kwamen en waar ze naartoe gingen. Ik wilde gewoon naar mijn Irma.

Een hele tijd ging het ook goed, ik luisterde niet naar hun gesprekken en gaf me over aan mijn vreugdevolle verwachting en opwinding. Maar toen besloten de anderen zich weer aan mij te wijden.

'Wat wil je eigenlijk in de Russische zone?'

'Ik ga iemand opzoeken.'

'Familie?'

'Nee, mijn vriendin.'

'Is ze mooi?'

'Nee, ze heeft hoorns op haar hoofd,' antwoordde ik een beetje geïrriteerd. Wat ging het hen aan hoe mijn Irma eruitzag?

De anderen lachten, en ook de blonde grijnsde. Toen tastte hij in zijn borstzakje. Ik dacht dat hij er een pakje sigaretten uit wilde halen, maar het waren twee foto's.

'Wat denk je?' vroeg hij en hij gaf me de twee foto's. De ene was van de man naast hem en de andere... leek daar erg op. Er waren wat kleine verschillen, maar misschien was het een foto uit een ander jaar. 'Als je die twee mannen ziet, zou je dan denken dat het een en dezelfde man is?'

'Stefan...' zei de man van de foto waarschuwend, maar de aangesprokene liet zijn zwijgende verwijt langs zich heen gaan.

'We hebben een mening van buitenaf nodig,' verklaarde hij en hij keek me aan. 'Zijn kijk is onpartijdig.'

Weer zoiets raars. Maar goed, als ze me dan met rust lieten...

'Als je niet zo heel precies kijkt, zou je dat wel kunnen denken. Misschien is de ene foto wat recenter dan de andere.'

De man in hemdsmouwen knikte, toen zei hij: 'Kijk eens wat nauwkeuriger. Kijk ernaar als een grenswacht.'

Ik wist niet hoe nauwkeurig een grenswacht ernaar keek, maar ik probeerde de verschillen te zien. Na een tijdje vielen ze me op.

'Die ene heeft een levervlek die jij niet hebt.' Ik wees op de man naast de blonde, die me ineens scherp aankeek. 'En de haarinplant verschilt.' Opeens wist ik zeker dat de twee foto's helemaal niet een en dezelfde man lieten zien. Oppervlakkig, ja, maar bij nader inzien werden de verschillen duidelijk.

'Het zijn twee verschillende mannen,' zei ik en ik gaf de foto's terug aan mijn gesprekspartner. 'Waarom vragen jullie me dit eigenlijk?'

'Dat kunnen we helaas niet zeggen,' antwoordde de blonde ernstig. 'Maar ooit krijg je het misschien te horen.'

Dat klonk naar iets illegaals. Waarschijnlijk was het een goed moment geweest om uit het compartiment te verdwijnen. Maar het comfort overwon. En dus trok ik de kraag van mijn jas omhoog en wendde ik voor te gaan slapen, zodat de anderen me geen rare vragen meer konden stellen.

Toen we bij de grens kwamen, stopte de trein en stapten DDR-grenswachten in om paspoorten te controleren.

Dat was blijkbaar heel normaal, maar toch had ik het gevoel dat ik elk moment uit elkaar kon barsten. Eerst die rare vragen van mijn medereizigers, en nu soldaten.

Ik voelde me een beetje net als in een van de verhalen van mijn moeder, die toen ze naar Holland wilde reizen, aan de grens had meegemaakt dat de Gestapo instapte om naar vluchtende Joden te zoeken. De kraag van mijn overhemd werd nat van het zweet, en hoewel ik wist dat me dat misschien verdacht maakte, kon ik mezelf niet kalmeren.

De andere drie maakten ook een gespannen indruk, maar leken lang niet zo onrustig als ik.

Toen twee grenswachten bij de deur van het compartiment verschenen, klopte het hart me in de keel.

'Uw paspoort en visum graag,' zei een van hen bars.

Ik keek naar de anderen, die de documenten heel vanzelfsprekend tevoorschijn haalden. Ik deed hetzelfde en zag hoe de grenswachten onze gezichten met de foto's op de documenten vergeleken.

'Reist u voor het eerst naar de Duitse Democratische Republiek?' vroeg een van hen terwijl hij mijn papieren in de hand hield.

'Ja, ik ga op bezoek bij mijn...' Bijna was me ontglipt dat Irma mijn vriendin was. 'Nichtje,' vulde ik vlug aan, want het visum was voor een familielid.

'Hebt u iets aan te geven?' vroeg de grenswacht verder en hij wierp nu ook een blik op mijn medepassagiers.

'Mogen we eens kijken?'

Ik haalde mijn plunjezak uit het bagagerek. Omdat ik wist dat dameskousen in de DDR schaars waren, had ik graag een stel kousen meegenomen voor Irma, maar toen was ik onzeker geworden vanwege de douane, en daarom had ik het gelukkig niet gedaan.

In mijn plunjezak zaten dus alleen maar wat kledingstukken, sokken, ondergoed. Maar de grenswachten dachten zeker dat ik er wapens in had verstopt, want ze begonnen alles overhoop te halen.

Zoekend naar steun keek ik naar de andere jongens, maar die deden alsof ze zich niet voor mij interesseerden.

Op een gegeven moment staakten de grenswachten hun onderzoek, lieten me alles weer inpakken en gaven me mijn papieren terug zonder me een goede reis te wensen.

Nu waren mijn reisgenoten aan de beurt, maar die waren blijkbaar al vaker in de DDR geweest. In hun tas zaten alleen sokken, ondergoed en een tandenborstel. Klaarblijkelijk wilden ze niet lang blijven. Waarschijnlijk alleen maar tot ze dat louche zaakje met die foto hadden afgehandeld.

Na een tijdje taaiden de grenswachten weer af. Toch duurde het nog een hele poos voor de trein zich weer in beweging zette. Toen dat gebeurde, ging er een diepe zucht van verlichting door het compartiment.

'Trek het je niet aan, dat doen ze met iedereen die wat meer bagage heeft,' zei de blonde, die nu weer wat kleur had gekregen. 'Je gaat dus naar je nichtje?' Hij grijnsde. 'Is je nichtje je vriendin? Heeft ze soms hoorns omdat dat in de familie zit?'

In een andere situatie had ik hem beslist bij zijn lurven gegrepen. Maar ik zag de opluchting op zijn gezicht. En zelf voelde ik me ook alsof ik in een noodsituatie op zee na lange tijd uit het water was gered. We waren de grens over. Er was niemand gearresteerd.

'Nee, natuurlijk is ze niet mijn nichtje,' antwoordde ik, en ik probeerde weer rustig te worden. 'Het was alleen...' Ik aarzelde. Kon ik die knullen over Irma's trucje vertellen? 'Mijn vriendin heeft dat bij de visumaanvraag vermeld omdat het anders nog langer had geduurd om er een te krijgen.'

Het gezicht van de man voor me verhelderde alsof hij zojuist een prijsje in de lotto had gewonnen.

‘Jij bent oké, man,’ zei hij en hij knikte naar de twee anderen.

Gedurende de rest van de reis kwam er zowaar zoiets als een gesprek tussen ons op gang. Over mijn reisgenoten kwam ik niet veel te weten, maar de blonde gaf te kennen dat hij ook uit Hamburg kwam. Daarna hadden we het over voetbal, en hoewel ik geen grote fan van St. Pauli was, dacht ik erover mee in welke liga de club dit jaar terecht zou komen. Uit de voorliefde voor bepaalde clubs van de andere twee concludeerde ik dat ze uit het Rijnland kwamen, al kon je het niet aan hun accent horen.

Ten slotte kwamen we in Rostock aan. Het deed me een beetje aan Hamburg denken, en ik bedacht weer dat ik misschien zou besluiten er te blijven.

‘Nou, het ga je goed,’ zei de knul in hemdsmouwen toen ik mijn plunjezak uit het bagagerek haalde, en hij drukte me een pakje sigaretten in de hand. Er zat een briefje tussen het omhulsel met een reeks cijfers. ‘Als je ooit hulp nodig hebt voor je vriendin, bel dan dit nummer.’

Hij zei niet waar ik hulp bij nodig zou kunnen hebben, maar ik wist zeker dat ik niet zou bellen.

‘Het beste!’ wenste ik het drietal en ik maakte dat ik de wagon uit kwam.

Weer was ik opgewonden, maar nu om een andere reden.

Ik zocht de wachtende mensenmassa af in de hoop mijn meisje te zien. Toen ik haar niet meteen vond, raakte ik in paniek. Was ze het vergeten? Dat was niet waarschijnlijk, maar misschien had ze plotseling haar dienst in het ziekenhuis moeten ruilen.

‘Georg!’ werd er achter me geroepen, en alle twijfel verdween als sneeuw voor de zon.

Daar stond Irma, in een lichte jas, waaronder ze een bloemetjesjurk droeg. Toen ik me omdraaide, kwam ze op me aflopen, stortte zich in mijn armen en kuste me.

Het was heerlijk om bij Irma te zijn, ook al merkte ik maar al te goed hoe schamel ze leefde in haar woning in een oud pand met drie verdiepingen. De huizen waren voor een deel vochtig en vertoonden nog altijd tekenen van oorlogsschade. Door Irma's keuken liep een lange scheur en de ramen kierden. Maar er was een badkamer op de gang.

Buiten zag het er niet veel beter uit.

Maar wanneer ik in haar armen lag, kon me dat allemaal niet schelen. Ik had met haar in een boomhut kunnen leven – of op een woonboot in de Oostzee. Het maakte niet uit, als ik haar maar had.

En dat leek met haar ook zo te zijn. Toen ik op een avond voor haar neerknielde en haar de ring omdeed die ik haar al weken eerder had willen geven, sloeg ze haar handen voor haar gezicht.

'Wil je met me trouwen?' vroeg ik, en hoewel ik er niet aan twijfelde dat ze mijn aanzoek zou accepteren, was ik toch vreselijk nerveus.

'Ja,' zei ze. 'Ik wil met je trouwen... maar...'

Dat 'maar' schokte me een beetje. Na al die fijne dagen een 'ja' met een 'maar'?

'Maar?' vroeg ik. 'Maar wat?'

'Maar hoe moet het dan verder?' vroeg ze bedenkelijk terwijl ze de ring aan haar vinger ronddraaide. 'Jij hoort thuis in Hamburg, en ik kan niet naar je toe komen.'

'Ik zou bij jou kunnen intrekken,' zei ik luchtig, hoewel ik wist dat dat niet zo eenvoudig zou zijn.

'Hoe moet het dan met je boot? En met je ouders, als ze straks oud zijn en je hulp nodig hebben? Ze hebben maar één zoon.'

Daar had ze gelijk in, maar op dat moment dacht ik niet aan hoe het later zou zijn. Ik wilde alleen maar haar.

'Als we trouwen, hoor je dan niet bij mij? Moeten ze je dan niet laten gaan?'

Irma perste haar lippen op elkaar. Er liep een traan over haar wang. Het was het droevigste moment van mijn leven. Terwijl het eigenlijk het gelukkigste had moeten zijn. 'Zo simpel is het helaas niet,' zei ze. 'Ik heb geen idee of je wel gewoon maar met iemand uit de BRD mag trouwen. De klassenvijand.'

‘Klassenvijand?’ vroeg ik verbolgen. Zo konden ze ons toch niet zomaar noemen!

‘Dat zeggen de partijfunctionarissen. Ze beweren dat jullie eropuit zijn ons land te vernietigen. Daarom hebben ze ook de grens gesloten. Ze zeiden dat jullie weer het fascisme zullen brengen en dat er dan weer oorlog komt.’

Nu sprong ik op. Wat een onzin! Meteen voelde ik woede in me opkomen en ik had bijna spijt van mijn aanzoek. Het was tot nog toe zo fijn geweest, en ik had nooit van mijn leven kunnen dromen dat ik nu een discussie over politiek zou moeten voeren.

‘Geloof je wat ze zeggen?’ Mijn gezicht gloeide. Het liefst had ik nu iets kapotgeslagen, maar ik wilde Irma’s woning niet vernielen. En ik wilde haar ook niet bang maken.

‘Nee, natuurlijk geloof ik dat niet!’ antwoordde ze bijna beledigd en boos, zodat ik meteen spijt had van mijn vraag. ‘Als dat zo was, had ik je dan een uitnodiging gestuurd? Je gelooft niet wat een gedoe het was met de instanties! De baas van het ziekenhuis en de partijsecretaris hebben me bij zich ontboden om uit te leggen waarom ik een burger uit een vijandelijke staat wilde uitnodigen. Ik heb gedaan alsof ik je nichtje was, niet wetend of ze dat op een of andere manier konden controleren. En dan vraag je mij of ik geloof wat ze zeggen? Nee, ik geloof het niet. Ik denk dat je een fatsoenlijk mens bent, Georg Palatin!’

Mijn Irma trilde over haar hele lijf. En ik, domkop die ik was, had getwijfeld aan haar gezonde verstand. Ik liep naar haar toe en nam haar in mijn armen. ‘Vergeef me, liefste, ik wist dat allemaal toch niet. Ik beloof je dat ik nooit meer zal denken dat jij instemt met wat ze zeggen.’

Ze keek me nog even met van woede fonkelende ogen aan maar zwichtte toen en begon me te kussen.

De dagen daarna werd ik zelf bijna DDR-burger. Toen Irma dienst had, ging ik in de rij staan bij de HO, zoals de levensmiddelenwinkels genoemd werden en probeerde te krijgen wat ze me had opgegeven. Ik was verbaasd hoe weinig er was en hoe snel de meer gewilde artikelen weg waren. Terwijl bij ons de winkels intussen weer barstten van de aangeboden waren, oogden de schappen hier heel overzichtelijk. Waar je bij ons in de groentewinkel zuidvruchten kon kopen, lagen er hier kroppen kool, wortelen en selderij.

Maar wat je nodig had om te leven was er, en omdat ik nog goed wist hoe schaars alles tijdens de oorlog was, was ik blij in elk geval met het hoogstnodige terug te komen.

Maar na het inkopen doen bleef ik nog lang piekeren. Bij ons lagen de winkels vol. Soms was er ook iets niet, maar de verkopers deden moeite het dan vlug te bestellen.

En dan de gelijkmoedigheid van de mensen! Ze mopperden niet als ze iets niet konden krijgen. In plaats daarvan vertrokken ze met wat ze hadden en kwamen ze de volgende dag terug om hun geluk opnieuw te beproeven.

Op een dag werd er bij Irma's woning aangebeld. Ik wist eerst niet wat ik moest doen, maar deed toch maar open. Voor de deur stond iemand in postbode-uniform. Een van de mouwen van zijn jas was omgevouwen en leeg. Ik vermoedde dat hij zijn arm in de oorlog had verloren. Onder zijn gezonde arm droeg hij een in pakpapier gewikkeld pakket. De afzender kwam me bekend voor.

'O, u bent hier nieuw,' zei hij toen hij me zag. 'Ik hoop dat juffrouw Irma niet is verhuisd.'

'Nee, maakt u zich niet ongerust,' zei ik. 'Ik ben haar verloofde en ben sinds kort hier op bezoek.'

'Aha, waar komt u dan vandaan als ik vragen mag?'

'Uit Hamburg,' antwoordde ik en ik verbaasde me erover dat de postbode hier zo snel vertrouwelijk werd. Maar ik schreef het toe aan het feit dat hij Irma al kende sinds ze hier was ingetrokken.

'Aha,' deed de postbode peinzend. Hij zette het pakje neer en haalde toen een blaadje en een balpen tevoorschijn, die hij erbovenop legde.

Ik was zo verrast dat ik eerst niet wist wat ik moest doen.

'Wilt u zo vriendelijk zijn even te tekenen?' vroeg de postbode glimlachend.

Verward deed ik wat hij verlangde.

De balpen vlekte een beetje, maar hij leek er tevreden mee te zijn. Ik gaf het ontvangstbewijs en de pen aan hem terug, waarop hij zich naar me toe boog en op fluistertoon zei: 'Pas goed op voor de Stasi, jongeman. En zeg dat ook tegen uw verloofde. Die houden niet van mensen uit het Westen, dus het is maar beter als u dat verder aan niemand vertelt. De Stasi heeft overal informanten, zelfs onder mensen van wie je het niet verwacht.'

Ik schrok behoorlijk van wat hij zei. In eerste instantie dacht ik dat hij niet goed bij zijn hoofd was, maar toen kwam hij nog dichter naar me toe, keek gejaagd om zich heen en vervolgde nog zachter: 'Kijk eens naar mij! Omdat ze me voor saboteur en landverrader aanzagen, hebben ze me opgesloten en gemarteld. Zo erg dat mijn arm eraf moest. Sinds drie jaar ben ik weer vrij, omdat ze me van niets konden betichten – blijkbaar hadden ze me met iemand anders verwisseld. Omdat ze een slecht geweten hadden, hebben ze me dit baantje gegeven. Normaal gesproken vertel ik het aan niemand, ze denken allemaal dat ik mijn arm in de oorlog heb verloren. Maar juffrouw Irma is net een kleindochter voor me. Als u kunt, haal haar dan hier weg, want als u blijft, zullen ze u niet met rust laten, omdat ze de hele tijd geloven dat u hun mooie socialisme zult verstoren. En, geloof me, ze vinden wel een reden om u op te sluiten.'

Hij was nog niet uitgesproken of er ging achter hem een deur open, en een oude vrouw in een bont huishoudschort kwam naar buiten.

'Ah, meneer Meyer, dan heb ik het toch goed gehoord.'

De vrouw, die ik tijdens mijn verblijf nog niet had gezien, bekeek me van top tot teen, toen glimlachte ze naar de postbode.

Ik kreeg een onbehaaglijk gevoel.

'Mevrouw Höfel, wat fijn u weer eens te zien!' zei de postbode. 'Gaat het beter met uw benen?'

'Het is maar hoe je het bekijkt, en het is afhankelijk van het weer,' antwoordde ze terwijl haar blik telkens weer nieuwsgierig naar mij afdwaalde. 'Hebt u iets voor mij?'

De brievenbesteller greep in zijn tas, haalde de map met brieven eruit en klemde hem tegen zijn borst. Het fascineerde me hoe hij met slechts één hand de map vasthield en tegelijk de brief opzocht. En ik vond het nog fascinerender dat hij door de verschrikkingen die hij had meegemaakt, niet totaal gebroken was.

'Ja, ik heb zeker iets voor u!' zei hij en hij schoof met zijn duim de brief eruit, die de vrouw aanpakte. 'Ik hoop dat het een goed bericht is!'

De vrouw bekeek de brief en begon te stralen. 'Van mijn kleindochter. Dank u wel!'

'Hopelijk tot morgen!' zei de postbode en hij stopte zijn map weer terug.

'Een heel aardige vrouw,' zei hij terwijl hij zich klaarmaakte om weer weg te gaan. 'Helaas kom ik niet zo vaak in het gebouw, meestal stop ik de post beneden in de brievenbus. Maar sommige mensen zitten echt op hun post te wachten. Dat is het mooie van mijn beroep.'

Ik vroeg me af of de oude vrouw had gehoord wat hij tegen me had gezegd. Ze had immers precies op het juiste moment de deur opengedaan. Maar voor haar leek hij niet bang te zijn.

'Nou, het beste!' riep hij tegen mij en hij liep de trap af. Ik beantwoordde zijn groet en bracht vlug het pakje, dat van Irma's tante afkomstig was, naar binnen.

Het griezelige verhaal van de postbode hield me de hele dag bezig. Was zoiets mogelijk? Of had de man me maar wat voorgelogen?

Nee, dat geloofde ik niet. Wie vertelde er nou leugens over zijn geamputeerde arm? De oorlogsveteranen in Hamburg waren er heel open over waardoor ze hun vinger, hand, arm of been hadden verloren.

Nu moest ik ook weer denken aan de eigenaardige ontmoeting

in de trein. De gesprekken die op een of andere manier nergens over gingen. De jonge man die me bedankt had voor mijn hulp terwijl ik alleen maar twee foto's met elkaar had vergeleken. Wat waren ze van plan geweest in de DDR? Waren die knullen misschien geheim agenten uit het Westen geweest? Waren de foto's bedoeld voor valse paspoorten?

Ik herinnerde me het verhaal van mijn moeder. In de trein waarmee ze indertijd had gereisd, was een man met een vals paspoort in de problemen geraakt. De Gestapo-mensen hadden gemerkt dat de foto in zijn paspoort niet die van hem was.

Waren die jonge mannen ook zoiets van plan geweest?

Gelukkig verscheen Irma algauw weer en haalde me uit de maalstroom van mijn gedachten. Ik was enorm blij haar te zien en zij was heel blij met het pakje.

'O, wat fijn, een pakje uit het Westen,' riep ze, ze klapte in haar handen en gaf me een dikke kus, die naar haar lippen en een beetje naar desinfecterend middel smaakte. Toen deed ze haar jas uit.

'Er waren vandaag helaas geen koffiebonen,' zei ik verontschuldigend over mijn aankopen, die ik op de tafel had uitgestald omdat ik niet wist waar ik ze moest opbergen.

'Geeft niet,' zei ze vrolijk en ze sneed het pakje open. 'Op mijn tante kun je rekenen!' Met die woorden haalde ze een pakje koffiebonen tevoorschijn, waarvan de geur al snel de hele woning vulde toen Irma de koffie opschonk.

De dagen vlogen om. Veel te snel naar mijn idee. Ik had voor altijd bij mijn Irma kunnen blijven, maar mijn visum liep af, en dus bracht ze me begin november naar het station van Rostock.

Zonder acht te slaan op de andere mensen die op de sneltrein stonden te wachten, nam ik haar in mijn armen en kuste haar. Ze leunde snikkend tegen mijn schouder, want we wisten geen van beiden wanneer we elkaar weer zouden zien. Ik had graag elke afzonderlijke minuut vastgehouden, maar toen kwam de trein binnenrijden en restte me niets anders dan in te stappen.

Ik wilde sterk blijven, maar het brak mijn hart om Irma huilend op het perron te zien staan, en ik kon met moeite mijn eigen tranen bedwingen.

Toen de trein wegreed en Irma langzaam uit mijn gezichtsveld verdween, hield ik het niet meer en begon onbedaarlijk te huilen.

Een oude vrouw die tegenover me zat, gaf me een keurig gestreken zakdoek. 'Ach, arme jongen, het moet heerlijk zijn om zo pas verliefd te zijn. Maar geloof me, uw meisje zal vast en zeker op u blijven wachten. Mannen die huilen hebben een goed hart.'

Dat was heel aardig van haar, maar op dat moment kon ik haar woorden niet echt waarderen. Dankbaar nam ik haar zakdoek aan en gaf me toen helemaal over aan mijn verdriet, ook al had mijn vader me altijd geprobeerd in te prenten dat een man niet mocht huilen.

Op een gegeven moment kwam de grensovergang en wist ik mezelf te vermannen.

Ditmaal verliep de paspoortcontrole zonder problemen, misschien ook omdat ik het compartiment niet met avontuurlijke figuren deelde.

Maar we hadden de grens nog niet achter ons gelaten of de vertwijfeling sloeg toe. Het over de grens gaan leek me zo definitief. Wanneer zou ik mijn verloofde terugzien?

Wat moest ik doen?

Ik kon mijn arme Irma niet in dat land laten. Niet na alles wat ik van de postbode had gehoord en de toestanden die ik had gezien.

De hele tijd zat ik te piekeren hoe ik haar uit Rostock weg kon halen. Toen schoot het sigarettendoosje me te binnen. Het zat onder in mijn tas. Er zaten nog drie sigaretten in. Toen ik bij Irma was, had ik geen sigaret aangeraakt omdat zij zei dat roken schadelijk was. Het briefje zat nog in het omhulsel.

Ik haalde het tevoorschijn en bekeek het peinzend. Wat voor figuren waren die knullen geweest? Ik had bij Irma op de radio gehoord dat er af en toe pogingen werden gedaan om de 'antifascistische verdedigingswal' te doorbreken – vooral in Berlijn.

Ik besloot het nummer te bellen wanneer ik weer thuis was.

Toen ik in Hamburg uitstapte was het al donker en voelde ik me net een lege scheepscontainer. Zonder Irma was het alsof iemand een vitaal orgaan uit mijn lichaam had gehaald.

Onderweg kwam ik langs een telefooncel. Het was gelukkig een moderne, waarin je niet meer door de centrale hoefde te worden doorverbonden.

Het briefje leek in mijn zak te branden. Wat voor kwaad kon het om het nummer te bellen? De man had me hulp aangeboden als het om mijn vriendin ging. En nu had ik die hulp nodig.

Ik gooide dus het kleingeld dat ik nog had in de gleuf en koos het nummer.

Het duurde even voor ik verbinding kreeg, toen klonk er getuut. Mijn hart klopte in mijn keel. Hoe moest ik het aankaarten? Misschien waren die mannen wel criminelen. Hoe zouden die me kunnen helpen?

Eindelijk werd er opgenomen.

'Met Becker,' bromde een mannenstem. Ik herkende hem als die van de man die me het nummer had gegeven.

'Ik ben de man uit de trein aan wie je je nummer hebt gegeven.'

Stilte aan de andere kant. De man moest er zeker over nadenken wie hij in welke trein had ontmoet.

'De zeeman,' hielp ik hem op weg.

'Ach, de man uit Hamburg met de scherpe blik!' zei hij en hij lachte. 'Wat kan ik voor je doen, vriend.'

'Je... je zei toch dat ik kon bellen als ik hulp nodig had.'

'Ja, dat heb ik gezegd en dat meende ik serieus.'

'Nou, ik denk dat ik hulp nodig heb,' antwoordde ik. 'Ik wil iemand uit de DDR halen.' Er volgde weer stilte. Misschien zat de man aan de andere kant van de lijn me nu uit te lachen, maar dat had ik ervoor over.

'En jij denkt dat ik dat kan?' vroeg hij.

Mijn hoofd begon te gloeien. 'Nou ja, je had die foto... Dat was toch zeker voor een vals paspoort, of niet soms?'

Weer zweeg mijn gesprekspartner.

'Wat je van plan bent is een gevaarlijke onderneming. Kom morgen om vijf uur naar de Sint-Michiel, dan zullen we alles bespreken.'

'Oké, ik...'

Maar hij had al opgehangen.

Ik staarde nog even naar de hoorn, toen hing ik hem weer terug. Moest ik morgen om vijf uur echt naar de Sint-Michiel gaan? Stel dat die mannen iets op hun kerfstok hadden en misschien door de autoriteiten werden gezocht?

Verward wankelde ik verder naar huis. Mijn gedachten waren bij Irma en terwijl ik nog de herinnering aan haar armen en haar lichaam voelde, viel ik in een diepe slaap.

De wind blies natte kou door mijn jas. Vergeefs zocht ik naar een plek die me enige beschutting bood. Maar die leek er niet te zijn, de stevige bries kreeg me telkens weer te pakken.

Ondanks het grijze weer heerste er levendige bedrijvigheid rondom de Sint-Michiel. Mensen snelden me met opgezette kraag voorbij. Ik hield mijn handen diep begraven in mijn jaszakken en keek uit naar Becker. Van welke kant zou hij komen? Ik keek op mijn horloge. Bijna vijf uur.

Ik leunde tegen de muur en liet mijn blik rondgaan. Boven me begonnen de klokken het hele uur te luiden. De man was nog steeds nergens te bekennen. Was hij verlaat? Of was hij van gedachten veranderd? Het klokgelui was net verklonken toen er iemand op me afkwam. Hij droeg een dikke, halflange jas, zijn haar viel over zijn oren.

Toen hij zijn gezicht omhoogdeed, herkende ik de man uit de trein. Hij keek grimmig.

Had dat iets met mij te maken of was er iets gebeurd?

Hij gaf me een hand. 'Het doet me plezier je terug te zien. Ik heb je je naam nog helemaal niet gevraagd.'

'Palatin,' zei ik, 'Georg Palatin.'

'Stefan Becker.' Hij haalde een pakje sigaretten uit zijn zak en bood me er een aan. Ik rookte zelden, maar nu zou het onbeleefd zijn geweest te bedanken.

Becker gaf me vuur en stak ook zijn eigen sigaret aan. Hij blies de rook de vochtige novemberlucht in en toen zei hij: 'Je wilt dus iemand uit de DDR weghalen.'

Ik knikte. 'Mijn verloofde.'

'Weet zij al hoe gelukkig ze is?'

'Dat ze mijn verloofde is of dat ik haar uit de DDR wil halen?' antwoordde ik, waarop Becker me lachend op mijn schouder sloeg.

'Dat lijkt wel goed te zitten. Natuurlijk bedoelde ik haar uitreis uit de DDR. Heb je het er al met haar over gehad?'

'Nee, het idee kwam ineens bij me op.' De rook brandde in mijn longen. 'Ik vond je telefoonnummer en dacht aan de foto's die je me hebt laten zien. Dat ik moest kijken of die twee op elkaar leken.'

'Dat kan ik me nog herinneren. Mijn vrienden hebben me daarvoor bijna gelyncht,' antwoordde Becker. 'Die dachten dat je misschien contact had met de Stasi.'

Bij het horen van die naam liep er een rilling over mijn rug. 'Nee, wat denk je wel. Anders zou ik je toch niet gebeld hebben?'

'Jawel, juist als je voor de Stasi werkte, zou je gebeld hebben,' antwoordde Becker. 'Maar dat geloof ik niet. Een van de hunnen zouden ze bij de grensovergang anders hebben behandeld en dan hadden ze niet zijn spullen doorzocht. Bovendien had je een West-Duits paspoort, dat zag ik al uit de verte.'

'Zeg eens,' begon ik, en ik dempte mijn stem. De mensen liepen voorbij zonder acht op ons te slaan, maar je kon nooit weten of misschien iemand iets opving. 'Zijn jullie geheim agenten of zoiets?'

'Wat? Geheim agenten?' Becker schudde zijn hoofd. 'Wat denk

je wel? Nee, we zijn studenten die af en toe wat zaken daar afhandelen.'

Hij nam me even onderzoekend op, en keek me toen een paar seconden lang recht in de ogen.

'Jullie brengen mensen naar de andere kant, toch?' vroeg ik hoopvol. 'De foto's moeten daarmee iets te maken hebben.'

'Dat kun je beter niet zo duidelijk zeggen – en al helemaal niet tegen je vriendin.'

'Klopt het dan niet?'

Becker keek om zich heen, alsof hij dacht dat hij in de gaten werd gehouden. Toen zei hij: 'We halen mensen hierheen, dat klopt. We zijn begonnen met medestudenten, nu doen we het ook met anderen.'

'Vragen jullie daar geld voor?' Ik kon me niet voorstellen dat ze zich zomaar aan gevaar blootstelden.

'Nee, wat denk je wel? We willen gewoon niet dat landgenoten door de Russen worden opgesloten.'

Mijn hoofd gloeide van opwinding. 'En hoe doen jullie dat, ze hiernaartoe halen?'

'We zoeken meestal iemand die lijkt op degene die weg wil en vragen hem of hij onze stroman wil zijn. Met die stroman gaan we de grens over, gaan naar de betrokken persoon en reizen met hem terug. Daarom is het belangrijk dat hij op de pasfoto lijkt. De man die we achter hebben gelaten meldt zich bij de politie en doet aangifte van het verlies van zijn papieren. Meestal sturen ze hem dan na een kort verhoor weer terug.'

'En ze merken dat niet?'

'Dat hangt ervan af. Sinds we onze laatste man bijna hebben verloren, moeten we een tijdje van die tactiek afzien.'

'En hoe doen jullie het nu?'

'Dat weten we nog niet precies.' Hij keek me een hele tijd aan. 'Maar ik denk dat ik nu een mogelijkheid zie.'

'Een mogelijkheid?' Wat bedoelde hij daarmee?

'Jij hebt toch verteld dat je een schip hebt?'

'Ja, dat klopt.'

'En ben je daarmee al eens echt op zee geweest? Dat wil zeggen, kan je dat?'

'Natuurlijk kan ik dat, waarom zou ik anders een schip hebben?'

Becker dacht even na, tussendoor nam hij steeds trekjes van zijn sigaret.

'Ach, het is maar een idee. Wat denk je ervan je meisje met je schip te gaan halen?'

Ik fronste mijn wenkbrauwen. Dat was nogal een dom idee, want de territoriale wateren van de DDR werden beslist net zo intensief bewaakt als de groene grenzen.

'Mijn schip ligt hier in de haven,' gaf ik hem ter overweging. 'En zelfs als ik het Noord-Oostzeekanaal neem en naar Rostock vaar, zal ik mijn meisje niet makkelijk kunnen ophalen, want ze zal vast niet in de haven mogen komen. Ze zijn enorm op hun qui-vive.'

Becker dacht nog verder na. Inmiddels was de sigaret tussen mijn vingers uitgegaan zonder dat ik nog een trekje had genomen. Vanbinnen rilde ik – van de kou, maar ook van opwinding. De gedachte Irma met mijn schip te gaan halen beviel me, maar ik besefte tegelijkertijd dat ik veel te weinig wist van de omstandigheden in de havens in de Russische zone. Als de grenswachters merkten dat ik er met haar vandoor wilde gaan, zouden ze ons allebei doodschieten, zo veel was zeker.

'En als je je meisje nou eens niet in de haven ophaalt, maar op zee?' vroeg de mensensmokkelaar nu. 'Ze zou met een boot naar je toe kunnen komen.'

'Dat is te gevaarlijk,' barstte ik uit. 'Op de Oostzee is er behoorlijke deining. Als ze omslaat, verdrinkt ze. Bovendien zal ze het beslist niet aandurven daarvandaan te roeien.'

'En als er anderen bij zijn? Anderen die misschien een kleine motorboot hebben? Of een zeilboot? Als er meer mensen bij zouden zijn? Dan hoef je niet eens in de buurt van de kust te komen, de vluchters varen naar jou toe.' Beckers gedachten leken razendsnel te gaan. Hij gooide zijn sigaret op de grond en trapte hem uit met zijn hak terwijl hij zijn hersens bleef pijnigen. 'Ik heb gehoord van mensen die zwemmend via de Oostzee proberen te vluchten in de hoop een Deense viskotter aan te klampen...'

'Mijn schip is een viskotter,' zei ik. De gedachte dat Irma in een of andere notendop over de Oostzee het land uit zou varen beviel me nog altijd niet, maar een beter voorstel kon ik niet verzinnen.

'Nou, uitstekend! Dan kan het de golven van de Oostzee trotseren.'

Mijn gesprekspartner verzonk in diep gepeins.

'Ik zal mijn gedachten er nog eens over laten gaan,' zei hij ten slotte. Hij keek al lichtelijk gejaagd. 'Laten we elkaar over een week weer hier ontmoeten. Misschien kan ik je dan meer vertellen.'

Daarop namen we afscheid. Becker verdween zomaar in de menigte toen ik even niet keek, en daarna kon ik hem niet meer ontwaren.

De dagen tot de volgende ontmoeting gingen traag voorbij. Maar toen troffen Becker en ik elkaar weer. Deze keer straalde hij al net zo als de heldere novemberavond.

'Ik heb alles voorbereid,' verkondigde hij. 'Nu hoeven we er alleen nog voor te zorgen dat de mensen naar je toe worden gebracht. Zoals het er nu uitziet, kun je behalve jouw meisje nog drie andere vluchters helpen.'

Ik aarzelde. Behalve mijn Irma wilde ik eigenlijk niemand hierheen halen – maar ik besefte dat Stefan Becker een tegenprestatie verwachtte. En ik wist dat ik zonder zijn hulp niets kon uitrichten.

'Ja, natuurlijk,' zei ik dus, waarop Becker me zijn hand toestak.

'Nou, afgesproken dan. Ik zal je de komende dagen preciezere instructies geven. Wil jij je meisje zelf informeren, of moeten wij dat doen?'

'Hoe riskant is het om haar te bellen?' vroeg ik weifelend, want ik wist niet wie er zou meeluisteren – vooral omdat ze zelf geen telefoon had en naar de buurvrouw moest gaan.

'Heel riskant,' antwoordde Becker. 'Mogelijk wordt de telefoon die ze gebruikt afgeluisterd. Je kunt het best haar adres en een bericht voor haar aan ons geven, en dan nemen wij contact met haar op. Wij kennen onze mensen daarginds en weten voor wie we moeten oppassen. We zullen haar dan een antwoord laten schrijven, en dat bij onze terugkeer meebrengen.'

'Oké,' antwoordde ik, maar ik had nog steeds geen goed gevoel over de hele onderneming. Stel dat ze toch betrapt werden?

En stel dat Irma niet mee wilde werken? Toen ik bij haar was, hadden we het niet over vluchten gehad. Wat moest ik doen als ze niet uit Rostock weg wilde? En stel dat de mannen haar een doodsschrik bezorgden en zij dacht dat ze van de Stasi waren? Kon ik haar maar bereiken en voorbereiden op wat er ging komen!

Becker verdween echter weer zonder te weten door welke twijfels ik werd geplaagd. En ik ging ook weg, want ik moest de avond gebruiken om haar een brief te schrijven waarin alles werd uitgelegd.

Er braken onzekere dagen aan. Het was me gelukt om een brief te schrijven, maar zou Irma echt geloven dat hij van mij afkomstig was? Voor de zekerheid had ik een paar dingen vermeld die alleen ons beiden bekend waren. Maar zou ze zich eigenlijk wel door de mannen laten benaderen?

Terwijl ik daarover piekerde, veranderde ik in een geestelijk wrak. Ik was schrikachtig, kon vaak niet in slaap komen door al het tobben en lag te woelen in bed. Mijn ouders kon ik niet in vertrouwen nemen, die waren nog steeds ontstemd dat ik zomaar ineens naar de DDR was gegaan. En mijn vrienden...

Zouden die wel begrijpen wat er in me omging?

Omdat ik nog geen nieuwe baan had gevonden, deed ik maar wat klusjes op mijn schip. In de winter wilde niemand meer een pleziertochtje maken. Dus deed ik alle mogelijke reparaties.

Toen, op een dag vlak voor kerst, had ik weer een ontmoeting met Becker. Hij gaf me een brief waaraan te zien was dat hij tijdens de reis veel te lijden had gehad. Hijzelf of een van zijn vrienden moest hem op zijn lichaam hebben gedragen om te voorkomen dat de Stasi hem openmaakte. Hij was nogal dik, alsof Irma bladzijden lang haar gedachten van zich af had moeten schrijven. Angst overviel me. Stel dat ze het uitmaakte?

Ik voelde aan de envelop, maar kon niets ontdekken wat op een teruggestuurde verlovingsring wees.

Becker gunde me de tijd om de brief open te maken en te lezen.

Met trillende vingers haalde ik de blaadjes tevoorschijn. De meeste ervan waren leeg of bestonden uit krantenpapier. Maar daartussen ontdekte ik twee velletjes met Irma's handschrift.

Ze deelde me mee dat het volkomen waanzinnig en gevaarlijk was wat ik uitkraamde. Ik begon al vertwijfeld te raken, maar toen stond er ineens: 'Maar omdat ik van je houd, zal ik aan die waanzin meewerken. En waag het niet me af te halen!'

Ik drukte de brief aan mijn hart. Dat was mijn Irma! En waarschijnlijk was ik er nog gelukkiger over dat ze schreef dat ze van me hield.

'Volgende week,' zei Becker en hij gaf me een briefje met de overeengekomen exacte gegevens. 'Maak je schip maar klaar!'

De enigen die ik inwijdde waren mijn twee beste vrienden. Ik had een paar bemanningsleden nodig, ik kon natuurlijk niet tegelijk aan het roer staan en de vluchtelingen aan de touwladder omhoog helpen.

Uwe stond meteen in vuur en vlam. 'Natuurlijk ga ik mee. Dat wordt lachen, achternagezeten worden door de kustwacht.'

'Lachen?'

'Ach, dat snap je toch wel. Het is weer eens wat anders. En strikt genomen mogen ze ook niet aan onze kant komen. We krijgen het wel voor elkaar!'

Horst was wat sceptischer, maar ook op zijn steun kon ik rekenen.

Een paar dagen later voeren we af richting Brunsbüttel, waar we het Noord-Oostzeekanaal in zouden varen.

Het weer werkte bepaald niet mee. Het was mistig, en ik merkte dat ik nog tamelijk onervaren was als roerganger. De Elbe afvaren was iets heel anders dan navigeren door de haven van Hamburg. Maar mettertijd begon ik me zekerder te voelen en het was goed mijn vrienden bij me te hebben. Ze zorgden dat ik niet ging piekeren, en als het niet anders kon, praatten we gewoon over wat ons te wachten stond.

Op de avond van diezelfde dag bereikten we Brunsbüttel en voeren we het kanaal in. Het was vreselijk mistig, maar wat kon je bij zo veel water onder je ook anders verwachten?

Toen ik na mijn wacht in mijn kooi lag, dacht ik aan Irma. Hoe zou het met haar zijn, zo vlak voor haar vlucht? Was ze bang?

Het was zo vreselijk jammer dat ik niet bij haar kon zijn, niet tegen haar kon zeggen dat het allemaal wel goed zou gaan.

Hoewel, zou het eigenlijk wel goed gaan? De bekende bezorgdheid kwam weer naar boven. Stel dat er iets met de boot gebeurde of dat de grenswachten degenen die wilden vluchten op het spoor kwamen? Ik moest er niet aan denken dat Irma zou moeten boeten voor mijn idiote plan.

Maar toen vermande ik mezelf weer. Becker had beloofd zich te melden met zijn zendapparaat, op een frequentie die de grenswachten niet konden afluisteren.

We zouden dat varkentje wel even wassen!

Een paar uur later, aan het begin van de ochtendschemering, voeren we de Oostzee op. Onderweg waren we veel transportschepen tegengekomen, een Nederlandse vrachtboot toeterde ter begroeting, hoewel we elkaar niet kenden.

We waren te vroeg. Veel te vroeg, want de actie zou pas 's avonds plaatsvinden.

We voeren dus de haven van Timmendorfer Strand binnen en trakteerden onszelf in een café op hete thee en een fatsoenlijk ontbijt.

Hoewel het allemaal heerlijk was, lag het me als een steen op de maag. Mijn gedachten waren onophoudelijk bij Irma. Nu zou ze wel in het ziekenhuis zijn. Hopelijk werd ze niet met een andere dienst opgezadeld! Zou ze heel rustig zijn, of trilden haar handen? Zouden haar collega's iets aan haar merken als ze haar aankeken? Werd ze misschien allang in de gaten gehouden?

Ik keek op de klok van het café. De tijd ging maar langzaam voorbij. Was het maar alvast avond, dacht ik.

Na een tijdje verlieten we het café en begonnen we doelloos over de promenade te slenteren. Er stond een gure wind en de zee was koud en ongenadig. Meeuwen fladderden weg boven de schuimende golven. Ik keek naar het wazige grijs van de horizon. Ergens daarachter was ze, mijn Irma. Hopelijk bedacht ze zich niet op het laatste moment.

Toen het eindelijk tijd was, kwamen we weer bij het schip aan. Becker had gezegd dat hij bericht zou zenden zodra hij de vluchtelingen had opgetrommeld. Ik zou immers niet alleen Irma meenemen. Ik had die nacht ook de verantwoordelijkheid voor drie anderen, een vrouw en twee mannen.

We voeren weer de Oostzee op en probeerden rondom het afgesproken punt te blijven cirkelen.

Met de hoogte van de golven steeg ook mijn bezorgdheid. Hopelijk was Beckers boot stabiel genoeg. Hopelijk sloeg hij niet om. Iemand uit het water opvissen was bij deze zeegang vrijwel onmogelijk.

De woeste golven riepen nog een vraag bij me op. Hoe moesten we ze veilig aan boord krijgen? Toen we de tocht planden, konden we natuurlijk niet voorzien wat voor weer het zou worden.

Weer gingen er uren voorbij. Het werd donker. Nooit eerder had ik zo'n diepzwarte nacht meegemaakt. Zelfs de maan speelde het niet klaar wat licht door het dichte wolkendek heen te laten dringen.

Toen kwam eindelijk het radiobericht. We krompen in elkaar toen er geruis door de ether klonk, weldra gevolgd door een paar woorden. Uwe greep meteen de koptelefoon en gaf het bericht door.

'Ze zijn in de buurt en wachten op je.'

We waren maar weinig van de overeengekomen coördinaten verwijderd. Naar bleek hadden Becker en zijn vrienden niet alleen enig idee van mensensmokkel, ze konden ook enigszins met zeekaarten uit de voeten.

Ik veranderde voorzichtig van koers en voer naar de afgesproken plek.

Bij die diepzwarte duisternis moest je wel oppassen dat je de boot niet ramde!

'Kijk, daar!' riep Horst, die zich ten doel gesteld had zijn ogen wijd open te houden. 'Een lichtje!'

Ik temperde de machine. Toen zag ik het ook – een klein, helder lichtje aan stuurboord. Ik zette de motor uit en deed het deklicht aan. Ik had geen idee of ik in de Russische territoriale wateren was of niet.

Dat kon me op dat moment ook niet schelen, want mijn Irma zat daar in die boot. En nu moest ik haar en de anderen heelhuids aan boord zien te krijgen.

Ik liet het roer aan Horst over en rende met Uwe naar buiten. Daar rolde ik de touwladder uit. Ik kon pas iets onderscheiden toen de boot ons lichtschijnsel binnenvoer. Het was een oude motorboot die plaats bood aan vier passagiers, twee bemanningsleden en een zendapparaat.

Onder de vage gedaanten kon ik mijn Irma niet ontwaren, dus riep ik dat ze een voor een naar boven moesten komen.

Als eerste klom een vrouw de ladder op, dat zag ik aan de manier waarop ze dat deed. Ze droeg een werkmansbroek en een dikke jas, haar haar zat onder een schippersmuts weggestopt.

Toen ik haar aan boord haalde, zag ik meteen dat het niet mijn Irma was. Die volgde blijkbaar als tweede, ook dik ingepakt.

En ja, meteen toen ze mijn hand aanraakte, wist ik dat zij het was. Ik rukte haar bijna aan dek, trok haar stevig tegen me aan en kuste haar. Ze trilde over haar hele lichaam en huilde.

'Het is oké, alles is goed, je bent bij me,' fluisterde ik in haar haar en ik was zelf ook de tranen nabij. Maar daarvoor had ik geen tijd. De twee mannen kwamen aan boord. Ook zij waren totaal verkleumd en op van de zenuwen.

Uwe bracht ze alle vier naar de passagierscabine, waar ze beschut waren tegen de wind. We hadden thermoskannen met koffie bij ons zodat ze zich wat konden opwarmen.

'Willen jullie ook mee?' riep ik naar Becker en zijn vriend, maar die schudden hun hoofd.

'Nee, we verlaten de DDR zoals we gekomen zijn, iets anders zou te veel argwaan wekken. Tot gauw in Hamburg! Jullie kunnen nu beter maken dat je wegkomt.'

Daarop zwenkten ze af. Ik keek ze even na, toen ging ik weer de stuurhut in. Als we in de Russische territoriale wateren waren, moesten we zo snel mogelijk wegwezen.

Pas bij het ochtendgloren, toen ik er zeker van was dat we vlak bij Timmendorfer Strand waren, liet ik het roer weer aan Horst over en ging naar de passagiers. Mijn verwelkoming van Irma was veel te kort uitgevallen, maar nu had ik tijd om alles in te halen.

De vluchtelingen hadden intussen wat van hun kleding uitgetrokken. Je moest er niet aan denken wat er gebeurd zou zijn als ze daarmee in het water waren gevallen. Maar die gedachte schoof ik opzij, want het was niet gebeurd.

'Daar is onze redder!' zei een van de mannen, die zich aan me voorstelde als Hans Grunau. Hij en zijn vrouw Rosemarie waren arts, de andere man, Peter Thomas, was scheepsbouwer en was getekend door de oorlog en aansluitende krijgsgevangenschap.

'Ik wilde in geen geval blijven in een land dat door die rotzakken wordt bezet,' bromde hij somber.

Ook het dokterspaar had een goede reden. Bij de protesten in 1953 waren ze neergeslagen en gearresteerd. Ze waren gevangengezet en na hun vrijlating was hun artsenvergunning ingetrokken. Daarna hadden ze op een boerderij gewerkt, maar dat was niet het soort leven dat ze wilden leiden.

'Het vooruitzicht op zee om te komen was niet zo erg als het vooruitzicht je leven lang niets te kunnen doen in het beroep waarvoor je gestudeerd hebt,' zei Rosemarie met een opgeluchte glimlach.

En mijn Irma was gewoon alleen maar vanwege de liefde meegegaan. Hoewel het haar was aan te zien dat het een vreselijke nacht voor haar was geweest, straalden haar ogen. En toen ze mijn hand pakte en hem zacht drukte, wist ik niet alleen dat ik het juiste had gedaan. Ik wist ook dat ik het weer zou doen.

Twee dagen later kwamen we in Hamburg aan. Terwijl de andere vluchtelingen naar het opvangkamp in Uelzen gingen, maakte ik van de gelegenheid gebruik om Irma aan mijn ouders voor te stellen. Ik was een beetje sceptisch, dacht dat mijn vader met dezelfde verwijten zou komen als indertijd met betrekking tot het schip.

Maar toen ik hem vertelde hoe ik mijn Irma van de Oostzee had gehaald, nam hij me apart en fluisterde me toe: 'Je hebt een goede vangst gedaan. Met het meisje en met het schip.'

27

'Tja, zo is het toen gegaan,' besloot Palatin zijn verhaal. 'Ik heb geen spijt gehad van mijn beslissingen. Ook niet toen de Stasi als een engel des doods boven mijn hoofd hing. Zoals je ziet, hebben ze me nooit gepakt.'

Op zijn woorden volgde stilte. Ook Irma Palatin, die in de deurpost stond om te zeggen dat het eten klaar was, zweeg. Toen ik opzij keek, zag ik dat ze heimelijk een paar tranen wegpinkte.

Wat een verhaal. En wat een liefde! Zou ik ooit het lef hebben gehad alles te riskeren om Jan over een grens te krijgen?

Nee, dat is geen goede vergelijking, zei ik tegen mezelf en ik keek naar Christian, die ook zeer aangedaan was door het verhaal.

'Gelukkig maar,' zei Irma Palatin, en ze liep naar hem toe en gaf hem een kus. 'Anders had je nu niet het gebraden vlees kunnen eten dat ik heb gemaakt.'

Het verhaal bleef nog een tijd bij ons hangen. Toen we klaar waren met eten, zei mevrouw Palatin tegen Leonie: 'Als je wilt, kun je straks meegaan om mijn tuin te bekijken. Dat geldt natuurlijk voor jullie allemaal.'

'Daar sluit ik me graag bij aan,' zei Christian glimlachend terwijl hij zijn servet naast zijn bord legde. 'Het was echt een feestmaal, mevrouw Palatin.'

Ze maakte een afwerend gebaar. 'Ach, het stelde weinig voor.'

‘Ze is nu eenmaal bescheiden,’ verklaarde haar man. ‘Maar ze weet precies dat haar eten me al jaren in leven houdt. En zijzelf. Ik zou niet weten wat ik zonder haar zou moeten.’

Ik knikte, en toen Christian met Leonie en mevrouw Palatin naar de tuin was verdwenen, zei ik: ‘Mijn vader heeft kogelgaten in de achtersteven van het schip ontdekt. Hebt u het misschien een keer aan de stok gehad met de grenstroepen?’

‘Nou en of! Bij een tocht die bijna helemaal in de soep liep, hebben ze op ons geschoten. Gelukkig waren we al te ver weg en bevonden we ons weer in de territoriale wateren van de Bondsrepubliek. Een van de jongens die de vluchtelingen naar de boot hadden gebracht werd helaas gepakt. Ze hebben hem net zo lang gemarteld tot hij de namen van zijn kameraden verried. Daarbij is ook mijn naam gevallen.’

Ik staarde hem verschrikt aan. ‘En wat is er toen gebeurd?’

‘Op een avond, toen ik thuiskwam, nam een buurvrouw me apart. Ze vertelde dat twee vreemdsoortige mannen in de buurt naar mij en mijn vrouw hadden gevraagd. Ze waren nu weg, maar ze hadden de hele dag in de buurt van het huis rondgehangen. Ik ben meteen naar Irma in het ziekenhuis gegaan. Toen werkte ze in Eppendorf. Ik liep naar de zusterspost en heb tegen haar gezegd dat we direct moesten verdwijnen, omdat de Stasi achter ons aan zat. Irma twijfelde gelukkig geen moment aan wat ik zei. Terwijl zij haar dienst afmaakte regelde ik een paar zaken en een auto. Het schip wilde ik niet nemen, dat was te riskant. Toen heb ik Irma bij het ziekenhuis afgehaald en zijn we naar Timmendorfer Strand gereden, waar mijn vroegere collega Siegfried was gaan wonen. Toen hij hoorde wat er aan de hand was, heeft hij ons in huis genomen. Irma heeft zich ziek gemeld, en ik heb de buurvrouw verzocht niemand in ons huis te laten.’

‘En hoe is dat afgelopen?’

‘Ik heb de politie ingelicht, en op een gegeven moment gaven de Stasi-spionnen het op. Maar het was niet veilig voor mij om in Hamburg te blijven. In een grote stad worden vaker mensen vermoord, een paar moorden meer zouden niet bijzonder opvallen. Dus besloot ik mijn schip naar Timmendorfer Strand te verhuizen en het een andere naam te geven.'

'Stormroos.'

'Precies, Stormroos. Vanwege de stormen die ze had getrotseerd, en omdat de roos in het oude Rome als het symbool van geheimhouding gold. Dat wist ik van mijn Irma.'

Hij glimlachte voor zich uit en verzonk even in gedachten.

'Het bleek dat de keuze voor Timmendorfer Strand de juiste was. Ik vond hier werk op de kleine werf en Irma kreeg een aanstelling bij een sanatorium in de buurt. Door die zaak met die stasi's die achter ons aan zaten werd mijn koppigheid gewekt. Waarom zouden die lamzakken niet achter nog meer mensen aan zitten? Intussen had ik gelezen dat de Russen hun eigen schepen vermomden als schepen uit het Westen. In de veronderstelling dat ze hun vrijheid tegemoet gingen, liepen de vluchtelingen regelrecht in de val. Een kapitein van zo'n DDR-schip zou zelfs geprobeerd hebben een vluchteling met de scheepsschroef te doden. Dat heeft me zo kwaad gemaakt dat wanneer de mensensmokkelaars ook maar met vluchtelingen hadden afgesproken, ik ze het land uit heb gehaald. Ze kwamen met een boot naar me toe varen, ik nam die mensen aan boord en verdween met hen.'

'Kunt u zich misschien die Lea nog herinneren, die de brief heeft geschreven?' vroeg ik, want die vraag brandde nog steeds op mijn lippen.

Georg Palatin keek me onderzoekend aan.

'Zou het niet beter zijn als ze u dat verhaal zelf vertelde? Ik heb maar een kort moment in haar leven meegemaakt. Soms is de hele achtergrond nodig om iemands handelwijze te kunnen begrijpen. Ik zou u natuurlijk kunnen zeggen welk besluit ze heeft genomen, maar om die beslissing te begrijpen moet u weten wat haar daartoe heeft gebracht.'

'Daarin kunt u gelijk hebben, maar ik vrees dat ik haar niet meer zal kunnen vinden.'

'Waarom niet? Hebt u het dan al geprobeerd?'

'Ja, op fora over het verleden van de DDR. Er zijn een paar contactsites voor voormalige vluchtelingen waarin ze informatie uitwisselen. Maar ik weet niet of de betrokkene zichzelf daarop herkent. Tot nog toe is er geen reactie gekomen, en afgezien van de brief heb ik niets. Ik weet niet eens waar ze woont, en een advertentie in de landelijke dagbladen zou het hele budget opslokken dat ik nodig heb voor de nieuwe motor voor De stormroos. Daarom hoopte ik dat u me iets over haar zou kunnen vertellen.'

'Goed, dan zal ik niet moeilijk doen,' zei Palatin. 'Die Lea heb ik in 1975 op mijn schip gehad. Ze was vertrokken vanuit Ahrenshoop, maar kwam, zoals ze tegen me zei, oorspronkelijk uit Schwedt. Haar achternaam was toen Paulsen. Eigenlijk wilde ik de namen van mijn passagiers nooit weten, maar vreemd genoeg werden ze allemaal spraakzaam zodra we de grens over waren. En dan voer ik bij de volgende tocht met een onbehaaglijk gevoel uit, want ik wist niet of ik opgewassen zou zijn tegen de folteringen van de Stasi, als ze me te pakken zouden krijgen.'

'Maar dat hebben ze niet.'

'Nee, de lieve God heeft dat verhinderd. En ik ben blij dat het nu niet meer nodig is.'

Hij pakte mijn hand. Zijn vingers voelden koud en zacht. Het was haast niet te geloven dat ze ooit de kracht hadden gehad om zich stevig om een stuurrad te klemmen.

'Geef De stormroos een goede bestemming. En vertel eventueel ook haar geschiedenis. Maar denk eraan: ik wil geen held zijn. Ik ben maar een oude man die deed wat nodig was. Ik heb de mensen de grens over gevaren, niet meer, maar ook niet minder. De ware helden waren de mensen die probeerden aan het systeem te ontsnappen. Die hun leven en voor een deel ook dat van hun familie op het spel zetten om naar mijn schip te komen.'

'En niet te vergeten de helpers aan de wal.'

'Ja, die mag u in geen geval vergeten, want zonder hun hulp hadden maar heel weinig mensen het gered. En er komt wel het een en ander bij kijken om anderen naar de vrijheid te helpen en zelf vrij te blijven om telkens weer anderen het land uit te brengen.'

Palatin glimlachte. 'Die jongen daarbuiten lijkt een goede vent te zijn geworden. Ondanks alles wat hij heeft meegemaakt.'

'Ja, dat denk ik ook,' zei ik en ik keek uit het raam. Christian stond Leonie bij de heg iets uit te leggen. Hadden ze daar slakken ontdekt, of spinnen of sprinkhanen?

'Misschien moeten wij ook even de zon in,' zei Palatin nu en hij haalde de rem van zijn rolstoel.

Toen ik opsprong om hem te helpen, zei hij: 'Niet nodig, het gaat wel. Ik laat me ook niet door Irma helpen, in elk geval niet zolang ik het nog kan. Na mijn beroerte heb ik me vertrouwd moeten maken met mijn karretje, en dat is denk ik aardig gelukt.'

Tegen de avond namen we afscheid van de Palatins met de belofte hen uit te nodigen wanneer De stormroos weer te water werd gelaten.

Irma Palatin gaf ons zo veel resten van het middagmaal en van de taart mee dat we de rest van het weekend vast nauwelijks iets anders zouden hoeven te eten.

Voldaan, tevreden en vol gedachten zat ik naast Christian, die zijn auto veilig over de snelweg stuurde.

Ik had nu aanknopingspunten. Lea Paulsen. Naar de vrijheid vertrokken vanuit Ahrenshoop. Een man met de naam Bob. Het jaartal 1975. En een schip met de naam Stormroos.

Er zouden misschien een paar Lea Paulsens zijn, maar slechts één die zo'n geschiedenis had als 'mijn' Lea.

Dat was een uitgangspunt.

Het was gelukkig niet erg druk op de snelweg. Toen we over de Rügendamm reden was er alleen nog een gloeiende rode streep zonlicht over boven de torens van Stralsund.

Even later bereikten we Binz. Christian stuurde zijn auto de weg naar ons huis op.

'Wie kan dat zijn?' vroeg hij verbaasd toen hij bij het hek stopte.

Op de tuinbank naast het huis zat Jan. Toen hij de auto zag, stond hij op en kwam naar de poort toe.

Verdorie, wilde hij nu elk weekend hier komen aanzetten? Ik dacht aan het telefoontje dat ik niet beantwoord had. Waarschijnlijk had hij daarmee zijn bezoek willen aankondigen.

'Dat is mijn ex,' antwoordde ik en ik keek naar de achterbank. Leonie was zo moe dat ze niet eens gemerkt had dat we thuis waren gekomen. 'En ik heb geen idee wat hij van me wil.'

'Ik wel,' zei Christian en hij keek naar achteren. 'Kan ik maar beter weggaan?'

Ik had eigenlijk gedacht deze mooie dag dicht tegen hem aan te laten eindigen. En nu kwam Jan ertussen.

Maar waarom zou ik Jan niet voor een voldongen feit stellen? Waarom zou ik hem niet laten zien dat er een nieuwe man in mijn leven was? Hij had er ook geen problemen mee gehad mij te laten achterhalen wie de vrouwen in zijn leven waren.

'Nee, stap gerust uit. Er is geen reden om je niet voor te stellen.'

Vastbesloten klikte ik mijn gordel los en opende het portier.

'Goedenavond!' riep Jan. 'Ik hoop dat ik niet stoor.'

'Wat is er?' vroeg ik zonder omhaal terwijl ik achter me Christian het portier aan de bestuurderskant hoorde dichtslaan.

Op een of andere manier wekte Jan een vreemde indruk, net alsof hij te veel gedronken had, en ik was blij dat Christian gebleven was.

'Wie is dat? Je nieuwe vriend?' Jan nam Christian van top tot teen op. Van zijn berouwvolle houding van de afgelopen week was niets meer te merken. Had de dokter misschien tegen hem gezegd dat hij toch niet ziek was?

'Ja, dat is mijn nieuwe vriend. Christian Merten. Christian, dit is Jan Wegner, mijn ex-man.' Het voelde op een of andere manier raar de achternaam uit te spreken die vroeger ook de mijne was geweest en die ik na de scheiding had afgeschaft.

Christian gaf hem een hand. Ik zag dat hij verstijfde. Ik gaf hem met mijn ogen een seintje dat hij rustig moest blijven. Toen wierp ik een waarschuwende blik naar Jan, die hij, zo constateerde ik, nog steeds begreep.

De spanning tussen hem en Christian was bijna tastbaar. Wat was dat? Het wekte de indruk dat hij jaloers was op Christian.

Het laatste wat ik nu kon gebruiken was een ruzie tussen hen beiden – en dat in bijzijn van mijn dochter!

'Jan, waarom ben je hier?' vroeg ik koeltjes.

'Ik heb je vanmiddag gebeld,' verklaarde hij, wat eigenlijk geen antwoord op mijn vraag was. 'Ik wilde zeggen dat ik langs zou komen om Leonie te zien. Ik kon toch niet weten dat je op stap was – en het zo druk had dat je niet eens kon opnemen.'

Hij wierp een spottende blik op Christian. Die had er zichtbaar moeite mee zich te beheersen. En hij had Jan laatst toen we bij de rots zaten nog wel min of meer verdedigd.

'En wat brengt je hier?' vroeg ik opnieuw en ik zwoer bij mezelf dat ik hem gewoon zou negeren als hij weer om de hete brij heen draaide.

'Dat heb ik al gezegd, ik wil Leonie zien. Waar is ze?'

'In de auto. Ze slaapt.'

'Maak haar dan wakker, zodat ze in elk geval dag tegen me kan zeggen.'

Nu wist ik het zeker. Jan was dronken. En dan moest je met alles rekening houden. Hij had weliswaar noch mij, noch Leonie aangeraakt wanneer hij in zo'n stemming was, maar toch was ik bang voor wat er zou kunnen gebeuren.

'Kom morgenochtend maar terug,' zei ik. 'Dan kun je haar met alle plezier begroeten.'

Jan knikte, maar er verscheen een vreemd lachje op zijn gezicht. Dat lachje had ik vaker bij hem gezien, en het bevestigde dat hij niet bepaald nuchter meer was. 'Ja, natuurlijk... Dat kun je ook zeggen, je hebt nog altijd de ouderlijke macht... en ik ben de idioot die betaalt...'

'Dat heb je zelf zo gewild, vergeet dat niet!' zei ik, want die opmerking maakte me kwaad. Maar waarschijnlijk interesseerde het hem op dat moment niet wat voor onzin hij uitkraamde.

'Ja, dat wilde ik toen zo. Maar nu wil ik iets anders. En wel dat die vent zich niet bij mijn dochter vertoont! Ze is míjn dochter!'

Rustig blijven, prentte ik mezelf in. Hij is dronken. Hij wil je provoceren. Tegelijkertijd vroeg ik me af hoe vlug de politie hier kon zijn als er nu iets gebeurde wat ik nooit van Jan had verwacht.

'Ja, ze is jouw dochter, en ik heb gezegd dat ik erover na zou denken. Maar nu is het echt beter als je weer naar je hotel gaat. Dan praten we er morgen over.'

Jan liet een spottend lachje horen. 'Ik heb de hele dag gewacht. En dan stuur je me gewoon weg.'

'Ga alsjeblieft,' mengde Christian zich in het gesprek, die zichtbaar genoeg had van de scène die Jan opvoerde. Bezorgd keek ik naar de auto. Leonie sliep gelukkig nog steeds.

'Waarom? Zodat je mijn ex kan naaien?'

Christian deed zijn best zich te beheersen. 'Ga weg!' herhaalde hij rustig, maar ik merkte dat het in hem gistte.

Doe alsjeblieft geen domme dingen, smeekte ik in stilte.

'Jij hebt me helemaal niets te vertellen!' Opeens schoot Jan naar voren om hem te pakken te nemen, maar Christian week razendsnel opzij. Jan verloor zijn evenwicht en knalde tegen het hek. 'Klootzak!' schold hij en hij maakte aanstalten om zich weer op Christian te storten. Ik ging tussen hen in staan.

'Jan!' schreeuwde ik tegen hem. Mijn stem galmde tussen de boomtoppen.

Hij moest het niet wagen me te slaan! Dan zou ik heel beslist de ouderlijke zorg niet met hem gaan delen!

Die gedachte leek tenminste door de mist in zijn hoofd heen te dringen. Hij staarde me woedend aan, maar waagde het niet zijn hand naar me op te heffen.

'Ga terug naar je hotel, Jan,' zei ik zo onverschrokken als ik op dat moment kon zijn. Mijn maag kromp samen, en mijn hart ging als een razende tekeer. Mijn huid tintelde in afwachting van een oorvijg. 'We praten er morgen over.'

Jan staarde me woedend aan, toen stormde hij langs me heen zonder ook maar één enkele blik op Leonie te werpen, maar dat liet me op dat moment onverschillig.

Ik deed mijn ogen dicht en slaakte een diepe zucht toen hij tussen de bomen verdween.

Even later voelde ik Christians handen op mijn schouders. 'Alles in orde?'

Ik trilde over mijn hele lichaam. Zoiets had ik al die jaren dat we getrouwd waren niet meegemaakt. Wat bezielde hem? Op een of andere manier leek het hem niet om Leonie te gaan, maar was hij er gewoon op uit zijn wil door te zetten.

'Ja, het gaat wel weer,' antwoordde ik, en ik draaide me om en viel hem om de hals. 'Bedankt dat je gebleven bent.'

'Nou ja, misschien is het mijn schuld dat de situatie bijna uit de hand liep.'

'Nee, het was goed dat je er was. Zo is hij tenminste op de hoogte.' Ik legde mijn arm om zijn heupen en keek nog even in de richting waarin Jan was verdwenen. Toen ik er zeker van was dat hij niet meer terug zou komen, haalde ik Leonie uit de auto.

Gelukkig had mijn prinsesje niets van alle ophef gemerkt. Ze bleef half slapen terwijl ik haar kleren uittrok en haar nachtpon aandeed. Nog voor ik een slaapliedje kon gaan zingen was ze alweer in dromenland.

Christian had intussen al koffiegezet in de keuken.

Zwaar liet ik me op een stoel neerzakken. Ik had gehoopt een fijne nacht met Christian door te kunnen brengen, maar na Jans optreden hadden we daar geen van beiden meer zin in.

Christian zette een kop koffie voor me neer en ging tegenover me zitten.

'Een fraai einde van de dag, hè,' zei ik en ik nam voorzichtig een slokje. 'Het spijt me echt.'

'Dat hoeft niet.' Hij glimlachte naar me.

Dat klopte, maar toch had ik een raar gevoel.

‘Het komt allemaal wel goed.’

‘Denk je?’

‘Honderd procent. Je ex-man zal wel weer kalmeren, dat weet ik zeker.’

Ik keek hem aan. Voelde zijn hand op de mijne. En ineens wilde ik alleen maar bij hem zijn. Ondanks de uitputting, waar ook de koffie niet tegen hielp. Ik wilde hem.

Dus stond ik op, pakte zijn hand en zei: ‘Kom. Het is al laat en ik wil niet dat je midden in de nacht nog de weg op gaat.’

Daarop trok ik hem de slaapkamer in.

28

De volgende ochtend, toen Christian nog vast en diep lag te slapen, schoot ik mijn grijze joggingpak aan en liep naar beneden naar het strand. Ik had behoefte aan wat beweging. Ik moest nadenken. Niet over Jan, die zette ik van me af.

’s Nachts had ik weer over mijn moeder gedroomd. Ik zag haar aan boord van De stormroos, een vrouw die al haar hoop had gevestigd op een leven voorbij het socialisme. Daarna, toen ik door mijn innerlijke klok werd gewekt voor de zonsopkomst, kon ik alleen nog maar aan haar denken.

Ik had gehoopt alles van me af te kunnen zetten toen ik hierheen kwam, maar mijn familiegeschiedenis raakte ik maar niet kwijt.

En strikt genomen wilde ik dat ook niet. Lange tijd had ik het vermeden me ermee bezig te houden, maar nu wist ik zeker dat ik iets moest doen. Ik moest de schaduw die over mijn leven lag achter me laten, die onafgemaakte zaak eindelijk afhandelen.

Of het me zou lukken wist ik niet, maar met mijn besluit had ik een begin gemaakt.

Ik jogde in de richting van het zandstrand, begeleid door het geruis van de golven en het gekrijs van de meeuwen die ik met mijn gestamp deed opschrikken.

De gedachte mijn moeder te gaan zoeken was vlak na de val van de Muur vaak bij me opgekomen, maar uit vrees te ontdekken dat ze me echt willens en wetens in de steek had gelaten, had ik het plan telkens weer opgegeven. Tot voor kort. Nu stond het opsporingsbericht op internet; ook al had er nog niemand op gereageerd, ik had de eerste stap gezet. Dat had ik in zekere zin aan Christian te danken. En aan Lea.

Werd het misschien tijd om een andere stap te wagen? Door Palatin was ik de republiekvlucht met andere ogen gaan bekijken. En ik had nu het vermoeden dat in mijn geval een onlineforum niet voldoende zou zijn.

Stel dat ik het Stasi-dossier van mijn moeder opvroeg? Of mijn eigen?

Van republiekvluchtelingen was beslist een dossier aangelegd. Op die manier kon ik misschien te weten komen of er van haar kant pogingen waren ondernomen om contact met me op te nemen.

Ik wist niet zeker of ze het dossier van mijn moeder aan me zouden geven – tenzij ze niet meer leefde, maar dat wist ik niet. Maar dat van mezelf zou ik wel krijgen.

En mogelijk waren er nog documenten over mij in het tehuis waar ik had gewoond. Daar was misschien nog makkelijker aan te komen dan aan de Stasi-dossiers. Als ik dan ontdekte dat ze me willens en wetens had achtergelaten en geen contact met me had gezocht, had ik tenminste zekerheid...

Toen de pier een eindje achter me lag, keerde ik om. De tijd dat ik urenlang kon joggen was wel voorbij, ik hijgde als een paard. Maar het lopen was goed voor mijn gedachten.

Weer bij de rotsen aangekomen ging ik bij de rozensteen zitten. De bloemen die er lagen waren verwelkt. Blijkbaar was het Christian al een tijdje niet meer gelukt ze te verversen.

Ik keek naar de zee. Hoe lang zou het duren voor je inzage in Stasi-dossiers kreeg? Daar was nu vast minder belangstelling voor dan vlak na de Wende. Of toch niet? Waren er nog veel mensen zoals ik, die hadden gewacht en wilden vergeten wat er gebeurd was, tot de dag waarop een vonkje die hele oude geschiedenis nog eens oprakelde?

'Hier zit je dus,' klonk er een stem achter me. Het klonk nog een beetje slaperig, maar veroorzaakte een golf van warmte rond mijn hart. 'Ik vroeg me al af waar je kon zijn gebleven.'

'Ik moest nadenken,' antwoordde ik. 'En dat gaat hier het best.'

'Dat heb ik toen al gemerkt.' Hij gaf me een kus op mijn slaap. 'Is het vanwege je ex-man?'

'Nee, vanwege mijn moeder. Ik heb besloten onze Stasi-dossiers op te vragen. Ik wil zekerheid krijgen. Als Leonie er op een dag naar vraagt, wil ik haar het hele verhaal kunnen vertellen. En voor mezelf wil ik rust vinden, want sinds ik hier in Binz ben merk ik dat mijn geschiedenis me achtervolgt. Dat de oude vragen aandringen op antwoord. Hoe dat ook uitvalt.'

Ik leunde tegen hem aan en liet enkele momenten voorbijgaan, toen vroeg ik: 'Ben jij eigenlijk ooit te weten gekomen wie het ongeluk met je moeder heeft veroorzaakt?'

Christian knikte. 'Ja. Ik heb het Stasi-dossier van mijn vader opgevraagd en dat van mezelf. Omdat mijn vader dood was, mocht ik het inzien.'

'Heeft je vader dan nooit verteld wie het was? Hij wist het toch, of niet soms?'

'Ja, hij wist het. Maar hij heeft het me nooit gezegd. Toen het erg slecht met hem ging wilde ik het hem niet vragen. In die tijd had ik andere zorgen.'

'Maar het heeft je nooit losgelaten.'

'Nee. En dat zal mijn leven lang ook wel nooit gebeuren. Maar het hoort bij mij, net als al het moois dat ik nu meemaak.'

Hij kuste me en keek daarna naar het water. Vanbinnen leek het bij hem te borrelen, als water dat bruisend tegen een dam sloeg.

'Je hoeft het me niet te vertellen als je dat niet wilt,' zei ik. 'Ik wil niet dat je je gedwongen voelt, begrijp je?'

'Dat waardeer ik. Maar diep in je hart wil je het wel weten, toch?'

Ik knikte.

'In de documenten stond dat de man een onofficiële medewerker van de Stasi was. Zijn codenaam was IM Möwe.' Hij keek naar de zee, waarbij er een haarlok in zijn gezicht viel. 'Beloof je de naam voor je te houden?'

Ik knikte. Wie kon het nou interesseren wie die IM Möwe was? Belangrijker was dat Christian me op dat moment een groot geschenk gaf. Hij schonk me zijn vertrouwen.

'IM Möwe heeft, hoewel zijn ware identiteit werd onthuld, daarna op verbazingwekkende manier carrière gemaakt – en het inmiddels tot hoteleigenaar geschopt.' Christian keek me aan, en in zijn ogen fonkelde een onderdrukte woede die waarschijnlijk nooit zou weggaan. 'Hij heet Joachim Hartmann.'

Ik hield mijn adem in. Had hij echt Hartmann gezegd? Op dat moment was ik zo geschokt dat ik niets terug kon zeggen. Was Hartmann er indertijd tussenuit geknepen nadat hij Christians moeder had overreden? Zeker, hij was een beetje slijmerig, maar doorrijden na een ongeluk zou ik nooit achter hem hebben gezocht.

'Haal adem,' zei Christian en hij doorbrak met een kus mijn verstarring. 'Anders moet ik nog mond-op-mondbeademing toepassen.'

'Weet je zeker dat het Hartmann was?' vroeg ik.

Christian knikte. 'Ja, ik heb om onthulling van de echte naam gevraagd.' Hij keek naar zijn handen. 'In eerste instantie kon ik niets met die naam beginnen. Er zijn veel mannen met die naam in Duitsland. Maar na wat speurwerk en rondvragen kwam ik erachter waar ik deze Hartmann kon vinden.'

'En wat heb je gedaan?'

'Niets,' antwoordde hij. 'Wat had ik moeten doen? Naar hem toe gaan en hem ter verantwoording roepen? Hem op zijn falie slaan? Daar had ik geen zin in. Bovendien, wat haalde het uit? Niets zou het gebeurde ongedaan kunnen maken. Dus hield ik mijn mond – tot vandaag. Jij bent de eerste aan wie ik het heb verteld.'

Ik wist niet zeker of ik daar blij om moest zijn. De man die ik hielp bij zijn zakelijke succes had de familie verwoest van de man die ik liefhad...

'En waarom heb je het me niet al eerder verteld?' vroeg ik.

'Omdat ik niet wilde dat het je werkrelatie met hem vertroebelde. De reclamecampagne voor hotel Zeezigt is een mooie opdracht. Mijn vader heeft aan de eerste renovatie meegewerkt.'

'Was Hartmann toen bij het hotel betrokken?'

'Nee, ik heb geen idee wat hij in die tijd deed. Als het ongeluk niet was gebeurd en als mijn vader niet te weten was gekomen wie de schuldige was, zou de naam Hartmann waarschijnlijk nooit tot ons zijn doorgedrongen. Maar dat mag geen invloed op jou hebben. Alleen al vanwege het feit dat het een mooi hotel is en veel arbeidsplaatsen oplevert, mag je het niet allemaal weggooien. Hartmann heeft tegenover mijn familie een grote schuld op zich geladen, want als hij niet mijn moeder overreden had, nee, als hij tenminste het lef had gehad zijn verantwoordelijkheid te nemen, dan was mijn vader nooit gevlucht en zou Lukas nog in leven zijn, en mijn vader waarschijnlijk ook. Maar jij hebt niets met zijn verleden te maken en moet het geld van hem krijgen.'

Ik zat daar alsof iemand me een verlammend gif had toegediend. Mijn vingers tintelden en mijn armen voelden zwaar, zo zwaar dat ik ze niet kon opheffen. Hartmann was schuldig aan al dat leed. En hij was te laf geweest om zijn straf te ondergaan. In plaats daarvan had hij zich door de Stasi laten verwijderen, of de Stasi had hem laten verdwijnen omdat ze zijn diensten nodig hadden.

'Ik hoop dat je je aan je belofte houdt,' zei Christian terwijl hij me over mijn haar streelde. 'Zeg het tegen niemand. Laat Hartmann ook niet merken dat je het weet. Het is een schuld uit een andere tijd. Een schuld die alleen hem en mij iets aangaat. Ik weet niet in hoeverre die nog op zijn geweten drukt. Misschien droomt hij nog wel eens over mijn moeder en het ongeluk. Misschien had hij ons schadeloos willen stellen, maar werd hem dat niet toegestaan. Hoe dat gelopen is, weet hij alleen. En ik zou wel gek zijn om hem ermee te confronteren of hem aan te klagen. Want dat zou betekenen dat ik hem misschien ook moet vergeven, en dat wil ik niet. Ik laat hem gewoon zo doorleven, zodat hij zijn schuld in het graf meeneemt.'

Zijn woorden klonken nog in me na toen we weer de trap naar mijn huis opklommen. Ik had Christian beloofd niets te laten merken. Maar ik wist niet hoe ik nu met Hartmann moest omgaan.

De opdracht was heel belangrijk, en inmiddels stond de reclamecampagne op het punt echt van start te gaan. We hoefden alleen nog een door hemzelf ingesproken imagespotje te hebben, dan konden we het materiaal naar geïnteresseerde touroperators sturen. De afspraak voor de opnamen was aanstaande woensdag. Zodra het spotje klaar was, was ik uit de brand. Natuurlijk zou ik het project nog verder begeleiden, maar het was aan Hartmann om erop voort te bouwen. Dan zou ik hem nog maar zelden ontmoeten.

Misschien had Christian gelijk en moest ik niet zijn geval tot het mijne maken. Toch zou ik van nu af aan met andere ogen naar de hotelbaas kijken.

Maar niet lang meer, zei ik tegen mezelf. Wanneer de opdracht klaar is, ga je verder en dan laat je je daar nooit meer zien.

Toen Christian ontbeten had en het huis uit was, maakte ik Leonie klaar voor school.

'Mama, waarom was oom Christian vanmorgen hier?' vroeg ze toen ik haar in haar jas hielp. 'Heeft hij hier geslapen?'

Ik keek haar verrast aan. En toen besefte ik dat ik er nog helemaal niet aan had gedacht haar te vertellen dat ik met Christian samen was. Maar misschien was dit het juiste moment. Ik kon het beter zeggen, ik had eigenlijk ook geen keus meer.

'Nou ja, oom Christan... Jij bent toch ook dol op hem?'

'Ja, heel erg!'

'En ik hou ook van hem. Ook heel veel.'

Onwillekeurig trok ik mijn schouders samen, alsof ik me tegen een klap wilde wapenen. Stel dat ze me vroeg of ik meer op hem gesteld was dan op haar papa?

'Heeft hij bij jou in bed geslapen?' wilde ze weten.

'Ja, hij... Dat gaat zo als je van elkaar houdt.'

'Dan houdt hij ook van jou?'

'Van ons allebei, van jou en van mij.'

'Dat is fijn.' Ze zei het luchtig, maar het was me duidelijk dat ze nog vragen zou gaan stellen. Niet nu, maar later, wanneer ze dit nieuwtje had verwerkt.

'Vandaag ga ik vertellen dat ik bij een kapitein ben geweest!' verkondigde ze trots toen we het huis uit gingen. 'En dat hij een grote hond had.'

Ik was ervan overtuigd dat ze daarmee op zijn minst haar speelkameraadjes in vervoering zou brengen. En ik was ook een beetje opgelucht dat ik haar van Christian had verteld.

Onderweg naar school kwam de vraag bij me op wat mijn biologische moeder tegen haar kleindochter zou zeggen. Als ze me willens en wetens had achtergelaten omdat ze me een blok aan haar been had gevonden, zou het haar misschien niet interesseren – maar als het allemaal anders lag?

'Mama, je vertelt vandaag helemaal niets,' klaagde Leonie, en nu merkte ik pas dat we sinds we vertrokken waren niets tegen elkaar hadden gezegd. 'Ben je verdrietig?'

'Nee, Leonie, ik denk alleen maar na.'

'Waarover dan?'

'Over je grootmoeder,' liet ik me ontglippen. Ik had er meteen spijt van. Maar voor Leonie was er maar één grootmoeder.

'Wat is er dan met haar? Is ze ziek?'

'Nee, ze is niet ziek.' Ik werd beurtelings warm en koud bij de gedachte aan de reactie van mijn ouders wanneer ze hoorden dat ik zomaar naar de vrouw zocht die me meer dan twintig jaar geleden in de steek had gelaten en nooit geprobeerd had om me te vinden. Ik zag gewoon voor me hoe het gezicht van mijn moeder verduisterde en de schouders van mijn vader gingen hangen. De eerste tijd, toen ik het hun nog erg lastig had gemaakt, had ik hen vaak teleurgesteld.

'Ik moest gewoon zomaar aan haar denken. Denk jij ook wel eens aan mij?'

'Ja!' riep Leonie. 'En ook aan oma en opa en papa.'

Papa. Hoe zou je aan hem denken als je hem gisteren had meegemaakt?

We kwamen aan bij school, en daardoor bleven verdere vragen me bespaard.

Voor de deur stond een andere moeder, die haar kind net aan de zorg van de leidsters overdroeg. Ik wachtte even, want ik had geen zin om over koetjes en kalfjes te praten, toen haalde ik Leonie uit haar kinderzitje.

'Goedemorgen,' begroette leidster Nicole me vriendelijk. 'Ik hoop dat u een fijn weekend hebt gehad.'

'Ja, het was fijn. We zijn weggeweest, hè, Leonie?'

'Ja, we zijn bij een echte kapitein geweest!' meldde ze enthousiast terwijl ze uit haar jas glipte en hem aan het haakje hing waarboven een sticker met haar naam was geplakt. 'Die zat in een rolstoel en was al heel oud.'

'O, daar moet je ons straks in de kring over vertellen,' zei de leidster. Achter haar zag ik een paar kinderen verschijnen die blijkbaar al op Leonie wachtten.

Ongeduldig keek ze naar me op.

'Ga maar, een fijne dag gewenst,' zei ik en ik boog me naar haar toe.

'Dag, mammie!' riep ze en ze gaf me een kus.

'En, hoe doet ze het?' vroeg ik aan Nicole terwijl Leonie naar haar vriendjes stormde.

'Heel goed, ze is al helemaal gewend.'

'Moet ze nog wel eens huilen?'

'Alleen wanneer ze zich bezeert, maar dat gebeurt zelden. Ze is een meisje met verantwoordelijkheidsgevoel.'

Dat maakte me trots. Voor we verder konden praten kwamen er een paar kinderen naar Nicole toe en wilden weten waar de speelgoedkikkers waren.

'Nou, tot vanmiddag!' riep ze en nu maakte ik dat ik bij mijn auto kwam.

Thuis zette ik meteen mijn computer aan en zocht de website op van de federale beheerder van de dossiers van de Staatssicherheitsdienst. Daar downloadde ik een aanvraagformulier en kwam te weten dat ik mijn identiteit bij een registratiekantoor moest laten bevestigen.

Omdat het daarvoor bevoegde kantoor alleen op dinsdag en donderdag open was, zette ik dit punt op mijn lijstje voor de volgende dag.

Toen kwam ik bij de toelichting. Volgens deze kon ik inzage krijgen in een ander dossier als ik daar als derde bij betrokken was. Dat stelde de zaak in een ander daglicht. Stel dat ik twee aanvragen indiende? Een voor mij en een voor mijn moeder?

Meteen besloot ik een tweede aanvraagformulier uit te printen.

Ik ging zo op in mijn bezigheden dat ik in elkaar kromp toen de telefoon begon te rinkelen.

Ik liet de printer zijn gang gaan en nam op zonder naar het nummer te kijken.

'Hallo, liefje, hoe gaat het?' klonk de stem van mijn vader zo vrolijk dat ik aannam dat hij goed nieuws had. Op de achtergrond reed iets zwaars voorbij. 'We hebben sinds je bezoek helemaal niet meer met elkaar gebeld.'

'Het gaat goed,' antwoordde ik. Er kwam een vreugdevolle verwachting in me naar boven. 'Ik heb wat onderzoek naar het schip gedaan en verder nog het een en ander aan mijn hoofd, maar ik mag niet klagen. En hoe is het bij jullie?'

'Uitstekend! Heb je even tijd?'

'Natuurlijk, wat is er?'

Laat hem alsjeblieft een motor hebben gevonden, smeekte ik de hemel.

'Een van mijn collega's heeft waarschijnlijk in Gedser een motor voor jullie gevonden.'

Mijn hart maakte een sprongetje. 'Ja!' riep ik blij.

'Maar er is iets mee.'

O nee!

'En dat houdt in?' Ik kneep mijn ogen dicht. Moest dat nou? Konden we nou niet eens een keer gewoon geluk hebben?

'De onderdelen van het schip worden bij opbod verkocht. Het gaat naar de sloop, en iemand heeft het in zijn hoofd gehaald het stukje bij beetje te verkopen.'

Dat klonk naar vreselijk veel geld. Er leek een zware steen op mijn borst neer te dalen.

'In welke staat verkeert de motor?'

'Als je mijn collega kunt geloven, is die uitstekend.'

'Dat klinkt toch goed.'

'Ja, maar het betekent tevens dat andere handelaren en werven er een bod op zullen doen. En ook schroothandelaren. Jullie moeten dus behoorlijk moeite doen om hem te krijgen.'

'Heb je daar een contact?'

'Zeker, door dat contact hebben we van de motor gehoord. Maar dat verandert helaas niets aan de veiling. Daar zullen jullie aan mee moeten doen.'

En schroothandelaren en werven hadden veel meer geld dan wij, was wat zijn woorden in me na deden klinken.

'Oké, ik zal het met Christian bespreken,' zei ik zuchtend. 'Bedankt dat jullie de moeite hebben genomen.'

'Ik zal je de contactgegevens van de rederij per e-mail sturen, dan kunnen jullie er eens naar kijken. En als jullie de motor krijgen, laat het ons dan weten, dan gaan we hem halen.'

'Dat is lief van je! En verder? Schiet het op met het schip?'

'Ja, en hoe! Gelukkig hebben we veel werk erger ingeschat dan het is. De oude dame zorgt toch steeds weer voor verrassingen.'

Wacht maar tot ik je over Palatin vertel en hoe het schip aan zijn huidige naam is gekomen, dacht ik, maar dat zou ik een andere keer moeten doen, want mijn vader zei: 'Ik moet er weer vandoor. Bel me als je een beslissing hebt genomen. En anders natuurlijk ook.'

'Doe ik, papa. Ik hou van je!'

'Ik ook van jou, kleintje, en doe het leeuwenkind de groeten van ons!'

Ik hing op. Bijna. We stonden op het punt de hand op een motor te leggen. Maar zouden we de middelen hebben om hem op een veiling te kopen?

Ik ging terug naar mijn computer. De mail van mijn vader was er al. Met de technische gegevens zou Christian eerder iets kunnen beginnen, dus stuurde ik hem door.

Toen probeerde ik hem op zijn mobiel te bereiken. Helaas kreeg ik de voicemail.

Ik liet dus een bericht achter dat er nieuws over het schip was en verdiepte me weer in de formulieren.

Net nadat ik ze had ingevuld, begon mijn mobiel te brommen. Het was Christian.

'Wat voor nieuws is het?' vroeg hij. Hij klonk een beetje moe.

'Een collega van mijn vader heeft een motor voor De stormroos opgeduikeld.'

'Dat is geweldig!' riep hij uit.

'Alleen moeten we daarvoor naar Gedser en erop bieden op een veiling.'

'Bieden?'

'Ja, blijkbaar zijn zulke oude onderdelen erg gewild. Mijn vader heeft me wat informatie gestuurd. Zien we elkaar vanavond?'

'Het spijt me, dan moet ik naar Berlijn, daar heb ik een afspraak. Maar wat vind je ervan om straks af te spreken? Er zit een leuk café onder mijn kantoor, en dan kan ik je dat meteen ook laten zien.'

'Oké, wanneer komt het jou uit?'

'Je kunt het best tegen tweeën langskomen, dan hebben we nog genoeg tijd voor mijn trein gaat en jij Leonie moet ophalen. Het adres staat op mijn kaartje.'

'Dat heb ik me allang ingeprent,' zei ik en ik hing op.

29

Twee uur later had ik ook met Jeugdzorg in Leipzig contact opgenomen en naar de dossiers van de kindertehuizen daar gevraagd. De vrouw aan de telefoon was heel vriendelijk en beloofde me na te gaan of er dossiers over mij bestonden, zodat ik niet voor niets de moeite zou nemen om erheen te gaan.

Maar ze gaf meteen aan dat ik de dossiers niet zelf mocht inzien – ze zouden me door een ambtenaar worden voorgelezen. Maar dat was voor mij genoeg als ik er maar een aanwijzing over mijn moeder in zou ontdekken.

Voor ik wegging, wierp ik nog een blik op de onlinefora, maar noch op mijn bericht over Lea, noch op dat van mijn moeder was een reactie gekomen.

Ik zette mijn computer uit, holde naar mijn slaapkamer en ging voor de kledingkast staan. Het stond buiten kijf dat ik weer eens moest gaan winkelen – mijn garderobe leek hopeloos verouderd. Ik koos een groene linnen jurk uit met kant en kleine roosjes aan de hals – mijn lievelingsjurk, hoewel hij al vijf jaar oud was – en kleedde me om.

Christians kantoor zat in een pand met twee verdiepingen dat, omdat dat nu eenmaal was voorgeschreven, architectonisch een beetje was aangepast aan de andere gebouwen. Het had een puntgevel, net als mijn huis, en een puntdak. Maar de ramen zagen er modern uit met hun jaloezieën, en ook de deur was een glazen, goed beveiligd wangedrocht dat in de negentiende-eeuwse badplaatsarchitectuur niet had bestaan.

Ik zocht de naam Merten op het belbord en vond hem als derde onder een advocatenkantoor en een verzekeringsbedrijf. Hij bevond zich in keurig gezelschap.

'Ja,' klonk het in de intercom.

'Roomservice,' riep ik, want ik had zin hem een beetje uit te dagen.

'O, ik weet niet of ik wat u bij u hebt wel heb besteld, maar komt u gerust naar boven.'

De deuropener zoemde. Ik duwde tegen de deur en ging naar binnen.

De geur van schoonmaakmiddel kwam me tegemoet. Mijn voetstappen weerklonken luid in het trappenhuis. Er was ook een lift, een volkomen luxe in een gebouw van twee verdiepingen, maar heel sociaal voor cliënten die niet meer goed ter been waren.

Ik gaf er de voorkeur aan te gaan lopen, want om een of andere reden moest ik mijn overtollige energie kwijt. Ik had de eerste stap gezet om achter de beweegredenen van mijn biologische moeder te komen. En we hadden – zij het ook een kleine – kans op een nieuw hart voor ons schip.

Daardoor kon ik de ergernis over Jan bijna vergeten.

Boven aan de deur stond Christian met een brede glimlach op me te wachten.

'Je komt met lege handen, wat jammer,' zei hij terwijl hij een gemaakt teleurgesteld gezicht trok. Ik vlijde me tegen hem aan en kuste hem.

'Is dat niets?'

'O,' knorde hij. 'Dat is meer dan ik verdien.'

'Dat moet ik tegenspreken.'

Hij kuste me weer en trok me toen zijn kantoor in. Het was precies zo spartaans ingericht als ik het me had voorgesteld. De lichte gang was getooid met zwart-witfoto's van schepen en motorfietsen. Christians passies. Via een kleine ruimte waarin de cliënten konden zitten wachten en koffiedrinken, kwam je in het kantoor, dat gedomineerd werd door een groot bureau. In een boekenrek aan de wand stond alles wat er tegenwoordig over economie en financiering te lezen viel. De enige decoratie was een abstract bronzen beeld naast het raam. En natuurlijk waren er zwart-witfoto's, maar niet van schepen of motorfietsen, maar stemmige landschappen.

'Heb je geen secretaresse?' vroeg ik verbaasd.

'Waarom zou ik die nodig hebben?' was zijn wedervraag. 'Ik heb alles prima onder controle.'

'En het schrijfwerk, doe je dat ook allemaal zelf?'

'Net als jij, neem ik aan. Of ben je van plan een aantrekkelijke secretaris in dienst te nemen? Dan gooi ik direct het bijltje erbij neer en kom ik bij je solliciteren.'

We kusten elkaar weer. Daarbij gleden zijn handen langs mijn rug omlaag naar mijn billen. Er ging een aangename rilling door mijn lichaam en ineens vond ik dat seks in het kantoor helemaal geen slecht idee was.

Maar tegelijkertijd zag ik dat je vanuit het gebouw aan de overkant een prima uitzicht had op Christians kantoor. Daar leek hij zich ook van bewust te zijn, want nadat hij me nog een keer had gekust, maakte hij zich van me los.

'Tja,' zei hij en hij wierp een bijna spijtige blik op het raam. 'Dit is mijn domein.'

'Het ziet er heel... zakelijk uit.' Ik glimlachte naar hem.

'De mensen die bij me komen, hebben doorgaans niet zo veel behoefte aan opsmuk, ze willen deskundig advies krijgen, en dat bereik je het best met een strakke vormgeving. Dat zul je als reclamespecialist toch moeten beamen, of niet soms?'

'Absoluut. Maar ik ben wel een beetje blij dat ik reclamespecialist ben, want op mijn kantoor is het heel gewoon om ook eens een afbeelding van een reusachtige framboos aan de muur te hangen.'

'Wanneer je reclame maakt voor zo'n fruitbelevingsboerderij

waarvan de mobiele nevenvestigingen vanaf het aspergeseizoen als paddenstoelen uit de grond schieten...'

'Zeg, hou je soms niet van fruit?'

'O, jawel, ik ben een van hun beste klanten. Daarom weet ik ook dat er zo veel zijn...'

Het was heerlijk zo met hem van een onderwerp af te dwalen. Maar een blik op de zwartomlijste wandklok wees uit dat we niet veel tijd meer hadden als we het ons nog ergens gezellig wilden maken.

Christian volgde mijn blik en leek te weten wat ik dacht.

Hij glimlachte, nam me bij de hand en trok me het kantoor uit.

De zon buiten straalde net zo als ik vanbinnen, want met zijn uitnodiging waren we weer een stapje verder gekomen. Een stap verder in zijn hart.

We gingen naar een klein café, waarvandaan je een mooi uitzicht op zee had. Omdat de hemel ondanks de zonneschijn bewolkt was, wekte ook de Oostzee een wat grijze indruk. Toch was het uitzicht prachtig.

Christian legde zijn smartphone op het tafeltje en riep de e-mail op die ik hem had doorgestuurd.

'Mijn vader zei dat de motor nog heel goed bewaard is, het beste onderdeel van het hele schip.'

'Zo gaat het wel eens,' zei Christian mijmerend terwijl hij de informatie bekeek. 'Dat schip is vanbuiten een totaal wrak, maar het hart is nog goed. En onze Stormroos heeft een transplantatie nodig.'

'Dan zouden we een geschikte donor hebben. Maar er zullen andere gegadigden zijn voor de motor. Ik heb geen idee hoeveel Poolse of Deense schroothandelaren kunnen bieden, maar ik denk niet dat we veel kans maken.'

'Waarom?' zei Christian verbaasd. 'Schroothandelaren is het om het metaal te doen, niet om de motor. Dan vormen werven belangrijkere concurrentie. Maar dit is een heel speciale motor, ik denk niet dat er nog veel schepen zijn met eenzelfde bouw.'

'Dan denk je dus dat we toch kans maken?'

'Ja, natuurlijk. Ik kan je niet zeggen hoeveel procent precies, maar we moeten het beslist proberen.' Hij bladerde door. 'Wanneer is de veiling? O, hier staat het. Dus we hebben nog drie weken. Uitstekend, dan kan ik me erin verdiepen hoe je op een scheepsmotor biedt.'

'Waarschijnlijk is het goed om erheen te gaan.'

'Zeker weten! Dan zouden we ook de stad en misschien nog wat meer van Denemarken kunnen bekijken.'

Dat klonk geweldig. En Leonie zou het vast ook leuk vinden.

Ik zat eventjes bij mezelf te glimlachen, toen besloot ik hem te vertellen waar ik nog meer mee bezig was geweest.

'Ik heb vandaag Jeugdzorg in Leipzig gebeld.'

Christian keek verwonderd bij die verandering van onderwerp. Maar het moest er nu eenmaal uit.

'Ik heb naar het dossier van het kindertehuis gevraagd waar ze me na de verdwijning van mijn moeder heen hebben gebracht. Misschien staat daar ook iets in over mijn moeder.'

Christian dacht even na, toen knikte hij. 'Goed idee. Daar zou ik zelf niet op gekomen zijn.'

'Toen ik het internetadres van de overheidsinstelling voor de Stasi-dossiers zocht, bedacht ik dat zulke documentatie moet hebben bestaan en dat die misschien nog bewaard is...'

Het overgaan van mijn mobieltje onderbrak mijn uitleg. Ik haalde het tevoorschijn en keek op het display. Het was een vast nummer uit Binz dat me ergens bekend voorkwam.

Ik nam op.

'Mevrouw Hansen, met Nicole Sander van kleuterschool Zeester.' Haar stem trilde. Gealarmeerd bleef ik luisteren.

'Wat is er aan de hand?' vroeg ik verontrust. Was Leonie misschien uit het klimrek gevallen?

'Uw dochtertje... ze is na het speelkwartier niet meer teruggekomen, ik ben bang dat ze is weggelopen.'

'Wat?' Dat kon toch niet waar zijn! Dat had ze toch niet zojuist tegen me gezegd? 'Wanneer?' Mijn hart sloeg over, en ik hapte naar adem. Gealarmeerd sprong ik op.

'Het moet pas gebeurd zijn. We hebben de kinderen na de middagpauze even naar buiten gelaten en hielden ze in het oog, maar nu is ze er niet meer... We zullen meteen de politie inlichten, maar als u kunt komen...'

'Ik kom er meteen aan,' zei ik als verdoofd en ik had het gevoel dat ik bezig was te vallen.

Leonie. Leonie was weg. Hoe had dat nou kunnen gebeuren? Hadden die leidsters dan geen ogen in hun hoofd?

'Annabel!' haalde Christians stem me uit mijn maalstroom van gedachten. Blijkbaar had hij me al iets gevraagd, maar had ik hem niet gehoord.

Ik staarde hem aan.

'Wat is er gebeurd?' vroeg hij, maar mijn stembanden leken verlamd.

30

'Leonie is weg!' Eindelijk, na wie weet hoeveel seconden, lukte het me die woorden uit te brengen. Mijn lichaam was nog steeds verstijfd. Mijn hart ging als een razende tekeer en sloeg onregelmatig, mijn ledematen trilden en toch kon ik me niet bewegen.

'Wat?' Christians uitroep haalde me terug in de werkelijkheid.

'Ze is weg, de kleuterleidster heeft gebeld, na het buiten spelen was ze er niet meer.'

'O god!' riep Christian en toen stormde hij naar de bar om bij de beduusd kijkende serveerster de koffie te betalen en de rest van de bestelling af te zeggen.

Toen hij terugkwam, pakte hij me bij mijn arm en trok me naar buiten.

'Waar staat je auto?'

'Ergens in een zijstraatje bij de hotels,' zei ik. Vreemd genoeg kon ik me niet herinneren waar hij precies stond.

'De mijne staat dichterbij. Kom.'

We renden naar zijn parkeerplaats. We sprongen in de auto en terwijl ik nog bezig was mijn gordel om te doen, startte Christian de motor al. Hoewel je aan hem kon zien dat hij geagiteerd was, leek hij niet nerveus maar eerder geconcentreerd.

'Heeft de school de politie al ingelicht?'

'Ja, dat zouden ze in elk geval doen.' Nu trilde ik over mijn hele lichaam. Ik had me nog nooit zo machteloos gevoeld.

'Goed, bel voor de zekerheid zelf ook en zeg dat je de moeder van het vermiste kind bent. Ze moeten jou op de hoogte houden en niet de kleuterleidsters.'

Ik pakte mijn mobiel en belde het alarmnummer. Toen er na een tijdje eindelijk werd opgenomen, beschreef ik wat er gebeurd was. Ze wisten nog niets van de vermissing van een kind, maar beloofden iemand naar de school te sturen.

Het was maar een paar minuten naar de school, maar het leek eindeloos te duren. Mijn verstand sloeg op hol en projecteerde in mijn hoofd duizenden vreselijke mogelijkheden waar mijn kind kon zijn gebleven.

De ergste daarvan was dat mijn ex-man er iets mee te maken had.

'Als Jan haar nou...' De woorden wilden niet over mijn lippen komen. Ik had het gevoel dat ik in een Hollywoodfilm zat. 'Als hij haar nou ontvoerd heeft? Bij de school? Hij was vast vandaag nog hier.'

Aan de andere kant: ik kon alles van hem verwachten, maar niet dat hij zijn eigen kind ontvoerde.

Misschien was het ook wel een vreemde geweest...

Bij die gedachte werd mijn keel dichtgesnoerd. Dat zou nog veel erger zijn dan wanneer Leonie bij haar vader was.

'Het is niet gezegd dat hij haar ontvoerd heeft. Zo dom is hij heus niet.'

Maar Christian maalde woedend met zijn kaken terwijl hij zijn blik op de weg gericht hield. Ik was de tranen nabij.

'We zullen haar vinden,' haalde Christian me uit de vreselijke wirwar van mijn gedachten. 'Ik weet zeker dat het allemaal wordt opgehelderd. We moeten eerst de leidsters vragen waar ze erdoorheen kan zijn geglipt.'

Blijkbaar waren we sneller dan de politie, want de parkeerplaats was al net zo leeg als de speelplaats.

Ik stormde naar binnen. Een van de leidsters kwam me tegemoet.

‘Waar zijn jullie haar kwijtgeraakt? Hebben jullie iemand hier in de buurt gezien?’

Ik was ervan overtuigd dat Leonie zonder meer met haar vader mee zou gaan, zeker als hij haar beloofde dat ze naar huis gingen.

‘Nee, er is niemand geweest. We hebben ze naar buiten gelaten om te spelen, en er was ook iemand van ons buiten, maar aan één kant van het plein staat dicht struikgewas.’

‘Hebben jullie daar al gekeken?’

‘Ja, maar daar was ze niet. Het kan echter zijn dat ze er daardoorheen is geglipt. Mijn collega’s zijn aan het zoeken. Ik heb u meteen gebeld nadat we het hadden ontdekt.’

‘En de politie?’

‘Die moet ook al onderweg zijn. De man van het alarmnummer zei dat u ook al contact hebt opgenomen.’

‘Dat klopt.’

Terwijl ik het trillen van mijn handen probeerde te onderdrukken, keek ik naar Christian, die zijn mobiel aan zijn oor hield.

Ik bedankte de leidster en ging naar buiten.

‘Oké, tot dan,’ zei Christian en hij beëindigde het gesprek toen hij mij zag. ‘Kom, laten we gaan zoeken.’

‘En je trein?’ vroeg ik verward terwijl mijn benen me als vanzelf naar de tuin van de school brachten. ‘Jij moet toch naar Berlijn!’

‘Ik heb de afspraak verzet, dit is belangrijker.’

Dat was geweldig van hem, maar helaas kon ik het op dat moment niet echt naar waarde schatten, mijn angst om Leonie was te sterk.

Ik rende langs het klimrek en de glijbaan naar de omheining. Er zat inderdaad een gat in het hekwerk waar een vijfjarige doorheen zou kunnen kruipen. Maar was Leonie echt weggelopen? Dat was helemaal niets voor haar.

Het gat was in elk geval niet groot genoeg voor een volwassene. Maar die kon er heel goed voor gestaan en haar geroepen hebben.

‘Laten we naar de andere kant gaan!’ stelde Christian voor en hij stormde vooruit.

'Zou de leidster het aan de andere kinderen hebben gevraagd?' vroeg ik hijgend naast Christian, die met vertrokken gezicht door de poort rende en toen om de school heen liep. Niet ver daarvandaan moest er een strandafgang zijn, als je afging op de wegwijzer.

Leonie zou toch niet het water zijn ingelopen?!

Ik had vreselijke pijn in mijn buik en mijn hart bonkte.

'Als ze slim zijn geweest, hebben ze dat gedaan voor hun collega's gingen zoeken.'

Als ze slim zijn geweest... Waren ze wel slim genoeg geweest?

Misschien was ze inmiddels wel dood... Nee, ze is niet dood, prentte ik mezelf in. Dat zou ik voelen. Dat zou ik heel zeker voelen. En het hoefde ook niet net zo af te lopen als in zo'n film.

Maar het zou kunnen...

Vanuit mijn ooghoeken zag ik een politieauto komen aanscheuren. Christian zag hem ook.

'Ga jij maar naar die agenten en laat hun een foto van Leonie zien,' zei hij. 'Je hebt er vast wel een, toch?'

Natuurlijk had ik er een.

'Ik ga bij de strandafgang kijken en daarna verder zoeken. Als je iets hoort, bel me dan, ja?'

Ik was het liefst met hem meegegaan, maar hij had gelijk, het was beter als ik naar de agenten toe ging en hen van alle benodigde informatie voorzag. Daarna zou ik weer verder gaan zoeken.

'Hier.' Hij drukte me zijn colbertje en stropdas in de hand en rende weg.

Ik liep naar de politieauto, die net voor de school stopte. De twee mannen die uitstapten keken me verbaasd aan.

Hun naam en rang drongen niet tot me door.

'Ik ben de moeder,' verklaarde ik. Ik hing Christians jasje en das aan het hek en haalde mijn portemonnee uit mijn tas. Mijn handen trilden nog zo hevig dat ik de foto van Leonie nauwelijks kon pakken.

'Rustig blijven, mevrouwtje,' raadde de oudste van de twee me aan, maar hoe kon ik rustig blijven als het leven van mijn kind misschien in gevaar was?

Ten slotte kreeg ik de foto te pakken en ik stak hem de agent toe. 'Dat is ze. De leidsters denken dat ze door het hek kan zijn geglipt.'

'Weet de kleine hier de weg?' vroeg de jongste agent terwijl hij de foto bekeek. Dat leek me een rare vraag. Welk kind van die leeftijd kende nou in de hele stad de weg, ook al woonde het er al lang?

'Nee, ze weet niet de weg, we zijn hier pas een paar weken geleden komen wonen.'

'Goed, zoek jij dan het strand af,' zei de oudste. 'Ik ga met de leidsters praten en probeer het dan verder in de stad.'

Daarop verdween de man de school in, terwijl zijn collega wegrende.

Had ik tegen hen moeten zeggen dat ik vermoedde dat haar vader haar had ontvoerd?

Toen kreeg ik een idee. Ik haalde haastig mijn mobieltje uit mijn tas en belde Jans nummer. Als hij met de hele zaak niets te maken had, zou hij toch zeker opnemen of iets van zich laten horen. Natuurlijk kon hij dat niet als hij op dit moment onderweg was...

Ik koos zijn nummer en luisterde gespannen terwijl de telefoon overging. Ik liet hem vijf keer overgaan, toen kreeg ik de voicemail. Kwaad hing ik op.

Klopte mijn verdenking dan toch? Was hij bezig haar naar Bremen te ontvoeren of naar weet ik waar?

In mijn ontreddering had ik het liefst om me heen geslagen. Maar omdat dat niets uithaalde, stopte ik mijn mobieltje weer terug, rende de weg af en riep de naam van mijn dochter, de vragende blikken van voorbijgangers negerend.

De volgende uren waren een hel. Waar ik ook kwam, Leonie was er niet. Koortsachtig zocht mijn verstand naar aanwijzingen waar ze heen kon zijn gegaan. Ze had een zwak voor boten – was ze misschien bij de pier? Op het laatst begon ik voorbijgangers aan te spreken en liet hun de foto van mijn dochter zien. Te oordelen naar hun reacties moesten ze me wel voor gek verklaren. Veel had ik niet aan ze, want ze zeiden allemaal dat ze geen roodharig meisje op straat hadden zien lopen. Uiteindelijk kroop ik huilend van vertwijfeling op een bankje.

Vreemd genoeg begon ik me af te vragen hoe mijn biologische moeder zou hebben gereageerd als ik was verdwenen. Als het indertijd andersom was geweest en ik was weggelopen.

Zou zij ook zo panisch naar haar kind hebben gezocht? Die vraag had ik mezelf nooit hoeven stellen, maar die was er nu en mijn hart vertelde me duidelijk dat ze heel zeker naar me zou hebben gezocht.

Tegelijkertijd merkte ik nu hoe lastig het was om in een kleine stad je dochtertje te vinden. Met mijn vermoeden dat ze me niet meer wilde, had ik mijn moeder hoogstwaarschijnlijk onrecht aangedaan. Ze had me in de hele republiek moeten zoeken, ten tijde van de DDR achtervolgd door de Stasi en na de Wende belemmerd door verdwenen dossiers en stilzwijgen. Misschien had ze, net als ik nu, vaak op een bankje zitten huilen.

Toen werd ik gebeld. Zonder te kijken wie het was, nam ik op.

'Heb je haar gevonden?'

Christian. Hij klonk behoorlijk afgejakkerd.

'Nee! Ik heb het zelfs aan voorbijgangers gevraagd, maar niemand heeft haar gezien.'

'Waar ben je?'

'Op de promenade. In de buurt van een hotel.'

'Kom terug naar de school, misschien moeten we het ook eens met de auto proberen.'

Misschien moesten we over de snelweg naar Bremen gaan, dacht ik somber, maar ik zei: 'Oké, ik kom eraan.'

Op de terugweg zocht ik opnieuw alle mogelijke plekken af. Ik liep over het strand, in de hoop een spoor te ontdekken. Misschien was ze ook wel gaan kijken of er zeemeerminnen waren.

Ten slotte wankelde ik naar de school. Christian stond bij het hek op me te wachten. Er zaten grote zweetplekken onder zijn armen.

'Ik ben het hele strand afgegaan tot bovenaan bij de rotsen, maar daar was ze ook niet.'

'En de agenten?'

'Die zijn nog niet terug.'

Ik liet mijn schouders hangen en haalde trillend adem. Waar zouden we nog moeten zoeken?

'Daar!' riep Christian opeens en hij wees naar het strand. Een man in uniform kwam uit de tegenovergestelde richting vanwaar ik was geweest. Hij had iets op zijn arm. Ik begon te kreunen en rende er toen vandoor. Alsjeblieft niet mijn kind, smeekte ik stilletjes. Ik wil alles opgeven, maar niet mijn kind.

Toen zag ik dat het meisje op zijn arm Leonie was. Ze klampte zich aan het overhemd van de agent vast.

'Leonie!' riep, nee, krijste ik gewoonweg. Mijn benen werden slap, ze leken me niet meer te willen gehoorzamen, maar ik zweepte mezelf voort.

Uiteindelijk bereikte ik de agent. Het scheelde niet veel of ik had mijn dochter van zijn arm getrokken, maar toen merkte ik dat er iets niet klopte. Leonie hield zich met haar rechterarm vast, de linker leek vreemd slap. Haar gezicht zat onder het vuil, er zat zand in haar haar.

'Wat is er met haar?' schreeuwde ik bijna tegen de man.

'Ik vrees dat ze haar arm heeft gebroken. Ik heb haar bij het bos gevonden. Ze moet over een wortel zijn gestruikeld en van het duin omlaag zijn gevallen.'

Wat was mijn meisje in het bos kwijtgeraakt? Waarom was ze erheen gelopen?

Die kwesties zouden we later wel ophelderen, voor nu was ik dolblij dat ze er weer was. Hoewel het verontrustend was dat de agent het over 'omlaagvallen' had gehad.

'Mag ik?' vroeg ik en ik stak mijn handen naar haar uit.

'Natuurlijk,' zei de agent en hij gaf haar aan me over.

'Leonie Leeuwenhart, wat heb je nou toch gedaan?' De tranen sprongen me in de ogen. Mijn arme meisje was gewond!

Leonie keek me een beetje wazig aan. Blijkbaar hadden de gebroken arm en de angst al haar krachten verbruikt, zodat ze niet eens meer kon huilen.

'Charlotte zei dat ze papa had gezien. Toen ben ik naar hem gaan zoeken. Maar ik kon hem nergens vinden, en toen ben ik gevallen en kon ik niet meer opstaan omdat mijn arm zo'n zeer deed.'

Die woorden deden me huiveren. Was Jan hier echt geweest? Had hij net als een stalker voor de school gestaan?

Maar hoe kon die Charlotte weten wie Leonies vader was? Blijkbaar was dat meisje een uitgesproken krengetje. Ik besloot met de leidster te gaan praten.

Maar nu moesten we eerst naar het ziekenhuis.

'Hartelijk dank voor uw hulp,' zei ik tegen de agent en ik droeg Leonie naar Christian. Die wikkelde mijn prinsesje in zijn colbertje en legde haar voorzichtig op de achterbank. Ik kon zien dat ook bij hem de tranen over zijn wangen stroomden.

'Ze is er weer,' snikte ik en ik omarmde hem. 'Ze heeft een gebroken arm en we moeten naar het ziekenhuis, maar ze is er weer.'

'Hoe blij denk je dat ik daarmee ben,' verklaarde hij. 'Meer dan je je kunt voorstellen.'

Intussen waren we niet meer alleen, er waren een paar ouders aangekomen om hun kinderen af te halen. Maar die interesseerden me niet. Het enige wat telde, was dat Leonie niet voor altijd was verdwenen.

Er kwam een meisje naar ons toe lopen, zo vlug dat haar moeder haar niet kon tegenhouden.

'Leonie, heb je je pijn gedaan?'

Zou dat misschien Charlotte zijn? Ik voelde ergernis opkomen. Vijandig keek ik naar de vrouw van wie het kind zich had losgerukt, maar ik bracht mezelf tot rede.

'Mijn arm is gebroken. Maar morgen ben ik er zeker weer.'

'We zijn allemaal zo bang geweest,' verklaarde het meisje terwijl ze aan haar bloemetjesjurk plukte.

'Steffie, kom hier!' klonk er vanaf de achtergrond. Even later was de vrouw bij ons.

'Pardon,' zei ze en ze greep haar dochtertje bij de hand alsof we haar zouden kunnen afpakken en meenemen. 'Ik heb gehoord wat er is gebeurd, en ik ben zo blij dat ze de kleine ongedeerd hebben teruggevonden.'

'Leonie is mijn vriendinnetje!' legde Steffie aan haar moeder uit, die begon te glimlachen en me toeknikte.

'Ja, en daarom zijn we extra blij dat ze weer terug is.'

'Mevrouw Hansen!' riep nu een van de leidsters, die naar ons toe kwam lopen. 'Godzijdank, Leonie is terug!'

Wat niet jullie verdienste is, dacht ik bitter. Als jullie beter hadden opgelet, was ze niet van het duin gerold.

Maar ik had nu geen zin in een lange discussie en mogelijke excuses.

'Ik wil u op het hart drukken het gat dicht te maken en de volgende keer beter op te letten,' zei ik koeltjes. 'Gezien het feit dat mijn dochtertje hier vrienden heeft gemaakt zou ik het jammer vinden als ik haar aan uw zorg zou moeten onttrekken.'

Daarop stapte ik in de auto, en Christian reed weg.

Een half uur later kwamen we aan bij de spoedeisende hulp van het ziekenhuis in Bergen. Er werd net een patiënt uit een ambulance gehaald, een paar verpleegkundigen die blijkbaar pauze hadden, stonden in de rokershoek te kletsen.

Ik hoopte vurig dat we niet lang hoefden te wachten, want inmiddels was Leonie over de eerste schrik heen, en haar arm deed zo'n pijn dat de tranen over haar wangen biggelden. Zelf had ik nog nooit een arm gebroken en ik kon me niet voorstellen hoe dat was. Maar het moest vreselijk zeer doen.

Christian droeg mijn prinsesje naar de receptie, waar de zuster aan de telefoon was. Ik wist niet wat ze te bespreken had, maar ze brak het gesprek af zodra ze ons zag.

'Ik ben Annabel Hansen, mijn dochter Leonie heeft een ongeluk gehad. Ze is van een duin gevallen, ik neem aan dat ze haar arm heeft gebroken, en mogelijk heeft ze andere verwondingen opgelopen.'

De vrouw staarde me aan.

'Een ogenblikje, ik bel de dienstdoende kinderarts even.'

Daarop pakte ze de hoorn weer.

'Het komt allemaal goed,' probeerde ik Leonie te troosten, die nog steeds zachtjes huilde. 'De dokter zal je onderzoeken en je arm weer beter maken, dat beloof ik.'

'Het spijt me, mammie!' zei ze tussen twee snikken door. 'Ik zal Charlotte nooit meer geloven. En ik zal ook niet meer weglopen.'

Ik veegde mijn tranen van mijn wangen en deed mijn best niet hard te gaan huilen.

'Het is al vergeten, nu moet je weer beter worden, ja?'

Ze knikte zwakjes en vlijde zich toen weer tegen Christians mouw, die vuil was en doorweekt met tranen.

'Dokter Bodenstein komt eraan,' liet de zuster me weten. 'Gaat u nog maar even rustig zitten.'

Daar hadden Christian en ik geen van beiden zin in. Ik vreesde dat ik als ik eenmaal op een stoel zat, niet meer overeind kon komen omdat mijn lichaam dan in een klomp lood zou zijn veranderd.

We gingen bij een muur staan en ik probeerde Leonie een beetje af te leiden. Het ziekenhuis zou haar wel beangstigen. Ze was voor het laatst als baby in een kliniek geweest, gelukkig was ze een heel gezond kind.

Slechts een paar minuten later kwam er een vrouw van middelbare leeftijd de deur door. Over haar groene ok-kleding droeg ze een witte jas, haar blonde haar zat in een wrong in haar nek.

Ze keek even naar de zuster, die naar ons wees, toen kwam ze naar ons toe.

'Dag, ik ben dokter Bodenstein. En ik neem aan dat jij Leonie bent.'

Mijn dochter knikte zwakjes.

'U bent de ouders?'

'Ik ben haar moeder,' zei ik en ik keek naar Christian.

'En ik ben de vriend van haar moeder. Leonie is niet mijn dochter, tot mijn spijt.'

'Goed, komt u maar mee.'

Ze bracht ons door een brede, helverlichte gang waarin een leeg bed en een brancard op wielen stonden, naar de onderzoekskamer. Die zag er nog spartaanser uit dan Christians kantoor. Hij legde haar op het onderzoeksbed neer en zei toen: 'Ik blijf buiten wachten.'

'Oké,' zei ik en ik concentreerde me volledig op Leonie.

'Ze heeft dus een ongeluk gehad op school?'

'Nee, ze was daar weggelopen, is gestruikeld en van een helling gerold. Een agent heeft haar gevonden en dacht dat haar arm gebroken was.'

De dokter knikte en begon met het onderzoek. Ze keek in Leonies ogen, drukte hier en daar in haar lijfje, luisterde, klopte, onderzocht haar buik en haar rug. Mijn dochter onderging het allemaal zonder klagen, maar toen de dokter haar arm aanraakte, begon ze te jammeren.

'Sssj, het is al goed,' zei de dokter en ze liet de arm meteen los.

'Zo op het eerste gezicht heeft ze geen inwendig letsel opgelopen, maar de arm lijkt inderdaad gebroken te zijn.'

Ze had het nog niet gezegd of er kwam een verpleegster binnen.

'Tina, meld alsjeblieft de röntgen even dat er hier een patiënte voor ze is.'

De zuster knikte en verdween weer.

'We stellen een ongevallenprotocol op, de school moet voor zulke gevallen verzekerd zijn. En het is in mijn ogen een duidelijk geval voor de aansprakelijkheidsverzekering. Hebben de leidsters niet goed opgelet?'

'Het lijkt erop dat ze door een gat in de omheining kon verdwijnen. En het is een vrij grote groep.'

Waarom hield ik die vrouwen eigenlijk de hand boven het

hoofd? Ze hadden hun toezichthoudende taak verzaakt. In Jans plaats zou ik de school naar de letter van de wet hebben aangeklaagd. Maar ik was Jan niet. Ik wilde de zaak op mijn manier regelen.

'Ik heb zelf twee kinderen en zou gek worden als de school me belde om te zeggen dat een van hen er op eigen houtje vandoor was gegaan.'

Ik knikte. 'Ik was gek van angst. Het is niet te beschrijven.'

'Weet u, ik krijg hier veel gevallen van kinderen die een ongeluk hebben gehad. Sommigen vallen uit klimrekken, anderen van de fiets. En ik ben elke dag dankbaar dat mijn kinderen niets is overkomen. Maar daar kun je nooit helemaal zeker van zijn.'

Ze pakte een formulier uit haar archief en schreef er iets op.

Even later kwam de verpleegster terug, ditmaal in gezelschap van een jonge verpleger.

'Wat vindt u ervan als Tina Leonie naar de röntgen brengt en u me nog wat meer vertelt over de toedracht van het ongeluk?' vroeg de dokter nadat ze de zuster een briefje had gegeven waarop stond wat er gefotografeerd moest worden.

Ik keek naar Leonie. Zou ze alleen naar de röntgen willen gaan? Ik wist dat ik er niet bij zou mogen zijn, maar ik wilde ervoor zorgen dat ze niet bang werd.

'Heb je dat gehoord?' vroeg ik haar. 'Er moet een foto van je arm worden gemaakt.'

'Door de huid heen?'

'Ja, door de huid heen.'

'En hoe gaat dat?'

'Met een heel speciaal fototoestel.'

Ik glimlachte met tranen in mijn ogen. Als ze weer slimme vragen kon stellen, begon het bergop te gaan. Heel zeker.

Terwijl ik voor de röntgenkamer zat te wachten, begon ineens mijn mobiel te brommen. Ik haalde hem tevoorschijn en keek op het display. Het was een berichtje van Jan.

Onderging een onderzoek en kon niet opnemen. Wat is er?

Dat hij zo luchtig schreef, alsof de ruzie van de vorige avond er niet was geweest, maakte me in eerste instantie zo kwaad dat ik het helemaal niet kon waarderen dat Jan van zich liet horen. Toen riep ik mezelf tot de orde. Waarschijnlijk was hij gisteren gewoon dronken, hield ik mezelf voor.

'U moet uw mobieltje hier uitzetten,' gaf een verpleegster me te kennen voor ik een antwoord kon intoetsen. Ik knikte en liet het apparaat verdwijnen. Ik zou het bericht later beantwoorden, zodra ik mijn kind weer terug had. Zo meteen moest ik eerst weer met Leonie naar Christian, die in de wachtkamer zat.

'Zo, u kunt uw dochter weer meenemen,' meldde de röntgenoloog na een kwartier en hij wendde zich nog even tot Leonie. 'Pas wel op dat je niemand omverslaat met je arm!'

'Dat zal ik niet doen,' beloofde ze. 'Gaan we nu naar huis, mammie?'

'Ja, nu gaan we naar huis.'

'Gaat oom Christian ook mee?'

'Ja, natuurlijk, hij moet ons toch brengen.'

'Dat is goed.'

Ze kroop tegen me aan, de gewonde arm hing dik ingegipst in een mitella. Buiten kwam de kinderarts naar ons toe.

'Hier zijn wat pijnstillers voor kinderen, die kunt u geven als dat nodig is. En als er iets is, komt u maar terug of belt u de dienstdoend arts. Bij welke kinderarts bent u?'

'Bij nog geen enkele, we wonen hier nog maar net.'

De dokter verdween een kamer in en kwam terug met een visitekaartje. 'Deze collega kan ik u aanbevelen. Het staat u natuurlijk vrij naar iemand anders te gaan, maar ik heb al enkelen van zijn patiënten in behandeling gehad, hij is heel aardig en de ouders zijn tevreden over hem.'

Ik stak het kaartje bij me en bedankte haar in de hoop dat het niet nodig zou zijn om de komende dagen een dokter te consulteren.

Bij de spoedeisende hulp zat Christian met een bekertje koffie in zijn hand. Het brouwsel leek hem niet erg te smaken. Toen hij ons zag, stond hij op en gooide het bekertje in een afvalbak.

'Ha, daar is onze zeemeerminnenjager weer.' Zachtjes streek hij haar over het haar, toen gaf hij me een kus. 'Is alles in orde?'

'Ja het gips moet drie weken om blijven. Verder is er niets aan de hand, alleen wat blauwe plekken, maar die hoeven gelukkig niet in het gips.'

'Dan hebben we enorm geboft, hè? Kom, dan breng ik jullie naar huis.'

We volgden hem naar buiten naar het parkeerterrein. Intussen begon het te schemeren. Het zwaailicht van een aankomende ambulance flikkerde spookachtig boven het gebouw. Ik voelde me verdoofd, maar tegelijk ook opgelucht. Mijn meisje leefde nog, de breuk zou genezen. Het was wel raar. Thuis waakte ik er angstvallig voor dat ze de trap afging, en dan brak ze zomaar haar arm doordat ze van een duin rolde. Ik besefte dat je je kind niet tegen alles kon beschermen, hoe graag je dat ook wou.

In de auto ging ik achterin zitten bij Leonie, die slaperig op haar zitplaats hing. Toen herinnerde ik me het bericht.

'Jan heeft een sms'je gestuurd,' zei ik toen ik mijn mobiel tevoorschijn haalde.

'Aha, wil hij zich verontschuldigen voor die onzin van gisteren?'

'Nee, ik had hem gebeld. Ik wilde kijken waar hij was, omdat ik dacht...'

Ik keek naar Leonie. Nee, ik kon in haar bijzijn niet zeggen dat ik hem ervan had verdacht zijn eigen dochter ontvoerd te hebben.

Christian begreep me zo ook wel.

'Je hebt hem toch nog niet terechtgewezen?'

'Nee, ik heb alleen het berichtje gelezen. Toen ik buiten moest wachten terwijl er foto's van Leonies arm werden gemaakt, kwam zijn bericht. Hij schreef dat hij een onderzoek had ondergaan en vroeg wat er aan de hand was.'

'Ga je het hem vertellen?'

‘Ik denk dat het goed zou zijn. Als hij de komende weken verschijnt en Leonie wil opzoeken, ziet hij het gips toch.’ Ik riep het sms’je op en toetste een antwoord in. ‘Bovendien is hij haar vader. Als hij de verantwoordelijkheid wil, moet hij ook tegen de nare kanten opgewassen zijn.’

Toen ik het sms’je had verstuurd, deed ik mijn mobiel weer in mijn tas. Inmiddels waren we bij ons huis aangekomen. Terwijl Christian de motor afzette, vroeg ik: ‘Wat doe je eigenlijk met je afspraak?’

‘Die heb ik verzet naar morgen. Ik ga morgenvroeg, dat is nog op tijd.’

‘Heb ik je er trouwens al voor bedankt dat je zo geweldig bent?’

‘Nee, maar misschien heb je een idee hoe je dat kunt laten blijken.’

Ik lachte. ‘Vannacht?’

‘Vannacht zul je vast de hele tijd bij Leonie zitten om haar in de gaten te houden, dan maak ik niet veel kans. Bovendien moeten jullie uitrusten. Ik zet jullie af en rij dan naar huis, zodat ik morgen fit ben.’

Daar had ik alle begrip voor.

‘Oké, maar laat nog even van je horen voor je weggaat.’

Christian knikte en kuste me.

‘O ja, wat spreken we af over de motor?’ vroeg ik nadat ik Leonie uit de auto had getild.

‘Die krijgen we te pakken!’ antwoordde Christian. Hij wierp ons nog een handkus toe en reed weg.

’s Nachts kon ik niet slapen, hoewel ik doodmoe was. Telkens moest ik er weer aan denken wat er allemaal had kunnen gebeuren. En hoe vertwijfeld mijn mama mij moest hebben gezocht en misschien nog steeds zocht. En ook het verhaal van Christian sloop de hele tijd mijn gedachten binnen. Ik kon me nu voorstellen welke paniek zich van hem en zijn vader meester had gemaakt toen ze constateerden dat Lukas weg was. Ik was zo blij dat ons verhaal een gelukkiger einde had gekregen. Zou mijn zoektocht naar mijn moeder ook een happy end kennen? Of zou ze net als de kleine Lukas voor altijd wegblijven?

Toen ik rusteloos door de woonkamer dwaalde, viel mijn oog weer op de aanvragen voor de Stasi-dossiers. Hoe lang zouden ze me laten wachten? Een half jaar? Een heel jaar? Een aantal jaren? Wanneer zou ik een punt achter die zaak kunnen zetten? Zou iemand uitsluitsel kunnen geven?

Ja, als ik moest constateren dat mijn moeder me willens en wetens had achtergelaten, zou ik haar uiteindelijk naar het verste hoekje van mijn hart verbannen en haar vergeten.

Een hele tijd bleef ik in de woonkamer zitten, toen ging ik naar mijn slaapkamer. Ik keek op mijn mobiel en zag dat er een paar uur eerder een bericht van Jan was gekomen.

Hij schreef dat hij Leonie de komende tijd niet kon komen opzoeken, maar als troost iets zou sturen. Dat was een kant van hem die ik nog niet kende. Ook al ging het om iets materialistisch, hij deed moeite om te laten zien dat hij aan zijn dochter dacht.

Maar hij verontschuldigde zich nog steeds niet voor zijn gedrag van zondagavond. Daar zouden we het de eerstvolgende keer dat hij zich vertoonde nog wel over hebben.

Ten slotte sprong ik onder de douche en spoelde het lood van de nacht van mijn lichaam. Daarbij kreeg ik een idee. In joggingpak en gewapend met een rozenschaar die ik in een kastje op de gang had gevonden, ging ik de tuin in en knipte een paar takken van de volste rozenstruik af. De bloemen waren zwaar van de dauwdruppels en verspreidden hun heerlijke geur.

Met de takken liep ik de trap af en begaf me naar Christians steen. De verdroogde rozen waren blijkbaar door een windvlaag meegevoerd, misschien naar de zee, waar ze met de golven waren meegedreven. Ik legde de verse rozen erop, ging ernaast zitten en dacht kijkend naar de zee aan Christian en zijn broertje.

DEEL 3

De brief

31

Zuchtend sloot ik het internetforum, waarop nog steeds niemand op mijn opsporingsbericht had gereageerd. Er waren zelfs geen tips. Heel frustrerend.

Misschien had Lea haar geschiedenis na de vlucht achter zich gelaten en wilde ze die niet delen. En hoe zat het met mijn moeder? Wist ze gewoon niet van het forum, gebruikte ze geen internet of interesseerde het haar niet?

Er kwam een schrikwekkende mogelijkheid bij me op. Misschien leefde ze wel niet meer. Dan zou ik wat er gebeurd was alleen nog aan de hand van dossiers kunnen reconstrueren. Documenten die ik misschien zou krijgen van Jeugdzorg in Leipzig.

Terwijl ik de rampzalige mogelijkheid dat mijn moeder dood was probeerde te verdringen, wierp ik een blik op Leonie. Natuurlijk kon ze niet, zoals ze haar vriendinnetje beloofd had, meteen de volgende dag naar school. Dus had ik haar mee naar boven genomen naar mijn kantoor, haar op een stoel geplant en haar iets te doen gegeven. Omdat haar rechterarm niet verwond was, kon ze tenminste wel tekenen. Ze had vooral in het begin nog veel pijn gehad, maar nu was ze bezig iets te tekenen. De pijnstillers die de kinderarts me had gegeven, hadden effect. De school had 's ochtends al gebeld, een dag na het voorval. Ik had een lang gesprek gevoerd met de berouwvolle leidster, die haar oprechte excuses aanbood en beloofde dat zoiets nooit meer zou voorkomen.

Ik wist dat zulke beloftes moeilijk nagekomen konden worden, maar ik van mijn kant zou Leonie inprenten dat ze niet meer zomaar mocht weggaan.

Bovendien verzocht de leidster me het ongevallenformulier te brengen, zodat ze het naar de verzekering kon sturen. Ik beloofde haar aan het einde van de week langs te komen.

Christian was tot het weekend weg, maar hij belde een paar keer per dag om te informeren hoe het met ons ging. Ik verheugde me al op het weekend met hem samen. Ik moest over een paar dingen nadenken. Vooral over mijn mama.

De vrouw van de Jeugdbescherming had beloofd vlug iets van zich te laten horen, maar inwendig verging ik van ongeduld.

Die middag belde mijn adoptiefmoeder, nadat ik de vorige dag een bericht op hun antwoordapparaat had ingesproken. Ze was weggeweest en ik was er de hele avond niet meer aan toegekomen het nog eens te proberen.

'Lieve help, wat voeren jullie toch allemaal uit?' vroeg ze geschokt.

'Tja, mijn leven is op het moment erg geweldig,' verzuchtte ik. 'Ik dacht dat het nu allemaal beter zou worden, maar dan komt Jan opeens opdagen en barst de chaos los.'

'Jan?' vroeg mijn moeder verwonderd. 'Is Jan weer opgedoken?'

Het schoot door me heen dat ik haar daar nog helemaal niets over had verteld. Het leven was me momenteel op een of andere manier te vlug af. En dan was er Christian. Ik besefte dat ik mijn problemen nu eerder met hem besprak. Ik begon een slecht geweten te krijgen.

'Sorry dat ik het je nog niet verteld heb,' antwoordde ik. 'Ja, Jan heeft zich weer laten zien, van de ene dag op de andere, en heeft me gevraagd de ouderlijke zorg met hem te delen. Stel je eens voor, hij wil ineens niet meer alleen maar alimentatie betalen.'

Mijn moeder zuchtte. 'En ik dacht dat we het gehad hadden.'

'Ja, dat dacht ik ook. Maar zo is het leven. De ene dag denk je alles onder controle te hebben, en de volgende dag, hopla, dan bezorgt het je weer een klap.'

'Je weet dat je de ouderlijke zorg niet met Jan hoeft te delen. Hij heeft er vrijwillig van afgezien.'

'Ja, maar intussen is er bij hem ook veel veranderd.'

Ik deed haar kort verslag van zijn ziekte, zijn ommezwaai en zijn tweede optreden bij ons.

Mijn moeder zweeg, een duidelijk teken dat ze zich ernstig zorgen maakte.

'En gaat Leonie nog naar school?'

'Nee, zolang ze gips heeft, houd ik haar thuis.'

Ik wist dat ze aan hetzelfde dacht als ik.

'Maar ik denk niet dat Jan iets zou proberen. Hij is gewoon gefrustreerd en gezien zijn diagnose kan ik dat zelfs een beetje begrijpen.'

'Wees toch maar voorzichtig, beloof je dat? En wat de kwestie betreft of je hem laat delen in de opvoeding van Leonie, kun je het best luisteren naar wat je hart je ingeeft. Hoe dan ook, we zullen je steunen.'

Nou, wat zei mijn hart? Dat ik Jan de komende tijd liever niet wilde zien? Dat ik geen zin had van alles met hem te bespreken? Dat ik het Leonie niet wilde aandoen elk weekend naar Bremen te gaan of daar wekenlang te blijven?

'Dat is lief van je, mama, dank je wel.'

'En hoe gaat het met ons leeuwenmeisje? Heeft ze nog veel pijn?'

'Dat gaat langzamerhand beter, maar ze wordt natuurlijk beperkt door het gips. En ze vindt het heel vervelend dat ze niet naar school kan.'

'Het belangrijkste is dat ze niet al te veel last heeft van het gips.'

'Ik heb haar beloofd dat ik er elke dag een bloemetje op zal tekenen. Als de chirurg het eraf haalt, zal hij nog verrast zijn.'

Ik betrapte mezelf erop dat ik glimlachte. Niet alleen Christian beschikte over de toverkracht om me gelukkig te maken, maar mijn moeder ook. En het deed me bijna pijn dat ik niet de moed had haar te vertellen dat ik mijn Stasi-dossier en documentatie van het tehuis had opgevraagd.

Donderdag belde de postbode aan. Ik was ervan overtuigd dat het alleen om de gebruikelijke dingen ging, misschien een pakket van de drukkerij met de bewijsexemplaren van de imagebrochure.

Inderdaad ontving ik de verwachte dikkere brief – en een kleine. Het oorspronkelijke adres in Bremen was doorgehaald, blijkbaar werkte de verhuisberichtenservice uitstekend.

Toen ik de afzender zag, stokte mijn adem.

Dat kon toch niet!

De afzender was ene Silvia Thalheim uit Hannover.

Het leek alsof ik door de bliksem werd getroffen.

Minutenlang bekeek ik de envelop in mijn hand, alsof de letters ineens waren begonnen op te lichten. Dit was toch niet mogelijk! Was dat mijn moeder? En hoe was ze aan het adres gekomen?

Met trillende handen scheurde ik de envelop open en haalde er twee opgevouwen blaadjes uit. De brief was in een mooi, wat beverig handschrift geschreven. Ik kon me het handschrift van mijn moeder niet meer herinneren. Was ze het echt?

Lieve Annabel,

Schrik alsjeblieft niet van mijn brief, en gooi hem ook niet meteen weg. Geef me de gelegenheid om het uit te leggen.
Ik verwacht niet dat je erg blij bent, waarschijnlijk zou het mij in jouw plaats net zo zijn vergaan als jou. Je moeder verdwijnt plotseling uit je leven en laat je meer dan twintig jaar alleen. Wat valt er dan nog te zeggen?
Eigenlijk alleen dat het me vreselijk spijt dat ik pas zo laat de moed heb gevonden om je te schrijven.
Ongeveer driekwart jaar geleden kreeg ik toegang tot mijn Stasi-

dossier – nadat ik meer dan zes jaar op de verwerking van mijn aanvraag had gewacht.
Je zou kunnen vragen waarom ik pas in 2007 op het idee gekomen ben om mijn Stasi-dossier op te vragen. Dat is een lang verhaal, dat ik, als je dat zou willen, je graag wil vertellen.
De lange detentie heeft me getekend. Zelfs toen ik al in het Westen was, eiste de tijd in Bautzen nog zijn tol. Wat me toen is aangedaan, heeft me lichamelijk getekend. Ernstige aandoeningen waren het gevolg. In eerste instantie werd ik daardoor weerhouden om meteen na de Wende alles te verduidelijken. En ook angst speelde een rol. Angst om de confrontatie met het verleden aan te gaan. Angst om iets te ontdekken wat me nog meer zou aangrijpen.
In 2007 vond ik eindelijk de kracht om mijn dossier op te vragen. Mijn gezondheid was op dat moment stabiel en ik kon eindelijk naar de toekomst kijken. Ik had niet kunnen dromen dat het zo lang zou duren voor ik mijn dossier zou kunnen inzien. De Wende lag toen al achttien jaar achter ons, en je zou kunnen denken dat de eerste hausse voorbij was. Maar om een of andere reden duurde het bij mij zo lang.
In de tussentijd speelde mijn gezondheid me weer parten, en al het vruchteloze nadenken, alle pogingen om je langs andere wegen te vinden hebben me mijn krachten gekost. Bovendien, waar had ik je moeten zoeken? De Stasi had me gedwongen de adoptiepapieren te tekenen zonder me te vertellen hoe de mensen heetten die je hebben opgenomen en je tot hun kind hebben gemaakt.
En toen was het zover. Ik kreeg toestemming om het dossier in te zien. Helaas kon ik toen niet. Afspraken in het ziekenhuis maakten dat onmogelijk. Maar ik kreeg een nieuwe kans en kon eindelijk zien wie het leed dat ze jou en mij hebben aangedaan hebben veroorzaakt.
Dankzij jouw dossier heb ik ontdekt wie je destijds geadopteerd hebben. Ik heb wat onderzoek gedaan – veel deuren gaan makkelijker open als je slachtoffer bent geweest van de willekeur van de

Stasi – en uiteindelijk gaven ze me je adres. Nu had ik alles wat ik nodig had.
Maar toen verging me de moed.
Opeens was ik bang dat je mijn bericht helemaal niet wilde krijgen.
Je hebt vast inmiddels zelf een gezin. En misschien ben je me allang vergeten. Ik heb geen idee wat ze indertijd tegen je hebben gezegd. Waarschijnlijk hebben ze je alleen maar leugens verteld. Misschien haat je me daarom en wil je niets meer van me weten. Zo dacht ik.
Maar toen bleek dat ik niet veel tijd meer heb, en dus waag ik het er eindelijk op.
Ik laat het aan jou over om contact op te nemen. Mocht er op deze brief geen bericht van je volgen, dan zal ik hem vergeten en je met rust laten. Maar omdat ik wil dat je de waarheid leert kennen, zal ik je na mijn dood iets geven wat de waarheid bevat. Je kunt ermee doen wat je wilt, maar ik hoop dat je me vergeeft.

Het allerbeste voor jou en innige groeten,
Je moeder Silvia Thalheim

Ik zonk neer op de bank. Mijn hoofd leek minutenlang leeggeblazen. Ik staarde naar de witte kastenwand en hoorde het zachte tikken van de keukenklok.

De brief trof me als een mokerslag. Misschien had ik hem beter in Christians aanwezigheid kunnen openmaken.

Ik las de regels opnieuw, en deze keer meende ik de stem van mijn moeder te horen.

Nadat ik een tijdje had zitten peinzen, stond ik op en begon onrustig door het huis te lopen. Hoe was het mogelijk! Een week nadat ik de Stasi-dossiers had opgevraagd nam ze contact op!

Ik pakte de envelop. De brief was eerst naar Bremen gegaan.

Ik keek naar het poststempel. Ondanks de verhuisberichtenservice had de brief een omweg van twee weken gemaakt.

Waarschijnlijk rekende ze inmiddels al helemaal niet meer op een antwoord.

Pas het volgende ogenblik drongen er afzonderlijke woorden tot me door.

Detentie? Bautzen?

Maar ze hadden toch tegen me gezegd dat ze gevlucht was. En ze gaf ook zelf toe dat ze naar het Westen was gegaan.

'Mama, mag ik wat drinken?'

Leonies stemmetje haalde me uit mijn gedachten. Ik draaide me met een ruk om.

'Maar natuurlijk, lieve schat,' zei ik terwijl ik naar mijn dochter toesnelde, die in de deuropening stond met haar knuffelkonijntje in haar gezonde hand. Eigenlijk zou ze haar middagslaapje moeten doen, maar haar gipsarm maakte dat onmogelijk.

Ik nam haar mee naar de keuken, zette haar neer op de gepolsterde bank en vulde een glas met appelsap. Daarbij betrapte ik mezelf erop dat mijn moeder dat vroeger precies zo had gedaan – de moeder die me net geschreven had. Appelsap was tot mijn zesde het wondermiddel tegen verdriet, dorst, kapotgegaan speelgoed en een mislukte tekening geweest. Tot vandaag was ik me er niet van bewust geweest dat ik het net zo deed.

'Hier, liefje,' zei ik. Ik stak een rietje in het glas en zette het voor haar neer, toen schonk ik voor mezelf ook een glas appelsap in.

Leonie zoog het gulzig op terwijl ik de appelsmaak op mijn tong bespeurde.

'Je kijkt verdrietig, mammie,' constateerde Leonie. 'Gaat het niet goed met je?'

'Ik ben alleen maar een beetje moe,' jokte ik, want ik kon haar moeilijk zeggen dat mijn biologische moeder me had geschreven en allerlei vragen had opgeroepen.

'Dan moet je ook een middagdutje doen,' zei ze. 'We kunnen toch samen in jouw bed gaan liggen, dan kan ik vast ook beter slapen.'

Waarom niet? Ik was weliswaar niet moe, maar als zij bij me was zou het nadenken me lichter vallen.

We kropen dus in mijn bed, en met Leonies rug tegen mijn buik werd ik weer wat rustiger. Dat leek met haar ook het geval, want binnen enkele ogenblikken was ze in dromenland. Ik keek door het raam, waar de zon een van de rozenstruiken helderroze liet stralen. Ik dacht aan de kleine Lukas, aan het verhaal van Palatin.

En daarna weer aan mijn moeder. Wat was er gebeurd? Waarom had ze in Bautzen gevangengezeten? Kon ik haar geloven?

Ik lag nog een tijdje te piekeren en zocht in mijn herinnering naar aanwijzingen. Maar die waren er niet. In die tijd was ik zes jaar oud, de gebeurtenissen hadden elkaar in hoog tempo opgevolgd. Ik was niet groot genoeg geweest om kritisch te zijn over wat ze tegen me hadden gezegd. En na een paar jaar was het daarvoor te laat.

Op een gegeven moment viel ook ik in slaap, uitgeput door het nieuws en het gepieker. Ik droomde niet, maar toen ik wakker werd, gold mijn eerste gedachte of ik mijn adoptiefouders over Silvia's brief moest vertellen. Ik had er moeite mee gehad wat de Stasi-dossiers betreft, maar dat was gezien de wachttermijn een kwestie die je kon uitstellen. Maar nu was Silvia Thalheim in eigen persoon in mijn leven gekomen.

Wat moest ik doen? Haar opzoeken? Kijken of ze nog leefde?

Maar wat zou ik te horen krijgen? Zou haar verhaal alles wat ik tot nog toe geloofd had overhoophalen? Zou het mijn relatie met mijn adoptiefouders ontwrichten?

Ik kwam voorzichtig overeind en klom uit bed. Het dutje had me goedgedaan, maar er lag werk op me te wachten. Bovendien hoopte ik op een ingeving.

Toen ik de slaapkamer uit liep, ging mijn mobiel over. Ik bedacht dat ik hem boven in mijn werkkamer had laten liggen, dus stormde ik de trap op en nam op zonder op het display te kijken.

'Met Hartmann,' meldde mijn opdrachtgever zich. Ik verstijfde meteen. Hartmann. Informele Medewerker Möwe.

Omschakelen, hield ik mezelf voor. Je bent nu niet Annabel, de vriendin van Christian, maar Annabel Hansen, de reclamespecialist, die opdrachten nodig heeft om zichzelf en haar dochter te onderhouden.

'Goed dat u belt, meneer Hartmann,' zei ik, hoewel ik het helemaal niet prettig vond na wat Christian me had verteld. 'Wat is er? Hebt u de brochures gekregen?'

'Ja, het ziet er allemaal geweldig uit!' antwoordde hij. 'Ik wilde u eigenlijk vragen of u zin hebt naar ons zomerfeest te komen. Er zullen een paar prominenten zijn, bovendien heb ik mijn zakenpartners al enthousiast verteld wat een goede reclamespecialist u bent.'

Ik vroeg me af of hij zijn zakenpartners ook over zijn codenaam IM Möwe had verteld. Vast niet. Hoe zouden ze reageren als ze het wisten?

'Hallo?' haalde Hartmanns stem me weer terug in de werkelijkheid.

'Ja, ik ben er nog. Ik heb alleen even mijn agenda gepakt,' jokte ik. 'Wanneer is het?'

'Op 25 juni. Het zou me een groot plezier doen als u kon komen.'

Ik voelde me verscheurd. Aan de ene kant zou ik op het feest misschien nieuwe opdrachtgevers vinden. Zomerfeesten waren bij uitstek geschikt om nieuwe contacten te leggen. Maar aan de andere kant had ik geen zin om buiten de opdracht met Hartmann in verbinding te blijven.

'Ik zet het erin en kijk of ik voor die tijd een oppas voor Leonie kan vinden,' sprak ik mijn ingeving hardop uit.

'Ach, natuurlijk. Moet ik daarvoor misschien eens rondvragen?'

Ik hak nog liever mijn arm af, dacht ik, maar ik antwoordde vriendelijk: 'Hartelijk dank, maar dat is niet nodig. Ik heb al iemand in gedachten, het gaat er alleen om of de persoon in kwestie die avond tijd heeft.'

'Zo niet, laat het me dan weten, we vinden vast wel een vervanger.'

'Jazeker. Wanneer wilt u mijn definitieve toezegging hebben?'

'Die zou ik het liefst vandaag al krijgen, maar ik begrijp dat u wilt wachten tot het geregeld is. Laten we zeggen, over een week.'

'Prima.'

Ik wilde al ophangen, maar ik besefte dat Hartmann nog iets op het hart had.

'O ja, voor ik het vergeet: ik heb gehoord dat u beneden in de haven een oud schip hebt gekocht.'

Zijn woorden troffen me als een koude douche. Hoe wist hij dat? Had hij bij de haven nog een paar vrienden van toen? Had hij het spioneren niet kunnen afleren?

Hoewel ik woede in me voelde opkomen, dwong ik mezelf tot kalmte.

'Ja, inderdaad.'

'Nou, dan ben ik heel benieuwd wat u daarvan gaat maken. Misschien zijn er mogelijkheden om elkaar van dienst te zijn.'

Ja, daar was ik erg op gebrand. Zou ik hem vertellen dat het schip mensen naar het Westen had gebracht die waren gevlucht voor het systeem waarvoor hij gewerkt had? Het systeem dat misschien ook mijn moeder van me had afgepakt?

Bijna had ik hem ermee geconfronteerd, maar toen herinnerde ik me gelukkig nog op tijd de belofte die ik Christian had gedaan.

'We zullen zien wat ervan te maken valt. Maar ik moet nu naar een afspraak, ik laat volgende week iets horen, oké?'

'Goed, doe dat. En dan moet u me alles over uw schip vertellen.'

Toen ik had opgehangen vroeg ik me af of ik dat niet inderdaad moest doen. Het zou interessant zijn om te zien wat voor gezicht hij zou trekken.

Maar zo dicht bij mij en De stormroos wilde ik hem in geen geval laten komen.

Toen mijn boosheid op Hartmann was weggeëbd, kwamen mijn gedachten over mijn moeder weer terug. Ik ging achter de computer zitten en zocht naar informatie over de gevangenis in Bautzen.

Die was voor mij slechts een vaag begrip, iets waarover de volwassenen in mijn jeugd gefluisterd, maar nooit openlijk gesproken hadden. De beelden die ik vond waren schrikwekkend. Net als de berichten van mensen die er hadden gezeten. Ik printte een paar artikelen uit en las ze door.

’s Avonds was ik er nog steeds niet uit of ik mijn ouders zou bellen, hoewel er steeds meer vragen rezen.

Waren ze op de hoogte geweest van mijn moeders lot? Van de gedwongen adoptie? Hadden ze me bij zich opgenomen om een goed DDR-burger van me te maken?

Mijn gedachten dwaalden af in een richting die ik eigenlijk niet had willen inslaan.

Ik riep herinneringen op aan hoe de Hansens destijds waren en hoe ze nu waren. Ze hadden nooit geprobeerd me ideologisch om te vormen. Mijn vader had iets tegen republiekvluchtelingen en was ook partijlid geweest, maar tijdens onze gesprekken waren nooit politieke gedachtekronkels aan de orde geweest. Niemand had er iets op tegen dat ik naar West-Duitse muziek luisterde. Niemand had me gedwongen op 1 mei en op de nationale feestdag op 7 oktober naar de vreselijke militaire parades te kijken. Mijn ouders hadden alleen bij dergelijke gelegenheden de vlag gehesen.

Dat ze direct na de Wende naar Hamburg waren gegaan, getuigde er ook niet echt van dat ze erg gezagsgetrouw waren.

Mijn twijfel werd opeens zo sterk dat ik me ellendig voelde. Ik kreeg het nog net voor elkaar om Leonie naar bed te brengen, maar toen kwamen de tranen.

Stel dat mijn ouders het allemaal hadden geweten? Dat maar één enkel woord van hen de boosheid op mijn moeder had kunnen doen wegsmelten? Of was ik erbij geweest toen ze vluchtte zonder dat ik het me kon herinneren? Misschien had ik vast en diep geslapen...

Maar was het wel zo geweest? Stel dat ze bij de vluchtpoging was betrapt? Stel dat ze echt van plan was geweest me in de steek te laten?

Ik werd heen en weer geslingerd, wist op het laatst niet meer wat ik moest doen. Dus pakte ik mijn mobieltje en koos Christians nummer. Misschien had ik pech en had hij een zakendiner. Maar het was het proberen waard.

Na twee keer overgaan nam hij op.

'Hallo, schoonheid, verlang je naar me?'

Daar zou ik anders om geglimlacht hebben, maar nu was ik zo verschrikkelijk vol van alles, en ik wenste alleen maar dat hij bij me was, zodat ik hem in de ogen kon kijken en tegen hem aan kon leunen terwijl ik vertelde.

'Christian?' zei ik vragend terwijl ik een traan uit mijn ooghoek veegde.

'Ja, ik ben er, wat is er? Huil je? Is er iets gebeurd?'

'Ja, ik bedoel, eigenlijk niets ernstigs, met Leonie en mij gaat het goed, en met alle anderen ook, maar...' Ik haalde diep adem. 'Vanmorgen is er een brief gekomen.'

'Slecht nieuws?' Christian klonk verward. Geen wonder, als zijn vriendin huilend opbelde.

'Mijn moeder heeft me geschreven.'

'Je moeder? Belt die anders niet altijd?' vroeg hij verbaasd. Hoe kon hij ook weten dat ik niet mijn Hamburgse moeder bedoelde?

'Niet mijn adoptiefmoeder, maar mijn biologische moeder, Silvia Thalheim.' De naam klonk me vreemd in de oren.

'Maar... hoe... Hoe komt ze aan je adres?' Ik kon aan Christian horen dat hij even moest gaan zitten.

'Zij heeft blijkbaar hetzelfde gedacht als ik – maar al zeven jaar geleden. Zeven jaar! Kun je je dat voorstellen? Het heeft zes jaar geduurd voor ze inzage in haar Stasi-dossier kreeg. Ik vrees dat het bij mij net zo lang zal duren...'

'Dat hoeft niet.'

'Ik heb geen idee hoe ze aan mijn adres is gekomen. In elk geval het adres in Bremen, want de brief is hiernaartoe doorgestuurd, ik heb een verhuisservice. Als ik me voorstel dat ze ergens in de stad was en dat ik haar voorbij ben gelopen zonder haar te herkennen...' Mijn gedachten gingen alle kanten op.

Christian hoorde alles geduldig aan, toen zei hij: 'En wat schrijft ze?'

'Ze verontschuldigt zich dat ze me in de steek heeft moeten laten. En heeft het over nog een paar andere dingen. Dat ze in Bautzen gevangen heeft gezeten bijvoorbeeld.'

'Maar... ik dacht dat ze gevlucht was.'

'Dat dacht ik ook, en het is mogelijk dat ze haar gesnapt hebben. Misschien was ik er wel bij toen ze vluchtte en weet ik dat niet meer.' Ik sloeg met mijn vlakke hand op de brief, die ik voor me op het dekbedovertrek had gelegd. 'Ze heeft het erover dat ze haar gedwongen hebben de adoptiepapieren te ondertekenen.'

Ik begon te snikken.

Christian zweeg en wachtte.

'Ik weet niet meer wat ik denken moet. De afgelopen dagen was ik er zo op gebrand uit te vinden wat er indertijd gebeurd is, het liefst had ik de dossiers meteen ingekeken. En dan komt die brief. Het is niet te vatten.'

'Hm, soms heb ik het idee dat de wensen die we hebben al beginnen te werken voor we op het idee komen ze hardop uit te spreken. Je hebt gewenst dat je de waarheid over je moeder zou ontdekken. Waarschijnlijk al langer dan de afgelopen weken.'

'Ja, maar ik heb het altijd verdrongen.'

'Maar diep vanbinnen wilde je haar vinden, waarschijnlijk al heel lang. Maar een aanleiding ontbrak. Die heb je door De stormroos gekregen. Maar toen was het lot allang naar je op weg. Zoiets gebeurt soms. Als ik het wel heb, had je die brief ook gekregen als je niet uit Bremen was weggegaan. Maar waarschijnlijk zou je er toen anders tegenover hebben gestaan dan nu, nu je iets over vluchten uit de DDR te weten bent gekomen.'

Daar had hij gelijk in. Waarschijnlijk zou ik de brief niet open hebben gemaakt. Maar nu was hij me achternagekomen.

'Ik... ik weet niet wat ik met de brief aan moet. Moet ik mijn ouders erover vertellen? Door de adoptie zijn ze bij de hele zaak betrokken. Ik heb erop vertrouwd dat wat men me erover heeft verteld de waarheid was. Maar stel dat de Hansens wisten wat er echt gebeurd was? Dat ze de waarheid ook nog voor me hebben verzwegen toen het systeem niet meer bestond en ik oud genoeg was om het te begrijpen?' Ik staarde naar de brief, voelde het angstige kloppen van mijn hart en voegde er toen aan toe: 'Dat daardoor alles kapotgaat wat ik tot nog toe heb gekend?'

Christian zweeg een moment lang. 'Ik weet, het is jouw beslissing, maar je moet misschien je ouders vragen wat er destijds is gebeurd.' Hij pauzeerde even en vroeg toen: 'Wil je dat eigenlijk? Met hen praten?'

'Ik denk het wel,' antwoordde ik en ik haalde mijn neus op. Christians stem deed het geraas in mijn innerlijk enigszins bedaren, ook al zou de storm waarschijnlijk pas gaan liggen wanneer alles was opgehelderd. 'Ik wil nog steeds graag weten hoe het indertijd echt is geweest. In mijn hoofd heb ik zo veel mogelijk scenario's aan elkaar geplakt... Ik wil niet langer wachten. En de dossiers van het kindertehuis kan ik later nog wel inzien. Bovendien... ze heeft geschreven dat haar niet veel tijd meer rest. Ze is heel ziek. Of ze probeert mijn aandacht te trekken.'

'Ik denk niet dat iemand in zo'n geval onzin gaat uitkramen. Ik zal je niet vragen de brief voor te lezen, maar misschien kun je hem me morgen laten zien.'

'Maar morgen...'

'... is het vrijdag,' maakte hij de zin af. 'Ik ben hier eerder klaar, en als je het fijn vindt en geen afspraken hebt, zou ik het prettig vinden als jullie dit weekend bij mij komen logeren. Nou, wat heb je daarop te zeggen?'

Ik wist eerst niets uit te brengen, maar snoot mijn neus, want ik stikte bijna in de tranen en het snot.

'Daarop zeg ik dat je gewoon geweldig bent.'

'Wacht maar even tot je mijn huis hebt gezien,' schertste Christian, maar hij werd meteen weer serieus. 'We vinden voor alles wel een oplossing.'

'Dat weet ik. Bedankt.'

Ik wreef over mijn ogen. Mijn hart voelde nog steeds zwaar en ik was verward, maar ik wist dat hij gauw hier zou zijn. Ik moest alleen de nacht nog zien door te komen.

'Annabel?'

'Ja?' vroeg ik.

'Ik hou van jou. En ik ben er voor je.'

'Ik ook van jou,' zei ik en ik hing op.

32

'Je ogen zijn helemaal rood,' zei Leonie toen we de volgende ochtend aan het ontbijt zaten. Hoewel het gesprek met Christian enige verlichting had gebracht, was 's nachts alles toch weer naar boven gekomen. Vragen, twijfels, verwijten, boosheid. Er brak voor mij een nieuwe tijd aan, dat voelde ik. En dat was ook goed. Hier was de nieuwe Annabel die probeerde te begrijpen wat er was gebeurd. Die erachter wilde komen wat haar echte geschiedenis was. Die nu wist waarnaar ze op zoek was geweest. Het gevoel behoefte aan een taak te hebben was eigenlijk mijn wens geweest – de wens om die grote onafgemaakte taak die in me had gesluimerd aan te pakken en af te maken.

'Ik heb vannacht slecht geslapen,' antwoordde ik. 'Ik moet momenteel over veel dingen nadenken.'

'Ben je ergens verdrietig over?'

Blijkbaar geloofde mijn dochter het verhaal over slecht slapen niet. Ze begon ook groter te worden.

'Ja, er zijn een paar dingen die me verdrietig maken.'

'Komt dat door het schip? Omdat de motor kapot is?'

Ook dat had ze meegekregen. Nou, prima. Misschien moest ik voortaan voorzichtiger zijn met wat ik in haar bijzijn besprak.

'Ja, daar ben ik verdrietig om,' erkende ik, want ik kon haar onmogelijk vertellen over de brief en wat die bij me had losgemaakt. In elk geval niet nu. Ooit zou ik het doen. Ze moest niet het gevoel hebben dat er geheimen waren rond haar moeder.

'Misschien moeten we dan maar eens naar de zeemeerminnen bij het water gaan,' stelde mijn prinsesje voor. 'Oom Christian heeft gezegd dat ze kunnen toveren. Misschien kunnen ze de motor van het schip ook weer gezond toveren.'

Bij die woorden moest ik glimlachen. Hoe simpel zag de wereld er toch uit als je nog een kind was. Voor sommige dingen had je nog altijd feeën en zeemeerminnen, die alles in orde konden maken.

Leonie had geen idee hoezeer ik wenste dat de zeemeerminnen echt iets voor me konden doen. Maar de kwestie met mijn moeder moest ik zelf regelen.

'Teken je weer een bloemetje op mijn arm?' vroeg ze toen we klaar waren met ontbijten.

'Ja, natuurlijk, schat, kies maar een kleur uit,' antwoordde ik en ik keek haar na terwijl ze de keuken uit slofte om een viltstift te halen.

's Middags verscheen Christian, mijn reddende engel. Ik had al wat spullen bij elkaar gezocht voor het verblijf bij hem, waar Leonie zich erg op verheugde. Ik was nog steeds verbaasd over de magische uitwerking die hij op haar had. Sinds hij in ons leven was gekomen, was ze minder verdrietig. Waarschijnlijk had ze een vaderfiguur nodig. En waarschijnlijk merkte ze dat hij me goeddeed.

'Daar zijn mijn twee favoriete vrouwen,' zei hij toen hij uit zijn auto stapte.

'Niet op de motor vandaag?' vroeg ik terwijl ik de deur op slot deed en onze tas over mijn schouder hing.

'Dat zou een beetje ongemakkelijk zijn geweest, tenzij Leonie op de tank had willen zitten.'

Hij tilde Leonie even op, zodat ze begon te krijsen van plezier, daarna zette hij haar weer neer.

Ik moest glimlachen toen ik zag hoe vertrouwd ze met elkaar waren. 'We kunnen het ook maar beter bij één gebroken arm houden. Als ze namelijk de andere ook nog breekt, zul je haar urenlang verhalen moeten vertellen, om ervoor te zorgen dat ze zich niet verveelt.' Ik liep naar hem toe en kuste hem.

'Dat zou geen probleem zijn, ik ken genoeg verhalen,' zei hij. 'Mooie blouse.'

Ik droeg een half doorzichtige witte katoenen tuniek die ik tijdens een vakantie in Marokko had gekocht. Toen had ik Leonie nog niet, maar de blouse paste nog steeds. Ze was een van de weinige dingen die ik uit mijn oude leven in Bremen had meegenomen.

'Ze is al tamelijk oud. Ik dacht, ik trek maar iets praktisch aan.'

'Ik woon toch niet in een bouwval.'

'Dat heb ik ook niet beweerd. Maar je woont vlak bij het strand en misschien gaan we wel een tijdje in het zand zitten. Het is weer eens iets anders dan op stenen zitten.'

'Terwijl die stenen toch heel mooi zijn.' Hij sloeg zijn armen om me heen en fluisterde in mijn oor: 'Bedankt voor de rozen.'

'Jij had geen tijd om nieuwe neer te leggen, en ik wou niet dat je familie zich verwaarloosd zou voelen.'

Hij keek me stralend aan en kuste me opnieuw.

Even later stapten we in en slalomden langzaam tussen de hordes toeristen door die kriskras de weg overstaken. Het was naar mijn idee niet warm genoeg om te gaan zwemmen, maar toch waren er een paar onverschrokken figuren die zich in de baren stortten, zoals badtassen en badslippers aantoonden.

Christians woning zou men in makelaarskringen vast als droomhuis bestempelen, want die bevond zich in een soort villa met de naam Zeeparel. Het gebouw bevatte zes appartementen; een daarvan, met een mooi uitzicht over de met helm begroeide duinen, was van hem.

'Schrik niet van de elandskop,' zei hij schertsend toen hij de deur openmaakte. 'Hij praat maar zelden.'

Leonies ogen werden groot van verbazing. 'Heb jij een pratende elandskop?'

'Ja, maar misschien is hij net niet thuis.'

Er hing in de gang inderdaad een klein plakkaat dat eruitzag alsof er een elandskop aan kon worden bevestigd. Maar in plaats van een kop zat er een bordje op met de tekst: BEN ZO TERUG.

'Zie je wel,' zei hij tegen Leonie. 'Hij is er niet.'

'En wanneer komt hij weer terug?'

'Dat is moeilijk te zeggen. Misschien is hij op vakantie in de bergen.'

Dat zei hij zo overtuigend dat Leonie het blijkbaar voor zoete koek aannam.

Hij knipoogde naar haar en fluisterde toen in mijn oor: 'Een stom cadeau voor mijn dertigste verjaardag. Ik kan het niet over mijn hart verkrijgen hem weg te gooien.'

'Waarom zou je ook?' zei ik. 'Misschien schaar je je nog eens onder de jagers op groot wild.'

'Dat is bepaald uitgesloten, ik sla nog geen vlieg dood.'

Christians appartement was heel wat gezelliger ingericht dan zijn kantoor. Warme bruintinten waren gecombineerd met grijs en wit, een comfortabele bank nodigde uit om je erop te nestelen.

'Dit is de kamer voor uwe hoogheid.'

Hij opende een deur die vanuit de woonkamer toegang gaf tot een andere kamer.

Mijn hart ging open toen ik een roze poster met eenhoorns en elfen zag. Blijkbaar had hij die speciaal voor Leonie gekocht.

Mijn dochter was dan ook heel enthousiast.

'Ga je spullen maar uitpakken,' zei hij uitnodigend, en ik gaf haar haar roze tas aan.

'Nou, wat zeg je ervan?' vroeg Christian terwijl Leonie haar knuffelkonijntje enigszins onzacht aan de oren tevoorschijn trok.

'Het is prachtig. Als ik mijn huis niet had gekregen, dan zou het dit appartement zijn geweest.'

'Met het verschil dat je nauwelijks aan een woning als deze kunt komen. Wel als vakantiewoning, maar niet voor vaste bewoning. En de huur is astronomisch als je er nieuw intrekt.'

'Hoe lang woon je hier dan al?'

'Elf jaar. Toen zag het pand er nog heel anders uit. Maar het stond voor mij altijd vast dat ik aan zee wilde wonen, en gelukkig heeft de verhuurder ingezien dat het de moeite is een pand ervoor te behoeden zijn muren te verliezen. Het is gerenoveerd en een pand waarin niemand wilde wonen, werd een gewild object. De eigenaar verdient goudgeld aan ons.'

Hij pakte me bij mijn hand en trok me naar de slaapkamer. Die was helemaal in het wit, zwart en zilver ingericht, wat er heel chic uitzag.

Zijn bed was reusachtig, en ik genoot al bij het vooruitzicht daar met hem in te liggen.

'Nou, wat vind je ervan?' vroeg hij en hij trok me naar zich toe.

'Heel veelbelovend,' antwoordde ik en ik kuste hem.

'Klaar!' riep Leonie toen en dat herinnerde me eraan dat we niet alleen waren.

'Later,' zei hij, alsof hij mijn gedachten had kunnen lezen. 'Eerst moeten we maar eens iets gaan eten. En omdat ik een beroerde kok ben, neem ik jullie mee uit.'

Na het eten gingen we in het zand zitten en keken we hoe Leonie met haar gipsarm de meeuwen deed opschrikken. De golven sloegen op het strand, ze brachten mosselen en algen uit de diepten van de zee mee.

'En, heb je de brief bij je?' vroeg Christian nadat we een tijdje hadden zitten zwijgen.

Ik knikte, want ik had hem inderdaad in mijn handtas gestopt. Ik haalde de envelop tevoorschijn en gaf hem aan Christian.

'Die goeie ouwe posterijen, als altijd snel en betrouwbaar,' zei hij nadat hij de datum op het poststempel had gezien.

'Maar wel goed dat ik verhuisservice heb genomen,' zei ik. 'Anders was de brief misschien in het nirwana bezorgd.'

'Of teruggestuurd. Ondanks alle opwinding die hij heeft veroorzaakt, vind ik het goed dat hij je bereikt heeft. Ieder mens heeft recht op de waarheid en zijn eigen geschiedenis.'

Hij bestudeerde de twee velletjes zorgvuldig en waarschijnlijk twee keer. Toen liet hij ze weer zakken.

'Je moeder moet vreselijke dingen hebben doorgemaakt. Ze schrijft niet of ze in Bautzen I of II was, maar ik neem aan het laatste. Bautzen II was de Stasi-gevangenis waar ze politieke gevangenen opsloten. Daarvoor maakte het ook geen verschil of ze gearresteerd werd omdat ze wilde vluchten of omdat ze een doorn in het oog van de opperbazen was.'

Ik streek een haarlok uit mijn gezicht. 'Mogelijk was ik erbij toen ze wilde vluchten. Ik kan het me niet herinneren. Ik heb alleen maar één enkel beeld, waarvan ik 's nachts wel eens droom. Ik word wakker in een auto en zie zwaailichten. Dat kan betekenen dat ze me uit het huis hebben gehaald, maar ook...'

'... dat ze je moeder opgepakt hebben en jou in de auto gezet terwijl ze je moeder afvoerden.'

'Precies.'

'Je moet haar schrijven,' zei hij en hij vouwde de blaadjes weer op. 'Anders blijf je je eeuwig afvragen wat er toen is gebeurd.'

'Ja, dat is zo. En toch ben ik bang dat alles erdoor wordt kapotgemaakt. Dat ik mijn adoptiefouders in een ander licht zal gaan zien.'

'Dat zal misschien wel zo zijn,' zei Christian. 'Door deze brief kom je ertoe je ouders nu al vragen te gaan stellen. Maar bij alles wat je zult vernemen moet je altijd voor ogen houden hoe ze voor jou zijn geweest en wat ze voor je betekenen. Ik heb hen leren kennen als heel sympathieke mensen die je gewoonweg verafgoden. Zonder de verdere achtergrond te kennen zou ik beweren dat het niet erg gemakkelijk was een kind in huis te hebben dat door de Stasi in de gaten werd gehouden. Hebben zij indertijd hun dossier ingezien?'

Ik schudde mijn hoofd.

Daarmee boorde hij nog een van mijn angsten aan. Stel dat mijn vader een IM was geweest? Als hij niet alleen mijn vader was geweest maar ook mij bespioneerd had?

Bij die gedachte kreeg ik pijn in mijn buik en ik drong haar ver weg. Ik wilde mijn vader niet op één lijn zetten met Joachim Hartmann, een man die niet voor zijn daden terecht had hoeven staan.

'Als je dat dossier ooit gaat bekijken, zul je er toch wel achter komen. Maar nu heb je de mogelijkheid om er met je moeder over te praten. En mogelijk worden alle twijfels die je tegenover de Hansens hebt uit de weg geruimd. Niet iedereen die bij het regime in de gunst stond, was een slecht mens.'

Ik zuchtte diep, maar knikte toen. Hij legde zijn hand op mijn arm en drukte zachtjes. Minutenlang zwegen we. Niet ver van ons af was Leonie iets aan het bouwen wat op een zandkasteel leek. Hoe vlug kon alles wat vertrouwd was toch veranderen...

'Achter op het eerste blaadje staat een telefoonnummer,' zei ik ten slotte. Ik pakte de brief uit zijn hand en draaide het blaadje om. Het nummer had ik pas 's ochtends ontdekt toen ik de brief nog een keer las voor ik hem in mijn tas deed. 'Waarschijnlijk is ze op het idee gekomen dat ik haar ook zou kunnen bellen als ik haar liever niet wilde schrijven.'

'En, wil je dat?'

Ik knikte. 'Ja, het zou beter zijn om dat te doen. Praten valt me lichter dan schrijven. Bovendien is de brief al met vertraging gekomen. Ik wil niet dat er nog meer tijd verloren gaat, die heeft ze misschien niet.'

'Bel dan straks als we weer thuis zijn. Dan ga ik wel een tijdje met Leonie spelen.'

'Dank je,' zei ik en ik vlijde me tegen hem aan.

Drie uur later zat ik naar Christians witte telefoon te loeren als naar een slang die me elk moment in mijn hand kon bijten. Door dit telefoontje zou alles veranderen.

Ik probeerde na te gaan wat mijn gevoelens waren. Had ik die eigenlijk nog wel voor mijn moeder? Tot nu toe waren het vooral negatieve emoties geweest. Verbolgenheid, woede, vertwijfeling.

Pas de afgelopen dagen had ik een beetje begrip voor haar gekregen. Wat zou ik voelen als ik haar verhaal kende?

Dat kon ik pas zeggen als ik haar gesproken had, dus vermande ik me, pakte de hoorn en koos het nummer in de brief.

'Hospice Zonnestraal, met zuster Marion,' zei een vriendelijke vrouwenstem.

Hospice? Daarvan schrok ik in eerste instantie zo dat ik niets kon zeggen. Mijn moeder zat in een hospice. Had ze dan geen familie die voor haar kon zorgen? Was ik de enige die ze nog had?

'Hallo?' vroeg de vrouw.

'Ik... eh... Ik ben Annabel Hansen. Ik zou graag mevrouw Thalheim spreken.'

Alles in me verkrampte. Was ze misschien intussen gestorven? Naar een hospice ging je toch alleen maar als je niet lang meer te leven had?

'Een ogenblikje, alstublieft,' zei de zuster en ze verbond me door.

Even later hoorde ik een schelle vrouwenstem. Zou de zuster hebben gezegd wie er aan de lijn was?

'Met mevrouw Thalheim.'

Mijn keel zat dichtgesnoerd. Wat moest ik zeggen? Hallo, hier is uw dochter? Op een of andere manier voelde dat niet goed.

En die stem... die klonk niet zoals ik me hem herinnerde. Dat zou echter aan haar ziekte kunnen liggen, die ze blijkbaar niet kon bestrijden.

'Met Annabel,' zei ik aarzelend. 'Annabel Hansen.'

Stilte. Silvia Thalheim zei eerst niets, maar ik hoorde haar zware, wat reutelende ademhaling. Waarschijnlijk herkende zij ook mijn stem niet. Hoe kon dat ook? Ik was toen zes jaar geweest.

'Annabel? Mijn Annabel?' vroeg ze.

'Ja,' antwoordde ik enigszins beklemd. 'Ik heb uw brief gekregen. Doordat ik verhuisd ben, heeft hij er lang over gedaan, daarom bel ik nu pas.'

Weer een moment stilte. 'Wat fijn dat je belt,' zei ze langzaam. 'Ik dacht al dat je mijn brief verscheurd had.'

'Nee, nee, zeker niet. Ik wist alleen niet...'

'Of je contact met me zou opnemen? Dat is begrijpelijk, na al die tijd.' Weer stilte. Geadem. 'We hoeven elkaar niets wijs te maken. Ik besef dat je je mij nog maar nauwelijks kunt herinneren. Een band die versleten is, scheurt vlug. En wie weet wat ze je hebben verteld. Maar het is fijn je stem te horen. Te horen dat ik iets aan de wereld achterlaat.'

'Ik... ik kom u graag opzoeken, als het mag,' zei ik impulsief. Aan de telefoon zou ze me haar verhaal vast niet willen vertellen. En ik wilde dat ook niet van haar vergen, want het klonk alsof het telefoneren haar vreselijk veel moeite kostte.

'Maar natuurlijk mag dat,' antwoordde ze, en ik meende haar bijna te horen glimlachen terwijl ze dat zei. 'Maar je moet er niet te lang mee wachten. Zoals je misschien kunt horen, gaat het niet heel goed met me. Er kan elke dag iets gebeuren.'

Ik merkte duidelijk dat dat niet gelogen was – en nog iets anders merkte ik: angst. Ik was bang om haar. Dat gevoel was nieuw.

'Wat denkt u van volgende week? Misschien dinsdag of woensdag?'

'Zo lang zal ik het nog wel kunnen redden.' Wat ik eerst voor reutelen had gehouden, ontpopte zich als giechelen. Ondanks alles beschikte ze over humor. Dat maakte haar voor mij op een of andere manier sympathiek. 'Wat mij betreft kun je op elke tijd komen, ik loop niet weg.'

'Goed, dinsdag dan,' hoorde ik mezelf zeggen, hoewel ik nog geen idee had hoe ik het allemaal moest organiseren. Leonie kon ik desnoods naar mijn ouders brengen – ook al moest ik dan vertellen wat ik van plan was.

'Ik verheug me erop!' Ze haalde even adem, toen zei ze: 'Ik heb nog één vraag: heb je kinderen?'

'Ja, een dochtertje.'

'Dat is mooi. Neem je een foto van haar voor me mee? Ik wil de kleine niet belasten met mijn aanblik, maar ik zou wel graag weten hoe ze eruitziet.'

'Oké, ik zal een foto meebrengen.'

Daarop namen we afscheid.

Nadat ik had opgehangen, bleef ik minutenlang uit het raam zitten kijken. Het leek opeens vreselijk stil in de woning. Ik hoorde alleen mijn eigen adem, die langzaamaan rustiger werd. Onder mijn tuniek was ik nat van het zweet alsof ik zojuist de honderd meter had gelopen.

Ik had een afspraak gemaakt met mijn moeder, een vrouw die ik meer dan twintig jaar niet had gezien. Dat had ik een week geleden niet kunnen dromen.

Die nacht beminden Christian en ik elkaar haast vertwijfeld. Ik wilde alles even vergeten en me gewoon door mijn gevoelens laten meesleuren. Dat lukte, zij het maar voor even.

Toen we uitgeput tegen elkaar aan lagen, vroeg hij: 'Je besluit staat dus vast?'

'Ja. Ik ga naar haar toe. Maar ik wil Leonie niet meenemen. Ik wil haar wereld niet op zijn kop zetten. Ze zou niet begrijpen wat een biologische moeder is, voor haar bestaat er alleen de oma die ze kent.'

'Dat lijkt me juist. Ooit zal ze oud genoeg zijn om het te begrijpen. Ze heeft al genoeg te lijden van de scheiding van haar vader.'

Klopt, er was dus nog iets. Jan. Jan, die er meer voor haar wilde zijn. Jan, die zich ontzettend idioot had gedragen. Jan, van wie ik sinds hij beloofd had Leonie iets te sturen, niets meer had gehoord.

Aan de andere kant had ik ook geen contact meer met hem opgenomen. Ik had het gevoel dat ik nog wat tijd nodig had...

'Maar ik zal Leonie naar haar oma moeten brengen. Ik kan niet van een oppas verlangen dat ze twee dagen blijft. Maar dan moet ik een goede smoes hebben.'

'Je wilt het hun nog niet vertellen.'

'Nee, en ik weet ook niet of ik dat ooit zal doen. Het hangt er helemaal van af hoe het gesprek verloopt. Misschien gaat het wel zo dat ik het allemaal alleen maar wil vergeten.'

'Breng Leonie toch gewoon bij mij,' stelde Christian voor. 'Dan hoef je niks te verzinnen en merkt niemand er iets van. Of nog beter, ik kom naar jullie toe.'

'En je afspraken?'

'Die kunnen worden verzet. Dit is heel belangrijk.'

Dat zag ik ook zo, en toch had ik een slecht geweten. De laatste tijd had hij al zo vaak voor me klaargestaan.

'Je bent een schat,' zei ik en ik kuste hem. 'En we kunnen het doen zoals jij het het liefst wilt.'

'Dan kom ik naar jullie. Als ik eerlijk ben, bevalt het me daar veel beter dan hier.'

'En dat terwijl je toch een droom van een huis hebt.'

'Dat is niets vergeleken bij dat van jou.'

'Oké, jij beslist,' zei ik.

'Ik kom naar jullie. En ik verzeker je dat ik Leonie geen moment uit het oog zal verliezen.'

'Dat lukt mij niet eens.' Ik streelde hem over zijn borst en legde mijn hoofd erop. Het was zo fijn dat ik hem had – het tegenwicht voor alles wat er de afgelopen weken was gebeurd.

'Ze is bij mij in veilige handen, geloof me.' Hij kuste me op mijn hoofd. En ik geloofde hem.

33

Dinsdagochtend werd ik wakker met buikpijn van de opwinding. Ik had weer nauwelijks geslapen. Wanneer zou dat eindelijk weer lukken? Waarschijnlijk pas wanneer ik alle losse eindjes in mijn leven aan elkaar had geknoopt. Maar nu zaten de angst en onzekerheid tot in mijn botten en verdreven me uit bed.

Enerzijds wilde ik de waarheid weten, anderzijds was ik vreselijk bang voor wat eruit zou komen en wat ik te zien zou krijgen.

Na een kop koffie lukte het me me klaar te maken voor vertrek. Ik schoof mijn tas, die ik 's nachts nog had ingepakt, de gang in en keek naar buiten.

Christian was nog niet te bekennen. Ik voelde me er een beetje onbehaaglijk over dat ik Leonie hier moest laten. Niet dat ik er geen vertrouwen in had dat Christian op mijn kind paste, maar ik was nog nooit zo lang van mijn prinsesje gescheiden geweest. En ik wilde het haar niet aandoen dezelfde gevoelens door te maken als ikzelf vroeger.

Maar dit is iets heel anders, zei ik tegen mezelf. Je blijft maar twee dagen weg en komt dan weer terug, en dan weet je wat er die nacht zo lang geleden echt is gebeurd. Toch was ik nerveus.

'Breng je iets moois voor me mee wanneer je terugkomt?' vroeg Leonie, die in de gang stond en voor wie de hele situatie ook niet gewoon was.

We hadden het erover gehad dat ik twee dagen weg moest. Ik

had haar gezegd dat ik iets te doen had in Hannover. Daarmee stelde ze zich tevreden, want ze wist dat haar mama centjes moest verdienen.

'Maar natuurlijk breng ik iets moois voor je mee.'

Over het pakje dat haar vader haar wilde sturen had ik haar uit voorzorg nog niets verteld, want ik wist niet of het ooit nog zou komen.

'Teken je vandaag twee bloemetjes op mijn gips? Een voor vandaag en een voor morgen?' Ze stak me de stiften toe.

'Natuurlijk,' antwoordde ik en ik dwong mijn koude, nerveuze handen tot rust, zodat ik de tekening niet verpestte. Toch zagen de bloemblaadjes er bibberig uit. Leonie leek het niet te storen. Toen ik klaar was, huppelde ze weg met haar viltstiften.

Toen klonk al het geronk van Christians auto. Ik liep naar buiten.

'Goedemorgen, schone dame, ik hoop dat ik u niet heb gewekt,' zei hij terwijl hij uitstapte.

'Heel geestig, als ik had kunnen slapen.'

We omhelsden elkaar.

'En, hoe is het met jou? Afgezien van de paniek?'

'Ik heb een slecht geweten dat ik Leonie alleen laat.'

'Je laat haar niet alleen. Ik ben er toch.'

'Dat is waar, maar... Nou ja, het komt door het gevoel dat ik zelf had toen mijn moeder wegging.'

'Dat is niet hetzelfde.' Hij kuste me op mijn voorhoofd. 'Jij komt weer terug. Morgen al. Zo lang redden wij het wel.'

'Ik hoop maar dat ik het red.' Ik haalde diep adem, maar de druk in mijn binnenste wilde niet verdwijnen.

'Dat lukt je wel. En erna ben ik hier, en kun je me alles vertellen wat je op je hart hebt.'

Binnen wees ik hem de belangrijkste dingen en telefoonnummers. De dag ervoor had ik voor een goedgevulde koelkast gezorgd, Leonies lievelingsspullen waren schoon en ik had een nieuw tekenblok voor haar klaargelegd, want ik vermoedde dat ze zich kunstzinnig zou willen uitleven.

'Verwacht je nog telefoontjes?' vroeg Christian en hij wees naar het antwoordapparaat. 'Van Hartmann misschien?'

'Nee, als die iets wil, belt hij me op mijn mobiel.' Ik was helemaal vergeten Christian over de uitnodiging van het zomerfeest te vertellen. Maar ergens was ik ook niet van plan erheen te gaan. Ondanks de contacten die ik er misschien zou kunnen leggen. 'Mijn privénummer hebben alleen jij en mijn ouders, en als die bellen, zeg je... dat ik weg ben voor zaken.'

'Oké,' zei hij, hoewel ik aan hem kon zien dat hij mijn ouders niet graag leugens wilde vertellen. 'En nu ik toch hier ben, zal ik ook meteen de reis naar de veiling regelen.'

'Waar ik helaas niet mee naartoe kan met mijn kind met haar gipsarm,' verzuchtte ik. 'Die week heeft ze een afspraak bij de chirurg, waarbij beslist wordt of het gips eraf mag of niet.'

'Ik denk dat ik het ook wel alleen voor elkaar krijg. Hou jij je maar bezig met zaken die belangrijk zijn.' Hij trok me in zijn armen en kuste me. Ik had urenlang dicht tegen hem aan kunnen blijven staan, maar zoals bekend wachtten treinen niet.

Christian had me aangeraden niet het hele eind te gaan rijden, en inmiddels was ik daar ook blij om, want ik zou me beslist niet op de weg kunnen concentreren.

'Het beste, lieve schat. Mama zal onderweg oom Christian schrijven, en die zal het aan jou voorlezen. En wanneer ik in het hotel ben, bel ik je, oké?'

Ze knikte en viel me toen om de hals. Even voelde ik de verleiding haar toch mee te nemen, maar dat kon niet. Wat me in Hannover te wachten stond, moest ik alleen doen.

Ik nam dus met een zwaar hart afscheid van haar en Christian en bracht mijn tas naar de Volvo. Ik zou hem op het parkeerterrein voor het station laten staan – zo ver zou ik nog wel komen.

Het station in Binz was vol met terugreizende vakantiegangers: oudere paren, families met kinderen, eenlingen zoals ik.

Toen ik mijn bagage naar het perron bracht, zoemde opeens

mijn mobieltje. Zou dat Christian zijn? Heb ik misschien iets vergeten? vroeg ik me af, maar toen ik op het display keek, zag ik een onbekend nummer.

'Met Jeugdzorg in Leipzig,' zei een bekende vrouwenstem. 'We hebben elkaar onlangs telefonisch gesproken omdat u inzage wilt in uw dossier.'

Ik zweeg even verward, maar had mezelf toen weer onder controle. 'Ja, dat klopt. Hebt u een dossier over mij gevonden?'

'Ja, en als u wilt, kan ik met u voor vrijdag over veertien dagen een afspraak maken voor een eerste lezing.'

'Dat zou geweldig zijn,' zei ik en ik maakte in gedachten een korte notitie. Ik was er intussen een beetje onzeker over, want wat ik wilde weten, zou mijn moeder me ook kunnen vertellen. Maar misschien was het toch goed te weten te komen wat de DDR-instanties over mij hadden bewaard. Na een kort gesprek, waarin ze me er opnieuw op wees dat ik het dossier niet zelf mocht inzien, maar wel aantekeningen mocht maken, beëindigden we het gesprek.

Ik deed mijn mobieltje weer in mijn tas en keek naar het perron aan de overkant. Ik moest weer aan mijn droom denken. Mijn moeder stond daar natuurlijk niet, maar ik was nu naar haar op weg. En ik hoopte vurig dat alles wat ik uit mijn verleden had meegebracht niet zou verhinderen dat ik nader tot haar kwam.

Toen de trein binnenreed, bracht ik mijn bagage naar mijn plaats en tilde de weekendtas in het bagagerek. De zon kwam achter de wolken tevoorschijn, het zou een mooie dag worden. Omdat ik geen zin had om met andere reizigers te praten, deed ik mijn ogen dicht en op een gegeven moment merkte ik dat de trein begon te rijden. Nu ging het gebeuren. Nu was er geen weg terug meer.

Een paar uur later, na de overstap in Berlijn, reden we het station van Hannover binnen. Ik pakte mijn tas en liep naar de uitgang. Omdat de trein nog even nodig had, haalde ik mijn mobieltje uit mijn handtas en toetste een kort berichtje in om te laten weten dat ik aangekomen was.

De hemel hing zwaar en grijs boven de daken van de huizen. Onderweg was het weer omgeslagen, alsof het zich aan mijn stemming had aangepast.

Tijdens de reis had ik geprobeerd me voor te bereiden op wat er komen ging. Telkens weer had ik naar de verftekening gekeken die ik had meegenomen. De laatste die ik thuis aan de keukentafel had gemaakt. De windmolen. Zou ze zich die misschien nog herinneren?

Die gedachte maakte me zwaarmoedig. Al die tijd had ik niet erg positief over mijn moeder gedacht – maar stel dat dat onterecht was? Ze had aan de telefoon heel vriendelijk geklonken. En het was vreselijk onrechtvaardig dat ze me nu pas had gevonden, zo vlak voor haar levenseinde.

Voor ik daar verder over kon nadenken, stopte de trein en ik drong me met de stroom andere reizigers mee naar buiten. In de stationshal rook het naar croissants, maar ik had geen trek.

Aanvankelijk was ik van plan geweest eerst naar het hotel te gaan en aansluitend naar de hospice, maar ik was gewoon gesloopt van de opwinding. Ik liep dus naar de taxistandplaats en toen ik eindelijk aan de beurt was, vroeg ik de chauffeur me rechtstreeks naar de hospice te brengen.

Tijdens de rit hadden we het over het weer, en hij vroeg of het wel een warme zomer zou worden. Dat kon ik hem niet vertellen, en het gesprek verstomde algauw.

De hospice lag aan de rand van de stad, naast een prachtig park. Vroeger moest het een villa zijn geweest, blijkbaar had de vroegere eigenaar het gebouw weggeschonken.

De chauffeur stopte voor de ingang en presenteerde me de rekening.

'Dat is dan zeventien vijftig.'

Ik stopte hem een briefje van twintig in de hand en liet hem me zijn kaartje geven.

'Ik bel u wanneer ik weer wil worden opgehaald.'

'Prima, het beste!' zei hij toen ik uitstapte.

Terwijl hij wegstoof, hing ik mijn tas om en keek naar voren. Ondanks de prachtige borders had het huis iets deprimerends. Achter die muren brachten mensen die niemand meer hadden of hun dierbaren niet tot last wilden zijn hun laatste levensdagen door. Het was alsof de echo van hun leven en lijden nog altijd achter de ramen weerklonk.

Uiteindelijk vermande ik me en liep naar de glazen toegangsdeur, die met zacht gesis openging. Binnen heerste een rustige atmosfeer. De muren waren in een prettige tint geel geschilderd en gedecoreerd met afbeeldingen van landschappen en bloemen. Er was een zithoekje bij de ingang, de ontvangstbalie ging harmonieus op in het totale interieur. Een man en een vrouw stonden bij een van de grote ramen te praten.

Het deed me allemaal een beetje denken aan een kuuroord. De deprimerende indruk van buitenaf verdween.

'Goedendag, ik ben Annabel Hansen, ik heb een afspraak met mevrouw Thalheim.'

De verpleegster glimlachte. 'Dat heeft ze ons al heel trots verteld. Ze is erg opgewonden. Loopt u de gang maar door naar kamer zeventien.'

Ik bedankte haar en liep de gang links van de balie in. De geur van desinfecterende middelen was niet heel sterk, maar ik rook het wel. Geen wonder, dit was geen hotel in de eigenlijke betekenis, maar een voor mensen in de laatste weken en maanden van hun leven. Voor de deur met nummer zeventien bleef ik staan.

Daarachter bevond zich mijn moeder. Mijn moeder, die ik meer dan twintig jaar niet had gezien. Van wie ik zo lang had gedacht dat ze me verraden had, zonder het ooit na te vragen. Wier verhaal ik niet kende.

Ik bleef een hele tijd voor de deur staan, want ik had niet de kracht om de klink omlaag te drukken. Mijn moeder zat in een hospice, ze had niet lang meer te leven. Hadden de omstandigheden niet anders kunnen zijn?

Ik werd overvallen door de drang om Christian of mijn adoptiefmoeder te bellen. Ik wilde iemand vertellen wat ik voelde. Mijn maag deed pijn, mijn handen waren ijskoud. Ik besefte dat ik nu niemand kon bellen. De enige mens die ik nu over mijn gevoelens kon vertellen, bevond zich achter die deur.

Dus stak ik mijn hand omhoog en klopte.

'Binnen,' klonk het zwakjes.

Ik haalde nog even diep adem om de spanning in mijn borst te verlichten, toen legde ik mijn hand op de klink en drukte hem naar beneden.

De gestalte op het bed was heel mager en je zou zo over haar heen hebben gekeken als ze niet een fleurige jurk aan had gehad en een gedessineerde doek om haar hoofd. Haar gezicht was heel vaal, maar leek toch onmiskenbaar op dat wat ik elke ochtend in de spiegel zag.

Ik was dat net zo vergeten als het feit dat ze mijn groene ogen had.

Hoe moest ik haar aanspreken? Met mama? Zo noemde ik mijn adoptiefmoeder. Zo had ik Silvia Thalheim jarenlang genoemd, toen ik nog een klein meisje was. Zou dat gepast zijn?

'Bella,' zei ze, en een glimlach verhelderde haar gezicht. 'Daar ben je!'

Ik knikte en trok de deur achter me dicht. Terwijl ik naar haar toe liep, nam ik het interieur in me op. De kamer zag er afgezien van het verpleegbed uit als een heel gewone hotelkamer. Er stonden een bruine ladekast met een tv erop, een leesfauteuil met een tafeltje ernaast voor het raam, een kledingkast en een tafel met twee stoelen.

En toen zag ik verder niets meer, want ik stond voor haar.

Haar ziekte had vreselijke sporen achtergelaten. Ze had gegroefde wangen, met sterkere plooien dan eigenlijk bij haar leeftijd hoorden. De doek om haar hoofd kon maar met moeite verbergen dat ze haar prachtige rode haar had verloren.

Ik kreeg een brok in mijn keel. Ik moest tegen de tranen vechten.

Al die jaren hadden mijn gedachten aan haar een wirwar van gevoelens bij me veroorzaakt: woede, onbegrip, verlangen, hoop en teleurstelling hadden elkaar afgewisseld en me hulpeloos, bang en dan weer kwaad gemaakt.

Die gevoelens, en mijn onvermogen om ze te beheersen, hadden me ertoe gebracht de gedachten aan haar zo ver mogelijk van me af te zetten.

En nu ondervond ik diepe droefheid.

'Mama.' Nu zei ik het toch, en de tranen liepen over mijn wangen.

Er bestond geen band meer tussen ons, die hadden de stasi's doorgesneden. Maar er was nog een draadje, zwak en breekbaar. Ik voelde het duidelijk. Misschien was het de band van het bloed, zoals wel wordt gezegd.

'Laat me je omarmen, mijn meisje,' zei ze en ze stak haar handen uit. Haar rechterhand was met een slangetje verbonden aan het infuus dat boven haar bed hing.

Ik liet me omhelzen, want op dat moment was dat de vanzelfsprekendste zaak van de wereld.

Mijn moeders lichaam leek fragiel als een strohalm en bijna even licht. Ik had het gevoel dat ik haar zo zou kunnen optillen. Haar jurk rook een beetje naar medicijnen, maar vooral naar rozen. Een geur die ik uit mijn kindertijd kende.

'Ik ben zo blij dat je er bent,' fluisterde ze in mijn oor.

Eerst kon ik niets zeggen, want mijn keel zat dicht van de tranen. Ze drupten uit mijn ooghoeken op haar hoofddoek en haar kussen.

Beschaamd veegde ik over mijn wangen toen ze me weer losliet.

'Wat ben je mooi,' zei ze nadat ze een paar keer diep adem had gehaald. 'Ik heb me altijd afgevraagd hoe je eruit zou zien. Maar ik heb me je nooit zo mooi voorgesteld.'

Daar werd ik een beetje verlegen van. Ik vond mezelf nou ook weer niet lelijk, maar heel mooi? Waarschijnlijk zag ze mij met haar moederhart. Een hart dat zijn gevoelens voor mij blijkbaar nooit was vergeten.

En hoe zat dat met mij? Wat zei mijn gevoel?

Een kleine eeuwigheid keken we elkaar aan, toen zei ze: 'Ik wou dat het allemaal anders was gelopen.'

'Ik ook,' zei ik.

Ze knikte.

'Zoals je weet, is mijn tijd kostbaar, dus wil ik je zo meteen uitleggen wat er toen is gebeurd. Maar eerst zou ik graag willen weten wat ze tegen jou hebben gezegd in de nacht dat ik verdween.'

'Ze hebben me verteld dat u republiekvlucht had begaan.'

Silvia's gezicht vertrok. 'Dat dacht ik al. Maar ik verzeker je dat ik toen ze je naar het tehuis brachten nog in het land was, of beter gezegd, onderweg om verhoord te worden. Ze hebben me die avond gewoon uit huis gehaald, zonder dat ik iets had gedaan. Ze beschuldigden me van landverraad en samenzwering met de klassenvijand. Ze hebben me urenlang verhoord. En dat alleen maar omdat ik niet zo had meegewerkt als zij het wilden.'

Ze viel stil, want ze raakte in ademnood. Ik kon duidelijk merken dat het praten haar grote inspanning kostte.

'Heb je er ooit over gedacht je Stasi-dossier in te gaan zien?'

Ik knikte. 'Ik heb een aanvraag ingediend – vlak voordat de brief kwam.'

'Dan hield je geschiedenis je blijkbaar bezig.'

'Ja, maar om eerlijk te zijn was ik er daarvoor niet in geïnteresseerd u te zien. Omdat ze me hadden wijsgemaakt dat u me achter had gelaten.'

'En wat heeft je ertoe gebracht het dossier toch te willen inzien?'

'Mijn schip,' antwoordde ik. 'Ik... ik heb een schip gekocht. Samen met mijn nieuwe vriend.'

'Een schip?' De nauwelijks meer aanwezige wenkbrauwen van mijn moeder schoten omhoog.

'Een oude kotter. Daarop heb ik de brief van een vrouw gevonden die op het schip naar het Westen is gevlucht. Dat heeft alles aan het rollen gebracht. Ik ben verhalen te weten gekomen over De stormroos en haar passagiers. Zelfs het verhaal hoe de kapitein op het idee is gekomen om vluchtelingen op de Oostzee aan boord te nemen. Ik heb een opsporingsbericht doen uitgaan naar de briefschrijfster, omdat ik graag wilde weten wat haar beweegredenen waren om naar het Westen te gaan.' Ik hield even op, want ik besefte dat ik mijn moeder nu enthousiast aan het vertellen was over alles waarom ik haar op grond van wat men me had ingeprent, had veracht. Maar dat kon ze niet weten.

'En toen zag je in dat het tijd werd je te gaan verdiepen in de republiekvlucht van je moeder.'

Ik knikte bedremmeld. 'Het heeft me nooit losgelaten. Hier.' Ik haalde de verftekening uit mijn tas en reikte die aan haar aan. 'Die heb ik altijd bewaard. Het was de enige herinnering die ze me hebben laten houden.'

Mijn moeder pakte mijn tekening aan. Haar handen trilden.

'Dat is toch de tekening die je die avond hebt gemaakt? Die heb je mee naar bed genomen en blijkbaar ook niet meer losgelaten toen ze je meenamen.'

Ik knikte. 'Ik werd wakker in een politieauto. Ik had geen idee van wat er echt was gebeurd. Ik had alleen die tekening. En moest afgaan op wat een partijfunctionaris tegen me zei. Daarna hebben ze me naar het tehuis gebracht, en later ging ik van daaruit naar de Hansens.'

Ik had haar graag verteld dat het fatsoenlijke mensen waren, maar dat zou haar vast hebben gekwetst. Toen ze mijn schilderwerk bekeek kwamen de tranen, en ze liet het zakken. 'Ik dwing mezelf de laatste tijd zo weinig mogelijk energie te verspillen. Huilen is energieverspilling.'

'Maar huilen lucht ook op.' Ik wist niet of ik op dat moment opluchting constateerde, maar het gevoel in mijn binnenste was veranderd.

'Voor jou wel, maar ik... ik ben alleen opgelucht dat je er bent. Dat ik eindelijk kan rechtzetten wat er gebeurd is. Dat bezwaarde mijn hart de afgelopen maanden meer dan ooit.'

Ze pakte mijn arm. Haar hand voelde zacht en koud aan.

'Ik heb je nooit in de steek willen laten. Ze hebben me naar Bautzen II gebracht, waar ik waarschijnlijk was weggerot als mensen in het Westen me niet hadden vrijgekocht. In 1987 kwam een van mijn bewakers naar me toe en verklaarde dat ik kon besluiten naar het Westen te gaan. Dat hield ik eerst voor een valstrik, maar toen kwam ik te weten dat ze me vrij wilden kopen. De DDR was nog nooit zo platzak geweest, dus namen ze het aanbod graag aan. In de winter van 1987 ben ik toen in vluchtelingenkamp Gießen terechtgekomen. Net als andere vluchtelingen, alleen was ik nooit van plan geweest te vluchten. Ik had me alleen met de verkeerde mensen ingelaten.'

Ze lachte bitter en zweeg. Haar borstkas ging heftig op en neer.

Ik keek naar haar en vroeg me af of het allemaal waar was. Maar wie anders dan mijn moeder kende de waarheid?

En wat voor nut had het voor haar tegen me te liegen?

Ik voelde dat het de waarheid was. Mijn moeder was door de Stasi gevangengenomen en had het land pas verlaten nadat de BRD ervoor had betaald.

'Hoe heeft het zover kunnen komen?' vroeg ik ten slotte. Mijn stem klonk schor. Het klopte bij mijn slapen. 'Waarom hadden ze het eigenlijk op u voorzien? U hebt nooit iets verteld.'

'Dat kon ik niet. Net zoals jij het vast ook niet aan je dochtertje zou kunnen uitleggen.'

Ze glimlachte naar me en vroeg toen: 'Heb je een foto van je kleintje? Die zou ik graag eens zien.'

Ik graaide onbeholpen in mijn tas en pakte uiteindelijk mijn portemonnee eruit. Ik haalde de foto tevoorschijn en gaf hem haar aan. Daarbij constateerde ik dat Leonie in de tussentijd weer een flink eind gegroeid was.

'Ze heeft pas haar arm gebroken. Maar verder is het een gezond, vrolijk meisje.'

Silvia bekeek de foto lang en streelde toen over het lachende gezicht. Het was een van de mooiste foto's van mijn dochter die ik had.

'Ze ziet er net zo uit als jij.'

'Als wij,' zei ik.

'Misschien. Maar jullie hebben ook veel van jouw vader. Tekent Leonie veel?'

'Bijna net zo veel als ik toen,' antwoordde ik met een lachje en ik was verbaasd dat het langs de brok in mijn keel kwam. 'Ze tekent tankstations voor schepen en zeemeerminnen op rotsen en nog veel meer. Alles waar ze ook maar van heeft gehoord en ze zich een voorstelling van wil maken.'

Silvia glimlachte. 'Dan is ze net als jij. Jammer dat ik haar niet meer zal leren kennen.' Ze zuchtte zo zwaar dat ik het niet over mijn hart kon verkrijgen haar te beloven dat ik haar met Leonie zou komen bezoeken. Mijn gevoel zei me dat we daar niet meer de gelegenheid voor zouden hebben.

'Ik hoop dat je er niets op tegen hebt dat ik de tijd die we hebben, wil gebruiken om zo veel mogelijk over je te weten te komen,' zei ze nu en ze wees naar de ladekast. 'Als je weggaat, zou ik willen dat je de cassetterecorder en de envelop die erop ligt meeneemt. Op de cassette staat mijn verhaal. Of beter gezegd, de verklaring voor hoe ik in de misère ben geraakt. Ik heb die opgenomen vlak nadat ik hier in de hospice ben gekomen. Hoewel ik veel tijd heb verspeeld, bang was om naar je op zoek te gaan, heb ik altijd gehoopt dat ik je op een dag zou terugzien. Beter laat dan nooit, nietwaar?'

'Bedankt,' zei ik.

Mijn moeder glimlachte en pakte mijn hand. 'Ik moet jou bedanken, kind,' zei ze toen. 'Omdat je me hebt vergeven.'

'Wat had ik je moeten vergeven?' vroeg ik. 'Dat de staat ons gescheiden heeft en ons zo vol leugens heeft gestopt dat we allebei niet meer wisten hoe we elkaar konden vinden?'

'Dat heb je mooi gezegd. En je hebt beslist gelijk. Dan bedank ik je ervoor dat je ondanks je twijfels bent gekomen. En nu moet je me alles over jou, je schip en je leven vertellen. We hebben zo veel in te halen.'

Vijf uur bracht ik met Silvia door, waarin ik haar een precieze samenvatting gaf van mijn leven – inclusief de adoptie, verhuizing, studie, het huwelijk, de bevalling en de scheiding. En natuurlijk mochten ook Christian en De stormroos niet ontbreken.

Toen een verpleegster de kamer binnenkwam om mijn moeder haar medicijnen te geven, merkte ik dat het tijd werd om afscheid te nemen. Mijn bezoek had haar duidelijk uitgeput, en na het innemen van de medicijnen leek haar toestand nog verder te verslechteren.

Ik wist nog altijd niet precies wat ze had, maar ik zag dat ze erdoor verteerd werd. Ik dacht aan kanker, maar vroeg haar er niet naar.

Ten afscheid omhelsden we elkaar langdurig.

'Doe je nieuwe man de groeten van me – en misschien vertel je Leonie ooit eens dat ze nog een grootmoeder heeft gehad.'

Hoewel ze ze duidelijk en rustig had uitgesproken, sprongen bij die woorden de tranen in mijn ogen. Zou ik haar nog een keer te zien krijgen?

'Ik kom terug,' beloofde ik. Misschien zou ik de volgende keer Christian en Leonie meenemen. Ze had het zo lang uitgehouden, er moesten nog meer dagen en weken in zitten.

Silvia knikte en zei: 'Daar verheug ik me op.'

Maar in haar ogen zag ik dat ze er niet in geloofde. 'Pas goed op jezelf en je dierbaren, ja?'

Toen ik in mijn hotelkamer was, voelde ik me loodzwaar. Mijn hoofd was merkwaardig leeg, alsof dat wat ik gehoord had nog even nodig had om bij me binnen te komen.

Ik deed mijn tas open en haalde mijn moeders cassetterecorder tevoorschijn. Ongelofelijk dat zoiets nog bestond. En dat mijn moeder haar verhaal daarop had geregistreerd.

Ik keek op de cassette met de looptijd van een uur en vroeg me af wat erop zou staan.

Het belangrijkste over mijn moeder wist ik nu, ik wist dat ze me niet in de steek had gelaten. Maar voor de rest was ik wel een beetje benauwd. Wat zou ze destijds hebben meegemaakt, toen ze gearresteerd was?

Omdat ik mezelf er nog niet toe kon zetten op de startknop te drukken, kleedde ik me uit en ging eerst maar eens onder de douche. Daarna trok ik mijn nachtpon aan, hoewel het buiten nog licht was. Ik wilde het comfortabel hebben wanneer ik een uur lang ging zitten luisteren.

Toen ik terugkwam, ging ik in bed zitten, nam de cassetterecorder op schoot en schoof de cassette erin. Daarbij probeerde ik me voor te stellen hoe ze op de stoel bij het raam had gezeten en de woorden had uitgesproken die ik zo zou gaan horen.

Er liep een traan over mijn gezicht. Een enorme droefheid kwam over me heen. Waarom had ik niet al eerder een stap naar haar toe gezet, waarom had ik haar niet gezocht?

Omdat ik verblind was geweest. Omdat ik geloofd had wat ze me na haar verdwijning hadden verteld. Omdat ik bang was geweest, net als zij. Wie wilde nou dat de façade van zijn zorgvuldig opgebouwde leven door het verleden werd vernield? Dat het een fout was geweest om niet eerder naar haar te gaan zoeken, dat wist ik nu.

Ik wist niet zeker of ik rustig zou blijven wanneer ik op zekere dag erachter kwam hoe de functionaris heette die me zo onbeschaamd had voorgelogen.

Maar misschien zou ik net zo reageren als Christian, en niets doen. Als de functionaris niet de gelegenheid kreeg tot boetedoening, zou hij het altijd met zich meedragen. En als, zoals mijn moeder geloofde, er een hemel was, zou de schuld die hij op zich had geladen hem een ereplaats in de hel bezorgen.

Maar nu ging het niet om wraak of om mijn gevoelens. Ik wilde het horen, Silvia's verhaal, dat tegelijk ook het mijne was. Dus drukte ik op 'play' en wachtte bij het aanvankelijke geruis van de opname op haar stem.

34

Silvia

Lieve Annabel, dit is voor jou. Je moet weten dat ik je absoluut niet in de steek heb gelaten zoals ze je misschien hebben verteld. Ik ben alleen het slachtoffer geworden van mijn gedachten, die ik dom genoeg altijd eerlijk heb uitgesproken, zonder te beseffen welke gevolgen dat zou hebben.

Ik heb het niet uit kwade wil gedaan of omdat ik er door het Westen toe werd aangezet, zoals ze veronderstelden. Ik wilde me alleen niet schuldig maken tegenover andere mensen die misschien echt gewoon geloofden dat ons land beter zou worden, een land waarin je niet in een kooi leeft, waarin je kunt zeggen wat je denkt. Een land dat overeenkomt met het utopia van Thomas More.

Dat werd me echter noodlottig. Maar daarover later meer, ik wil niet op de zaak vooruitlopen.

Ik heb geen idee waar je nu bent, maar ze hebben me verzekerd dat je in goede handen bent gekomen. Natuurlijk was dat geen officiële mededeling. Een Stasi-medewerkster had gewoon medelijden met me en heeft het toch gezegd. Maar meer ook niet.

Ik ken de familie die je heeft opgenomen niet, en ik weet ook niet hoe je heet. Ik zal naar je zoeken, maar ik weet niet of mijn zoektocht ooit met succes zal worden bekroond.

Maar ik hoop vurig dat je een goed leven hebt en dat je ondanks alles een vrouw bent geworden die vrijuit haar mening geeft. En een beetje hoop ik ook dat je me niet vergeet, ongeacht of je dit ooit krijgt of niet.

Je was een 'beurskind', in elk geval heb ik je stiekem zo genoemd. In Leipzig, waar ik woonde, kon je met veel geluk in het voorjaar en in de herfst een baantje krijgen als gastvrouw en zo in contact komen met mensen die je waarschijnlijk anders nooit had leren kennen.

Bedrijven uit de hele wereld stelden daar hun producten tentoon en brachten de geur en glans van hun land mee. Het gonsde in de hallen van de uiteenlopendste talen, en hoewel we strenge instructies hadden gekregen om geen contact met vertegenwoordigers van kapitalistische landen te leggen, praatten we toch met ze en kwamen we erachter dat wat men ons op het Zwarte Kanaal liet zien fundamenteel onjuist was.

Zeker, in het Westen kwamen drugsdoden en criminaliteit, milieuvervuiling en aids voor. Maar de gewone mensen waren net als wij. Fatsoenlijk of infaam, vriendelijk of onaardig, goed- of slechtgehumeurd. Ze waren in elk geval niet de monsters die de propaganda ons voorschotelde.

Omdat zulke contacten weliswaar feitelijk verboden, maar niet te vermijden waren, werden onder de sollicitanten voor die banen alleen de betrouwbaarste kaders uitgezocht. Gezien mijn latere geschiedenis is haast niet te geloven dat ik daartoe behoorde, nietwaar?

Mijn ouders waren streng politiek correcte partijleden. Mijn vader werkte bij de krant, mijn moeder bij de administratie van de universiteitskliniek. Zelf was ik van jongs af aan betrokken bij de staat, ik werd Jungpionier, Thälmann-pionier en lid van de Freie Deutsche Jugend, had buiten school altijd goed meegedaan en was bijna elk jaar tot voorzitter van de groepsraad gekozen. Mijn betrokkenheid zette zich op de universiteit voort. Ik nam deel aan inzamelingsacties en organiseerde evenementen voor de FDJ. Voor het verplichte vak marxisme-leninisme, waarin iedere student examen moest doen, had ik een tien, hoewel mijn hart eerder uitging naar talen en literatuur. Ik wilde ooit bij een grote DDR-uitgeverij werken, en ik was er ook niet afkerig van tot de SED toe te treden zodra ik mijn studie had afgemaakt. Mijn leven was toen een DDR-modelcarrière en rechtvaardigde dan ook het vertrouwen dat ze in mij stelden toen ze me toestonden op de stand van een Oostenrijkse firma te werken.

De mensen op die stand waren heel aardig, en ook al had ik er de eerste dag soms moeite mee hun regionale uitdrukkingen te begrijpen, ik voelde me er onmiddellijk op mijn gemak. Het bedrijf verkocht machineonderdelen, waar ik absoluut geen idee van had, maar ik werd ingewerkt en ze staken me na werktijd soms wat buitenlandse valuta toe.

Op een van de avondevenementen leerde ik hem kennen. Je vader, over wie ik je haast niets heb verteld. Ik wilde niet dat je in moeilijkheden zou komen, want het was al erg genoeg dat ik me met hem had ingelaten. Alles wat ik in de ogen van de partijfunctionarissen had kunnen worden, werd tenietgedaan door één enkel moment. Het moment waarop hij me in de ogen keek.

Ik weet niet of je je me nog herinnert, maar toen ik jong was, had ik net als jij rood haar en groene ogen. Soms speet het me een beetje dat je niet meer van je vader had geërfd, want hij had pikzwart haar en bruine ogen. Misschien lijk je als volwassene meer op hem, heb je zijn vierkante gelaatstrekken of zijn lange handen. Hij was tien jaar ouder dan ik en was niet van het bedrijf waarvoor ik werkte. Hij was chef-inkoper van een bedrijf voor zware machines uit Stuttgart, wereldwijs, charmant en, zoals ik constateerde, buitengewoon belezen. Een man als hij had ik nog nooit ontmoet.

En hij waarschijnlijk niet zo'n roodharige als ik.

Elke keer dat ik zijn kant op keek, richtte hij zijn blik op mij, alsof hij het voelde. En ik voelde het wanneer hij naar mij keek.

Op een gegeven moment kwam hij naar me toe en vroeg of ik

uit Oostenrijk kwam. Ik was verrast, want ik dacht dat ik duidelijk herkenbaar was als DDR-burger – alle andere vrouwelijke medewerkers waren een stuk losser dan ik.

Maar hij had het verschil niet gemerkt, en dat maakte hem voor mij heel sympathiek.

Hij stelde zich voor als Thomas. Natuurlijk had hij ook een achternaam, maar omdat ik niet weet in wiens handen deze cassette misschien ooit terechtkomt, houd ik die voor me.

Ik weet het, geen enkel kind wil iets weten over het seksleven van zijn ouders, en al helemaal niet over hoe het is verwekt.

Maar ik hou het hierbij: die nacht heb ik met hem geslapen, en het was een van de fijnste nachten van mijn leven. En op die nacht volgden meer nachten. Alle daaropvolgende nachten van de resterende duur van de beurs brachten we door in mijn studentenkamertje. Mijn medebewoonster Karla gaf openlijk toe dat ze jaloers was, maar als de vriendin die ze was, was ze zo discreet om weg te gaan wanneer ik met hem kwam aanzetten. Dan ging ze naar haar vriend Mirko, om met hem hetzelfde te doen als ik met je vader.

Toen de beurs voorbij was en ik hem weer moest laten gaan, was het alsof ik in een diep gat viel. Hij beloofde me te schrijven en liet voor de zekerheid vijfhonderd mark achter. Dat was een vermogen, en ik verstopte het meteen. Misschien zou ik het ooit kunnen gebruiken, maar ik wilde het beslist niet lichtvaardig aan onnozele zaken uitgeven.

Een paar weken na de beurs verschenen de mannen. Ze droegen slechtzittende kostuums en zonnebrillen, waarmee ze minder dachten op te vallen. Ze stonden me voor de universiteit op te wachten.

Ik schonk in eerste instantie geen aandacht aan ze, met mijn hoofd vol literatuurtheorie en de woordjes die ik nog voor het vak Russisch moest leren. Ik liep straal langs hen heen naar mijn fiets en worstelde een tijdje met het slot, dat altijd weigerde open te gaan wanneer ik het meest haast had.

Als het slot deze keer niet ook had geklemd, was ik waarschijnlijk aan de mannen ontkomen. Maar nu hadden ze genoeg tijd om het juiste moment af te wachten. Ze kwamen naast me staan en vroegen: 'Bent u juffrouw Thalheim?'

Natuurlijk was ik dat, dat wisten zij ook wel.

'Ja?' antwoordde ik, verbaasd dat er twee zo vreemd uitgedoste kerels op de campus rondhingen. Toen haalde een van hen een identiteitsbewijs tevoorschijn.

'Ministerium für Staatssicherheit' stond er. Nog voor ik de naam erop kon lezen, was het document al weer verdwenen.

Ik voelde de angst door me heen schieten. Hadden ze me gezien toen ik met Thomas in huis verdween? Hadden ze aan zijn kleding gezien dat hij uit het Westen kwam?

Veel vrouwen namen ten tijde van de beurs mannen uit het Westen mee naar huis, soms vanwege de liefde, en anders om de portemonnee met een paar D-mark te spekken. De stad was vol met mannen in pak aan wie je kon zien dat ze hun spullen niet bij VEB Herrenmode vandaan haalden.

Eigenlijk had ik ervoor gezorgd dat ik met Thomas niet opviel – maar mogelijk had een van de buren iets gezien en me verklikt.

Zo ja, dan zou ik de volgende keer wel geen baantje op de beurs meer kunnen krijgen.

'We willen u graag even spreken, als het kan,' zei nu de ander, die zijn identiteitsbewijs niet had laten zien.

'Ja, natuurlijk,' zei ik en ik probeerde mijn nervositeit niet te laten blijken. Vanbinnen was ik echter van het ene moment op het andere een wrak. Ik voelde me vreselijk ellendig, en om het trillen van mijn handen te verbergen stak ik ze in mijn broekzakken.

De mannen namen me mee naar een huis dat ik altijd voor een gewoon woonhuis had gehouden. Maar het bleek een trefpunt voor stasi's te zijn. Hier liepen de IM's in en uit, hier werd informatie uitgewisseld over de mensen die geobserveerd werden.

Ik was ervan overtuigd dat het problemen zou geven, en nog behoorlijke ook. Hoe moest ik het mijn vader en moeder vertellen?

Dat de Stasi me had meegenomen omdat ik me met een man uit het Westen had ingelaten? Omdat ik, door de ervaring op de stand op de beurs, voor één keer niet had geloofd in wat ons altijd was ingeprent? Dat ik een keer gezondigd had tegen de regels?

Even later zat ik in een met grove mosterdgele stof overtrokken fauteuil niet alleen te kijken naar de twee mannen die me hadden aangesproken, maar ook naar een derde, op wiens revers een partij-insigne prijkte.

'Freie Jugend-vriendin Thalheim,' begon deze terwijl hij een kartonnen map opensloeg.

Was dat mijn dossier? Ik kon niet geloven dat de Stasi een dossier over me had aangelegd. Ik voelde me nog altijd miserabel, en het zweet liep in mijn nek – terwijl het buiten eerder een koude herfstdag was en de ruimte waarin ik me bevond niet goed verwarmd was.

'Hebt u een vermoeden waarom we u willen spreken?' vroeg hij.

Ik schudde mijn hoofd. Natuurlijk kon ik het me voorstellen, maar als ik dat toegaf, zou het mijn ondergang betekenen.

'U hebt een paar weken geleden op de beurs gewerkt, nietwaar?'

Ik knikte.

'Voor een bedrijf uit het niet-socialistische buitenland. Oostenrijk?'

En weer kon ik alleen maar knikken, want waarschijnlijk stond dat ook in mijn dossier.

'Het is ons ter ore gekomen dat u bovendien contact hebt gehad met medewerkers van West-Duitse bedrijven, is dat juist?'

Mijn gezicht werd opeens helemaal gevoelloos. Het ging dus om Thomas. O mijn god!

De man vouwde zijn handen op het tafelblad en boog wat naar voren.

'Bent u daar ook dingen te weten gekomen? Dingen die ons misschien verder kunnen helpen?'

Ik trok mijn wenkbrauwen op. Wat voor dingen bedoelde hij?

'Nou, het ging bij de gesprekken vooral over handelscontracten,' antwoordde ik, want ik was ervan overtuigd dat de staat daarin geïnteresseerd was.

'En hoe zag het er op persoonlijk gebied uit?'

Ik werd duizelig. Ik kon toch niet vertellen dat ik met Thomas geslapen had! Dat ging de staat en de partijleiding helemaal niets aan!

'Ik weet niet wat u bedoelt,' antwoordde ik onzeker terwijl mijn brein al naar mogelijke uitvluchten zocht.

De man voor me snoof. 'Hebt u misschien iets persoonlijks opgevangen? Of een van hen zijn vrouw bedriegt, welke hobby's ze hebben, of dat ze pas nog een jacht of zoiets hebben gekocht. Of naar welke school hun kinderen gaan. Het mooist zou zijn als er lijken in de kast zitten. Aan een slippertje of een affaire zouden we iets kunnen hebben.'

Ik staarde de man verbluft aan. Had hij dat echt gezegd? Ik was maar een onbeduidend gastvrouwtje, dacht hij nu echt dat de Oostenrijkers of hun gasten hun hele privéleven inclusief pikante geheimen breed aan mij zouden hebben uitgemeten?

'Nee, nee, daar is me niets van ter ore gekomen,' zei ik verward, wat ook overeenkwam met de werkelijkheid. Thomas had me verteld dat hij het drie maanden eerder had uitgemaakt met zijn vriendin, maar wie was daar nou in geïnteresseerd? Zoiets gebeurde hier ook.

Maar er werd me wel iets duidelijk. De Stasi was geïnteresseerd in vuile was. Dat schokte me diep, want ik had tot nog toe gedacht dat deze er alleen maar voor zorgde dat geen vijandelijke elementen het welzijn van de burgers bedreigden. Zich interesseren voor affaires en slippertjes paste naar mijn gevoel eerder bij een westerse geheime dienst.

'Of iets anders dat voor ons van waarde zou kunnen zijn?'

Ik schudde mijn hoofd. 'Nee, ik... ik heb niet zo veel aandacht besteed aan waarover gepraat werd. We hebben instructies gekregen privécontact met niet-socialistische deelnemers aan de beurs te vermijden.'

Ik was trots op mezelf dat ik daaraan had gedacht! Dat was precies wat de mensen die ons op het werk op de beurs hadden voorbereid, hadden gezegd.

De man keek teleurgesteld.

'Misschien had u zich wat minder precies aan die instructies moeten houden,' zei hij ineens. En weer kreeg het beeld dat ik van de Stasi had een enorme knauw. Spoorde de onbekende voor mij me nu echt aan om instructies van functionarissen te negeren?

'Ach, het is nu eenmaal zoals het is. Volgende keer beter, hè?'

Geen idee wat hij daarmee bedoelde. Maar hij stelde me niet langer op de proef. 'Freie Jugend-vriendin Thalheim, gezien uw werkelijk voorbeeldige betrokkenheid bij de universiteit en de FDJ willen we u aanbieden voor ons te gaan werken.'

De man leunde achterover en keek me doordringend aan.

Hoewel ik helemaal aangekleed was, had ik het gevoel naakt voor hem te zitten. Waarschijnlijk las hij mijn gedachten af aan mijn gezichtsuitdrukking, dus probeerde ik op dat moment nergens aan te denken.

'De voordelen liggen voor de hand,' vervolgde hij min of meer zelfingenomen. 'U krijgt elk half jaar een baantje op de beurs en wij zorgen ervoor dat u daar na uw studie een vaste aanstelling krijgt. Bovendien kunt u *reisekader* worden. We zullen u goed voor uw werk betalen en u alles wat u nodig hebt ter beschikking stellen.'

Het was alsof ik een klap met een hamer had gekregen. Daarnet was ik nog bang geweest dat ik voor de liefdesnachten met Thomas de gevangenis in zou gaan, en nu deden ze me het aanbod bij de beurs te gaan werken en reisekader te worden, wat zou betekenen dat ik zelfs naar het buitenland zou mogen reizen.

En als ik nu zou zeggen dat ik later bij een uitgeverij wilde gaan werken? Waarschijnlijk zou dat ook geen probleem zijn.

'En wat... wat moet ik daarvoor doen?' vroeg ik een beetje naïef. Wat deed je dan, als je voor de Stasi werkte?

'We zouden u op diverse terreinen inzetten, maar vooral op de beurs. U legt uw oor te luisteren en registreert de gesprekken die u opvangt. Uiteraard geldt het verbod op privécontact dan niet. U brengt verslag aan ons uit, en wij maken analyses.' Nu boog hij weer naar voren. Zijn ogen waren nog steeds strak op mij gericht. 'U begrijpt vast wel dat het voor ons land van groot belang is om wat informatie betreft altijd een stapje voor te zijn. Dat geldt net zozeer voor technologische als voor privé-informatie. We moeten onze vijand door en door kennen. U kunt ons daarbij van groot nut zijn.'

Ik haalde trillend adem. Reisekader, een aanstelling op de beurs, privileges, dat klonk heel goed. Als ik Thomas niet had leren kennen, had ik misschien toegestemd.

Maar ik dacht op dat moment aan die vriendelijke mensen uit Oostenrijk en aan Thomas en zijn collega's, en ik wist dat ik hen nooit zou willen schaden – ook al waren ze in de ogen van de partij klassenvijanden.

'Daar... daar moet ik over nadenken,' zei ik aarzelend. Ik wist niet welke consequenties dat zou hebben en of er nog meer apen uit de mouw zouden komen. Maar ik kon gewoon niet toezeggen. Niet meteen. Waarschijnlijk zou ik het ook nooit doen.

De stasi snoof gefrustreerd en leunde weer achterover. Had hij nou echt gedacht dat ik gretig op zijn aanbod zou ingaan? Tot een paar minuten geleden had ik nog gedacht dat ze me zouden straffen voor mijn contact met een West-Duitse burger!

'Ik begrijp het,' zei hij ten slotte. 'En het is uw goed recht bedenktijd te vragen. Maar ik geef u een goede raad: belemmer uw goede toekomstperspectieven niet door onnodig te aarzelen. Hoe eerder u beslist om voor ons te gaan werken, hoe beter wij uw verdere leven kunnen uitstippelen. En u wilt toch een goed leven hebben?'

Ik knikte. En toch: ik kon het aanbod niet aannemen. Ik wilde andere mensen niet bespioneren. Ik interesseerde me niet voor hun leven, en ook al was ik volgens de partijlijn opgevoed, er bestond voor mij nog altijd die andere wereld achter het hek, een wereld die ik me niet zo vijandig voorstelde als ze door onze propaganda werd afgeschilderd. Mijn gezonde verstand zei me dat het verkeerd was mijn neus in zaken te steken die me niet aangingen.

Maar dat zei ik niet hardop. Ditmaal was ik verstandig genoeg om mijn gedachten voor me te houden.

'Goed, dan zou ik zeggen dat we elkaar over een week weer spreken. Hopelijk. Er zal een medewerker naar u toe komen om uw antwoord te horen. Als u ja zegt, dan ondertekent u gewoon uw verbintenisverklaring en zal ik u persoonlijk instrueren. Als u het aanbod afslaat, bent u op uzelf aangewezen – althans zolang u zich niet bedenkt.' Hij stak zijn handen omhoog alsof mijn verdere lot niet in zijn handen lag en toen liep hij naar de deur.

Vlak voordat hij die opendeed, draaide hij zich nog een keer om. 'Ach ja, ik hoef vast niet te zeggen dat dit gesprek vertrouwelijk is. Geen woord erover tegen wie dan ook, vrienden en familie, begrepen?'

'Ja,' antwoordde ik en onbewust hield ik mijn adem in tot hij verdwenen was.

Totaal van streek verliet ik het gebouw. Inmiddels begon het donker te worden. Mijn fiets stond nog steeds op de campus, maar op dat moment wist ik de weg daarheen niet meer. De woorden van de stasi klonken nog na in mijn oren.

'Belemmer uw goede toekomstperspectieven niet door onnodig te aarzelen.'

Als ik het aanbod afsloeg, zouden ze er dan echt voor zorgen dat ik niet verder kwam? Dat ik niet de functie kreeg die ik wilde hebben?

Het liefst had ik daar met mijn ouders over gepraat, maar ik mocht het er met niemand over hebben. Dagenlang droeg ik dat geheim met me mee. Ik wilde een goed staatsburger zijn, maar spioneren? Dat wou ik niet.

Uit angst de stasi's op de universiteit tegen te komen meldde ik me ziek en verschanste me in mijn huis. Pas daarna bedacht ik dat ze natuurlijk ook wisten waar ik woonde en elk moment bij me thuis konden komen.

Naarmate de dag dat de partijleden antwoord wilden krijgen dichterbij kwam, ging het slechter met me. Als er werd aangebeld – ook al was het de postbode maar – kromp ik in elkaar.

Op die manier verstreken er twee weken, en uiteindelijk zag ik in dat ik me niet eeuwig kon blijven verstoppen. Ik ging dus weer naar de universiteit, maar in de tussentijd was er iets veranderd. Ik voelde me achtervolgd. Daar was geen reden voor, en elke keer dat ik me omdraaide, zag ik niemand achter me die er verdacht uitzag. Maar toch voelde ik altijd ogen in mijn rug – behalve wanneer thuis de gordijnen dicht waren.

Dat ging een week zo door, tot ik op een middag de universiteit uit kwam en zoals gewoonlijk naar het fietsenrek liep.

'Ha, Freie Jugend-vriendin Thalheim,' zei een stem achter me die me deed verstijven. Ik had gehoopt dat het voorbij was, dat ze me hadden vergeten, maar de Stasi vergat nooit iets.

'Gaat het weer beter met u?'

Ze hadden dus inlichtingen over me ingewonnen. Ik was erg blij dat ik me officieel ziek gemeld had. Zo kon ik tenminste doen alsof ik de ontmoeting met de mannen niet doelbewust had vermeden.

'Ja, het gaat beter met me, kameraad,' antwoordde ik. 'Bedankt dat u het vraagt.'

'Welnu, als dat zo is, dan bent u vast bereid ons te volgen voor een nieuw gesprek. Onze kameraad-diensthoofd zou graag uw antwoord vernemen.'

Ik verstijfde. Ik wilde in geen geval nog eens dat gebouw van het Ministerium für Staatssicherheit binnengaan!

'Nou, Freie Jugend-vriendin Thalheim, dan zullen we maar hopen dat u met uw houding niet uw toekomst belemmert. Maar u kunt zich te allen tijde bedenken.'

Het onverholen dreigement maakte me sprakeloos. Zou de Stasi er echt voor zorgen dat ik geen toekomst had? En dat terwijl ik de beste van mijn jaar was? Hoewel ik altijd geprobeerd had alles te doen wat de staat van me verlangde?

Nee, ik deed niet alles wat de staat verlangde. In een heel belangrijke zaak liet ik het afweten en verzette ik mij. Maar voor niets ter wereld wilde ik worden ingezet om iemand, misschien zelfs ook Thomas, te bespioneren. Hoewel we weinig van elkaar hoorden, dacht ik vaak aan hem, ik was nog steeds een beetje verliefd op hem en hoopte hem ooit terug te zien. Ik dacht aan de vriendelijkheid van de mensen op de Oostenrijkse stand, aan het feit dat ze geen monsters waren, zoals ons werd wijsgemaakt.

Kwaad reed ik op de fiets naar huis en besloot me die avond een stuk in de kraag te drinken zoals ik nog nooit had gedaan. Ik mocht dan wel met niemand praten, maar ze konden me het drinken niet verbieden.

Na dat treffen beoordeelde ik alles wat ik zag met totaal andere ogen. Ik had altijd geloofd dat de leuzen waarmee ik was omgeven zin hadden, dat het de moeite waard was om ervoor te vechten. Maar nu zag ik dat het lege woorden waren. De arbeiders- en boerenstaat mocht dan oppervlakkig gezien wel goed voor zijn inwoners zorgen, maar dat was alleen zolang ze deden wat er van hen werd verlangd – en zolang ze geen uitglijders maakten.

Ik had bedankt – en begon de consequenties daarvan te ervaren. Maar pas veel later zou die vermelding in mijn dossier me noodlottig worden. Eerst had ik andere zorgen, want ik had gemerkt dat mijn menstruatie uitbleef. Toen ik ook nog eens last kreeg van ochtendmisselijkheid, kreeg ik een donkerbruin vermoeden.

Dat werd bevestigd toen ik een bezoek bracht aan mijn gynaecologe.

'Gefeliciteerd, u bent zwanger,' zei ze terwijl ze met een zwierig gebaar mijn status op de tafel legde.

Mijn wereld stortte eerst een tijdje in. Ongehuwd zwanger. Van een man uit een kapitalistisch land. Ik was ervan overtuigd dat de Stasi me daarvoor in de gevangenis zou gooien als ze dat te weten kwamen.

'Als u het kind niet wilt, kan ik voor u een afspraak maken voor een abortus,' opperde de dokter, die wel had gemerkt dat ik bepaald niet blij was.

Maar ik schudde mijn hoofd. 'Nee, ik wil het houden,' zei ik vastberaden.

De dokter nam het met een knikje ter kennisgeving aan. 'Prima, maar als u zich bedenkt, laat het dan op tijd weten.'

Ik knikte, maar ik wist dat ik me niet zou bedenken.

Ik moest snel duidelijkheid krijgen over hoe ik wilde leven. De wereld van mijn ouders stortte in toen ik het hun vertelde. Mijn vader wilde de naam van de verwekker weten, maar die kon ik hem niet zeggen. Iemand uit het Westen – dat had hem waarschijnlijk een hartverzakking bezorgd.

Ik zweeg hardnekkig, ook toen hij dreigde me te onterven.

Uiteindelijk accepteerden ze het min of meer, maar ik kon niet van hen verwachten dat ze me hielpen. Mijn ouders waren te vaak weg om voor het kind te kunnen zorgen, en omdat een buitenechtelijke zwangerschap ook voor verlichte DDR-burgers nog een schande was, was er ook geen sprake van enige andere vorm van hulp.

Omdat het voor mij nog steeds vaststond dat ik mijn kindje niet zou laten weghalen – ik hoopte ook nog altijd dat Thomas me zou bijstaan – schreef ik hem op een avond een lange brief.

Daarin kwamen noch de wervingspoging van de Stasi, noch staatsgeheimen, die ik ook helemaal niet kende, aan de orde. Ik stelde hem er simpelweg van in kennis dat onze nachten samen gevolgen hadden gehad en dat hij vader werd.

Een dag later verstuurde ik die brief en ik hoopte dat hij hem zou krijgen en wellicht iets van zich liet horen. Ik verlangde absoluut niet van hem dat hij met me zou trouwen. Dat zou onmogelijk zijn geweest. Ik kón niet naar hem toe, en hij wílde beslist niet hier komen wonen.

Maar desondanks hoopte ik dat hij me zou schrijven of me eens zou komen opzoeken. Het was mensen van daar immers toegestaan hierheen te komen. Misschien herinnerde hij me zich nog, misschien was hij wel blij vanwege het kind. En zelfs als dat niet het geval was, hoopte ik van hem te horen.

Maar zijn antwoord bleef uit. De eerste tijd liet ik dat gelaten over me heen komen, want ik wist dat de post tussen de twee Duitse staten er wel even over deed. In de tussentijd werd ik door angst bevangen dat de Stasi de brief onderschept had. Maar omdat na een paar maanden nog niemand van hen bij me was verschenen om me ter verantwoording te roepen, was ik ervan overtuigd dat ze mijn brief niet onderschept en gelezen hadden.

Inmiddels vroeg ik me af of er niet iets met Thomas was gebeurd. Ik was er zeker van dat Thomas hoe dan ook zou hebben gereageerd. Ik hoopte zo vertwijfeld op antwoord van hem dat ik telkens wanneer ik thuiskwam naar de brievenbus rende. Maar steeds tevergeefs, en toen er een half jaar was verstreken, gaf ik het op en besloot mijn geluk zelf in de hand te nemen en mijn kind alleen groot te brengen. Ik maakte hoogzwanger mijn studie af, en niet veel later werd jij geboren. Ik had geen werk, geen geld, maar wel een kind, waarvoor tenslotte kinderbijslag werd betaald. Een tijdlang bleef ik nog bij Karla wonen, maar jouw nachtelijke gehuil begon haar algauw op de zenuwen te werken.

Ze klaagde niet, maar ik merkte haar wrevel. Zij moest nog twee semesters hard studeren, en dat was niet goed te doen als ze 's nachts wakker werd omdat ik jou moest voeden of verschonen.

Ik deed dus een aanvraag voor een eigen woning, wat voor een ongehuwde niet zo heel eenvoudig te realiseren was, en kreeg op een gegeven moment bericht dat ze iets voor me hadden.

Ik had gehoopt op een prettige nieuwbouwwoning, maar ik kreeg er een in de oude stad, in een niet-gerenoveerd pand. De badkamer en de wc moest ik delen met de hele trap. Maar ik was blij een eigen stek te hebben. Terwijl jij sliep, schreef ik sollicitatiebrieven – naar uitgeverijen, theaters, bibliotheken. Ergens moest er toch een baan zijn voor een germaniste!

Maar het regende afwijzingen. Gaandeweg begon ik te begrijpen wat de Stasi-medewerker had bedoeld. Het was vast niet zo dat er geen banen waren, iedereen wist dat er eerder te veel mensen werden aangenomen dan te weinig. Sommige banen werden zelfs dubbel vergeven. Maar de goede kregen alleen betrouwbare mensen – mensen die er geen moeite mee hadden de staat een klein plezier te doen. En helaas was ik uit op een van die 'goede banen'.

Ik was wanhopig. Wat moest ik nu doen? Officieel bestond er in de DDR geen werkloosheid, en toch zat ik zonder werk. En het geld van Thomas had ik ook niet meer, dat had ik op de zwarte markt omgewisseld om nog een beetje rond te kunnen komen.

In mijn vertwijfeling schreef ik hem nog een keer. Beleefd vroeg ik om een kleine toelage voor mijn dochtertje, het zou toch zijn plicht zijn geweest om alimentatie te betalen.

Toen werd er op een middag aangebeld. Ik deed open, in de veronderstelling dat het de postbode was. Maar de man was me totaal onbekend. Ik vreesde al dat ik weer een aanbod van de Stasi zou krijgen, maar de man was een functionaris die toen ik hem had binnengelaten een ellenlange oratie hield dat het niet goed was, ja, zelfs asociaal, dat ik niet kon aantonen werk te hebben. Hij gaf me een lijst met bedrijven waar ik zou kunnen gaan werken.

Ik barstte bijna in lachen uit toen ik zag waarom het ging. Er waren textielfabrieken bij, HO-winkels en een landbouwcoöperatie. Ze zochten allemaal medewerkers – maar ik was met goede cijfers, ook voor marxisme-leninisme, afgestudeerd als germanist.

Toen ik hem daarop wees, kreeg ik oratie nummer twee – dat nu eenmaal niet iedereen werkzaam kon zijn in het vak dat hij geleerd had, en dat het geen schande was een andere bijdrage aan het socialisme te leveren.

Ik heb geen idee hoe ik het voor elkaar heb gekregen me te beheersen, maar toen hij weg was slingerde ik woedend een kandelaar tegen de deur. Pas door jouw gehuil kwam ik weer tot bezinning, en ik rende naar je toe om je te troosten.

Omdat ik een baan moest hebben en er door toedoen van de Stasi niet op hoefde te rekenen dat ik ooit bij een uitgeverij of een krant zou kunnen werken, slikte ik mijn trots in en ging naar de beroepenoriëntatie. Daar werd gezegd dat er aanvullende opleidingsplaatsen voor verkoopsters waren. Dat was in elk geval beter dan een baan als ongeschoold medewerker, en dus solliciteerde ik. De HO wilde me niet – maar de Konsum bood me een kans. En dus stond ik per direct achter de toonbank gehakt en koteletten af te wegen en mensen aan het lijntje te houden wanneer er weer eens te weinig bananen of Cubaanse sinaasappels waren geleverd.

Van mijn ouders hoefde ik geen ondersteuning te verwachten. Toen ze te horen kregen dat ik ongehuwd zwanger was geworden en de naam van de vader niet wilde prijsgeven, verbraken ze het contact met me. Ze wilden hun kleindochter niet eens zien. Eén keer is mijn moeder op bezoek gekomen, maar alleen om me verwijten te maken. Toen heb ik haar verzocht weg te gaan en daarna heb ik haar nooit meer gezien.

Maar voor zelfmedelijden had ik geen tijd.

’s Nachts zat ik te blokken voor de beroepsopleiding of reageerde ik mijn ergernis af over het feit dat we voor bepaalde mensen ‘illegale goederen’ opzij moesten zetten. De begunstigden waren Stasi-medewerkers of mensen van wie de bedrijfsleider persoonlijk profiteerde.

Maar ik had jou, en dus besloot ik het allemaal te slikken en niet weer ‘mijn toekomst te belemmeren’. Ik haalde het afsluitende examen als beste van mijn jaar en kreeg een aanstelling bij de Konsum. Dat was een overwinning op de duistere voorspelling en de functionaris met de lijst. Ook al was het maar een kleine.

Ik geef toe dat ik er soms over dacht weer naar het MfS-gebouw te gaan en te laten weten dat ik van gedachten veranderd was. Ik wist niet of ik nog wel waarde had voor de Stasi – bij de beurs was ik niet meer aangenomen.

Maar waarschijnlijk zouden ze wel een terrein voor me hebben gevonden waar ik mijn oor te luisteren had kunnen leggen. En dan had ik waarschijnlijk ook bij een uitgeverij kunnen werken.

Maar een enkele blik op het ware gezicht van dit land had volstaan om me in mijn mening te sterken. Ook al tochtten de ramen, gaf de kachel niet genoeg warmte en was de wc altijd verstopt – mijn gezonde verstand weerhield me er telkens weer van contact met de Stasi op te nemen. Ik wilde simpelweg rust hebben, mijn kind grootbrengen en leven.

Op een dag, toen ik er al helemaal niet meer aan dacht, kwam er een brief van Thomas. Ik aarzelde lang om hem open te maken. Wat zou erin staan? Dat hij niets meer met me te maken wilde hebben? Of dat hij met me wilde trouwen? Ik wist niet waar ik banger voor moest zijn. Nog altijd had ik het gevoel dat de Stasi me in de gaten hield. Misschien hadden ze mijn brief en die van hem wel gelezen en amuseerden ze zich nu kostelijk over mijn situatie.

Ik hoopte dat hij op zijn minst nog iets zinnigs te zeggen had en me zijn hulp aanbood – ook al zou die, bijna vier jaar na onze liefdesnachten, wat laat komen.

Ik was geschokt toen ik merkte dat de brief niet van Thomas afkomstig was, maar van zijn echtgenote.

Daarin drukte ze me op het hart geen contact meer met haar man te zoeken en mijn 'bastaard' bij voorkeur alleen groot te brengen, haar man had immers voor de seks betaald en zij zou niet toestaan dat een 'russenhoer' probeerde er op deze manier een slaatje uit te slaan.

Ontredderd zeeg ik neer op de bank, die ik van mijn eerste verdiensten als verkoopster had aangeschaft. Jij zat naast me met je blokken te spelen en merkte niet dat je moeder kookte van woede.

Bastaard, russenhoer – wat had Thomas haar in godsnaam verteld? En hoe kwam ze erbij me na zo'n lange tijd nog te schrijven?

Waarschijnlijk was er maar één verklaring voor: ze moest een van de brieven, die Thomas blijkbaar zolang verstopt had, hebben gevonden. Toen had ze hem ter verantwoording geroepen, en misschien had hij bekend dat hij naar een prostituee was gegaan, om zijn hachje te redden.

Dat hij in de tussentijd niet zelf iets had laten horen, sprak echter al boekdelen. Hij was nooit van plan geweest me terug te zien of me te helpen. Om welke reden hij de brief dan ook niet had vernietigd, hij was blijkbaar laf genoeg geweest om alle schuld op mij te schuiven toen hij ter verantwoording geroepen werd, en mij bloot te stellen aan de woede van zijn vrouw, van wie destijds nooit sprake was geweest.

Eerst voelde ik nog de verleiding om de dame de levieten te lezen – maar het leek me beter om geen contact op te nemen. Ik had mijn leven, ook al was het een ander leven dan waarvan ik had gedroomd, weer op de rails gekregen. De buren in het pand waren vriendelijk en hielpen me af en toe uit de brand wanneer ik aan het einde van de maand niet genoeg geld meer had. Met name jou hadden ze in hun hart gesloten. Zodra ik met jou aan mijn hand ergens verscheen, kwamen oude dames met tekenblokken en chocola aanzetten, soms afkomstig uit het Westen, wat me vanwege Thomas en zijn stomme vrouw weliswaar minder beviel, maar ik nam het toch in dank aan. Er was dus ondanks de bouwkundige gebreken aan mijn woning en een nieuwe, onbeantwoorde aanvraag voor een andere behuizing geen reden om dat allemaal op het spel te zetten door aan de klassenvijand te schrijven.

Woedend verscheurde ik de brief en gooide de snippers in het vuur. Ik zwoer dat ik me nooit meer met een man zou inlaten.

Zo brachten we twee jaar door in betrekkelijke rust. Ik werkte, sloeg avances van mannen af en concentreerde me helemaal op jou. Je werd groter en begon te tekenen. Alles wat ik je vertelde bracht je op een of andere manier in beeld. Ik vroeg me af of je je passie voor tekenen misschien van je vader had geërfd.

Wie weet had ik misschien niet meer aan Thomas moeten denken. Op een dag, toen ik thuiskwam van de Konsum, met een paar bananen in mijn boodschappentas die ik voor ons opzij had kunnen leggen, stond er een man op de hoek van de straat. Hij zag er buitenissig uit in zijn lange mantel – en het leek alsof hij op me stond te wachten. Weer een Stasi-kornuit? Wilden ze me nadat ze me een tijdlang met rust hadden gelaten, opnieuw aanwerven? Wat zou er gebeuren als ik weer nee zei? Zouden ze me dan in de nor stoppen? Me mijn kind afpakken? Of me een beroepsverbod opleggen?

Ik boog mijn hoofd en probeerde te doen alsof ik hem niet zag.

'Silvia.'

Ik verstijfde. Die stem kende ik. Hoewel ik hem al in geen jaren meer had gehoord, wist ik op slag wie het was. En nu pas realiseerde ik me dat het weer beurstijd was. Daar had ik me niet mee beziggehouden. Af en toe had iemand er iets over laten vallen, maar over het geheel genomen had ik er bij mij in de Konsum weinig van gemerkt.

En nu stond Thomas voor me.

Ik kon het eerst niet geloven. Was ik misschien achter de toonbank flauwgevallen en droomde ik?

Ik keek hem met fonkelende ogen aan.

'Wat moet je hier?'

'Jou zien.'

'En hoe... hoe weet je...?' Ik maakte de vraag niet af.

'Ik heb gebruikgemaakt van mijn connecties. Je vriendin heeft me verteld dat je nog in de stad was en dat ze je hier had gezien.'

'Mijn vriendin?'

Sinds mijn aanvaring met de Stasi en mijn zwangerschap had ik geen vriendinnen meer. Ik had niet eens mijn ouders om me bij te staan.

'Dat meisje met wie je hebt samengewoond.'

Ik wist niet dat mijn vroegere huisgenote zich me nog kon herinneren. Of werkte ze inmiddels ook voor 'Horch und Guck' zoals we de Stasi noemden? Werkte ze op de beurs en had hij haar herkend?

'Ik wil het... het je uitleggen.'

'Wat uitleggen?' viel ik tegen hem uit. Mijn verbazing over zijn verschijnen maakte plaats voor woede. 'Waarom je zes jaar lang niets van je hebt laten horen? Waarom je je vrouw verteld hebt dat je in Leipzig met een russenhoer hebt geslapen en haar goed betaald hebt?'

'Wat... maar...'

'Je vrouw heeft me geschreven dat ik mijn bastaard maar zelf moet grootbrengen. Nou, dat doe ik. En ik zie geen aanleiding om nog met je te praten.'

'Maar, Silvia...' Hij pakte mijn arm vast. Ik rukte me los.

'Er valt niets met je te bespreken.'

Hij perste zijn lippen op elkaar. Zijn gezichtsuitdrukking verhardde. Ik was ervan overtuigd dat hij woedend weg zou lopen. Maar hij bleef staan.

'Het spijt me,' zei hij toen. 'Ik... ik wilde niet dat zij hem zou vinden. Maar dat heeft ze wel gedaan. Ik heb niet gezegd dat je een hoer bent, dat heeft ze zelf verzonnen. Ik wist niet dat ze je geschreven had.'

'Nou, dat heeft ze. En weet je, daar ben ik blij om! Daardoor heb ik me tenminste niet nog meer ellende op de hals gehaald dan ik toch al had sinds we elkaar hebben ontmoet.'

Al mijn opgekropte woede drukte op dat moment zwaar op me. Ik vreesde elk moment uit elkaar te kunnen barsten als ik het er niet allemaal uit gooide. Maar het lukte me om me te beheersen. Als ik op straat mijn ervaringen met de Stasi had uitgebazuind, was ik zeker meteen naar Bautzen afgevoerd.

'Ga met me mee,' zei hij toen. 'Ga met me mee naar het Westen. Ik zal ervoor zorgen dat je met je kind het land uit kunt. Ik kan je niet hier laten.'

Dat vooruitzicht klonk verleidelijk. Maar – hij was nog steeds getrouwd. En er bestond geen manier om de DDR uit te komen. Blijkbaar had hij daar niet goed over nagedacht.

'Er zal niets anders op zitten,' voerde ik aan, en opeens kon het me niet schelen wie het hoorde. Mijn stem werd schril en sloeg over. 'Niemand kan hier weg! Ook jij krijgt dat niet voor elkaar.'

'Silvia,' zei hij weer, en zijn stem klonk zo teder dat het me zwaar viel niet te zwichten. 'Kunnen we niet ergens heen gaan om te praten?'

Ik keek op mijn horloge. De kleuterschool zou zo uitgaan. Ik moest je afhalen. 'Ik heb geen tijd,' zei ik. 'Ik moet naar mijn dochter.'

Ineens was ik vreselijk moe. Mijn voeten deden zeer van het lange staan achter de toonbank en ik had honger.

'Ga naar huis, Thomas,' zei ik zachtjes en ik voelde me diep teleurgesteld. Niet in hem, eerder in mezelf omdat ik niet de moed had hem te geloven. 'Het is aardig van je dat je gekomen bent, maar je kunt me niet helpen. Ik wens je het beste.'

Toen stapte ik op mijn fiets en reed weg zonder me nog om te draaien.

De volgende dagen hoopte ik toch dat Thomas weer zou verschijnen en me er nog eenmaal van zou proberen te overtuigen dat hij wel iets voor me kon doen. Ik volgde de berichten over de beurs, ik keek zelfs naar het nieuws op mijn zwart-wittelevisie in de hoop dat hij ergens achter Erich en de andere partijbonzen in beeld zou komen – al was het maar voor even. Maar ik zag hem niet.

De laatste avond van de beurs zat je aan de keukentafel aan een verftekening van een windmolen te werken. Heb je die nog? Ik weet niet wat ze je van je vroegere leven hebben laten houden. Maar misschien bewaar je er in elk geval nog een herinnering aan.

Die tekening wilde ik bij je weghalen, maar om een of andere reden wilde je haar meenemen naar bed. Omdat ik moe was en nog op nieuws over de beurs hoopte, liet ik je maar begaan.

Je was allang in dromenland toen er werd aangebeld. Ik verstijfde. Was dat Thomas? Kwam hij echt nog een poging doen?

Als hij het was, zou ik ditmaal geen weerstand kunnen bieden.

Mijn hart bonsde van opwinding toen ik naar de deur liep. Ook na drie keer aanbellen leek hij zich niet te willen laten afwimpelen. Het mankeerde er nog maar aan dat hij mijn naam riep en zo de bewoners van het hele huis wakker maakte.

Ik haalde mijn vingers door mijn haar en streek mijn rok glad, toen maakte ik de veiligheidsketting los en deed open. Ik probeerde verwijtend te kijken, hoewel ik me stiekem verheugde.

Maar het was Thomas niet.

Mijn gezicht bevroor. Ik kende die mannen niet, maar instinctief wist ik wie ze waren voor een van hen zei: 'Ministerium für Staatssicherheit. Wilt u alstublieft meekomen?'

Ze gaven me geen verklaring, maar ik wist ook dat ik die niet hoefde te verwachten. Ze namen me mee, en ik dacht ten onrechte dat ze me wel zouden laten gaan – ik had toch niets misdaan!

Om die reden maande ik mezelf tot kalmte, want ik wist dat het allemaal nog erger zou worden als ik me verzette. Als ik had geweten wat er komen zou, had ik ze de ogen uitgekrabd...

Ze brachten me naar hetzelfde gebouw waar ik een paar jaar eerder ook al was geweest toen ze me wilden aanwerven. De man die na een tijdje verscheen, was zelfs dezelfde als toen. Maar nu kwam hij niet slijmerig-vriendelijk over.

Ze sloegen me met alle mogelijke beschuldigingen om de oren: spionage, aanpappen met de klassenvijand, landverraad.

Ik kreeg geen lucht meer toen ze me de 'bewijsmiddelen' presenteerden.

Dat waren de brieven, de twee van mij aan Thomas en het antwoord van zijn vrouw. Ik was de bewoordingen niet vergeten, maar het zien van het handschrift bezorgde me een schok.

'U bent gezien toen u drie dagen geleden die man weer ontmoette en daarbij hebt u over weggaan uit de DDR gesproken.'

Ik staarde hem gechoqueerd aan. Hoe wisten ze dat?

Toen begreep ik dat ook mijn verhuizing en de overstap naar een ander beroep me niet aan de aandacht van de Stasi hadden onttrokken. Ik was zo naïef geweest te denken dat ik niet meer in de gaten werd gehouden. Mogelijk hadden ze ook Thomas geobserveerd. Dat mijn vroegere 'vriendin' ineens was opgedoken, leek me heel verdacht en ik ergerde me dat ik niet eerder wantrouwig was geworden.

'Mevrouw Thalheim,' besloot de man met een duister gezicht. 'U had destijds moeten meewerken. En u had er vooral goed over moeten nadenken of u het wel met een klassenvijand zou moeten aanleggen. Nu kan ik niets meer voor u en uw dochtertje doen.'

Inderdaad gaf de ontmoeting met Thomas me de genadeslag. Hoewel hij beslist alleen maar goede bedoelingen had gehad, had hij me definitief in het verderf gestort. Dat dacht ik toen in elk geval. Maar uiteindelijk besefte ik dat het niet de schuld van Thomas was, maar die van de staat. De staat, die zich er niet bij kon neerleggen dat een van zijn kinderen geen spion had willen worden.

De tijd daarna was een hel. Ik werd telkens weer verhoord, in donkere cellen gestopt, wakker gehouden, en een keer namen ze zelfs mijn kleren weg. Ze vernederden me, folterden me met ijskoud water, bedreigden me. Ze hadden een goed pressiemiddel – jou.

Indertijd geloofde ik nog dat ik je ooit weer zou terugzien. Ik had er geen vermoeden van dat ze je allang van me hadden afgepakt en in een ander gezin gestopt. Daar kwam ik pas achter toen ik door het Westen werd vrijgekocht. En toen was het al te laat. Ik verdween achter het IJzeren Gordijn en wist niet eens hoe je heette.

Maar ik wil de weinige tijd die me nog rest niet gebruiken om te wrokken. Liever denk ik aan je vader, die, hoewel hij geen succes had, toch met goede bedoelingen was gekomen, en aan jou, aan het geluk dat me tenminste bijna zeven jaar was vergund voor ik naar de hel werd gestuurd.

Eén ding moet je weten. Het heeft destijds mijn hart gebroken toen ze me weerhielden om je wakker te maken en afscheid van je te nemen.

Toen de hel voorbij was, heb ik je geprobeerd te vinden, maar de Stasi ging erg grondig te werk. Mijn advocaat stuitte telkens weer op muren.

Toen die ene, afschuwelijke muur viel, was het eerst nog steeds niet mogelijk om je op te sporen. Daarbij kwam de angst voor wat ik te weten zou komen. Ik vreesde dat je je mij niet meer kon herinneren.

Wanhoop overspoelde me en het duurde lang voor ik de kracht had mijn Stasi-dossier in te zien.

Ik probeerde een nieuw leven op te bouwen, maar dat lukte slechts beperkt. Ik vond werk bij een kleine uitgeverij, maar mijn kwalen beletten me om veel te bereiken. Ondanks alles vond ik vrienden, die me ook nu nog bijstaan. Je ziet, er zijn ook leuke momenten geweest, maar mijn gevangenschap en het feit dat mijn kind me was afgepakt, hebben een schaduw op mijn ziel achtergelaten die me tot op de dag van vandaag niet heeft losgelaten. En me nooit meer zal loslaten. Al mijn relaties werden erdoor overschaduwd en uiteindelijk strandden ze op het wantrouwen dat ik tegenover mensen had ontwikkeld en nooit van me af heb kunnen zetten.

De band is nu bijna opgebruikt, dus wil ik de resterende tijd gebruiken om tegen je te zeggen dat ik van je hou en altijd van je zal blijven houden. Ik hoop dat je me vergeeft en me niet vergeet.

Ik zette de cassetterecorder uit. Inmiddels drong de avond zich donker tegen de ramen van het hotel aan. In het schijnsel van de voorbijkomende auto's glinsterden regendruppels op de ruiten. Eigenlijk had het nog veel lichter moeten zijn, maar de wolken slokten al het licht op.

De woorden klonken in me na. Het was onvoorstelbaar wat mijn moeder was overkomen.

Mijn moeder had niets anders gedaan dan verliefd worden op een West-Duitser.

Ik bleef nog een tijdje in het donker zitten. Wat ik gehoord had, vermengde zich met herinneringen, onjuiste veronderstellingen, gevoelens en wat me verteld was. Het was niet alleen haar verhaal, maar ook het mijne.

Daarom spoelde ik de cassette terug en begon van voren af aan.

35

'Over enkele ogenblikken komen we aan in Binz, waar u kunt overstappen op de trein naar Sassnitz. Wij danken u voor het reizen met de Duitse spoorwegen en wensen u verder een aangename reis.'

Mijn nekharen gingen licht overeind staan toen de man de tekst met een sterk accent in het Engels herhaalde. Maar even later was het gelukkig voorbij. De trein minderde vaart en reed ten slotte het station binnen.

Eindelijk weer thuis. Hoewel ik maar twee dagen was weggeweest, had ik het gevoel dat er wel een jaar was verstreken.

Tijdens de reis had ik geprobeerd mijn gedachten te ordenen. Het liefst had ik de cassette nog een keer beluisterd, maar ik had geen koptelefoon en wilde de andere reizigers niet opzadelen met een verhaal dat niet voor hun oren bestemd was.

Wat moest ik nu doen? Op de ingeslagen weg doorgaan? Of mijn adoptiefouders vertellen over het bezoek? Zouden ze zich gekwetst voelen omdat ik naar mijn moeder toe was gegaan? Zou ik gekwetst worden bij de ontdekking dat ze het allemaal hadden geweten en het bewust voor me hadden verzwegen?

Ik moest beslist met Christian praten.

Op de parkeerplaats vond ik mijn oude Volvo terug tussen twee fonkelend nieuwe auto's die er pas sinds enkele minuten moesten staan. Het dak van de mijne was bezaaid met de bladeren en bloesems van linden. Ik zette mijn tas op de achterbank, stapte in en terwijl ik de gordel omdeed, genoot ik van de vertrouwde geur van het interieur.

Er maakte zich een vreemd gevoel van rust van me meester. Ik had zekerheid. Mijn moeder had me niet in de steek gelaten. Dat was waardevoller dan wat dan ook.

Ik startte de motor en reed naar huis. Christians auto stond er nog. Ook daar lag wat lindebloesem op.

Het huis wekte een rustige indruk. Ik keek er even naar en herinnerde me dat ik op mijn eerste dag hier had gedacht dat ik nu bevrijd zou zijn van de ballast van de afgelopen jaren. Maar daar had ik me in vergist. Daar kon je je nooit helemaal van bevrijden. Maar de ballast werd lichter als het de waarheid was die je met je meedroeg.

Met een glimlach rond mijn lippen stapte ik uit, ik pakte mijn tas en liep naar de deur.

Ik zou het verhaal voor Christian afspelen, want hij moest weten wie ik was.

Op het moment dat ik bij de deur kwam, stak de kat, wiens herkomst ik nog steeds niet kende, zijn kopje om de hoek. Deze keer joeg ik hem niet weg, maar riep: 'Poes, poes' – wat echter hetzelfde effect had, want hij ging er meteen vandoor. Raar beest. Misschien moest ik wat eten voor hem neerzetten. Leonie zou blij zijn en als ik de kat aan ons kon laten wennen, zou ik ermee naar de dierenarts kunnen gaan om hem te laten inenten.

Voor ik zelf de deur kon openmaken, deed Christian dat al en liep naar buiten. Hij keek ernstig.

Mijn hand bleef ter hoogte van het sleutelgat steken en ik staarde hem aan.

Was er iets gebeurd? Met Leonie misschien?

Bij die gedachte brak het zweet me uit.

'Wat is er?' vroeg ik een beetje angstig.

Christians lippen trilden.

'Is er iets met Leonie?' Ik krijste het bijna uit.

Maar hij schudde zijn hoofd.

'De hospice heeft gebeld,' zei hij toen. 'Mevrouw Thalheim... je moeder is vanmorgen overleden.'

Ik bleef als door de bliksem getroffen staan. Dat was toch niet mogelijk! Het kon niet waar zijn! Ik had toch pas nog met haar gepraat.

Zeker, ze had een zwakke indruk gewekt, maar ik was ervan overtuigd geweest dat ze nog wel een paar weken had...

Christian nam me in zijn armen. Ik liet mijn hand zakken en de sleutel viel op de grond.

'Het spijt me.'

Ik kon niets terugzeggen. Mijn hoofd zat nog vol met alles wat ik op de cassette had gehoord. Na herhaald afluisteren was me opgevallen dat haar stem naar het einde toe steeds zwakker was geworden, dat ze telkens even had moeten ophouden. Ik had me afgevraagd hoe lang ze voor het verhaal nodig had gehad, want ze had het zeker niet in één keer opgenomen.

Vreemd dat juist dat me nu te binnen schoot.

Op een of andere manier wist Christian me de woonkamer in te loodsen. Leonie stormde op me af en ik reageerde mechanisch, hoewel ik nog steeds als verlamd was.

Silvia was dood. Ze had het alleen maar zo lang uitgehouden tot ze mij gezien had. Of beter gezegd: twee dagen later, en ik had haar niet meer levend aangetroffen. Dan had ik alleen maar de opname gehad en had ik niet meer met haar kunnen praten.

'Mammie, kijk eens, oom Christian heeft een grote blauwe vinvis op mijn gips getekend!' riep Leonie enthousiast. Ik schrok op uit mijn gedachten en forceerde een glimlach.

Mijn dochter – die ik niet meer aan Silvia zou kunnen voorstellen – hield haar arm voor mijn gezicht. De walvis had een vriendelijke glimlach en blies een waterfontein in de lucht. Eromheen klotsten de golven, als op een oude zeemanstattoo.

'Dat is echt heel mooi,' zei ik terwijl ik tevergeefs mijn tranen probeerde terug te dringen.

‘Waarom moet je dan huilen, mammie?’ vroeg Leonie.

Ik trok haar dicht tegen me aan. ‘Omdat ik zo blij ben dat ik weer bij jullie ben.’

En dat was niet eens gelogen.

Ik wist niet meer hoe lang we al naast elkaar op de bank in de avondschemering over mijn tuin zaten uit te kijken.

‘De verpleegster zei dat ze had aangegeven dat haar as op een natuurbegraafplaats in het bos moet worden uitgestrooid,’ zei ik uiteindelijk. Na het avondeten had ik de hospice gebeld, waar ze me nadere details hadden gegeven.

’s Nachts had de zuster nog een keer bij haar gekeken, in de ochtend was ze vredig ingeslapen.

‘Ze heeft op u gewacht,’ zei ze ter afsluiting. ‘Het is mooi dat u bent gekomen.’

Ik vroeg me af of ze de mensen in de hospice haar verhaal had verteld.

‘Wil je erheen?’ vroeg Christian terwijl hij me over mijn schouder streelde.

‘Ik weet het niet.’

‘En je ouders? Ga je het hun vertellen?’

Tijdens de reis had ik veel aan mijn adoptiefouders gedacht. Moest ik het tegen hen zeggen? Moest ik hun vragen stellen? Het was vreselijk moeilijk om dat te beslissen. Maar intussen, terwijl ik daar zwijgend zat, was er iets uitgekristalliseerd.

Het was me altijd om eerlijkheid, om vertrouwen te doen geweest. Ik had altijd verwacht dat mensen me de waarheid vertelden. Dat was vaak niet het geval geweest. Maar op één punt moest ik nu zekerheid hebben. Ik zou hen bellen. Meteen de volgende dag. Ik zou voorzichtig beginnen, erop letten hoe ze reageerden en dan de vragen stellen waarop ik antwoord wilde hebben. En ik wist dat ik het ze zou vergeven als ze iets voor me verzwegen hadden. Ze waren mijn familie – ook al had de Stasi ervoor gezorgd dat we dat waren.

Ten slotte stond ik op en liep naar Leonies kamer. Ze lag in haar bed te slapen zonder van dat alles iets te weten. Het was goed zo, maar toch maakte het me verdrietig.

Het was jammer dat ze haar biologische grootmoeder nooit zou leren kennen, maar misschien was dat ook niet nodig. Haar grootouders woonden in Hamburg, en hoe ze destijds ook tegenover het systeem hadden gestaan, het waren fatsoenlijke mensen.

Maar ik was blij dat ik mijn moeder nog had gezien. En dat ik haar een beetje zielsrust had kunnen geven.

Nadat ik nog een tijdje in de deurpost had gestaan, ging ik terug naar Christian.

Het leven wachtte op me.

De volgende ochtend ging ik naar beneden naar het strand. Ik had weer wat rozen geplukt en verwisselde de bos op het rotsblok. Wandelaars zagen het me doen. Waarschijnlijk vroegen ze zich hetzelfde af als ik een paar weken geleden.

Bij mijn terugkeer lagen Leonie en Christian nog te slapen. Ik keek op de klok. Mijn ouders zouden nu wel wakker zijn. Ik nam de telefoon mee naar mijn kantoor, waar ik niet gestoord zou worden.

Ik ging bij het raam zitten en belde hen. Wolken dreven boven het water voorbij en een zeilboot voer langs.

'Met mevrouw Hansen,' zei mijn moeder. Mijn vader was rond deze tijd op weg naar zijn werk, en het was beter als ik mijn vraag eerst met haar besprak. Mijn vaders hart brak misschien makkelijker dan dat van mijn sterke moeder.

'Hallo, mama,' zei ik in de hoorn, waarbij ik me dubbelhartig voelde.

Ook Silvia was mijn mama geweest.

'Wat is er, schat?' vroeg mijn moeder zo onbezorgd dat het me zwaar viel te beginnen. 'Is alles in orde met Leonie?'

'Ja, het gaat prima met haar. Ik...' Ik stokte. Nog steeds kon ik uitwijken naar praten over koetjes en kalfjes. Maar dat wilde ik niet.

‘Een paar dagen geleden heb ik post gekregen.’

‘Van wie?’

‘Van Silvia Thalheim. Mijn biologische moeder.’

Stilte. Mijn moeder was met stomheid geslagen. Maar wat had ik dan verwacht?

‘Hoe kwam ze aan je adres?’ vroeg mijn moeder toen ze wat van de schrik bekomen was.

‘Dat weet ik niet. Ze heeft haar Stasi-dossier ingezien en ontdekt dat jullie me geadopteerd hebben. Ze heeft de brief aanvankelijk naar Bremen gestuurd, van daaraf hebben ze me hem nagestuurd.’

Mijn moeder slaakte een lange, diepe zucht. Blijkbaar was dit niet wat ze van het gesprek had verwacht.

‘Wil je me alsjeblieft vertellen wat je weet over toen? Ik weet dat ik er sinds ik volwassen ben niet meer naar heb gevraagd, maar... Ik moet weten wat jullie weten. Anders blijf ik me eeuwig afvragen...’

‘Of we medeschuldig zijn.’ Mijn moeder klonk gekwetst. Dat was niet mijn bedoeling geweest. ‘Het zit zo... We hadden destijds al lang een adoptieaanvraag ingediend. Ik had algauw gemerkt dat ik geen kinderen kon krijgen, maar we hadden altijd kinderen gewild, dus hebben we het op die manier geprobeerd. In die tijd was je vader actief in de partij, hij gold als een betrouwbaar partijlid.’

‘Heeft de Stasi bij hem aangebeld?’ ontschoot me. Als ploegbaas op de werf zou hij zeker voor hen van belang zijn geweest.

‘Nee, voor zover ik weet niet. We hebben geprobeerd ons buiten dat soort zaken te houden. Maar iemand lijkt hem te hebben gemogen. We kregen bericht dat we een kind konden adopteren. Ze zeiden ook dat het het dochtertje van een republiekontvluchter was en dat ze ons de verantwoordelijke opdracht gaven haar tot een socialistische persoonlijkheid op te voeden. Zoals gezegd was je vader van onbesproken gedrag en werd ik als deelraadmedewerkster ook als betrouwbaar beschouwd. We hebben een hoop formulieren ingevuld en kregen een preek van een functionaris. Geen idee of hij bij de Stasi zat of niet, niemand heeft ons een identiteitsbewijs laten zien. Men sommeerde ons niet met jou over je biologische moeder te praten tot je volwassen was. En ze bevalen ons ook jou verre te houden van schadelijke invloeden. Daar stemden we graag mee in, ook al wisten we dat we het niet op alle punten met de staat eens waren. Na een tijdje mochten we je afhalen. En ik moet zeggen dat ik meteen verliefd op je was. Je was zo mooi met je rode haar en je zomersproeten. Toen had je een licht Saksisch accent, jammer dat dat mettertijd verdwenen is.'

'En toen bleek ik een probleemkind,' zei ik grinnikend, haast opgelucht, hoewel er nog steeds twijfels waren.

'Je had goede herinneringen aan je moeder, hoe moest je anders reageren? Je was bij mensen gekomen bij wie je helemaal niet wilde zijn, het was begrijpelijk dat je naar je echte moeder terug wilde. En dus rebelleerde je.'

Achteraf was ik verbaasd over de gelijkmoedigheid waarmee mijn ouders mijn gedrag hadden verdragen. Wanneer ik het al te bont maakte, mopperden ze, maar ze straften me niet. Terwijl anderen huisarrest kregen, werd ik nooit opgesloten. Op een gegeven moment was ik tot rede gekomen, en merkte ik dat deze mensen geen kwaad in de zin hadden.

En zij hadden me ook niet bij mijn echte moeder weggehaald.

'Hebben jullie je ooit afgevraagd of jullie in de gaten werden gehouden?' vroeg ik, want dat ze geobserveerd werden leek me logisch als je het kind van een vermeende republiekontvluchter adopteerde.

'Natuurlijk. We werden in de gaten gehouden, daar waren we ons van bewust. Maar we meenden ook over het algemeen te doen wat juist was.'

'Jullie hebben me naar de West-Duitse televisie laten kijken.'

'Dat was in onze ogen niet verkeerd. En je moest mee kunnen doen met de andere kinderen op school. De functionarissen die erop letten dat jonge mensen niet in contact werden gebracht met de West-Duitse media, waren in onze ogen kortzichtig, want het hoort ook bij de algemene ontwikkeling om alle aspecten te kennen. Maar we moesten er wel voorzichtig mee zijn.'

Ik dacht terug aan hoe mijn ouders waren geweest toen ik nog jong was. Ja, ze hadden in het socialisme geloofd. Misschien geloofden ze er nu nog in dat zoiets als het socialisme kon functioneren. Maar het klopte, ze hadden me nooit voor iets afgeschermd – behalve voor een paar aspecten van mijn eigen geschiedenis. Omdat ze daartoe gedwongen waren geweest.

'Annabel...?' vroeg mijn moeder nu onzeker. 'Mag ik vragen wat ze je heeft geschreven? Je moeder...'

Ze was open tegen me geweest, dus moest ik ook open tegen haar zijn.

'Ze schreef dat ze niet gevlucht was. Dat ze haar gearresteerd hadden omdat ze problemen met de Stasi had. Ze hebben haar gedwongen haar handtekening te zetten onder de adoptieoverdracht.'

'O god!' riep mijn moeder uit. Ik kende haar goed genoeg om te weten dat ze oprecht geschokt was. 'Daar wisten wij niets van. Denk je dat het de waarheid is?'

'Ik zou het in de Stasi-dossiers kunnen controleren. Ik heb daarvoor al een aanvraag ingediend. Het kan alleen wel een tijd duren voor ik inzage krijg.'

Nu moest ze zich op zijn laatst benauwd gaan voelen, want als ze had meegedaan, zou haar naam ook in de dossiers opduiken, zo dacht ik. Gespannen wachtte ik op haar reactie. Mijn hart klopte in mijn keel, en ik kreeg nog meer pijn in mijn buik dan ik al had.

'Dat zou je kunnen doen. En dat moet je ook doen. Weet je, wij hebben er lang over nagedacht of wij het ook zouden doen, maar hebben ervan afgezien. Wat levert het op te weten dat je buurman je bespioneerd heeft? Dat er verslag over je werd uitgebracht? In ons geval moeten de IM's van verveling in slaap zijn gevallen.'

Daarna zwegen we een tijdje. Terwijl ik mijn moeder hoorde ademen en zij mij, besefte ik hoe perfide de Stasi was geweest. Ze hadden me niet bij zomaar een Stasi-echtpaar ondergebracht, maar bij vermeende betrouwbare partijgenoten, waardoor ik voor altijd van het toneel verdween. Daarmee konden ze mijn moeder het best straffen voor haar weigering om mee te werken.

'Mama?' vroeg ik, de stilte doorbrekend.

'Ja, lieve schat?'

'Dank je wel. Dat je er met mij over hebt willen praten.'

Mijn moeder zuchtte. 'Nee, ik moet jou bedanken. Je hebt geen idee welke last er van mijn schouders valt. Ik heb nooit de moed gehad er met je over te praten, en je vader evenmin. Ik heb er ergens altijd op zitten wachten dat je vragen ging stellen, maar omdat je dat nooit deed, dacht ik dat je het was vergeten.'

Blijkbaar hadden de stasi's ook gedacht dat ik het zou vergeten. Maar dat zou nooit gebeuren. En evenmin zou ik vergeten wat mijn adoptiefouders voor me hadden gedaan.

'Ik heb al die vragen als een steen met me meegesleept, maar nu kan ik weer vooruitkijken.'

'Dan gaat het nu dus met ons allebei beter.'

Ik merkte dat ik glimlachte. 'Ja, dat is zo. Vooral omdat Silvia... omdat mama... Ze is gisteren overleden, weet je. Vlak nadat ik bij haar ben geweest.'

Ik had haar nu ook van de cassette kunnen vertellen, maar dat wilde ik voor later bewaren.

'Dat spijt me,' zei ze oprecht en ze zweeg even. Mijn moeder had nu het nodige te verwerken.

Dus vroeg ik alleen: 'Zou je de komende week misschien op Leonie kunnen passen? Dan wordt de motor geveild, en ik moet nog iets anders afhandelen.'

'Natuurlijk, liefje, ik verheug me erop.'

Mijn moeder klonk opgelucht dat ik weer tot de orde van de dag overging. En ik was het ook.

36

Sinds het bezoek aan mijn moeder kreeg ik ten aanzien van ziekenhuizen een onbehaaglijk gevoel. Ook nu had ik daar last van. Ik zag haar uitgemergelde gedaante in het bed voor me en had de geur van desinfecteermiddel in mijn neus, hoewel ze in de hospice alle mogelijke moeite hadden gedaan om ervoor te zorgen dat het niet zo opviel.

Maar dit bezoek was al net zo onvermijdelijk als de reis naar haar was geweest. Er was nog één ding dat ik absoluut moest ophelderen. Ook als ik daarvoor mijn trots opzij moest zetten en me met iets moest inlaten waar ik vreselijk onzeker van werd.

Leonie was bij haar grootouders, die zich er enorm op hadden verheugd dat mijn prinsesje bij hen kwam logeren. Trots had ze hun haar versierde gips laten zien, en ik wist dat ik het aan hen kon overlaten op haar te passen terwijl ik de laatste kwestie in mijn leven oploste.

In Jan had ik eigenlijk nog steeds geen vertrouwen, ondanks zijn medeleven met Leonies gebroken arm en de pop die hij werkelijk had gestuurd. Maar misschien zou een gesprek met hem me verder helpen.

Ja, ik ging naar hem toe, in plaats van Christian te vergezellen naar de veiling.

Ik haalde diep adem en liep de deur van de Paracelsus Kliniek in Bremen door. In mijn hand had ik een bos bloemen. Nadat ik van zijn secretaresse had gehoord dat hij geopereerd was en nu alleen zijn chemokuur nog moest afmaken, had ik besloten bij hem op bezoek te gaan. Zonder Leonie. Ze had best mee kunnen komen, haar breuk genas goed. Maar ik wilde met Jan alleen zijn. Ik wilde dat hij zich alleen op mij concentreerde. Want als hij niet met me praatte, als ik niet volkomen eerlijk tegen hem kon zijn, zou het met de gedeelde ouderlijke zorg niets worden.

Bij de receptie stond een jonge vrouw met een gebloemde blouse aan die vriendelijk tegen me lachte.

'Ik wil graag naar meneer Wegner,' zei ik.

De receptioniste vertelde waar ik moest zijn en even later ging ik met de lift naar Interne Geneeskunde. Daar vond ik de kamer vlugger dan me eigenlijk lief was. Maar voor ik me kon bedenken ging de deur open en kwam er een verpleegster uit met een blad vol medicijnen.

'Bij wie moet u zijn?' vroeg ze gehaast.

'Bij meneer Wegner,' antwoordde ik, want het zou idioot zijn geweest om iets anders te beweren. En tenslotte was ik hier uit eigen beweging gekomen.

'O, dat zal hem plezier doen!' Ze draaide zich om en riep vrolijk: 'Meneer Wegner, er is bezoek voor u!'

Jan zat in een blauw huispak op het bed. Hij zag bleek en was wat magerder geworden. Geen wonder na alles wat hij had moeten doorstaan en nog zou moeten doorstaan. In zijn hand zat, met pleisters bevestigd, een infuus. Aan de papegaai hing een zak met een heldere vloeistof.

Toen hij me zag, werden zijn ogen groot van verbazing. Hij had zo'n beetje iedereen verwacht, maar niet mij.

'Annabel?'

Ik deed de deur achter me dicht, maar op een of andere manier kon ik nog niet dichterbij komen.

'Ja, ik ben het,' zei ik.

'Kom jij bij mij op bezoek?'

'Ik wil met je praten.'

Nu liep ik toch naar het bed en gaf hem de bloemen. 'Hier, voor jou. Beterschap.'

'Dank je.' Zijn stem klonk bijna een beetje verlegen.

Toen volgde een lange stilte. Ik wist niet zo goed hoe ik moest beginnen. Met een zieke maakte je eigenlijk geen ruzie – maar zou het ons lukken beschaafd te blijven wanneer het om Leonie ging? Om dat wat Jan wilde en wat hij tot nog toe niet gedaan had?

'Pak toch een stoel en ga zitten,' zei Jan nadat hij een tijdje naar me had zitten kijken.

Ik haalde een stoel bij het raam vandaan en zette hem aan het voeteneinde van het bed.

'Hoe gaat het met je?' vroeg ik.

'Ach, het is maar hoe je het bekijkt,' zei hij. 'De operatie is geslaagd, maar er komen nog vervolgbehandelingen. Waarschijnlijk kan ik allereerst dag zeggen tegen mijn haar.'

Vroeger zou ik misschien schertsend hebben gezegd dat hij er dan zou uitzien als Vin Diesel. Ik voelde echter dat dit niet het moment was voor zulke grapjes.

'Maar de prognose ziet er goed uit,' vervolgde hij. 'Als ik dit heb doorstaan, is er een goede kans dat ik stokoud word.'

'Daar ben ik blij om,' zei ik, waarop we weer stilvielen. Ik voelde hoe gespannen Jan was, en ik kon van mezelf ook niet beweren dat ik me op mijn gemak voelde. Oud zeer raakte je niet zo makkelijk kwijt.

'Je wilt de ouderlijke zorg niet met me delen, hè?' zei hij en hij keek teleurgesteld naar de beddensprei. 'Nou ja, dat kan ik je niet kwalijk nemen na die toestand met je nieuwe vriend.'

'Eigenlijk ben ik hier om er met jou over te praten hoe je co-ouderschap voor je ziet,' zei ik.

Jan staarde me ongelovig aan. 'Wil je echt...'

'Ja, maar ik wil graag weten hoe je dat allemaal voor elkaar wilt krijgen. Leonie moet ondanks de scheiding zo veel mogelijk stabiliteit krijgen.'

'Dat is voor mij ook heel belangrijk,' antwoordde Jan. 'Ook al was ik vorig jaar nog te stom om dat te erkennen.'

Kon ik hem vertrouwen? Ik moest het op zijn minst proberen als ik hem een kans wilde geven.

'Je zult je leven moeten aanpassen. Ik wil niet dat Leonie voor lang uit haar vertrouwde omgeving wordt gehaald. Ze is nu aan het huis in Binz gewend en het zou niet goed voor haar zijn om tussen Binz en Bremen heen en weer te pendelen.'

'En voor jou kan van verhuizen geen sprake zijn, nietwaar?'

Ik schudde mijn hoofd. 'Ik voel me nu thuis in Binz en bovendien ben ik daar heel gelukkig met Christian. Mijn nieuwe relatie doet ook Leonie goed.'

'Dan zou je mij makkelijk door hem kunnen vervangen.'

'Het gaat niet om vervangen, Jan. Het gaat erom dat hij er is. Dat hij zich ook om mij bekommert. Jij zult altijd Leonies vader blijven, maar om vader te zijn moet je meer doen dan geld overmaken, een pop sturen en bellen. Je moet laten zien dat je er echt voor haar wilt zijn.'

Hij dacht even na, toen ging hij wat meer op zijn zij liggen. Daarbij vertrok zijn gezicht.

'Wat dat heen en weer rijden betreft: de afgelopen dagen heb ik veel tijd gehad om na te denken. Toen ik in Binz was, kwam ik langs een huis dat te koop stond. Het heeft twee verdiepingen en ligt aardig centraal. Ik heb met de gedachte gespeeld het te kopen.'

'Wil je naar Binz verhuizen?' Dat kon ik me niet voorstellen. Jan had de allure van de grote stad nodig, Bremen was voor hem op het laatst niet groot genoeg geweest. Hamburg was het minste, zo niet Parijs of New York. En nu wilde hij in dat lieflijke badplaatsje gaan wonen?

Het schoot me ook weer te binnen wat Christian toen onder het eten had gezegd. Dat Jan misschien bij me terug wilde komen. Maar dat zou niet gebeuren.

'Nee, ik ga niet naar Binz verhuizen, in elk geval niet voor vast. Maar misschien wil je eens met je nieuwe vriend op vakantie. Of een weekend samen hebben. Of je moet weg voor je werk. Dan zou ik daar kunnen zijn en Leonie is dan maar een klein eindje weg van huis.'

'Zou je dat doen? Je vrije tijd voor ons opofferen?'

'Ik heb goed personeel in mijn bedrijf en kan ook prima vanuit huis werken.'

'En je vriendin?'

'Die moet ertegen kunnen dat ik een ander mens ben geworden. Anders deugt ze niet als vrouw aan mijn zij.'

Ik keek hem onderzoekend aan. Had zijn ziekte echt een ander mens van hem gemaakt? Ik waagde het te betwijfelen, maar soms kwam je ook voor positieve verrassingen te staan.

'Oké dan,' zei ik. 'Als je bij dit plan blijft, doen we het zo. Daar hebben we geen rechtbank voor nodig om dat vast te leggen. Je kunt je dochter zien wanneer je maar wilt. En als je echt dat huis wilt kopen en voor haar wilt zorgen, dan vind ik dat prima.'

Hij pakte mijn hand. Ik zocht in zijn blik iets wat mijn lichte, nog altijd aanwezige twijfel bevestigde. Maar ik kon niets vinden.

Een uur later verliet ik de kliniek. Er waren regenwolken komen opzetten. Was dat een goed of een slecht teken? Net toen ik naar de parkeerplaats wilde lopen, begon mijn mobieltje te brommen. Ik dacht aan Christian in Denemarken. Was de veiling al voorbij? Ik keek op mijn horloge. Kwart voor vijf. Er stond geen exacte tijd bij, maar het was wel mogelijk dat intussen de beslissing was gevallen.

Ik haalde mijn mobieltje tevoorschijn en nam op.

'We hebben hem!' klonk het enthousiast uit de hoorn. 'We hebben de motor!'

Ik zuchtte van opluchting en glimlachte breed. 'Goed gedaan! Zorg dan maar dat je zo snel mogelijk naar huis komt. We hebben iets te vieren.'

Ik hing op en liep naar mijn auto. Wanneer ik in Hamburg was, zou ik eerst maar eens met mijn ouders en Leonie klinken op De stormroos.

Epiloog

Drie maanden later

Mijn hart klopte in mijn keel van opwinding. Ik keek naar de zee, waarboven een prachtige oktoberochtend verrees, en wist dat ze onderweg was. Over een paar uur zou De stormroos in Sassnitz aankomen en daar haar nieuwe thuishaven krijgen.

De afgelopen maanden waren niet altijd eenvoudig geweest. De kosten waren onderhevig geweest aan schommelingen, nu eens leken ze op te lopen, dan weer daalden ze iets door een gelukkig toeval.

De nieuwe motor was in elk geval het geld waard geweest. Mijn vader was van mening dat we te veel hadden betaald, maar we hadden hem, en zo had het schip weer een sterk hart.

De laatste weken had ik met veel tamtam reclame voor het schip gemaakt. De havenmeester had toestemming gegeven een feestje te organiseren voor zo'n honderd genodigden en bezoekers die gewoon alleen maar belangstelling voor het schip hadden.

De gasten had ik heel zorgvuldig uitgekozen. Er waren politici bij, prominenten en hotelmanagers, die ik ervoor wilde winnen vaartochten op De stormroos in hun hotel aan te bieden en er reclame voor te maken. Een paar overeenkomsten had ik op dit gebied al gesloten, zelfs met een paar Hamburgse zakenlieden, wat mijn vader had geëntameerd.

Ik had er moeite mee gehad Joachim Hartmann uit te nodigen. Uiteraard was hij met zijn hotel een goede mogelijkheid om reclame te maken – maar ik kon nog steeds niet vergeten dat mensen zoals hij schuldig waren aan het leed van Silvia Thalheim. Om die reden was ik ook niet naar het zomerfeest gegaan – officieel natuurlijk vanwege Leonies gebroken arm.

De doorslaggevende reden kwam van Christian. 'Nodig hem gerust uit, hij heeft veel contacten en kan heel nuttig zijn. Het gaat hier niet om persoonlijke gevoelens, het gaat om ons schip en ons bedrijf. Hij kan met De stormroos goedmaken wat hij minder goed heeft gedaan.'

De gedachte dat een voormalige informele Stasi-medewerker een schip ondersteunde waarin passagiers iets te weten kwamen over vluchtelingen uit de DDR, vond ik ergerlijk.

'Wil je hem dan de gelegenheid bieden om te boeten voor zijn fouten?' vroeg ik terwijl ik de uitnodigingen in mijn hand omdraaide.

'Hij kan de dood van mijn moeder nooit meer goedmaken, maar ik denk dat mijn ouders, mijn vader vooral, blij zouden zijn geweest als hij ons zou helpen. Heb je hem eigenlijk al verteld dat De stormroos vluchtelingen naar het Westen heeft gebracht?'

'Nee, nog niet, daarom ben ik ook benieuwd naar het gezicht dat hij opzet wanneer hij het merkt.'

'Reden te meer om hem uit te nodigen.'

Daar kon ik niets tegen inbrengen, en dus stuurde ik Hartmann een uitnodiging, die hij per omgaande bevestigde. Waarschijnlijk omdat hij zich in het openbaar wilde vertonen. Maar dat vond ik wel best.

Ik zette mijn gedachten opzij en liep terug het huis in. Toen moest ik weer aan Silvia denken.

Ik dacht vaak aan mijn moeder.

Een paar weken na mijn bezoek aan haar was ik naar het kantoor van Jeugdzorg in Leipzig gegaan om me mijn tehuisdossier te laten voorlezen. Het had natuurlijk weer behoorlijk wat moeite gekost om het allemaal te regelen, maar dankzij Christian en mijn moeder kon ik erheen.

De medewerkster was heel vriendelijk en bracht me in een licht kantoor, waar ze me mijn dossier begon voor te lezen. Het waren voor het merendeel droge verhandelingen, maar er stond ook de notitie in dat mijn moeder gearresteerd was – blijkbaar omdat ze van plan was geweest republiekvlucht te begaan. Over haar detentie stond er niets, maar de aardige vrouwelijke ambtenaar las verslagen voor waarin werd gemeld dat ik moeite had me aan de groep aan te passen maar dat ik goede vorderingen maakte.

Toen kwam de adoptie door de Hansens. De afstandsverklaring waartoe ze mijn moeder naar haar eigen zeggen hadden gedwongen, bracht me aan het huilen.

'Wilt u een andere keer terugkomen?' vroeg de ambtenaar, maar dat verwierp ik. Nadat ik weer wat tot mezelf was gekomen, liet ik haar verdergaan. Maar er kwamen nu alleen nog maar verslagen over mij en mijn ontwikkeling. Met haar handtekening onder de adoptiepapieren was mijn moeder uit mijn leven verdwenen. Alles wat ik verder nog over haar wilde weten, zou in de Stasi-dossiers staan, maar het zou nog wel enige tijd duren voor ik die zou mogen inzien.

Opnieuw werd ik door spijt bevangen, spijt dat ik ook na de Wende nog steeds was blijven geloven wat ze me hadden verteld. Spijt dat ik me er niet eerder toe had kunnen zetten om naar haar te gaan zoeken. En het speet me ook dat ik waarschijnlijk nooit te weten zou komen wie mijn vader was. Wat zou hij zeggen wanneer hij me zag? Leefde hij nog? Waarschijnlijk zou ik daar nooit achter komen.

Ik had boos op Silvia kunnen zijn omdat ze tegen me had gelogen – maar wrok zou niets meer opleveren.

Ik dacht er liever aan hoe ze me had omarmd en met haar laatste krachten naar me geglimlacht had. Beter laat dan nooit, klonk haar stem in me na. In elk geval had ik haar gevonden, dat betekende veel voor me.

In augustus reed ik naar de natuurbegraafplaats waar haar as lag. Die was niet door mij uitgestrooid. Silvia had daar duidelijke aanwijzingen voor klaargelegd. Drie intieme vrienden hadden de ceremonie uitgevoerd. Er was een testament geweest, maar nadat ze haar diagnose had gehoord en daarin had berust, had ze alles wat ze had weggeschonken. Ik bewaarde de cassetterecorder en af en toe, wanneer ik alleen was en haar stem wilde horen, speelde ik de cassette af.

Thuis zat Leonie op me te wachten, die haar nieuwe jurk al had aangetrokken. In augustus was ze zes geworden, ze werd al een echt schoolkind – de tijd vloog echt voorbij.

Jan had intussen zijn belofte gestand gedaan en liet zich om de veertien dagen in het weekend zien. Het was niet gelukt om het huis te kopen, maar hij nam een kamer in een hotel en bracht veel tijd met Leonie door. Het contact tussen ons werd ook langzamerhand beter. Door de periode in het ziekenhuis was mijn ex-man toch een beetje veranderd.

Naar de eerste reis van De stormroos had hij echter niet kunnen komen, hij had een zakelijke afspraak. Ik zag het door de vingers, want hij had Christian en mij een enorm boeket gestuurd.

'Mama, wanneer komt onze boot nou?' vroeg Leonie opgewonden. Haar gebroken arm was inmiddels slechts een herinnering, maar die had er wel voor gezorgd dat ze nooit meer van school wegliep.

'Hij moet om twaalf uur Sassnitz binnenlopen,' antwoordde ik. Leonie giechelde. Toen ik het woord 'binnenlopen' voor het eerst had gebruikt, had ze gevraagd of de boot misschien pootjes had gekregen, zoals je wel zei van iets wat verdwenen was zonder dat je je kon herinneren waar je het had gelaten. Ik had haar uitgelegd dat ermee bedoeld werd dat een boot de haven binnen kwam varen, maar toch moest ze elke keer giechelen wanneer ze het hoorde.

'Jij moet toch ook een jurk aantrekken,' zei ze tegen mij. 'Oom Christian is zeker ook op de boot?'

'Jazeker. En hij komt met opa en kapitein Palatin en de nieuwe bemanning van De stormroos.' We hadden verrassend snel mensen gevonden die voor ons wilden werken, hoewel we hun geen hoog loon konden bieden.

Mijn vader had zich natuurlijk niet de kans laten ontnemen om de eerste reis van De stormroos mee te maken. Christian had eveneens in vuur en vlam gestaan, en ik was op het idee gekomen ook Georg Palatin en zijn vrouw op de eerste reis mee te laten varen.

Ik was er dolgraag zelf bij geweest, maar ik had het druk met organiseren. Ik zou meegaan op een andere tocht, door de haven van Sassnitz en een stuk de zee op.

Ik deed Leonies haar – inmiddels wilde ze het niet gewoon los dragen, maar met veel gekleurde speldjes erin – en toen deed ik zelf een elegante blauwe cocktailjurk aan die ik in een boetiek in Stralsund had gevonden.

Toen we klaar waren, liepen we het huis uit.

'Poesie!' riep Leonie. Ze rende echter niet weg maar wees naar de kat, die het zich naast onze auto gemakkelijk had gemaakt.

Het beest kromp gealarmeerd in elkaar, maar herkende ons toen en ontspande een beetje. Tam was hij nog steeds niet, maar hij accepteerde wel het eten dat ik voor hem neerzette. En ik was er optimistisch over dat hij het op een dag zou toestaan dat we hem oppakten en naar de dierenarts brachten.

Leonie en ik stapten in en reden naar Sassnitz.

Toen we bij de haven aankwamen, waren er al wat mensen bij de aanlegsteiger. Veel te vroeg, maar waarschijnlijk wilden ze zich van de beste plaatsen verzekeren. Ter verwelkoming van De stormroos had ik een ontvangst met buffet georganiseerd. Het cateringbedrijf was net begonnen alles op te bouwen. Nadat ik de mensen had gesproken, rommelde ik nerveus in mijn tas en haalde de toespraak tevoorschijn die ik zou gaan houden. Daar was ik erg zenuwachtig over. Ik had geen enkel probleem mijn klanten een concept voor te leggen, maar ik had nog nooit een lange toespraak gehouden. Ik liep de punten nog een keer door, maar vond niets wat raar klonk.

Even later kwamen de eerste genodigden. Ik begroette ze zo mogelijk persoonlijk en praatte ook met een paar mensen die naar aanleiding van het krantenbericht waren gekomen. Hartmann kon ik nog niet ontdekken. Zou hij zich bedacht hebben?

Dat geloofde ik echter niet; hij was vast uit op een grootse entree.

De minuten leken voorbij te kruipen. Ik keek op mijn horloge. Kwart voor twaalf. Met de persoonlijke begroetingen was het voorbij, dat zou ik later moeten inhalen. Ik ging samen met Leonie op mijn plaats aan de kade staan en keek naar de zee.

De stormroos verscheen precies om één minuut over twaalf voor de ingang van de haven. De mensenmenigte achter me werd ineens stil.

Hand in hand met mijn dochtertje keek ik gefascineerd naar het schip, dat aangedreven door zijn nieuwe motor de grijsblauwe Oostzee doorploegde en steeds groter werd. Het blauw van de romp was net zo krachtig als de kleur van het water, de witte opbouw schitterde in de zon. De passagierscabine had nieuwe ruiten gekregen, die het zonlicht weerkaatsten. Bij de restauratie waren de overbodige delen van de vanginstallatie verwijderd, zodat De stormroos er nu helemaal uitzag als een passagiersschip.

Ik vond het alleen een beetje jammer dat op de internetfora niemand op mijn opsporingsbericht had gereageerd – misschien wilde Palatin me nu wel het verhaal van Lea vertellen, zodat ik het kon toevoegen aan de andere gegevens over het schip die me bekend waren.

Maar ik voelde ook trots opwellen. We hadden het voor elkaar gekregen. De stormroos was weer in de vaart! En ze had, afgezien van Leonie, alle mensen aan boord van wie ik hield of voor wie ik respect had. Wat wilde ik nog meer?

Ten slotte begon de scheepshoorn luid te toeteren. Er barstte een applaus uit toen de kapitein veilig aanmeerde. Daarna stapten de passagiers de loopplank op: mijn ouders, Christian en als laatsten Georg Palatin en zijn vrouw. Zij verzamelden zich op de voor hen bestemde ereplaatsen.

Ik keek naar Christian, die me een enorme glimlach schonk en me bemoedigend toeknikte. Ik verheugde me al bijzonder op onze privéviering de komende nacht. Maar eerst moest ik mijn bijdrage leveren. Ik droeg Leonie aan Christian over, ging achter de kleine lessenaar staan en zette de microfoon aan. Daarbij overzag ik voor het eerst de mensenmenigte. Wat een opkomst! Blijkbaar was een schip nog altijd iets sensationeels, ook voor jongere mensen. Ik haalde diep adem, en toen begon ik:

'Dames en heren, ik ben bijzonder blij dat ik u bij de viering van de eerste reis van De stormroos mag begroeten. Dit schip zal niet alleen in de toekomst een parel in de haven van Sassnitz zijn, het kan ook terugblikken op een bewogen geschiedenis. Omgebouwd tot een zogenaamde oorlogskotter was het bestemd voor het ruimen van mijnen – tot Georg Palatin het in 1959 kocht en er een plezierboot van maakte. Ik ben bijzonder verheugd dat ik hem hier onder de aanwezigen mag begroeten.'

Ik gaf de mensen tijd om te applaudisseren en keek naar Palatin, die een beetje verlegen de hand van zijn vrouw drukte. Hij had me uitdrukkelijk toegestaan zijn naam te noemen, hoewel hij nog steeds niet op roem uit was.

'Georg Palatin raakte indertijd verliefd op zijn echtgenote, die hem nog altijd terzijde staat, en daarmee begon er een nieuw, avontuurlijk hoofdstuk in de geschiedenis van het schip. Om met haar te kunnen trouwen ondernam hij het waagstuk zijn aanstaande echtgenote en nog drie andere mensen de DDR te helpen ontvluchten.' Mijn ogen zochten naar Hartmann en vonden hem in de buurt van de bar. Zijn gezicht leek versteend. Goed zo, dacht ik. Dit is je kans.

'Tot 1988 voer Georg Palatin diverse keren uit om vluchtelingen uit het water of van wankele bootjes te halen. Eén keer werd De stormroos zelfs beschoten. Het was een enorm groot risico dat hij nam.'

Weer barstte er applaus uit. Ik knikte de kapitein toe, die rode wangen had gekregen. Ook al wilde hij het niet, hij had het verdiend.

'Georg Palatin maakt daarmee een belangrijk deel van de geschiedenis van het schip uit. Maar na de Wende moest hij De stormroos verkopen. Lange tijd bleef het schip ongebruikt. Toen ontdekten Christian Merten en ik het hier in de haven. We werden meteen verliefd op de kotter en besloten hem weer in oude glorie te herstellen. De achtergrond van het schip kenden we toen nog niet. Maar op een dag vond ik aan boord een brief die de beslissende stimulans vormde. Hij is afkomstig van een vrouw met de naam Lea en geeft een deel van het verhaal van haar vlucht weer. We zijn naar die vrouw op zoek gegaan, maar hebben haar tot nu toe niet kunnen opsporen. Toch willen we haar bedanken. Ook al kennen we niet haar hele verhaal en weten we niet of er een vreselijk leed mee was verbonden, zij was toch degene die ons op het juiste spoor heeft gezet.

Het is nu aan ons om de geschiedenis van De stormroos door te geven. Dat wil ik vandaag graag met u vieren. Hartelijk dank!'

Weer barstte er applaus los. Eigenlijk was ik alleen maar opgelucht dat ik de toespraak er zo goed van af had gebracht. Ik liep naar Christian toe en kuste hem, daarna begroette ik ook mijn ouders met een kus.

'Dat heb je goed gedaan, meisje van me,' zei mijn vader en hij drukte me stevig tegen zich aan.

'Nee, jij en je mensen hebben het goed gedaan. Kijk toch eens hoe prachtig ze eruitziet! En hoeveel mensen haar willen bekijken.'

De volgende twee minuten ontstond er op twee plaatsen dicht gedrang. Het eerste voor de rondvaart door de haven, want die was vandaag gratis, het tweede voor het buffet. Christian en ik begroetten nog meer gasten. Toen we even van elkaar gescheiden waren, kwam Hartmann naar me toe.

'Gefeliciteerd, mevrouw Hansen, het schip is werkelijk een pronkstuk geworden.'

'Hartelijk dank, dat is heel aardig van u. U moet later beslist een rondvaart meemaken.'

'Dank u, dat zal ik zeker doen. En ik blijf bij wat ik destijds gezegd heb. Ik zou u graag steunen, als ik dat op een of andere manier zou kunnen.'

Op dat moment kwam Christian bij ons staan. Ik voelde me daar een beetje onbehaaglijk bij. Maar we wisten dat een ontmoeting met Hartmann onvermijdelijk zou zijn.

'Christian, dit is meneer Hartmann. Meneer Hartmann, dit is mijn vriend Christian Merten,' stelde ik hen zo neutraal mogelijk aan elkaar voor.

De mannen keken elkaar aan. Zou Hartmann zich hem herinneren? Vast niet. Het was nooit tot een confrontatie tussen hem en Jonas Merten gekomen.

Christian gaf hem een hand en zette een pokerface op. 'Aangenaam kennis te maken.'

'Zoals ik al tegen uw levenspartner heb gezegd, het is een prachtig schip. En ik wil u graag steunen als ik dat kan.'

'Dat is heel aardig van u,' zei Christian, en ik kon duidelijk merken dat hij grote moeite had zich te beheersen. Maar Hartmann had niets in de gaten.

En gelukkig stonden achter hem al de volgende genodigden te wachten om te worden begroet.

'Meneer Hartmann, het doet me plezier dat u gekomen bent. Geniet maar van het feest!' zei ik en ik knikte hem toe. Toen trok ik Christian mee.

'Dat heb je goed gedaan,' fluisterde ik tegen hem.

'Wat dan, ik heb toch helemaal niets gedaan.'

'Daarom juist!' Ik kuste hem en was enorm trots op hem.

Terwijl we verder liepen, kwam er plotseling een vrouw op ons afstevenen. Ze was rond de zestig, droeg een kanten zomerjurk en had een witte hoed op haar blonde, halflange haar. Je had haar makkelijk voor de vrouw van de reclame voor kokospralines kunnen houden.

'Mevrouw Hansen, meneer Merten,' zei ze en ze stak haar hand uit. 'Ik ben Lea. Lea Petrovski, geboren Paulsen.'

Ik staarde haar als door de bliksem getroffen aan.

Iedereen had kunnen beweren Lea te zijn, maar haar achternaam had ik bij de toespraak niet genoemd.

'Echt? U bent...?' Ze zag er niet uit als het tere elfje dat ik me had voorgesteld. Eerder als een vrouw wie het leven niets kon wijsmaken.

'Ik ben degene die de brief heeft geschreven. En als u dat wilt controleren, de brief was gericht aan mijn vriend Bob, naar wie ik die dag toe wilde vluchten. Maar het is allemaal anders gelopen...'

Christian en ik keken elkaar aan. Hij kon het net zomin bevatten als ik.

'Maar... waarom laat u pas nu van u horen?'

'Soms moet je er klaar voor zijn om een verhaal te vertellen. Ik kijk regelmatig op fora waarop voormalige DDR-vluchtelingen hun ervaringen uitwisselen. Een kennis van dit forum dacht mij herkend te hebben. Toen ik de oproep zag, wist ik dat u naar mij op zoek was, maar ik aarzelde. Toen ik echter hoorde dat De stormroos klaar was, besloot ik dat dit het juiste moment is. Dus, bent u nog geïnteresseerd?'

Een half uur later zaten we met zijn tweeën in het café waar Christian me mee naartoe had genomen voor Leonie was weggelopen.

De anderen vierden nog steeds feest vanwege het schip. Leonie was bij Christian en mijn ouders, kapitein Palatin wekte de indruk dat hij nog eenmaal op de grote vaart zou gaan. Ik zou weldra naar hen teruggaan, maar het verhaal van de vrouw die alles aan het rollen had gebracht, wilde ik, zoals ik haar had beloofd, niet openbaar maken.

Ik bestelde twee latte macchiato's en legde de brief op het tafeltje. Ze glimlachte en raakte hem toen voorzichtig aan.

'Ik heb daar helemaal niet meer aan gedacht,' zei ze. 'Maar ik kan me de beweegredenen om hem te schrijven nog goed herinneren. Uw oproep haalde alles weer naar boven. Ik heb met mijn man gepraat, en hij vond dat ik u rustig kan vertellen wat er gebeurd is.'

De serveerster kwam onze koffie brengen, en Lea begon te vertellen.

'Bob kwam uit Amerika. Zijn echte naam was Nolan, maar omdat hij eruitzag als Bob Dylan, noemde ik hem altijd Bob. We hebben elkaar in de zomervakantie bij het Balatonmeer ontmoet, en ik dacht dat hij een fantast was wanneer hij zei dat hij uit de VS kwam, omdat hij het Duits uitstekend beheerste. Hij bleek in Hamburg te studeren. In de vakantie had ik tijd genoeg om hem nader te leren kennen, en ik wist zeker dat er geen leukere man bestond. Hij verwende me, stuurde me dingen waar ik in de DDR niet eens over zou hebben gedacht.'

Ze hield even op en glimlachte.

'U kunt zich vast wel indenken wat mijn ouders over dat soort "klassenvijand" zouden hebben gezegd. Niet zomaar iemand uit het Westen, maar een uit de VS, de grote booswicht en tegenstander van de Sovjet-Unie in de Koude Oorlog.'

'Dat kan ik me levendig voorstellen,' zei ik, want ook al had ik niet uitgebreid les gehad in maatschappijleer, ik was naderhand veel te weten gekomen over het verband tussen allerlei zaken.

'Om kort te gaan, dat ging niet. Toen mijn vader me wilde dwingen met de FDJ mee te gaan naar de Sovjet-Unie om aan de Droezjba-leiding te werken, was voor mij het moment aangebroken om een beslissing te nemen. Weet u wat de Droezjba-leiding was?'

Ik schudde mijn hoofd. Voor ik lid kon worden van de FDJ, was de DDR al geschiedenis geweest.

'De Droezjba-leiding was een project waarbij er een aardgasleiding tussen de DDR en de Sovjet-Unie werd gelegd. Vrijwilligers van de FDJ reisden voor het bouwen daarvan naar de Oekraïense Socialistische Sovjet-republiek. Mijn vader, die bij Schwedt in de aardolieverwerkingsindustrie werkte, wilde me dwingen me als vrijwilliger aan te melden om mijn studiekansen in de Sovjet-Unie te vergroten. Ik zou maanden-, misschien ook jarenlang weg zijn. Dat was het laatste wat ik wilde. En mijn vader was de enige die op studeren in de Sovjet-Unie gebrand was.

Toen Bob weer eens bij me op bezoek kwam, klaagde ik hem mijn nood en we besloten dat ik uit de DDR moest vluchten. Hij had een vriend die surfer was en een geweldig idee had: we zouden de Oostzee over surfen. Die surfer had weer een vriend in Ahrenshoop die ook wilde vluchten, dus ben ik bij nacht en ontij vertrokken en daarheen gegaan en begon samen met Manfred, zo heette hij, surfplanken te bouwen. Dat was behoorlijk lastig, want er was nauwelijks materiaal voor te krijgen. We probeerden de hand te leggen op zo veel mogelijk tijdschriften over surfen. Manfreds oma hielp ons daar een beetje bij door bladen waarvan haar kleinzoon de titel had genoteerd bij een reisje naar het Westen in haar koffer mee te smokkelen. In die tijdschriften stonden veel afbeeldingen en ook een handleiding om zelf een surfplank te maken.

Een kennis van Manfred had bovendien het geluk onderhands aan materiaal te komen dat wij konden gebruiken. Om kort te gaan, ons project begon stukje bij beetje vorm aan te nemen.

Maar tijdens het bouwen gebeurde er iets – ik verloor mijn hart. Dat was in de tuin van Manfreds oma. Ze was een lief oud dametje met een huis dat je aan een heksenhuisje deed denken, met een sprookjesachtige tuin. Er stonden alle mogelijke fruitbomen en vruchtdragende struiken in, en bovendien prachtige bloemen.

Misschien was het de betovering van de kruisbessen, maar ik werd verliefd op Manfred. Heel langzaam. Eerst hield ik het voor vriendschap. Maar meer en meer begon ik te vermoeden dat het liefde was. Ik verkeerde in een dilemma. Ik hield ook van Bob – wie moest ik kiezen?'

Ze nam een slok van haar koffie en verloor zich meteen weer in het verleden.

'Toen de dag kwam dat we zouden vluchten, was Manfred vastbesloten om mee te gaan. Onze surfplanken waren misschien wat provisorisch, maar wel goed. We zeilden 's avonds weg, in de hoop dat de kustwacht ons dan niet zou kunnen zien. Niet de marine van de DDR echter, maar de zee zelf bleek onze grootste vijand. We raakten elkaar kwijt, ik had geen idee waar Manfred was gebleven. Vertwijfeld probeerde ik op hem te wachten, maar het weer werd niet beter en ik besefte dat ik het met mijn provisorisch in elkaar geflanste wetsuit niet lang zou uithouden. Toen ik al bijna aan het einde van mijn krachten was, verscheen er een schip, en dat nam me aan boord. Het was De stormroos.

Ik dacht dat het een viskotter was, maar toen bleek het om een vluchtschip te gaan. Dat schip haalde die avond nog vier andere mensen aan boord. Maar ik kon alleen maar aan Manfred denken. Ik wilde niet meer zonder hem verder. Ja, ik wist zeker dat ik van hem hield. Maar waar was hij gebleven? Had de kustwacht hem te pakken gekregen? Of was hij teruggezeild? Of was hij naar mij aan het zoeken?

Ik vertelde de kapitein wat er gebeurd was. Hij beloofde naar Manfred te zoeken zolang hij maar niet in de territoriale wateren van de DDR hoefde te komen. Vol angst keek ik naar hem uit. Maar we vonden hem niet.

Ik was volkomen vertwijfeld. Zeker, in Hamburg zat Bob op me te wachten, maar wilde ik hem nog wel? Kwam het misschien door mijn dubbelspel dat ik Manfred kwijt was geraakt?

Ik schreef een brief aan Bob waarin ik me van hem distantieerde. Ik hoopte dat ik daardoor Manfred weer terug zou krijgen. En het leek alsof mijn schrijfsel een magisch effect had gehad, want hij werd uiteindelijk gevonden. Hij dreef totaal uitgeput op het water. Palatin, zijn mensen en de andere vluchtelingen haalden hem aan boord. Ik huilde van geluk en gaf Palatin vlak voor ik met Manfred meeging naar het ziekenhuis de brief met het verzoek hem te vernietigen. Maar blijkbaar heeft hij hem op het schip verstopt.'

'Om zijn opvolgers een hint te geven.'

'Misschien. Maar wie weet heeft hij ook alleen maar een mogelijkheid gezocht om vlug een gat op te vullen.' Lea keek in gedachten verzonken naar haar glas, waarin op de bodem nog een restje zat. Mijn glas was nog bijna vol, maar de koffie was intussen koud geworden.

'In elk geval ben ik blij dat u de brief hebt gevonden. Het was toen de mooiste tijd van mijn leven.'

'En Bob? Hebt u hem ooit teruggezien?'

Lea knikte. 'Ja, na de Wende. Ik ben zelfs naar hem op zoek gegaan, omdat de gedachte dat ik hem in de steek had gelaten me geen rust gaf. Toen ik hem uiteindelijk vond, was hij getrouwd en had vier kinderen. En gelukkig was hij niet boos op me.'

Ze glimlachte in zichzelf. Ik kon aan haar zien dat ze niet meer over hem wilde zeggen.

'In elk geval was Manfred bij me. Iets anders telde toen niet. Ik was dolgelukkig dat hij het overleefd had. We zijn naar Uelzen gegaan en daarna naar Amrum, waar we pas echt goed leerden surfen. Na de Wende zijn we weer teruggegaan naar Ahrenshoop. We wonen nu in zijn oma's huisje met de tovertuin. Misschien wilt u ons daar ooit eens komen bezoeken?'

'Heel graag,' antwoordde ik en ik wenkte de serveerster om af te rekenen. 'Maar nu moeten we eerst eens een tochtje met De stormroos gaan maken.'

Ze knikte en even later verlieten we het café om naar de haven te lopen. Daar werd ik door Christian en Leonie opgewacht.

'En, zijn alle mysteries opgehelderd?' vroeg hij met een schalkse knipoog. Ik keek naar Lea. Ze knikte.

'Nou, kom dan maar mee, De stormroos is net weer binnengelopen en klaar voor een nieuw tochtje.'

Ik pakte mijn dochter bij de hand en samen gingen we aan boord. Toen de koude zeebries in mijn gezicht blies, deed ik mijn ogen dicht en wist ik dat mijn nieuwe leven nu was begonnen. Natuurlijk zou ik me verder gaan bezighouden met wat ik de afgelopen weken had beleefd, maar ik had de mogelijkheid gekregen om alles af te handelen. En het later aan mijn dochter mee te geven.

Toen De stormroos uitvoer, vlijde ik me tegen Christian aan en drukte Leonie stevig tegen me aan. Nu had ik alles wat ik nodig had.

LEES MEER VAN

Corina Bomann

AGNETA'S ERFENIS:

Het is 1913 en Agneta heeft afstand genomen van haar machtige familie om een vrij leven te leiden als student aan de kunstacademie in Stockholm – met de charmante Michael aan haar zijde. Dan ontvangt ze een telegram waardoor haar leven op zijn kop wordt gezet: ze wordt gesommeerd terug te keren naar landgoed de Leeuwenhof om daar de stoeterij van haar familie te gaan beheren. Daarmee worden haar een adellijke titel en een leven vol luxe op een presenteerblaadje aangeboden, maar was dat niet juist het leven waaraan ze wilde ontsnappen?

MATHILDA'S GEHEIM

Mathilda is zestien als haar moeder in 1931 plotseling sterft en ze alleen achterblijft. Dan komt de indrukwekkende Agneta Lejongård in haar leven. Agneta blijkt Mathilda's voogd te zijn en ze neemt Mathilda mee naar het prachtige landgoed de Leeuwenhof in het zuiden van Zweden.

SOLVEIGS BELOFTE

Als er een Amerikaan en een aantrekkelijke zakenman uit Stockholm op de Leeuwenhof arriveren, opent hun inbreng en kennis voor Solveig de deur naar de wijde wereld. Ze wil niets liever dan een nieuwe start maken, voor de Leeuwenhof en voor de liefde. Maar kan ze haar verdriet om haar verloren geluk achter zich laten?

Verkrijgbaar als
e-book
& papieren boek

Corina Bomann

Berlijn, 1926. Het leven van de twintigjarige Sophia Krohn bevindt zich op een dieptepunt. Haar eerste liefde eindigde in een schandaal, haar vader heeft in zijn woede gezegd dat ze hem niet meer onder ogen mag komen en ze kan het zich niet veroorloven om verder te studeren.

Gedesillusioneerd en met haar dromen in puin vlucht Sophia naar Parijs. Daar krijgt ze tegen al haar verwachtingen in een baan bij een groot cosmetica-imperium. Maar met succes komen ook persoonlijke offers: haar baas eist van haar dat ze tien jaar lang ongetrouwd blijft, en dat terwijl Sophia net weer een beetje hoop begon te koesteren dat de liefde haar niet nogmaals voorbij zou gaan.

Corina Bomann

Parijs, 1929. De lichtstad lijkt Sophia geen geluk te brengen. Na een traumatische ervaring heeft ze het gevoel dat ze de liefde nooit meer zal vinden en ze voor altijd eenzaam zal zijn. Is Europa misschien te klein voor een vrouw die groots denkt? Ze besluit de grote oversteek te maken naar Amerika, en daar, in New York, begint haar leven weer kleur te krijgen.

Een zakelijk aanbod van de befaamde Elizabeth Arden geeft haar een onverwachte kans en er komt ook weer liefde in haar leven. Maar een genadeloze concurrentiestrijd tussen haar oude en nieuwe werkgever dreigt roet in het eten te gooien. Plotseling staan h aar toekomst en geluk opnieuw op het spel.